À PROPOS DE L'AUTRICE

Désireuse de débuter une carrière dans l'écriture, B.J. Daniels a quitté son emploi du jour au lendemain pour rejoindre l'équipe d'un petit journal local. Très vite, elle a décidé de donner libre cours à son imagination et s'est mise à écrire des fictions. Elle est aujourd'hui une autrice reconnue de romances à suspense.

Rapprochés par un secret

*

La mémoire à vif

*

Cette ombre dans ton regard

B.J. DANIELS

Rapprochés par un secret

INTÉGRALE
LES SECRETS DE WHITEHORSE

Traduction française de
FLORENCE BERTRAND

SAGAS

HARLEQUIN

Collection : SAGAS

Titre original :
DARK HORSE

Ce roman a déjà été publié en 2018

HARPERCOLLINS FRANCE
83-85, boulevard Vincent-Auriol, 75646 PARIS CEDEX 13
Service Lectrices — Tél. : 01 45 82 47 47 - www.harlequin.fr
ISBN 978-2-2804-9204-1 — ISSN 2426-993X

Composé et édité par HarperCollins France.
Imprimé en juin 2023 par CPI Black Print (Barcelone)
en utilisant 100% d'électricité renouvelable.
Dépôt légal : juillet 2023.

FSC
www.fsc.org
MIXTE
Papier issu de sources responsables
FSC® C159065

Pour limiter l'empreinte environnementale de ses livres, HarperCollins France s'engage à n'utiliser que du papier fabriqué à partir de bois provenant de forêts gérées durablement et de manière responsable.

1

Leurs pas résonnaient dans le long couloir, accompagnés de cris terrifiés, de sanglots douloureux derrière les portes closes. La jeune aide-soignante, Tess, s'arrêta devant une chambre et, d'une main tremblante, glissa une clé dans la serrure.

— Je ne devrais vraiment pas faire ça, murmura-t-elle en jetant un coup d'œil nerveux autour d'elle.

La porte s'ouvrit, et elle se hâta de reculer. Nikki St. James sentit une bouffée d'air s'échapper de la pièce tel un soupir. La pénombre régnait à l'intérieur, mais elle entendait le grincement régulier d'un rocking-chair.

— Il va falloir que je referme à clé derrière vous, chuchota Tess.

— Attendez un instant, la pria Nikki.

Il lui fallut quelques secondes pour que ses yeux s'accoutument au manque de clarté. Enfin, son regard se posa sur l'occupante de la pièce, et un frisson rampa sur sa peau.

— Ce n'est pas la bonne chambre, dit-elle en faisant mine de ressortir.

— Si, répliqua l'aide-soignante tout bas. C'est elle. C'est Marianne McGraw.

Nikki fixa la femme aux cheveux blancs et aux traits ravagés qui se balançait d'avant en arrière, avec les yeux vides d'une aveugle.

— Elle est trop âgée. Ses cheveux…

— Ils ont blanchi du jour au lendemain après… Eh bien, après ce qui s'est passé. Elle est comme ça depuis.

Tess frissonna et se frictionna les bras, comme si un frisson la parcourait elle aussi.

— Elle n'a jamais parlé depuis tout ce temps ?

— Pas un mot. Son mari vient la voir chaque jour. Jamais elle ne lui répond.

À vrai dire, Nikki était surprise que Travers McGraw continue à rendre visite à son ex-épouse, surtout étant donné ce dont on la soupçonnait. Peut-être, comme elle, venait-il chercher des réponses, se dit Nikki.

— Et ses enfants ?

— L'aîné lui rend visite de temps à autre, mais elle ne semble pas le reconnaître. Elle passe ses journées à se balancer sur cette chaise.

Cull McGraw avait sept ans lorsque l'enlèvement avait eu lieu. Ses frères, Boone et Ledger, étaient encore plus jeunes que lui. Peut-être ne se souvenaient-ils même pas de leur mère.

— Si vous voulez entrer, il faut vous dépêcher, ajouta Tess, visiblement inquiète.

Nikki franchit le seuil, mal à l'aise à la perspective d'être enfermée à l'intérieur. À mesure que ses yeux s'habituaient à la semi-obscurité, elle comprit que la malade tenait quelque chose contre sa poitrine. Un nouveau frisson courut le long de son échine. Deux petits visages cireux la fixaient, encadrés de cheveux blonds tout emmêlés.

— Que tient-elle contre elle ? murmura-t-elle d'une voix rauque en pivotant vers Tess.

— Ses bébés.

— Pardon ?

— Ce ne sont que de vieilles poupées. On devrait les mettre à la poubelle, mais… elle a fait une crise quand on a essayé de les remplacer. Si elle doit prendre un bain et qu'on les lui enlève, elle se met à hurler et s'arrache les cheveux jusqu'à ce qu'on les lui rende. C'est le médecin qui a eu l'idée de les lui donner. Avant, elle était… violente. Il fallait la mettre sous sédation pour s'approcher d'elle. Comme je vous l'ai dit, vous entrez à vos risques et périls. Elle est… imprévisible, et elle peut être dangereuse si on la provoque. Elle est beaucoup plus forte qu'elle n'en a l'air. À votre place, je ne traînerais pas.

Nikki attrapa son carnet au moment où la porte se refermait derrière elle. Le bruit de la clé qui tournait dans la serrure résonna à ses oreilles tel le grondement d'un canon.

« À vos risques et périls ». Paroles rassurantes, songea Nikki en faisant un pas hésitant dans la chambre capitonnée. Elle avait lu tout ce qu'elle avait pu dénicher sur l'affaire McGraw. À l'époque, celle-ci avait fait grand bruit et suscité une foule d'hypothèses. Pendant des années, à chaque anniversaire, les médias avaient rappelé les faits, toujours accompagnés de la promesse d'une récompense pour toute information concernant les jumeaux Oakley et Jesse Rose McGraw.

Nul ne s'était jamais présenté. La rançon n'avait jamais été retrouvée non plus. Le premier anniversaire n'avait rien apporté de nouveau, pas plus que le cinquième, le dixième, le quinzième ni le vingtième.

À l'approche du vingt-cinquième, rares étaient les gens, en dehors des habitants de Whitehorse, Montana, qui se souvenaient de ce kidnapping.

— Il n'y a rien de pire que les vieilles nouvelles, avait déclaré son grand-père lorsqu'elle était allée le voir au siège du grand journal qu'il publiait.

Wendell St. James était assis derrière son énorme bureau, cheveux et sourcils en bataille, ses lunettes cerclées de métal perchées en équilibre précaire sur le bout de son nez aquilin.

— Tu perds ton temps, avait-il ajouté.

À vrai dire, il était d'avis qu'elle perdait son temps à écrire des ouvrages sur les affaires criminelles. Il avait espéré qu'elle marcherait sur ses traces et lui succéderait au journal. Peu lui importait qu'elle ait élucidé sept des neuf affaires auxquelles elle s'était intéressée.

— Quelqu'un sait ce qui s'est passé ce soir-là, avait-elle protesté.

— Si c'est le cas, il y a fort à parier qu'il ne va pas cracher le morceau vingt-cinq ans après.

— Peut-être que, l'âge venant, le coupable est tenaillé par le remords. Ce ne serait pas la première fois que ça arrive.

Il avait émis un petit grognement sceptique et fixé son regard d'acier sur elle.

— Je n'étais pas très chaud pour tes enquêtes précédentes, mais là… Tu crois que je ne sais pas ce que tu as en tête ? Je soupçonne que c'est la faute de ta mère. Elle n'a pas pu se taire, c'est ça ?

— Elle ne m'a pas parlé de mon père, si c'est à ça que tu fais allusion. Je l'ai découvert toute seule.

Jusqu'à récemment, Nikki avait cru qu'elle était la fille d'un inconnu avec qui sa mère avait eu une aventure d'un soir. Le fruit d'une erreur de jeunesse.

— Vous m'avez menti tous les deux pendant toutes ces années en me laissant croire que j'étais un accident, et que c'était pour cette raison que je portais le nom de ma mère.

— Dis plutôt que nous t'avons protégée. Et maintenant, voilà que tu t'es mis en tête l'idée ridicule de laver la mémoire de ton père.

Wendell avait marmonné un juron.

— Ma fille a prouvé qu'elle n'avait aucun bon sens concernant les hommes. Mais je te croyais plus intelligente.

— Rien ne prouve que mon père ait été impliqué, avait riposté Nikki sans s'émouvoir.

L'été de l'enlèvement, son père travaillait au ranch de Sundown Stallion Station. Son nom avait été lié à celui de Marianne McGraw.

— Maman ne croit pas qu'il ait eu une liaison avec Marianne, et elle ne croit pas davantage qu'il a joué un rôle dans l'affaire.

— Cela t'étonne ?

— Elle le connaissait mieux que toi.

Son grand-père avait esquissé une moue.

— Que t'a-t-elle dit d'autre concernant l'enlèvement ?

En fait, sa mère ne savait que peu de chose. Contrairement à elle, Nikki, qui aurait exigé des réponses, sa mère s'était contentée d'aller rendre visite à son mari, placé en détention provisoire avant le procès.

— Elle ne lui a pas posé de questions parce qu'elle ne voulait pas entendre la vérité, avait assené Wendell.

Nikki devait reconnaître que l'instinct de journaliste de son grand-père avait apparemment sauté une génération. Pour sa part, elle aurait voulu connaître chaque détail de cette nuit-là, même si elle avait dû découvrir en même temps que son mari était impliqué.

— Un jury de douze personnes l'a reconnu coupable.

— En se basant sur des preuves indirectes.

— Et sur le témoignage de la nourrice. D'après elle, non seulement Marianne McGraw était instable, mais elle présentait un danger pour les jumeaux. De plus, la nourrice a déclaré avoir vu Marianne et ton père à de nombreuses reprises dans les écuries, et ils semblaient… très proches.

Nikki avait compris que son grand-père était mieux informé qu'il ne l'avait laissé entendre.

— La nourrice, la femme qui est désormais l'épouse de Travers McGraw. Ce fait à lui seul la rend suspecte. J'aurais pensé que tu m'encouragerais à faire la lumière sur ce qui s'est réellement passé ce soir-là. Et puis… que veut dire au juste « très proches » ?

Son grand-père avait posé son stylo avec un soupir irrité.

— Cette affaire est classée depuis des années. Des dizaines de très bons journalistes, sans parler d'agents du FBI et de policiers, ont fait de leur mieux pour l'élucider, en vain. Qu'est-ce qui te fait penser que tu peux faire mieux ?

Elle avait haussé les épaules.

— J'ai hérité de l'arrogance et de l'obstination de mon grand-père et des gènes d'un des suspects. Pourquoi ne pas essayer ?

— Parce que tu es trop impliquée émotionnellement, ce

qui veut dire que l'histoire que tu souhaites écrire ne vaudra pas tripette.

Nikki s'était entêtée.

— J'ai choisi de faire ce métier parce que je voulais en savoir davantage que ce que je lisais dans les journaux.

— Attention à ce que tu dis, avait rétorqué son grand-père, ne plaisantant qu'à demi.

Puis il était redevenu grave.

— Et si tu n'aimes pas ce que tu découvres concernant ton père, ou ta mère d'ailleurs ? Je connais ma fille.

— Que veux-tu dire ?

Il avait secoué la tête.

— Il est clair que tu as pris ta décision, et puisque je ne peux pas être d'accord…

Il avait repris son stylo, lui signifiant qu'elle était congédiée. Comme elle se dirigeait vers la porte, il l'avait rappelée.

— Sois prudente, Punky.

C'était son surnom depuis qu'elle était tout bébé.

— Souviens-toi de ce que je t'ai dit à propos des secrets de famille.

« Les gens tuent pour les protéger », se remémora-t-elle en regardant Marianne McGraw.

Elle s'avança. La femme continuait à se balancer sur son rocking-chair.

— Madame McGraw ?

Nikki jeta un coup d'œil derrière elle. L'aide-soignante se tenait juste devant la porte, le regard sur sa montre.

Elle n'avait pas beaucoup de temps. Il n'avait pas été facile de s'introduire ici. La faveur lui avait coûté cinquante dollars, mais elle aurait été prête à payer bien davantage pour le privilège d'une visite à Marianne McGraw.

Elle fouilla dans son sac à la recherche de l'appareil photo qu'elle avait apporté. Aucun journaliste n'avait jamais eu accès à Marianne. Nikki avait vu une photo d'elle prise vingt-cinq ans plus tôt, avant l'enlèvement des jumeaux. Agée de trente-deux ans à l'époque, c'était une superbe brune aux grands yeux verts et au sourire chaleureux.

La femme devant elle ne ressemblait en rien à cette Marianne-là. Elle n'était plus que l'ombre d'elle-même. On lui aurait donné quatre-vingts ans plutôt que cinquante-sept.

— Madame McGraw, je m'appelle Nikki St. James. Je suis journaliste d'investigation, spécialisée dans les affaires criminelles. Comment allez-vous aujourd'hui ?

Nikki était assez proche de la femme pour voir l'expression absente de son regard. C'était comme si Marianne McGraw était aveugle — et sourde aussi. Sous sa crinière de cheveux blancs, son visage était blême, sans vie. Sa bouche était entrouverte, ses lèvres sèches, craquelées.

— Je voulais vous interroger au sujet de vos bébés, reprit Nikki. Oakley et Jesse Rose.

Son imagination lui jouait-elle des tours ou la femme serrait-elle plus étroitement les deux poupées contre sa poitrine décharnée ?

— Que s'est-il passé la nuit de leur disparition ?

Nikki s'attendait-elle vraiment à une réponse ? Elle pouvait espérer, certes. Surtout, elle éprouvait le besoin d'entendre sa propre voix dans cette pièce insonorisée, totalement silencieuse. Voir cette femme se balancer avait sur elle un étrange effet hypnotique. Elle avait un peu l'impression d'être Alice au pays des merveilles, attirée vers un terrier de lapin.

— Tout le monde pense que vous étiez impliquée. Vous et Nate Corwin.

Pas de réaction.

— Était-il votre amant ?

Elle s'approcha davantage, saisissant le parfum douceâtre qui venait du rocking-chair, presque une odeur de chair déjà morte.

— Je ne crois pas que ce soit vrai. Mais je crois que vous savez peut-être qui a enlevé vos enfants.

Au moment des faits, Marianne souffrait de dépression postnatale. La cour avait estimé qu'elle n'avait pu agir seule.

Que, pour faire sortir les bébés par une fenêtre située au premier étage, elle avait dû avoir un complice et que cet homme était aussi celui que chacun soupçonnait d'être son amant. De plus, on avait retrouvé une pelle dans l'écurie portant ses empreintes ensanglantées — et de la terre fraîche —, même si aucune tombe n'avait été découverte.

— Nate Corwin était-il impliqué, Marianne ? Mon père vous a-t-il aidée ?

Rien ne suggérait que la femme l'ait entendue, ni ait reconnu le nom de celui censé avoir été son amant. D'ailleurs, si elle avait répondu, Nikki aurait sûrement sursauté de terreur.

Elle vérifia que Tess ne regardait pas et se hâta de prendre une photo. L'espace d'une fraction de seconde, le flash illumina la pièce et l'appareil émit un déclic. Comme Nikki s'apprêtait à appuyer de nouveau sur le déclencheur, elle crut entendre un grognement s'élever.

Elle avait encore l'œil sur l'objectif, toute son attention focalisée sur l'occupante du rocking-chair quand celle-ci se pencha brusquement en avant, prête à jaillir hors de son siège.

Nikki ne put retenir un cri. Fermant les yeux, elle fit un bond en arrière et percuta le mur. Un éclair de douleur lui transperça l'épaule. Elle étouffa un nouveau cri, s'attendant à sentir les doigts de la femme lui enserrer la gorge.

Elle rouvrit les yeux. Marianne McGraw n'avait pas bougé. Ce que Nikki avait pris pour un mouvement n'avait été qu'un effet de la lumière.

Pourtant, quelque chose avait changé.

Marianne souriait.

2

Une main se posa sur son épaule. Nikki tressaillit, terrifiée.

— Il faut qu'on parte, murmura Tess en lui prenant le bras. On va bientôt venir lui donner ses médicaments.

Toute à son observation de Marianne, elle n'avait pas entendu l'aide-soignante entrer dans la pièce.

Elle reporta son regard sur l'internée. Elle était courbée en deux sur sa chaise et se balançait d'avant en arrière, comme avant. Seul le grincement du rocking-chair troublait le silence — et son propre pouls cognant à ses oreilles.

Le visage de Marianne était redevenu inerte. La bouche était entrouverte, le sourire avait disparu. À supposer qu'il ait vraiment été là.

Nikki tenta de ravaler le nœud qui s'était formé dans sa gorge. Son imagination lui avait joué des tours. Cette femme ne s'était pas levée de son fauteuil.

En revanche, elle n'avait pas imaginé le grondement, pas plus que le sourire amusé de Marianne McGraw. Celle-ci était toujours là, quelque part, sous cette apparence de vieille femme ratatinée.

Et ses clichés en seraient la preuve, songea Nikki en regardant l'appareil photo qu'elle tenait à la main.

Tess la tira par le bras.

— Il faut partir. Tout de suite. Et rangez-moi cet appareil photo !

Nikki acquiesça et laissa Tess la précéder. Son instinct lui soufflait de sortir sans attendre. Elle avait lu que les psychopathes avaient souvent une force étonnante, et s'il n'y avait que Tess pour lui venir en aide…

Elle étudia la femme aux cheveux blancs, s'efforçant de déterminer si elle était bel et bien le monstre qu'on l'accusait d'être.

— Avez-vous laissé Nate Corwin mourir pour un crime qu'il n'avait pas commis ? murmura-t-elle. Votre complice est-il toujours en liberté, en train de dépenser seul l'argent de la rançon ? Ou bien êtes-vous innocente ? Aussi innocente que je crois que mon père l'était ?

L'espace d'un instant, elle crut voir une lueur vaciller dans le regard de Marianne McGraw. Un frisson soudain la glaça jusqu'à la moelle.

— Vous savez ce qui s'est passé ce soir-là, n'est-ce pas ? chuchota-t-elle, au comble de la frustration.

Si son père et cette femme étaient responsables de l'enlèvement, Marianne était peut-être la seule personne au monde qui sache la vérité.

— Allons ! la pressa Tess depuis le seuil.

Nikki fixait toujours la femme assise dans le fauteuil à bascule.

— Je vais le découvrir, affirma-t-elle en se tournant pour partir.

Derrière elle, Marianne McGraw émit un grondement sourd. Ce fut seulement quand la porte fut refermée à clé que Nikki s'autorisa à respirer de nouveau.

Tess fit signe à Nikki de la suivre. Le couloir était interminable, peuplé d'ombres à cette heure tardive. Le bruit de leurs pas sur le linoléum semblait trop sonore. L'air était saturé d'une odeur de désinfectant qui ne parvenait pas tout à fait à masquer… d'autres effluves.

Quelqu'un cria dans une chambre toute proche, et Nikki tressaillit. Des gémissements s'élevaient ici et là, entrecoupés de temps à autre de hurlements épouvantables. Elle dut se faire violence pour ne pas franchir en courant les derniers mètres qui la séparaient de la porte.

Tess désactiva le système d'alarme, poussa le battant et, après avoir vérifié qu'elle avait ses clés, sortit avec elle. Toutes les deux inspirèrent à fond l'air nocturne. Des étoiles scintillaient sur le ciel bleu foncé du Montana. Au loin, on distinguait les contours sombres des Little Rockies.

— Je vous avais dit qu'elle ne vous serait d'aucune aide, murmura Tess au bout d'un moment.

— J'apprécie que vous m'ayez permis de la voir, répondit Nikki.

Une chouette hulula tout près. Bien que la soirée soit clémente, Tess s'entoura la taille de ses bras. Pour sa part, Nikki était soulagée de ne plus entendre le grincement du fauteuil à bascule. Elle redoutait qu'il ne s'immisce jusque dans ses rêves.

— J'ai entendu dire que vous alliez essayer de découvrir ce qui s'est passé cette nuit-là, mais tout le monde le sait déjà.

Vraiment ? songea Nikki. Les cheveux de Marianne McGraw avaient blanchi en une nuit et, à présent, cette femme était plus morte que vive. Le seul homme qui aurait pu confirmer ou démentir les rumeurs, son père, était mort.

— Que disent les gens ?

— Qu'elle avait une liaison avec le dresseur de chevaux, et que c'est lui qui l'a aidé à se débarrasser des bébés.

Tess fouilla dans sa poche pour attraper une cigarette.

— J'essaie d'arrêter, marmonna-t-elle. Mais certains soirs…

— Pourquoi aurait-elle voulu se débarrasser d'eux ? Elle avait encore trois autres fils.

— Je suppose qu'elle se disait que leur père s'occuperait des plus grands. Mais les bébés… Et puis, ils avaient besoin d'argent. Il était plus facile d'enlever des nourrissons que des enfants plus âgés.

— Et vous croyez qu'ils les auraient tués ?

— Le dresseur ne voulait pas s'encombrer de bébés.

Tel avait été l'argument avancé par le procureur à l'époque. L'argument qui avait valu à son père d'être envoyé en prison. Était-ce la vérité ?

— Il a toujours juré qu'il n'avait rien fait.

Tess haussa les épaules.

— C'est ce qu'ils disent tous.

D'après les documents que Nikki avait pu retrouver, Nate Corwin avait clamé son innocence jusqu'au bout, et même dans le véhicule qui le conduisait en prison. Si la camionnette ne s'était pas renversée et qu'il n'avait pas été tué sur le coup, peut-être aurait-il fini par en apporter la preuve… À moins qu'il n'ait menti tout du long.

— Pourtant, d'après ce que je sais, on n'a jamais pu prouver qu'il ait été l'amant de Marianne, sans parler d'être son complice dans l'enlèvement des enfants.

Tess émit un grognement incrédule.

— Qui d'autre alors ?

— La nourrice ?

— Patty ? À vrai dire, je n'en serais pas étonnée.

Nikki tendit l'oreille.

— Ah bon ? Vous la connaissez ?

Tess pinça les lèvres, comme si elle répugnait à en dire davantage, mais par chance n'hésita pas longtemps. D'ailleurs, elle avait fait bien pire en l'introduisant dans l'hôpital, songea Nikki.

— La plupart du temps, elle accompagne son mari quand il vient ici. Il est clair que cela lui déplaît qu'il vienne voir son ex-femme. Elle refuse d'entrer dans la chambre de Marianne, ajouta l'aide-soignante en exhalant un nuage de fumée. Remarquez, je la comprends, mais elle reste dans le couloir et elle surveille son mari comme un aigle. Imaginez ça, être jalouse de cette pauvre femme !

— Des rumeurs ont aussi accusé Travers McGraw à l'époque.

Tess secoua la tête avec vigueur.

— Impossible. M. McGraw est le plus gentil des hommes.

Il ne ferait pas de mal à une mouche, encore moins à ses propres enfants.

Elle baissa la voix comme si elle craignait qu'on ne les entende, alors qu'elles étaient seules derrière l'hôpital entouré de champs à perte de vue.

— Il ne quitte presque jamais le ranch, sauf pour venir voir son ex-femme. Il paraît qu'il est en mauvaise santé.

Nikki avait entendu dire la même chose. Peut-être était-ce pour cette raison qu'il l'avait autorisée à interviewer sa famille.

Lorsqu'elle l'avait contacté, elle s'était attendue à ce qu'il réponde par la négative. Apparemment, le fait qu'elle ait résolu plusieurs meurtres inexpliqués avait joué en sa faveur.

— Vous semblez avoir un talent pour découvrir la vérité, avait-il déclaré lorsqu'il l'avait rappelée.

Depuis qu'un reporter s'était introduit dans sa propriété, terrifiant ses enfants, McGraw n'avait donné aucune interview, sauf au journal local.

— Je travaille dur pour y parvenir, avait-elle dit, surprise par sa propre nervosité.

— Et vous pensez y parvenir dans notre cas ?

— Je le souhaite.

Il ne pouvait deviner à quel point.

— Mais je dois être franche avec vous, il faut que j'aie accès à tout ce dont j'ai besoin, lieux et personnes. Cela signifie que je m'installerai chez vous pendant quelque temps. Êtes-vous sûr d'être d'accord ?

Elle avait retenu son souffle. Elle avait appris bien longtemps auparavant que de telles exigences, loin de décourager de potentiels clients, contribuaient à lui donner une image plus professionnelle. Elles établissaient aussi un nouvel équilibre. Ce n'était pas elle qui les suppliait de raconter leur histoire. Au contraire, elle leur faisait une faveur.

Il y avait eu un long silence à l'autre bout du fil et elle avait fermé les yeux, les doigts crispés autour du téléphone. Elle désirait tant cette enquête. Trop, sans doute. Peut-être aurait-elle dû…

— Quand envisagez-vous de venir ? avait demandé Travers McGraw.

Nikki, submergée par l'émotion, avait été à peine capable de parler.

— Eh bien, je suis en train de terminer un projet.

— Vous savez que ça fait vingt-cinq ans maintenant ?

Pas tout à fait. Il restait deux semaines avant l'anniversaire de la date à laquelle les jumeaux avaient été enlevés. Et Nikki voulait être chez les McGraw à ce moment-là.

— Je peux arriver dans une semaine, avait-elle répondu en croisant les doigts bien qu'elle ne soit pas superstitieuse.

— Je m'occuperai de tout. Comptez-vous prendre l'avion jusqu'à Billings ? Je peux demander à un de mes fils de…

— Non, merci, ce ne sera pas nécessaire. Je viendrai en voiture.

Certes, elle avait hâte de rencontrer ses fils, mais elle tenait aussi à être maîtresse de ses mouvements.

— J'espère que vous pourrez faire un miracle pour nous, soupira McGraw. Si je peux vous aider en quoi que ce soit…

— Nous parlerons plus longuement quand je serai sur place. Il vaut mieux que personne ne sache que j'arrive. Je suis sûre que, dans une petite ville comme Whitehorse, la rumeur se répandra bien assez vite.

— En effet.

Elle était partie quelques jours plus tôt qu'elle ne le lui avait laissé entendre, désireuse de rencontrer Marianne McGraw et de se faire une idée de Whitehorse avant d'aller au ranch. Dès qu'on connaîtrait la raison de sa venue, on ne lui accorderait plus la même audience.

Tess écrasa sa cigarette.

— Si Travers McGraw est dévoué à la mère de ses enfants, pourquoi a-t-il épousé la nourrice peu après son divorce ? demanda Nikki, espérant glaner quelques renseignements supplémentaires avant que Tess retourne à l'intérieur.

— C'était neuf ans après l'enlèvement, rectifia celle-ci. À ce qu'on raconte, Patty a débarqué avec un bébé dans les bras et une histoire à vous fendre le cœur. C'est un homme si gentil qu'il l'a crue, je suppose.

À l'évidence, Tess n'appréciait guère Patricia McGraw.

— Un bébé ? Il était le père ?

Là encore, Tess secoua la tête.

— Il adorait son épouse. Il l'aime encore. Quant à savoir qui est le père de ce bébé, c'est un mystère.

— Est-il possible que Patty ait été impliquée dans l'enlèvement ?

Tess arqua un sourcil et jeta un coup d'œil anxieux par-dessus son épaule.

— Eh bien, elle a eu le mari, n'est-ce pas ? Tout le monde dit qu'elle l'a épousé pour son argent. Il y a une assez grande différence d'âge entre eux et elle n'aurait pas voulu élever les enfants de Marianne, elle a déjà fort à faire avec la sienne. Une enfant gâtée, celle-là !

Pourquoi la nourrice était-elle revenue au ranch des années après les faits ? se demanda Nikki. Patty détenait-elle des informations au sujet de l'enlèvement et Travers McGraw l'avait-il épousée pour l'empêcher de parler ? Mais dans ce cas, pourquoi avoir attendu si longtemps ?

— On ne peut que s'interroger, ajouta Tess en ressortant ses clés de sa poche.

Sur le point de rouvrir la porte, elle hésita.

— Il a dû arriver quelque chose d'épouvantable ce soir-là pour que les cheveux de Marianne blanchissent d'un seul coup. Quelque chose de si épouvantable qu'elle ne peut plus parler.

— De plus épouvantable que l'enlèvement de ses bébés ?

Tess frissonna.

— J'essaie de ne pas y penser. Mais si elle était amoureuse du dresseur de chevaux…

Elle se pencha vers elle avec un air de conspiratrice.

— Et si elle avait tué les enfants avant de les lui passer par la fenêtre ?

Nikki sentit un frisson glacé la parcourir. Jamais elle n'avait envisagé cette possibilité. D'après ce qu'elle avait lu sur l'affaire, on pensait que quelqu'un — Marianne, selon le procureur — avait donné aux enfants du sirop pour la toux contenant de la codéine pour les endormir. Peut-être leur en avait-elle administré une trop forte dose.

Elle avait mal à la tête. Elle ne songeait qu'à cette affaire depuis qu'elle avait découvert par hasard des articles de journaux jaunis dans un coffre appartenant à sa mère et qu'elle avait appris qui était son père.

Tout d'abord, elle n'avait pas compris pourquoi sa mère avait conservé ces articles. Et puis, elle avait reconnu l'homme sur la photo. Celle-ci avait été prise le jour où Nate Corwin avait été condamné. Nikki n'avait alors pas pu s'empêcher de questionner sa mère.

— Je me suis toujours demandé pourquoi, puisque tu aimais mon père, tu n'avais pas continué à porter son nom. Car vous étiez mariés, n'est-ce pas ?

L'horreur s'était peinte sur le visage de sa mère. Elle ne s'était jamais remariée, mais elle avait repris son nom de jeune fille, St. James.

— Pourquoi me demandes-tu… ?

— Tu m'as dit que mon père était mort.

— C'est vrai.

— Mais tu as oublié de mentionner qu'il était mort alors qu'on le transportait en prison pour enlèvement et meurtre d'enfants.

— Il était innocent. Il me l'a juré ! avait protesté sa mère en pleurant.

Elle était convaincue que son mari n'avait pas eu de liaison avec Marianne McGraw, et qu'il n'avait joué aucun rôle dans l'enlèvement et le meurtre des jumeaux.

Pourtant, quelqu'un était bel et bien coupable. Et s'il ne s'agissait pas de son père, quelqu'un l'avait sciemment laissé accuser d'un crime qu'il n'avait pas commis.

Nikki était résolue à découvrir la vérité, coûte que coûte. Travers voulait désespérément qu'elle y parvienne. La famille de ce dernier, en revanche…

Elle avait réfléchi à la manière d'établir un contact avec au moins un des fils avant de se rendre au ranch pour rencontrer le reste du clan McGraw.

À ses yeux, il ne faisait aucun doute que certains membres de la famille n'avaient pas dit tout ce qu'ils savaient au shérif, vingt-cinq ans plus tôt. Peut-être n'avaient-ils pas saisi l'importance de ce qu'ils avaient vu ou entendu. Ou peut-être avaient-ils des raisons de garder certaines choses pour eux.

— Comment avez-vous commencé à écrire des livres sur les crimes ? demanda soudain Tess, comme si elle repoussait le moment de rentrer dans le couloir lugubre.

— J'ai ça dans le sang, répondit Nikki. Mon grand-père a reçu le prix Pulitzer. J'ai toujours rêvé de marcher sur ses traces.

— Il doit être fier de vous, commenta Tess sur un ton presque mélancolique.

Nikki acquiesça distraitement. L'opinion de son grand-père comptait énormément pour elle, en effet. Aussi était-elle prête à tout pour parvenir à la vérité — et même à risquer sa vie s'il le fallait.

3

Cull McGraw abaissa les vitres de son pick-up. Le ciel était d'un bleu immaculé d'un bout à l'autre de l'horizon. Au loin, la neige couronnait encore les sommets des Little Rockies, et le vert du printemps commençait à recouvrir la prairie.

Des jours comme celui-ci, Cull avait le sentiment de pouvoir respirer. En partie, c'était le fait de quitter le ranch qui produisait cet effet sur lui. Il s'estimait heureux d'avoir intercepté le journal avant que Frieda, la cuisinière, l'ait apporté à son père.

Cull n'avait pas besoin de calendrier pour savoir que la date anniversaire de l'enlèvement approchait à grands pas. La douleur qu'il lisait dans le regard de son père lui suffisait. Le chagrin semblait envelopper toute la maisonnée tel un linceul.

Année après année, la douloureuse épreuve se répétait. La journée passerait. Rien ne se produirait. Personne ne viendrait apporter d'informations sur les jumeaux disparus. Une autre année s'écoulerait. Une autre année où les espoirs de son père seraient cruellement piétinés, laissant place à une amère déception.

Le pire, c'était les journaux, avec les portraits numériquement mis à jour d'Oakley et de Jesse Rose.

Cull soupira comme il distinguait les abords de Whitehorse. Il aurait dû se douter qu'à l'occasion du vingt-cinquième anniversaire le journal local publierait un article spécial. Il jeta un coup d'œil au numéro jeté sur le siège à côté de lui. Le peu qu'il avait lu avait suffi à le mettre hors de lui. Quand son père finirait-il par accepter que les jumeaux ne reviendraient pas ? Il connaissait la réponse. Jamais. Travers McGraw garderait jusque sur son lit de mort l'espoir de revoir ses enfants.

Mais, cette année, l'éditeur du journal avait persuadé son frère Ledger de donner une interview. Bouillonnant de colère, Cull s'engagea dans la rue principale. Ainsi qu'il l'avait escompté, le pick-up de Ledger était là — garé devant le Whitehorse Café.

Exactement comme les jours précédents, Nikki vit Ledger entrer dans le Whitehorse Café. Il arrivait à la même heure chaque matin, se garait devant l'établissement et ajustait son stetson avant de descendre du véhicule.

Assise en face, dans le jardin public, Nikki le regarda par-dessus son journal. Un instant, il hésita sur le seuil et elle devina ce qu'il cherchait. Ou plutôt, qui il cherchait.

Il porta une main à son chapeau pour saluer la serveuse aux cheveux roux et s'installa à une banquette. Agé de trois ans au moment de l'enlèvement, il en avait donc vingt-huit à présent. Il émanait de lui une certaine innocence, une politesse un peu surannée. Il veillait à frotter ses bottes sur le paillasson avant de pénétrer dans le café. Il retirait son stetson à l'instant où il entrait. Et puis il attendait qu'on lui propose de s'asseoir.

Elle s'était focalisée sur Ledger pour deux raisons : il était le seul membre de la famille dont la routine soit aussi prévisible, et après l'avoir observé trois jours de suite, elle devinait qu'il avait une nature confiante et espérait qu'il serait disposé à l'aider.

Nikki ne se berçait d'aucune illusion : cette enquête n'allait pas être facile. Elle avait entendu dire par d'autres journalistes que la famille haïssait les reporters et que tous ses membres à l'exception de Travers refusaient de parler de l'enlèvement. Cependant, elle avait désespérément besoin d'un allié au ranch, et elle espérait que Ledger remplirait ce rôle.

Elle aurait aimé avoir plus de temps devant elle avant de passer à l'action, mais les jours s'écoulaient et le vingt-cinquième anniversaire des faits approchait à grands pas. Elle était encore parcourue d'un frisson chaque fois qu'elle regardait les clichés qu'elle avait pris de Marianne McGraw. Elle ne s'était pas laissé emporter par son imagination. La femme s'était bel et bien à demi levée de son siège, les yeux fous, les mains crispées autour de ses « bébés ».

Si Nikki avait craint que la mère des enfants n'ait entièrement perdu l'esprit, ses doutes s'étaient dissipés désormais. À présent, elle devait découvrir si les rumeurs concernant Nate Corwin et elle étaient fondées.

Ledger avait pris place sur sa banquette habituelle. Un instant plus tard, la fille rousse déposa un café et un menu devant lui, ainsi qu'un journal que Nikki supposa être identique à celui qu'elle tenait entre ses mains, le *Milk River Courier.*

L'hebdomadaire local datait de ce matin même, et contenait une interview de Ledger. Nikki en avait été surprise, puisque, à sa connaissance, Ledger n'avait jamais évoqué la disparition des jumeaux devant un journaliste. Ce revirement lui donnait une raison supplémentaire de penser qu'il pourrait faciliter son introduction dans la famille.

Dans le café, Ledger accepta le menu qu'on lui tendait, mais ne le regarda pas. Au lieu de quoi, il suivit des yeux la serveuse rousse qui s'éloignait.

Quelque chose dans son expression lui toucha le cœur. Une vulnérabilité qui l'obligea à se détourner un instant. L'émotion qu'elle avait lue sur son visage n'était que trop évidente pour quiconque l'observait.

Cependant, personne ne l'observait à part elle. À l'évidence, le jeune homme était follement épris de la serveuse rousse. Et ce jour-là, Nikki remarqua un détail qui lui avait échappé les jours précédents.

Alors que la jeune femme retournait à la table pour prendre la commande de Ledger, elle saisit le reflet métallique d'une alliance sur l'annulaire de sa main gauche.

Nikki en eut le cœur serré pour Ledger. L'amour qu'il éprouvait n'était pas réciproque, et il était clair que ces deux-là avaient un passé. La jeune femme rousse était allée de l'avant, tandis qu'apparemment Ledger n'en avait rien fait.

Elle se demanda brièvement ce qui les avait séparés, puis refoula sa curiosité. Son grand-père l'avait souvent mise en garde contre le danger de s'attacher à ses sujets.

Et dans cette affaire, elle devait être particulièrement prudente.

— Si on commence à avoir de l'affection pour eux, on perd son objectivité, avait-il expliqué lorsque, encore adolescente, elle lui avait demandé comment il pouvait écrire comme il le faisait sur la souffrance des gens. Les meilleurs articles traitent de la douleur humaine. C'est comme ça. Les gens qui ont souffert font de bons sujets. Chacun peut s'identifier à eux parce que nous avons tous perdu quelqu'un ou quelque chose qui nous est cher.

— Qu'as-tu perdu, toi ? avait-elle demandé, intriguée de ne jamais avoir décelé en lui la moindre faille.

— Rien.

Elle l'avait cru. Rien n'empêchait son grand-père d'obtenir ce qu'il voulait. Il avait été prêt à tout risquer pour un bon article, et, par la suite, pour le journal qu'il avait acheté. Nikki soupçonnait que c'était une des raisons qui avaient poussé sa grand-mère à le quitter pour un autre homme. Non que son grand-père ait paru s'en émouvoir. Ou alors il cachait bien son chagrin.

Ledger McGraw souffrait, et Nikki ne pouvait s'empêcher d'avoir de la compassion pour lui. Son grand-père, lui, l'aurait encouragée à exploiter cette nouvelle information au maximum.

— Ne perds jamais ton objectif de vue, avait-il toujours dit. Et ton objectif, c'est d'écrire le meilleur article possible. Tu n'es pas là pour résoudre les problèmes des gens ni pour te lier d'amitié avec eux.

Cela avait paru froid à Nikki.

— La distance émotionnelle est essentielle, avait-il repris.

Fais comme si tu étais une mouche sur le mur. Une mouche qui doit de temps à autre s'envoler et se poser ici ou là pour obtenir quelque chose qui en vaut la peine.

Une bouffée d'anxiété l'envahit. Elle devait agir aujourd'hui, et Ledger n'allait pas tarder à terminer son petit déjeuner. Elle ne pouvait plus attendre. Comme elle allait se lever, Ledger saisit la jeune serveuse par le poignet alors qu'elle passait devant sa table.

Il lui adressa quelques mots, et Nikki lut sur leurs visages des émotions enfouies à fleur de peau. La serveuse se dégagea brusquement, au bord des larmes, et la souffrance de Ledger était si vive qu'elle en était presque palpable. Nikki se sentit coupable pour ce qu'elle s'apprêtait à faire.

Ledger regretta aussitôt d'avoir saisi Abby par le poignet.

— Il t'a encore brutalisée, murmura-t-il sans la regarder.

— Ledger, ne…

Comme elle se dégageait, il leva de nouveau les yeux vers elle.

— Abby, dit-il d'un ton presque suppliant. Si cet homme te fait du mal…

— Ne t'en mêle pas, s'il te plaît, souffla-t-elle, les larmes aux yeux. S'il te plaît.

Sa voix s'étrangla.

— Tu ne comprends pas.

Il secoua la tête. Il ne comprenait que trop bien, au contraire.

— Un homme qui te fait du mal ne t'aime pas.

Elle déglutit avec difficulté, essuyant ses larmes d'un revers de main.

— Tu n'en sais rien, assena-t-elle avant de se hâter vers la cuisine. Il m'a serré le poignet trop fort, voilà tout. Ce n'est rien.

Ledger lâcha un juron. Il n'en savait rien, c'était vrai. Il n'avait jamais compris ce qui avait pu attirer Abby chez Wade Pierce. Et encore moins pourquoi elle restait avec lui.

Il se força à manger quelques bouchées de plus, puis déposa

l'argent de l'addition et du pourboire sur la table, attrapa son chapeau et sortit.

Une fois dehors, il resta un instant immobile au soleil, essayant de contrôler les émotions qui faisaient rage en lui. Ce n'était pas la première fois qu'il voyait des bleus sur Abby, même si elle faisait de son mieux pour les cacher. Ce salopard la maltraitait — il en était convaincu.

Il n'avait qu'une envie : tuer Wade de ses propres mains. Il dut se faire violence pour ne pas aller le trouver et en découdre avec lui sur-le-champ. Mais il savait que cela ne résoudrait rien, sinon causer plus de détresse encore à Abby.

Lorsqu'elle verrait enfin Wade tel qu'il était réellement, lorsqu'elle comprendrait que c'était un vantard doublé d'un tyran… Un nouveau juron lui échappa. Peut-être Abby ne se rendrait-elle jamais à l'évidence. Elle était persuadée qu'il ne pouvait pas vivre sans elle.

— Ledger ?

Le son d'une voix féminine le fit se retourner. Marta, l'autre serveuse, une amie d'Abby, lui tendait le journal.

— Tu as oublié ça, dit-elle gentiment.

C'était le problème quand on vivait dans une petite ville. Tout le monde était au courant de vos affaires, y compris quand on vous brisait le cœur. Il n'avait pas lu l'article du journal et n'était pas sûr de vouloir le faire. Il ne savait pas ce qui lui était passé par la tête quand le rédacteur en chef l'avait abordé.

— Merci, marmonna-t-il.

La porte se referma. Le journal à la main, il s'éloigna, presque étourdi de fureur et de frustration. Il brûlait toujours du désir insensé d'aller attraper Wade par le col et de le chasser de Whitehorse, de le repousser jusqu'à la frontière du Dakota du Nord.

Pourtant, il savait qu'il était responsable de tout ce gâchis. Il avait laissé Abby le quitter. Il l'avait pratiquement poussée dans les bras de Wade. Il ne s'était pas senti prêt à se marier. Il l'aimait de tout son cœur, mais il avait voulu attendre d'avoir assez d'argent pour qu'ils s'installent dans leur propre ranch. Il ne voulait pas amener Abby à Sundown Stallion Station. C'était tout juste s'il pouvait supporter d'y vivre et il s'était dit qu'il n'avait pas le droit de lui imposer cela. Et puis Wade était arrivé, offrant apparemment tout ce que lui, Ledger, n'avait pas pu offrir.

Tête baissée, il se dirigea vers son pick-up.

Un deuxième pick-up portant le logo de Sundown venait de se garer dans la rue. Nikki regarda le cow-boy qui en descendait et eut le souffle coupé. Elle avait vu des photos de Cull McGraw dans les journaux, mais aucune ne capturait l'aura qui émanait de lui.

Grand, large d'épaules, il s'avançait à grands pas vers son frère comme s'il avait un compte à régler avec lui.

— Ledger ! lança-t-il, l'air furieux. Tu as vu ça ?

Il agitait un journal dans son poing crispé.

Ledger se tourna vers lui, visiblement déconcerté, songeant sans doute encore à la serveuse du café. À l'évidence, il n'avait pas encore pris la peine de jeter un coup d'œil à l'hebdomadaire qu'il tenait à la main.

— Pourquoi diable as-tu parlé à la presse ? Et pourquoi ne m'as-tu pas dit que notre père avait augmenté la récompense ? Une fois de plus !

Cull abattit le journal sur sa cuisse puissante.

— Patricia va se mettre dans tous ses états. Le ranch va être un enfer !

— Nous ne devrions peut-être pas avoir cette conversation ici, entendit-elle Ledger répondre. Notre vie est suffisamment exposée aux regards, tu ne crois pas ?

Cull lâcha un juron. Deux serveuses se tenaient derrière la vitrine du café, flanquées de plusieurs clients.

— Très bien. Nous en parlerons à la maison, marmonna-t-il.

La mine résignée, Ledger se tourna vers la vitrine. La jeune femme rousse n'était plus là. Il demeura immobile un instant, comme s'il portait le poids du monde sur ses épaules. Puis il monta dans son pick-up, fit rugir le moteur et démarra, laissant un nuage de poussière sur son passage.

Nikki reporta son attention sur Cull. La situation venait de prendre un tour imprévu. Elle hésita, indécise.

Cull avait atteint son véhicule, mais n'était pas encore monté. Il suivait Ledger des yeux, le visage empreint de colère.

S'il était à ce point contrarié par un simple article dans le journal local, quelle serait sa réaction lorsqu'il découvrirait qu'elle allait écrire un livre sur l'enlèvement ?

Allait-elle changer d'avis concernant l'élément le plus dangereux de son plan ?

Agacé contre lui-même, Cull ouvrit la portière à la volée et grimpa dans son pick-up. Pourquoi était-il venu ? Il aurait dû attendre le retour de son frère au ranch, mais il avait été si indigné... Pourtant, au fond, il savait que Ledger n'avait rien fait de mal.

Il jeta le journal sur le siège passager et lança le moteur. Comme tout le monde à Whitehorse, il avait laissé la clé sur le contact. Si ç'avait été l'hiver et non une belle journée de printemps, il aurait laissé le moteur tourner pour avoir chaud à son retour.

L'hebdomadaire s'ouvrit, révélant l'article qui s'étalait à la une.

VINGT-CINQ ANS APRÈS :
OÙ SONT LES JUMEAUX MCGRAW ?

Ce maudit anniversaire pesait sur lui chaque année, songea-t-il en secouant la tête. Le journal ne manquait jamais de publier un article, voire, comme cette année, une page spéciale. Il n'avait lu que les premières citations, une de Ledger et une de son père, avant de partir en furie demander des comptes à son frère.

Il comprenait parfaitement pourquoi le rédacteur en chef

avait choisi de s'adresser à Ledger. Celui-ci était trop gentil, trop courtois. Si le journaliste était venu à lui, il en aurait eu pour son grade. Mais Ledger avait simplement avoué que la disparition des jumeaux « tuait son père à petit feu ».

Comment son père pouvait-il être encore convaincu qu'Oakley et Jesse Rose étaient toujours en vie ? Travers McGraw entretenait l'idée insensée que les jumeaux avaient été vendus à un couple qui, ignorant qu'ils avaient été enlevés, les avait élevés comme s'ils étaient leurs propres enfants.

Cull et ses frères avaient tenté de lui faire entendre raison.

— Comment ce couple aurait-il pu ne pas être au courant ? avaient-ils argué. On en a parlé dans tous les journaux du pays et à la télévision.

Son père n'avait pas de réponse à leur offrir. Il se contentait de dire qu'il savait que les jumeaux étaient vivants et qu'ils reviendraient un jour.

Cull devinait que son père avait besoin d'y croire. L'autre possibilité, à savoir que son épouse et son prétendu amant avaient kidnappé et tué les enfants par appât du gain, était trop horrible à envisager.

Sous la pliure du journal se trouvaient les photos des bébés que son père avait remises au journal. Tous les deux avaient les cheveux bruns des McGraw, les grands yeux bleus de leurs aînés. Avec leur bouche en cœur et les joues rebondies, ils ressemblaient à deux angelots.

Lorsqu'il avait lu que son père avait doublé la récompense qu'il offrait en échange d'informations, Cull avait perdu son sang-froid.

Il imaginait d'ici la réaction de sa belle-mère. Pire, il soupçonnait qu'une telle somme allait attirer toutes sortes d'escrocs et de types un peu fêlés — exactement comme par le passé. Où son père avait-il eu la tête ? Il était au désespoir, Cull s'en rendait compte, et cette pensée l'effrayait.

Son père avait été souffrant dernièrement et son rétablissement tardait à venir. Cette récompense était-elle une ultime tentative pour retrouver les jumeaux parce qu'il se savait mourant ? Cette hypothèse le troublait profondément. Son père leur dissimulait-il la vérité ?

Deux autres portraits des jumeaux illustraient l'article, numériquement vieillis afin de les montrer tels qu'ils pourraient être à présent. Cull frissonna. Comment son père pouvait-il supporter de les regarder ? C'était à briser le cœur de n'importe qui.

Le reste n'était que du réchauffé : un résumé des faits qui s'étaient déroulés vingt-cinq ans plus tôt. Ce qui ne figurait pas dans l'histoire, c'était que Travers avait vendu son meilleur cheval pour rassembler l'argent de la rançon et que, même après l'arrestation de Nate Corwin, celle-ci n'avait jamais été retrouvée.

L'article ne mentionnait pas non plus ce que Travers et Marianne avaient perdu. Sans parler du traumatisme des enfants qui restaient. Leur mère avait été placée dans un hôpital psychiatrique et leur père, en proie à un chagrin insondable, se cramponnait envers et contre tout à un espoir qui le consumait.

Cull roula l'hebdomadaire en boule et le jeta sur le plancher. S'était-il vraiment imaginé pouvoir le cacher aux autres membres de sa famille ? Tôt ou tard, tout le monde le verrait. Sa belle-mère, Patricia, s'était lassée depuis belle lurette de l'effervescence annuelle qui entourait l'anniversaire de la disparition des jumeaux. Ce nouvel article la rendrait furieuse.

Car le journal local n'était sûrement qu'un début, songea Cull en ravalant un juron. D'autres allaient s'y intéresser, et des chaînes de télévision aussi.

Une partie de lui-même était tentée de quitter la ville jusqu'à ce que les choses se soient tassées. Mais si fâché soit-il contre son père, il ne pouvait l'abandonner. Travers avait besoin de ses fils, maintenant peut-être plus que jamais. Car s'il était plus malade qu'ils l'avaient tous pensé…

Il fit marche arrière, soudain pressé de rentrer à la maison et d'apaiser les esprits si possible. Il enclencha la première et n'avait fait qu'un mètre ou deux quand une jeune femme surgit sur la chaussée, pile devant lui.

Il écrasa la pédale de freins, mais trop tard. Il sentit l'impact et, la gorge nouée, vit s'effondrer la jeune femme.

Elle disparut de son champ de vision.

4

Cull s'agenouilla à côté de la jeune femme brune étendue sur la chaussée, terrifié à la pensée qu'il l'avait tuée. Déjà, des gens se ruaient vers la scène. Quelqu'un appelait les secours. Il effleura l'épaule de la blessée. Elle ne réagit pas.

— Elle est vivante ? cria quelqu'un devant le café. L'opérateur a besoin de savoir si elle respire et si elle a des blessures visibles.

Cull souleva le poignet de la jeune femme et le palpa, en quête d'un pouls. Mais son propre cœur cognait si fort qu'il était incapable de dire si celui de l'inconnue battait encore. Il se pencha vers elle, la joue contre ses lèvres, priant pour qu'elle soit en vie.

Une bouffée de soulagement l'étourdit lorsqu'il sentit son souffle tiède sur sa peau. Comme il se redressait, elle ouvrit les yeux. Ils étaient immenses, et d'un bleu aussi vif que le ciel du Montana. Un soupir collectif de soulagement traversa le petit groupe tandis qu'elle tentait de s'asseoir.

— Ne bougez pas, ordonna Cull. Une ambulance est en route.

Elle secoua la tête.

— Une ambulance ?

Elle sembla s'apercevoir soudain de l'attroupement qui s'était formé autour d'elle.

— Que s'est-il passé ?

— Vous avez voulu traverser la rue, expliqua-t-il. Je ne vous ai vue que trop tard.

— Laissez-moi me lever, s'il vous plaît. Je vais bien.

— Mais je vous ai heurtée avec ma voiture.

Elle se redressa.

— Aidez-moi à me relever, ça ira, je vous assure, affirma-t-elle en jetant un coup d'œil alentour. Où est mon sac à main ?

À cet instant précis, le shérif McCall Crawford se fraya un chemin parmi les badauds.

— Qu'est-il arrivé ? s'enquit la policière en s'agenouillant à côté de l'inconnue.

— Elle a voulu traverser, répondit Cull. J'ai freiné, mais…

Il avait eu l'esprit si troublé… Il n'avait même pas vu cette femme avant qu'elle descende du trottoir.

— Je vous l'ai dit, intervint celle-ci. Vous ne m'avez pas percutée. Vous m'avez peut-être effleurée, c'est tout, et j'ai dû m'évanouir.

Elle regarda une fois de plus autour d'elle.

— Si vous pouviez juste retrouver mon sac…

La policière repéra celui-ci et le lui tendit.

— Vous êtes sûre que vous allez bien, mademoiselle… ?

— St. James. Nikki St. James.

— Je préférerais quand même que vous soyez examinée par les ambulanciers.

— C'est inutile, vraiment. Je me sens idiote. Si j'avais fait plus attention…

— Non, coupa Cull. C'est moi qui ne faisais pas attention.

L'ambulance arriva, et deux secouristes en descendirent. Cull recula pour les laisser s'approcher. « Nikki St. James. » Il fronça les sourcils. Il avait vu ce nom récemment quelque part.

La policière l'attira à l'écart.

— Je vais devoir faire un rapport sur cet incident. Je vous suggère d'appeler votre agent d'assurances.

— Elle a dit qu'elle n'avait rien.

— Elle ne semble pas avoir été touchée, confirma la policière. Il est probable qu'elle se soit évanouie de frayeur.

Néanmoins, par précaution, informez votre assurance. On va peut-être vous demander de lui faire signer un papier vous déchargeant de toute responsabilité.

Les secouristes aidaient la jeune femme à se remettre debout. Cull l'entendit dire qu'elle devait retourner à sa voiture de location. Qu'elle était en retard pour un rendez-vous.

— Je ne suis pas certain que vous devriez conduire, déclara un des ambulanciers.

— Je suis d'accord. Je peux vous emmener où vous avez besoin d'aller, proposa Cull en faisant un pas en avant.

Des larmes jaillirent dans les yeux de l'inconnue.

— À vrai dire, je vous en serais reconnaissante. Je ne connais pas la région. Secouée comme je le suis, je risquerais de me perdre.

— Où allez-vous ?

— À un ranch en dehors de la ville. Le Sundown Stallion Station. Vous le connaissez ?

Cull la dévisagea et se sentit blêmir. Il se rappelait à présent où il avait vu son nom.

Sur un calepin posé sur le bureau de son père.

McCall Crawford observa Cull qui aidait l'inconnue à monter dans son pick-up. Il semblait encore plus secoué qu'elle.

La policière tenta de réprimer le malaise diffus qui l'avait envahie, mais elle était soupçonneuse de nature, et l'exercice de son métier n'avait rien arrangé. Elle avait entendu parler d'escroqueries qui commençaient par de faux accidents. Des gens prétendaient avoir été heurtés par un véhicule dans l'espoir d'en tirer un gain financier.

Comme Cull démarrait, elle ne put s'empêcher de s'interroger sur cette Nikki St. James, et surtout sur la raison de sa présence à Whitehorse. Avait-elle réellement rendez-vous au ranch ? Ou était-elle une journaliste qui tentait de s'introduire dans les lieux ?

Après la publicité générée par l'enlèvement des jumeaux,

Travers McGraw avait dû faire installer une barrière à l'entrée du ranch, et celle-ci était toujours fermée à clé. Cull venait-il d'être victime d'une ruse ?

Elle jeta un coup d'œil vers le café. Il était bien possible qu'un client ou une serveuse ait été témoin de l'incident. Pourquoi ne pas aller poser la question pour faire taire la petite voix dans sa tête qui lui disait que quelque chose clochait ? D'ailleurs, elle avait bien besoin d'un café.

Le pick-up de Cull la dépassa. Ce dernier avait l'air inquiet. À raison, sans doute. Quant à Nikki St. James, elle tournait la tête vers le café comme si quelqu'un, là, l'intéressait.

McCall suivit son regard. Abby Pierce, la serveuse aux cheveux roux, se tenait derrière la vitrine.

Nikki avait beau tenter de se détendre, sa nervosité revenait au galop chaque fois qu'elle sentait le regard de Cull se poser sur elle. Le pari avait été risqué. Il aurait très bien pu la tuer.

À l'origine, elle avait visé Ledger, en raison de sa gentillesse. Elle avait espéré que l'incident le rendrait mieux disposé envers elle lorsqu'il saurait qui elle était.

Quant à savoir si ce stratagème fonctionnerait avec Cull, elle en était moins sûre. Tout d'abord, celui-ci s'était senti si coupable qu'il aurait fait n'importe quoi pour elle. Puis elle avait lu le choc sur son visage lorsqu'elle avait révélé l'endroit où elle se rendait.

— Merci de m'emmener. Je suis navrée de vous obliger à faire un détour.

— Ce n'est pas un détour. Vous avez rendez-vous avec Travers McGraw ?

— Oui.

Son regard la transperça tel un laser.

— C'est mon père. Je suis Cull McGraw, l'aîné de ses fils.

Elle feignit la stupeur.

— Oh ! Je savais que Whitehorse était une petite ville, mais…

Les yeux de Cull croisèrent les siens, soupçonneux. Cet homme était tout sauf naïf. Nul besoin d'être un génie pour le savoir.

Elle se souvint du changement qui s'était opéré en lui après qu'elle s'était présentée. Le shérif lui avait-il dit quelque chose de nature à jeter des doutes sur l'incident ?

Il n'avait presque rien dit depuis qu'ils étaient sortis de la bourgade. Dans cette partie du Montana recouverte de prairies, les bisons avaient abondé autrefois. C'était une contrée sauvage, songea-t-elle, observant le cow-boy du coin de l'œil. Il ne devait pas être facile de vivre dans un lieu où la température pouvait passer de trente degrés au-dessus de zéro à moins dix en un rien de temps.

Il émanait de Cull une virilité qui semblait envahir l'habitacle du pick-up. Il aurait fallu qu'elle soit plongée dans le coma pour ne pas avoir une conscience aiguë de la présence de cet homme, séduisant en dépit de ses sourcils froncés. Avait-il deviné que l'incident qui venait de se dérouler n'était qu'une ruse ? Elle aurait dû s'en tenir à sa première idée et attendre Ledger.

Cependant, il était trop tard pour revenir en arrière. Ce fut avec soulagement qu'elle vit le panneau indiquant la piste qui conduisait au ranch. Son pouls s'emballa. Le Sundown Stallion Station lui rappelait les westerns qu'elle avait affectionnés durant toute son enfance. Des pâturages verdoyants ceints de clôtures d'un blanc étincelant : on se serait cru dans le Kentucky, et non dans le fin fond du Montana.

Cull McGraw braqua la télécommande sur l'énorme portail qui, elle le savait, avait été mis en place peu après l'enlèvement des jumeaux afin de maintenir journalistes et curieux à distance. Des gens qui, finalement, n'étaient pas très différents d'elle.

La barrière pivota sans un bruit, et se referma sur leur passage.

Elle était entrée. Son grand-père lui avait enseigné que tout était permis pour obtenir une histoire qui en valait la peine. Elle obtiendrait celle-ci. Malgré tout, elle avait mal à la tête et regrettait sa mise en scène en ville ; elle avait pris des risques pour rien. Cull semblait plus que méfiant à son égard.

Justement, il se tournait vers elle.

— Comment vous sentez-vous ?

Nerveuse, effrayée, excitée, terrifiée.

— J'ai un peu mal à la tête.

À vrai dire, sa chute avait été plus brutale qu'elle ne l'avait escompté.

L'inquiétude envahit les traits de Cull. Manifestement, il se sentait coupable. Nikki eut un remords, qu'elle se hâta de refouler. Elle devait découvrir la vérité sur son père, songea-t-elle, la gorge nouée.

Et si son grand-père avait raison et que la vérité se révélait trop dure à accepter ?

Cette entreprise allait bien au-delà de la rédaction d'un livre, autant se l'avouer. Si elle était venue jusqu'ici, c'était pour prouver que Nate Corwin était innocent.

— Nate Corwin était un coureur de jupons, avait assené son grand-père la veille du jour où elle était partie pour Whitehorse. Bien sûr qu'il avait une liaison avec Marianne McGraw. Il aimait les femmes riches. C'est pour cette raison qu'il a épousé ta mère.

— Je refuse de croire cela.

— Dommage que tu ne puisses pas poser la question à ta mère. À ce que j'ai entendu dire, elle est partie en voyage à Paris. Enfin, j'imagine qu'elle le défendrait, comme elle l'a toujours fait, avait soupiré Wendell St. James. Ne viens pas pleurer sur mon épaule quand tu auras appris le pire.

— Je ne suis jamais venue pleurer sur ton épaule, avait-elle protesté.

— Tu es une fille intelligente.

Lorsqu'elle avait questionné sa mère au sujet de ce qu'elle avait découvert, Georgia lui avait dit que son père n'avait jamais aimé Nate.

— Parce que Nate était un esprit indépendant, avait-elle

expliqué. Juste après notre mariage, ton grand-père a voulu l'engager, mais Nate a refusé tout net en disant : « Je suis dresseur de chevaux, pas gratte-papier. Je ne vais pas m'asseoir derrière un bureau toute la journée, et encore moins dans un journal. »

Elle avait émis un petit rire.

— Tu peux imaginer la réaction de mon père.

En effet.

— Donc, il n'y a rien de vrai dans ce qu'ont raconté les médias ? Il ne te trompait pas ?

Sa mère avait souri.

— Ton père m'aimait et il t'adorait. Il avait hâte de finir son travail au ranch pour nous rejoindre.

— Dans ce cas, pourquoi était-il allé travailler là-bas, si loin ?

— Parce qu'il avait une passion pour son métier et pour les chevaux. Il s'absentait souvent, mais il n'aurait jamais été infidèle.

Était-ce vrai ? Ou avait-il commis bien pire qu'une simple infidélité ?

— J'irai vous chercher de l'aspirine dès que nous serons à la maison, dit Cull alors qu'ils roulaient dans l'allée bordée d'arbres. Si vous vous sentez trop souffrante, je suis sûr que votre rendez-vous peut être reporté.

Elle secoua la tête.

— L'aspirine suffira, merci. Je ne peux vraiment pas remettre cette conversation.

Le soleil filtrait à travers le feuillage vert foncé. Devant eux se dressait une vaste bâtisse blanche.

Nikki regarda Cull, partagée entre l'impatience et l'appréhension. Elle allait enfin pénétrer chez les McGraw.

— Je m'inquiète pour mon rendez-vous.

— Oui, votre rendez-vous.

Elle n'aima pas la manière dont il avait dit cela, et décida d'en finir une fois pour toutes.

— Je suis un peu nerveuse à la perspective de rencontrer

votre père. Je pensais qu'il vous en aurait peut-être parlé. Je suis journaliste d'investigation. J'écris des livres sur les faits divers et je vais en écrire un au sujet de l'enlèvement.

Cull lâcha un juron, arrêta brutalement le véhicule et la dévisagea, l'air atterré. Nikki soutint son regard, comme si elle ne voyait pas où était le problème. Un muscle de sa mâchoire tressauta, ses mains s'étaient raidies sur le volant, son regard bleu était devenu glacial.

Par chance, une intervention extérieure vint à son secours. La porte d'entrée s'ouvrit, livrant passage à une femme qu'elle reconnut aussitôt : Patricia Owens McGraw, surnommée Patty.

Nikki n'avait pu apprendre que peu de chose concernant Patricia, l'ex-nourrice qui était devenue la nouvelle Mme McGraw. Originaire d'une ville voisine, et devenue maman, elle avait convaincu Travers de divorcer d'avec Marianne pour l'épouser seize ans plus tôt.

L'unique photo qu'elle avait vue de Patty en tant que nourrice avait été le cliché noir et blanc un peu flou qui avait paru dans la presse à l'époque des faits. On y voyait une adolescente aux cheveux châtains raides, au regard timide derrière ses grosses lunettes.

Cela étant, Nikki fut stupéfiée par la femme qui s'avançait sur le perron. Désormais blonde comme les blés, Patty ne portait plus de lunettes et ne manifestait aucun signe de timidité. Elle arborait un diamant impressionnant à l'annulaire et des boucles d'oreilles qui brillaient de mille feux au soleil. Sa robe sortait tout droit d'une boutique très select de New York, et ses escarpins aussi.

Patty avait dix-neuf ans l'été où elle était venue garder les enfants au ranch, ce qui signifiait qu'elle en avait quarante-quatre à présent. Son mari, Travers McGraw, était âgé de soixante ans.

Patricia fronça les sourcils, pivota sur ses talons et rentra, laissant la porte ouverte derrière elle. Visiblement, elle n'était guère contente de voir que Cull amenait une femme. Travers lui avait-il parlé d'elle ?

Nikki fixa l'énorme et tristement célèbre demeure qu'elle n'avait vue jusqu'alors que sur des clichés granuleux, toujours pris de loin. Son pari allait-il vraiment réussir ? Son cœur cognait sourdement dans sa poitrine quand elle ouvrit la portière du pick-up.

Elle tenta de maîtriser ses craintes. Le temps pressait. Elle s'était déjà trouvée dans ce genre de situation. Quand elle arrivait, ceux qui détenaient des secrets commençaient à être nerveux. En général, il ne fallait pas longtemps pour que le mystère s'éclaircisse.

Cependant, Nikki n'avait que quelques jours devant elle pour mener son enquête. À en juger par l'expression de Patricia avant qu'elle s'engouffre à l'intérieur, et la réaction de Cull à son annonce, la bataille allait être rude.

Cull avait agi sur un coup de tête, il le savait. Il aurait dû écouter le shérif Crawford. Au lieu de quoi il avait proposé à cette inconnue de l'emmener, tout cela pour découvrir qu'elle allait au même endroit que lui, et pour une raison qu'il n'aurait jamais imaginée.

— Vous écrivez des livres sur les faits divers ? répéta-t-il en lui emboîtant le pas.

Son père avait-il perdu l'esprit ?

Sa belle-mère était apparue sur le seuil, l'air plus que contrariée, avant de leur tourner le dos et de repartir d'où elle était venue. Était-elle déjà au courant ? Si ce n'était pas le cas, elle allait exploser. Il était à deux doigts de le faire lui-même.

Il brûlait d'entrer en trombe dans la maison et d'exiger de son père qu'il lui donne des explications. Mais cela ne résoudrait rien, songea-t-il en se remémorant l'article de journal.

Il vit Nikki St. James se masser la tempe et grimaça. Même si elle s'était délibérément avancée devant son pick-up, l'idée qu'il aurait pu la tuer le bouleversait. Il se rappela qu'il avait promis de lui apporter de l'aspirine.

Dans l'immédiat, il avait hâte de voir son père. Et Nikki St. James aussi, visiblement.

Des éclats de voix s'élevèrent à l'intérieur. Patricia avait-elle vu l'article et la mention de la récompense plus élevée offerte par son mari ? Si oui, elle était d'ores et déjà sur le sentier de la guerre. Même vingt-cinq ans après l'enlèvement, leur famille continuait d'attirer les curieux, au point qu'ils ne recevaient que rarement. Ils s'étaient coupés du monde, et voilà que son père avait invité le pire genre de journaliste dans leur foyer.

Comment avait-il seulement eu connaissance de l'existence de cette femme ? S'était-il renseigné à son sujet ? Une chose était sûre, songea Cull en se dirigeant vers l'entrée. Ç'allait être l'enfer sur terre.

Il hésita au pied des marches, brusquement conscient d'un détail qui lui avait échappé jusqu'alors. À l'évidence, la nouvelle venue n'était pas de la région — elle portait un pantalon en toile, un chemisier blanc sur un débardeur couleur corail, des talons hauts — et son léger accent, bien qu'indéfinissable, n'était pas celui du Montana.

— Attendez une seconde, dit-il, s'adressant à son dos.

Elle s'immobilisa un instant avant de se tourner vers lui. Son visage était pâle et il craignit qu'elle ne soit plus sérieusement blessée qu'elle ne l'avait admis. Un hématome était en train de se former sur sa tempe. Cull éprouva un pincement au cœur. Qui qu'elle soit et quoi qu'elle fasse ici, il n'avait pas voulu lui faire de mal. Si seulement il avait été plus attentif…

— Peut-être devriez-vous vous asseoir un moment.

— Je vais bien. Vraiment.

Elle n'en avait pas l'air, et il se sentit coupable malgré lui. Curieusement, il ressentait de la compassion à son égard. Elle ne se doutait pas du guêpier qui l'attendait.

— Écoutez, je ne sais pas qui a conçu ce projet, mais ce n'était pas une bonne idée. Ce que vous allez trouver… Ma famille…

Il n'eut pas le temps de l'avertir davantage, encore moins de tenter de la dissuader avant qu'il soit trop tard. Sa demi-sœur,

Kitten, sortit à grands pas de la maison et traversa le perron, leur barrant le chemin. Kitten avait seize ans et était persuadée que le monde entier tournait autour d'elle. À sa mine renfrognée, Cull devina qu'elle s'était querellée avec Patricia — comme d'habitude.

— Ma mère est insupportable, maugréa-t-elle en mâchonnant son chewing-gum.

Vêtue d'une jupe très courte, d'un débardeur et de sandales, un sac en cuir coûteux en bandoulière, elle semblait sur le point d'aller en ville.

— Je peux emprunter ton pick-up ?

— Non, Kitten.

Il fit mine de la dépasser, mais elle se rebiffa.

— Un de ces jours, tu regretteras d'avoir été si mesquin avec moi, lança-t-elle avant de daigner regarder Nikki. Qui est-ce ?

Elle plissa les yeux, l'air soupçonneux.

— Tu as quand même fini par te dégoter une copine, Cull ?

5

Nikki devina que l'adolescente était la fille de Patricia, l'enfant qu'elle avait amenée au ranch seize ans plus tôt.

La nourrice avait quitté Whitehorse après l'enlèvement, pour revenir neuf ans plus tard avec un bébé dans les bras. Le nom du père de l'enfant n'avait jamais été révélé. Était-il possible qu'il s'agisse de Travers ?

— Fiche-moi la paix, Kitten, ordonna Cull en continuant à grimper les marches. Je ne suis pas d'humeur à te supporter.

— Mais pourquoi tout le monde est-il si grincheux aujourd'hui ? se plaignit l'adolescente, qui voyait manifestement là une attaque personnelle.

Nikki franchit le seuil, Cull sur ses talons. Une fois à l'intérieur, elle marqua une pause, désireuse de s'imprégner de l'atmosphère. Cependant, elle n'en eut pas le loisir.

— Cull ? Est-ce Mlle St. James qui t'accompagne ? s'enquit une voix masculine venant d'une porte ouverte sur sa droite. Fais-la entrer, s'il te plaît.

— Je vais vous chercher de l'aspirine, murmura Cull en lui indiquant le chemin.

Nikki s'immobilisa à la porte un instant. Une main sur le front, le coude reposant sur le grand bureau en chêne devant lui, Travers McGraw semblait las et soucieux. Elle avait vu des dizaines de photographies de lui, la plupart prises juste après l'enlèvement. Ç'avait été un bel homme, bien bâti, aux cheveux bruns et aux yeux du même bleu que ceux des deux fils qu'elle avait vus.

Ces vingt-cinq dernières années n'avaient pas été tendres envers lui. Si ses cheveux n'avaient pas blanchi prématurément comme ceux de Marianne, ils étaient néanmoins striés de gris, et des rides profondes s'étaient creusées autour de ses yeux. Il semblait avoir rapetissé. Il était maigre, les épaules voûtées.

En revanche, son sourire était chaleureux.

— Monsieur McGraw, je suis Nikki St. James, dit-elle en s'avançant, la main tendue.

Il se leva et sembla prendre vie sous ses yeux. L'espoir brillait dans son regard avec tant d'intensité qu'elle en fut troublée. Il comptait sur elle pour résoudre cette affaire.

— Appelez-moi Travers, je vous en prie, répondit-il en lui serrant la main entre les siennes. Je suis si heureux que vous soyez là. Je ne vous avais pas entendue arriver.

Il jeta un coup d'œil vers la porte ouverte.

— Je croyais que vous alliez téléphoner pour que je vous indique le chemin du ranch.

— À vrai dire, je suis… euh… tombée sur votre fils Cull en ville, et c'est lui qui m'a amenée.

Travers hocha distraitement la tête.

— Parfait. Ce qui compte, c'est que vous soyez là et que vous puissiez découvrir ce qui est arrivé aux jumeaux.

Il se massa la tempe, comme s'il souffrait de maux de tête, lui aussi.

Elle ne voulait pas lui donner de faux espoirs. Elle ouvrit la bouche pour l'avertir qu'elle ne pouvait rien lui promettre, mais n'eut pas le temps de parler car Patty venait de faire irruption dans la pièce.

— Dis-moi qu'on m'a mal renseignée, lança-t-elle, le regard étincelant de fureur. Dis-moi que tu n'as pas invité cette… cette femme chez nous.

— Patricia.

Il soupira, l'air vaincu de nouveau.

— Ce n'est pas le moment de…

— Pas le moment ? coupa-t-elle. Il faut que ça cesse. Je pensais que nous avions décidé…

— *Tu* as décidé, l'interrompit-il à son tour avec un regain d'animation. En ce qui me concerne, je ne renoncerai jamais à les chercher.

Ses paroles ne firent qu'attiser la rage de sa femme, au point qu'elle en resta un instant sans voix.

— Il faut qu'on parle, lâcha-t-elle, les dents serrées.

— Je suis sûr que nous le ferons, rétorqua-t-il en se rasseyant et en faisant signe à Nikki de prendre place. Mais dans l'immédiat, j'aimerais que tu nous laisses seuls.

Toute couleur déserta le visage de Patricia. Visiblement atterrée, elle s'exécuta, claquant la porte avec violence derrière elle.

— Je vous présente mes excuses pour la conduite de mon épouse, dit-il après un bref silence. J'espère que cela ne vous a pas incitée à changer d'avis.

Nikki secoua la tête.

— Pas du tout.

Ce n'était pas la première fois qu'elle avait affaire à un parent réticent à remuer le passé. Et ce ne serait sans doute pas la dernière non plus.

Elle ne s'était pas attendue à obtenir grand-chose de Patricia Owens McGraw de toute façon. Si les réponses se trouvaient sur ce ranch, elle les trouverait, avec ou sans son aide.

— Vous m'avez dit que je serais libre d'aller et venir à ma guise et d'interroger qui je voulais, lui rappela-t-elle. J'espère que vous êtes toujours d'accord ?

Il hocha la tête.

— S'il y a la moindre possibilité pour que vous découvriez la vérité… Vous n'avez qu'à me dire ce dont vous avez besoin. Cela dit, je dois vous mettre en garde. Mon épouse n'est pas la seule qui risque d'être opposée à ce projet.

— Vos fils aussi.

Il acquiesça.

— Sans oublier mon avocat et mon ami le plus proche.

Tous les deux affirment que je suis en train de commettre une erreur. Naturellement, je suis en désaccord total avec leur point de vue. Mais vous aurez peut-être du mal à tirer quoi que ce soit d'eux, et j'en suis navré.

— Ce n'est pas la première fois que je travaille avec des familles… sceptiques.

Il sourit de cet euphémisme et passa une main dans ses cheveux grisonnants, un air d'excuse sur les traits.

— J'avais espéré que les choses s'apaiseraient une fois que vous seriez ici. N'allez pas croire que je suis un lâche parce que je n'ai rien dit à mes fils. Ils ne veulent pas me voir essuyer une déception de plus et, avant votre arrivée, je ne me sentais vraiment pas la force d'affronter une discussion avec eux. Tant d'années ont passé sans apporter d'éléments nouveaux…

— Je ne souhaite pas non plus vous donner trop d'espoir, mais je peux vous promettre de tout faire pour découvrir la vérité. Pour commencer, j'aimerais faire un tour dans la maison et les environs, déclara Nikki en se levant. Mais avant tout, si quelqu'un pouvait me montrer ma chambre ? Ma voiture et mes bagages sont restés en ville, il faudra que…

— Pas de problème. Je demanderai à un de mes fils d'aller les récupérer.

Comme il se levait à son tour, on toqua à la porte et la silhouette de Cull se dessina sur le seuil. Il fit un pas en avant, tenant un verre d'eau et deux comprimés d'aspirine. Nikki les prit tout en écoutant Travers demander à son fils de veiller à ce que sa voiture soit ramenée au ranch.

— Avant de t'en occuper, peux-tu conduire Mlle St. James à la chambre d'amis ?

— Je m'en charge, lança une voix derrière eux.

C'était Kitten, l'adolescente qui les avait accostés quelques instants plus tôt. À l'évidence, elle avait écouté la fin de la conversation.

Son sourire dénué de sincérité avait un côté presque

inquiétant. Nikki s'interrogea une fois de plus sur le mystérieux père de la fille de Patricia.

— Kitten, je te présente Nikki St. James, dit Travers. Elle va séjourner chez nous pendant qu'elle travaille sur un ouvrage concernant l'enlèvement.

La jeune fille arqua un sourcil.

— Fascinant.

Elle parlait exactement comme sa mère, avec tout autant de sarcasme dans la voix.

— Je veux que tu sois gentille avec elle.

— Bien sûr, papa, ronronna Kitten. Pourrai-je emprunter ta voiture tout à l'heure ? Je voudrais retrouver des amis en ville.

— Tu viens tout juste d'avoir ton permis. Je ne suis pas sûr que ce soit une bonne idée. Qu'en dit ta mère ?

— Elle a dit que ça lui était égal que j'y aille après dîner, mais…

Elle esquissa une grimace.

— … elle a peur que j'abîme sa précieuse voiture.

— Tu peux prendre la mienne, dit-il d'un ton las. Promets-moi seulement d'être prudente et de rentrer à l'heure exigée par ta mère.

L'adolescente se rua vers lui et déposa un baiser sur sa joue.

— Merci, papa.

En se retournant, elle fit une grimace.

— Donnez-moi vos clés de voiture, suggéra Travers, qui ne s'était aperçu de rien. Cull va s'occuper de tout.

Nikki les lui tendit et le remercia, puis se rendit compte que Cull était juste derrière elle. Celui-ci se pencha, s'empara des clés et sortit sans un mot.

— Nous pourrons parler après dîner, mademoiselle St. James.

— Appelez-moi Nikki, je vous en prie.

Il sourit.

— Vous ne pouvez pas savoir à quel point je suis content que vous soyez là, Nikki. Nous nous reverrons au dîner, à 18 heures.

Elle acquiesça et suivit Kitten dans le couloir.

— Pouvez-vous m'indiquer où se trouvait la chambre des jumeaux ? demanda-t-elle à l'adolescente.

Kitten sourit.

— Bien sûr.

À peine s'étaient-elles éloignées que Patricia, qui devait être aux aguets, se précipita dans le bureau de son mari, et claqua la porte derrière elle. Nikki entendit ses éclats de voix tandis que Kitten la précédait dans le vaste escalier.

Cull aurait pu confier la tâche de récupérer la voiture et les bagages de Nikki St. James à deux employés. Après tout, il était aussi contrarié que sa belle-mère par son arrivée. Il avait aussi hâte de s'entretenir en tête à tête avec son père.

Cependant, Patricia l'avait devancé et, dans l'immédiat, le mieux était de quitter la maison en attendant que les tensions s'apaisent.

De plus, il voulait en savoir davantage sur Nikki St. James avant de parler à son père.

— J'aurais besoin d'un coup de main, annonça-t-il à Ledger en entrant dans l'écurie. Tu peux me conduire en ville ?

— Boone ne peut pas le faire ? rétorqua son frère en caressant l'encolure du cheval qu'ils venaient d'acquérir.

— Il est allé chercher l'étalon que papa a acheté la semaine dernière.

Ledger soupira.

— Bon. Que se passe-t-il encore ? demanda-t-il alors qu'ils empruntaient l'allée qui longeait la maison.

Même de là, ils entendaient la voix ulcérée de Patricia. En général, son frère et lui se réfugiaient dans l'écurie quand leur père et Patricia se disputaient. C'était pour cette raison qu'il avait su qu'il trouverait Ledger là-bas, surtout ce jour-là, après la publication de l'article.

— Nous avons une visite surprise.

Ledger cilla.

— Ah bon ?

Il semblait s'être animé tout à coup, et Cull comprit que, pour une raison qui lui échappait, son frère espérait qu'il s'agissait d'Abby Pierce, la serveuse du Whitehorse Café, son ex-petite amie. Ledger s'obstinait à penser qu'elle allait lui revenir un jour.

— Papa a engagé une journaliste d'investigation pour écrire un livre sur l'enlèvement, se hâta-t-il d'expliquer avant que son frère ne nourrisse trop d'espoir.

— Quoi ?

— Je vais tout te raconter en route.

Ce qu'il fit, révélant à son frère tout ce qu'il savait, c'est-à-dire peu de chose.

— Papa a perdu la tête, commenta Ledger lorsqu'il eut terminé.

— On le dirait. Elle va être hébergée chez nous. C'est pourquoi j'ai besoin d'aller récupérer sa voiture. Elle doit être garée près du café.

— Une seconde. Comment est-elle allée au ranch ?

— C'est moi qui l'y ai conduite. C'est une longue histoire. Bref, elle est là pour quelque temps, je le crains.

— Comment est-elle ? Jolie ?

Cull hésita un peu trop longtemps. Ledger lâcha un rire.

— C'est bien la première fois que je te vois chercher tes mots pour décrire une femme.

— Ce n'est pas ça, grommela Cull. Elle est plutôt agréable à regarder, mais je me méfie d'elle.

— Eh bien, une fois qu'elle se sera rendu compte qu'il n'y a rien de nouveau à raconter, elle s'en ira.

— Espérons-le. Je m'inquiète seulement des dégâts qu'elle risque de faire avant. Papa…

— Il a mauvaise mine, hein ?

Cull acquiesça, un nœud soudain dans la gorge.

— Je ferai le nécessaire pour le protéger. Et pour commencer, je vais me renseigner sur Nikki St. James.

Elles étaient presque en haut de l'escalier quand Kitten pivota brusquement. Son volumineux sac à main la heurta, lui faisant perdre l'équilibre.

L'adolescente parut d'abord stupéfaite, puis un mince sourire se dessina sur ses lèvres tandis qu'elle la regardait vaciller. Affolée, Nikki tendit la main vers la rampe. Ses doigts l'effleurèrent, mais ne purent s'y agripper. Elle se sentit basculer en arrière.

Au dernier moment, Kitten lui saisit la main. Toutes les deux faillirent tomber dans les marches mais, enfin, Nikki parvint à se rétablir.

— C'était moins une, lança la jeune fille sur un ton moqueur. Vous devriez faire plus attention. Les gens en ville prétendent que cette maison est hantée. Des choses terribles sont arrivées ici.

Elle battit des paupières sur ses grands yeux bleus.

— Je vais vous conduire à votre chambre. Vous n'avez pas l'air bien.

Sur quoi, elle se détourna et recommença à monter les marches. Non sans mal, Nikki réprima une violente envie de l'attraper par la jupe et de la jeter dans l'escalier. Elle était encore secouée, et elle avait l'impression d'avoir les jambes en coton. Sans compter que l'aspirine que Cull lui avait donnée n'avait pas encore fait effet sur son mal à la tête.

Nikki avait été confrontée à l'hostilité par le passé. Elle s'était mise dans des situations dangereuses. Cela allait de pair avec son métier. Malgré tout, elle avait saisi chez l'adolescente quelque chose de malveillant qui l'inquiétait plus que l'incident en lui-même.

Il faudrait qu'elle soit prudente dans cette maison — son grand-père l'avait prévenue. Sauf qu'apparemment la menace n'émanait pas du ravisseur des jumeaux.

En revanche, elle émanait peut-être de sa progéniture…

6

Quand McCall voulait des informations sur Whitehorse, elle allait voir sa grand-mère. En dépit du fait qu'elle habitait Winchester Ranch, à des kilomètres de la bourgade, Pepper savait ce qui s'y passait avant tout le monde.

De plus, McCall était sûre qu'elle se souvenait très bien de l'enlèvement des jumeaux.

— Si je m'en souviens ? se récria Pepper. Après ton appel, j'ai fouillé dans mes archives, ajouta-t-elle en lui tendant un classeur plein d'articles de journaux et de magazines.

— Ils sont tous au sujet de l'enlèvement ?

Sa grand-mère acquiesça.

McCall jeta un coup d'œil à quelques articles, sans y trouver ce qu'elle cherchait. Elle se tourna vers son aïeule.

— Ce qu'il me faut, ce sont les commérages. Les rumeurs. Les ragots que ta cuisinière te rapportait.

Pepper émit un petit rire.

— Eh bien, si tu tiens à le savoir, les rumeurs ne manquaient pas. On parlait de Marianne McGraw et du dresseur de chevaux, Nate Corwin. De Travers McGraw et de la nourrice, Patricia Owens. On racontait que des employés mécontents avaient voulu se faire de l'argent rapidement. On soupçonnait aussi le régisseur, Blake Ryan, un ami de la famille. Pour ma part, j'ai toujours eu des doutes sur l'avocat. Un type très louche, celui-là.

— Jim Waters ? Mais il est toujours l'avocat de la famille.

Pepper arqua un sourcil.

— Ça veut tout dire, non ?

— Je ne comprends pas.

— Ça veut dire que Travers vit dans un nid de vipères et n'en a pas conscience, précisa sa grand-mère. Sans parler du fait qu'il a épousé Patricia Owens, ajouta-t-elle en arquant le sourcil de nouveau.

— Je suppose que tu as entendu dire…

— … qu'il avait engagé une journaliste ?

Pepper éclata de rire.

— Il paraît que Patricia a piqué une crise.

— Nikki St. James va écrire un livre sur l'enlèvement.

— Tu te méfies d'elle ?

— Il s'est passé quelque chose en ville…

— Tu veux parler du petit accident devant le café ?

Ce fut au tour de McCall d'éclater de rire.

— Tu as dû penser la même chose que moi.

— C'était une mise en scène.

McCall hocha la tête.

— Seulement, je ne vois pas vraiment quel était son but. Cull McGraw a proposé de la conduire à sa destination mais, quand il a découvert qui elle était, je suis sûre qu'il a eu des soupçons.

— Sans doute. Les fils McGraw sont intelligents en plus d'être séduisants.

— Il paraît que ce n'est pas le grand amour entre Patricia et eux.

— Cela t'étonne ? Personne en ville ne peut la supporter. La question que tu devrais te poser, c'est celle de savoir pourquoi Travers l'a épousée.

— Il est gentil. Elle était jeune, elle avait un bébé, elle avait besoin d'aide, suggéra McCall.

— Ou bien, elle avait un moyen de pression sur lui. Le remords peut motiver quelqu'un, et le chantage encore plus.

Parvenue sur le palier, Nikki se retourna et embrassa la maison du regard. Elle éprouvait le besoin de reprendre son souffle — et pas seulement à cause de l'incident. Elle avait encore du mal à croire qu'elle était là, que son père avait autrefois emprunté ces couloirs. D'après ses recherches, Nate Corwin avait été un visiteur fréquent.

À l'invitation de Travers ? Ou de sa femme ?

Refoulant cette pensée, elle contempla la montée d'escalier.

Elle mourait d'envie de voir cette maison depuis l'instant où elle avait découvert les articles de journaux lui révélant qui était son père et les circonstances de sa mort.

Elle n'était pas surprise que la demeure soit si somptueuse. Elle avait lu quelque part que ç'avait été un cadeau de Travers McGraw à sa première femme à l'occasion d'un anniversaire de mariage. Au début de leur union, ils étaient relativement pauvres, et vivaient dans une petite maison non loin du ranch. Mais dès qu'il avait commencé à remporter des prix avec les quarter horses qu'il élevait, il avait fait construire cette bâtisse pour Marianne. À ce moment-là, elle lui avait déjà donné trois fils, Cull, Boone et Ledger.

Il n'avait lésiné sur rien, et on avait dû parler de cette maison dans toute la ville, voire dans tout le comté. Étaient-ce ces dépenses extravagantes qui avaient inspiré au ravisseur l'idée d'enlever les enfants ?

Nikki espérait ne pas avoir donné trop d'espoir à Travers McGraw. Il semblait fragile, on sentait qu'il avait enduré trop d'épreuves. Une déception supplémentaire ne risquait-elle pas de lui être fatale ?

Cependant, elle avait la conviction qu'un des habitants de cette demeure dissimulait un secret. Elle songea à Patricia. Compte tenu de l'état de santé de son mari, l'ex-nourrice allait peut-être bientôt hériter du ranch.

Sauf que, bien sûr, Travers avait encore trois fils. Projetait-elle de se débarrasser d'eux aussi ? Dans ce cas, pourquoi aurait-elle enlevé les jumeaux autrefois ? Quel aurait pu être son mobile ?

Certes, son témoignage avait accusé Marianne McGraw. Mais même si elle avait voulu éliminer d'un seul coup l'épouse et les nourrissons, cela semblait un geste disproportionné pour s'approprier Travers.

De manière générale, un enlèvement visait à obtenir de l'argent. Et pour autant que Nikki le sache, l'argent de la rançon n'avait jamais été dépensé. Pourquoi ? Le ou les ravisseurs avaient-ils accidentellement tué les jumeaux et avaient-ils pris peur ? Elle pensa au barreau cassé à mi-hauteur de l'échelle. Le malfaiteur était-il tombé ? Avait-il laissé échapper un des enfants, ou les deux ?

En dépit de toutes les recherches qu'elle avait entreprises, trop de questions subsistaient. Malgré tout, son instinct lui soufflait que les réponses se trouvaient ici, dans cette maison. Quelqu'un ici connaissait au moins un élément de la vérité. Lorsqu'elle aurait rassemblé tous ces éléments…

— Vous venez ? lança Kitten.

Nikki soupira et suivit l'adolescente, sans pouvoir s'empêcher de jeter un coup d'œil au passage dans les pièces. Toutes étaient magnifiques. Marianne avait-elle choisi ces décors ? Ou la nouvelle Mme McGraw ?

Kitten s'était immobilisée au bout du hall. Nikki connaissait en théorie la disposition des lieux. Le rez-de-chaussée abritait le vaste salon, le bureau de Travers et la chambre à coucher conjugale, ainsi qu'une immense cuisine et la salle à manger. À l'étage, donnant sur l'arrière de la maison, les chambres des enfants étaient desservies par un long couloir qui courait du nord au sud. Dans l'aile sud se trouvaient la chambre de la nourrice, plus spacieuse que les autres, et la salle de jeux.

Kitten se dirigea côté nord. Or Nikki savait que la nursery était située dans la direction opposée, tout près de la chambre de Patricia. De ce côté-là, le couloir était obscur. Un silence pesant semblait tapi dans la pénombre.

— Par ici.

Au bout du couloir, Kitten ouvrit une porte qui donnait sur une pièce décorée dans des tons bleus.

— C'était la chambre de Cull quand il était plus jeune.

Nikki ne put dissimuler sa surprise. Elle avait clairement entendu Travers dire à la jeune fille de la conduire à la chambre d'amis.

— C'est ici que je vais dormir ?

L'adolescente esquissa un sourire faussement innocent.

— Vous vouliez être dans cette aile, non ? Sinon, on va vous mettre loin de tout, puisque plus personne ne couche dans cette partie de la maison.

Nikki regarda par la fenêtre et vit l'annexe qui avait été ajoutée à la maison après l'enlèvement pour que Travers soit plus proche des enfants qu'il lui restait. Plus loin, elle aperçut une piscine et un pool-house.

Il n'était guère difficile de comprendre ce que Kitten essayait de faire. Cull ne manquerait pas d'être contrarié d'apprendre qu'elle occupait son ancienne chambre. Tant pis. Elle affronterait sa colère le moment venu.

— C'est charmant.

Elle parcourut la pièce des yeux, frissonnant légèrement à la pensée qu'il n'avait pas couché là depuis l'enlèvement. Toute cette aile était demeurée vide. Qu'avait-il entendu ce soir-là ? Dormait-il réellement, comme ses frères, au moment des faits ?

Nikki se rendit compte qu'elle se frictionnait les bras, comme pour se réchauffer. Il ne faisait pas froid, pourtant. Au contraire, l'air semblait suffocant. Parce qu'elle était dans la chambre de Cull, dans cette maison, à deux pas de l'endroit où les enfants avaient été enlevés ?

— Sinistre, hein ? lança Kitten, qui l'observait avec attention.

— Oui, acquiesça-t-elle.

Des événements épouvantables s'étaient déroulés dans cette maison. Un enlèvement qui avait sans doute mené à l'assassinat de deux nourrissons innocents. Et Nate Corwin s'était trouvé là. Il avait gravi les mêmes marches qu'elle, suivi le même couloir. Et si son grand-père avait raison ? Si elle découvrait que son père était impliqué dans ce forfait ?

Elle revit les cheveux blancs de Marianne McGraw, ses yeux absents, et se sentit glacée.

Kitten s'approcha de la fenêtre et tira les rideaux. Nikki cligna les yeux, aveuglée. La pièce donnait sur l'écurie et les enclos où son père avait travaillé, et, au-delà, sur le dortoir des employés. Nikki avait vu une photo aérienne du ranch datant de l'époque de l'enlèvement. Des chalets avaient été construits depuis. Les fils de Travers vivaient-ils là ?

Elle se retourna. Kitten tripotait une figurine en plastique représentant un cow-boy à cheval.

— Tilly est la seule à venir ici, pour faire le ménage, dit-elle en remettant l'objet sur l'étagère où elle l'avait pris. Vous aurez l'endroit rien que pour vous. Bonne chance. Tilly jure qu'elle a vu des fantômes ici et qu'elle a entendu des bébés pleurer.

Kitten essayait de lui faire peur. Elle ne pouvait pas savoir que ce qui l'effrayait le plus, c'était de découvrir ce qui s'était passé ce soir-là.

— Merci de m'avoir montré ma chambre, Kitten.

— Katherine. Il n'y a que les membres de ma famille qui m'appellent Kitten.

— Je m'en souviendrai.

Le mal à la tête lui martelait les tempes. Elle avait hâte que l'adolescente s'en aille.

— Je vais me reposer un peu avant le dîner.

— Ah ! oui. Le dîner, répondit Kitten en souriant. Toute la famille sera là et l'avocat de mon père aussi. Je suis sûre que tout le monde meurt d'envie de vous rencontrer.

En rentrant dans la maison après avoir ramené la voiture de Nikki, Cull entendit des éclats de voix dans la cuisine : Kitten et sa mère se disputaient. Peu désireux d'être mêlé à ce nouveau conflit, il se hâta de gagner le cabinet de travail de son père.

La pièce était vide. Un feu était allumé dans l'âtre, et la dernière édition du *Milk River Courier* était étalée sur le bureau.

Cull lâcha un juron. Se débarrasser du journal n'avait servi à rien. Il s'approcha, roula l'hebdomadaire en boule et le jeta dans la cheminée avec colère au moment où son père entrait.

Travers suivit son geste des yeux et secoua la tête.

— C'est gentil de ta part de vouloir me ménager, mais je l'ai déjà lu.

Il le rejoignit devant la cheminée et posa une main sur son épaule.

— Et même si je ne l'avais pas fait, tu ne peux pas brûler tous les numéros qui circulent en ville.

— Je déteste te voir passer par là une fois de plus.

Son père eut un sourire las.

— C'est moi qui ai contacté le journal, fiston. De toute façon, ce n'est pas comme si je pouvais oublier ce qui s'est passé.

— Nous devrions parler de cette femme…

— Nikki St. James. Merci de l'avoir amenée au ranch et de t'être occupé de sa voiture avec Ledger. Peux-tu veiller à ce que ses bagages soient montés dans sa chambre ?

— Je vais le faire moi-même. Mais il faut que je te pose une question. Es-tu sûr d'avoir bien fait ?

Lorsque Ledger l'avait laissé, Cull s'était empressé de prendre son téléphone et d'effectuer quelques recherches sur Nikki St. James, dans l'espoir de trouver des informations qui dissuaderaient son père de continuer dans cette entreprise.

Malheureusement, il n'avait découvert qu'un site Internet très professionnel, lequel comportait des critiques chaleureuses et un résumé stupéfiant des succès de la jeune femme lors d'enquêtes précédentes. Pas étonnant que son père ait été impressionné quand elle lui avait dit souhaiter écrire un livre au sujet de l'enlèvement.

Travers Mcgraw ne répondit pas immédiatement. Il prit place dans son fauteuil avant d'affronter le regard de son fils.

— Vingt-cinq ans ont passé. Ta belle-mère a raison sur un point — je ne peux pas continuer indéfiniment à m'infliger cette torture, ni à vous l'infliger à tous. C'est fini, Cull. Si ce livre n'apporte rien de nouveau, c'est fini.

Cull lâcha un soupir de soulagement.

— Je sais combien tout cela compte pour toi, mais je suis heureux que tu aies pris cette décision. Je m'inquiète pour ta santé.

Son père hocha la tête.

— Je sais. S'il te plaît, aide cette femme si elle a besoin de quoi que ce soit et dis à tes frères de faire la même chose. Je vais parler aussi à Patty et à Kitten, encore que je ne me fasse guère d'illusions sur leur coopération.

Il eut un sourire triste.

— Je ne peux qu'espérer.

Cull s'abstint de lui faire remarquer qu'il ne savait rien de Nikki St. James et que l'inviter à séjourner chez eux pourrait avoir des conséquences désastreuses. Il mit une main sur l'épaule de son père et fut choqué par sa maigreur.

— Je vais monter ses bagages.

Comme il sortait du bureau, il croisa sa belle-mère, visiblement furieuse. Cull prit la valise de leur invitée et grimpait les marches quatre à quatre quand il entendit sa sœur l'appeler depuis le rez-de-chaussée.

— Je l'ai installée dans ton ancienne chambre.

Il se figea, puis se retourna vivement, manquant de peu perdre l'équilibre. Kitten l'observait, un sourire mutin sur les lèvres.

— Pourquoi l'as-tu mise là ? demanda-t-il, les dents serrées.

— Parce que, d'après Tilly, c'est la chambre où il y a le plus de fantômes !

Sur quoi elle éclata de rire et se dirigea vers la porte.

Cull faillit perdre son sang-froid. Voilà des années que cette petite peste méritait une bonne correction. Mais cela ne changerait rien. Elle était exactement comme sa mère, gâtée et invivable. Il entendait celle-ci se quereller avec son père dans le bureau.

Une fois de plus.

Il se demandait souvent pourquoi son père les supportait, toutes les deux. Travers avait élevé Kitten comme sa fille.

D'après les mauvaises langues, elle *était* sa fille. On racontait que Patricia et Travers étaient amants depuis le début et que c'était cette liaison — en plus de l'enlèvement — qui avait fait perdre la raison à Marianne.

Si cette histoire était vraie, Patty et son père avaient dû renouer en secret par la suite. Ledger et lui étaient déjà au collège quand Kitten avait été conçue.

Cull secoua la tête. À quoi bon se perdre en conjectures concernant le passé ?

Il se dirigea vers sa chambre d'enfant, située dans une partie de la maison où il n'était pas entré depuis des années.

Après l'enlèvement, ses frères et lui avaient été mis dans d'autres chambres, plus proches de celle de leurs parents. C'était avant que leur mère soit emmenée un jour, pour ne plus jamais revenir.

Il s'engagea dans le couloir, déjà furieux contre Nikki St. James pour avoir éveillé des souvenirs si douloureux — alors qu'elle n'avait même pas encore commencé à écrire son livre.

Qui savait ce qu'elle allait découvrir ?

Cette pensée le glaça. Il avait enfoui tant d'images de ce soir-là et des journées qui avaient suivi. Et à présent, elle allait remuer tout cela, le forcer à revivre ces moments. Parviendrait-il à garder le secret qu'il s'était juré de ne jamais révéler ?

Nikki fit un brin de toilette et attendit un peu. Elle voulait être sûre que Kitten était bel et bien partie.

La chambre de Cull était indéniablement celle d'un petit garçon, avec son décor tout bleu et ses jouets. Il n'avait que sept ans à l'époque de l'enlèvement, par conséquent il n'avait passé que peu de temps dans cette pièce superbe avant que l'aile soit désertée. Ce qui expliquait pourquoi on avait la troublante impression qu'un enfant allait revenir d'une minute à l'autre.

Elle se leva, gagna la porte et l'entrouvrit avec précaution. Personne en vue. Aucun bruit ne lui parvenait. Elle sortit, ferma doucement le battant derrière elle et enfila le couloir.

Arrivée à l'intersection entre les deux corridors, elle marqua une pause et vérifia que personne ne venait. Puis elle se dirigea vers l'aile sud de la vaste demeure.

La chambre des jumeaux se trouvait tout au bout, en face de celle qu'occupait Patty Owens alors, près d'un escalier de service.

Comme elle s'en approchait, Nikki ralentit et jeta un coup d'œil par-dessus son épaule. Le malaise qu'elle avait ressenti plus tôt, dans l'ancienne chambre de Cull, l'envahit de nouveau. Bien que d'une propreté immaculée, cette partie de la maison dégageait une impression d'abandon. Pas étonnant que Tilly, la gouvernante, soit persuadée qu'elle était hantée. Enfin, à supposer que Kitten ait dit la vérité.

Malgré elle, Nikki s'avança sur la pointe des pieds. La porte de la chambre était close. Elle mit la main sur la poignée et la retira brusquement, comme si elle venait de se brûler. Ce fut seulement en la touchant de nouveau qu'elle comprit que celle-ci n'était pas brûlante mais glaciale. Le chauffage devait être éteint dans cette aile.

Elle tourna la poignée.

7

Quand la porte s'ouvrit, Nikki fut assaillie par une bouffée d'air glacial. Elle saisit un mouvement et son cœur cogna brutalement contre ses côtes. Il lui fallut quelques secondes pour s'accoutumer à la pénombre. Un rideau gonflé par le vent claqua brusquement, puis redevint silencieux un instant avant d'être soulevé par une nouvelle rafale, comme si un spectre s'engouffrait à l'intérieur.

Elle attendit que les battements de son cœur se soient apaisés avant de franchir le seuil. Côté fenêtre, on avait peint des bandes verticales en alternant le rose et le bleu. En face, on avait dessiné une scène champêtre dont les couleurs s'étaient fanées ; tout comme celle de Cull, cette chambre la ramenait à un temps révolu, à une époque plus innocente.

Deux berceaux étaient placés côte à côte contre le mur opposé. Elle distingua un motif de chevaux sur les parures de lit assorties, l'une sur fond bleu, l'autre sur fond rose.

Nikki s'approcha davantage, et se figea à la vue des petites couettes qu'on avait repoussées. Était-ce ainsi que le ravisseur les avait laissées ?

Elle crut respirer l'odeur du talc, un parfum sucré qui lui retourna l'estomac. Luttant contre la nausée, elle se dirigea vers la fenêtre en veillant à ne toucher à rien. L'endroit lui faisait encore l'effet d'une scène de crime.

De minuscules traces noires demeuraient sur le rebord et le cadre, là où on avait relevé des empreintes digitales. La fenêtre avait-elle été laissée ouverte par le ravisseur ou par la gouvernante ?

La brise agitait les doubles rideaux rose et bleu et le mince voilage dessous. En y regardant de plus près, Nikki vit que celui-ci n'était pas blanc uni comme elle l'avait cru tout d'abord, mais orné de petits canards bleus et roses. Un nœud se forma dans sa gorge.

Elle avait souvent songé aux jumeaux depuis qu'elle avait découvert les articles de journaux révélant les liens de son père avec la famille McGraw, mais c'était la première fois qu'elle éprouvait réellement le poids de la tragédie qui avait eu lieu ici même.

L'air froid semblait s'enrouler autour d'elle. Nikki frissonna. Elle ne pouvait rien imaginer de pire que de perdre un enfant — sans parler de deux.

Elle se frictionna les bras pour se réchauffer, s'efforçant d'observer les lieux. La personne qui avait préparé cette chambre avait dû attendre la naissance des enfants avec impatience.

Était-ce leur mère, Marianne ? Ou bien les McGraw avaient-ils payé un décorateur d'intérieur ? Patty avait été engagée plusieurs semaines avant l'accouchement, mais Nikki voyait mal la femme qu'elle avait rencontrée au rez-de-chaussée se donner tant de mal pour les enfants d'une autre. Cela dit, Patty était peut-être aussi inoffensive qu'elle en avait l'air autrefois.

Nikki s'avança encore pour regarder par la fenêtre. Exactement comme dans l'affaire du bébé Lindbergh, le FBI avait trouvé des empreintes de bottes dans la terre meuble près de l'endroit où une échelle avait été appuyée contre le mur de la maison.

— Qu'est-ce que vous faites ici ?

La voix rauque et masculine qui s'était élevée derrière elle la fit tressaillir. Elle n'avait entendu personne marcher dans le couloir, encore moins entrer dans la pièce. Sans doute le cow-boy élancé qui la foudroyait du regard avait-il voulu la prendre par surprise.

— Votre père m'a donné la permission d'aller où je le

désirais dans cette maison, y compris dans cette pièce, rétorqua-t-elle sur un ton de défi.

Il l'avait effrayée, et elle devinait qu'il en était satisfait. Elle lui avait fait peur plus tôt. Avait-il voulu lui rendre la monnaie de sa pièce ?

— Il n'y a rien à voir ici.

— C'est possible, mais permettez-moi d'en juger par moi-même.

Les cheveux bruns de Cull offraient un contraste saisissant avec le bleu limpide de ses yeux. Nikki ne put s'empêcher de penser à Kitten. Elle aurait pu être une McGraw.

— Cette fenêtre reste-t-elle toujours ouverte ?

— Tilly la ferme mais, quand mon père monte ici, surtout à cette époque de l'année, il l'ouvre pour qu'elle soit telle qu'elle était la nuit où les jumeaux ont disparu.

Son regard se posa sur elle. Une virilité intense émanait de toute sa personne. Nikki en fut troublée malgré elle et sentit qu'il en avait conscience. Et qu'il s'en félicitait.

— Vous n'avez vraiment aucune idée de ce que vous avez entrepris, marmonna-t-il en secouant la tête.

— J'ai écrit d'autres livres concernant des meurtres et…

Il l'interrompit d'un rire sec.

— Vous le sentez, n'est-ce pas ?

Elle s'apprêtait à lui demander ce qu'il voulait dire, mais il continua de lui-même :

— Cette maison, cette…

Il eut un geste vague, le regard toujours rivé au sien.

— Il y a ici un mal qu'aucune brise ne pourra jamais chasser.

— Si vous allez me parler des fantômes…

— Ceux que Tilly a vus ?

Il sourit et secoua la tête de nouveau.

— Non, je parle d'un lieu où il s'est passé quelque chose d'épouvantable. Le mal demeure. Comme un résidu. Comme un malaise. Il imprègne le décor. On ne peut jamais s'en défaire.

— Dans ce cas, pourquoi restez-vous ici ?

— Parce que j'ai les chevaux dans le sang. Mais je n'habite

pas la maison. J'ai un chalet. Je ne passerais pas une nuit dans cette aile, ni même sous ce toit. Vous ne croyez pas aux revenants ? Ça viendra.

Elle songea à Travers McGraw. Il ressemblait un peu à un spectre. En un sens, il ne s'en était guère mieux sorti que son ex-femme. Il était mince au point d'être émacié, et son teint de cendre suggérait qu'il était souffrant. Peut-être était-ce pour cette raison qu'il l'avait autorisée à écrire ce livre.

— Votre père est-il malade ?

Le brusque changement de sujet prit Cull au dépourvu.

— À votre avis ? Toute cette affaire a laissé des traces sur lui.

— A-t-il consulté un médecin ?

— Vous parlez sérieusement ? Vous ne voyez pas ce qui a causé son déclin ?

— Il n'y a peut-être pas que l'enlèvement. Il a vraiment l'air souffrant.

Cull poussa un soupir.

— J'ai essayé de le persuader d'aller faire des examens. Il est têtu.

— Comme son fils.

Il lui décocha un regard d'avertissement.

— Supposons que vous soyez aussi compétente qu'on le prétend. Ce que vous seriez amené à découvrir sur cette affaire pourrait tuer mon père.

— C'est cela qui vous effraie ? Ou avez-vous des raisons de ne pas vouloir que la vérité émerge ? Avez-vous un secret ?

Une lueur vacilla dans le regard bleu de Cull, qu'il se hâta de réprimer.

— J'avais tout juste sept ans.

— Vous étiez assez grand pour vous souvenir de ce soir-là. Y compris de choses dont vous n'avez peut-être parlé à personne.

Une fois de plus, elle le vit ciller, comme si elle avait touché un point faible.

— Il arrive souvent que les membres de la famille en

sachent plus long qu'ils ne veulent l'admettre. Parce qu'ils protègent quelqu'un ou qu'ils craignent ce qui pourrait se passer s'ils parlent.

Cull secoua la tête.

— Je m'inquiète pour ma famille et ce que vous allez lui faire, voilà tout.

— Vous pourriez m'aider.

— N'avez-vous pas entendu un traître mot de ce que je disais ?

— Votre père a besoin de savoir la vérité. Ne vous en rendez-vous pas compte ?

Cull émit un juron entre ses dents.

— Il la connaît déjà.

— Non, je ne crois pas. Je ne pense pas que votre mère ait été impliquée dans l'enlèvement. Et Nate Corwin non plus.

Il parut surpris.

— Dans ce cas, qui serait coupable, d'après vous ?

Elle arqua un sourcil.

— C'est ce que je compte découvrir. Avec votre aide.

— Désolé, mais il n'y a rien à découvrir. Vous perdez votre temps. Pire, vous donnez de faux espoirs à mon père.

— Et si l'espoir est la seule chose qui le maintienne en vie ?

— J'ai presque pitié de vous, continua Cull sans relever ses paroles. Si vous commencez à remuer le passé, tout ce que vous allez réussir à faire, c'est causer plus d'ennuis que vous ne pouvez en gérer.

— On dirait presque une menace.

Il haussa les épaules.

— Souvenez-vous-en. J'ai essayé de vous avertir.

Sur quoi, il se dirigea vers la porte.

— Le dîner est prêt, ajouta-t-il par-dessus son épaule.

— Je découvrirai la vérité avec ou sans votre aide, lança-t-elle dans son dos.

Il s'arrêta et se retourna.

— Eh bien, quand ce sera fait, vous me le direz parce que j'ai passé des années à essayer de comprendre ce qui était arrivé cette nuit-là. J'ai entendu les hurlements de Patty. Je les entends toujours.

Nikki le dévisagea. Cet homme la déstabilisait. Il faudrait qu'elle soit prudente en sa présence, songea-t-elle alors que des talons résonnaient sur le sol du couloir.

L'instant d'après, Mme McGraw apparut sur le seuil. Nikki entendit Cull marmonner un juron.

— Que faites-vous ici tous les deux ? demanda Patricia sèchement.

Elle les toisa tour à tour.

— C'est toi qui l'as amenée, Cull ? Qu'est-ce qui vous prend à tous ?

— Elle a trouvé le chemin toute seule, répondit Cull en posant sur elle un regard impénétrable. J'ai mis sa valise dans la chambre où Kitten l'a installée.

— Vous n'avez rien à faire ici, tonna Patricia, comme si Nikki était une enfant surprise en train de faire une bêtise. Si Travers vous trouvait dans cette chambre…

— Il m'a donné la permission de…

— Il n'aurait pas dû, coupa Patricia avec un geste agacé, lui indiquant de partir. Cette pièce et cette aile sont condamnées. J'ai fait déplacer vos affaires en bas, dans le pool-house.

— Le pool-house ? répéta Cull, l'air stupéfait.

Nikki lui lança un regard interrogateur. Pourquoi semblait-il amusé ?

Il secoua la tête.

— Si elle est là-bas, elle pourra aller où bon lui semble pendant que nous sommes tous en train de dormir, ajouta-t-il.

— Eh bien, que voulais-tu que je fasse d'elle ? Ton père ne voulait pas entendre parler de la mettre à l'hôtel, ou mieux, de la renvoyer d'où elle vient.

Nikki songea qu'il était temps de leur rappeler qu'elle était dans la pièce.

— Je suis désolée. Je ne voulais pas vous causer tant de dérangements.

— Oh ! Je vous en prie ! rétorqua Patricia en pivotant vers

elle. Tout le monde sait pourquoi vous êtes là. Vous n'êtes pas la première à vouloir satisfaire une curiosité morbide.

— J'espère me rendre utile.

Son hôtesse lâcha un rire glacial.

— Utile ? Vous avez semé le chaos dans toute la maisonnée. Vous appelez cela vous rendre utile ?

Nikki sentait le regard aigu de Cull sur elle. Machinalement, elle porta la main à sa tempe douloureuse, encore surprise par la violence de l'impact qu'elle avait subi. Elle avait vraiment eu de la chance de ne pas être blessée plus sérieusement.

— Cull vous montrera l'endroit après dîner.

Avec un dernier ricanement, Patricia repartit à grands pas, laissant dans son sillage une atmosphère tendue. La colère de Cull était presque palpable.

— Cela doit vous faire plaisir d'assister aux premières loges à notre feuilleton familial, murmura-t-il, les dents serrées.

— L'enlèvement cause énormément de stress à votre famille depuis vingt-cinq ans.

Il l'enveloppa d'un sourire sarcastique.

— Vous croyez ?

Son regard intense sembla la transpercer.

— Vous savez tout de nous, n'est-ce pas ? Je soupçonne que vous saviez pertinemment qui j'étais quand vous avez traversé devant moi. Que vous savez tout de cette famille depuis un certain temps.

Nikki redressa le menton. À quoi bon nier ? Cull avait compris sa tactique. Elle s'accabla intérieurement de reproches. N'avait-elle pas deviné qu'il était dangereux de se mettre cet homme à dos ?

— Vous savez tant de nous et, pourtant, nous ignorons tout de vous, reprit-il. Cela m'incite à me demander pourquoi vous avez choisi notre tragédie comme sujet de livre.

Comme elle se taisait, il poursuivit de sa voix grave et douce :

— Eh bien, on dirait que vous allez être notre invitée pendant un certain temps. Jusqu'à ce que vous ayez obtenu ce dont vous avez besoin.

Alors que Ledger avait paru incroyablement jeune et innocent, Cull était tout le contraire. Ce n'était pas un homme qu'on pouvait aisément tromper.

— Mais je ne peux pas m'empêcher de m'interroger, reprit-il. De quoi une femme telle que vous a-t-elle besoin ?

Le timbre de sa voix était grave, presque envoûtant. Nikki avait l'impression d'être attirée inexorablement dans un gouffre aux profondeurs insondables.

— Je ne peux pas m'empêcher de me demander jusqu'où vous êtes prête à aller.

Nikki déglutit.

— Quelqu'un réside-t-il dans le pool-house ? Je ne voudrais déloger personne.

Le sourire de Cull l'emplit d'effroi.

— Cette maisonnette n'a pas été occupée depuis le soir de l'enlèvement. C'est là qu'on a retrouvé un objet provenant d'un des berceaux.

Un frisson la parcourut. Elle s'entoura la taille de ses bras. Ce détail n'avait figuré dans aucun des documents qu'elle avait consultés. C'était le genre de choses que le FBI gardait secrète. De quel objet s'agissait-il ? Et qui était venu dans ce bâtiment ce soir-là ? Son père ? Marianne ? Ou quelqu'un d'autre vivant encore dans cette maison ?

— Vous devriez vous sentir à l'aise là-bas, assura Cull, puisque cette maison abrite ses propres fantômes. De plus, elle est assez éloignée de la demeure principale pour que vous ne puissiez pas entendre mon père et ma belle-mère se disputer. Cela dit, si vous avez des ennuis et que vous avez besoin d'aide, personne ne vous entendra non plus. Mais j'essaierai de ne pas être trop loin. Dans votre intérêt. Je ne voudrais pas que vous ayez un nouvel… accident. Comment va votre tête, à propos ?

Elle ignora le sarcasme.

— L'aspirine m'a soulagée, merci.

Jeter son dévolu sur Cull avait à l'évidence été une lourde erreur. Pourquoi s'était-elle imaginé qu'il serait plus disposé à l'aider s'il pensait qu'il avait failli la tuer ? À en juger par l'expression de son regard, il regrettait de ne pas l'avoir fait.

— Vos frères et vous vivez…

— Je suppose que vous avez vu nos chalets de la fenêtre. En effet.

— Vous avez réellement peur des fantômes, observa-t-elle, ne plaisantant qu'à demi.

Le visage séduisant de Cull devint grave.

— Vous croyez que je vous fais marcher ? Attendez quelques jours. Nous verrons bien si vous êtes toujours de cet avis.

8

Comme Nikki et Cull descendaient les marches, Ledger sortit du bureau de son père.

— Je ne pense pas que tu aies rencontré notre invitée, lança Cull à son frère. Voici Nikki St. James, la célèbre auteure.

Ledger avait dû entendre parler d'elle. Il lui serra la main avec méfiance.

— Patty a décrété que notre invitée serait mieux installée dans le pool-house, ajouta-t-il.

Quoique visiblement surpris, Ledger se contenta de hocher la tête.

— Tant que Patty est contente.

— J'ai un coup de fil à passer, annonça Cull. Si tu escortais Nikki à la salle à manger ?

Il s'éclipsa.

— Je suis heureuse de faire votre connaissance, dit-elle au jeune homme.

— Vous devez comprendre que nous sommes tous choqués que mon père ait décidé de vous engager.

— Il ne m'a pas engagée. Il me donne simplement accès au ranch et aux membres de sa famille afin que je puisse écrire l'histoire du kidnapping et, avec un peu de chance, découvrir ce qui s'est vraiment passé ce soir-là. J'espère que vous m'y aiderez.

Ledger émit un rire nerveux.

— Moi ? Je ne vois pas comment. J'avais trois ans.

— Vous seriez peut-être surpris par ce dont vous pouvez vous souvenir, dit-elle sur un ton dégagé.

Comme il paraissait plus inquiet encore, elle changea de sujet.

— Je crains d'avoir contrarié votre belle-mère.

— Ne vous faites pas de souci pour ça, dit-il alors qu'ils se dirigeaient vers l'arrière de la maison. Elle est souvent contrariée.

— Elle m'a surprise dans la nursery.

— Oh !

Ledger ralentit et la dévisagea.

— Personne n'est autorisé à pénétrer dans cette aile à part la gouvernante, Tilly, et elle déteste y aller. La nursery est exactement telle qu'elle était voilà vingt-cinq ans. Mon père a insisté pour que rien ne change. Au début, c'était pour éviter que des indices ne soient perdus. Il était convaincu que le FBI et la police retrouveraient les jumeaux. Après, il a laissé la pièce en l'état parce qu'il ne pouvait pas supporter l'idée de la transformer.

— C'est terrible, ce qui est arrivé à votre famille.

— Oui. Sans parler de l'attention des médias pendant toutes ces années. Vous n'imaginez pas jusqu'où certains reporters peuvent aller pour trouver matière à un article.

Nikki sentit le rouge lui monter aux joues.

— C'est pourquoi je suis étonné que mon père vous ait ouvert sa porte, conclut-il en atteignant la salle à manger. Nous y sommes.

Il s'effaça pour la laisser entrer. Patricia et Travers discutaient à voix basse dans le coin opposé. Au centre, une immense table en merisier entourée de chaises dominait la pièce. Kitten était déjà assise, ainsi que deux hommes que Nikki ne reconnut pas.

Elle sentit soudain un courant d'air sur sa nuque et se retourna en frissonnant, s'attendant à voir… elle ne savait quoi. Un fantôme ?

Ce soir-là, au dîner, McCall Crawford parla à son mari de la femme que Cull McGraw avait failli renverser.

— Qu'elle traverse devant le pick-up de Cull alors qu'elle allait justement chez lui me semble plus que douteux… Je ne crois pas à ce genre de coïncidence. Malheureusement, personne dans le café n'a rien vu.

— Tu es très soupçonneuse, commenta Luke en levant les yeux. Que cherche-t-elle, d'après toi ?

— Il paraît qu'elle est venue écrire un livre sur l'enlèvement des enfants McGraw.

— Voilà qui paraît plausible. Je suis sûr que tu t'es renseignée à son sujet.

McCall acquiesça.

— Son nom de naissance est Nikki Ann Corwin.

— Corwin… Ça me dit quelque chose.

— Son père était Nate Corwin, l'homme qui a été condamné pour l'enlèvement. Je ne peux pas m'empêcher de me demander si Travers McGraw le sait.

— Pas étonnant que tu aies des soupçons.

Luke se pencha vers la chaise haute de Tracey et mit encore un peu de bœuf finement émincé dans son assiette. Leur fille tapa gaiement sur le plateau avec sa cuiller, puis éclata de rire et se mit à grignoter le bœuf de sa main libre.

McCall la regarda en souriant. Elle ne se lassait pas d'observer son enfant. Ses moindres gestes la fascinaient. C'était étrange de penser qu'elle avait été effrayée par l'idée d'être mère jusqu'au neuvième mois de sa grossesse.

— Je pense que j'irai faire un tour à Sundown Stallion Station demain matin, dit-elle en rajustant le bavoir de sa fille, laquelle la gratifia d'un grand sourire.

En tant que garde forestier, Luke appartenait aux forces de l'ordre. Il était inutile de lui expliquer pourquoi, cette année en particulier, l'enlèvement des jumeaux McGraw préoccupait sa shérif de femme.

— J'ai un jour de congé demain, annonça-t-il. Pepper nous a invités à déjeuner. Ruby viendra aussi.

McCall arqua un sourcil stupéfait.

— Ma mère et ma grand-mère déjeunent ensemble ? Il faut qu'on achète une veste pare-balles à Tracey.

Luke sortit l'enfant de sa chaise haute en riant.

— C'est sans doute une bonne idée.

La policière sourit. Que sa mère et sa grand-mère puissent être dans la même pièce sans chercher à s'entre-tuer relevait du miracle. Des années durant, Pepper Winchester avait refusé d'admettre que McCall était sa petite-fille tant elle haïssait sa bru.

Convaincue que Ruby était délibérément tombée enceinte pour se faire épouser de Trace, son fils préféré, Pepper avait décidé de n'avoir aucun contact avec elle — ni avec l'enfant qu'elle portait. Jusqu'à récemment, McCall avait tout ignoré de ses liens avec cette partie de sa famille, car son père avait disparu avant même sa naissance.

Elle n'avait jamais rencontré sa grand-mère, devenue une recluse après la disparition de Trace. Et sa mère, Ruby, n'avait pas exactement été une mine d'informations.

Puis McCall, qui était shérif adjointe à l'époque, avait découvert un squelette enterré qui s'était révélé être celui de son père, alors que chacun avait cru qu'il était parti de son plein gré parce qu'il ne voulait pas endosser ses responsabilités familiales.

Grâce à cette découverte qui avait apporté la preuve qu'il avait été assassiné, McCall avait eu la clé d'un univers jusqu'alors totalement mystérieux. Jamais elle n'oublierait la première fois qu'elle avait posé les yeux sur le ranch des Winchester — et sur sa grand-mère, Pepper.

Leur vie à tous en avait été complètement changée.

— Embrasse Pepper pour moi. Je suis sûre qu'elle comprendra que je ne puisse pas venir.

— Ta grand-mère est ravie que tu sois shérif. Tu sais bien qu'elle aurait été très déçue si tu avais renoncé à ton poste.

McCall le savait, en effet. Elle espérait seulement que Pepper n'avait pas une petite idée derrière la tête en les invitant tous les deux à déjeuner. Ce n'aurait pas été la première fois que sa grand-mère était impliquée dans une histoire qu'elle préférait cacher aux autorités.

Un frisson la parcourut alors qu'elle songeait de nouveau à l'enlèvement des jumeaux. Il n'était guère étonnant que Marianne McGraw ait perdu l'esprit et qu'elle soit désormais enfermée dans un hôpital psychiatrique.

McCall n'était qu'une enfant à l'époque des faits, cependant elle avait beaucoup entendu parler de l'affaire et elle avait lu des articles dans la presse en plus du rapport de police.

Le FBI avait été appelé presque immédiatement à prendre l'enquête en main et s'était intéressé à plusieurs suspects, dont la mère des enfants. Malgré tout, l'hypothèse d'une liaison entre celle-ci et le dresseur de chevaux, Nate Corwin, n'avait jamais été étayée par des preuves solides.

La personne qui avait affirmé que cette liaison existait était la nourrice, Patricia Owens — la femme qui était devenue la seconde épouse de Travers.

Nate Corwin n'était qu'un simple employé. Marianne ne possédait aucune fortune personnelle. On les avait soupçonnés d'avoir tout manigancé pour empocher la rançon. Quant à ce qu'ils avaient prévu de faire des jumeaux, nul ne le savait puisque ni l'un ni l'autre n'avait avoué. Marianne avait sombré dans la folie. Nate Corwin avait clamé son innocence jusqu'à la fin.

McCall savait ce qu'il en était de tomber amoureux au point de perdre tout recul. Mais qu'une mère mette en danger la vie de ses enfants pour un homme, quel qu'il soit… Elle frissonna de nouveau.

Nikki entra dans la salle à manger et vit Travers murmurer quelque chose à sa femme avant de venir l'accueillir.

— Je ne crois pas que vous ayez fait la connaissance de notre avocat, Jim Waters.

Un homme d'une cinquantaine d'années, au crâne dégarni et aux petits yeux fuyants, pivota gauchement vers elle. Il lui offrit une poignée de main molle et légèrement moite, un pli profond entre ses sourcils froncés.

— Et voici Blake Ryan, notre ancien régisseur, un ami proche.

Blake avait environ le même âge que l'autre homme mais, contrairement à ce dernier, il était aussi séduisant que distingué. Ses tempes argentées accentuaient l'éclat de ses yeux gris. Sa poignée de main était ferme, et son regard, lorsqu'il rencontra le sien, était empreint de méfiance et de suspicion.

— Asseyez-vous à côté de moi, suggéra Travers après s'être acquitté des présentations.

Elle venait de prendre place quand des pas se firent entendre. Elle sentit plutôt qu'elle ne vit Cull entrer dans la pièce et s'installer de l'autre côté de la table, pile en face d'elle.

Brusquement, ce fut comme si la salle à manger était devenue trop exiguë. Elle prit une brève inspiration et leva la tête vers lui. Il la fixait, ses yeux bleus semblaient la plaquer sur sa chaise.

Ledger s'était assis à côté de Kitten, laquelle semblait plutôt gaie — sans doute parce qu'elle allait bientôt pouvoir se rendre en ville.

Nikki s'efforça de se détendre, mais l'atmosphère dans la pièce aurait pu être coupée au couteau. À l'autre bout de la table, Patricia, froide et digne, lançait à son mari des regards assassins.

Boone fut le dernier à entrer. Nikki ne l'avait pas encore vu, mais n'eut aucun mal à l'identifier lorsqu'il s'immobilisa sur le seuil. Il aurait pu être le frère jumeau de Cull. Il avait les mêmes épais cheveux bruns, les mêmes yeux d'un bleu intense, les mêmes épaules larges, le même froncement de sourcils.

— Que se passe-t-il ? demanda-t-il comme s'il avait perçu la tension.

Son regard s'arrêta sur elle. Travers se leva.

— Assieds-toi, fiston, s'il te plaît.

Quand ce dernier se fut exécuté, Travers reprit la parole.

— Je te présente Nikki St. James. Elle est journaliste d'investigation et va enquêter sur l'enlèvement en vue d'écrire un livre. Je vous demande à tous de coopérer avec elle.

— Pas question !

Boone repoussa sa chaise et se leva, dominant la tablée de toute sa hauteur.

— Désolé, papa, mais tu fais une grosse erreur. Je refuse d'avoir quoi que ce soit à faire avec ce… livre et…

Il tourna la tête vers elle.

— … avec cette femme.

Sur quoi, il tourna les talons et sortit.

— Je vous prie d'excuser mon fils, soupira Travers.

La porte d'entrée claqua violemment et, quelques secondes plus tard, un moteur rugit.

— Ce n'est rien, murmura-t-elle. Je sais combien ceci est éprouvant pour votre famille.

Elle sentait les yeux de Cull sur elle. Lui non plus ne voulait pas d'elle ici.

Kitten la toisait avec l'air dédaigneux dont elle semblait avoir fait une spécialité. Quant à Patricia, son regard d'acier aurait pu percer un trou dans une plaque de métal. Ledger fut le seul à lui adresser un mince sourire, comme s'il avait pitié d'elle.

— Je vais m'efforcer de vous causer le moins de détresse possible, mais j'aurai besoin de votre aide à tous pour avoir une chance de résoudre cette affaire, ajouta-t-elle.

— La résoudre ? ricana Patricia.

Devant l'expression désapprobatrice de son mari, elle baissa les yeux sur son assiette.

— Je parlerai à Boone, dit Travers. J'aurais dû l'avertir. Il réagit mal aux surprises.

Patricia s'était levée.

— Je vais aider Frieda.

Elle disparut et revint quelques instants plus tard avec la cuisinière qui portait de petites assiettes de soupe sur un plateau. Patricia en déposa une devant Travers et une autre devant Cull, puis se rassit. Frieda continua à servir, avant de s'arrêter à hauteur de Nikki, l'air confus.

— J'ai dû en laisser une dans la cuisine, marmonna-t-elle.

— J'y vais.

Kitten se leva d'un bond et l'accompagna. Les deux revinrent ensemble. Kitten, tout sourire, plaça une assiette devant Nikki avant de retourner à son siège.

— Merci, Kitten, dit Travers, qui paraissait à la fois content et vaguement surpris qu'elle se soit montrée si serviable.

De son côté, la cuisinière mit deux plats de sandwichs sur la table et se retira.

Nikki prit sa cuiller et remua le potage. Un arôme inconnu lui chatouilla les narines. Kitten se pencha derrière Waters et lui chuchota :

— Vous n'avez pas peur qu'elle soit empoisonnée ?

En temps normal, Nikki avait bon appétit. Mais aujourd'hui, même avant la remarque narquoise de Kitten, elle n'avait pas très faim. Elle s'apprêtait pourtant à porter la cuiller à ses lèvres quand Cull tendit la main par-dessus la table et échangea son assiette contre la sienne en lançant à sa demi-sœur un regard de défi. Kitten leva les yeux au ciel et attendit.

— Qu'y a-t-il ? s'enquit Patricia.

— Apparemment, Kitten pense que le potage de Nikki est peut-être empoisonné, dit Cull.

Ce qui était sûr, c'était que cet homme avait l'oreille fine. Ou qu'il connaissait trop bien sa sœur.

— Quoi ? explosa Patricia.

L'adolescente haussa les épaules, feignant de ne pas comprendre.

Cull prit sa cuiller et goûta la soupe.

— Kitten, je te parlerai tout à l'heure.

— Je n'ai rien fait, geignit-elle en le foudroyant du regard.

Le bruit d'une cuiller qui heurtait la porcelaine les fit tressaillir. Les yeux écarquillés, terrifiés, Travers se tenait la poitrine.

Une seconde plus tard, il s'effondrait.

9

Cull étudiait la semelle de ses chaussures, évitant le regard de Nikki St. James assise à l'écart de la famille dans la salle d'attente.

Si son idiote de sœur avait tenté de l'empoisonner…

Il jeta un coup d'œil en direction de la jeune fille qui boudait dans un coin. En route pour l'hôpital, alors qu'ils étaient tous entassés dans le monospace de Patricia, Kitten n'avait cessé d'affirmer qu'elle n'avait pas empoisonné la soupe de Nikki, qu'elle avait seulement voulu la taquiner et que c'était peut-être la cuisinière qui l'avait fait.

En fin de compte, Cull lui avait ordonné de se taire, après quoi Patricia s'était mise en colère contre eux tous, les accusant de maltraiter l'adolescente.

— Elle est aussi bouleversée que vous tous et elle n'est qu'une enfant !

Résolu à ne pas entrer dans une dispute, Cull s'était concentré sur la route et avait suivi l'ambulance jusqu'à l'hôpital. Une fois sur place, on leur avait dit d'attendre.

Un peu plus tôt, Ledger était allé chercher du café pour tout le monde. Cull l'avait vu demander à Nikki si elle en voulait. Elle avait proposé de l'accompagner au distributeur. Après avoir appris les circonstances de son arrivée au ranch, Ledger l'avait accusé de l'avoir « pratiquement renversée » dans Main Street.

Depuis, Ledger se montrait particulièrement aimable avec

la journaliste, et cela bien que Cull lui ait dit qu'il ne lui faisait pas confiance. Il était évident que Nikki tentait de se faire un allié, et Cull comptait bien mettre fin à son petit jeu dès qu'il serait seul avec son frère.

Un bruit de pas précipités résonna tout près. Cull leva les yeux — comme tout le monde — et vit Boone faire irruption dans la salle.

— Que s'est-il passé ?

Son haleine sentait la bière. Il avait dû aller se réfugier au bar après l'incident du dîner.

— Nous ne le savons pas au juste…

Cull n'eut pas le temps de terminer, car Ledger déclara :

— Quelqu'un a empoisonné papa. Enfin, c'est ce que nous pensons.

— Empoisonné ? s'écria Boone, atterré.

— Nous n'en sommes pas certains, intervint Cull.

Patricia bondit.

— Tout est sa faute ! accusa-t-elle, pointant un doigt vengeur vers Nikki.

— Du calme, tout le monde, ordonna Cull, levant les mains pour leur imposer silence alors qu'ils commençaient à parler en même temps. Nikki était censée être la victime. Patricia, vous devriez peut-être parler à votre fille. C'est elle qui a apporté l'assiette.

Patricia faillit s'étrangler.

— Kitten ? balbutia-t-elle. Kitten n'aurait jamais… Comment peux-tu imaginer…

— Je la taquinais, c'est tout !

Kitten éclata en sanglots et s'enfuit.

— Tu vois ce que tu as fait ? lança Patricia avant de s'élancer derrière sa fille.

— Calmons-nous tous, suggéra Cull. J'ai appelé le shérif en arrivant. Je suis sûre qu'elle va…

À cet instant, la policière apparut au bout du couloir, flanquée du médecin. La gorge nouée, il se tut, redoutant les nouvelles.

Nikki les regarda approcher. Leur visage était sombre. Qu'avaient-ils découvert ? Si Travers avait été empoisonné… Son estomac se noua à cette pensée. Quelqu'un dans cette famille était-il à ce point résolu à l'empêcher de faire la lumière sur l'affaire ? Et si Travers perdait la vie à cause d'elle ? Cette pensée lui était insupportable.

Boone fit mine de parler, mais le shérif le devança.

— Votre père n'a pas été empoisonné.

Dieu soit loué ! pensa Nikki. Elle avait eu si peur que Kitten n'ait commis une terrible bêtise pour tenter de se débarrasser d'elle.

— Il a eu une crise cardiaque, ajouta le médecin. Il est stable, mais pas encore tout à fait hors de danger. Vous avait-il dit qu'il avait des problèmes de cœur ?

L'avocat, assis légèrement en retrait, parla pour la première fois.

— Travers savait qu'il avait le cœur malade ?

Le médecin hocha la tête.

— Je l'avais averti qu'il était essentiel d'éviter le stress, de s'alimenter sainement et de prendre du repos. J'avais espéré qu'il en avait informé sa famille.

Cull émit un grognement.

— C'est bien de lui de n'avoir rien dit.

— Je veux le voir, intervint Boone.

— Si quelqu'un peut le voir, ce devrait être moi, lança Patricia qui revenait dans leur direction.

Le médecin leva les mains.

— Aucun d'entre vous ne va le voir aujourd'hui. Dans l'immédiat, il a besoin de calme absolu.

Voyant que Patricia s'apprêtait à protester, il reprit :

— Vous pourrez peut-être lui rendre visite demain matin, mais chacun à votre tour. Et je ne permettrai à personne de le contrarier.

Un silence se fit.

— Vous avez entendu, dit enfin Cull. Papa est stable. Rentrons à la maison.

Nikki, dont le mal de tête était revenu, avait hâte de regagner le ranch pour prendre des comprimés.

— Je ne rentre pas avec toi, lança Kitten à Cull. Je pars avec Boone.

Patricia prit la main de sa fille.

— Personne ne va partir d'ici avant d'avoir présenté des excuses à ma fille.

Cull lâcha un juron.

— Des excuses ? Si le médecin n'avait pas reconnu les symptômes d'un infarctus, on aurait fait à mon père un lavage d'estomac et il aurait pu mourir d'une crise cardiaque !

— Tout ce qui importe, c'est que papa s'en sorte, intervint Ledger. Mais ces chamailleries constantes doivent cesser.

— Dans ce cas, débarrassons-nous d'elle ! éructa Patricia, pointant de nouveau le doigt dans sa direction. Maintenant que Travers est à l'hôpital, l'idée de ce livre doit être abandonnée.

— Patricia a raison, renchérit Boone. Vous venez d'entendre ce qu'a dit le médecin. Papa doit éviter le stress de voir quelqu'un fouiller le passé sans raison, puisque nous savons tous qui a enlevé les jumeaux.

Cull secoua la tête.

— Ce n'est ni le lieu ni le moment de discuter de cela. Et si l'un d'entre vous ose aborder ce sujet avec papa…

Il lut sur leurs visages qu'ils avaient compris le message.

— Dans l'intervalle, Nikki reste et fait ce qu'elle a à faire. Si papa change d'avis, il la renverra d'où elle vient, mais ce n'est pas à nous d'en décider. Boone, je vais prendre ton pick-up. Tu peux rentrer avec Patricia puisqu'il est évident que tu as bu. Nikki, venez avec moi. Les autres, faites comme bon vous semble.

Cull agrippait le volant si fermement que les jointures de ses doigts en étaient toutes blanches.

— Merci d'être venu à mon secours tout à l'heure, murmura Nikki alors qu'ils prenaient la route du ranch.

— Je ne l'ai pas fait pour vous, rétorqua-t-il sans lui accorder un regard. Je l'ai fait pour mon père.

Du coin de l'œil, il la vit se tourner vers la vitre. La prairie s'étendait à perte de vue, entrecoupée de cultures agricoles ici et là. Il adorait ce paysage. Là où certains ne voyaient que du vide, il admirait les plantes sauvages, les ondulations du terrain, l'immensité du ciel.

La nuit était claire et fraîche. Les étoiles scintillaient sur fond de velours bleu sombre. À la sortie de la ville, il abaissa sa vitre. Une odeur de sauge et de poussière lui emplit les narines. Il l'inspira profondément et s'efforça de se calmer. Il était chez lui. La prairie lui procurait un réconfort qu'aucun autre paysage ne pouvait lui apporter.

Un instant, il se demanda ce que Nikki voyait quand elle contemplait ce paysage. Aurait-elle préféré des montagnes imposantes, aux flancs constellés de pins ? Il n'avait rencontré que peu de femmes qui appréciaient cette contrée. C'était une des raisons pour lesquelles il n'était pas encore marié.

— Je me sens responsable de ce qui s'est passé, dit-elle. J'espère que votre père va se rétablir.

Il jeta un coup d'œil vers elle et se radoucit en voyant qu'elle était au bord des larmes.

— Vous n'y êtes pour rien. Mon père ne va pas bien, vous avez entendu le médecin. L'anniversaire de l'enlèvement n'est qu'un tracas de plus venu s'ajouter à son stress.

— Je suis désolée, murmura-t-elle. J'aimerais pouvoir l'aider. Si vous pensez que mon départ…

Il ralentit pour s'engager dans la piste qui menait au ranch.

— Vous renonceriez si vite ? Je croyais que vous étiez déterminée à découvrir la vérité ?

— Je le suis, mais je ne peux pas promettre de…

Cull émit un petit rire.

— Maintenant, vous faites la timide ?

Il secoua la tête.

— Désolé, mais ça ne marche pas avec moi. Je pense que

vous êtes prête à tout pour obtenir cette histoire, et ça m'incite à me poser des questions sur vous.

— Je n'ai rien à cacher.

Il sourit.

— Vous auriez mangé ce potage, n'est-ce pas ?

— Oui. Pourquoi cela vous étonne-t-il ?

Cull émit un léger ricanement.

— Parce que ça montre quel genre de femme vous êtes. Vous ne reculez devant rien.

— Je vais prendre ça comme un compliment.

— Comme vous voulez.

Il sentit son regard sur lui alors qu'il se garait devant la maison.

— Vous savez ce que je pense ? Je pense que la raison pour laquelle vous avez tous si peur que j'enquête sur l'enlèvement, c'est que vous avez quelque chose à cacher. Quelque chose que vous avez tu à l'époque. Peut-être n'est-ce qu'un souvenir qui vous hante depuis. Un son, une parole, une scène que vous avez vue mais que vous n'avez pas comprise sur le moment.

Il aurait voulu pouvoir lui rétorquer qu'elle était folle, mais elle était trop proche de la vérité. Cependant, il valait mieux continuer à garder certains secrets, d'autant plus qu'ils ne changeaient rien au fait que les jumeaux avaient été enlevés, ni à l'identité du coupable.

— C'est là-dessus que vous comptez pour élucider l'affaire ? Bonne chance.

— J'espérais que vous voudriez tous résoudre le mystère autant que votre père.

Cull coupa le moteur et se tourna vers elle.

— Vous ne comprenez pas. Cette tragédie nous hante depuis vingt-cinq ans. Avez-vous la moindre idée de ce que ça veut dire ? De la douleur qu'il y a à revivre ça année après année ? Vous ne voyez pas que ça tue mon père ?

— C'est exactement pour cette raison qu'il a besoin de savoir ce qui s'est réellement passé.

Cull secoua la tête, retira son stetson et passa une main

dans ses cheveux. Une boucle sombre tomba sur son front avant qu'il remette son chapeau. Un instant, il dévisagea Nikki, comme s'il voulait lire en elle, déchiffrer son âme. S'assurer qu'elle ne l'avait pas vendue au diable.

— Franchement, c'est le bouquet. Un auteur spécialisé dans les faits divers ? Et dire que j'avais pensé qu'il dépassait la mesure avec le magnétiseur !

— Plus vite je pourrai me mettre au travail, plus vite je serai partie.

Il inclina la tête de côté et étrécit les yeux.

— Le temps passe, les souvenirs restent.

Elle fit mine d'ignorer ses paroles et soutint son regard sans faiblir.

— Pourquoi ? insista-t-il. Quelle importance cela a-t-il pour vous ? Je suis sûr qu'il y a quantité d'autres tragédies dans lesquelles vous auriez pu vous plonger. Alors quelle est votre histoire ?

Nikki détourna les yeux, et Cull eut la soudaine certitude qu'elle ne lui avait pas tout dit. Qu'il ne s'agissait pas seulement d'écrire un best-seller. Qui était cette femme ?

Son instinct lui hurlait qu'elle lui cachait quelque chose, mais quoi ? Elle était déjà connue, son nom figurait sur la liste des reporters du *New York Times* les plus lus. Pour autant qu'il puisse en juger, elle n'avait besoin ni d'argent ni de notoriété. La publication d'un livre supplémentaire n'allait rien lui apporter de plus que ce qu'elle n'avait déjà.

Ou se trompait-il ?

— Je ne sais pas ce que vous voulez, dit-il prudemment. Mais je vous ai vue avec mon frère. Je ne vous laisserai pas vous servir de Ledger pour arriver à vos fins. En ce moment, justement parce qu'il s'est laissé mener en bateau par une femme, il ne sait plus où il en est. Fichez-lui la paix. Il est trop jeune pour avoir le moindre souvenir de l'enlèvement.

— Je ne me sers pas de lui.

Cull émit un grognement méprisant.

— Ah non ? Et c'est par hasard qu'aujourd'hui vous

étiez assise en face du café où il va déjeuner les jours où son ex-petite amie est de service ?

Une lueur de surprise traversa le regard de Nikki, mais elle se ressaisit aussitôt.

— J'avais vu juste, reprit-il avec un petit rire teinté d'amertume. Pour une raison quelconque, vous êtes prête à tout faire et à utiliser qui bon vous semble, y compris à déchirer cette famille, pour obtenir ce que vous voulez.

Il la dévisagea, les sourcils froncés.

— Tout ça pour un livre ? J'en doute. Sachez que, pendant que vous fouillez dans tous les coins obscurs de notre vie, je ferai la même chose dans la vôtre. J'ai hâte de savoir qui vous êtes vraiment, Nikki St. James.

Il ouvrit sa portière et descendit. Il entendit Nikki faire de même au moment où la voiture de Patricia arrivait, baignant l'allée de la lumière de ses phares.

Cull n'était pas d'humeur à faire la conversation. Au lieu d'entrer dans la maison, il prit le chemin qui menait à l'écurie. Il respirait fort, prenant de grandes goulées d'air frais pour essayer d'apaiser sa colère. De maîtriser le trouble qui le gagnait lorsqu'il était en présence de cette femme. Nikki St. James le perturbait plus qu'il ne voulait l'admettre. Il ne sortirait rien de bon de cette histoire. Il devait trouver un moyen de se débarrasser d'elle, et le plus tôt serait le mieux.

Debout à côté du pick-up, Nikki avait l'impression d'avoir survécu de justesse à un combat de boxe. Cull la soupçonnait d'avoir des raisons personnelles d'être ici. Il ne les connaissait pas encore, mais il n'aurait de cesse de les avoir découvertes.

Elle laissa échapper un rire sans joie. Il l'avait accusée d'être prête à tout, mais il était exactement comme elle. En le regardant qui s'éloignait à grands pas, elle comprit subitement que ce n'était pas elle qu'il fuyait, mais sa famille.

— Il n'est pas si… impoli d'habitude.

Nikki fit volte-face et vit que Ledger était juste derrière elle.

— Vous m'avez fait peur.

— Pardon.

Ledger jeta un coup d'œil en direction des autres membres de sa famille. Patricia se chamaillait avec Kitten en montant les marches, et Nikki revécut l'instant où l'adolescente avait failli la faire tomber dans l'escalier.

Jim Waters et Blake Ryan les dépassèrent sans leur accorder la moindre attention. Sur le perron, Patricia se retourna.

— Je vais demander à la cuisinière de préparer des sandwichs, dit-elle à la cantonade. Je ne sais pas pour vous, mais, moi, je meurs de faim.

Son regard s'arrêta sur Nikki, puis elle pivota et s'engouffra à l'intérieur.

— J'ai appris que Patricia avait déplacé vos affaires et qu'elle vous avait installée à côté de la piscine, dit Ledger. Voulez-vous que j'aille vérifier que tout est prêt pour vous ?

— Si cela ne vous dérange pas, ce serait très gentil, merci.

Nikki était heureuse d'avoir l'occasion de passer quelques minutes seule avec Ledger, même si les paroles de Cull résonnaient encore dans sa mémoire.

— Cull n'approuvera peut-être pas. Il a peur que je ne me serve de vous.

Ledger eut un petit rire.

— Cull est l'aîné et il s'imagine qu'il doit nous protéger. Cela part d'une bonne intention.

— Pourquoi, à votre avis, pense-t-il avoir besoin de vous protéger de moi ? demanda-t-elle innocemment alors qu'ils s'engageaient dans l'allée qui conduisait à la piscine.

— Il croit que je suis naïf.

— À cause de la jeune femme du café, murmura-t-elle. J'étais assise en face ce matin. Je n'ai pas pu m'empêcher de remarquer.

Il eut un sourire attristé.

— Abby.

L'obscurité était plaisante. La compagnie de Ledger aussi. Il émanait de lui une assurance tranquille que Nikki trouvait reposante, surtout après l'échange tendu qu'elle avait eu avec son frère aîné.

— Vous êtes amoureux d'elle.

— C'est si évident que ça ?

Il lâcha un rire.

— Il faut croire que Cull a raison. On lit en moi comme dans un livre. Il pense que je devrais l'oublier.

Il haussa les épaules.

— Je n'y arrive pas.

— Vous vous faites du souci pour elle.

— À raison. Son mari est…

Il eut un geste d'impuissance, comme s'il ne pouvait trouver un terme approprié pour le décrire sans être grossier.

— Mais elle ne veut pas le quitter.

— Non, admit-il d'une voix empreinte de frustration. Elle prétend qu'il a besoin d'elle. Je ne comprends pas.

Nikki garda le silence. Il n'y avait rien à répondre. Les femmes avaient souvent leurs propres raisons de rester avec des hommes dominateurs. Qui savait quelle était la vraie raison d'Abby ?

— Vous souvenez-vous de la nuit de l'enlèvement ?

Ledger jeta un coup d'œil vers elle, visiblement déconcerté par le brusque changement de sujet. Il parut soudain sur ses gardes.

— J'avais trois ans, je vous l'ai déjà dit.

— Oh ! Je pensais que vous pourriez peut-être m'aider tout de même, surtout étant donné l'état de santé de votre père. Je tiens plus encore qu'avant à découvrir la vérité.

Il hocha la tête, l'air coupable.

— Je crois que je me souviens de… petites choses. J'ai été réveillé par les hurlements de Patty. J'ai entendu des gens qui couraient vers la nursery. Mon père qui parlait au shérif au téléphone. Mais mes frères ont évoqué les mêmes détails au fil des années, par conséquent il est possible qu'il s'agisse de leurs souvenirs et non des miens. Cela dit, quand je pense à cette nuit-là, je me revois souvent debout, immobile dans le couloir. Et puis quelqu'un m'a vu.

— Qui ?

— Patty. C'était notre nounou, à l'époque.

— A-t-elle dit quelque chose ?

— Je crois lui avoir demandé ce qui se passait.

Il haussa les épaules.

— Il me semble vaguement qu'elle a promis de faire des crêpes le lendemain matin. Vous voyez, je ne sais vraiment rien d'utile.

Il s'arrêta devant un petit bâtiment près de la piscine. La brise faisait frémir la surface de l'eau, chatoyante sous l'éclat doré des lampes qui s'étaient allumées dans la maison principale.

— Et si vous découvrez qui a enlevé Oakley et Jesse Rose, mais qu'ils sont morts ?

— Je crois que ne pas savoir est encore pire pour votre père. Peut-être que, si la vérité était connue, tout le monde pourrait commencer à guérir.

Il secoua la tête.

— C'est l'espoir qui fait vivre mon père. Si vous le lui enlevez…

Dans le silence qui tomba sur eux, elle entendit des voix venant de l'arrière de la demeure. Deux silhouettes se dessinaient sur le ciel sombre. L'une était manifestement Patricia. L'autre était celle d'un homme, mais Nikki n'aurait su dire lequel.

Elle se tourna, s'efforçant de saisir des bribes de conversation tandis que Ledger ouvrait la porte de la maisonnette. Une lumière vive jaillit à l'intérieur.

— Voilà, annonça-t-il d'une voix sonore. Si vous avez besoin de quoi que ce soit, vous n'avez qu'à demander.

Derrière eux, la conversation cessa. Nikki regarda Ledger, surprise qu'il ait signalé à Patricia et à son interlocuteur qu'ils n'étaient pas seuls. Lorsqu'elle pivota de nouveau, les deux silhouettes avaient disparu dans l'ombre.

Cull était si sûr qu'elle pouvait aisément manipuler Ledger. Qu'il ferait tout ce qu'elle lui demandait.

Comme celui-ci croisait son regard, elle y lut quelque chose qui la fit tressaillir. Ledger était tout aussi protecteur des secrets des McGraw que ne l'était son frère aîné.

Ils cachaient quelque chose, c'était certain, mais elle ne pouvait pas être sûre que cela ait un lien avec l'enlèvement. Qu'avaient vu ou entendu ces garçons ce soir-là ? Qui s'efforçaient-ils de protéger ?

Elle jeta un coup d'œil en direction des écuries et crut apercevoir quelqu'un à la porte. Était-ce Cull ?

— Je sais que vous me cachez tous quelque chose, dit-elle en s'adressant à Ledger. Ce que je ne comprends pas, c'est pourquoi.

Aucune réponse ne lui parvint. Quand elle se retourna, elle vit Ledger se diriger vers la maison. Il semblait pressé.

Avec un soupir, Nikki poussa la porte du pool-house. Sa valise l'attendait et l'endroit était superbement aménagé, très confortable. Elle y serait aussi bien que dans l'ancienne chambre de Cull dans l'aile désertée. Mais pourquoi Patricia avait-elle tenu à l'éloigner de la demeure principale ?

Au moment de franchir le seuil du pool-house, elle leva une fois de plus les yeux vers celle-ci.

Son cœur manqua un battement, puis se mit à cogner à toute allure. Quelqu'un se tenait à une fenêtre du premier étage. Une pièce de l'aile sud, comprit-elle, la gorge serrée. Quelqu'un les avait observés, Ledger et elle, depuis la nursery.

Une femme vêtue entièrement de blanc. Ses cheveux aussi semblaient tout blancs. Une fraction de seconde, Nikki crut que c'était Marianne.

La brise souleva les rideaux. Nikki cilla, et la vision s'évanouit. N'avait-ce été qu'un effet de son imagination, contrairement au frisson qui la parcourait et qui lui glaçait le sang ?

10

Nikki s'apprêtait à refermer la porte quand la voix de Patricia s'éleva, annonçant que les sandwichs étaient prêts. Elle sentit son estomac gronder. Elle n'avait rien mangé depuis le petit déjeuner.

— Je peux vous rapporter un sandwich si vous préférez ne pas retourner là-bas ce soir.

Elle vit Cull émerger de l'obscurité sur le sentier venant de l'écurie.

— Je n'ai pas très f…

Son estomac se remit à gargouiller. Cull sourit et se tourna vers la maison.

— Je reviens.

— Merci. Mais je ne veux pas vous obliger à y aller si vous n'avez pas faim.

Cull s'arrêta et la regarda par-dessus son épaule.

— Si vous voulez manger au bord de la piscine, j'en rapporterai pour nous deux. Et puis, nous pourrons parler.

Elle acquiesça, bien que légèrement perturbée par sa suggestion. Travers avait-il téléphoné pour dire qu'il avait changé d'avis à propos du livre ? Ou Cull avait-il décidé de collaborer avec elle ?

Pendant qu'il s'éloignait, Nikki prit sa valise et gagna la chambre. La journée avait été longue, et elle n'avait qu'une envie : se coucher et dormir. Mais trouverait-elle le sommeil ?

Il s'était passé tant de choses depuis son arrivée, et sa liste de suspects ne faisait que s'allonger.

Et puis elle mourait de faim.

Quelques minutes plus tard, on toqua doucement à la porte. Comme promis, Cull était là, qui apportait des sandwichs, des verres de lait et des parts de gâteau sur un plateau.

— Venez manger, fit-il en indiquant la table placée à côté du bassin.

Nikki le suivit, avouant sa surprise que ses hôtes aient une piscine vu la brièveté de l'été dans le Montana.

— Ma mère adorait nager, expliqua-t-il. À présent, Kitten s'y baigne. Et moi de temps en temps.

Il lui tendit l'assiette de sandwichs pour qu'elle fasse son choix.

— Mais personne ne se sert du pool-house.

— Ma mère venait y lire quand elle avait besoin de s'échapper un peu. C'était son… sanctuaire.

Il se tut et sembla se remémorer que les ravisseurs s'étaient réunis dans ce lieu avant de kidnapper les jumeaux, car son visage s'assombrit.

Nikki brûlait de l'interroger davantage sur sa mère, mais le moment semblait mal choisi. Elle mordit dans son sandwich au poulet. Il était délicieux.

— Comment va votre père ?

Elle était sûre que Cull avait téléphoné à l'hôpital pour prendre de ses nouvelles depuis leur retour, et, en effet, il ne parut pas surpris par sa question.

— Il est calme et il se repose, d'après le médecin.

Nikki prit une nouvelle bouchée de sandwich et remarqua soudain que Cull n'avait pas encore touché au sien. Il l'observait.

— Qu'y a-t-il ?

— Vous. J'ai l'habitude de voir des femmes qui ne mangent pas de pain. Ou plutôt, qui ne mangent rien du tout.

Une seconde, elle songea à revendiquer son droit de manger à sa faim, mais elle n'en eut pas le temps.

— J'aime les femmes qui ont des courbes.

Il s'interrompit, comme s'il venait de se rendre compte de ce qu'il avait dit.

— Je veux dire…

Il eut un léger rire et prit son sandwich.

— Je ferais mieux de me taire et de manger, hein ?

Ils terminèrent leurs sandwichs dans un silence tranquille. Cull avait allumé les lampes de la piscine. L'eau chatoyante semblait les inviter.

— Vous pouvez vous baigner si vous voulez, dit-il, lisant dans ses pensées.

— Je n'ai pas apporté de maillot.

— Et alors ? Ne vous gênez pas pour ça.

Nikki laissa échapper un rire.

— J'ai déjà fait assez de vagues ici. J'imagine la réaction de votre belle-mère.

Il secoua la tête.

— La vie est étrange, n'est-ce pas ?

— Vous souvenez-vous d'elle quand elle était votre nourrice ?

Cull acquiesça, l'air songeur.

— Timide, peu loquace, quelconque. Je crois que c'est ainsi que les journaux l'ont décrite à l'époque. Je me suis souvent interrogé sur le changement qui s'est opéré en elle.

Il planta ses yeux dans les siens.

— Je suis sûr que vous vous êtes posé la même question.

Elle soutint son regard un instant avant de contempler le gâteau, hésitante.

Cull en prit une part et la posa devant elle.

— Allez-y. Vous le méritez après la journée que vous avez eue.

— Je pourrais en dire autant à votre sujet.

Il hocha la tête et parut se concentrer sur la piscine.

— Je suis désolé d'avoir été si dur avec vous tout à l'heure.

— À propos de tout à l'heure, j'ai entendu Patty parler avec quelqu'un derrière la maison. La conversation semblait plutôt animée.

— Je crois que c'était Blake. Il travaille pour mon père

depuis le début. Ils se querellaient sans doute au sujet de sa santé. Blake pense que Patty pourrait être plus… facile à vivre.

Nikki garda le silence un instant, se demandant si Cull s'imaginait vraiment qu'elle allait gober cette explication. Elle avait saisi quelques paroles de l'échange et il n'avait pas été question de la santé de Travers. Et puisque l'écurie était située plus près de la maison que la piscine, Cull avait dû entendre la conversation mieux qu'elle.

— Je doute fort que ç'ait été la raison de leur dispute et vous le savez, dit-elle franchement. Pourquoi me mentez-vous ? Qu'essayez-vous de me cacher, tous autant que vous êtes ?

Il leva vers elle un regard à la fois surpris et calculateur.

— Rien ne vous échappe, hein ?

— C'est mon travail, rétorqua-t-elle, sur la défensive.

— Pour le livre.

La suspicion était revenue. Elle sentit son cœur battre plus vite — à cause du regard de Cull, de ses paroles.

— Je sais que c'est difficile de voir une inconnue débarquer chez vous, qui cherche à découvrir vos secrets. C'est difficile pour moi aussi. Je noue souvent des liens personnels avec la famille sur qui j'enquête. C'est humain. Je ne suis pas là pour vous faire du mal. Je veux seulement…

— La vérité.

Il hocha la tête d'un air sceptique et se leva.

— On dirait que vous tombez de sommeil.

Il se pencha, mit de côté la dernière part de gâteau, puis rassembla les assiettes sales.

— Je vais rapporter le plateau à la maison. Je vous laisse le gâteau. Vous allez peut-être vous réveiller en pleine nuit et avoir envie d'un petit en-cas.

Ç'avait été très gentil de sa part de lui apporter des sandwichs et de manger avec elle au bord de la piscine. Nikki ne pouvait s'empêcher d'être touchée par ses attentions.

— Merci.

— Je suis sûr que nous nous verrons demain matin. Le

petit déjeuner est à 7 heures mais, si c'est trop tôt pour vous, Frieda vous servira quand vous voudrez.

Il sembla hésiter un instant, comme s'il voulait ajouter quelque chose. En fin de compte, il se contenta de lui adresser un sourire presque triste.

— Bonne nuit, Nikki. Dormez bien.

— Je vois, commenta Patricia à l'instant où Cull ouvrait la porte de la cuisine. On conspire avec l'ennemi.

Il déposa le plateau sur le plan de travail et secoua la tête. Il était tard et la journée avait été trop épuisante pour qu'il ait envie de se quereller avec elle.

— Ne parlons pas de ça maintenant.

Comme il se détournait, elle le retint par la manche.

— Ton père est à l'hôpital à cause de cette femme !

Cull pivota vers elle.

— Non. Si quelqu'un est à blâmer, c'est vous. Vous le harcelez sans cesse. Au point que je suis surpris qu'il ne vous ordonne pas de la boucler.

Elle écarquilla les yeux, choquée.

— Comment oses-tu… ?

— Oh ! j'ose. Il y a longtemps que j'ai envie de vous dire vos quatre vérités. Mon père vous a recueillie, épousée et aidée à élever votre fille sans que vous l'ayez jamais remercié. Vous et votre fille ne faites que réclamer. Rien n'est jamais suffisant.

Patricia secoua la tête, furieuse.

— Tu ne peux pas me blâmer pour cette crise cardiaque. C'est ce fichu enlèvement. Il refuse de se sortir ça de la tête !

Cull recula d'un pas, incrédule.

— Ce fichu enlèvement ? répéta-t-il. Patty, on lui a volé ses enfants. Pour autant qu'il le sache, ils sont morts. Êtes-vous égoïste au point de ne pas comprendre sa détresse ?

Un instant, elle parut troublée, mais se ressaisit très vite.

— Eh bien, vingt-cinq ans ont passé. Combien de temps suis-je censée supporter tout ça ?

— Il n'oubliera *jamais*. Si vous ne pouvez pas l'accepter, la porte est là. Personne ne vous oblige à rester, Kitten et vous.

— Tu serais bien content qu'on s'en aille, hein ?

Cull demeura un instant silencieux. Sa colère s'était un peu dissipée, et il regrettait d'avoir eu des propos aussi durs.

— Ne pouvez-vous tout simplement être heureuse ?

Il désigna d'un geste la cuisine et le ranch.

— Regardez où vous vivez, comment vous vivez. Ne pouvez-vous apprécier tout cela ?

Elle renifla, comme si elle était au bord des larmes.

— Et laissez Nikki en paix. Laissez-la faire ce pour quoi elle est venue.

— Elle ne va rien découvrir de plus que le shérif et le FBI à l'époque.

La voix de Patricia semblait teintée d'espoir. Cull s'était souvent demandé si elle avait joué un rôle dans le kidnapping. Si oui, redoutait-elle que Nikki le découvre ? Cela expliquerait qu'elle soit si contrariée par la présence de la journaliste d'investigation.

— Nous verrons bien. J'imagine qu'elle ne va pas rester très longtemps.

Il se détourna pour partir.

— Tu es sûr que c'est ce que tu veux ? lança Patricia, sur un ton à la fois ironique et accusateur.

Cull s'immobilisa à la porte mais ne se retourna pas.

— C'est ce que nous voulons tous.

Car il aurait parié que chacun d'entre eux avait ses propres raisons de souhaiter le départ de Nikki.

Quand Cull eut disparu, Nikki entra dans la maisonnette et ferma la porte à clé avant de se diriger vers la chambre. Épuisée, elle se contenta de se brosser les dents et d'enfiler un pyjama, puis se laissa tomber sur le lit.

Elle s'attendait à avoir du mal à trouver le sommeil à cause de tout ce qui se passait. Tout, y compris Cull. Elle songea à son regard si bleu, si intense. Il voyait tout. Même enfant, il avait dû être observateur. Elle avait la conviction qu'il en savait plus long sur l'enlèvement qu'il ne voulait bien le dire.

Ce fut sa dernière pensée. Ensuite, elle sombra dans un sommeil profond, ténébreux.

Elle se réveilla en sursaut et passa les mains sur son visage, s'efforçant de se libérer du cauchemar qu'elle venait de faire. Le songe se dissipa lentement, ne lui laissant qu'une sensation de malaise, une sorte de pressentiment étouffant.

De quoi avait-elle rêvé ? Elle tenta de se cramponner aux bribes d'images restées dans sa mémoire. Il s'agissait de Cull, des chevaux à l'écurie, de son propre père. Cela n'avait ni queue ni tête. Elle n'avait jamais connu son père. Malgré tout, il était présent dans ce rêve, dans l'écurie. Et il se passait quelque chose d'affreux.

Complètement réveillée à présent, elle se redressa et tendit l'oreille aux bruits nocturnes. Une chouette hululait au loin. Plus près, un cheval hennit. Puis un autre. Et un autre encore.

Fronçant les sourcils, elle se leva et gagna le salon afin d'avoir vue sur l'écurie. Une lumière était allumée. Elle saisit un mouvement. Il y avait quelqu'un à l'intérieur.

Son cœur se mit à cogner plus vite. Peut-être son cauchemar n'en était-il pas un ? Peut-être avait-elle entendu quelque chose...

Elle ouvrit la porte. Le ciel était dégagé, les étoiles scintillaient au-dessus d'elle, un croissant de lune illuminait l'écurie. Nikki s'avança sur le sentier, s'entourant la taille de ses bras pour se protéger de la fraîcheur.

Les chevaux s'agitèrent, fébriles dans leurs box. Une ombre longea le côté du bâtiment. L'instant d'après, des éclats de voix lui parvinrent. Des voix d'homme.

Nikki hésita. Les galets étaient froids sous ses pieds nus et elle frissonnait. Devait-elle rebrousser chemin ? Finalement, la curiosité l'emporta. Son arrivée au ranch avait déclenché certaines réactions. Et si cette dispute avait un rapport avec l'enlèvement...

Elle se faufila jusqu'à la porte et prêta l'oreille, espérant saisir des bribes de conversation par-dessus les hennissements des chevaux.

— Tu fais une grosse erreur. Si tu te trompes…

Nikki ne reconnut pas la voix. Était-ce celle de Blake Ryan, l'ancien régisseur qui s'était querellé avec Patricia un peu plus tôt ?

— Je sais ce que je fais. Et je ferai le nécessaire.

Nikki tressaillit. Cette voix-là était celle de Cull.

— Tu dis que tu veux ne faire souffrir personne. Je ne vois pas comment éviter ça. Cette journaliste…

— Ne t'en fais pas. Je m'occuperai d'elle personnellement si les choses tournent mal.

Soudain étourdie, Nikki trébucha et heurta la barrière du corral. Le loquet en fer trembla et retomba en claquant.

— Qu'est-ce que… ? lâcha la voix inconnue.

Des pas se dirigèrent vers elle. Prise de panique, elle se blottit contre la clôture, mais comprit que cela ne suffirait pas pour la dissimuler aux regards. Si elle voulait s'éclipser discrètement, elle devait contourner l'écurie. Autrement dit, pénétrer dans le corral.

Elle enjamba rapidement la barrière et se laissa tomber sur le sol amolli par les sabots des chevaux. Ses pieds nus s'enfoncèrent dans la terre, ralentissant sa progression. Plus que quelques mètres, et…

Soudain, du coin de l'œil, elle vit un cheval sortir en trombe de l'écurie. Il filait droit vers elle, les oreilles plaquées en arrière, ses sabots projetant des mottes de terre sur son passage.

Nikki se rua vers la clôture, ses mains effleurèrent le bois mais glissèrent. D'ailleurs, elle n'aurait pas pu l'escalader, car déjà l'animal l'avait rejointe.

Deux mains puissantes la saisirent alors par la taille et la soulevèrent de terre comme elle sentait le souffle du cheval sur sa nuque. Avant qu'elle ait compris ce qui se passait, elle percuta le torse musclé d'un homme. Derrière elle, le cheval trépigna en hennissant. Elle se remémora brusquement que Boone était allé chercher un étalon plus tôt dans la journée.

Les bras qui l'avaient entourée la reposèrent sans ménagement sur le sol.

— Qu'est-ce que vous fabriquez, bon sang ? demanda Cull en la tenant toujours. Vous auriez pu être tuée. Pourquoi êtes-vous entrée là-dedans ?

Un instant, Nikki fut incapable de répondre tant elle était choquée. Elle tremblait encore de tous ses membres. Quelqu'un avait délibérément lâché l'étalon dans le corral. Cull ? Dans ce cas, pourquoi aurait-il volé à son secours ?

— Et vous, que faites-vous ici ? demanda-t-elle sur un ton sec.

— J'étais venu vérifier si tout allait bien. J'ai entendu les chevaux s'agiter.

Elle hocha la tête.

— Moi aussi.

Le regard de Cull était rivé sur son visage.

— Vous n'aviez rien à faire dans l'enclos. Ce cheval est un animal sauvage.

Elle acquiesça, s'efforçant de ravaler le nœud qui s'était formé dans sa gorge. Des larmes lui picotèrent les yeux. Elle avait failli être piétinée. Pire, elle avait découvert qu'elle ne pouvait avoir confiance en Cull.

Il secoua la tête. Pensait-il avoir affaire à une écervelée ?

— Venez. Je vous raccompagne.

Nikki regarda une dernière fois en direction de l'écurie. Les chevaux s'étaient calmés. Qui que soit l'homme auquel Cull avait parlé, il n'était plus là. Restait la question de savoir qui avait libéré l'étalon et pourquoi. Avait-on voulu l'effrayer ? Ou la tuer ?

Elle sentait l'odeur de Cull mêlée à celle de cuir et de l'air frais. Si l'objectif recherché avait été de lui faire peur, il avait été atteint. Elle devrait se montrer encore plus prudente, étant donné les propos qu'elle avait surpris.

Dorénavant, elle devrait se méfier de Cull McGraw.

11

Le soleil se levait sur la prairie quand Nikki entra dans Whitehorse. C'était une journée splendide, chaude et lumineuse. Des nuages blancs et duveteux flottaient ici et là dans l'immensité du ciel. Elle s'était réveillée avant l'aube, envahie par un soupçon qui l'avait glacée.

Après avoir rapidement effectué quelques recherches sur son téléphone, elle avait appelé le shérif pour lui demander si elle pouvait venir lui parler.

McCall Crawford leva les yeux à son entrée. Elle était mince, jolie, et, d'après ce que Nikki avait entendu dire, fiable et efficace.

— Merci de me recevoir, dit-elle en refermant la porte derrière elle.

La chef de police arqua un sourcil.

— Vous étiez plus que sibylline au téléphone, observa-t-elle en lui faisant signe de s'asseoir. À vrai dire, j'avais songé aller jusqu'au ranch aujourd'hui pour prendre de vos nouvelles.

— Je suis navrée que nous nous soyons rencontrées dans de telles circonstances hier, murmura Nikki, sincère. J'hésite à formuler mes soupçons, mais j'espère que vous allez les prendre au sérieux.

— Vous avez déjà des soupçons ? Au bout d'une seule journée passée à Sundown Stallion Station ? Vous n'avez pas traîné. J'avoue que je suis intriguée.

— Étiez-vous au courant de l'état de santé de Travers McGraw avant sa crise cardiaque ?

— À dire vrai, je ne l'avais pas vu depuis un certain temps. J'ai été étonnée de le voir aussi souffrant.

— Sa famille semble convaincue que c'est son acharnement à découvrir ce qui est arrivé aux jumeaux qui en est la cause.

— Mais vous n'êtes pas d'accord ?

Nikki secoua la tête.

— Je pense qu'on est bel et bien en train de l'empoisonner.

Elle sortit son téléphone.

— J'ai été confrontée à un cas de ce genre par le passé. Les symptômes que présente Travers correspondent à ceux provoqués par une exposition à long terme à de petites quantités d'arsenic. Maux de tête, perte de poids, état mental confus, dépression. Et, en fin de compte, arrêt cardiaque.

Le shérif parut sceptique.

— Je présume que vous n'avez aucune preuve de ce que vous avancez ?

— Non, et j'ai eu la même réaction que vous au début. Et puis je me suis souvenue que sa femme, Marianne, avait manifesté des troubles similaires.

— Il y a vingt-cinq ans de cela ?

McCall Crawford s'était redressée, et une lueur d'intérêt brillait dans son regard.

— Oui. Dans la même maison. Où vivaient les mêmes gens, précisa Nikki. Si j'ai raison, il ne pourrait s'agir d'une coïncidence, n'est-ce pas ?

— On a dit à l'époque que Marianne souffrait d'une dépression postnatale. Et qu'elle avait la conscience tourmentée par une liaison illicite.

Nikki garda le silence.

— Personne d'autre au ranch ne présente ces symptômes ? reprit la chef de police, en la dévisageant avec attention.

— Non. Par conséquent, je doute qu'ils soient causés par une source d'eau contaminée ou quelque chose du même ordre. Je crois vraiment qu'on l'empoisonne à dessein.

— Il est à l'hôpital, observa McCall. Je suppose qu'une simple analyse d'un de ses cheveux nous permettrait d'en avoir le cœur net.

Nikki hocha la tête.

— À propos de soupçons, reprit McCall, comment vous sentez-vous après votre accident devant le café ?

— Par chance, je n'ai pas été blessée.

— Par chance, répéta le shérif avec un sourire.

Nikki se leva.

— Je ne veux pas vous déranger plus longtemps. J'espérais seulement que vous pourriez vérifier si mes soupçons sont fondés. Étant donné l'état de santé de Travers McGraw, j'ai pensé que c'était urgent.

— J'imagine que vous avez un suspect en tête ?

— Pas qu'un, rectifia Nikki. Mais mon principal suspect est bien sûr la personne qui aurait le plus intérêt à voir Travers McGraw mourir. La même personne qui avait des raisons de vouloir se débarrasser de Marianne McGraw il y a vingt-cinq ans.

Son père étant à l'hôpital, Cull ressentait avec acuité le poids de ses responsabilités. Outre la gestion du ranch au quotidien, il lui incombait de maintenir la paix à la maison.

Gérer le ranch ne lui posait aucun problème. Maintenir la paix à la maison était une tout autre affaire. Depuis la veille, Patricia ne décolérait pas. Il l'avait entendue crier sur Frieda, leur vieille cuisinière, dès le matin. Il était intervenu pour mettre fin à la querelle, puis avait appris que Nikki St. James était partie à l'aube sans dire à personne où elle allait.

Avait-elle compris qu'elle n'avait aucune chance de réussir et renoncé ? Il ne pouvait que l'espérer, mais il savait en son for intérieur qu'il se berçait d'illusions. Nikki n'était pas du genre à baisser les bras. Où qu'elle soit allée, elle reviendrait.

En route pour l'hôpital, il se demanda si l'alerte de la veille allait être un tournant pour son père. À l'évidence, quelque chose devait changer.

— Comment va-t-il ? demanda-t-il à l'infirmière de service.

— Il va bien. Vous pouvez aller le voir, mais ne restez pas trop longtemps et, surtout, ne le contrariez pas.

Autrement dit, il n'avait pas le droit de mentionner Nikki, les jumeaux, Patty, Kitten, ni le ranch, songea Cull en enfilant le couloir.

Arrivé à la porte de la chambre, il hésita. Au fil du temps, il avait assisté, impuissant, au déclin de son père. Travers McGraw était un homme obstiné, Cull ne le savait que trop bien. Mais peut-être allait-il désormais devoir faire face à la réalité…

Il entra et s'immobilisa sur le seuil. Son père avait les yeux fermés, mais sa respiration était régulière et il était nettement moins pâle que la veille. Cull s'approcha du lit et lui effleura la main.

Son père ouvrit les yeux et lui sourit.

— J'espère que je ne vous ai pas fait trop peur.

Cull émit un léger rire.

— Penses-tu ! On a tous fini tranquillement de manger avant de t'amener à l'hôpital, plaisanta-t-il.

— Je vais bien, assura Travers. Le médecin m'a dit que ça avait été une crise cardiaque mineure et il m'a déjà fait la leçon, alors ne te sens pas obligé de me la faire aussi.

Cull acquiesça. Son père avait beau faire bonne figure, il n'allait pas aussi bien qu'il le prétendait. Loin de là. Il allait devoir apporter des changements à sa vie. S'il ne s'en rendait pas compte…

— Nikki St. James est toujours au ranch ?

— Oui, répondit Cull, sans donner de précisions.

Son père allait-il lui dire de la renvoyer ?

— Tant mieux. Je veux qu'elle écrive ce livre, quoi qu'il arrive.

Cull dut se mordre la langue pour ne pas objecter.

— Bien.

— J'apprécierais que tu lui apportes ton soutien.

Son père en demandait trop, mais il acquiesça. Tandis qu'il songeait à une étroite collaboration avec Nikki St. James, il ne put s'empêcher de l'imaginer nue dans la piscine, nageant au clair de lune.

D'où diable cette vision était-elle venue ? Il se fit violence pour la repousser, mais il fallut quelques instants pour que reflue la soudaine vague de désir qui l'avait submergé.

— Kitten va bien ? J'espère qu'elle n'a pas été effrayée.

Cull lâcha un nouveau rire.

— Kitten a les nerfs solides.

— Veille à ce que Nikki St. James ait tout ce dont elle a besoin, veux-tu ?

— Entendu, promit Cull, de nouveau envahi par des images troublantes.

Oui, il se ferait un plaisir de la… satisfaire.

— Parfait.

Son père sembla se détendre. Il ferma les yeux et se tut. L'espace de quelques secondes, Cull crut qu'il s'était endormi, mais il rouvrit les yeux et prit sa main dans la sienne.

— Je voulais te dire à quel point j'apprécie d'avoir un fils tel que toi, Cull. Je sais que je peux compter sur toi et sur tes frères.

À cet instant, l'infirmière entra et Cull fut prié de s'en aller. Il s'exécuta, promettant de revenir plus tard.

Il passa le trajet du retour à marmonner entre ses dents, mais, quand il arriva, sa décision était prise.

Il ferait exactement ce que son père désirait qu'il fasse. Il aiderait Nikki de son mieux. Et une fois qu'elle aurait compris qu'il n'y avait rien à découvrir, elle s'en irait ; son père serait déçu, mais c'était inévitable.

En garant sa voiture devant la maison, Cull remarqua que celle de Nikki manquait toujours à l'appel. Où donc avait-elle pu aller de si bon matin ? Le lui dirait-elle s'il l'interrogeait ? Il se dirigea vers la piscine et croisa Kitten qui en revenait.

— Elle n'est pas là, lança l'adolescente. Je l'ai entendue

dire à Frieda qu'elle allait en ville faire des recherches. Je parie qu'elle racontait des histoires et qu'elle allait retrouver un homme.

Ses yeux brillèrent de malice.

— Ce qui veut dire qu'elle ne s'intéresse pas à toi. Décidément, tu n'es pas fichu d'avoir une copine. Ça ne t'a servi à rien d'avoir essayé de la renverser avec ton pick-up.

À l'évidence, l'incident de la veille avait déjà fait le tour du ranch.

— Kitten, tu as une grosse araignée noire sur l'épaule.

La jeune fille poussa un cri terrifié et se donna frénétiquement des tapes sur les bras.

— Ah ! pardon. Je me suis trompé.

Elle lui adressa une grimace.

— Je vais le dire à maman.

— Ne te gêne pas.

Il partit pour l'écurie, se demandant quel genre de recherches Nikki était allée faire en ville. À moins que Kitten n'ait vu juste ?

En reprenant le chemin du ranch, Nikki se dit qu'elle avait eu raison d'aller voir le shérif. Si elle s'était trompée ou que l'enquête ne donnait rien, au moins aurait-elle fait part de ses soupçons.

À présent, il fallait qu'elle se mette au travail. Elle avait l'intention de commencer par interroger Patricia. L'expérience lui avait montré que la vérité était souvent tapie dans de petites incohérences. Parfois de légers changements apparaissaient dans le récit des témoins, mais aussi des informations nouvelles, dont ils ne s'étaient pas souvenus auparavant. Cela la stupéfiait toujours. D'infimes détails semblaient surgir de la mémoire des gens pour les surprendre, et elle avec.

Elle s'était aussi aperçue que ceux qui avaient quelque chose à cacher avaient tendance à mémoriser leur déclaration.

Vingt-cinq ans après les faits, ils étaient encore capables de la réciter presque mot pour mot.

Une tragédie affectait toujours les gens, naturellement. Le changement qui intervenait en eux était en soi un indice. Et en l'occurrence, Patricia s'était complètement métamorphosée.

Nikki avait épluché la déposition de Travers et celle de Patricia, ainsi que des centaines d'articles de journaux. Réveillé par les hurlements de la nourrice, Travers avait constaté que sa femme n'était pas dans leur lit. Il s'était rué dans le couloir et avait découvert les berceaux vides, la fenêtre ouverte et une échelle appuyée contre le mur de la maison.

Il n'avait vu personne et, s'étant précipité au-dehors, avait remarqué des empreintes dans le sol meuble. Il avait aussitôt appelé le shérif.

Marianne n'avait reparu qu'un moment après. Apparemment, elle était allée se baigner, car elle venait de la piscine.

Nikki soupçonnait fort que la version de Patty serait identique à celle qu'elle avait racontée des dizaines et des dizaines de fois après l'enlèvement. Néanmoins, elle voulait l'entendre de sa bouche.

Quand elle franchit le seuil de la maison, des voix lui parvinrent depuis la cuisine. Celle de Patty portait, et, bien que Nikki ne puisse distinguer précisément ce qu'elle disait, le ton ne laissait aucun doute. La maîtresse de maison était mécontente.

Elle était assise devant le coin déjeuner, un muffin dans son assiette. À en juger par la tension qui régnait dans la pièce, elle venait de se quereller avec la cuisinière, Frieda Holmes.

Celle-ci se détourna aussitôt, mais Nikki eut le temps de voir son visage rougi par les larmes.

— J'espère que je ne vous dérange pas, commença-t-elle innocemment.

De quoi ces femmes avaient-elles parlé pour être toutes les deux si contrariées ?

— Madame McGraw, j'aimerais vous poser quelques questions.

— Vous ne parlez pas sérieusement ! se récria Patricia, outrée, en repoussant son assiette. Mon mari est à l'hôpital, peut-être mourant, et vous persistez à…

— … faire ce qu'il m'a demandé de faire. Je sais que vous avez raconté aux autorités ce qui s'est passé ce soir-là, mais j'ai besoin de vous parler. Plus vite j'aurai les renseignements qu'il me faut, plus vite je serai partie.

Patricia soupira.

— Pas ici, marmonna-t-elle en jetant un coup d'œil à la cuisinière qui leur tournait le dos.

Frieda ne parut pas entendre. Du moins ne réagit-elle pas.

— Allons dans le bureau de Travers.

Nikki lui emboîta le pas, songeant à la veille et à sa première conversation avec son hôte. Elle espéra qu'il se sentait mieux ce matin.

— Quand je verrai mon mari cet après-midi, déclara justement Patricia, je le convaincrai de mettre fin à cette entreprise.

— Je peux écrire le livre sans sa permission, vous savez, lui fit remarquer Nikki doucement.

Patricia émit un petit bruit dédaigneux en prenant place derrière le bureau.

— Eh bien, je n'ai rien à dire de plus sur cette affaire.

Peut-être.

— Je voulais vous interroger au sujet de Marianne. Vous viviez dans cette maison. S'il y avait des problèmes entre son mari et elle, vous devez l'avoir su. Si elle avait une liaison…

Elle baissa les yeux sur ses notes et alluma son petit enregistreur numérique.

— Dans certaines interviews à l'époque, vous avez dit qu'elle se conduisait… bizarrement.

Patricia, qui avait dû s'attendre à répéter sa vieille version des faits, fut d'abord déconcertée, mais son hostilité envers Marianne devint vite évidente.

— C'est le moins que l'on puisse dire. Elle errait dans le jardin comme une âme égarée. Je pensais qu'elle avait perdu l'esprit et, en effet…

— Comment décririez-vous sa relation avec son mari ? coupa Nikki, veillant à ne pas prononcer le nom de Travers.

Patricia leva les yeux au ciel et sembla se détendre un peu. Les ragots étaient visiblement sa tasse de thé.

— J'ai tout de suite compris que leur mariage allait mal. Les signes étaient là. Je n'étais pas tombée de la dernière pluie. Marianne était malheureuse, et pas seulement à cause de sa grossesse non désirée. Car les jumeaux étaient un accident.

Elle hocha la tête avec vigueur.

— Dès le début, j'ai senti qu'elle ne voulait pas d'eux.

— Y avait-il un autre homme ?

Avec un soupir, Patricia se redressa.

— Vous auriez dû la voir avec le dresseur de chevaux. Elle ne se souciait que de lui. C'était si évident.

— Et son mari ne s'apercevait de rien ?

Patricia secoua la tête, l'air dégoûté.

— Il était aveugle pour tout ce qui la concernait. Bien sûr qu'il avait remarqué qu'elle était aux petits soins pour Nate Corwin, mais il pensait que c'était par gentillesse, parce que ce type était loin de son épouse et de son enfant, et qu'il se sentait seul.

— Peut-être était-ce la vérité.

— Dans ce cas, pourquoi auraient-ils monté cette histoire d'enlèvement ?

— Peut-être ne l'ont-ils pas fait. Quand le dresseur de chevaux a été arrêté, il n'avait pas l'argent. Marianne non plus. Qu'est-il advenu de la rançon ?

Patricia haussa les épaules.

— Il a pu la cacher quelque part en attendant de s'enfuir avec elle.

— C'est tout de même curieux qu'on ne l'ait jamais retrouvée. Je sais que les autorités ont passé le ranch au peigne fin.

Patricia la toisa impatiemment.

— Nous sommes dans les Missouri Breaks. La région regorge de ravins, de falaises, de forêts de pins où on peut cacher tout ce qu'on veut, y compris des tombes.

Nikki ne pouvait la contredire sur ce point.

— Parlons de cette nuit-là.

Ainsi qu'elle l'avait prévu, Patricia entreprit de lui fournir sa version, presque identique à celle qu'elle avait donnée autrefois : un bruit l'avait réveillée, elle était entrée dans la chambre des jumeaux et avait été surprise de sentir la brise alors qu'elle était convaincue d'avoir fermé la fenêtre.

Elle se dirigeait donc vers celle-ci pour la fermer quand elle avait remarqué que les berceaux étaient vides. Elle avait aussitôt été prise de panique.

— Je me suis approchée de la fenêtre, j'ai vu l'échelle et je me suis mise à hurler.

— Dites-moi où se trouvaient les autres occupants de la maison à ce moment-là.

Elle fronça les sourcils.

— Tout est assez flou. Chacun s'est précipité dans la nursery. Travers est arrivé le premier, et puis les enfants. Il m'a dit de les emmener dans ma chambre et de rester là jusqu'à l'arrivée du shérif. C'est à ce moment-là que Marianne s'est montrée. Elle avait les cheveux mouillés. Je n'ai compris que plus tard qu'elle était allée nager — en pleine nuit.

Elle leva les yeux au ciel, comme pour insister sur l'étrangeté d'une telle conduite.

— N'oublions pas que la couverture de Jesse Rose a été retrouvée dans le pool-house après l'enlèvement, ajouta-t-elle en arquant un sourcil.

La couverture de Jesse Rose. Voilà donc l'objet que les ravisseurs avaient oublié ? Nikki s'efforça de masquer sa surprise.

— Et les trois garçons étaient avec vous, donc.

Patricia fit mine d'acquiescer, puis hésita.

— Non, Ledger était à la traîne. Je l'ai vu au bout du couloir et je l'ai appelé.

— Il sortait de sa chambre ?

Elle eut l'air surpris.

— Non. Je me souviens qu'il avait les pieds couverts de poussière. J'ai dû les lui laver avant de le laisser se coucher.

— A-t-il dit où il était allé ? S'il avait vu quoi que ce soit ?

— Vu ? répéta Patricia avec dédain. Ce n'était qu'un enfant. Il avait trois ans ! Cull en avait sept et Boone à peine cinq. Aucun d'entre eux n'a prononcé un mot. Je les ai mis tous ensemble dans mon lit. Ils étaient terrifiés, comme moi.

Son entretien avec Patty terminé, Nikki partit à la recherche de Ledger. Lorsqu'elle entra dans l'écurie, elle trouva Cull qui donnait à manger aux chevaux.

— Avez-vous vu Ledger ?

— Il est parti prendre son petit déjeuner en ville, répondit Cull sans se retourner.

Abby, songea-t-elle, le cœur serré pour le jeune homme.

— Eh bien, puisque je vous ai là…

Cull interrompit sa tâche pour lui accorder toute son attention.

— Puisque vous m'avez ? répéta-t-il. Vous pensez avoir toute la famille, hein ?

Nikki ne releva pas. Patricia avait confirmé sa théorie. Il y avait eu toutefois un minuscule changement dans son récit, et une information nouvelle était apparue. Quant à savoir si celle-ci avait de l'importance, cela restait à déterminer.

— Vous n'avez pas compris que vous n'êtes pas en sécurité ici ?

— J'ai l'habitude des chevaux. Je ne pouvais pas prévoir qu'on lâcherait un étalon dans l'enclos que je traversais.

Cull ignora l'accusation.

— Je ne parlais pas des écuries, mais du ranch. Le dîner d'hier soir ne vous a donc pas servi de leçon ?

— Le potage n'était pas empoisonné, lui fit-elle remarquer en s'approchant pour caresser l'encolure d'un cheval.

— Il aurait pu l'être, assena-t-il sans la regarder. Vous ne vous rendez pas compte. Ces vingt-cinq dernières années…

Il secoua la tête, comme s'il avait du mal à poursuivre.

— Tout le monde en a assez d'entendre parler de l'enlèvement.

— Tout le monde sauf votre père.

Cull grimaça.

— Mon père est le genre d'homme qui ne renonce jamais.

— Et quel genre d'homme êtes-vous ?

Il posa ses yeux bleus sur elle, la clouant sur place.

— Celui qui sait reconnaître une cause perdue.

— Nous avons déjà eu cette conversation. Je ne vais pas m'en aller, et je devine que votre père ne va pas se raviser. Il veut toujours que j'écrive le livre.

Elle soutint son regard.

— Et sauf erreur de ma part, il vous a demandé de m'aider.

Il émit un petit rire et secoua la tête de nouveau.

— Vous ne faites qu'aggraver les choses, y compris pour vous.

— Vous ne voulez pas savoir quel genre de femme je suis ?

Comme il se taisait, elle poursuivit :

— Je suis comme votre père. Quand je commence quelque chose, je le termine.

Cull sembla réfléchir à ses paroles avant de se tourner vers elle, un sourire sur les lèvres et un défi dans les yeux.

— Vraiment ?

Avant qu'elle ait eu le temps de réagir, il la saisit par le bras et l'attira à lui. Puis il se pencha et captura sa bouche tout en la plaquant au mur de la grange.

Nikki se demanda vaguement jusqu'où Cull irait. Il était furieux, frustré par ce qui arrivait à sa famille, effrayé. Elle ne connaissait que trop bien les émotions qui le traversaient.

Cependant, elle croyait aussi commencer à connaître Cull McGraw. Quoi qu'ait dit son grand-père, elle était plutôt bon juge de caractère. Cull n'était pas le genre d'homme à forcer une femme. Il essayait simplement de lui faire peur — exactement comme le soir où il avait parlé d'une présence maléfique au ranch.

Elle s'efforça de ne pas réagir à son baiser, lequel était d'ailleurs très plaisant, même si le cœur de Cull n'y était pas.

En revanche, elle percevait le feu qui l'embrasait, la passion éveillée par les émotions qui le submergeaient.

Ce baiser lui donnait envie qu'il l'embrasse de nouveau, avec sincérité, cette fois. Et ce désir était plus dangereux pour elle qu'un étalon sauvage.

L'instant d'après, Cull s'écartait. Il recula d'un pas, l'air encore plus contrarié qu'avant.

— Vous devriez avoir peur de moi, dit-il d'une voix rude tandis qu'il retirait son chapeau et passait une main dans ses cheveux bruns. Je m'effraie moi-même.

— Vous ne m'effrayez pas.

— Dans ce cas, vous avez moins de jugeote que je ne le pensais. Ce qui est arrivé ici nous a tous changés. Si vous ne pouvez pas sentir le mal…

Son regard se tourna vers la porte. Nikki l'imita et distingua la maison à l'arrière-plan. Le rideau de la nursery frémit. Un effet de la brise ?

Quand elle pivota vers lui de nouveau, il s'éloignait déjà. Elle le suivit des yeux, consciente du goût de sa bouche, de son odeur, l'un et l'autre plus enivrants qu'elle ne voulait l'admettre.

À présent, elle était seule dans l'écurie où son père avait travaillé toutes ces années plus tôt. Un silence inquiétant semblait envelopper les lieux maintenant que Cull n'était plus là.

Éprouvant le besoin d'un peu de chaleur, elle s'approcha du cheval qu'elle avait caressé et lui flatta l'encolure. Cull avait raison. Elle sentait le mal ici. En revanche, elle ne croyait pas aux fantômes.

Au lieu de quoi, elle était convaincue que le mal résidait dans le cœur d'un homme — ou d'une femme. Elle songea au shérif McCall Crawford et se demanda si celle-ci avait pris ses soupçons au sérieux. Elle avait hâte de savoir si elle avait vu juste, si son instinct ne l'avait pas trompée.

Cet instinct qui lui disait que quelqu'un dans ce ranch savait ce qu'il était advenu des jumeaux. Jamais elle ne l'avait ressenti aussi clairement.

Un souffle de vent agita les pins tout proches. Leurs branches gémirent doucement. Un craquement s'éleva quelque part au fond de l'écurie. Nikki éprouva des picotements soudains à la nuque, et une rafale d'air froid lui donna la chair de poule.

Envahie par la sensation qu'elle n'était pas seule, elle frissonna et se hâta vers la porte, en se répétant qu'elle ne croyait pas aux esprits maléfiques. Son imagination s'emballait, voilà tout.

Et pourtant, son malaise persista jusqu'à ce qu'elle atteigne sa maisonnette.

12

Nikki referma la porte derrière elle, secouée par ce qui s'était passé dans l'écurie. Était-ce sa réaction au baiser de Cull qui la perturbait ? Chacune de leurs discussions la laissait troublée. Il était en colère, et inquiet — elle le comprenait. Mais pourquoi l'avait-il embrassée ? Son geste l'avait ébranlé, lui, plus qu'elle.

Du moins le croyait-elle. Il voulait qu'elle s'en aille ; eh bien, le plus tôt serait le mieux, songea-t-elle, surprise d'avoir cette pensée. Cet endroit la déstabilisait. Elle ne se fiait pas à elle-même ici. Cull avait raison. Quelque chose dans l'air lui glaçait le sang.

Cela dit, il était hors de question de partir avant d'avoir conclu l'enquête. Par conséquent, elle devait mettre à profit le temps dont elle disposait. Elle jeta un coup d'œil en direction de la maison. Après l'échange qu'elle avait interrompu entre Patricia et Frieda, un peu plus tôt, elle avait hâte de s'entretenir avec la cuisinière.

Quand elle entra dans la cuisine, Frieda était assise sur une chaise dans un coin, une aiguille enfilée à la main et un patchwork étalé sur les genoux. Nikki avait vu assez souvent sa voisine travailler à une couverture en patchwork pour apprécier l'ouvrage.

— C'est du beau travail, commenta-t-elle. C'est vous qui l'avez confectionné ?

Frieda hocha timidement la tête. C'était une femme menue,

aux cheveux bruns traversés de fils gris, âgée d'une soixantaine d'années. Elle était au service des McGraw depuis les débuts de leur mariage, bien avant qu'ils aient eu les moyens d'engager une nourrice à plein temps. Avant la naissance des jumeaux, donc.

Nikki s'approcha davantage.

— J'adore ces couleurs. Vous avez tout cousu à la main ? s'extasia-t-elle.

Sa voisine, elle, s'aidait d'une machine à coudre.

— Ça me détend, déclara Frieda fièrement en passant une main sur les points minuscules.

Un bruit de pas se fit entendre. Presque aussitôt, Patricia s'engouffra dans la cuisine.

— Que se passe-t-il ?

Pressée de ranger son ouvrage, Frieda se piqua le doigt avec l'aiguille. Elle essuya la gouttelette de sang sur son tablier et se leva d'un bond.

— J'attendais que les tourtes soient prêtes, expliqua-t-elle, comme si elle se sentait coupable de s'être accordé un bref répit.

— Quant à moi, j'admirais la courtepointe de Frieda.

Patricia eut un geste dédaigneux.

— Je n'ai jamais compris l'intérêt de découper des bouts de tissu pour les recoudre ensemble.

— Cela fait pourtant des objets magnifiques, observa Nikki, voyant combien la remarque avait blessé Frieda. Ma voisine en fait. Malheureusement, je n'ai jamais eu le temps d'apprendre.

— Eh bien, si ça vous plaît tant que ça, vous devriez aller rendre visite au club de couture de Whitehorse.

Patricia se tourna vers Frieda.

— Vous vous réunissez à la salle municipale, non ? Ce n'est pas très loin d'ici. Il y a toujours un groupe de vieilles dames qui travaillent ensemble sur un ouvrage, n'est-ce pas, Frieda ?

Frieda parut plus contrariée encore. Parce que Patricia avait parlé de « vieilles dames » ? Ou pour une autre raison ?

— Je serais ravie de vous y accompagner, dit-elle, s'adressant à la cuisinière. Ça se passe un jour particulier ?

Patricia répondit à la place de son employée.

— Frieda y va le mercredi, son jour de congé. Je suis sûre qu'elle serait contente de vous emmener.

Il y avait quelque chose dans le ton de Patricia, une espèce de menace sous-jacente, nota Nikki, intriguée.

La minuterie de la gazinière émit un signal. Frieda attrapa deux maniques et ouvrit le four sans dire un mot.

— Je vais rendre visite à mon mari à l'hôpital, annonça Patricia en regardant Nikki. S'il décide de renoncer à ce projet ridicule, vous ne serez peut-être plus là mercredi.

Sans attendre sa réponse, elle s'adressa à Frieda.

— Il y a des légumes à cueillir dans le jardin. Il faut les laver et les mettre au frais tout de suite, ordonna-t-elle avant de pivoter de nouveau vers Nikki. N'empêchez pas Frieda de faire son travail, s'il vous plaît. Il me semble que Cull a fait seller un cheval à votre intention. Il m'a demandé d'avertir Frieda que vous auriez besoin d'un panier pique-nique. Apparemment, il vous emmène en promenade.

Elle la détailla de la tête aux pieds.

— Ce serait peut-être une bonne idée de vous changer.

Sur quoi, elle tourna les talons et sortit, laissant dans son sillage un nuage de parfum coûteux.

Nikki resta figée sur place un instant. Cull voulait l'emmener faire une promenade à cheval ? Première nouvelle. Quant à Frieda, elle sortait quatre belles tourtes aux pommes du four, le visage fermé. Nikki remarqua que ses mains tremblaient légèrement. À l'évidence, Patricia l'avait peinée et Nikki ne comprenait pas au juste pourquoi ni comment, sinon par son attitude hautaine et exigeante. Si elle se conduisait ainsi, pourquoi Frieda restait-elle à son service ? Elle aurait certainement pu obtenir un poste ailleurs.

— Je vais vous préparer un pique-nique pendant que vous vous changez, dit la cuisinière, visiblement désireuse de la voir partir.

— Merci.

Quand elle revint, Frieda était en train de laver les légumes, conformément aux instructions de son employeuse. Elle interrompit sa tâche pour lui tendre un sac isotherme plein de provisions. Nikki la remercia de nouveau, en se demandant si l'idée de la promenade à cheval venait de Cull ou de Patricia. Quoi qu'il en soit, ce serait l'occasion d'être seule avec lui.

Debout à la porte de l'écurie, Cull regarda Nikki s'approcher. Elle avait troqué son pantalon en toile, son chemisier et ses talons contre un jean, un T-shirt et une paire de tennis. Il aurait dû deviner qu'elle ne possédait pas de bottes d'équitation.

Elle était ravissante. Elle tenait un sac à la main, leur déjeuner sans doute. Il sourit. L'idée du pique-nique était de Patricia, qui était venue le trouver dans l'écurie.

— Éloigne-la d'ici pendant un moment, avait-elle dit, sans prendre la peine de préciser de qui elle parlait. Emmène-la faire une promenade à cheval. Mieux encore, abandonne-la en pleine nature. Ou bien…

Une expression curieuse avait traversé le visage de sa belle-mère.

— Arrange-toi pour qu'elle ait un accident. Je plaisante, s'était-elle hâtée d'ajouter en voyant son air faussement choqué.

La suggestion de Patricia était arrivée à point nommé ; il se sentait fébrile, et savait exactement de quoi il avait besoin : monter sur son cheval et aller faire un tour.

— Je vais lui faire voir du pays, avait-il répondu, et Patricia avait souri.

— J'aurais dû vous demander si vous saviez monter, dit-il quand Nikki le rejoignit.

— Ou si j'avais envie d'aller en promenade avec vous, lui fit-elle remarquer en souriant. Je ne suis montée à cheval qu'une seule fois, dans une fête quand j'étais petite.

Génial, songea-t-il. Une novice.

— J'ai un cheval très doux qui vous plaira.

Il devina qu'elle cherchait une bonne raison de refuser, et quoi d'étonnant à cela après l'incident de tout à l'heure ? Il avait été stupide de l'embrasser. Où donc avait-il eu la tête ?

Et voilà qu'il lui proposait une promenade et un pique-nique. À sa place, il aurait été tout aussi méfiant.

— Je me suis dit que vous devriez voir les terres du ranch, ajouta-t-il, résolu à la persuader de l'accompagner. Considérez cette sortie comme faisant partie de vos recherches. Et puis je sais que vous mourez d'envie d'être seule avec moi pour me… cuisiner.

Elle observait d'un air sceptique l'animal qu'il avait sellé à son intention.

— Eh bien, qu'est devenue la femme prête à tout pour obtenir ce qu'elle veut ?

Un sourire résigné se dessina sur les lèvres de Nikki.

— Ça va vous plaire, croyez-moi, reprit-il. Faites-moi confiance. Vous êtes dans de bonnes mains.

À l'évidence, elle n'en était pas si sûre. Mais il avait promis à son père de l'aider. N'était-ce pas ce qu'il faisait ? Combien de temps mettrait-elle à se rendre compte qu'il n'y avait rien de nouveau à découvrir sur l'enlèvement ? Combien de temps faudrait-il pour qu'elle abandonne la partie ?

Malgré lui, Cull s'inquiétait pour elle. Nikki avait beau en douter, il craignait qu'elle ne soit en danger. Elle avait la réputation d'être une enquêtrice hors pair. Et si quelqu'un au ranch dissimulait un secret plus lourd que le sien ?

Sa mise en garde avait été sincère. Il y avait quelque chose de maléfique dans cette maison. Il l'avait senti trop de fois. Cependant, contrairement à Nikki, il ne pouvait pas s'en aller. Son père avait besoin de lui. Sa mère aussi.

Il songea à Marianne. Il devait lui rendre visite et lui parler de la crise cardiaque de son père. Non qu'elle puisse l'entendre, sans parler de comprendre. Néanmoins, il avait le sentiment qu'il lui devait cela.

À chacune de ses visites, elle se balançait sur son siège, ses horribles poupées pressées contre elle, tandis qu'il lui parlait des chevaux qu'ils avaient achetés ou vendus. Sa mère avait toujours adoré les chevaux et l'équitation. C'était une passion qu'elle avait en commun avec son mari. Patricia, pour sa part, ne montait pas et se plaignait que les chevaux empestaient. Kitten était pareille. Cull n'allait pas s'en plaindre. Cela signifiait qu'elles ne venaient jamais aux écuries.

Il sortit les chevaux. Bientôt, Nikki et lui seraient sur les terres sauvages des Missouri Breaks. Cette pensée éveilla en lui une bouffée inattendue de désir. Nikki St. James était plus dangereuse qu'elle ne le soupçonnait.

Heureusement, elle n'allait pas rester très longtemps parmi eux.

13

Nikki songeait toujours à la scène qui s'était déroulée dans la cuisine. La relation entre Patricia et Frieda l'intriguait. Pourquoi Patricia voyait-elle d'un mauvais œil qu'elle parle à Frieda ? Redoutait-elle ce que la cuisinière pouvait lui dire ? Et pourtant, elle avait suggéré à Frieda de l'emmener à son groupe de couture…

L'arrivée d'un journaliste sur les lieux d'un crime comme celui-ci suffisait souvent à déclencher des révélations. Des secrets enfouis depuis longtemps remontaient à la surface. Nikki l'avait constaté lors de ses enquêtes précédentes, parfois au péril de sa vie. Et même si cela devait lui servir d'avertissement, elle savait qu'elle devait s'entretenir avec Frieda en tête à tête.

Cependant, elle avait des préoccupations plus immédiates, telles que monter à cheval et partir en promenade au milieu de nulle part avec Cull.

Il s'empara du pique-nique, le fourra dans la sacoche de sa selle, puis attrapa un chapeau de paille accroché au mur et le déposa sur sa tête.

— Vous serez contente de l'avoir, croyez-moi, dit-il en la prenant par la taille pour la hisser sur sa monture.

Nikki n'avait pas été tout à fait franche avec lui concernant son expérience des chevaux. Sa mère en avait une peur bleue et la lui avait transmise. Ce qui, compte tenu du métier de son père, ne manquait pas d'ironie.

Perchée sur sa selle, elle regarda Cull enfourcher sa monture d'un mouvement fluide. Il donna à son cheval un léger coup de talon et sortit du corral. Un instant, Nikki crut que le sien n'allait pas bouger. Elle tenta d'imiter le geste de Cull, sans résultat. Celui-ci la regardait par-dessus son épaule, il sourit et siffla. Aussitôt, Nikki sentit sa monture se mettre en branle.

Elle se cramponna au pommeau, redoutant de glisser à terre d'une seconde à l'autre.

— Vous allez vous habituer, affirma Cull, sans se départir de son grand sourire. Détendez-vous.

— Facile à dire pour vous. J'imagine que vous montez à cheval depuis que vous êtes né.

— Pas tout à fait. Je crois que j'avais presque un an la première fois.

Ils dépassèrent la rangée d'arbres derrière la maison. Les prés donnaient sur la prairie ondulante qui s'étirait jusqu'aux Little Rockies. Nikki distinguait des parois rocheuses étincelantes au soleil, d'immenses étendues de sapins.

— Vous vous débrouillez bien, assura Cull avec douceur.

Comme elle regardait dans sa direction, en s'efforçant de se détendre, une pensée inopportune s'imposa à son esprit. Cull était le genre d'homme dont une femme pouvait facilement tomber amoureuse. Elle observa ses mains puissantes, brunies par le soleil, qui caressaient affectueusement l'encolure du cheval, et imagina ces mains sur son corps.

— C'est magnifique ici, dit-elle, détournant les yeux.

La lumière intense de la mi-journée donnait un éclat particulier au paysage. Elle se redressa sur sa selle, plus confiante à présent. Le cheval ne s'était pas cabré, n'avait pas essayé de la faire tomber. Dans l'ensemble, les choses se passaient plutôt bien — mis à part le fait qu'elle était seule avec l'homme qui chevauchait à côté d'elle.

Cet homme qui avait déclaré qu'il « s'occuperait d'elle ».

Cull était dans son élément. À mesure qu'ils avançaient vers les Missouri Breaks, il sentait se dissiper la tension de ces dernières vingt-quatre heures. Ce qu'il aimait le plus dans cette région, c'était les grands espaces, le fait que cette contrée abritait plus de têtes de bétail que d'êtres humains.

Il jeta un coup d'œil vers Nikki. Elle semblait plus à l'aise maintenant. Il avait à dessein choisi un cheval docile, un de ses préférés. Rassuré, il reporta son regard sur la prairie devant eux.

Ils cheminèrent tranquillement, sous un ciel bleu vif traversé de nuages de beau temps. Une légère brise agitait les hautes herbes et maintenait l'air frais.

— Quelle journée splendide ! s'extasia Nikki lorsqu'ils s'arrêtèrent déjeuner à l'ombre d'un amas de rochers, au milieu d'un bouquet de pins.

Ils n'avaient pas parlé durant la randonnée. Cull avait eu l'impression que, comme lui, Nikki savourait le calme qui faisait tant défaut au ranch. Certes, il était assez lucide pour se rendre compte que la trêve n'était que temporaire. Il n'avait pas oublié la raison pour laquelle Nikki était là.

Il la regarda repousser son chapeau de paille et plisser les yeux. Son visage était baigné de soleil. Elle était vraiment superbe.

Cependant, il aimait à penser qu'il n'était pas le genre d'homme à se laisser séduire uniquement par la beauté physique. Une partie de lui admirait énormément Nikki. Cette femme avait du cran, cela ne faisait aucun doute ; il songea à tous les journalistes qui avaient essayé d'obtenir des articles au fil des années. Aucun n'avait réussi à mettre un pied dans la porte. Nikki St. James, elle, avait été invitée à s'installer au ranch le temps qu'elle voudrait. Et à interroger qui bon lui semblait.

Ils mangèrent en silence, chacun apparemment absorbé par ses pensées. Cull brûlait de lui poser des questions sur son enfance, mais hésitait à rompre le calme paisible qui régnait entre eux.

Comme il débarrassait, ce fut elle qui prit la parole. Il s'y attendait, ayant deviné qu'elle voudrait profiter de ce moment de tête à tête.

— Il faut que je vous interroge sur la nuit de l'enlèvement et les jours qui ont précédé, commença-t-elle sur un ton d'excuse. Je préférerais le faire ici plutôt qu'à la maison, si ça ne vous ennuie pas.

À sa grande surprise, Cull se rendit compte que cela ne l'ennuyait pas le moins du monde. Son père lui avait demandé de coopérer, et il était prêt à le faire. Autant en finir le plus tôt possible. Il s'adossa à la paroi lisse du rocher, le regard sur les pins.

— Vous aviez sept ans, reprit-elle. Je suppose que ni le shérif ni le FBI ne vous ont questionné en détail.

Il secoua la tête.

— Je ne savais rien.

Nikki avait espéré qu'après leur promenade ensemble Cull se montrerait plus disposé à parler. Elle n'allait pas se décourager si facilement. Résolue à savoir ce qu'il cachait, elle s'avança de façon à planter son regard dans ses yeux bleus.

— Vous avez eu des années pour réfléchir à cette nuit-là. Je crois que vous en savez plus long que vous ne voulez le dire. Je pense que vous protégez quelqu'un. Votre mère ?

Cull détourna les yeux.

— Ma mère n'avait rien à voir là-dedans.

— Vous savez pourquoi le shérif et le FBI ont conclu que le ravisseur avait un complice à l'intérieur de la maison, murmura-t-elle. Un flacon de codéine prescrit à votre mère a été retrouvé dans la chambre des jumeaux. On a donc supposé qu'ils avaient été drogués pour éviter qu'ils ne fassent du bruit.

— Ma mère n'y est pour rien, affirma Cull avec véhémence en se retournant vers elle.

Nikki saisit quelque chose dans sa voix. De la peur ?

— Le sirop lui avait pourtant été prescrit. Et ses empreintes figuraient sur le flacon… mais, ajouta-t-elle avant qu'il proteste, il est possible que les jumeaux n'aient pas été drogués et qu'on ait laissé ce médicament précisément dans le but d'incriminer votre mère.

Il la dévisagea longuement.

— Pourquoi lui donnez-vous le bénéfice du doute ?

— Parce que j'ai souvent constaté que les apparences sont trompeuses. Si j'ai appris quoi que ce soit dans mon métier, c'est ça.

Elle le vit hésiter.

— Néanmoins, il fallait qu'une personne à l'intérieur ait accès au médicament, et aide le ravisseur à sortir les jumeaux de leurs berceaux et à les descendre au rez-de-chaussée, lui fit-il remarquer.

— Patricia y avait accès. Peut-être en avait-elle administré aux autres enfants. Vous souvenez-vous d'avoir eu un rhume ou une toux ?

Il secoua la tête.

— Laissez-vous entendre que Patty…

— Pas nécessairement, coupa-t-elle. Cette aile est isolée du reste de la maison et desservie par un escalier séparé — n'importe qui a pu entrer par là. Quelqu'un dans la maison a pu prendre le sirop et le mettre dans la chambre pour l'incriminer, elle.

— Exactement. Ce qui nous ramène au point de départ. Il y avait un complice dans la maison.

— C'est la raison pour laquelle j'ai besoin que vous fassiez appel à vos souvenirs.

— Je vous ai dit…

— Je sais que vous me cachez quelque chose, Cull.

Il se redressa et, un instant, elle crut qu'il s'apprêtait à partir. Au lieu de quoi, il s'adossa de nouveau au rocher.

— Vous êtes voyante, aussi ?

— Non. Mais je sais que, souvent, quand les gens ont peur, c'est parce qu'ils savent quelque chose qui risque de faire mal à un être qu'ils aiment. Vous étiez proche de votre mère, n'est-ce pas ?

Cull continuait à rendre visite à Marianne, Nikki le savait par Tess, l'aide-soignante qu'elle avait rencontrée.

— N'est-il pas temps que vous disiez à quelqu'un ce que vous avez vu cette nuit-là ?

Il détourna les yeux de nouveau. Un muscle de sa mâchoire tressauta.

— De quoi avez-vous peur ? insista Nikki.

— Pourquoi a-t-il fallu que vous veniez ici ? marmonna-t-il.

Une telle détresse perçait dans sa voix que Nikki en eut le cœur serré. Malgré tout, elle garda le silence, et attendit.

— J'ai vu ma mère.

Une bouffée de soulagement déferla en elle.

— Ce soir-là ?

Il hocha la tête et soutint son regard. Il paraissait résigné, mais elle se demanda s'il ne venait pas de se libérer d'un lourd fardeau. Elle ne savait que trop combien les secrets peuvent faire souffrir un être.

— Oui, avant l'enlèvement. Elle sortait de la chambre des jumeaux, murmura-t-il lentement comme s'il revivait la scène. Elle m'a regardé sans me voir. C'est seulement quand j'ai parlé qu'elle s'est aperçue de ma présence.

— Votre mère était-elle somnambule ?

Il parut surpris.

— Elle marchait dans son sommeil, c'est vrai, et cela depuis qu'elle était toute petite. D'après le médecin, c'était un problème d'ordre neurologique qui n'avait pas été diagnostiqué à temps. Mais, ce soir-là, elle semblait complètement absente. À présent, je me demande si elle n'était pas en état de choc.

— Vous pensez qu'elle savait déjà que les jumeaux avaient disparu ?

— Je ne sais pas, avoua Cull en secouant la tête. Elle était dans le couloir. Je l'ai suivie. J'avais peur qu'il ne lui arrive quelque chose. Je ne suis pas entré dans la nursery.

Le remords à l'état brut s'entendait dans sa voix.

— Vous n'étiez qu'un enfant. Ce n'était pas à vous de…

— Si ma mère était impliquée, peut-être qu'ils avaient déjà été enlevés. Ou peut-être que c'est à ce moment-là qu'elle leur a donné du sirop pour les endormir. Il était beaucoup plus tard quand j'ai découvert que les jumeaux avaient été kidnappés. Si j'avais parlé à quelqu'un, on aurait pu arrêter le ravisseur à temps.

Nikki réfléchit quelques instants, bouleversée par le sentiment de culpabilité qu'elle lisait sur ses traits.

— Vous dites que vous l'avez suivie ?

— Elle a dû m'entendre, parce qu'elle s'est arrêtée et m'a dit que je devais retourner me coucher. Que tout allait bien, et qu'elle allait se baigner.

Des larmes contenues brillaient dans ses yeux bleus.

— Vous comprenez pourquoi je me suis tu pendant toutes ces années ? Elle n'en paraît que plus coupable, puisque le FBI pense que le ravisseur et son complice se sont rejoints dans le pool-house après l'enlèvement.

Nikki garda le silence quelques instants avant de poser une autre question.

— Que faisiez-vous dans le couloir à cette heure-là ?

Il fronça les sourcils.

— Je cherchais Ledger. Quand je me suis réveillé, j'ai vu qu'il n'était pas dans son lit. Il avait l'habitude de se promener dans la maison la nuit. J'étais parti à sa recherche.

— Êtes-vous sorti de la maison ?

Il secoua la tête.

— C'est à ce moment-là que j'ai entendu Patty hurler. Elle était debout à la porte de la nursery et elle criait qu'ils n'étaient plus là. Ma première pensée a été que ma mère les avait emmenés quelque part, ce qui, compte tenu de la manière dont elle se comportait, était déjà effrayant. Elle était bizarre depuis leur naissance.

— On a supposé qu'elle souffrait de dépression postnatale.

Il acquiesça.

— Quelque chose n'allait pas. Elle semblait désorientée

la plupart du temps, et elle disait qu'elle ne se sentait pas bien mais, quand mon père l'a emmenée chez le médecin, il n'a rien trouvé.

Nikki songea qu'il venait de décrire les symptômes dont son père avait souffert récemment. Tous avaient supposé que Travers était perturbé à l'approche de l'anniversaire de l'enlèvement, exactement comme, à l'époque, on avait imputé l'état de santé de Marianne à une dépression.

— Avez-vous vu qui que ce soit d'autre dans le couloir ce soir-là ?

— Après les cris de Patty, tout le monde est sorti de sa chambre. Je me souviens seulement d'avoir vu accourir mon père.

Elle le fixa.

— Mais vous ne l'avez pas suivi.

Une tristesse mêlée de regret et d'angoisse altérait le visage séduisant de Cull.

— Non. Au fond de moi, je savais déjà que les jumeaux avaient disparu et qu'il était arrivé quelque chose d'horrible. J'étais terrifié à la pensée que ma mère ait pu leur faire du mal.

— Et vos frères, à quel moment les avez-vous vus ?

Cull fronça les sourcils de nouveau, fouillant ses souvenirs.

— Boone est sorti de sa chambre, mais je me rappelle n'avoir vu Ledger que plus tard.

Nikki hocha la tête, songeuse. Ledger avait erré dans le ranch cette nuit-là. À trois ans, on pouvait être marqué par certains souvenirs. Nikki elle-même l'avait été. Ledger avait-il croisé le ravisseur sans comprendre qu'il s'agissait de lui ?

— Vous avez fait une bonne promenade ? demanda Patricia à leur retour. Ton père sort de l'hôpital, ajouta-t-elle, s'adressant à Cull. Ledger et Boone sont allés le chercher. Je voulais y aller, mais tu les connais.

Elle tritura nerveusement la veste du tailleur qu'elle portait.

— Je tiens à ce que tout soit parfait quand il arrivera.

Son regard s'arrêta sur Nikki.

— Et je crois qu'il vaudrait mieux qu'elle ne soit pas là.

— Patricia…

— Peu m'importe ce que ton père veut. Il a failli mourir. Toutes ces histoires le contrarient trop. Il a besoin de repos.

Cull secoua la tête.

— J'ai parlé au médecin ce matin. Papa va mieux. Si ce n'était pas le cas, on ne l'aurait pas autorisé à rentrer à la maison.

— Je ne veux pas qu'il ait la moindre contrariété, c'est tout, insista-t-elle.

— Eh bien, le départ de Nikki en serait une. Il a été très clair sur ce point.

Sa belle-mère exhala un soupir ulcéré.

— Très bien, mais si ça le tue, ne viens pas me faire de reproches.

Sur quoi, elle tourna les talons et partit à grands pas vers la cuisine.

Cull marmonna un juron.

— Cette femme nous rendra tous dingues.

Nikki la suivit des yeux, en pensant une fois de plus aux symptômes que Marianne et Travers avaient partagés à vingt-cinq ans d'intervalle.

Elle avait fait ce qu'elle avait pu. Désormais, l'affaire était entre les mains du shérif.

— Je crois que je vais aller me reposer un moment, murmura-t-elle.

La randonnée à cheval avait été fantastique, mais elle se sentait fatiguée. De plus, elle s'inquiétait pour Travers. D'un côté, elle était heureuse qu'il soit autorisé à rentrer, de l'autre, elle se demandait ce qui l'attendait à son retour.

Si ses soupçons étaient fondés, tenterait-on de l'empoisonner de nouveau ? Apparemment, en dépit des craintes qu'elle avait eues, il n'avait pas changé d'avis au sujet du livre. Nikki s'en félicitait, tout en ayant une conscience aiguë de ce que cette décision signifiait. Elle ne voulait pas infliger à cette famille plus de tourments qu'elle n'en avait déjà subis.

Elle avait été témoin de la douleur de Cull plus tôt, lorsqu'il lui avait relaté ce qu'il avait vu ce soir-là. Son récit était une pièce supplémentaire dans le puzzle complexe qu'elle s'évertuait à reconstituer. Il en manquait encore beaucoup cependant, et elle redoutait de ne pouvoir l'achever. Peut-être son grand-père avait-il eu raison de dire qu'elle était trop impliquée émotionnellement dans cette affaire…

Elle se dirigea vers la piscine. La brise avait forci et agitait les branches des peupliers. Les feuilles vertes toutes neuves fouettaient les vitres de la maisonnette. Derrière le rideau d'arbres, elle apercevait les chevaux qui couraient dans le pré, leur crinière et leur queue volant à contresens. Elle songea à Cull et à ses frères, à leur évident amour pour les chevaux qu'ils élevaient. L'image de Cull caressant l'encolure de la jument lui revint en mémoire, éveillant en elle un frisson de désir.

Sa réaction était celle d'une femme normale, se persuada-t-elle. Jamais elle n'avait rencontré d'homme tel que lui et, de plus, elle se voyait contrainte de collaborer avec lui dans cette maison où elle n'avait guère d'alliés. Ce qui l'inquiétait, c'était qu'il semblait lire dans son âme. Et qu'il la soupçonnait d'avoir d'autres motivations que la seule rédaction d'un livre. Comment réagirait-il lorsqu'il apprendrait qu'elle était la fille de Nate Corwin ?

Elle entra dans son logis et alla droit à sa chambre. Elle prendrait une douche avant d'aller dîner mais, dans l'immédiat, elle comptait se reposer un peu.

Un bruit derrière elle la fit se retourner et jeter un coup d'œil dans le salon. Quelqu'un était-il entré ? Un mouvement près de la porte arrêta son regard. Une feuille de papier avait été glissée dessous et voletait dans le courant d'air provenant de la fenêtre ouverte.

Nikki se hâta de mettre le pied dessus, l'attrapa et se rua au-dehors pour voir qui était le messager.

Personne. Elle s'abrita les yeux et regarda en direction de la maison principale.

Au premier étage, le rideau de la nursery frémit, puis retomba.

14

On aurait dit une page arrachée à un journal intime, mais aucune date n'était visible.

Nikki s'adossa une seconde à la porte d'entrée, le cœur cognant dans sa poitrine. Puis elle se dirigea vers la fenêtre, la ferma et commença à lire avant même de s'être assise.

J'ai entendu les cris hier soir. Travers m'a dit que c'était le vent, mais jamais je n'ai entendu le vent gémir ainsi.

Je me suis levée et je suis montée voir les jumeaux. Je déteste qu'ils ne soient pas au rez-de-chaussée avec nous, même si la nourrice dort tout près d'eux. Mais Travers tenait à ce que nous nous installions dans notre nouvelle chambre dès qu'elle serait terminée. Il affirme que j'ai besoin de repos. J'ai l'impression que je passe tout mon temps à me reposer. Parfois, il me semble que je deviens folle.

Dans la nursery, les jumeaux ressemblaient à des angelots endormis. Ils m'effraient presque tant ils sont minuscules, fragiles.

Les regarder me donne envie de pleurer. Je me sens si coupable, si malheureuse. Quand j'ai découvert que j'étais enceinte, j'ai été contrariée. Je ne désirais pas d'autre enfant. Je ne ressens toujours pas de lien émotionnel avec eux. Ils sont si prenants, si exigeants, que j'ai du mal à les aimer. Quand j'aide Patty à m'occuper d'eux, je n'ai pas le sentiment d'être leur mère. Elle le sait, j'en suis sûre, elle me juge et a une mauvaise opinion de moi. J'ai demandé à Travers de la congédier, et il a refusé. Je suis certaine que Patty nous a entendus nous disputer à ce sujet.

En quittant la chambre, j'ai vu de la lumière dans l'écurie. J'ai songé à réveiller Travers, mais je l'ai réveillé si souvent, terrifiée, pour m'entendre dire qu'il n'y avait personne là-bas dans le noir. Rien qui veuille me faire du mal, encore moins me détruire. Pourquoi suis-je si angoissée ?

Je sais que je ne devrais pas aller là-bas toute seule, pourtant je ne pourrai pas fermer l'œil avant d'être sûre que tout va bien. Qu'il n'y a rien à craindre. Peut-être est-ce seulement Nate qui travaille tard. Il est si gentil, si compréhensif. Je peux lui parler. Il semble comprendre. Il ne me juge pas. Il me laisse pleurer sans me regarder comme si j'avais perdu l'esprit. J'irai me baigner après avoir vérifié que tout est en ordre à l'écurie. Ça m'aide à dormir.

Au dos, le texte continuait.

La lumière était de nouveau allumée ce soir. J'essaie de ne pas y penser. Tout comme j'essaie de trouver le sommeil après ma baignade. Mais je suis fébrile. Je sais que je devrais rester à la maison. Pourtant, j'ai besoin de voir Nate. Il n'y a que lui qui…

Les mots s'interrompaient brusquement. Déconcertée, Nikki tourna la page, oubliant qu'il n'y en avait qu'une seule. Où était la suite ? La mention de son père lui avait serré le cœur. Était-ce ainsi que les choses avaient commencé ? Marianne, effrayée le soir, était-elle allée se confier à Nate dans l'écurie ? « Il est si gentil, si compréhensif. » Son père. Cet homme si gentil, si compréhensif, jusqu'où était-il allé pour venir en aide à Marianne McGraw ?

Elle fixa la feuille. Qui l'avait déposée et pourquoi ? Voulait-on lui faire croire que son père et Marianne avaient été amants ? Qu'ils avaient échafaudé un plan pour se débarrasser des jumeaux — et avoir assez d'argent pour s'enfuir ensemble ?

Une tout autre question la taraudait : pourquoi n'avait-elle jamais appris que Marianne tenait un journal intime ? Ni le FBI ni le shérif n'en avaient fait état dans leurs rapports. Il n'en avait pas davantage été question dans les transcriptions du procès.

Et où était le reste ? À l'évidence, quelqu'un au ranch possédait ce document.

Pourquoi cette personne ne l'avait-elle pas remis aux autorités au moment de l'enquête sur l'enlèvement ? Parce qu'il incriminait Marianne ? Ou l'individu qui était désormais en sa possession ?

On voulait la persuader que Marianne et Nate avaient eu une liaison et que c'étaient eux les coupables. Mais cette tentative avait surtout eu pour conséquence de lui faire découvrir l'existence du journal. Car, au lieu d'être convaincue de la culpabilité de son père, Nikki était plus que jamais certaine de son innocence.

Qui avait glissé ce papier sous sa porte ?

Nikki trouva Cull dans le pré, occupé à inspecter les sabots d'un cheval.

— Votre mère tenait un journal ?

Il leva les yeux, surpris.

— Pardon ?

— Pourquoi n'ai-je jamais appris que votre mère tenait un journal intime ?

Cull se redressa lentement, étirant ses longues jambes et son dos avant de répondre.

— Parce que je l'ignorais — à supposer que ce soit vrai.

Il était clair que Cull n'avait jamais entendu parler de ce document. Il paraissait aussi stupéfait qu'elle l'était.

— Eh bien, quelqu'un est au courant, dit-elle en agitant la page qu'elle tenait à la main.

Il lui captura le poignet de ses doigts chauds et forts pour s'emparer de la feuille.

— C'est l'écriture de votre mère ? demanda-t-elle, redoutant vaguement qu'on ne lui ait joué un mauvais tour.

— On le dirait.

Il tendit le papier vers la lumière pour le lire.

— Où avez-vous trouvé ça ?

— Quelqu'un l'a mis sous ma porte.

La colère se lut sur ses traits. Il fit mine de froisser la feuille, mais Nikki la lui reprit avant qu'il en ait eu le temps.

— On veut vous faire croire que ma mère avait une liaison avec le dresseur de chevaux.

— Oui. Mais si c'était vrai, on m'aurait remis le journal entier.

Elle secoua la tête.

— Tel quel, cet extrait ne prouve pas que votre mère ait eu une liaison.

Nikki pria pour ne pas se tromper. Si son père n'était pas amoureux de Marianne, il n'avait aucune raison d'être mêlé à l'enlèvement.

Cull retira son stetson et passa une main dans ses épais cheveux bruns.

— Je ne vois pas qui aurait pu être au courant de l'existence de son journal.

— Et l'avoir caché au FBI et au shérif pendant tout ce temps.

Il acquiesça, les sourcils froncés.

— Vous avez dû la voir avec Nate, dit-elle tout bas, presque à regret.

— Pas plus avec lui qu'avec n'importe qui d'autre. Nate était sympa. Il m'a offert un canif et appris à sculpter des petits objets en bois sans que je me coupe.

— Vous ne pensez pas qu'il a pu être mêlé au kidnapping ?

Cull détourna un instant les yeux, puis haussa les épaules.

— Dans quelle mesure connaissons-nous vraiment autrui ?

Son regard se souda au sien juste assez longtemps pour qu'elle se demande s'il savait la vérité à son sujet.

Sa mère avait tenu un journal. Cull osait à peine penser à son contenu. Était-il compromettant pour elle ? Si oui, pourquoi la personne qui l'avait en sa possession avait-elle attendu si longtemps avant d'en révéler ne fût-ce que cette infime partie ?

Nikki doutait qu'il recèle des informations susceptibles de l'incriminer. Cull espéra qu'elle avait raison. Il avait toujours cru à l'innocence de sa mère. Il ne pouvait s'imaginer s'être trompé à ce point.

Mais qui dans cette maison détenait le journal ?

Il y avait eu des moments par le passé où il aurait voulu être n'importe qui sauf un McGraw. Ç'avait été affreux de vivre sous l'attention constante des médias, sans parler du soupçon qui s'était abattu sur tous les membres de la maisonnée.

Nikki parut surprise lorsqu'il se présenta à sa porte ce soir-là et insista pour qu'elle vienne dîner.

— Ne vaudrait-il pas mieux que vous soyez en famille ?

— Sans doute, mais Patricia a de nouveau invité l'avocat de mon père et son ami Blake. Elle pense sûrement qu'ils peuvent le persuader qu'il a commis une erreur en vous invitant ici.

— Je crois que tout le monde serait content si je m'en allais, y compris vous, observa-t-elle.

Cull la regarda droit dans les yeux.

— Ne vous imaginez pas savoir ce que je ressens.

Elle le dévisagea, visiblement étonnée.

— Vous ne voulez pas vous débarrasser de moi ?

— Peut-être que je veux tout simplement en finir avec toute cette histoire. Mon père a promis que, si votre livre n'aboutissait à rien, il cesserait de chercher les jumeaux.

— Pourquoi l'avocat et l'ancien régisseur auraient-ils intérêt à ce que la vérité reste enfouie ? demanda-t-elle, formulant autrement ce qu'il avait dit concernant les intentions de Patricia.

— Ils sont tous les deux très proches de mon père — et Patty aussi, d'ailleurs. Après tout le travail qu'il a fourni ici, Blake sait que mon père veillera toujours sur lui. Quant à l'avocat, Jim, la situation actuelle lui convient très bien. Mon père continue à le payer pour qu'il se renseigne sur tous ceux qui affirment détenir des informations sur l'enlèvement ou ce que sont devenus les jumeaux. S'il n'avait pas un problème d'addiction au jeu, Jim Waters serait riche à l'heure qu'il est.

— Par conséquent, si je découvre ce qui est vraiment arrivé aux jumeaux, Waters fera faillite ?

Cull sourit.

— Peut-être pas tout à fait, mais ce serait un coup dur pour lui. Nous devrions y aller. Vous êtes prête ?

À vrai dire, elle était toute courbatue après leur promenade à cheval, et il était clair que Cull s'en était aperçu.

— Ça ira, dit-elle.

Il sourit de nouveau.

— J'en suis sûr.

Tous les convives étaient déjà rassemblés dans le salon quand Cull et elle firent leur entrée.

Travers McGraw, assis dans un fauteuil roulant, se tourna vers elle et lui tendit la main. Nikki la serra chaleureusement entre les siennes.

— Je vais très bien, assura-t-il. C'est le médecin qui a exigé que je sois en fauteuil pour l'instant, mais je suis en pleine forme.

En effet, il avait meilleure mine qu'avant son départ.

— J'en suis heureuse. Je m'inquiétais pour vous.

— Je suis content que vous soyez toujours là. Avez-vous fait des progrès ?

Avant que Nikki ait eu le temps de répondre, Patricia prit la parole pour annoncer que le dîner était servi. Ils se levèrent pour gagner la salle à manger. Travers insista pour fermer la marche. Nikki, pour sa part, ne pouvait s'empêcher de songer à la dernière fois qu'ils avaient été réunis en ce lieu.

Quand ils furent tous installés, un silence tomba sur la tablée. Patricia se releva et fit tinter son couteau à beurre contre son verre encore vide pour réclamer l'attention.

— Je voudrais simplement dire combien je suis heureuse que mon mari soit de retour à la maison, déclara-t-elle en lui décochant un grand sourire. Et je me félicite que vous soyez tous ici pour fêter cet événement.

Son regard se posa brièvement sur Nikki, avant de s'arrêter sur Jim Waters. Puis elle se rassit, et Frieda se mit à servir le vin.

À l'exception de Travers, tout le monde semblait crispé. La tension était palpable. Ce dîner n'était pas une célébration. Au contraire, exactement comme l'avait soupçonné Cull, c'était une embuscade. Patricia voulait que l'avocat et l'ancien régisseur persuadent Travers de renoncer à son projet.

Kitten elle-même semblait morose, et toucha à peine aux plats.

Juste avant le dessert, Jim Waters s'éclaircit la voix.

— Travers, nous sommes tous ravis que tu ailles mieux. Mais je pense que nous devons évoquer l'avenir.

Travers rétorqua aussitôt :

— Si tu veux parler du livre que Nikki prépare, épargne ta salive, Jim. J'espère que ma crise cardiaque ne fera que renforcer sa détermination à découvrir la vérité sur ce qui s'est passé.

Nikki lui sourit.

— Je crois que tu devrais écouter Jim, intervint Patricia avec un sourire suave.

— Nous savons combien ce projet est important pour toi, reprit ce dernier. Mais à quel prix ? Tu as trois fils, une épouse et une fille adoptive auxquels tu dois penser. Si tu…

— Je suis désolé, Jim, mais j'ai été parfaitement clair là-dessus, le coupa Travers en posant sa fourchette. Je refuse d'entendre un mot de plus, d'où qu'il vienne.

Il ponctua sa réponse d'un regard vers son épouse.

— Dans ce cas, tu dois savoir qui cette femme est réellement, lança Waters en se levant.

Et Nikki le vit pointer un doigt accusateur.

Son cœur manqua un battement. La satisfaction qu'elle lisait sur les traits de l'avocat ne laissait aucun doute. Il savait, il s'apprêtait à détruire sa crédibilité auprès de Travers, et elle était impuissante à l'en empêcher.

— Elle n'est pas venue uniquement pour écrire un livre sur l'enlèvement. Elle est…

— Nous le savons déjà, interrompit Cull.

— Sûrement pas, renchérit Waters, l'air furieux. Nate Corwin…

— … était son père, compléta Cull.

— *Quoi ?* se récria Patricia en se tournant vers son mari, l'air abasourdi.

L'avocat, contrarié, regarda Travers en quête d'une confirmation. Le coup de tonnerre qu'il espérait n'avait pas eu lieu.

Incapable de respirer, Nikki fixait Cull. Depuis combien de temps était-il au courant ? Et Travers… Elle se tourna vers lui. Savait-il ?

— Son père était Nate Corwin, l'homme qui… ?

Patricia n'acheva pas sa phrase, comme si les mots étaient trop horribles à prononcer.

Travers sourit et se pencha vers Nikki pour lui tapoter la main.

— Cull m'a tout expliqué.

— Eh bien, j'aurais apprécié que quelqu'un m'en parle aussi, s'indigna Patricia, rouge de colère.

Son plan n'avait pas du tout fonctionné comme elle l'avait escompté.

— Voilà donc ce qu'elle mijote depuis le début. Elle écrit un livre pour clamer l'innocence de son père !

Cull ne prit pas la peine de répondre à l'accusation.

— Nikki n'a découvert que récemment que Nate était son

père, dit-il sans la regarder. Je suis sûr que c'est une des raisons qui l'ont incitée à s'intéresser à cette affaire. Mais pas la seule.

Nikki le dévisagea, sans voix. Comment savait-il cela ? *Par son grand-père*, comprit-elle soudain. Il avait parlé à son grand-père, ce qui signifiait qu'il avait mené sa petite enquête sur elle. L'ironie de la situation ne lui échappa point. Il l'avait avertie qu'il le ferait, mais elle n'avait pas pris sa menace au sérieux.

— Il me semble quand même qu'on peut s'interroger sur ses motivations, grommela Jim avant de se rasseoir.

— À vrai dire, ce sont les tiennes qui me préoccupent, Jim, lança Travers en éloignant son fauteuil de la table. Si nous allions parler de tout cela dans mon bureau ?

L'avocat, tête basse, le suivit sans mot dire. Dès qu'ils eurent disparu, Patricia se tourna vers Cull.

— Je n'arrive pas à croire que ton père et toi m'ayez caché ça !

Cull jeta négligemment sa serviette sur la table et se leva à son tour.

— Je suppose que vous devrez en parler à mon père, Patty. Comme vous le faites d'habitude. Venez, dit-il en s'adressant à Nikki, la main tendue. J'ai quelque chose à vous montrer dans l'écurie.

Nikki se mit debout, les jambes en coton. La main chaude de Cull enveloppa la sienne, déclenchant en elle un frisson d'excitation. Il était fâché contre elle — elle le comprit à la fermeté de son étreinte.

— Cull, laissez-moi vous expliquer…

Il s'effaça pour la laisser passer.

— Pas ici, dit-il d'une voix sourde.

Elle ravala les mots qu'elle allait prononcer et sortit. Elle sentait sa présence derrière elle, sentait presque la force de sa colère dans son dos.

Cull maudissait le jour où Patricia était revenue dans leur vie. À l'époque, leur père était toujours marié à leur mère, bien qu'elle ne semble plus le reconnaître — pas plus que ses enfants. Et puis, Patty avait débarqué au ranch, un bébé dans les bras et sans doute une histoire mélodramatique pour aller avec.

Non seulement Travers McGraw l'avait recueillie, mais il avait divorcé de sa femme pour l'épouser. Elle n'avait jamais été une mère pour Cull et ses frères. À vrai dire, ils ne lui avaient pas facilité les choses. Ils avaient mal pris son intrusion dans leur existence — et le ressentiment subsistait.

Une fois devant l'écurie, Cull se tourna vers Nikki. Sa silhouette se détachait dans le contre-jour et, dans la semi-pénombre, il ne pouvait déchiffrer son expression, mais quelque chose dans sa posture éveilla en lui le désir soudain de la prendre dans ses bras et de la serrer contre lui.

— Vous êtes fâché, murmura-t-elle.

— Pas contre vous. Je savais que Patricia mijotait quelque chose au dîner. Je l'avais pourtant avertie de ne pas contrarier mon père…

Il secoua la tête.

— Depuis quand êtes-vous au courant pour mon père ?

— Vous pensiez vraiment que je n'allais pas me renseigner sur vous ? J'ai passé quelques coups de fil dès le premier jour, quand je suis retourné chercher votre voiture en ville.

Elle fit un pas vers lui.

— Vous avez parlé à mon grand-père ?

Il acquiesça.

— Pourquoi ne me l'avez-vous pas dit tout de suite ?

Pourquoi n'en avait-il rien fait ? Il l'avait révélé à son père, qui avait pris la nouvelle encore mieux que lui.

« Cela signifie qu'elle a une motivation supplémentaire pour élucider cette affaire, avait observé Travers. Ne lui en parle pas. Ce sera notre secret pour le moment. »

— Mon père m'a demandé de ne rien dire, mais je ne l'aurais pas fait de toute manière.

À son tour, il s'avança vers elle.

— Si mon père avait été Nate Corwin, j'essaierais de laver sa mémoire, moi aussi. C'est drôle, ajouta-t-il en achevant de combler la distance qui les séparait, votre visage m'a paru… familier la première fois que je vous ai vue. Je comprends pourquoi, à présent.

Il vit que ses paroles avaient touché Nikki.

— Dans ce cas, souffla-t-elle, vous comprenez pourquoi je me refuse à croire que votre mère et mon père…

Sa voix se brisa. Elle semblait sur le point de fondre en larmes.

— Ils étaient amis, voilà tout.

Il écarta une mèche qui tombait sur le front de Nikki, effleurant du bout du doigt la peau douce de sa joue.

— Je vais vous aider à découvrir la vérité, ajouta-t-il.

Elle écarquilla les yeux.

— Pourquoi ?

— Parce que j'aimais bien votre père… Parce que je vous aime bien.

Son regard s'abaissa sur la bouche de Nikki. L'instant d'après, il l'attirait contre lui et capturait ses lèvres.

15

Le lendemain matin, Nikki fut réveillée par un léger coup frappé à sa porte. Elle s'habilla en hâte, espérant que c'était Cull. Elle avait eu toutes les peines du monde à s'endormir après leur baiser. Contrairement au premier, ils avaient mis tout leur cœur dans celui-ci, c'était comme s'il avait allumé un brasier dans leurs deux corps. Elle réprima un sourire à la pensée de ce qui se serait peut-être passé là, dans l'écurie, si un employé n'était pas entré demander l'aide de Cull. Elle ne l'avait pas revu ensuite.

Cull avait éveillé en elle un désir jusqu'alors inconnu. D'ordinaire, Nikki avait pour règle de ne jamais mêler le plaisir au travail, mais là… Qui espérait-elle tromper ? Jamais auparavant elle n'avait rencontré un homme qui lui donne envie de sortir avec lui, sans parler de tout oublier dans ses bras.

Elle alla ouvrir la porte, un sourire sur les lèvres. Cependant, ce n'était pas Cull qui se tenait sur le seuil, l'air anxieux.

— Ledger ? s'écria-t-elle, incapable de masquer sa surprise.

— Mon père m'a envoyé vous voir.

À en juger par son expression, il ne serait pas venu de son propre chef.

— Il était étonné que vous ne m'ayez pas encore interrogé à propos de l'enlèvement.

— Je vous ai cherché hier, avant que Cull et moi partions en promenade.

Il hocha la tête, comme s'il admettait qu'il avait fait de son mieux pour l'éviter.

— Préférez-vous que je revienne plus tard ?

— Non, répondit-elle, devinant qu'il avait hâte d'en avoir terminé. Allons nous asseoir au bord de la piscine.

Quand ils furent installés, Nikki plaça l'enregistreur sur la petite table entre eux.

— Parlons de ce soir-là.

— Justement, je ne me souviens de rien. Je n'avais que trois ans.

Nikki acquiesça, puis sourit.

— J'ai appris que vous aviez tendance à vous promener la nuit, pendant que tout le monde dormait.

Il garda le silence.

— En fait, Patricia m'a raconté que vous étiez sorti cette nuit-là.

Visiblement alarmé, Ledger écarquilla les yeux.

— Pourquoi a-t-elle dit ça ? J'étais dans mon lit.

— Je croyais que vous ne vous souveniez de rien.

— Je dis seulement que je devais être en train de dormir, marmonna-t-il, embarrassé.

— J'ai parlé à Cull aussi. D'après lui, quand il s'est réveillé, vous n'étiez pas dans votre lit. Au moment où il partait à votre recherche, il a entendu Patricia crier.

Ce n'était pas tout à fait ce que Cull avait dit mais, avec un peu de chance, son résumé était assez proche de la vérité pour stimuler la mémoire de Ledger.

Le regard de celui-ci était devenu lointain, effrayé.

— Je vous répète que je ne me souviens de rien. Mais si Cull l'a dit…

— D'après Patricia, vous étiez pieds nus et il était évident que vous aviez marché dans la poussière. Elle a dû vous laver les pieds avant de vous coucher dans son lit avec vos frères.

Elle se tut un instant.

— Ça ne vous évoque rien ?

Il secoua la tête.

— Vous étiez sorti, répéta-t-elle. Je crois que vous avez vu quelque chose. Quelqu'un. Peut-être était-ce le ravisseur.

Il secoua la tête de nouveau, détournant les yeux.

— Je vous ai déjà dit…

— Mais vous avez vu quelqu'un. Quelqu'un que vous avez reconnu.

Il déglutit, le regard rivé sur les bois. Nikki sentit son cœur se mettre à battre plus vite.

— Qui était-ce ?

Ledger ouvrit la bouche, parlant si bas qu'elle dut se pencher pour l'entendre.

— On aurait dit le père Fouettard.

Il la regarda enfin, au comble de la gêne.

— Vous voyez à présent pourquoi je n'ai jamais rien dit. J'avais trois ans, qui sait ce que j'ai pu imaginer ?

— C'est un homme qui vous a fait peur, c'est ça ?

Il acquiesça.

— Il est sorti des sapins. Il était très grand, très effrayant.

— Vous a-t-il parlé ?

— Non, je me suis caché.

— Où est-il allé ? insista-t-elle, d'une voix qui tremblait un peu.

— Vers la maison.

Vers la maison. Nikki resta un instant silencieuse.

— Portait-il quoi que ce soit ?

— Non, je ne crois pas.

— L'avez-vous revu ?

— Pas ce soir-là.

Il planta son regard dans le sien.

— Je n'en ai jamais parlé. J'avais trop peur. Je pensais qu'il allait revenir me chercher.

La terreur que l'enfant d'autrefois avait éprouvée brillait encore dans ses yeux.

— Mais vous l'avez vu une autre fois ?

Il ravala sa salive et se détourna.

— Je l'avais aperçu quelques jours avant. Il était en ville, en train de parler avec notre cuisinière, Frieda. Ils avaient l'air de se disputer. Il a regardé droit vers moi.

Ledger frissonna.

— C'est la manière dont il m'a fixé qui m'a marqué. Mais peut-être ne s'agissait-il même pas du même homme. C'est une autre raison pour laquelle je n'ai jamais rien dit.

— Vous ne l'avez pas revu après l'enlèvement ?

— Non. Sauf dans mes cauchemars.

— Avez-vous parlé de lui à Frieda ?

Il secoua la tête.

— Vous croyez que c'est lui qui a pris les jumeaux ?

— Je ne sais pas, murmura Nikki.

Pourtant, son cœur cognait dans sa poitrine. Ledger avait-il vu le ravisseur… avant qu'il commette son méfait ?

Patricia sortait de la cuisine quand Nikki arriva.

— Je n'ai pas le temps de vous parler, lança-t-elle aussitôt, sans prendre la peine de la saluer.

En entrant dans la maison, Nikki avait entendu des éclats de voix. Mère et fille se disputaient. Apparemment, Patricia désirait aller faire du shopping et Kitten s'était mis en tête de l'accompagner, mais sa mère avait refusé d'attendre qu'elle revienne du lycée.

— Je n'ai que deux ou trois questions rapides, rétorqua Nikki. Je suis sûre que vous n'êtes pas à quelques minutes près.

Patricia lui adressa un regard exaspéré, mais la porte du bureau était entrebâillée et Travers les observait. Son expression s'adoucit aussitôt.

— Je suppose que non.

— Installez-vous dans mon bureau, suggéra son mari en sortant dans son fauteuil roulant. Je vais tâcher de réconforter Kitten.

Patricia émit un grognement indistinct, mais garda un sourire plaqué sur son visage jusqu'à ce que Travers se soit éloigné.

— Je n'ai vraiment pas de temps à consacrer à ces absurdités.

Pour autant que Nikki puisse en juger, Patricia avait du temps à revendre. Ce jour-là, elle était particulièrement élégante. Nikki saisit une bouffée de parfum et s'interrogea : allait-elle réellement faire du shopping en ville ou avait-elle d'autres projets ?

— Je serai brève, promit-elle.

Patricia jeta un regard irrité sur sa montre, puis contourna le bureau de son mari, mais resta debout.

Nikki prit place en face d'elle et alluma son enregistreur.

— Au bout de vingt-cinq ans, peut-être certains détails vous sont-ils revenus en mémoire.

— Non. Nous avons déjà eu cette conversation. Et je ne tiens pas à en repasser par là. Je suis sûre que vous avez lu la déposition que j'ai faite au FBI et à la police à l'époque. Ça devrait suffire, non ? Je ne vais rien y changer. D'ailleurs, je ne vois pas l'utilité de cet entretien puisque nous savons déjà ce qui s'est passé cette nuit-là.

Nikki ignora cette remarque.

— J'imagine combien ça a été dur pour vous de vivre avec la suspicion et le mystère de ce qu'il est advenu des jumeaux, dit-elle, tentant une nouvelle approche.

— Vous ne pouvez pas savoir à quel point.

La voix de Patricia se brisa.

— Il n'y a pas que la suspicion. Je vis dans l'ombre de Marianne, ajouta-t-elle, mettant un monde de mépris dans ce nom. Vous croyez que cela ne m'ennuie pas que Travers s'acharne à aller la voir chaque jour ? Elle est complètement cinglée, elle ne dit pas un mot, elle ne fait rien à part se balancer dans son fauteuil. Vous croyez que ça fait une différence pour lui ? Non. Il l'aime toujours. Elle lui manque toujours.

Elle renifla et croisa les bras, détournant les yeux vers la fenêtre.

— Il y a des jours où je n'ai qu'une envie : monter dans ma voiture et m'en aller le plus loin possible d'ici. Mais où irais-je ? Que ferais-je ? Il faut que je pense à Kitten.

— Pourquoi êtes-vous revenue ? demanda Nikki à brûle-pourpoint.

Patricia se tourna brusquement vers elle, comme si elle avait oublié qu'elle était là.

— Je n'avais nulle part où aller et Travers avait toujours été bon envers moi. Quand je suis partie, il m'a dit que je serais toujours chez moi au ranch.

— Et maintenant, vous êtes sa femme.

— Je ne suis pas revenue dans l'intention de me faire épouser, si c'est là où vous voulez en venir. J'étais… au désespoir, si vous tenez à le savoir. J'avais perdu mon emploi et j'avais un bébé à nourrir… Et Travers était seul.

— Et le père de Kitten ?

— Travers est son père.

— Son père biologique ?

— Bien sûr que non, rétorqua Patricia. Son père biologique n'a jamais figuré dans l'équation.

Nikki aurait pu arguer le contraire, puisque c'était lui qui l'avait mise enceinte, mais s'en abstint sagement.

— Vous avez quitté le ranch peu après l'enlèvement.

— Je ne pouvais pas rester ! se défendit-elle d'une voix perçante. Marianne avait perdu l'esprit et Nate Corwin avait été arrêté, mais tout le monde continuait à me blâmer. J'étais la nourrice. Comment avais-je pu laisser une chose pareille se produire ?

— Revenir a dû être difficile, observa Nikki.

— Je suppose que je me suis dit qu'au bout de dix ans les choses auraient changé.

— Et il fallait que vous pensiez à Kitten.

Patricia étrécit les yeux.

— Vous voulez dire que je m'intéressais à l'argent de Travers ?

— Vous êtes beaucoup plus jeune que votre mari.

Son interlocutrice sourit.

— Libre à vous de penser ce que vous voulez.

Elle se leva.

— Je m'en moque éperdument. Mais je vous conseille de ne pas me calomnier. Sinon, je vous ferai un procès et je vous laisserai sur la paille.

— Oui, il est vrai que vous avez un avocat sous la main. Vous avez dû connaître Jim Waters à l'époque où vous étiez nourrice. Et Blake Ryan, le régisseur.

Patricia plissa les yeux.

— Je ne vois pas ce que vous insinuez, dit-elle bien que Nikki soit sûre du contraire. Vous devriez faire attention avec vos accusations. Si cela ne tenait qu'à moi, vous ne vous seriez pas approchée de cette maison, de moi ou de ma fille. Je refuse de continuer à répondre à vos questions, quoi qu'en dise Travers.

Sur quoi, elle sortitdu bureau d'un pas vif. Un instant plus tard, sa voix résonna dans la cuisine. Elle cherchait querelle à son mari et critiquait Frieda.

Cette fois, Nikki allait s'employer à découvrir pourquoi la cuisinière supportait l'attitude de sa patronne.

Nikki attendit que Patricia ait filé en ville, que Kitten soit partie au lycée et que Travers ait regagné le sanctuaire de son bureau, puis se rendit dans la cuisine.

Frieda s'affairait, la mine plus abattue que jamais.

— Je croyais que le mercredi était votre journée de congé.

La cuisinière leva les yeux.

— Mme McGraw voulait que je fasse quelques petites choses avant que je sorte.

— Un des inconvénients qu'il y a à vivre sous le même toit que son employeur, commenta Nikki. Eh bien, j'aimerais vraiment vous accompagner au club de couture. Si ça ne vous ennuie pas.

Frieda ne parut guère enthousiaste. Elle jeta un coup d'œil anxieux autour d'elle, cherchant désespérément un prétexte pour se dérober.

— Je n'avais pas l'intention d'y aller ce matin.

Nikki fit un pas vers elle.

— Frieda, je crois que cela nous ferait du bien à toutes les deux d'aller prendre l'air. Et je serais ravie de voir les patchworks sur lesquels vous travaillez. On n'est pas obligées de rester longtemps.

— Bon, acquiesça Frieda, résignée. J'en aurai terminé ici dans une demi-heure. Nous pourrons partir ensuite.

— Parfait.

Laissant Frieda à sa tâche, Nikki regagna sa maisonnette et venait à peine d'y entrer qu'on frappa à la porte. Frieda venait-elle invoquer une excuse quelconque pour lui faire faux bond ?

Non. C'était Cull qui se tenait sur le seuil. Nikki vit au premier coup d'œil qu'il était agacé.

— Tu es allée voir le shérif sans m'en parler ? demanda-t-il en s'avançant, l'obligeant à reculer pour le laisser entrer.

— Je m'inquiétais pour ton père. J'imagine que toi aussi. Je n'ai rien dit à personne parce que je n'avais pas de certitude, et je savais que tu serais contrarié.

Cull retira son stetson et passa une main lasse dans ses cheveux.

— Mon père vient de me dire que le shérif est venu prélever un de ses cheveux pendant qu'il était à l'hôpital. Tu ne penses tout de même pas qu'elle l'empoisonne ?

Si, justement.

— Ça ne doit pas te paraître si improbable puisque tu ne m'as même pas demandé qui je soupçonnais. Le shérif non plus, d'ailleurs.

— Si c'est vrai, Patty doit savoir qu'elle va être découverte.

— Pas forcément, si elle a déjà fait ça par le passé sans que personne s'en aperçoive.

Nikki se dirigea vers la petite cuisine.

— Tu veux un café ? J'en ai qui est tout prêt.

Il hocha la tête et vint la rejoindre.

— Que voulais-tu dire, à propos de Patty ?

— Je la soupçonne d'avoir empoisonné non seulement

ton père, mais ta mère pendant les semaines qui ont précédé l'enlèvement.

Il la fixa, interdit.

— Réfléchis. Ta mère se conduisait d'une manière… bizarre. Et s'il ne s'était pas agi d'une dépression postnatale ? Si elle se comportait ainsi parce qu'elle était empoisonnée à petit feu ? Je sais que ça paraît insensé mais, quand j'ai vu la mine de ton père…

Elle lui tendit un café et se servit à son tour.

— Si ce que tu dis est vrai…

— Pour l'instant, ce ne sont que des soupçons. C'est pourquoi je suis allée voir le shérif. Nous devons attendre le résultat des analyses pour savoir si j'ai tort.

— Ou raison.

Elle s'assit, invitant d'un geste Cull à l'imiter. Il semblait perdu dans ses pensées.

— Si tu as raison, je vais la tuer.

— Non. Tu n'es pas un tueur.

Il planta son regard dans le sien.

— Qu'en sais-tu ?

— Je le sais.

Sa certitude était-elle fondée sur leur baiser ? Ou sur quelque chose de plus profond ?

Il lâcha un juron.

— Tu as raison. Pourtant, ce n'est pas l'envie de le faire qui me manque.

— Qu'a dit ton père ?

— Il était bouleversé, naturellement. Il l'a défendue sans grande conviction, ce qui m'incite à me demander s'il avait déjà des soupçons. Mais quel homme voudrait admettre que son épouse essaie de l'empoisonner ?

— Nous ne sommes pas encore sûrs que ce soit le cas.

— Pas encore, admit Cull. Cela dit, McCall m'a lu la liste des symptômes de l'empoisonnement par l'arsenic. Je comprends que tu y aies pensé. Je regrette que ça ne me soit pas venu à l'esprit.

— J'ai une nature méfiante, et le meurtre est ma spécialité, si j'ose dire.

Il souda son regard au sien.

— J'ai remarqué. Que vas-tu faire maintenant ?

— Continuer à rassembler des informations. Il faut que je parle à Tilly et à Frieda. Toutes deux vivaient ici au moment des faits.

16

Cull parti, Nikki se mit en quête de Tilly, qui faisait le ménage dans l'aile désertée de la maison. Matilda Marks, surnommée Tilly, était âgée de vingt-cinq ans au moment de l'enlèvement. Elle venait alors de se marier et croulait sous les dettes.

À présent, à cinquante ans, elle était divorcée, mais toujours lourdement endettée. Nikki savait que le shérif et le FBI avaient mené une longue enquête sur elle et son mari, sans résultat.

Penchée sur son aspirateur, Tilly ne la vit pas approcher.

— Tilly ?

Nikki éleva la voix pour se faire entendre par-dessus le ronronnement de l'appareil.

Le soleil entrait à flots par la fenêtre, et les cheveux de la femme en paraissaient presque blancs. Nikki comprit subitement que c'était elle qu'elle avait aperçue à la fenêtre.

— Tilly ?

Elle effleura le bras de l'employée, laquelle fit un bond de terreur.

— Excusez-moi, dit-elle, confuse, tandis que Tilly bataillait maladroitement pour éteindre l'aspirateur. Excusez-moi, répéta-t-elle dans le silence gêné qui s'ensuivit. Je ne voulais pas vous effrayer.

Tilly avait porté une main à son cœur, comme pour tenter de l'apaiser. C'était un petit bout de femme aux traits quelconques, aux cheveux blonds peroxydés et aux ongles manucurés. Elle se mouvait dans la demeure tel un fantôme et, pour autant que Nikki ait pu en juger, ne prêtait guère attention à quiconque — et inversement.

— Il faut que je vous pose quelques questions au sujet de l'enlèvement. Avez-vous un petit moment ?

Tilly acquiesça.

— J'ai bien besoin d'une cigarette. On peut aller prendre l'air ?

Nikki la suivit jusqu'à l'escalier de service qui se trouvait au bout du couloir, celui que le ravisseur avait pu emprunter le soir du kidnapping. Il débouchait sur une terrasse qui donnait sur les bois. Quelqu'un qui serait entré par là n'aurait été vu de personne.

Cependant, pour qu'il puisse pénétrer à l'intérieur, il aurait fallu qu'un complice lui ouvre la porte.

Nikki attendit que la femme ait allumé sa cigarette avant de reprendre la parole.

— Que pouvez-vous me dire sur ce soir-là ?

— Pas grand-chose. J'étais enrhumée et j'avais pris des médicaments pour dormir. J'ai été réveillée par quelqu'un qui tambourinait à ma porte. C'était un des adjoints du shérif. C'est là que j'ai appris ce qui s'était passé.

— Où était votre chambre ?

— À l'autre extrémité de l'aile où les jumeaux ont été pris, dit-elle en rejetant la tête en arrière pour exhaler une bouffée de fumée.

— Par conséquent, vous occupiez la chambre voisine de celle de Frieda.

Tilly acquiesça, et quelque chose dans son geste attira l'attention de Nikki.

— Si elle était sortie de la sienne, vous l'auriez entendue, donc.

— En temps normal, oui. Mais comme je vous l'ai dit, j'ai pris un médicament ce soir-là.

— Mais vous l'aviez entendue entrer et sortir d'autres soirs, suggéra Nikki à tout hasard.

— Bien sûr. Je l'entendais, elle et quiconque allait et venait.

— Un homme ? avança Nikki.

Tilly haussa les épaules.

— Qui était-ce ?

— Un vaurien. J'ai essayé de la mettre en garde, mais elle ne m'a pas écoutée. Je le connaissais. Je lui ai dit qu'il allait lui briser le cœur.

— Elle avait le droit de recevoir des visites masculines dans sa chambre ?

— Sûrement pas. La première Mme McGraw, était très stricte là-dessus. Frieda aurait pu être renvoyée, mais ce n'était pas moi qui allais la dénoncer. J'avais l'impression que c'était sa première… relation, si vous voyez ce que je veux dire. Elle avait trente-neuf ans et personne ne l'avait jamais embrassée avant lui. Alors, bien sûr, elle était folle amoureuse.

— C'était un homme plutôt costaud ? Un peu effrayant ?

Tilly eut un petit rire.

— Il n'avait pas exactement un physique d'acteur de cinéma. Et ce n'était pas une lumière non plus.

— Avez-vous dit à la police et au FBI que Frieda le faisait entrer en catimini ?

La femme de ménage écrasa son mégot sur le sol, le ramassa et, les doigts légèrement tremblants, alluma une nouvelle cigarette.

— Il n'était pas dans sa chambre ce soir-là. Pourquoi l'aurais-je dénoncée ?

Nikki la dévisagea.

— Comment le savez-vous puisque vous étiez assommée par les médicaments ?

Tilly soupira.

— Parce que je lui ai parlé, à ce type. Comme je vous ai dit, je le connaissais. Je savais qu'il se servait de Frieda. Ça ne me plaisait pas de savoir qu'il était dans la maison la nuit. J'avais peur qu'il ne vole quelque chose.

— Comme les jumeaux McGraw ?

— Non. Il n'était ni assez ambitieux ni assez malin pour

faire un coup pareil. J'essayais seulement de protéger Frieda. J'ai dit à ce type que j'allais tout dire à Mme McGraw et que, s'il revenait, il se retrouverait nez à nez avec une carabine. Ça a marché. Je ne l'ai jamais revu.

— Mais vous aviez pris des médicaments…

— Avant de me coucher, j'ai entendu Frieda qui faisait les cent pas dans sa chambre. Il était tard. Il n'était pas venu. Je savais qu'elle serait déçue, mais j'ai agi pour le mieux.

— Il aurait pu entrer pendant que vous dormiez.

Tilly secoua la tête, elle tira sur sa cigarette, puis expulsa un petit nuage de fumée.

— J'avais fermé la porte de l'escalier à clé. Quand je suis remontée, j'ai vu que Frieda avait éteint sa lumière. Je l'entendais pleurer. J'ai compris qu'il ne viendrait pas.

— Comment s'appelait cet homme ? demanda Nikki, songeuse.

— Harold Cline. Je ne l'ai jamais revu, et Frieda non plus. Il a quitté la ville.

— Cela ne vous semble pas étrange qu'il ait disparu à peu près en même temps que les jumeaux ?

— Il a sans doute eu peur que Frieda ne dise au shérif qu'elle le laissait entrer et qu'on ne l'accuse d'avoir pris les enfants.

— Pourtant, Frieda a dû se taire. Sinon, on l'aurait congédiée, non ?

— Je suppose que oui.

— Et vous n'avez rien dit pour la même raison.

L'employée parut soudain effrayée.

— Vous n'allez pas raconter tout ça à M. McGraw ? À mon âge, je ne pourrais jamais trouver une autre place.

Nikki songea à Frieda. Avait-elle eu le même raisonnement ?

— Non.

Si cette piste se révélait utile, elle aviserait. En attendant, à quoi bon bouleverser l'existence de ces deux femmes ?

Tilly se détendit un peu.

— Comme je vous le disais, Harold n'était pas assez futé pour organiser un enlèvement. Et s'il l'avait fait, il aurait dépensé l'argent. Mais on n'a jamais su ce qu'il était advenu de la rançon, n'est-ce pas ?

— C'est exact.

Néanmoins, Nikki avait hâte d'en savoir davantage sur Harold Cline.

Cull trouva son père dans son bureau.

— J'espère que tu n'es pas en train de travailler.

Travers leva les yeux et sourit.

— Non. J'ai toujours aimé cette pièce. Je m'y sens bien.

La sonnerie du téléphone l'interrompit. Il fit signe à Cull de s'asseoir et décrocha.

— Non, Patricia, je ne demanderai pas cela à Frieda. C'est son jour de congé. Elle m'a dit qu'elle allait assister à la réunion du club de couture avec Nikki. Il faut que tu cesses de lui donner du travail pendant ses heures de repos. Très bien. Comme tu voudras.

Il raccrocha en soupirant, visiblement contrarié. Cull éprouva la brusque envie de tordre le cou de sa belle-mère.

— Je vais rendre visite à maman. J'ai pensé que tu voudrais peut-être m'accompagner.

— Je ne peux pas, malheureusement. Jim Waters doit venir et il faut que je lui parle.

Cull dévisagea son père.

— Dis-moi que tu vas le renvoyer.

Travers eut un petit rire.

— Il travaille pour moi depuis très longtemps.

— Peut-être trop longtemps, observa Cull avant de se tourner vers la porte. Je dirai bonjour à maman pour toi.

— Merci. Dis-lui… dis-lui que je l'aime.

Cull acquiesça et partit, ses pensées retournant sans cesse à Nikki. Il avait eu beau lutter contre l'attirance qu'elle lui inspirait, il ne pouvait s'empêcher d'être fasciné par elle. Jamais il n'avait rencontré une telle femme avant elle.

Si seulement ils s'étaient connus dans des circonstances différentes…

À l'hôpital, une infirmière le conduisit à la chambre de sa mère. Marianne McGraw était précisément là où il s'attendait qu'elle soit — assise dans son rocking-chair, ses deux poupées entre les bras. Elle ne réagit pas lorsqu'il tira une chaise et prit place en face d'elle. Ses yeux vides regardaient droit devant elle, sans rien voir.

— Bonjour, maman. C'est moi, Cull. Papa voulait que je te dise qu'il t'aime. Il a eu une crise cardiaque, mais il va mieux maintenant.

Le balancement avait-il changé ?

— Il est encore affaibli, mais il se rétablit.

Il écouta le grincement régulier du fauteuil.

— J'ai rencontré quelqu'un.

Il émit un petit rire.

— Après toutes ces années, j'ai rencontré une femme qui m'intéresse, et il s'avère qu'elle est journaliste et qu'elle va écrire un livre au sujet de l'enlèvement. Enfin, je suppose qu'on ne choisit pas ceux dont on tombe amoureux, hein ?

Son aveu le surprit lui-même, mais ne parut produire aucun effet sur sa mère. Cull continua à parler pendant une dizaine de minutes, évoquant le ranch, le nouvel étalon, ses frères.

— Ledger est toujours amoureux d'Abby, dit-il avec un soupir. J'ai peur que toute cette histoire ne se termine mal.

Comme sa propre situation, d'ailleurs.

— Quant à Boone, il est tellement difficile qu'il faudra quelqu'un de spécial pour lui tourner la tête.

Il observa le visage impassible de sa mère comme elle se balançait d'avant en arrière.

— Cette femme dont je te parlais, l'écrivain qui séjourne au ranch, elle croit pouvoir découvrir la vérité sur ce qui s'est vraiment passé ce soir-là. Une partie de moi espère qu'elle réussira. Une autre…

Il déglutit, étonné par l'angoisse qui le submergeait.

— Et si elle découvre que c'était toi, toi et Nate ? Je ne veux pas le croire. Mais, si je me trompe… je ne peux pas laisser cela arriver, maman. Pourtant, je ne suis pas sûr de pouvoir l'empêcher d'aller jusqu'au bout. Je ne suis pas sûr que quiconque puisse le faire.

Ayant appris tout ce qu'elle pouvait apprendre au sujet d'Harold Cline, Nikki regagna la cuisine où Frieda terminait ses tâches.

Ainsi que Tilly l'avait dit, Harold ne semblait pas avoir été un individu très recommandable. Il n'avait guère travaillé à l'école, n'avait jamais réussi à garder un emploi, et son mariage s'était soldé par un divorce. En revanche, il n'avait jamais eu de démêlés avec la justice, et sans doute Tilly avait-elle raison de penser qu'il n'était pas capable d'avoir manigancé un des enlèvements les plus célèbres de l'histoire du Montana. Cependant, le ravisseur avait été aidé, et si Harold n'avait pas été le cerveau de l'affaire, il avait pu y être mêlé.

Sa disparition brutale juste après les faits le rendait suspect se dit Nikki. Aucun des documents qu'elle avait consultés ne suggérait qu'il ait été interrogé par le shérif ou par le FBI. Soit les forces de l'ordre n'avaient jamais entendu parler de lui, soit il avait d'emblée été écarté de la liste des suspects. Pour sa part, Nikki aurait parié que la première hypothèse était la bonne.

Par conséquent, elle avait hâte de s'entretenir avec Frieda en tête à tête.

La cuisinière retira son tablier d'un geste hésitant.

— Je ne compte pas rester longtemps au club de couture aujourd'hui. Je vais seulement déposer des tissus pour une autre fois. Nous confectionnons souvent des couvre-lits en patchwork pour les nouveau-nés…

Elle s'interrompit, regrettant visiblement d'en avoir dit aussi long.

— Parfait. Prenons ma voiture, proposa Nikki. Vous pourrez m'indiquer le chemin.

L'air résignée, Frieda la suivit, un sac plein d'étoffes à la main.

— Je me suis dit que ce serait bien d'avoir l'occasion de parler sans être dérangées, reprit Nikki lorsqu'elles furent sur la route.

Frieda demeura silencieuse, le regard rivé sur la vitre latérale.

Elles s'éloignèrent de Whitehorse et roulèrent vers le sud, en direction des Missouri Breaks.

— Je suis surprise que vous vous réunissiez si loin de la ville, dit Nikki.

— Whitehorse se trouvait plus près du Missouri autrefois, expliqua Frieda. La ville s'est déplacée quand on a construit le chemin de fer. À présent, l'ancien site n'est plus qu'une ville fantôme, même si une poignée de familles y vit encore.

Là encore, elle se tut brusquement.

Enfin, au pied d'une colline, apparurent les quelques bâtiments qui subsistaient de l'ancienne bourgade. Nikki ralentit à la vue du panneau rouillé qui indiquait l'école, puis, sur les indications de Frieda, se gara devant la salle municipale, à côté des trois véhicules qui s'y trouvaient déjà.

— On dirait que tout le monde est là, observa Frieda, l'air nerveux.

— Si vous préférez que je n'entre pas..., commença Nikki.

— Je vais seulement déposer ça, coupa la cuisinière, embarrassée. Autant que vous veniez voir ce qu'elles font aujourd'hui.

Elles franchirent le seuil, et Nikki fut aussitôt accueillie par une odeur de renfermé qui lui rappela celle de la vieille malle où elle avait découvert les coupures de journaux jaunies conservées par sa mère.

Trois femmes âgées étaient assises autour d'un cerceau à patchwork. Toutes pivotèrent en même temps, leur aiguille suspendue au-dessus de l'ouvrage en cours.

— J'ai amené une visiteuse, annonça Frieda dans le silence qui s'était abattu sur la pièce.

Les femmes saluèrent poliment Nikki, en la détaillant avec une curiosité manifeste.

— Je vous présente Nikki St. James. Elle écrit des livres et elle en prépare un sur le kidnapping des jumeaux McGraw, ajouta Frieda d'un seul trait avant de reprendre son souffle.

— C'est ce que nous avons entendu dire, déclara une femme toute menue, aux cheveux gris et aux yeux d'un bleu éclatant. Les nouvelles vont vite par ici. Vous faites du patchwork ?

— Non, répondit Nikki en la regardant faire des points minuscules dans une petite courtepointe visiblement destinée à un berceau. Mais ma voisine en fait beaucoup et elle m'a offert une couverture. Je l'adore.

— Frieda vous a expliqué que nous nous retrouvons ici depuis des années pour travailler ensemble ? Autrefois on confectionnait un couvre-lit pour chaque nouveau-né dans la région. Maintenant, nous en faisons beaucoup moins, ajouta la femme avec une pointe de nostalgie. Nous ne sommes plus aussi nombreuses.

Pour avoir effectué des recherches, Nikki savait qu'outre leur activité de patchwork les femmes du cercle avaient placé en toute illégalité des bébés non désirés dans des familles adoptives, et ce, dès les années 1930. Cependant, lorsque l'affaire avait été révélée au grand jour, personne n'avait été condamné, car la plupart des « meneuses » concernées étaient mortes depuis belle lurette.

— Parlez-nous de votre livre, suggéra une femme aux cheveux blancs.

— Il n'y a pas grand-chose à en dire pour l'instant, avoua Nikki. Je viens tout juste de commencer à interroger les gens.

Une rouquine aux traits sournois se tourna vers Frieda, qui tenait toujours son sac contre sa poitrine.

— Elle t'a questionnée ?

— Pourquoi l'aurait-elle fait ? Je n'ai rien à ajouter, rétorqua Frieda sans regarder Nikki.

— Je suis sûre que Frieda m'aidera si elle le peut. Nous voulons tous savoir ce qui est arrivé aux jumeaux, affirma Nikki, en espérant être dans le vrai.

— Eh bien, la plupart d'entre nous le savons déjà, déclara la rouquine. Un coup d'œil à Marianne McGraw suffit pour être fixé.

Les trois femmes assises autour de la table secouèrent la tête, comme pour exprimer leur pitié.

— Imaginez les cauchemars qu'elle doit faire, soupira la petite vieille aux cheveux gris.

— Il est possible qu'elle n'ait pas été impliquée, intervint Nikki.

La rouquine lâcha un ricanement.

— Qui sait ? De nouvelles informations pourraient être mises au jour, insista Nikki.

Les femmes la considérèrent d'un air compatissant.

— Le beau dresseur de chevaux lui aura tourné la tête, un point, c'est tout. Ce genre d'histoire arrive tout le temps et voyez comment ça s'est terminé. Ces deux-là n'ont eu que ce qu'ils méritaient.

— Mais qu'est-il advenu de ces adorables nourrissons ? murmura la femme aux cheveux gris.

— Ils sont morts depuis longtemps, répliqua la rouquine. Un de ces jours, quelqu'un va trouver leur tombe en pleine nature. Heureusement pour vous que les ravisseurs sont morts ou enfermés. Sinon, ce serait dangereux de remuer tout ce passé.

Frieda laissa soudain échapper son sac.

— Je suis si maladroite, murmura-t-elle, au bord des larmes.

Tous les regards convergèrent sur elle tandis qu'elle se baissait pour le ramasser. Son visage était livide. Un instant, Nikki craignit qu'elle ne perde connaissance. Qu'avaient dit ces femmes pour qu'elle soit bouleversée à ce point ?

Quelques instants plus tard, elles prenaient congé du petit groupe. Frieda s'était ressaisie, mais elle était toujours pâle lorsqu'elle monta dans la voiture.

— Ça va ? demanda Nikki en démarrant.

— Je viens de me souvenir que j'ai promis à Mme McGraw de faire quelque chose pour elle aujourd'hui.

— Je croyais que c'était votre jour de congé.

— Comme je vis au ranch, Mme McGraw a tendance à oublier quels jours je ne suis pas censée travailler, répondit Frieda, le regard tourné vers la vitre.

Nikki recula et s'engagea sur la piste poussiéreuse.

— C'est vous qui avez eu l'idée de vous installer sur place ?

— La première Mme McGraw a pensé que cela m'éviterait de faire la navette entre Whitehorse et le ranch, et que j'économiserais de l'argent ainsi. C'était gentil de sa part.

À l'évidence, songea Nikki, la première Mme McGraw avait eu plus de considération pour ses employés que sa remplaçante.

— Je suis étonnée que vous soyez restée chez les McGraw pendant toutes ces années, observa-t-elle prudemment.

Elle ne pouvait se défaire de l'idée que Patricia exerçait un chantage sur Frieda. Sinon, pourquoi la cuisinière aurait-elle supporté d'être traitée de la sorte ?

Frieda garda le silence.

— Patricia ne semble pas avoir un caractère facile.

Toujours aucune réaction. Nikki se tourna vers sa passagère.

— Frieda, soit vous êtes une sainte, soit Patty vous fait chanter. Je me trompe ?

La cuisinière était redevenue livide.

— Je ne vois pas… de quoi vous voulez parler, balbutia-t-elle.

— Étant donné la manière dont elle vous traite, pourquoi n'êtes-vous pas partie ? Je suis sûre que vous retrouveriez une place sans la moindre difficulté.

— Je ne peux pas laisser M. McGraw. Ni ses fils, marmonna-t-elle, l'air gêné.

Peut-être était-ce en partie la raison pour laquelle elle était restée, cependant Nikki était convaincue que Frieda ne lui disait pas tout.

— Vous savez ce que je crois ? Je crois que cette femme a des informations compromettantes sur vous et qu'elles concernent un homme. Ne vous sentiriez-vous pas soulagée d'en parler ? De ne plus avoir ce poids sur vos épaules ?

Frieda lâcha un rire amer.

— Vous ne vous rendez pas compte.

— Laissez-moi vous aider.

Frieda se contenta de fixer la vitre sans répondre.

Soudain, Nikki perçut un mouvement derrière elles. Depuis leur départ, elles n'avaient pas vu un seul autre véhicule sur la piste, mais un vieux pick-up rouillé venait de surgir dans son rétroviseur et se dirigeait sur elles à toute allure. Nikki chercha du regard un endroit où se garer pour le laisser passer, mais la route était bordée des deux côtés par un fossé. En désespoir de cause, elle accéléra légèrement.

Le pick-up les rattrapa, son pare-chocs toucha le leur. Le conducteur était invisible derrière son pare-brise fendillé, sur lequel se reflétait le soleil.

Frieda se retourna et se redressa, visiblement terrifiée.

— J'avais peur que cela n'arrive, gémit-elle d'une voix altérée par l'angoisse. Il va nous tuer !

Nikki lui décocha un regard stupéfait.

— Que voulez-vous dire ? Personne ne va nous tuer.

— Vous ne vous rendez pas compte de ce que vous avez fait en venant ici, en posant toutes ces questions, ajouta Frieda, des larmes dans la voix.

— Expliquez-vous, Frieda. Qu'ai-je fait ?

Nikki accéléra de nouveau, cherchant toujours des yeux un endroit où se garer.

La femme secoua la tête. Elle avait subitement vieilli de vingt ans. Ses cheveux blonds semblaient gris, ses traits étaient hagards.

— Frieda, je sais que quelque chose ne va pas. Parlez-moi.

La cuisinière se tourna vers elle, les yeux brillants de larmes.

— Je savais que ça sortirait un jour. Ce n'est pas comme si j'avais imaginé…

Sa voix se brisa.

— Il y a un rapport avec Harold Cline, n'est-ce pas ? C'est à cause de lui que Patricia vous traite si mal ?

Tout à coup, le pick-up percuta l'arrière de la voiture. Frieda laissa échapper un cri de détresse et se couvrit le visage de ses mains.

— Je vous avais dit qu'il allait nous tuer ! sanglota-t-elle tandis que Nikki bataillait pour garder le contrôle du véhicule de location.

— Qui conduit ce pick-up ?

Au lieu de répondre, Frieda se tassa contre la portière alors que le camion les heurtait de nouveau.

La voiture fit une embardée et, un instant, Nikki crut qu'elle ne parviendrait pas à la redresser.

— Appelez le shérif ! Frieda, sortez votre téléphone !

La femme demeura immobile.

— Frieda !

Elles approchaient d'une côte qui s'achevait par un long virage. Nikki hésita, puis écrasa la pédale d'accélérateur. Elle n'avait d'autre choix que d'accélérer encore pour échapper à leur poursuivant.

Malheureusement, le conducteur du pick-up avait anticipé sa décision. Il les percuta à si grande vitesse que Nikki perdit tout contrôle sur le volant. Les pneus s'accrochèrent dans une ornière et, la seconde d'après, la voiture était en travers de la piste. Mais pas pour longtemps…

— Tenez bon !

Au même moment, le véhicule basculait. Il décrivit un tonneau, puis un second et encore un troisième avant de s'immobiliser au pied de la colline.

17

— Il y a un problème ? s'enquit Cull en s'asseyant sur un tabouret du comptoir.

Patricia malmenait plats et casseroles en grommelant, Kitten avait la tête plongée dans le réfrigérateur.

— Frieda n'est pas revenue à temps pour préparer le dîner, se plaignit-elle. Je vais la renvoyer. Il y a bien trop longtemps que je la supporte.

— C'est son jour de congé, lui rappela Cull.

Patricia ne parut pas l'entendre. Elle semblait nerveuse, excessivement contrariée par cet état de choses qui se répétait une fois par semaine. En général, cependant, Frieda cédait et finissait par se mettre aux fourneaux.

— On a du céleri, constata Kitten. C'est vrai que le céleri contient moins de calories qu'on n'en élimine pour le manger ?

Cull ne prit pas la peine de répondre.

— Vous avez vu Nikki ? demanda-t-il, tout en sachant que sa question n'était guère de nature à mettre sa belle-mère de bonne humeur.

— Elle est partie avec Frieda, répondit Kitten en refermant la porte du frigo, une tige de céleri à la main.

Patricia abattit une casserole sur le plan de travail.

— Qui sait ce que cette idiote va lui raconter sur nous !

— J'espère que vous n'avez pas l'intention de faire la cuisine, observa Cull, alarmé, songeant que toute la famille préférerait sans doute mourir de faim. Eh bien, où sont-elles allées toutes les deux ?

— Au club de petites vieilles qui font du patchwork, expliqua Kitten entre deux bouchées de céleri.

Patricia émit un juron entre ses dents et jeta un coup d'œil à sa montre.

— Elles ne devraient pas être rentrées à l'heure qu'il est ?

Las de cette conversation, Cull sortit de la cuisine et se dirigea vers le salon. Comme il levait les yeux, il vit le shérif et deux de ses adjoints entrer dans le bureau de son père. Travers McGraw était assis à son siège habituel, mais semblait avoir vieilli de vingt ans.

— Que s'est-il passé ? demanda Cull, la gorge nouée, en le rejoignant.

Un accident avait-il eu lieu ? Un de ses frères était-il blessé ? Sa mère ? Ou bien… Son cœur se mit à battre plus vite. Nikki ? Il remarqua soudain qu'un des adjoints portait un de ces sachets transparents où on place les pièces à conviction. En un éclair, la lumière se fit dans son esprit : le labo avait dû terminer les tests, et Nikki avait vu juste.

— Où est ta belle-mère ? demanda Travers.

La douleur était gravée sur ses traits. McCall, qui le suivait, salua Cull d'un signe de tête.

— Dans la cuisine avec Kitten. Je ne pense pas qu'elle vous ait entendus arriver, ajouta-t-il à l'adresse des policiers.

— S'il vous plaît, ne lui mettez pas les menottes, plaida Travers. Pas devant sa fille.

Cull se tourna vers son père.

— C'était vrai ? Elle t'empoisonnait à petit feu ?

Il acquiesça.

— Oui. Comme nous la soupçonnons de l'avoir fait avec ta mère voilà vingt-cinq ans.

La voix du shérif s'éleva derrière eux.

— Patricia McGraw ?

Cull vit Patty pivoter et écarquiller les yeux. Son regard alla du shérif aux adjoints, puis se posa sur son mari.

— Si vous pouviez nous rejoindre au salon ? suggéra McCall.

La panique se lut sur le visage de Patricia.

— De quoi s'agit-il ?

— Demandez à votre fille d'attendre ici, s'il vous plaît.

Sur quoi, le shérif prit Patty par le bras et la guida hors de la cuisine. Kitten fit mine de lui emboîter le pas, mais Travers lui barra le chemin.

— Que se passe-t-il avec maman ? s'écria l'adolescente.

Une fois dans la pièce voisine, le shérif s'acquitta de la déclaration réglementaire :

— Patricia Owens McGraw, je vous arrête pour tentative de meurtre. Vous avez le droit de garder le silence…

McCall continua à lui énumérer ses droits, tandis que Patty protestait, affirmant qu'elle ne voyait pas à quoi il était fait allusion.

L'un des policiers lui montra quelque chose qu'il avait dû trouver au premier étage. De l'arsenic ? Cull serra les poings. Si les soupçons de Nikki se révélaient fondés…

— Appelle mon avocat ! rugit-elle à l'adresse de Cull alors qu'on lui mettait les menottes.

Les deux adjoints du shérif l'encadraient et la conduisaient vers la porte.

— Appelle Jim ! répéta-t-elle. C'est une erreur. Ce poison a été mis exprès dans ma chambre.

— Personne n'a dit qu'il avait été découvert dans votre chambre, lui fit remarquer le shérif.

— Ce n'est qu'un tissu de mensonges ! On veut faire de moi un bouc émissaire ! C'est à cause de cette journaliste. C'est elle qui a fait ça.

Patricia regarda Cull par-dessus son épaule.

— Pourquoi aurais-je empoisonné ton père ? Je l'aime !

— Où emmène-t-on ma mère ? gémit Kitten, qui tentait de contourner le fauteuil roulant de Travers.

La porte d'entrée se referma. Un instant plus tard, des moteurs rugirent et Travers sortit enfin de la cuisine avec Kitten en larmes.

Ledger et Boone entrèrent à ce moment-là, l'air sidéré. Sans doute avaient-ils vu les voitures de patrouille s'en aller, Patricia à bord de l'une d'elles.

— Je vais tout vous raconter, dit Travers.

Il leur demanda à tous de s'asseoir, puis expliqua qu'on avait prélevé un échantillon de ses cheveux. Les analyses effectuées par le labo prouvaient qu'on l'empoisonnait depuis un certain temps, d'où son mauvais état de santé. Patricia était la principale suspecte.

— Elle a failli te tuer ! se récria Boone. Comment as-tu compris ce qui se passait ?

— Nikki St. James a eu des soupçons et elle en a fait part au shérif, déclara son père.

Cull baissa les yeux sur sa montre, envahi par une inquiétude grandissante.

— Kitten m'a dit que Nikki et Frieda étaient allées à la vieille ville. Elles devraient être de retour, non ? Je vais y aller. Si Nikki appelle, prévenez-moi.

Nikki reprit connaissance lentement. Un instant, elle ne sut plus où elle se trouvait ni ce qui s'était passé. Puis la mémoire lui revint tout à coup. Elle avait dû se cogner la tête dans l'accident mais, à sa grande surprise, la voiture avait atterri sur ses roues au fond de la ravine.

Elle regarda Frieda. Bien que visiblement secouée, celle-ci paraissait indemne.

— Ça va ?

La cuisinière acquiesça.

— Oui. Et vous ? Vous saignez !

Nikki porta la main à sa tempe et sentit un liquide poisseux sous ses doigts.

— Ce n'est rien, affirma-t-elle autant pour se rassurer que pour rassurer Frieda.

Elle sortit son téléphone portable de sa poche, priant pour qu'il y ait suffisamment de réseau pour appeler le shérif. Tout en pressant les touches, elle leva des yeux inquiets vers la route en contre-haut. Elle s'attendait presque à voir le pick-up garé.

La route était déserte.

À l'autre bout du fil, une sonnerie s'éleva et on répondit presque aussitôt. Nikki expliqua brièvement la situation.

— Je ne sais pas au juste où nous sommes, avoua-t-elle.

— Tout près d'Alkali Creek, intervint Frieda.

Nikki relaya l'information.

— Non, je ne crois pas que nous ayons besoin d'une ambulance. Mais dépêchez-vous, s'il vous plaît.

La communication terminée, elle tenta d'ouvrir sa portière et s'aperçut qu'elle était coincée. De plus, elle croyait sentir une odeur d'essence dans l'habitacle.

— Pouvez-vous ouvrir votre portière ?

Frieda ne parut pas l'entendre. Elle s'était mise à pleurer. Nikki tendit la main devant elle pour actionner la poignée.

— Il faut qu'on sorte de la voiture, Frieda.

Comme dans un état second, la cuisinière descendit, et fit quelques pas en titubant avant de s'asseoir lourdement sur le sol. Nikki sortit à son tour par la portière passager et prit Frieda par la main.

— Éloignons-nous un peu. Il doit y avoir une fuite d'essence. Je ne sais pas si la voiture risque d'exploser, mais elle pourrait prendre feu. Vous m'entendez ?

Elle fixa la femme, redoutant que celle-ci ne soit en état de choc.

Frieda releva la tête. Des larmes brillaient dans ses yeux.

— Je vous avais dit qu'il allait nous tuer.

Nikki l'aida à se remettre debout, puis l'entraîna vers un petit amas de rochers avant de lui permettre de s'asseoir de nouveau.

— Il va revenir, insista la cuisinière. Il ne peut pas nous laisser en vie. Il pense que nous en savons trop.

— Qui, Frieda ? De qui parlez-vous ?

La femme secoua la tête, manifestement terrifiée. Nikki éprouva une vive anxiété. Elle avait été si concentrée sur la nécessité de s'éloigner du véhicule qu'elle n'avait pas vraiment assimilé ce qui venait de se passer.

— Frieda, si vous savez qui nous a percutées, vous devez me le dire. Y a-t-il un rapport avec l'enlèvement ? Parlez-moi, Frieda. Je peux vous aider. Quoi qu'il y ait, vous ne pouvez plus garder cela pour vous. C'est très grave.

La cuisinière éclata en sanglots.

— Tout est ma faute.

Nikki la dévisagea, perplexe. Frieda avait-elle été impliquée dans le kidnapping ? Certes, elle vivait au ranch à l'époque. Elle aurait pu administrer un sédatif aux enfants avant de les passer par la fenêtre à son petit ami, Harold Cline. Mais cela aurait voulu dire qu'elle était le cerveau de l'opération, et Nikki en doutait.

— Frieda, je vous en prie, dites-moi tout. Quoi qu'il…

— J'avais trente-neuf ans. Trente-neuf ! J'aurais dû être plus sensée.

Nikki devina qu'elle faisait allusion à Harold Cline et sentit un frisson la traverser. Elle s'efforça de parler d'une voix calme, apaisante.

— Vous étiez amoureuse ?

Frieda parut surprise.

— Oui. Il était drôle, il me faisait rire, et il semblait être attaché à moi.

Nikki redouta la suite.

— Vous pensiez avoir trouvé l'homme qu'il vous fallait, observa-t-elle doucement.

— J'aurais fait n'importe quoi pour lui.

Et sans doute l'avait-elle fait. Nikki brûlait de la bombarder de questions, mais attendit aussi patiemment que possible la suite de l'histoire. L'odeur de l'essence qui s'échappait du réservoir parvenait toujours à ses narines et elle se demandait si elles ne devraient pas s'éloigner davantage, mais elle n'osait pas interrompre Frieda maintenant qu'elle avait enfin commencé à parler.

— Je le faisais entrer en catimini le soir, avoua celle-ci entre deux hoquets douloureux. Il venait dans ma chambre et…

Elle détourna les yeux.

— Il n'était pas le seul à s'introduire en douce dans la maison.

Nikki songea aussitôt à son propre père.

— Patty avait aussi un petit ami, précisa Frieda.

Une bouffée de soulagement la submergea. La dispute qu'elle avait surprise le premier soir lui revint brusquement en mémoire.

— Jim Waters ? Ou Blake Ryan ?

— Blake.

— C'est toujours d'actualité ?

Frieda se contenta de lui adresser un regard éloquent.

— Par conséquent, vous aviez laissé la porte de service ouverte le soir de l'enlèvement, devina Nikki.

Frieda se remit à pleurer.

— Il n'est pas venu. J'étais tellement idiote. Je croyais vraiment que c'était l'homme de ma vie.

— L'avez-vous revu par la suite ?

Les pleurs de la cuisinière redoublèrent. Nikki prit une profonde inspiration, s'exhortant à ne pas la bousculer.

— Patty a découvert que vous le laissiez entrer.

Il ne s'agissait pas d'une question. C'était forcément cela qui lui servait de moyen de pression sur Frieda. À moins qu'il n'y ait autre chose, lié plus précisément au kidnapping ?

— Avez-vous parlé de votre petit ami au FBI ou à la police ?

Un autre regard éloquent lui confirma que non.

Nikki arqua un sourcil.

— Je ne comprends pas pourquoi Patty n'a rien dit aux forces de l'ordre. Ou alors elle s'en servait déjà comme d'une arme contre vous, c'est ça ?

En guise de réponse, Frieda baissa la tête. Nikki avait vu juste. Si la police et le FBI avaient appris que la nourrice était au courant des visites illicites d'Harold avant que le rapt ait lieu, elle aurait été considérée comme suspecte plus encore qu'elle ne l'avait été à l'époque. Aussi avait-elle choisi de se taire et d'utiliser cette information pour contraindre Frieda à lui obéir au doigt et à l'œil.

— Elle a dit qu'elle m'avait protégée. Que j'avais une dette envers elle.

Avant cette conversation, Nikki se serait crue incapable de détester Patricia davantage, mais elle s'était trompée. Cette femme était vraiment capable de tout. Comment avait-elle pu taire cette information pendant toutes ces années ? Encore maintenant, ce serait la parole de Frieda contre la sienne.

— Cet homme n'a jamais été interrogé par les autorités ? insista Nikki bien qu'elle connaisse déjà la réponse.

Frieda secoua la tête et essuya ses larmes.

— Peu m'importe ce que la police me fera. Je le mérite. Mais faut-il que vous en parliez dans votre livre ?

— Je n'en parlerai que lorsque j'aurai toute l'histoire.

Frieda parut soulagée.

— Je n'ai jamais rien dit. Marianne était enfermée, et le dresseur de chevaux aussi. J'ai pensé qu'ils avaient attrapé les ravisseurs et que mon… amant n'y était pour rien.

— Comment s'appelait cet homme, Frieda ?

Elle n'hésita qu'un instant.

— Harold Cline.

Nikki réfléchissait à toute allure, cherchant à comprendre ce que Frieda lui disait — et ce qu'elle lui taisait.

— Vous avez dû chercher à savoir pourquoi il n'était pas venu ce soir-là, murmura-t-elle. Vous avez dû aller le retrouver.

Frieda détourna les yeux.

Nikki sentit son cœur se serrer. Tilly avait tort sur un point. Harold Cline avait enlevé les enfants, et Frieda le savait. Parce qu'elle l'avait vu avec eux ?

Elle cherchait frénétiquement à rassembler les pièces du puzzle. Pourquoi Frieda avait-elle déclaré que tout était sa faute ?

— Y avait-il la moindre raison de penser que les jumeaux n'étaient pas en sécurité dans cette maison à l'époque ? demanda-t-elle subitement.

— Vous ne pouvez pas savoir comment était Mme McGraw alors. Elle était tout le temps un peu perdue. Souvent, elle oubliait jusqu'au nom de ses enfants. Je me rappelle l'avoir entendue dire qu'elle n'avait pas désiré les jumeaux, qu'elle ne voulait pas s'occuper d'eux et qu'elle aurait voulu qu'ils disparaissent.

Une pièce du puzzle se mit en place.

— Et vous avez répété cela à votre petit ami.

Frieda lâcha un nouveau sanglot.

— Je ne savais pas qu'il allait les enlever.

Là ! C'était dit. Harold Cline avait kidnappé les jumeaux.

— C'est pourquoi vous vous sentez si coupable.

Cependant, l'expression de Frieda suggérait que ce n'était pas tout. Craignant le pire, Nikki s'obligea à continuer.

— Votre ami a dû penser qu'il les sauvait, suggéra-t-elle. Qu'ils seraient plus heureux dans d'autres foyers. C'est bien ça, n'est-ce pas ?

De nouveau, les yeux de Frieda s'emplirent de larmes.

Le grondement d'un moteur se fit entendre. Était-ce la voiture du shérif ? Et si Frieda avait raison et que l'homme qui les avait percutées était revenu ?

Nikki chercha des yeux une cachette, mais les buissons de sauge et les pins rabougris n'offraient aucun véritable abri.

— Peut-être devrais-je rappeler le shérif.

Frieda ne parut pas l'entendre.

— Où est Harold Cline à présent ? demanda Nikki en sortant son téléphone de sa poche. C'est lui qui était au volant de ce pick-up ?

— Non, répondit Frieda d'une voix dure. Il est mort. Je l'ai tué.

Cull emprunta un raccourci et arriva à la salle municipale de Whitehorse au moment où plusieurs femmes âgées en sortaient.

— Frieda est venue ici ? s'enquit-il auprès d'une petite vieille aux cheveux gris.

— Oui, elle est passée tout à l'heure, avec une jeune-femme. Mais elles sont parties voilà un bon moment.

Il la remercia et reprit la piste principale, songeant qu'il avait dû les manquer en optant pour le raccourci. L'arrestation de Patricia l'avait perturbé. Il s'efforçait encore d'assimiler le fait qu'elle empoisonnait son père à petit feu — et qu'elle avait probablement fait la même chose avec leur mère vingt-cinq ans plus tôt.

Il ne pouvait s'empêcher de penser que Nikki avait vu juste. Si Patty avait empoisonné Marianne, cela expliquait son comportement étrange d'alors. Perdre les jumeaux avait dû la précipiter dans la folie.

Mais si c'était vrai, la police pourrait-elle prouver que Marianne était une victime de Patty, comme Travers ? Il aurait voulu étrangler cette femme de ses propres mains.

L'arrestation était survenue si rapidement qu'il n'avait pas eu le temps de réfléchir — encore moins de réagir. À présent, il était fou de rage. Dire que Patty aurait pu tuer son père ! Travers avait fait preuve d'un calme étonnant lorsqu'il l'avait appris. La sonnerie de son téléphone portable s'éleva, l'arrachant à ses pensées.

— Allô ?

— On vient d'être prévenus par un message radio, annonça Ledger. Une voiture a quitté la route après avoir été percutée près d'Alkali Creek. C'est à côté de la vieille ville, non ?

— Qui a averti le shérif ? demanda aussitôt Cull, retenant son souffle.

— Nikki St. James. Frieda et elle sont indemnes et les adjoints du shérif sont en route. Ils ont été retardés par l'arrestation de Patricia. Où es-tu ?

— J'y vais.

Cull coupa la communication. Quelques instants plus tard, il ralentit à la vue de traces de pneus sur la piste. Des fragments de verre provenant d'un phare scintillaient au soleil. Un peu plus loin, il distingua d'autres marques, et un pick-up vert foncé garé sur le bas-côté.

Abaissant sa vitre, il se dirigea vers lui. À peine avait-il fait quelques mètres qu'un coup de feu déchira le silence.

Nikki dévisagea Frieda, sidérée. Tellement sidérée qu'il lui fallut quelques secondes pour comprendre ce qui se passait. Il y eut un claquement, comme si quelque chose de dur venait de heurter une pierre. Au même moment, Frieda grimaça et lâcha un cri.

Abasourdie, Nikki la vit porter la main à son ventre. Déjà, du sang coulait entre ses doigts.

Un second coup de feu siffla. Nikki se leva d'un bond, et tira Frieda de son mieux de l'autre côté de l'amas de rochers. Là encore, elle entendit un bruit de moteur.

Avec des mains fébriles, elle sortit son téléphone, composa de nouveau le 911 et expliqua au standardiste ce qui venait de se passer.

— Une ambulance va venir, annonça-t-elle à Frieda en raccrochant.

Celle-ci respirait encore, mais à petits coups. Elle souffrait visiblement. Réfléchissant à toute allure, Nikki pressa sa veste sur la blessure afin d'endiguer le flot de sang.

— Je ne peux pas mourir tout de suite, souffla la cuisinière. Pas avec ça sur ma conscience.

— Vous n'allez pas mourir.

Un sourire tordu se dessina sur les lèvres de Frieda.

— Quand j'ai appris qu'on avait enlevé les jumeaux, j'ai su…

— Frieda, vous ne devriez pas parler.

La femme ne parut pas l'entendre.

— J'ai prié pour que ce ne soit pas lui. Mais comme il ne se manifestait plus…

Elle marqua une brève pause.

— Il y avait un vieux chalet dans les Little Rockies qu'Harold utilisait pendant la saison de chasse. Je savais que la rançon avait été payée, mais que les enfants n'avaient pas encore été rendus.

Elle eut un rictus de douleur.

— Quand je l'ai trouvé, murmura-t-elle d'une voix étranglée, il était en train de creuser leur tombe.

Nikki eut un coup au cœur. Elle se figea, incapable d'articuler un son.

— Il a dit que tout était ma faute. Que c'était moi qui avais dit que les jumeaux n'étaient pas en sécurité et qu'il s'était contenté de faire ce que j'avais voulu qu'il fasse. Les bébés étaient dans un sac en toile, par terre, à côté du trou qu'il creusait. Je l'ai supplié de les rendre.

« De les rendre » ? Un espoir insensé germa en Nikki.

— Ils étaient encore en vie ?

Là encore, Frieda ne parut pas l'entendre. Elle était perdue dans le passé, perdue dans le secret qu'elle avait gardé toutes ces années.

— Il m'a dit : « Tu as perdu la tête ? Toute la région grouille de flics. Qu'est-ce que je leur dirais ? Oui, j'ai pris les mômes mais j'ai décidé de les rendre parce que Frieda a changé d'avis ? Tu es aussi impliquée que moi. Tu irais en prison aussi. Tu crois qu'ils penseront que j'ai agi tout seul ? »

Nikki frémit.

— Qui l'avait aidé ?

Frieda secoua la tête.

— Il ne me l'a pas dit, avoua-t-elle avec un effort. Je ne me souciais que des enfants. Je voulais les prendre et les ramener. « Tu ne vas rien faire du tout ! Tu vas rentrer au ranch et la boucler ! », m'a-t-il rétorqué. J'ai insisté. Je lui ai dit que je ne pouvais pas y retourner sans eux. Il a répondu que si je ne rentrais pas, j'aurais l'air coupable, qu'il allait s'enfuir et que je serais jetée en prison.

Nikki ne savait pas si elle pourrait supporter d'en entendre davantage et, pourtant, elle était suspendue aux lèvres de Frieda. Pourquoi les secours tardaient-ils tant ?

— Je savais qu'il avait raison. Que personne ne me croirait, reprit Frieda d'une voix faible. Il s'est dirigé vers les enfants.

Il s'apprêtait à les jeter dans le trou qu'il avait creusé. À les enterrer vivants ! J'ai ramassé la pelle.

Elle se remit à pleurer.

— Après, j'ai fait un trou plus profond et je l'y ai enterré avec la rançon.

— Qu'avez-vous fait des enfants, Frieda ? demanda Nikki, la gorge nouée.

Les yeux de la cuisinière rencontrèrent les siens.

— Je les ai emmenés au club de patchwork. Pearl Cavanaugh était là toute seule, ce soir-là. Je lui ai raconté l'histoire que j'avais racontée à Harold au sujet de Marianne. Je l'ai suppliée de leur trouver de bonnes familles.

Une bouffée de soulagement déferla en elle.

— Elle l'a fait ?

Seul le silence lui répondit. Nikki fouilla en vain le regard de Frieda. Ses yeux étaient fixes, voilés par la mort.

Sous les yeux stupéfaits de Cull, un homme armé d'une carabine se rua vers le pick-up et s'engouffra à l'intérieur. Une seconde plus tard, ce dernier démarrait en trombe, laissant un nuage de poussière dans son sillage. De là où il se tenait, Cull n'avait pu distinguer ses traits.

S'approchant du lieu que le pick-up venait de quitter, Cull sauta à terre et se pencha au bord du vide, balayant les environs du regard. Il repéra la voiture accidentée au moment où lui parvenait le hurlement d'une sirène. Son cœur se mit à cogner follement dans sa poitrine.

— Nikki ! *Nikki !*

Comme il dévalait la pente, elle sortit de derrière un amoncellement de rochers, couverte de sang. La bouche sèche, il se précipita vers elle.

— Tu es blessée !

Elle avait une entaille à la joue et du sang séché sur la tempe, mais c'était la tache rouge qui s'étalait sur son chemisier qui le terrifiait.

— Ce n'est pas moi, balbutia-t-elle avant d'éclater en sanglots. C'est Frieda. Elle est morte. On l'a tuée !

Cull l'attira dans ses bras tandis que le son des sirènes se rapprochait. Il la serra contre lui, étourdi de soulagement, songeant qu'il ne voudrait jamais la laisser partir.

— Tu as vu cet homme ? demanda-t-il soudain, comprenant qu'il s'agissait de l'individu qu'il avait aperçu.

Nikki secoua la tête contre sa poitrine.

— Il nous a forcées à quitter la route, et puis il est revenu…

Une voiture de patrouille se gara sur la route en contre-haut, suivie d'une ambulance.

— Montons là-haut.

Elle recula d'un pas et s'essuya les yeux.

— Je ne peux pas laisser Frieda.

— Les ambulanciers vont s'occuper d'elle.

— Mais c'est à cause de moi qu'elle est morte !

18

Il plut le jour de l'enterrement de Frieda Holmes, mais tous les McGraw étaient présents pour écouter l'oraison du pasteur. Frieda n'avait pas de famille hormis eux. Cependant, les dames du club de patchwork étaient venues lui rendre un dernier hommage, elles aussi.

À côté de Cull, Nikki écoutait la pluie pianoter doucement sur le parapluie qu'il tenait au-dessus de leurs têtes. Elle avait le cœur serré en pensant à Frieda. La malheureuse avait payé cher le secret qu'elle avait gardé pendant toutes ces années.

Encore secouée par ce qui s'était passé, Nikki s'interrogeait. Pourquoi avait-elle choisi de faire le métier qu'elle faisait ? Pourquoi ce besoin perpétuel de découvrir la vérité, de fouiller dans les tragédies d'autrui ? Son désir de faire la lumière sur l'enlèvement des jumeaux avait coûté la vie à une femme. Quoi qu'il arrive, elle aurait cela sur la conscience jusqu'à la fin de ses jours.

Elle promena un regard autour d'elle, songeant à son père. Elle savait désormais qu'il était totalement innocent, mais il faudrait plus que sa conviction pour laver sa mémoire. Elle devait découvrir qui au ranch avait aidé Harold Cline. Car jamais elle n'accepterait de croire que Frieda était sa complice.

Le révérend achevait son sermon. Elle regarda Travers McGraw à la dérobée, se demandant comment il tenait le coup après tout ce qui venait de se passer. Il était debout bien droit près de la tombe, ayant refusé le fauteuil roulant qu'on lui proposait. Depuis l'arrestation de Patricia, quelques jours plus tôt, son état de santé s'était amélioré. Malgré tout, il faudrait du temps pour qu'il recouvre entièrement ses forces — à supposer qu'il y parvienne.

Cull avait craint que les révélations de Frieda concernant les jumeaux n'aient raison de lui. Au contraire, Nikki se rendait compte qu'il avait puisé là un espoir nouveau. Plus que jamais, il était résolu à retrouver ses enfants.

La famille se réunit au ranch après la cérémonie. Tilly leur avait préparé à déjeuner, mais personne n'avait faim. Tant de questions demeuraient sans réponse ! Au moins savaient-ils désormais que les nourrissons avaient échappé à la mort. Malheureusement, Pearl Cavanaugh, la femme à qui Frieda les avait confiés, était décédée quelques années plus tôt des suites d'une attaque cérébrale.

À la demande de Travers Nikki relata à toute la famille la confession que Frieda lui avait faite avant de mourir. Lorsqu'elle se tut, le silence s'abattit sur la pièce.

— Vous croyez vraiment que Patty a empoisonné notre mère autrefois ? demanda enfin Ledger, abasourdi.

— C'est fort possible, acquiesça Nikki, mais je ne suis pas sûre que le shérif puisse en apporter la preuve.

— Quoi qu'il en soit, nous ne savons toujours pas qui a aidé Harold Cline à enlever les bébés, intervint Boone.

— En revanche, nous savons que Frieda les a remis à Pearl Cavanaugh et que celle-ci leur a sûrement trouvé de bonnes familles.

— Mais elle était la seule à savoir où ils étaient et elle est morte, s'écria-t-il. Autrement dit, c'est une impasse.

— Je m'interroge sur les parents adoptifs, ajouta Cull. Ils avaient dû entendre parler de l'enlèvement. L'affaire a été couverte par la presse nationale. Ne se sont-ils pas demandé d'où venaient leurs enfants ?

Nikki y avait songé.

— Pearl avait dû préparer une histoire à leur raconter. Souvenez-vous, Frieda lui avait dit que Marianne était instable, que les enfants n'étaient pas en sécurité ici. Je suis sûre que les parents adoptifs pensaient agir pour le mieux.

— Sans doute, opina Travers.

— Cela signifie forcément qu'ils ne sont pas ensemble. Oakley et Jesse Rose ont dû être adoptés séparément, murmura Ledger.

Le silence se fit de nouveau.

— Qu'allons-nous faire maintenant ? demanda Boone, son regard allant de ses frères à son père.

— Je suis sûr que Nikki projette toujours d'écrire le livre, répondit Travers, tandis qu'elle acquiesçait. J'ai reçu un coup de fil du shérif tout à l'heure. On a découvert la tombe et l'argent de la rançon près du chalet où Cline se rendait dans les Little Rockies. Et des traces de l'ADN des jumeaux ont été retrouvées sur un sac en toile, ajouta-t-il d'une voix brisée.

Il se tourna vers elle.

— Une des choses qui n'ont jamais été révélées aux médias, c'est que les peluches favorites des jumeaux avaient été emportées avec eux ce soir-là, ainsi que leurs couvertures. Celle de Jesse Rose a été retrouvée dans la maisonnette de la piscine. En revanche, celle d'Oakley n'a jamais été retrouvée. Quant aux peluches, c'étaient des chevaux qui avaient un ruban autour du cou. Un rose pour celui de Jesse Rose, un bleu pour celui d'Oakley.

Cull fronça les sourcils.

— Autrement dit, il manque toujours une couverture et deux peluches à l'appel. Laisse-moi deviner : tu vas diffuser cette information dans l'espoir qu'elle parvienne aux oreilles des jumeaux.

Travers sourit à son fils.

— Je vais seulement parler des peluches.

Boone se leva, visiblement agité.

— Tu vas attirer tous les cinglés du coin. Tu ne crois pas que la publicité causée par l'arrestation de Patricia suffit amplement ?

— Les jumeaux sont en vie, insista Travers. Je le sens tout

au fond de moi depuis qu'ils ont été enlevés. Ce que Nikki a découvert le prouve. Il faut que je coure ce risque.

Boone secoua la tête.

— J'ai à faire. Nous avons toujours un ranch à faire tourner, non ?

Il se dirigea vers la porte, marmonnant entre ses dents :

— Il y a une malédiction sur cette famille.

— Il a raison, soupira Cull en regardant son père. Je n'arrive pas à croire que Patty ait pu faire ce qu'elle a fait. Si Jim Waters la fait sortir de prison…

— Il n'y parviendra pas, affirma Travers. Patricia n'a pas d'argent. Elle ne pourra pas rassembler l'argent de la caution. Non seulement cela, mais le juge pense qu'elle est susceptible de prendre la fuite, et je suis d'accord avec lui.

— Tu es certain que Waters ne va pas la défendre ?

— Il l'aurait peut-être fait avant de se rendre compte qu'elle n'avait pas les moyens de le payer. Patricia et moi avons signé un contrat de mariage. J'avais peur qu'en cas de divorce elle ne me force à vendre le ranch que j'avais construit pour mes enfants.

— Quelle aurait été sa part d'héritage si vous étiez décédé ? demanda Nikki.

— Elle aurait reçu un petit terrain où elle aurait pu faire construire une maison si elle l'avait souhaité, et assez d'argent pour vivre sans s'inquiéter jusqu'à la fin de ses jours. Je suis sûr qu'elle aurait vendu le terrain, ajouta Travers. Puisqu'elle avait hâte que je meure.

La douleur perçait dans sa voix. La trahison de Patty l'avait à l'évidence profondément blessé.

— Nikki m'a dit que votre mère tenait un journal intime, reprit-il en s'adressant à ses fils. Vous le saviez ?

Ledger et Boone secouèrent la tête.

— Je n'en ai entendu parler que lorsque Nikki m'a appris qu'on avait glissé une page sous sa porte, murmura Cull. Est-il possible que Patricia l'ait subtilisée ? Après tout, elle faisait chanter Frieda.

— Je vais aller voir le shérif et lui demander l'autorisation d'interroger Patty, déclara Nikki. Peut-être acceptera-t-elle de me parler. Si elle a caché le journal quelque part, je doute fort qu'elle l'avoue, mais cela vaut la peine d'essayer.

— Je te souhaite bonne chance, ironisa Cull.

— Le shérif a-t-elle découvert l'identité de l'homme qui nous a fait quitter la route et qui a abattu Frieda ?

Travers lui fit signe que non.

— On recherche toujours le pick-up en question, mais aucun résultat jusqu'ici. La région ne manque pas de vieilles granges, sans parler de ravins ou d'étangs où il a pu être abandonné. Le shérif soupçonne que la vieille voiture d'Harold est en train de rouiller au fond d'un étang des Little Rockies.

— Et si Patty avait également été mêlée à l'enlèvement ? demanda Ledger.

Nikki intervint.

— Frieda ignorait le nom du complice d'Harold Cline. Ç'aurait pu être Patty, mais j'en doute. Certes, elle voulait remplacer votre mère, mais l'enlèvement a bouleversé ses projets et l'a forcée à partir. De plus, la rançon était si énorme que votre père a mis plusieurs années à reconstituer sa fortune.

Elle haussa les épaules.

— C'est seulement quand elle a eu sa fille qu'elle est revenue.

— On ne sait toujours pas qui est le père ? s'enquit Ledger.

Travers secoua la tête.

— Je ne lui ai jamais posé la question. Kitten est partie chez sa tante. Patricia l'a exigé.

La tristesse perçait dans sa voix. Il avait élevé cette enfant comme sa fille, et elle aussi lui avait été enlevée.

Cull lâcha un juron.

— Quelle garce !

— Patricia aura ce qu'elle mérite, coupa Travers en se levant. Nikki va diffuser les informations dont nous disposons aux médias. Elle m'a dit qu'elle pourrait le faire de chez elle, de sorte qu'elle partira demain. Je vous remercie encore, ajouta-t-il en la regardant. Si vous n'étiez pas venue…

Il lui sourit, des larmes dans les yeux, puis se dirigea vers la porte.

— Vous ne pouvez pas terminer votre livre avant qu'on ait retrouvé les jumeaux, observa Ledger. J'espère que vous reviendrez.

— Nous verrons si la mention des peluches nous mène sur une piste, murmura Nikki en jetant un coup d'œil en direction de Cull, qui semblait absorbé dans la contemplation de ses bottes.

Ledger se leva à son tour.

— Ne me dis pas que tu vas au Whitehorse Café, grommela Cull en relevant enfin la tête.

Son frère haussa les épaules.

— Tu n'as jamais été amoureux. Comment pourrais-tu comprendre ?

— Hum. Fais attention à toi, voilà tout. Tu connais Wade Pierce.

— Je le connais, oui. Tu n'as rien à m'apprendre sur lui.

Sur quoi, il sortit à grands pas.

— Tu t'inquiètes pour lui, murmura Nikki lorsque Cull et elle furent restés seuls.

— À raison. Mon frère est amoureux de la femme d'un autre. Il ne peut rien sortir de bon de cette histoire.

Il posa son regard sur elle.

— Alors, tu t'en vas.

— Je vais rentrer chez moi et commencer à écrire le livre. Je peux faire tout ce dont ton père a besoin de là-bas. Je n'ai plus aucune raison de rester, ajouta-t-elle.

— Je suppose que non.

Il se leva lentement.

— Eh bien, si je ne te revois pas avant mon départ, fais bon voyage.

Nikki avait deux visites à faire avant de quitter Whitehorse : la première à Marianne McGraw, et la seconde à Patricia, en prison.

Cette fois-ci, elle passa par les voies officielles et, ayant obtenu la permission de Travers, elle se retrouva dans le long couloir qui menait à la chambre de son ex-épouse.

Rien n'avait changé. Marianne était assise dans son fauteuil à bascule, serrant ses poupées dans ses bras, se balançant d'avant en arrière, les yeux dans le vide.

Nikki tira une chaise et prit place en face d'elle.

— Vous ne vous souvenez sans doute pas de moi. Je suis venue ici découvrir qui avait enlevé vos enfants. J'avais promis de revenir vous voir quand je le saurais.

Le visage de Marianne demeura impassible. Elle continua à se balancer au même rythme qu'avant.

— C'est le petit ami de votre cuisinière, Frieda Holmes, qui les a enlevés. Frieda n'était pas impliquée. Ce que je voulais vous dire, c'est que Frieda a tué cet homme pour sauver vos enfants. Nous pensons qu'ils ont été adoptés par de bonnes familles, et un jour nous les retrouverons. Nous pensons qu'Oakley et Jesse Rose sont en vie.

Toujours aucune réaction.

— Il y a autre chose que vous devriez savoir. Voilà vingt-cinq ans, quand vous pensiez que vous étiez en train de perdre l'esprit… eh bien, il n'en était rien. On vous empoisonnait. C'est pour cela que vous étiez constamment désorientée. Que vous aviez du mal à nouer des liens avec les jumeaux. Patty, la nourrice, vous donnait de l'arsenic. Elle voulait votre mari — et elle a fini par l'avoir. Elle est en prison à présent, pour tentative de meurtre, car elle a essayé de se débarrasser de Travers aussi. Apparemment, elle convoitait son argent depuis le début.

Marianne sembla resserrer son étreinte autour des poupées. Ce que Nikki lui révélait parvenait-il à transpercer le brouillard dont son esprit était enveloppé depuis si longtemps ?

— Désormais, tout le monde sait que vous êtes innocente

du kidnapping. Votre nom a été lavé et, avec un peu de chance, les jumeaux seront retrouvés sains et saufs.

Elle fixa Marianne, se remémorant la première fois qu'elle était venue. Ce soir-là, elle avait obtenu une réaction de sa part. Cette fois-ci, en revanche, il ne se passa rien.

Nikki se leva et repoussa sa chaise.

— Je suis désolée que vous ne puissiez pas m'entendre. J'avais espéré que cette nouvelle vous libérerait.

Elle se retourna, s'approcha de la porte et toqua doucement. Le battant s'ouvrit presque aussitôt.

Comme elle s'apprêtait à sortir, elle s'immobilisa sur le seuil, prenant soudain conscience du silence. Elle se retourna. Marianne avait cessé de se balancer et la regardait. Ses bras s'ouvrirent, et les poupées tombèrent sur le sol. Un cri déchirant s'éleva, que Nikki n'oublierait jamais.

— J'ai du mal à croire que vous ayez eu l'audace de venir, éructa Patricia alors que Nikki, assise de l'autre côté de la paroi en plexiglas, décrochait le téléphone. Ce sont vos calomnies qui m'ont conduite ici. Mais je m'en sortirai. J'ai des amis.

— Vous voulez dire des amants, coupa Nikki. Avec lequel des deux vous querelliez-vous le soir de mon arrivée ? Blake Ryan ou Jim Waters ? Kitten pourrait être aisément la fille de l'un ou de l'autre. Je parie qu'un test ADN le prouverait. Je suis aussi prête à parier que c'est un de ces deux-là qui vous a persuadée de retourner au ranch.

Patricia étrécit les yeux.

— Vous croyez tout savoir, hein ? Prouvez-le donc !

— Je vous le répète, un simple test ADN suffirait.

— Comme si j'allais autoriser ma fille à subir un test !

— Vous devez bien vous rendre compte que, lorsque le shérif commencera à interroger Blake Ryan et Jim Waters, votre… amant se retournera contre vous et conclura un marché avec les autorités. Et quand le shérif aura retrouvé le pick-up qui nous a percutées, Frieda et moi, et qu'on aura analysé l'ADN du conducteur… Je sais qu'il l'a abattue pour la faire taire. Si Travers avait découvert que vous aviez dissimulé des informations sur l'enlèvement… eh bien, il aurait peut-être changé son testament et vous aurait complètement déshéritée.

— Vous ne savez pas de quoi vous parlez.

— Je sais que vous ne vouliez pas que les jumeaux soient retrouvés. Vous n'aviez pas besoin de deux McGraw en plus des trois fils qui vous surveillent déjà. Avec un peu de poison supplémentaire, Travers aurait pu faire une seconde crise cardiaque, fatale cette fois. Vous auriez eu des terres à vendre et de l'argent pour vivre à votre guise. Qu'aviez-vous projeté de faire, Patty ?

— Vous êtes sûre de ne pas écrire des romans ? ironisa son interlocutrice. J'ai l'impression que vous inventez tout au fur et à mesure. Que voulez-vous de moi ?

— Vous dire au revoir. Je m'en vais.

— Enfin ! Dommage que vous soyez venue.

Nikki la dévisagea. Ce n'était pas la première fois qu'elle se trouvait face à un être totalement dépourvu de compassion. Les psychopathes prenaient plaisir à faire souffrir les autres. Les individus comme Patty n'éprouvaient que leur propre douleur. Elle se remémora la nourrice aux traits quelconques d'autrefois. Pas étonnant que personne n'ait soupçonné ce qu'elle faisait subir à cette malheureuse Marianne. D'ailleurs, la police ne pourrait sans doute jamais en apporter la preuve.

— Avez-vous jamais eu un chien ? demanda Nikki brusquement.

— Quoi ? Un chien ? Que…

— Simple curiosité. Il me semble que les gens qui sont incapables d'aimer un animal manquent aussi d'humanité.

— Je ne vois pas ce que vous voulez dire, rétorqua Patricia en détournant la tête.

— J'ai dit à Marianne que vous l'empoisonniez à petit feu, voilà vingt-cinq ans, et que c'était pour cela qu'elle croyait perdre l'esprit.

Patty émit un petit rire.

— Marianne ? Ce n'est qu'un légume. Comment pouvez-vous imaginer qu'elle ait compris un traître mot de ce que vous lui racontiez ?

— Elle vous étonnerait peut-être, observa Nikki en se levant, le combiné encore à la main. À propos, qu'avez-vous fait de son journal ?

Était-ce de la surprise qu'elle lisait dans le regard de Patricia ?

— Sa vie était mortellement ennuyeuse. Pourquoi aurait-elle tenu un journal ?

— Comme vous voudrez. J'imagine que vous le ressortirez un jour si vous pouvez trouver un moyen d'en profiter. Quoi qu'il en soit, vous n'êtes pas près de sortir de prison. Je parie que Blake est déjà en train de négocier avec le procureur général. À moins que ce ne soit Jim.

Un éclair de frayeur traversa le visage de Patricia. Nikki en éprouva un bref remords, puis songea à tout ce que cette femme avait fait à subir à Marianne, à Frieda et à Travers, et elle cessa de se sentir coupable.

19

Cull n'était pas au ranch quand Nikki alla prendre congé de Travers et lui relater ses visites à Marianne et à Patty.

— Je suis désolé de vous voir partir, soupira le vieil homme. Vous m'avez sauvé la vie. Je ne l'oublierai jamais. Êtes-vous sûre de ne pas pouvoir travailler d'ici ?

— C'est pour le mieux.

Il hocha la tête.

— Mes fils… Ils ont du mal à… nouer des relations. Cela se comprend, après ce qu'ils ont vécu. Mais Cull et vous…

Nikki lui adressa un bref sourire.

— Il s'est passé beaucoup de choses, murmura-t-elle. Je pense que nous avons tous besoin de temps.

— Peut-être.

Il la raccompagna jusqu'à sa nouvelle voiture de location, laquelle avait été livrée le matin même.

Nikki parvint à retenir ses larmes jusqu'à la barrière. Là, elle commit l'erreur de jeter un coup d'œil en arrière. Quelques chevaux étaient rassemblés derrière la clôture, et la regardaient s'en aller. Elle songea à son père. Il avait été innocent, exactement comme sa mère l'avait affirmé.

Mais ce n'était pas pour cette raison qu'elle pleurait. Elle avait le cœur en lambeaux à cause de Cull. Elle entendait déjà ce que son grand-père lui dirait — si elle était assez sotte pour se confier à lui.

Elle s'était trop impliquée émotionnellement dans cette

affaire. Trop attachée à cette famille. Trop attachée au fils aîné. Cull et elle avaient tissé un lien qui les effrayait l'un et l'autre. Ils étaient trop jeunes pour éprouver des sentiments aussi intenses, non ?

Elle pensa à Ledger. Il était tombé amoureux d'Abby alors qu'ils n'étaient que des adolescents — et cela n'avait pas changé bien qu'Abby se soit stupidement mariée avec un autre homme. Ledger méritait d'être heureux. Cull aussi. Sans doute épouserait-il une fille de la région un jour ou l'autre.

Elle s'éloigna du ranch, sachant déjà qu'elle ne reviendrait probablement jamais. Pourrait-elle supporter de revoir Cull avec une autre femme ? Sans doute que non.

Des larmes brouillaient sa vision. Elle les essuya d'un revers de main, s'obligeant à ralentir.

Cull était en train de seller son cheval quand ses frères apparurent.

— Que se passe-t-il ? demanda-t-il aussitôt, redoutant un nouvel incident.

— Il faut qu'on te parle, déclara Boone. Qu'est-ce qu'il y a entre toi et Nikki ?

Cull réprima un rire amer. C'était donc pour cela qu'ils étaient venus ?

— Ça ne vous regarde pas, grogna-t-il en leur tournant le dos.

Il avait plus que jamais besoin d'aller faire un tour. Nikki occupait toutes ses pensées et il était grand temps qu'il réagisse. Et c'était à cheval qu'il réfléchissait le mieux.

— C'est sérieux pour toi ? insista Ledger.

Cull pivota en soupirant.

— Je n'ai peut-être pas été assez clair…

Il s'interrompit, les sourcils froncés.

— Je te croyais parti en ville ? ajouta-t-il.

— Boone avait besoin de mon aide pour te faire entendre raison. On aime bien Nikki. On pense qu'elle est la fille qu'il te faut, ajouta Ledger, le prenant par surprise. Elle te… tient tête. Ça te fait du bien.

Ce fut au tour de Boone de soupirer.

— Tu sais qu'une fois qu'elle aura toutes les informations dont elle a besoin pour son livre, elle n'aura plus aucune raison de revenir.

— J'en suis conscient, grommela Cull.

— Personnellement, ce que tu fais m'est égal, mais Ledger est convaincu que tu es amoureux d'elle et trop bête pour l'admettre.

Cull se tourna vers son jeune frère.

— Merci.

— Eh bien, que vas-tu faire ? insista ce dernier sans s'émouvoir. Tu vas la laisser partir ?

— Ce n'est pas comme si c'était un cheval qu'on pouvait capturer au lasso et ramener au corral, rétorqua Cull, agacé que ses frères se mêlent de sa vie sentimentale.

Sa vie sentimentale ? Ces termes lui étaient-ils vraiment venus à l'esprit ?

— Elle a son mot à dire, ajouta-t-il.

— Mais si tu pouvais la capturer au lasso et la ramener au corral, tu le ferais ? insista Ledger.

Et comment !

— Je ne vais pas discuter de ça avec un type qui erre comme une âme en peine parce qu'il a perdu sa petite amie, ou avec un autre qui est trop têtu pour essayer d'en avoir une un jour.

— Je ne veux pas que tu commettes la même erreur que moi, expliqua Ledger sans s'offenser de la description que Cull venait de faire de lui.

— Et moi, je pourrais capturer n'importe quelle femme au lasso si j'en avais envie. C'est juste que je n'en ai pas encore trouvé une qui en vaille la peine, protesta Boone.

Cull secoua la tête.

— Que me conseillez-vous de faire ?

— Si tu l'aimes, rattrape-la. Dis-le-lui.

— Et si elle part quand même ? demanda-t-il, détestant se montrer aussi vulnérable.

— Au moins, tu auras essayé, répondit Boone, le surprenant encore davantage. Il y a déjà un de nous trois qui regrette d'avoir laissé filer une femme. Je ne peux pas supporter qu'il y en ait deux. Fais quelque chose.

Sur quoi, il tourna les talons et s'éloigna.

— Il a raison, renchérit Ledger. Fais quelque chose, sinon tu le regretteras jusqu'à la fin de tes jours.

— Elle est déjà partie, je l'ai vue quitter le ranch.

— Tu pourras peut-être la rattraper en prenant le raccourci, suggéra Ledger. Puisque tu allais faire une promenade à cheval…

Il ponctua sa phrase d'un sourire.

Cull enfourcha sa monture et donna une tape amicale sur l'épaule de son frère.

— J'y penserai.

Cull partit au galop vers le raccourci, savourant la caresse du vent sur son visage, la puissance de son cheval, la sensation de liberté qui le gagnait.

Il avait encore du mal à croire que ses frères se soient unis pour le pousser à l'action. Et s'il rattrapait Nikki, que se passerait-il alors ? Lui dirait-il qu'il ne voulait pas qu'elle s'en aille ? Bien que Patricia ait quitté la maison, il restait encore trop de choses en suspens.

Non seulement cela : il connaissait à peine Nikki. Il était impossible qu'il soit tombé amoureux d'elle si vite. Après tout, ça n'avait pas été un coup de foudre.

Il se remémora le moment où il l'avait vue gisant sur la chaussée devant son pick-up et lâcha un grognement.

Jamais elle n'avait reconnu l'avoir fait exprès. Quel genre de femme risquait sa vie pour… Pour quoi, au juste ? Pour s'attirer sa sympathie ?

C'était un pari plutôt audacieux. Il ne pouvait s'empêcher

de l'admirer malgré lui. Ç'avait été stupide. Dangereux. Elle aurait pu être tuée. Une femme comme celle-là… qui savait ce qui pourrait lui passer par la tête ?

Cull sourit à cette pensée. Jamais il n'avait rencontré de femme qui ressemble à Nikki. Il l'imaginait sans peine s'intégrer à la vie du ranch à présent que Patricia était partie. Il l'imaginait sans peine dans le rôle d'épouse.

Cette prise de conscience lui fit l'effet d'un coup de poing dans le ventre.

Il avait presque rejoint la route. Au loin, il distinguait la voiture de location de Nikki, suivie d'un nuage de poussière.

Cull arrêta son cheval au portail. Pourquoi s'était-il laissé persuader par ses frères de faire cela ? Qu'allait-il lui dire ? Il n'en avait pas la moindre idée. Pour autant qu'il le sache, elle n'était pas amoureuse de lui. Peut-être même avait-elle un petit ami quelque part.

Elle ne t'aurait pas embrassé comme ça. Il sourit au souvenir de ces baisers. L'idée de ne plus jamais l'embrasser lui était insupportable. Jamais il n'avait dit à une femme qu'il l'aimait. Il avait eu quelques béguins, était même sorti avec une fille pendant deux ou trois ans quand il était au lycée. Il l'avait aimée, mais… pas comme cela. Pas du genre d'amour qui dure toute une vie.

Nikki s'approchait. Il apercevait les contours de son visage à travers le pare-brise.

Va-t'en tout de suite ! Tu vas te ridiculiser.

Nikki n'en croyait pas ses yeux. Elle cilla, fixant le pare-brise pommelé de soleil. Était-ce vraiment Cull qui l'attendait ?

Elle appuya sur la pédale de freins et se hâta d'essuyer ses joues striées de larmes. Que voulait-il ? Peut-être avait-elle oublié quelque chose. Sauf qu'il ne semblait rien avoir dans les mains. À moins que Travers ne l'ait chargé d'un message ?

Elle arrêta la voiture à sa hauteur et abaissa la vitre côté passager.

— Quelque chose ne va pas ?

Cull acquiesça et mit pied à terre. Il hésita un instant, et son regard rencontra le sien. Puis Cull sauta d'un bond par-dessus la barrière. La gorge nouée, Nikki l'observa s'avancer vers la voiture. Elle était follement amoureuse de cet homme. Comment une chose pareille avait-elle pu lui arriver ?

Il s'accouda à la portière et se pencha vers elle.

— J'ai réfléchi, dit-il, avant de s'éclaircir la voix. Il va vraiment falloir que tu apprennes à dominer ta peur des chevaux.

Elle fronça les sourcils, décontenancée. Il n'avait tout de même pas fait tout ce chemin pour lui dire ça ?

— Ah bon ? Tu as quelque chose en tête ?

Le regard bleu de Cull se souda au sien.

— J'ai toutes sortes de choses en tête.

Lâchant un juron soudain, il se redressa, fit le tour de la voiture, ouvrit sa portière et tendit la main vers elle.

Encore mystifiée, elle l'accepta et se laissa entraîner hors du véhicule.

— Cull, que…

— Je ne veux pas que tu partes.

— Je reviendrai travailler sur le livre, murmura-t-elle.

C'était un mensonge. Elle ne pourrait pas supporter d'être aussi proche de lui et de ne pas être dans ses bras. Non, elle ne reviendrait pas.

Il parut hésiter de nouveau, chercher ses mots.

— Je… Je sais que ça va te paraître dingue. C'est dingue. Je suis venu jusqu'ici comme un idiot qui a le diable à ses trousses pour te dire…

Il s'interrompit.

— Pour me dire… ? Il est arrivé quelque chose à ton père ?

Il secoua la tête.

— Je t'aime.

Il expira un bon coup et lâcha un rire.

— Je t'aime, répéta-t-il.

Nikki resta sans voix. Elle ne s'était avoué ses propres sentiments que ce matin, les mettant sur le compte d'une attirance entre contraires. Cull et elle étaient comme le feu et la glace. Mais quand le feu l'avait emporté…

— Il fallait que je te le dise.

Il recula d'un pas.

— Je me sens… mieux maintenant que je l'ai fait, ajouta-t-il avec un sourire. Je crois que j'en avais envie depuis quelques jours.

Ses yeux bleus brillaient, toujours soudés aux siens.

— J'ai encore du mal à y croire. Je t'aime.

Nikki se mit à rire.

— C'est tout ?

Il parut dérouté.

— Tu ne sais pas à quel point ç'a été dur pour moi de te le dire. Je n'ai jamais dit ça à personne, et toi… Tu…

Il s'avança de nouveau vers elle.

— Tu me rends fou.

Il tendit la main vers elle et enfouit les doigts dans ses cheveux.

— Je ne pense qu'à t'embrasser. À te faire l'amour lentement, longtemps. À me réveiller chaque matin avec toi dans mes bras. Je ne peux pas m'empêcher de penser à toi. Je ne peux pas vivre sans toi.

Le souffle coupé, Nikki buvait ses paroles, l'expression de son regard.

— Oh ! Cull… Dès le moment où je t'ai vu… j'ai senti…

Elle secoua la tête.

— Je n'ai jamais rien éprouvé de pareil. Moi aussi, je t'aime.

Il l'attira dans ses bras et l'embrassa avec une fougue qui la fit vaciller sur ses talons hauts.

— La première chose que je vais faire, dit-il en se redressant, c'est t'acheter une paire de bottes de cow-boy.

Elle éclata de rire.
— La première chose ? Vraiment ?
Cull se pencha vers elle.
— Bon. Peut-être pas la première.
Et il captura ses lèvres pour un baiser passionné.

B.J. DANIELS

La mémoire à vif

INTÉGRALE

LES SECRETS DE WHITEHORSE

Traduction française de
FLORENCE BERTRAND

SAGAS

HARLEQUIN

Titre original :
DEAD RINGER

Ce roman a déjà été publié en 2018

1

Abby Pierce ouvrit les yeux et les referma aussitôt, aveuglée par l'éclat du soleil. Elle avait mal partout. Comme elle essayait de se redresser, une main se posa sur son épaule et la repoussa avec douceur contre l'oreiller.

— Ne fais pas de mouvements brusques, conseilla son mari. Tout va bien, mais tu es à l'hôpital. Tu as fait une vilaine chute.

Une chute ? À l'hôpital ? Abby avait la bouche si sèche qu'elle semblait remplie de poussière. Elle s'humecta les lèvres.

— Peux-tu tirer les rideaux, s'il te plaît ?

— Bien sûr.

Wade se hâta vers la fenêtre. Abby attendit de sentir que la pièce s'était obscurcie et rouvrit les yeux.

La silhouette de son mari se détachait à contre-jour sur la fenêtre. C'était un homme bien bâti, au visage juvénile et aux cheveux blonds coupés en brosse. Il portait son uniforme d'adjoint au shérif, remarqua-t-elle tandis qu'il revenait lui prendre la main.

Elle connaissait Wade depuis des années. Elle l'avait épousé trois ans auparavant. C'est pourquoi, en voyant l'expression penaude de ses yeux noisette, elle devina aussitôt qu'il lui cachait quelque chose.

Abby fronça les sourcils.

— Qu'est-ce que je faisais quand je suis tombée ?

— Tu ne t'en souviens pas ?

Il s'éclaircit la voix, se balança d'un pied sur l'autre.

— Tu m'avais demandé de te sortir des bocaux du garage. Je regrette tellement d'avoir oublié ! Si je l'avais fait, tu ne serais pas montée à l'escabeau...

Il la regarda comme s'il attendait... Quoi, au juste ?

— Des bocaux ? répéta-t-elle en portant la main au pansement qui lui recouvrait la tempe. Je me suis cogné la tête ?

Il acquiesça et pressa les doigts entre les siens, un soupçon trop fort.

— Je suis tellement désolé, Abby.

Il semblait au bord des larmes.

— Ce n'est pas ta faute, répondit-elle machinalement, sans cependant pouvoir s'empêcher de se demander s'il ne lui avait pas raconté qu'une partie de l'histoire.

Il en allait souvent ainsi avec Wade et sa famille. Elle fronça les sourcils de nouveau, s'efforçant de comprendre pourquoi elle aurait voulu des bocaux.

— Je me demande ce que je voulais faire, marmonna-t-elle.

— Tu avais parlé de confiture de pêches.

— Vraiment ? Mais où comptais-je donc trouver des pêches en cette saison ?

Il garda le silence, évitant son regard. C'était l'attitude qu'il avait eue par le passé lorsqu'il l'avait maltraitée. Les violences avaient commencé un an après leur mariage. Ça avait d'abord été des accusations coléreuses, puis il se mettait à la secouer, à la bousculer, et même à la gifler.

Il s'était toujours arrêté avant d'aller trop loin. Chaque fois il était horrifié parce qu'il avait fait. Il pleurait dans les bras d'Abby, la suppliait de le pardonner, en lui disant qu'il ne pourrait pas vivre sans elle, qu'il se tuerait si elle le quittait un jour. Et puis, il promettait de ne jamais recommencer.

Elle leva sa main libre pour effleurer le pansement de nouveau. Le geste lui arracha un gémissement de douleur, et elle comprit brusquement qu'elle avait les côtes contusionnées, voire cassées. Elle baissa les yeux, vit des bleus sur ses poignets, et sut que Wade mentait. L'avait-il brutalisée une fois de plus ?

— Pourquoi est-ce que je ne me souviens de rien ? murmura-t-elle.

— Tu ne te souviens de rien du tout ?

L'espoir perçait dans sa voix, alimentant les pires craintes d'Abby. Finirait-il par aller trop loin et la tuer un jour ? N'était-ce pas ce que lui répétait son ancien petit ami, Ledger McGraw ? Comme souvent, elle s'obligea à chasser ce dernier de son esprit. Il refusait de comprendre qu'elle avait promis amour, respect et obéissance à Wade en l'épousant — qu'elle s'était engagée pour le meilleur et pour le pire.

Ces derniers temps, le second l'avait emporté sur le premier.

La porte s'ouvrit. Ils tournèrent tous les deux la tête au moment où le médecin entrait.

— Comment allez-vous ? demanda-t-il en s'approchant du lit pour consulter les notes.

Il jeta un coup d'œil en direction de Wade, et détourna aussitôt le regard. Wade lâcha la main d'Abby et retourna vers la fenêtre, écartant les rideaux pour regarder au-dehors.

Abby laissa ses paupières se refermer, gênée par le rai de lumière qu'il laissait pénétrer dans la chambre.

— J'ai mal à la tête, répondit-elle.

— Cela ne m'étonne guère. Quand votre mari vous a amenée, vous étiez à moitié consciente.

Wade l'avait amenée ? Il n'avait pas appelé d'ambulance ?

— Et je n'ai aucun souvenir de ce qui s'est passé, ajouta-t-elle.

Du coin de l'œil, elle vit que son mari l'observait.

Le médecin hocha la tête.

— C'est très courant avec ce type de blessure.

— Va-t-elle recouvrer la mémoire ? intervint Wade, d'un ton empreint d'inquiétude.

— Peut-être. Souvent, ce n'est pas le cas. Je vais vous prescrire un médicament pour la douleur. Vous avez les côtes sévèrement contusionnées et d'autres éraflures. J'aimerais vous garder ici ce soir.

— Est-ce vraiment nécessaire ? demanda Wade en laissant retomber les rideaux.

— Dans les cas de traumatisme crânien, c'est préférable, répondit le médecin sans le regarder. Ne vous inquiétez pas. Nous prendrons bien soin d'elle.

— Je n'en doute pas, mais il me semble qu'elle serait mieux à la maison. N'est-ce pas, Abby ?

— Sur ce point, je pense être meilleur juge, le coupa le médecin.

Cependant, Abby se rendait compte que Wade était inquiet. Il était manifestement désireux de la faire sortir d'ici, et vite. Pourquoi ?

Craignait-il que la mémoire ne lui revienne ?

Malheureusement, plus elle cherchait à se souvenir, moins elle y parvenait. Ces dernières vingt-quatre heures étaient un vide total, et son amnésie l'emplissait de terreur. Pourquoi ne pouvait-elle se défaire de l'impression confuse que sa vie dépendait de sa capacité à se rappeler ce qui s'était passé ?

2

Quand le téléphone sonna à Sundown Stallion Station en fin d'après-midi, ce fut Ledger McGraw qui prit l'appel, puisque ses deux frères étaient absents du ranch et que son père faisait une sieste dans sa chambre. Le récent battage médiatique les avait contraints à changer de numéro et à opter pour la liste rouge. Vingt-cinq ans après l'enlèvement des jumeaux McGraw, des éléments nouveaux venaient enfin d'être mis au jour.

— Il faut que je parle à Travers, lança Jim Waters sans préambule. Dis-lui que c'est de la plus haute importance.

Ledger soupira intérieurement. Il savait que son père avait récemment remercié l'avocat familial.

— Il se repose.

Travers McGraw, âgé de soixante ans, avait été terrassé par une crise cardiaque quelques mois plus tôt. Il était souffrant depuis quelque temps déjà. À l'époque, personne n'avait soupçonné la nature de son mal. Sa famille avait supposé que la douleur de l'enlèvement de ses deux plus jeunes enfants vingt-cinq ans plus tôt combinée à sa détermination absolue à les retrouver générait un stress insupportable. En effet, son père était convaincu que les jumeaux étaient toujours en vie.

— Crois-tu vraiment que j'appellerais si ce n'était pas urgent ?

Waters avait pour ainsi dire fait partie de la famille jusqu'à ces derniers mois, quand son père et lui s'étaient querellés.

— Jim, s'il s'agit d'une question juridique…

L'avocat lâcha un juron.

— Il s'agit de l'enlèvement ! Tu te souviens peut-être qu'on s'est servi de mon numéro de téléphone pour recevoir les appels concernant les jumeaux. Eh bien, il faut croire que je suis toujours sur la liste. On m'a contacté.

Il marqua une pause, sans doute pour ne pas manquer son effet.

— J'ai des raisons de croire qu'Oakley a été retrouvé.

— Retrouvé ? répéta Ledger, un nœud soudain dans la gorge.

Le vingt-cinquième anniversaire du forfait était passé, mais l'enquête de l'auteur engagé par son père pour écrire un livre à ce sujet avait permis des découvertes considérables.

Ces nouveaux éléments donnaient à penser que l'instinct de Travers McGraw ne l'avait pas trompé. Les jumeaux étaient en vie — sans doute avaient-ils été adoptés par des familles respectables, encore qu'en toute illégalité. Ils avaient tout juste six mois lorsqu'ils avaient été enlevés. L'argent de la rançon, qui n'avait jamais été dépensé, venait d'être trouvé — avec la dépouille d'un des ravisseurs. En revanche, le complice de celui-ci n'avait toujours pas été identifié.

Ledger se félicita d'avoir décroché. Son père n'avait pas besoin de tracas supplémentaire.

— Ces appels sont traités par le bureau du shérif à présent. Je suggère que cette personne contacte le shérif McCall Crawford. Si elle pense que…

— Il a la peluche, le coupa Walters. Je l'ai vue. C'est celle d'Oakley.

Une onde de choc traversa Ledger. L'existence de la peluche n'avait pas été révélée au grand public à l'époque. Était-il possible que son frère se soit réellement manifesté ?

— Tu en es sûr ? On a dû en fabriquer des centaines.

— Pas avec un certain ruban autour du cou.

La disparition de la peluche avait récemment été divulguée à la presse, mais il n'avait été fait aucune mention du ruban ni d'autres détails susceptibles de l'identifier.

— Le cheval d'Oakley avait une selle noire et une petite déchirure le long d'une des coutures, n'est-ce pas ?

Ledger acquiesça.

— Tu dis que tu l'as vue ?

Nul n'aurait été au courant de ce minuscule détail s'il n'avait pas été en possession du fameux jouet.

— Tu as rencontré cet homme ?

— Oui. Il m'a envoyé une photo de la peluche. Quand je l'ai reconnue, je suis allé le voir. Ledger, il jure qu'il l'a depuis toujours.

Ledger expira un bon coup et se laissa tomber dans le fauteuil le plus proche. Quelques mois plus tôt, la famille avait appris qu'après l'enlèvement les jumeaux avaient été confiés au cercle de couture de Whitehorse, un groupe de femmes qui, outre leurs activités de patchwork, plaçaient illégalement depuis des décennies des bébés non désirés dans des familles d'adoption.

Non que les jumeaux n'aient pas été désirés. Cependant, à la suite d'un malentendu, le ravisseur avait été amené à croire que tel était le cas. Désormais, la famille McGraw penchait pour l'hypothèse selon laquelle les enfants avaient été élevés avec amour, sans se douter le moins du monde qu'ils avaient été arrachés à leurs parents, et étaient toujours en vie.

Encouragé, son père avait décidé de rendre de nouvelles informations publiques dans l'espoir que les jumeaux se manifestent.

Et voilà que c'était arrivé.

— Comment s'appelle-t-il ?

Ledger décida de s'accorder quelques minutes de réflexion pour assimiler la nouvelle et aviser. Il ne voulait pas en parler à son père avant d'être certain qu'il ne s'agissait pas d'un canular.

— Vance Elliott. Il est à Whitehorse. Il veut voir ton père.

— Abby ne se souvient de rien, déclara Wade en passant devant son père pour aller prendre une bière dans le réfrigérateur.

Il la décapsula, but une longue gorgée et se retourna. Huck Pierce était toujours sur le seuil de la cuisine, les sourcils froncés, l'air désapprobateur.

— Je te rembourserai, dit Wade.

— Comment ça, elle ne se souvient de rien ?

— J'étais sceptique aussi, au début.

Il tira une chaise et s'assit à califourchon dessus.

— Mais je lui ai raconté qu'elle était tombée d'un escabeau dans le garage, et elle m'a cru. Je lui ai dit qu'elle cherchait des bocaux pour faire de la confiture de pêches.

Huck secoua la tête.

— Où diable aurait-elle dégoté des pêches en cette saison ?

— Qu'est-ce que j'en sais ? Peu importe. Elle ne va pas faire de confiture. Ni rien dire sur quoi que ce soit.

— Tu as une sacrée veine, dans ce cas.

— Tu crois que je ne le sais pas ? Bref, tout baigne, hein ?

— On dirait. Mais je veux que tu restes au chevet de ta femme. Que tu te conduises aussi normalement que possible. Tiens-t'en à ton histoire. Si elle commence à se souvenir…

Il haussa les épaules.

— On s'en occupera s'il le faut.

Wade avala d'un trait le reste de sa bière. Il en avait besoin, bien que, strictement parlant, il soit en service. Il ne voulait pas que son père comprenne à quel point il était soulagé. Et inquiet à l'idée de ce qui se passerait si Abby recouvrait la mémoire.

— Génial. Alors il faut que je passe mon temps à l'hôpital jusqu'au début de mon service ? Cet endroit me donne la chair de poule.

— C'est toi qui as tout foiré. Tu savais pourtant ce qui était en jeu, répliqua son père avec colère.

— Exactement.

Wade savait qu'il ne sortirait jamais vainqueur d'une dispute, mais cela ne le dissuada pas d'essayer.

— Qu'étais-je censé faire quand elle m'a mis au pied du mur ? J'ai essayé de lui faire entendre raison, mais tu la connais. Elle menaçait d'avertir le shérif. Ou de courir tout raconter à son ancien copain, Ledger McGraw. Il fallait que je l'en empêche.

— Ce que tu es en train de dire, c'est que tu es incapable de contrôler ta femme. Au moins, tu n'es pas encombré d'un morveux insolent, comme je l'étais.

— Oui, merci, grommela Wade en écrasant la canette dans sa main. Je sais à quel point ça a été dur de m'élever, tu me l'as assez dit.

Il tendit la main pour prendre une autre bière, mais son père le devança et claqua la porte du réfrigérateur, manquant de peu lui écraser les doigts.

— Va chercher du chewing-gum. Tu n'as pas intérêt à empester la bière quand tu retourneras à l'hôpital, sans parler du poste. Souviens-toi que tu es un mari inquiet, espèce d'imbécile.

Ledger venait de reposer le combiné quand il reçut un autre appel, émanant cette fois d'une amie qui travaillait à l'hôpital.

— Je ne devrais pas passer ce coup de fil, mais j'ai pensé que tu voudrais être au courant, dit-elle tout bas. Abby a été amenée.

— Ce salopard…

— Il jure qu'elle est tombée d'un escabeau.

— Bien sûr. J'arrive. Wade est là ?

— Il vient de partir travailler. Le médecin garde Abby pour la nuit.

— Comment va-t-elle ?

— Elle est plutôt mal en point, mais elle va se remettre.

Ledger raccrocha en soupirant. *Jamais deux sans trois*, songea-t-il en voyant Travers McGraw descendre l'escalier et se diriger vers lui. Son père était encore affaibli à cause de sa crise cardiaque, mais surtout de l'empoisonnement méthodique dont il avait été victime aux mains de sa seconde épouse.

Par chance, celle-ci était désormais derrière les barreaux, en attente de son procès.

Cependant, sa trahison avait porté un rude coup à Travers. Il souffrait déjà énormément que sa première femme, la mère de Ledger, soit internée dans un établissement psychiatrique. En effet, après la disparition des jumeaux, Marianne McGraw avait sombré dans un gouffre de dépression dont elle n'était jamais sortie. Vingt-cinq ans durant, on avait cru que l'entraîneur des chevaux, Nate Corwin, et elle avaient été les instigateurs de l'enlèvement. C'était seulement récemment que Nate avait été lavé de tout soupçon.

— J'ai entendu la sonnerie du téléphone.

Travers se rétablissait petit à petit, mais il avait perdu beaucoup de poids. Il faudrait du temps avant qu'il redevienne l'homme qu'il avait été. À supposer que cela arrive un jour.

Pour cette raison, Ledger hésitait à lui rapporter la nouvelle que Waters lui avait apprise. Pourvu qu'elle ne mène pas à une déception de plus !

Malgré tout, il était hors de question de lui dissimuler la vérité. S'il y avait la moindre possibilité pour que Vance Elliott soit Oakley…

— Tu devrais t'asseoir.

Son père obéit docilement. Il sembla se préparer au pire.

— Qu'est-il arrivé ?

— Jim Waters a appelé.

Travers secoua la tête.

— Que veut-il encore ?

— Apparemment, il est toujours la personne à contacter sur certains prospectus.

Son père comprit aussitôt.

— Oakley ou Jesse Rose ?

— Oakley. D'après Jim, le jeune homme, Vance Elliott, a le cheval en peluche qui était dans le berceau d'Oakley la nuit de l'enlèvement. Il dit qu'il a vu le jouet et que c'est sans l'ombre d'un doute celui d'Oakley.

Les yeux de son père s'emplirent de larmes.

— Dieu soit loué. Je savais qu'ils étaient vivants. Je… Je le sens depuis tout ce temps.

— Papa, ce Vance Elliott n'est peut-être pas Oakley. Nous devons garder cette possibilité à l'esprit.

— Il a la peluche.

— Mais nous ignorons comment il l'a eue. Nous ne savons même pas si Oakley avait toujours ce jouet quand on l'a remis à la femme du cercle de couture de Whitehorse.

Son père se leva.

— Quand puis-je le voir ?

— Il est en ville. Waters veut l'amener ce soir. J'ai accepté. J'espère que j'ai bien fait. Je me suis dit que, si tout se passait bien, tu voudrais peut-être l'inviter à dîner. Je peux prévenir la nouvelle cuisinière. Espérons seulement qu'il s'agisse bien d'Oakley.

Son père sourit et s'avança, posant une main sur son épaule.

— J'ai une chance infinie d'avoir des fils comme vous. À propos, où sont Cull et Boone ?

— Cull et Nikki font des recherches sur certaines adoptions organisées par le biais du cercle de couture de Whitehorse.

Nikki St. James était l'auteur qui avait joué un grand rôle dans l'élucidation d'une partie du mystère de l'enlèvement — et qui avait conquis le cœur de Cull.

— Je doute que les adoptions aient été consignées par écrit. Et comme la principale intéressée est morte peu après le kidnapping… Tu n'as pas de nouvelles ?

Ledger fit non de la tête.

— Apparemment, certains indices concernant l'identité des bébés ont été cousus dans leurs couvertures en patchwork. Mais du fait des circonstances, les jumeaux n'ont pas eu de couvertures.

Pearl Cavanaugh, à qui on avait fait croire que les enfants étaient en danger, avait sans doute veillé à ce que les adoptions d'Oakley et de Jesse Rose soient effectuées dans la plus grande discrétion.

— Et Boone ?

— Il est allé voir le cheval qui t'intéressait, tu te rappelles ?

Travers acquiesça, fronçant les sourcils. Les pertes de mémoire étaient une conséquence de l'empoisonnement à l'arsenic.

— Je vais retourner me reposer jusqu'à l'heure du dîner.

Ledger suivit du regard son père qui montait l'escalier, puis se dirigea vers son pick-up et partit pour l'hôpital.

— Tu ne devrais pas être ici, murmura Abby dès qu'elle ouvrit les yeux et le vit debout au pied de son lit.

Son cœur avait fait un bond dans sa poitrine, comme toujours lorsqu'elle était en sa présence.

— Wade risque de revenir à tout moment.

Ledger avait été son premier amour. Il avait laissé en elle un manque qui, avait-elle espéré, finirait par s'atténuer, faute de disparaître tout à fait. Au contraire, cette douleur n'avait fait que s'intensifier. Il lui avait brisé le cœur. C'était pour cette raison qu'elle avait épousé Wade.

Depuis, Ledger semblait regretter de ne pas avoir saisi sa chance, et sa conduite ajoutait au trouble d'Abby, rendant son mariage avec Wade d'autant plus difficile. C'était comme s'il s'était donné pour mission de la protéger de son mari.

Il venait prendre son petit déjeuner au Whitehorse Café chaque fois qu'elle y était de service. Elle avait juré à Wade qu'elle n'avait rien fait pour l'encourager, mais ce dernier n'en croyait rien.

Une fois, il était même venu au restaurant furieux, et avait menacé Ledger. Celui-ci l'avait mis au défi de se battre, disant qu'ils devraient sortir et régler cette histoire comme des hommes.

— À moins que tu ne frappes que les femmes sans défense ? avait-il ajouté.

Fou de rage, Wade s'était jeté sur lui. Ledger avait esquivé et lui avait assené un coup sur la nuque alors qu'il le dépassait. Abby avait hurlé en voyant Wade percuter une table la tête la première. Il avait dû s'absenter du travail deux semaines durant et avait menacé d'intenter un procès à Ledger pour coups et blessures.

Elle savait que sa nuque ne lui faisait pas mal à ce point, mais il avait tiré parti de la situation au maximum, racontant à qui voulait l'entendre que Ledger l'avait attaqué en traître.

Après cet incident, Wade s'était montré de plus en plus jaloux. Quand Abby lui rappelait que c'était lui qu'elle avait épousé, il se bornait à riposter :

— Seulement parce que tu n'as pas pu avoir McGraw.

Le nom de Ledger n'était jamais mentionné chez eux, en tout cas pas par elle. Wade le blâmait pour tout ce qui n'allait pas dans leur mariage — à commencer par le fait qu'elle ne lui avait pas encore donné de fils.

Ils avaient essayé d'avoir un enfant au début de leur mariage. Cependant, depuis qu'il était devenu adjoint du shérif et que son comportement avait changé, Abby avait recommencé à prendre la pilule en secret. Il lui avait déplu de tromper son mari, mais elle s'était dit que, dès que les choses seraient redevenues normales, elle renoncerait au contraceptif.

À présent, elle ne se souvenait même plus de ce qu'était la normalité.

Ledger fit un pas en avant. Il avait l'air à la fois inquiet et en colère. Elle songea avec angoisse que Wade et lui risquaient d'avoir une nouvelle altercation à cause d'elle.

— J'ai attendu d'être sûr qu'il serait parti, dit-il en contournant le lit. Quand j'ai su que tu étais ici, il a fallu que je vienne. Tu es tombée d'un escabeau ?

Elle hocha la tête malgré la douleur.

— J'ai été maladroite, marmonna-t-elle, évitant son regard car elle savait qu'il n'en croirait pas un mot.

— Que faisais-tu sur cet escabeau ?

— Apparemment, je cherchais des bocaux pour faire de la confiture de pêches.

Ledger la fixa.

— *Apparemment* ? Tu ne t'en souviens pas ?

— Je n'ai aucun souvenir des dernières vingt-quatre heures.

— Oh ! Abby.

Il pensait qu'elle essayait de disculper Wade. Cela faillit lui arracher un sourire. Par le passé, elle lui avait caché la vérité assez souvent, en effet. Mais pas cette fois. Cette fois, elle ne se souvenait vraiment de rien.

Ledger fit mine de prendre sa main, puis se ravisa. Elle la glissa sous le drap pour qu'il ne soit pas tenté de nouveau. Elle ne pouvait prendre le risque que Wade entre et surprenne pareil geste. La présence de Ledger suffirait à le rendre furieux.

— C'est un accident idiot, c'est tout. Je ne devais pas faire attention. Tout va bien.

La moue sceptique de Ledger lui disait qu'elle ne l'avait pas convaincu. Il se pencha et écarta une mèche qui retombait sur son front.

Elle tressaillit à son contact, et il se hâta de retirer ses doigts.

— Excuse-moi. Je t'ai fait mal ?

Abby secoua la tête. Une seule caresse de Ledger avait toujours suffi à éveiller le désir en elle, mais elle n'allait sûrement pas le lui avouer.

— Non, ce n'est rien.

Elle jeta un coup d'œil vers la porte, redoutant que Wade ne revienne. Il était parti à regret. Et bien qu'il soit de service, rien ne l'empêchait de faire un saut à l'hôpital s'il s'inquiétait, d'autant plus qu'il était déterminé à la ramener à la maison.

Ledger suivit son regard et dut lire dans ses pensées.

— Je vais m'en aller. Mais si je découvre que Wade est responsable de ce qui t'est arrivé…

— Je suis tombée d'un escabeau.

C'était un mensonge, elle le savait, et à en juger par l'expression de Ledger, il le savait aussi. Cependant, elle devait faire de son mieux pour le convaincre que Wade était innocent. Cette fois.

— Rien de plus.

Elle rencontra son regard et sentit son cœur se briser.

— Merci d'être venu.

Il y avait tant d'autres choses qu'elle aurait voulu lui dire. Mais elle était la femme de Wade. Ainsi que sa mère le lui répétait régulièrement, elle avait fait son choix et n'avait plus qu'à l'assumer. Pour le meilleur et pour le pire.

Sa mère ne ratait jamais une occasion de lui rappeler que Ledger n'avait pas voulu d'elle.

— Je suis là, Abby. Si tu as besoin de moi un jour…

Des larmes brûlèrent les yeux d'Abby. Si seulement cela avait été vrai avant qu'elle épouse Wade…

— Je ne peux pas.

Le cœur en mille morceaux, elle détacha le regard du sien. L'air résigné, il remit son stetson, la salua et sortit.

Tout en conduisant, Jim Waters observait à la dérobée le jeune homme assis à côté de lui. Avec un peu de chance, ce dernier allait lui permettre de rentrer dans les bonnes grâces des McGraw.

Il avait misé sur le mauvais cheval, pour ainsi dire. La seconde épouse de Travers, Patricia, avait paru une alliée fiable. Jolie, sexy, de vingt ans plus jeune que Travers, elle l'avait convaincu que celui-ci perdait la tête. Qu'elle avait besoin d'un homme sur qui compter. Elle lui avait laissé entendre qu'il pourrait vivre au ranch un jour proche, car Travers souffrait d'une maladie incurable dont le couple n'avait parlé à personne.

Il avait mordu à l'hameçon. Et pourquoi pas ? Travers était souffrant — tout le monde s'en rendait compte. De plus, il semblait distrait, désorienté, comme s'il était en train de perdre l'esprit. Jim avait en effet été persuadé que les jours de Travers étaient comptés et que Patricia prendrait les rênes du ranch.

Il était loin de se douter qu'elle empoisonnait son mari.

Patricia inculpée, les choses avaient vite mal tourné pour lui. Sa relation avec Travers s'était plus que refroidie.

Cependant, tout allait changer à présent. Il ne pouvait laisser filer un client aussi profitable que McGraw. Il s'agissait simplement de regagner sa confiance. Il voyait se profiler toute une série de besoins juridiques pour les McGraw. Si ce jeune homme était Oakley, il allait réintégrer le giron familial.

La sonnerie de son téléphone interrompit ses réflexions. Patricia McGraw. Encore. La jeune épouse de Travers ne cessait de le harceler bien qu'il lui ait dit et répété qu'il n'allait pas l'aider, sans parler de la défendre.

Il n'avait pas davantage envie d'entendre ses menaces. Par chance, personne n'attachait foi à ce qu'elle racontait. Travers McGraw étant hautement respecté dans la région, les gens la voyaient comme une arriviste qui l'avait épousé pour son argent, puis avait tenté de l'empoisonner. Sa situation n'éveillait aucune compassion. Il se demandait même si son procès allait être tout à fait impartial.

— Je suis innocente, espèce de salaud ! avait-elle hurlé au téléphone lors de leur dernière conversation. C'est toi le coupable ! Tu m'as piégée. Quand j'aurai dit au shérif…

Il s'était mis à rire.

— Parce que tu penses qu'on va te croire ?

— Tu tomberas avec moi !

Il avait raccroché. Quand son téléphone avait sonné de nouveau, c'était Vance Elliott qui l'appelait.

Waters s'engagea dans l'allée qui menait à la maison principale et jeta un nouveau coup d'œil à son passager. Vance Elliott paraissait avoir seize ou dix-sept ans plutôt que vingt-cinq. Il fixait la propriété, bouche bée. Waters se remémora qu'il avait été impressionné, lui aussi, la première fois qu'il était venu. La demeure était imposante. Tout comme les kilomètres de clôtures blanches, les élégants quarter horses qui paissaient dans les prés, les sommets des Little Rockies qui se dressaient vers le ciel à l'arrière-plan.

Qu'éprouvait-on en apprenant à un si jeune âge qu'on appartenait à la famille qui possédait tout cela ? Si Vance Elliott était réellement le fils disparu de McGraw, il avait une sacrée veine.

— Ça va ? demanda-t-il alors qu'ils approchaient.

Le jeune homme hocha la tête. Waters essaya de déchiffrer ses pensées. Il devait être anxieux à la perspective de rencontrer Travers McGraw et ses trois fils. Pourtant, il ne semblait pas effrayé, mais résolu.

Waters lutta contre une soudaine bouffée de nausée. Il avait intérêt à ce qu'Elliott ne mente pas. S'il s'avérait que celui-ci n'était pas le fils de Travers McGraw…

Il n'osait même pas imaginer les conséquences que cette débâcle aurait pour lui.

3

Le shérif McCall Crawford se trouvait justement à la fenêtre quand Huck et Wade Pierce vinrent prendre leur service. Wade avait une mine de déterré. Elle avait entendu dire que sa femme était à l'hôpital, souffrant d'un traumatisme crânien après être tombée d'une échelle.

McCall observa les deux hommes. Huck et elle avaient travaillé ensemble comme adjoints avant qu'elle soit nommée shérif. Il était manifestement d'avis que la place d'une femme était au foyer, et qu'elle n'avait rien à faire dans les forces de l'ordre. Il n'avait guère été impressionné quand on l'avait choisie plutôt que lui pour occuper le poste de shérif.

Brave type en apparence, il vous souriait par-devant et vous donnait un coup de poignard dans le dos à la première occasion. Elle n'avait pas confiance en lui, mais elle ne pouvait le congédier sans raison. Jusque-là, il n'avait rien fait qui puisse justifier son renvoi, mais elle le gardait à l'œil. Dès qu'elle le surprendrait à franchir la limite, il serait mis à la porte. Quant à son fils… Elle avait eu des espoirs pour lui lorsqu'il avait été engagé, avait cru déceler en lui des qualités que son père ne possédait pas. Ces derniers temps, cependant…

Tous les deux levèrent les yeux, comme s'ils avaient senti qu'elle les observait par la fenêtre. Elle leva sa tasse de café en guise de salut. Leurs expressions se firent solennelles alors qu'ils pénétraient dans le bâtiment.

Ni l'un ni l'autre n'était stupide. Ils savaient que leur situation était fragile, et que si les rumeurs qui circulaient au sujet des violences que Wade faisait subir à sa femme pouvaient être prouvées, il ne resterait pas longtemps à son poste. Mais dans une petite communauté comme la leur, il était difficile de prouver quoi que ce soit à moins que l'épouse se présente d'elle-même. Jusqu'alors, Abby n'en avait rien fait. Peut-être ce dernier incident allait-il être la goutte d'eau qui faisait déborder le vase.

Son téléphone se mit à sonner. Elle s'approcha de son bureau, constata que l'appel émanait de sa grand-mère et décrocha. Cela lui paraissait encore étrange d'avoir une relation avec elle après avoir passé des années sans même la rencontrer.

— Bonsoir, dit-elle.

— Que fais-tu encore là ? s'enquit Pepper.

— J'allais justement partir.

À vrai dire, la journée avait filé à toute allure. Après avoir déposé sa fille à la crèche, elle s'était attaquée à la paperasse qui s'accumulait sur son bureau et venait tout juste de terminer.

La plupart du temps, Luke et elle parvenaient à faire coïncider leurs horaires pour que l'un ou l'autre soit à la maison avec Tracy. Cependant, deux ou trois fois par semaine, la fillette fréquentait une crèche située au centre de Whitehorse. Tracy adorait y aller et jouer avec d'autres enfants. D'ailleurs, McCall n'avait guère le choix.

— Eh bien, c'est vrai ? demanda sa grand-mère sans tourner autour du pot. Un des jumeaux McGraw a été retrouvé ?

La question prit McCall par surprise. Pendant vingt-cinq ans, le mystère de l'enlèvement des enfants McGraw était resté entier. Puis, quelques mois plus tôt, un auteur qui s'intéressait aux crimes non élucidés était arrivé au ranch, et les événements s'étaient précipités. Si certaines pièces du puzzle avaient été rassemblées, les jumeaux manquaient toujours à l'appel.

Était-il possible que l'un d'eux ait été localisé ?

— J'ai entendu dire que c'était le fils, Oakley, disait sa grand-mère. Apparemment, ta théorie était correcte quant à ces bonnes femmes du cercle de couture. Tu devrais les arrêter toutes autant qu'elles sont.

En réalité, la plupart des femmes impliquées dans l'affaire des adoptions clandestines étaient mortes depuis belle lurette.

— Et pour couronner le tout, ajouta Pepper, la fille d'Arlene Evans a failli s'échapper de l'hôpital psychiatrique hier soir.

McCall n'avait pas eu vent de cet incident-là non plus. Cela la stupéfiait toujours que sa grand-mère soit au courant de ce qui se passait en ville avant elle — d'autant plus que son ranch, le Winchester, était à des kilomètres au sud de Whitehorse.

— Merci pour ces infos. C'est tout ? Ou est-ce qu'on a cambriolé la banque aussi ?

Pepper éclata de rire.

— Tu devrais m'engager puisque j'en sais plus long que toi.

C'était un vieux refrain, auquel McCall prenait presque plaisir. Presque.

— Eh bien, tiens-moi au courant quand tu sauras quelque chose d'intéressant. Je déjeune avec le reste de la famille demain. Tu pourrais venir un de ces jours, non ?

Sur quoi, sa grand-mère raccrocha. Souriant malgré elle, McCall composa le numéro de Travers McGraw.

Vance Elliott avait les paumes moites. Il les essuya sur son jean.

— Ça va ? demanda l'avocat assis au volant.

Il était âgé d'une bonne cinquantaine d'années et portait un complet sombre qui rappelait celui d'un entrepreneur de pompes funèbres. Plus personne ne portait ce genre de costume, pas dans la région, en tout cas. Jim Waters devait être un avocat de haut vol, qui gagnait beaucoup d'argent. D'ailleurs, il travaillait pour Travers McGraw, et celui-ci payait sans doute bien.

— Je suis un peu nerveux, admit-il.

Il était sur le point de faire la connaissance de Travers McGraw et de ses trois fils, et ce qu'il avait entendu dire à leur sujet le rendait un brin inquiet. De plus, l'avocat l'avait mis en garde.

— Ils ne vont pas vous croire, mais il ne faut pas vous laisser intimider, avait déclaré Waters. Ils ont eu affaire à quantité de gens qui affirmaient être les jumeaux, et il est naturel qu'ils soient méfiants. Cela dit, la peluche va vous aider. Et puis, il y aura l'analyse ADN. Vous êtes prêt à vous y soumettre, n'est-ce pas ?

Bien sûr. Cela seul suffisait à terrifier Vance, mais il se contenta d'acquiescer.

La maison apparut. Il ne pouvait imaginer qu'on puisse grandir dans un lieu pareil. Qu'on ait tant de terres ou tant d'argent. Le nom de McGraw s'accompagnait de tant de privilèges…

Il ne devait pas aller trop vite en besogne. Il faudrait qu'il surmonte bon nombre d'obstacles avant d'être accepté au sein de la famille. Mais en attendant, il pourrait admirer l'immense demeure tout son soûl. Elle était construite en forme de U, deux ailes se détachant de la partie centrale.

Il avait entendu dire qu'on y avait organisé des réceptions somptueuses, auxquelles assistaient des sénateurs et même le gouverneur de l'État. C'était avant l'enlèvement des jumeaux, bien sûr, avant que la première Mrs McGraw soit expédiée à l'asile psychiatrique et la seconde en prison.

Cependant, la bâtisse et les terres étaient magnifiques ; quant aux chevaux… jamais il n'en avait vu d'aussi beaux. Il avait les chevaux dans le sang, songea-t-il en réprimant un rire. Et peut-être étaient-ils justement son avenir.

— Vous n'avez rien à craindre, reprit l'avocat. Répétez-leur seulement ce que vous m'avez dit.

— Je le ferai.

Il ravala le nœud dans sa gorge. Il n'avait qu'à s'en tenir à son histoire. L'avocat l'avait cru. Pourquoi Travers McGraw n'en ferait-il pas autant ? La peluche lui avait ouvert la porte. L'analyse ADN serait la cerise sur le gâteau.

Comme Waters se garait devant la maison, Vance attrapa

le sac en papier posé à ses pieds et le tint contre sa poitrine tel un bouclier.

— Essayez de vous détendre, conseilla l'avocat. Vous avez l'air terrorisé.

Il prit une profonde inspiration, et se remémora ses démêlés avec les forces de l'ordre à l'époque où il volait des chevaux. Il s'était tiré d'affaire alors. Il était capable de faire pareil à présent.

Pense à la récompense, se dit-il.

Cet endroit pourrait lui appartenir un jour.

— Papa, je ne veux pas que tu sois contrarié, murmura Boone alors qu'ils attendaient dans le bureau de Travers. Tu sais ce qu'a dit le médecin.

— J'ai eu une crise cardiaque, rétorqua son père d'un ton sec. Vu mon état de santé alors, j'ai plutôt bien récupéré. Le médecin lui-même est stupéfait que je me sois rétabli si vite.

Ledger se tenait debout à côté de la cheminée, aussi anxieux que le reste de la famille. Tous savaient que le rétablissement de son père était en partie dû au fait qu'il était plus que jamais résolu à revoir les jumeaux.

Et maintenant, après que de nouvelles révélations avaient été faites à la presse, l'un d'eux semblait s'être reconnu. Ledger ne pouvait s'empêcher d'être sceptique. Ils étaient déjà passés par là. Sauf que, cette fois, le jeune homme avait en sa possession le cheval en peluche d'Oakley. Son père allait-il enfin pouvoir trouver la paix ?

Ou, au bout de vingt-cinq ans, trop de temps s'était-il écoulé ? Oakley serait un adulte, bien différent de l'adorable bébé de six mois qui avait été enlevé. Il aurait vécu une bonne partie de sa vie sous un autre nom, avec d'autres parents. Il aurait sa propre vie, et les McGraw seraient des étrangers pour lui. Bref, Ledger redoutait que ces retrouvailles tant attendues ne soient pas à la hauteur des espoirs de son père.

Un bruit de moteur attira son attention. Après avoir jeté

un œil à son frère et à son père, il se dirigea vers la porte d'entrée. Mieux valait que ce soit lui qui ouvre plutôt que Boone, qui paraissait prêt à en découdre. Il n'allait pas être facile de convaincre son frère que la personne qui s'avançait vers cette porte était bel et bien un des jumeaux.

Ledger ouvrit le battant avant même qu'on ait frappé. Jim Waters et le jeune homme se tenaient au pied des marches. Les yeux de Ledger se posèrent aussitôt sur ce dernier, qui portait à l'évidence des vêtements tout neufs, depuis sa chemise soigneusement boutonnée jusqu'à son jean et ses bottes de cow-boy. Il était élancé, large d'épaules, les hanches étroites comme tous les McGraw.

En entendant la porte, Vance Elliott leva la tête. D'épaisses boucles noires lui cachaient le front. Ledger vit ses yeux bleus et sentit un frisson le parcourir.

Peut-être cet homme était-il réellement son frère.

Waters fit les présentations.

— Vance Elliott, Ledger McGraw.

— Entrez, lança Ledger, le regard rivé sur le nouveau venu. Mon père et mon frère vous attendent.

Ledger conduisit les deux visiteurs au bureau de son père et referma la porte derrière lui. La nouvelle cuisinière, une jeune femme appelée Louise, était en train de préparer le dîner. Cull et Nikki n'allaient pas tarder à rentrer, à moins qu'ils ne décident de dîner en ville. Il avait encore du mal à croire que son frère ait pu tomber si éperdument amoureux.

— Asseyez-vous, je vous en prie, dit Travers en se levant pour échanger une poignée de main avec Vance.

Quand tout le monde fut installé, il reprit :

— Vous pensez donc être mon fils, Oakley. Si vous commenciez par nous parler un peu de vous ?

Vance changea de position dans son fauteuil. Il tenait un grand sac en papier sur ses genoux. Ledger supposa qu'il contenait le cheval. Il était étonné que son père n'ait pas demandé à le voir immédiatement.

— Je ne sais pas exactement par où commencer. J'ai été

élevé à Bear Creek, au sud de Billings, dans une petite ferme. J'avais environ cinq ans quand mes parents m'ont révélé que j'avais été adopté.

— Avez-vous des frères et sœurs ?

Vance secoua la tête.

— Non. Il n'y a que moi.

Il haussa les épaules.

— J'ai eu une enfance heureuse. Nous n'étions pas riches, mais ce qu'on avait nous suffisait. Je suis allé au lycée à Billings et puis j'ai trouvé un emploi dans un ranch à côté de Belfry. C'est à peu près tout.

— Et comment en êtes-vous venu à penser que vous étiez peut-être un des jumeaux McGraw ?

— J'ai entendu parler de l'affaire à la télévision. Quand il a été question du cheval en peluche et que j'en ai vu une image, je n'en croyais pas mes yeux. J'en ai un comme ça depuis toujours.

— C'est ça que vous avez dans le sac ? intervint Boone.

Vance acquiesça et se leva pour déposer l'objet sur le bureau. Il recula d'un pas, trébucha contre le fauteuil et s'assit.

Un silence de mort s'était abattu sur la pièce. Ledger n'entendait que les battements précipités de son cœur. Avec des gestes lents, son père tira le sac vers lui et regarda à l'intérieur.

Une petite exclamation jaillit de ses lèvres alors qu'il sortait le jouet en peluche. Ledger vit le ruban bleu usé autour du cou du cheval, et son regard se porta aussitôt sur Vance. Si cet homme disait la vérité, c'était bel et bien Oakley qui leur faisait face.

Waters ne put réprimer un intense sentiment d'autosatisfaction en voyant l'expression de Travers McGraw. Il avait eu la même réaction lorsqu'il avait reconnu le cheval. Le jouet était celui d'Oakley ; cela ne faisait aucun doute.

Bien entendu, l'affaire ne serait pas conclue avant l'obtention des résultats de l'analyse ADN, mais elle était en bonne voie.

— Aimeriez-vous rester dîner avec nous tous les deux ? demanda Travers en remettant la peluche dans le sac.

Il se leva.

— J'aimerais que vous me parliez plus longuement de votre enfance, Vance.

Il se faisait manifestement violence pour appeler le jeune homme par ce nom. Et Jim Waters avait vu son visage lorsqu'ils étaient entrés dans son bureau. L'éleveur de chevaux avait paru sidéré par la ressemblance frappante entre Vance et ses fils.

Waters interrogea celui-ci du regard avant de répondre.

— Nous serions ravis de rester, si vous êtes sûr que cela ne vous gêne pas.

Il songea à tous les repas qu'il avait pris autour de la grande table de la salle à manger au fil des années. Si les choses progressaient selon ses espérances, il redeviendrait un habitué sous ce toit.

— Parfait.

Travers contourna son bureau, passa un bras autour des épaules de Vance et le guida vers la salle à manger.

— Où êtes-vous descendu ?

Vance s'éclaircit la voix.

— J'ai passé la nuit dernière dans un motel en ville.

— Vous êtes le bienvenu au ranch si vous souhaitez séjourner ici, déclara Travers. Maïs je ne veux pas faire pression sur vous. Réfléchissez-y. Nous pourrons en discuter après dîner.

Waters sourit intérieurement. La rencontre n'aurait pu mieux se dérouler. Vance était dans la place — du moins, jusqu'à ce que l'analyse ADN ait eu lieu. Mais s'il réussissait cette épreuve…

Son téléphone vibra dans sa poche. Un coup d'œil à l'écran lui apprit que Patricia l'appelait de nouveau. Il était sûr que Travers McGraw allait le charger de la procédure de divorce. Il s'en acquitterait avec plaisir.

4

Le lendemain après-midi, lorsque son mari arriva à l'hôpital, Abby était habillée et l'attendait. Elle n'avait toujours aucun souvenir de ce qui lui était arrivé et se sentait bien, sauf qu'elle souffrait d'un léger mal à la tête. Cependant, le règlement de l'établissement exigeait qu'elle soit conduite à la sortie dans un fauteuil roulant.

Wade s'immobilisa sur le seuil. Elle lui adressa un sourire rassurant. Jamais elle ne l'avait vu aussi inquiet par le passé.

Il tenta de lui rendre son sourire, mais son visage se décomposa, et il éclata en sanglots en se laissant tomber à ses genoux.

— Oh ! Mon chou, je suis tellement désolé…

— Wade, ce n'était pas ta faute, murmura Abby, en se demandant si c'était vrai. Cesse de t'accabler de reproches.

Il lui pressait la main avec force.

— Je ne sais pas ce que je ferais si je te perdais, dit-il. Quand j'ai cru que tu étais morte… Abby, je t'aime tant. Parfois, je fais des choses idiotes. Je me mets en colère et…

— Eh bien, heureusement, tu n'as pas perdu Abby, lança son père qui venait d'entrer.

Ni l'un ni l'autre n'avaient entendu Huck s'approcher. Depuis combien de temps était-il là ?

Son mari essuya subrepticement ses larmes, mais ne fit pas mine de se relever. Il ne lâcha pas non plus la main d'Abby.

— À vrai dire, fiston, elle a bien meilleure mine, reprit Huck.

Cela dit, tu aurais dû sortir ces bocaux du garage quand elle te l'a demandé. Je suis sûr que tu ne referas pas cette erreur.

Wade serra la main d'Abby plus fort encore.

— Non, dit-il d'une voix tendue. Je le jure.

— Eh bien, ramenons ta femme à la maison. On ne peut pas laisser les criminels en liberté à cause d'une histoire de confiture de pêches, plaisanta Huck.

Wade se leva lentement, comme si un fardeau terrible pesait sur ses épaules. Abby remarqua qu'il prenait appui sur le fauteuil roulant pour se remettre debout.

Elle avait pensé que le changement intervenu chez son mari était dû au stress causé par le travail, mais la tension qu'elle percevait entre Wade et son père l'incita soudain à se demander si le problème n'émanait pas essentiellement de leur relation. Huck parlait souvent de la nécessité de faire de son fils « un homme ». Il laissait clairement entendre que Wade n'était pas assez coriace à son goût.

Le médecin entra à cet instant, et lui posa quelques questions. Il n'était pas enchanté de la voir rentrer chez elle aussi vite. Abby devinait qu'il s'inquiétait à son sujet — et qu'il avait des soupçons quant à la nature de son accident.

Elle répondit distraitement, prêtant plus attention à Huck qui venait d'entraîner Wade dans le couloir. Elle n'arrivait pas à entendre ce qu'ils disaient, mais à la vue des épaules baissées de son mari il était évident que Huck le réprimandait.

— Cesse tes pleurnicheries, siffla Huck en le tirant par le bras. Tu n'as rien fait de mal, rappelle-toi. Tu n'as pas besoin de t'excuser.

— Facile à dire pour toi, marmonna Wade.

— Il faut que tu sois plus prudent. Si le médecin t'avait entendu…

Son père secoua la tête, comme s'il le jugeait plus stupide encore qu'il ne l'avait cru.

— En plus, l'infirmière m'a dit que Ledger était venu rendre visite à ta femme après ton départ.

Wade lâcha un juron et donna un coup de pied dans une chaise. Elle dérapa sur le carrelage, mais Huck l'intercepta et la remit à sa place en lui lançant un regard qui lui ordonnait de se calmer. Non sans mal, Wade réprima l'envie d'abattre son poing contre le mur.

— Il est constamment en train de rôder autour d'elle.

— Et comment comptes-tu régler ça ? répliqua Huck sur un ton tout aussi énervé.

— Je vais aller trouver ce salopard et le tuer.

Il abattit sa paume ouverte sur le mur. La douleur lui fit du bien.

— Voilà exactement ton problème : tu agis sans réfléchir et tu fais n'importe quoi. Écoute-moi. Tu veux te débarrasser de lui ? Je vais t'aider, mais on va attendre que tu te sois ressaisi. Moi, j'ai un plan qui nous permettra de nous débarrasser de Ledger McGraw et des autres aussi.

Wade fixa son père.

— Que veux-tu dire ?

Il plissa les yeux.

— C'est à propos de cette vieille rancune que tu as contre Travers McGraw, c'est ça ?

— Et alors ? Je ne me contente pas de me plaindre et de pleurnicher. Je prends les choses en main.

Wade secoua la tête.

— Je sais que tu es sorti avec Marianne avant qu'elle épouse Travers, mais…

— Mais rien.

Huck passa une main sur son front, le regard dur.

— Elle était à moi, il me l'a prise, et regarde ce qui s'est passé.

— Tu es peut-être encore plus fou qu'elle, marmonna Wade entre ses dents, sur quoi son père lui décocha une bonne claque sur la nuque alors qu'ils retournaient dans la chambre.

Abby écouta un instant la pluie qui pianotait sur le toit avant de comprendre qu'elle était seule. Elle roula sur elle-même et découvrit que la place de Wade était vide, en effet. Il avait de plus en plus de mal à trouver le sommeil.

À leur retour de l'hôpital, il n'avait pas dit grand-chose. Une fois à la maison, il avait insisté pour qu'elle aille se coucher et lui avait apporté un bol de soupe. Elle avait senti la bière dans son haleine, mais s'était abstenue de tout commentaire.

— Je vais te laisser te reposer, avait-il dit en remportant le plateau.

À un moment donné dans la nuit, il s'était glissé au lit à côté d'elle. Il empestait la bière. Elle s'était retournée, et maintenant il n'était plus là.

Elle le trouva assis sous la galerie. Il était perché au bord de sa chaise, les coudes sur les genoux, la tête baissée comme s'il portait tout le malheur du monde.

Abby s'approcha lentement, redoutant de lui faire peur. Ses fréquentes sautes d'humeur l'incitaient à marcher sur des œufs quand il était là.

Tout à coup, une lame de plancher grinça sous son poids. Wade se leva d'un bond et pivota vers elle. Abby tressaillit.

— Qu'est-ce que tu fabriques ici ? grogna-t-il.

— Je me suis réveillée, et tu n'étais pas au lit. Tout va bien ?

— J'avais besoin de prendre l'air, c'est tout. Tu n'as pas besoin de m'espionner.

Abby avait désespérément envie de se rapprocher de lui, de le réconforter. Si seulement elle avait pu le persuader de se confier à elle, de lui expliquer ce qui le rendait si malheureux… Elle se blâmait. Ils avaient été heureux ensemble, au début. N'est-ce pas ?

Cependant, il n'était visiblement pas enclin à tolérer des questions. Et elle avait appris à garder ses distances lorsqu'il avait bu. Malgré tout, elle savait qu'il souffrait. À cause de sa chute ? Ou d'autre chose ?

Il pleuvait plus dru maintenant. Elle s'entoura la taille de ses bras, l'humidité s'immisçant sous le tissu mince de sa chemise de nuit. Il y avait eu un temps où il aurait remarqué que celle-ci épousait les formes de ses hanches et de ses seins. À l'époque, il l'aurait attirée à lui, son haleine chaude contre son cou. Il lui aurait murmuré d'une voix rauque qu'il la désirait, qu'il avait besoin d'elle. Qu'il ne pouvait pas vivre sans elle.

Il ne lui accorda pas un autre regard.

— Tu devrais retourner au lit.

Des larmes picotèrent les yeux d'Abby. Wade ne cessait de la repousser, et puis de se mettre en colère parce qu'il pensait qu'un autre homme la désirait.

— J'ai vu Ledger McGraw te regarder quand tu es sortie de l'épicerie, disait-il. Je vais tuer ce…

— Tu ne peux pas tuer tous les hommes qui posent les yeux sur moi, répondit-elle.

— Tu aimes qu'il te regarde.

Elle gardait le silence, espérant éviter une querelle, mais Wade ne lâchait jamais prise.

— Il veut t'avoir. Il n'abandonnera jamais avant de nous avoir arrachés l'un à l'autre. Ce n'est pas pour ça qu'il t'épouserait. Il a eu la possibilité de le faire, rappelle-toi. Rappelle-toi qu'il t'a menti, qu'il t'a trompée…

Il n'y avait rien qu'elle puisse dire pour l'apaiser. Elle le savait, car elle avait essayé.

— Wade, ne sois pas ridicule.

— Ah ! Je suis ridicule, maintenant. Évidemment, je ne suis pas un McGraw, hein ?

— C'est toi que j'ai épousé.

— Seulement parce que tu ne pouvais pas avoir Ledger.

Elle tentait de l'enlacer, et il la repoussait, serrant les poings.

— Tu n'as jamais cessé de l'aimer. Voilà ce qui ne va pas dans ce mariage. Tu continues à le désirer. Je le vois dans tes yeux.

Il la bousculait ou l'attrapait brutalement par le bras. La scène se terminait toujours de la même manière : il la frappait et puis le regrettait. Il s'accablait de reproches, promettait de ne jamais recommencer, la suppliait de lui pardonner. Plaidait sa cause auprès d'elle pour qu'elle reste.

Chaque fois, elle lui pardonnait, s'accusait même parfois de l'avoir provoqué. Ensuite, ils faisaient l'amour, et tout allait bien pendant un temps.

Enfin, il en avait été ainsi par le passé. Ces derniers mois, cependant, Wade s'énervait pour un oui ou pour un non. Il ne lui demandait plus pardon, et il n'y avait plus de réconciliation.

— Ce n'est pas comme si quelqu'un d'autre t'avait demandée en mariage, avait dit sa mère à Abby lorsqu'elle l'avait vue grimacer de douleur après avoir été maltraitée par Wade. Il est évident que tu ne le rends pas heureux. Si tu continues, il te laissera tomber pour une autre. Et que feras-tu alors ? Divorcée. Laissée de côté. Plus aucun homme ne voudra de toi.

On aurait dit qu'elle prenait plaisir à verser du sel sur la plaie. Abby s'était mordu la lèvre pour ne pas répondre.

— Comme on fait son lit, on se couche, avait répété sa mère une fois de plus. Et tiens-toi à l'écart de McGraw. Les hommes désirent toujours les femmes qui sont avec un autre. Et à la minute où ils t'ont séduite, ils cessent de s'intéresser à toi. Alors ne va pas t'imaginer que l'herbe est plus verte ailleurs. Tu sais déjà que tu ne peux pas te fier à lui. Il t'a brisé le cœur une fois. Estime-toi heureuse que Wade ait été prêt à t'épouser. Tu n'étais pas exactement blanche comme neige, hein ?

Abby demeura un instant immobile, puis tourna les talons et rentra se coucher. Si seulement elle pouvait se souvenir de ce qui lui était arrivé… Elle avait le sentiment que le savoir aurait répondu à toutes les questions qu'elle se posait à propos du comportement de son mari.

— Abby commence à retrouver la mémoire, annonça Wade à son père le lendemain matin.

Il avait été soulagé de quitter la maison pour venir travailler. Pour rien au monde, il n'aurait voulu rester à son chevet. Il sentait qu'il aurait suffit d'un rien pour qu'il perde tout contrôle de ses émotions. Abby savait qu'elle n'était pas tombée d'un escabeau. Il l'avait vu dans son regard et le confia à Huck.

— Et alors ? Elle ne va en parler à personne, avait rétorqué son père. Si elle avait voulu se plaindre, elle l'aurait fait depuis belle lurette.

— Elle va me quitter.

Huck émit un juron.

— Ça aussi, elle l'aurait fait depuis longtemps. Ce n'est pas elle qui m'inquiète. C'est toi.

— Tout le monde est au courant.

La veille, à l'hôpital, quand il avait poussé le fauteuil d'Abby vers sa voiture de patrouille, Wade avait vu la manière dont les infirmières le regardaient. Toutes savaient désormais qu'il était le même genre d'homme que son père — un salaud qui brutalisait sa femme. Il se félicitait qu'Abby et lui n'aient pas d'enfants. Au moins, il ne pouvait pas donner libre cours à la colère qui l'habitait sur son propre fils.

— Reprends-toi ! aboya Huck. Tu n'es soupçonné de rien.

Wade secoua la tête.

— J'ai peur qu'elle ne se souvienne de la raison de notre dispute. Si la conversation qu'elle a surprise lui revient en mémoire…

— Je croyais qu'elle avait tout oublié ?

Il haussa les épaules.

— C'est ce qu'elle prétend, mais à la façon dont elle me regarde… Elle va commencer à rassembler les pièces du puzzle. Je le vois dans ses yeux.

— Balivernes. Si elle se rappelait quoi que ce soit, elle s'adresserait à la police ou elle te dirait tes quatre vérités en face. Maintenant, le mieux serait qu'elle reprenne son travail, qu'elle n'ait plus le temps de réfléchir à… rien. Dans l'intervalle, il faut que tu restes calme. Tu ne peux pas te permettre de faire une autre sottise.

— Je vais être aux petits soins pour elle, murmura-t-il,

s'adressant à lui-même plus qu'à son père. Je vais me racheter pour tout.

— Si tu fais ça, elle n'en aura que plus de soupçons. Conduis-toi comme d'habitude, un point c'est tout.

— Tu veux que je me soûle et que je rentre à n'importe quelle heure ? rétorqua Wade, incrédule. Tu penses que ça va arranger les choses ?

— Au moins, tu n'auras pas l'air aux abois. Arrête de t'excuser. C'est elle qui a été assez idiote pour grimper sur cet escabeau.

Wade le dévisagea. Il avait toujours su que son père finissait par croire à ses propres mensonges, mais là c'en était trop.

— Elle n'est pas stupide. Elle sait parfaitement qu'elle n'est pas tombée de l'escabeau.

Un sanglot naquit au fond de lui, menaçant de jaillir de sa poitrine. Il n'était pas sûr de pouvoir tenir le coup beaucoup plus longtemps.

— Tu ne vis pas avec elle. Tu ne la connais pas. Elle sait qu'elle peut trouver mieux que moi. Elle l'a toujours su. Si elle découvre un jour que Ledger McGraw n'a jamais eu d'aventure avec cette fille…

Huck lâcha une bordée de jurons.

— Arrête de t'apitoyer sur toi-même, espèce de petit crétin. McGraw a juré à l'époque qu'il ne s'était rien passé. Si elle ne l'a pas cru à l'époque, pourquoi le croirait-elle à présent ? C'est toi qu'elle a épousé. Ne va pas tout faire foirer. Si notre conversation lui revient en mémoire, on avisera. Jusque-là, soûle-toi, baise un coup et arrête de t'en faire.

Abby ne parvenait pas à rester tranquille. Le médecin lui avait prescrit du repos, mais elle se sentait trop fébrile pour rester couchée. Son amnésie la préoccupait. Lasse de s'interroger en vain, elle se leva et alluma la télévision.

Debout, elle passa d'une chaîne à l'autre sans rien trouver qui l'intéresse et l'éteignit.

Du coin de l'œil, elle remarqua un livre ouvert par terre à côté de son fauteuil. Comme elle se penchait pour le ramasser, une douleur lui transperça les côtes. Prise de vertige, elle dut se retenir au siège un instant.

Elle fixa le roman, fouillant sa mémoire. Pourquoi était-il là ? Wade n'aimait pas qu'elle soit plongée dans la lecture au lieu de regarder la télévision avec lui. Il s'en offusquait, comme si le fait qu'elle lise lui donnait l'impression d'être stupide. Cela n'avait pas de sens. Pas plus de sens que ce qui lui était arrivé. Pourquoi aurait-elle été en train de lire si elle s'apprêtait à aller chercher des bocaux ?

Elle marqua la page, posa le livre et se rendit dans la cuisine pour ouvrir le réfrigérateur. Bien sûr, il n'y avait pas de pêches à l'intérieur. Avait-elle vraiment cru qu'il y en aurait ? La douleur dans ses côtes s'accentua quand elle inspira à fond, pour lutter contre la nausée. Elle n'était pas tombée de l'escabeau. Pourquoi s'évertuait-elle à rendre le récit de Wade plausible ?

Abby regarda autour d'elle, voyant sa vie à travers le mobilier râpé, les tableaux bon marché accrochés aux murs, le plancher usé sous ses pieds. Une odeur de pin parvint soudain à ses narines. Quelqu'un avait lavé le sol de la cuisine — mais pas avec le produit dont elle se servait habituellement. Wade ? Pourquoi aurait-il nettoyé à moins que…

Le cœur battant à toute allure, elle vit qu'il avait oublié un endroit. Inutile qu'elle se penche davantage pour savoir que c'était du sang. Du sang séché. Le sien.

Abby ferma les yeux, atterrée. Elle n'avait nulle part où aller. Pourtant, elle avait désespérément besoin de parler à quelqu'un. Même si c'était sa mère.

Le médecin lui avait déconseillé de conduire, mais sa mère n'habitait pas très loin de chez elle. Et à la vue du sang, Abby avait cessé de se mentir. Non, elle n'était pas tombée d'un escabeau. Wade l'avait frappée. Une fois de plus. Assez violemment pour qu'elle échoue à l'hôpital.

Seulement, elle ne savait pas pourquoi, et cela la terrifiait.

Trop bouleversée pour attendre le retour de Wade de son service de nuit, elle se décida. Si seulement elle pouvait se rappeler la raison de leur dispute ! Une ébauche de souvenir rôdait en marge de sa mémoire, suffisante pour ajouter à son anxiété. Cela n'avait pas été une querelle ordinaire. Wade n'avait pas agi ainsi à cause d'un excès d'alcool qui le rendait belliqueux. Non, cette fois, ça avait été sérieux.

Comme elle s'approchait de la demeure maternelle, elle aperçut la lueur mouvante d'une torche électrique qui se dirigeait vers l'ancienne cave.

Pourquoi diable sa mère descendait-elle là-dedans à cette heure aussi tardive ?

Abby se gara le long du trottoir et descendit de voiture. Une fois parvenue au coin de la maison, elle constata qu'on avait installé une rallonge électrique, sans doute pour avoir de la lumière à l'intérieur de la cave. Ça aurait été typique de sa mère de se mettre en tête de la nettoyer de fond en comble maintenant, à la nuit tombée.

Nan Lawrence était une femme froide, au caractère difficile. Abby avait passé des années à essayer de la satisfaire, mais elle avait le sentiment de n'y être jamais parvenue. Elle faillit se raviser à propos de l'idée de lui parler ce soir. Sa mère serait furieuse qu'elle doute des paroles de son mari — même s'il était évident qu'il avait menti. Abby et elle n'avaient jamais été vraiment proches, sauf après sa rupture avec Ledger McGraw, lorsque sa mère l'avait encouragée à épouser Wade. Laminée par le chagrin, Abby n'avait guère opposé de résistance.

Elle s'apprêtait à emprunter le chemin qui menait à la cave quand elle entendit un bruit de moteur. Un faisceau de phares troua la nuit, puis tout redevint noir alors que le véhicule s'immobilisait dans le bosquet de peupliers tout proche. Quelqu'un venait d'arriver.

Tout d'abord, Abby songea que c'était Wade. Il avait dû

retourner à la maison pour s'assurer qu'elle allait bien, s'apercevoir qu'elle était sortie, et deviner qu'elle était venue ici.

Tapie dans l'ombre de la maison, elle observa la silhouette qui émergeait du bois. C'était une nuit sans lune, et elle ne voyait pas assez bien pour discerner les traits de l'inconnu, mais, à en juger par sa corpulence, c'était un homme. Wade ? Il s'immobilisa un instant devant la trappe de la cave avant de la soulever et de s'engouffrer à l'intérieur.

Si elle n'avait pu distinguer son visage, elle avait en revanche saisi le reflet de la lumière sur une plaque. Abby songea à rebrousser chemin. D'ailleurs, elle n'était même pas sûre de vouloir parler à sa mère. En tout cas, pas si elle était avec Wade. Ils se ligueraient contre elle comme ils le faisaient souvent, lui reprocheraient de ne pas être une meilleure épouse. Lui donneraient l'impression que tout était sa faute.

Et pourtant, elle en avait assez de fermer les yeux. Wade avait failli la tuer. Elle ne pouvait lui permettre de recommencer. À moins qu'elle ne désire mourir.

Ignorant le mal à la tête qui lui martelait les tempes, elle se dirigea vers la trappe que Wade avait laissée ouverte. Un puits de lumière s'élevait des entrailles de la terre.

Le moment était-il vraiment bien choisi pour se confronter à son mari ?

Malgré tout, elle continuait à avancer, tel un condamné résigné à la potence.

La lune était toujours cachée par les nuages. Abby s'arrêta devant l'ouverture de la cave.

La pièce souterraine était plus vaste que la plupart de celles qu'on voyait dans la région. Ayant été élevée dans le Kansas, sa mère avait une peur bleue des tornades. Rien n'avait pu la convaincre que celles-ci étaient rares, voire inconnues, dans cette région du Montana. Elle avait tenu à ce que son mari creuse un abri assez grand pour s'y réfugier pendant quelque temps en cas de besoin. Il avait cédé. Il cédait à tous ses désirs. Pas étonnant qu'il soit mort jeune, après avoir jonglé avec deux emplois pendant le plus clair de son existence.

Abby prit une profonde inspiration et descendit une marche, puis une autre. L'escalier était solide, en bon état. Un bruit de voix couvrait celui de ses pas. Ils n'allaient pas l'entendre arriver. Elle se demanda s'ils se querellaient, mais à mesure qu'elle s'approchait elle comprit que non. Ils parlaient sur le ton tranquille de la conversation.

Cela seul aurait dû lui mettre la puce à l'oreille.

Ce fut seulement en atteignant la dernière marche qu'elle vit qu'elle s'était trompée du tout au tout. L'homme qui parlait avec sa mère n'était pas Wade. Et celle-ci n'était pas descendue ici pour faire le ménage.

Abby se figea, le souffle coupé par le spectacle qui s'offrait à elle. Accrochées à une structure de fortune qui allait d'un bout à l'autre du plafond, une série de lampes déversaient leur lumière sur une multitude de plantes à feuilles vertes.

Sa mère et son visiteur s'étaient figés, eux aussi. L'adjoint du shérif, Huck Pierce, tenait à la main un sac en plastique rempli de ce qui ressemblait à des feuilles séchées. Sa mère avait les doigts crispés sur une liasse de billets. Ils s'empressèrent l'un et l'autre de faire disparaître le tout.

— Qu'est-ce que tu fabriques ici ? demanda sa mère d'une voix peu amène. Tu ne viens jamais me voir et tu as décidé de le faire justement ce soir ?

Sous le choc, Abby se tenait complètement immobile. Elle avait l'impression que des interférences grésillaient dans son cerveau douloureux. Voilà pourquoi, se disait-elle, sa mère l'avait poussée à se marier avec Wade. Cela n'avait rien à voir avec son bien-être. Et tout à voir avec le commerce lucratif que Nan Lawrence gérait en secret dans sa cave.

— Abby, intervint Huck d'un ton dégagé. Je pensais que tu étais à la maison, en train de te reposer.

— Tu peux constater que non, répondit-elle en regardant sa mère.

Un mélange d'émotions traversa le visage de celle-ci. Pour finir, la résignation se lut sur ses traits.

— Eh bien, maintenant, tu sais.

En effet. Elle savait à présent pourquoi sa mère lui reprochait de ne pas être une meilleure épouse. Même quand Wade l'avait brutalisée, elle n'avait jamais conseillé à Abby de le quitter. Non, elle lui avait dit et répété que c'était elle la responsable. Qu'elle devait mieux le traiter. Qu'il fallait qu'elle endure son sort. Que sinon elle ne serait qu'une femme seule, et n'avait-elle pas vu où cela menait ? Après la mort de son mari, sa mère avait convolé par deux fois, mais chaque mariage s'était soldé par un divorce.

— Je te laisse gérer ça, lança Huck en s'apprêtant à sortir.

Il effleura son chapeau en passant bien à l'écart d'Abby, comme si elle était un serpent à sonnette prêt à frapper.

Ce n'était pas à Huck qu'elle voulait s'attaquer, mais à sa mère. Elle n'avait demandé qu'une seule chose à cette femme : l'aimer. Seulement, Nan Lawrence était incapable d'amour. Pourquoi avait-il fallu si longtemps à Abby pour voir enfin la réalité en face ?

— Ne me regarde pas comme ça ! aboya sa mère en rangeant le bocal qui avait contenu le cannabis que l'adjoint venait d'emporter. Il faut bien que je vive ! C'est tout. Tu ne sais pas ce que c'est que d'être seule. De toute façon, ça devrait être légalisé. Ça viendra un jour, et ce jour-là je ferai faillite. Mais en attendant…

Abby songea à la multitude de choses qu'elle voulait lui dire, et fut surprise de s'entendre déclarer :

— Je vais divorcer d'avec Wade.

— Tu ne peux pas faire ça.

— Tu veux dire que ça te dérange que je le fasse. À moins que ce ne soit Huck qui tienne à ce que je reste avec son fils ?

— Huck et moi pensons tous les deux que vous avez besoin de mieux vous entendre. Le fait que vous soyez mariés… C'est plus simple comme ça.

— Plus simple pour vos petites affaires, sans doute.

Sa mère fit un pas vers elle.

— Je refuse d'écouter un mot de plus. Que fais-tu ici,

d'ailleurs ? Tu devrais être chez toi, en train d'attendre le retour de ton mari. Pas étonnant qu'il soit obligé de te corriger !

Abby lâcha un rire amer, un son qui résonna curieusement dans la vieille cave.

— Tu perds ton temps. J'ai toujours essayé de faire ce que tu voulais pour me faire aimer de toi, en espérant qu'un jour…

Elle secoua la tête.

— Ne t'inquiète pas. Je ne vais pas dénoncer ta petite… combine. Je ne suis pas une moucharde. Connaissant Huck, si je vous dénonçais tous les deux, il s'arrangerait pour s'en sortir et te faire porter le chapeau. Mais en ce qui nous concerne…

Elle secoua la tête de nouveau et pivota pour partir.

— Tu fais une grosse erreur ! glapit sa mère. Si tu quittes Wade, ta situation va empirer. Je vais te faire une proposition : abandonne ton emploi de serveuse et viens travailler avec moi. Tu seras mon associée et…

— Epargne ta salive, lança Abby par-dessus son épaule. Toi et moi, c'est fini.

— Je suis ta mère. Écoute-moi ! cria Nan dans son dos.

— Je ne t'écouterai plus jamais.

Parvenue en haut de l'escalier, Abby sortit en titubant. Elle prit de profondes goulées d'air, les larmes aux yeux. Dire que, pendant toutes ces années, elle avait essayé de faire plaisir à sa mère ! Et celle-ci se révélait être une trafiquante de drogue qui ne s'était jamais souciée d'elle.

Elle repartit d'un pas incertain dans la nuit, une douleur lancinante à la poitrine ponctuant chacune de ses respirations saccadées. Elle s'attendait à moitié à trouver Huck sur son chemin, prêt à fondre sur elle. Mais apparemment, il était parti, certain que sa mère était capable de la remettre à sa place. Après tout, elle s'en était plutôt bien tirée jusque-là.

La lune émergea brusquement de derrière les nuages. Abby tressaillit et, retenant son souffle, se hâta vers sa voiture. Une fois les portières verrouillées, elle resta un instant immobile, secouée de sanglots, le cœur plus meurtri encore que les côtes.

Elle démarra, pressée de s'éloigner de cet endroit. Quand elle jeta un coup d'œil en arrière, sa mère était sortie de la cave. Elle se tenait les poings sur les hanches à la faible lueur du clair de lune, et la suivait du regard, les sourcils froncés.

5

— Je ne m'attendais pas que tu reprennes le travail si vite, avoua Ledger lorsqu'il revit Abby, une semaine plus tard. Tu es complètement rétablie ?

— Oui.

Elle lui tendit un menu et plaça un verre d'eau glacée devant lui, les gestes familiers éveillant en elle un écho agréable. Elle comprit soudain que s'il cessait un jour de venir, il lui manquerait terriblement.

Cette pensée l'emplit aussitôt de remords. Elle savait très bien ce que Wade en conclurait.

Depuis le soir où elle était allée chez sa mère, Wade avait été un mari très attentionné. Abby était sûre que son père avait dû lui parler de ce qu'elle avait vu dans la cave. Était-ce pour cette raison qu'il était si affectueux ? Avait-il peur qu'elle ne parle ?

Pour dire quoi ? Elle n'avait pas réussi à se rappeler ce qui était arrivé pendant les vingt-quatre heures précédant son accident. Elle s'était demandé s'il y avait un lien avec le petit trafic de Huck avec sa mère. Était-ce à cause de cela que Wade et elle s'étaient querellés ?

Elle en doutait. Son instinct lui soufflait qu'il s'agissait d'une affaire plus grave que celle-là, et cette pensée la tourmentait.

Voir Ledger lui faisait oublier, quelques instants durant, cette partie de sa vie. Il avait toujours été un rayon de soleil dans ses journées. Malgré tout, même si elle avait souvent regretté de s'être jetée tête baissée dans un mariage avec Wade, elle était résolue à en faire un succès. Indépendamment des harcèlements constants de sa mère, elle avait pris son engagement au sérieux.

— Que désires-tu ce matin ? demanda-t-elle comme Ledger prenait le menu.

Il devait le connaître par cœur, d'autant plus que la carte n'avait pas changé depuis cinquante ans, hormis pour les prix.

— Abby, murmura-t-il.

Elle lutta contre l'envie de se pencher plus près. Assez près pour respirer l'odeur masculine qui s'était gravée au fer-blanc dans sa mémoire. Ledger avait été son premier amant, et Wade ne se gênait pas pour le lui reprocher.

— J'ai parlé avec l'infirmière qui était dans ton service à l'hôpital. Elle m'a dit que tes blessures n'étaient pas celles de quelqu'un qui est tombé d'un escabeau.

— Ledger.

Sa voix était suppliante. Il ne lui apprenait rien de nouveau, bien sûr, mais il fallait qu'il cesse.

— J'ai pensé que tu devais savoir. Wade t'a menti.

Des larmes picotèrent les yeux d'Abby. Elle avait deviné que Wade avait menti dès qu'elle avait vu son visage. Ce n'était pas la première fois, et elle soupçonnait que ce ne serait pas la dernière. Cependant, il faisait des efforts, alors qu'il n'en avait pas fait depuis qu'il était adjoint au shérif.

— Un de ces jours, il va te tuer, et moi, j'irai en prison jusqu'à la fin de mes jours parce que je l'aurai mis en pièces.

Il avait prononcé ces mots sur un ton si neutre qu'elle en eut le cœur transpercé.

— Ledger. Non.

— Pourquoi, Abby ? Pourquoi es-tu restée avec lui ?

La souffrance qu'elle entendait dans la voix de Ledger lui fit venir les larmes aux yeux. Elle comprit subitement qu'elle n'était pas la seule à endurer cette épreuve.

Elle secoua la tête. Ses raisons de rester n'avaient soudain plus d'importance. Elle fit un pas en arrière, puis un second, se cognant à une table avant de pivoter et de se hâter vers la cuisine.

— Reprends-toi ! ordonna sa patronne, Ella, en la voyant faire irruption en larmes dans la pièce.

— Je n'en peux plus ! gémit Abby.

— Si tu veux démissionner, attends au moins la fin de ton service.

— Je ne vais pas démissionner.

Elle se laissa tomber sur un tabouret, et se couvrit le visage de ses mains.

— Je ne sais plus ce que je veux ni où j'en suis !

Ella s'approcha et passa un bras autour de ses épaules.

— Mon chou, il y a longtemps que ça devait arriver. Tu ne peux pas être si surprise.

— Je suis mariée !

— Et alors ? Wade est marié aussi. Tu crois que ça compte autant pour lui ? Allons, essuie tes larmes, ordonna-t-elle en lui tendant une feuille de papier absorbant. Mon petit, il est temps que tu te décides. Et de mon point de vue, les choses sont plutôt claires. Vas-tu laisser Wade continuer à te malmener ? Ou vas-tu y mettre fin ?

Abby leva les yeux, stupéfaite, bien qu'elle sache qu'elle n'aurait pas dû l'être. Bien sûr que sa patronne était au courant.

— Je lui ai dit…

— Lui parler ne servira à rien. Si tu ne le quittes pas, il faudra que tu lui tires dessus pour le forcer à changer. Je me suis tue assez longtemps, mais je ne peux plus. Cesse de te comporter comme une idiote !

— Mais…

— Pas de « mais ». Et n'écoute pas ta mère. Elle n'a pas une once de bon sens. Je te parle franchement. Laisse tomber cet homme et refais ta vie avant qu'il soit trop tard. Allez, retourne au travail.

Abby se rendit aux toilettes et s'aspergea le visage. Elle n'avait que trop versé de larmes sur sa situation. À son retour dans la salle, elle constata que Ledger n'était plus là.

— Je lui ai dit de partir et d'arrêter de faire pression sur toi, déclara Ella. Si tu n'as pas assez de bon sens pour mettre un terme à ton mariage, il faut que tu t'éloignes de lui. Maintenant, fais ce que les femmes ont toujours fait — relève la tête et continue.

Vance ne parvenait pas à y croire. Il parcourut la chambre du regard en se demandant s'il ne rêvait pas. Il n'avait pas révélé aux McGraw à quel point sa famille adoptive était pauvre, ni à quel point il avait travaillé dur, et il n'avait pas parlé des dettes qu'il avait contractées pour financer ses études.

Comme il s'approchait de la fenêtre, il ressentit un pincement de jalousie envers Cull, Ledger et Boone. Ils avaient grandi ici. Ils avaient eu tout cela et plus encore.

Mais maintenant, tu es l'un d'entre eux.

Pas encore.

Restait l'analyse ADN. Il avait réussi à la reporter le plus longtemps possible, sachant qu'il devrait s'y soumettre tôt ou tard.

Ce soir Cull McGraw et son amie étaient arrivés au beau milieu du repas. Tous les deux l'avaient regardé comme s'il était un insecte sur une lame de microscope — exactement comme le soir où il les avait rencontrés avec le reste de la famille. Ce jour-là, l'amie de Cull, l'auteur Nikki St. James, avait demandé à voir le jouet en peluche. Il l'avait observée tandis qu'elle l'examinait, constatant par lui-même que cet objet était bel et bien son ticket d'entrée dans la famille.

Cependant, tout dépendrait du test ADN. Ce soir, Cull avait demandé à son père quand il devait avoir lieu. Travers avait paru désarçonné par la brusquerie de son fils.

— Il n'y a aucune raison d'attendre, n'est-ce pas ? avait lancé Ledger à son tour.

Vance avait croisé le regard de Travers.

— Non, en effet, avait-il déclaré, avec plus d'assurance qu'il n'en éprouvait.

Un dernier obstacle et la ligne d'arrivée serait en vue, pour ainsi dire.

Cependant, il se souvenait clairement de ce premier soir.

— Qu'avez-vous fait depuis la fin de vos études ? avait demandé Nikki St. James.

— Il vaut peut-être mieux attendre quelques jours avant de l'interviewer pour votre livre, Nikki, avait dit Travers avec un rire gêné.

— Excusez-moi. Poser des questions est une déformation professionnelle chez moi.

Malgré tout, Vance avait deviné qu'il allait devoir répondre à quantité d'autres questions pour être accepté. C'était pourquoi il avait choisi de le faire sur-le-champ.

— J'ai travaillé dans plusieurs ranchs dans le sud du Montana. Apparemment, je suis assez doué avec les chevaux, avait-il ajouté.

Travers avait été ravi, exactement comme Vance l'avait prévu. Content de lui-même, il avait continué à manger.

Un peu plus d'une semaine s'était écoulée depuis son arrivée. Seul dans sa chambre, il tentait de se détendre et de savourer les progrès qu'il avait accomplis. L'existence qu'il menait ici était de loin plus confortable que celle qu'il avait connue jusque-là, mais il ne devait pas oublier qu'elle risquait d'être temporaire.

— Vous êtes bien installé ? demanda une voix derrière lui.

Il se retourna et vit l'avocat qui se tenait sur le seuil, souriant.

— Cette maison est splendide.

Waters acquiesça et le rejoignit, contemplant la piscine, les écuries et les prairies, la chaîne des Little Rockies à l'horizon.

— Le dîner s'est bien passé, n'est-ce pas ?

— Oui, je suppose.

L'avocat lui décocha un regard perçant.

— Quelque chose vous tracasse ?

— Non, mais je crois qu'il est temps que je me soumette à l'analyse ADN. Tant que je ne l'aurai pas fait…

Waters hocha la tête.

— Rien ne presse, mais c'est à vous de décider. Travers vous a accepté. Vous semblez parfaitement vous intégrer dans ce lieu et au sein de la famille.

Vance n'en était pas si sûr. Il avait peut-être conquis Travers, mais les autres lui semblaient moins convaincus.

— Maintenant, il s'agit seulement de régler les derniers détails, reprit l'avocat.

Vance se demanda s'il faisait allusion à l'analyse ADN ou à la récompense de cinq cent mille dollars promise par Travers.

— Je me demandais… L'argent de la récompense ? L'ami qui m'a suggéré que je pouvais être Oakley… Je veux que ce soit lui qui le touche.

L'homme de loi le dévisagea un instant.

— Moins mes 10 %, vous voulez dire. Je suis sûr qu'on peut arranger cela. Voulez-vous que j'en parle à Travers ?

— Non, pas avant d'avoir les résultats du test.

Il ravala la bile qui montait dans sa gorge.

— Après, quand il n'y aura plus de doute sur le fait que je suis Oakley…

Le dîner terminé, Ledger prit son frère Cull à part.

— Que veux-tu que je te dise ? demanda celui-ci après avoir écouté son récit.

— Il a menti à Abby. Il lui a dit qu'elle était tombée d'un escabeau, répéta Ledger avec indignation.

— Wade Pierce a menti ? Tu crois que c'est un scoop ? Que devrions-nous faire ? Je sais. Allez chez lui et le passer à tabac. C'est ça que tu veux ?

— Ce serait un bon début. Non que j'aie besoin de ton aide.

— Oui, c'est ça. Tu devrais y aller seul pour que je puisse te faire sortir de prison sous caution après que tu te seras fait rouer de coups par Wade et par son vaurien de père qui est adjoint lui aussi. Excellente idée.

— Que suis-je censé faire ? grommela Ledger.

— Dois-je te rappeler qu'Abby n'est pas ta femme, qu'elle

n'est pas sous ta responsabilité, et que tu te mêles de ce qui ne te regarde pas ?

— Tu voudrais que je reste les bras ballants pendant qu'il la bat ?

Cull poussa un soupir.

— Elle l'a choisi. Je sais que c'est difficile pour toi d'accepter ça, mais…

— Tu ne la connais pas. Elle tient ses engagements, quels qu'ils soient. Elle a fait vœu de l'aimer jusqu'à ce que la mort les sépare.

— Dans ce cas, c'est sans doute ce qui va arriver.

— Je vais le tuer.

— Oh ! Bon sang !

Cull baissa la tête un instant.

— Que veux-tu que je fasse ?

Ledger parut décontenancé.

— Il faut qu'on la sauve.

Son frère hocha la tête.

— Bon, je suppose qu'on pourrait l'enlever.

— Enlever qui ? intervint Boone qui venait d'entrer et le regardait comme s'il avait perdu l'esprit.

— Abby, répondit Cull. On pourrait attendre devant le restaurant vers l'heure où elle termine son service et l'attraper et…

— Et aller en prison pour enlèvement ? le coupa Boone.

— Attends, ce n'est pas une mauvaise idée, lança Ledger. Une fois qu'elle serait éloignée de lui, elle y verrait plus clair et…

Il s'interrompit en voyant l'expression incrédule de ses frères et comprit que Cull ne parlait pas sérieusement.

— N'as-tu pas essayé de la persuader de le quitter ? demanda celui-ci. Cela a-t-il servi à quelque chose ?

— C'est… compliqué.

— Sans blague ? Je déteste avoir à te dire ça, petit frère, soupira Cull. Mais si difficile que ce soit, il faut que tu lâches prise.

Ledger se laissa tomber sur une chaise.

— Je ne peux pas.

— Tu n'as pas le choix, lui fit remarquer Boone. Elle ne veut pas de toi.

— C'est assez clair, merci, Boone, dit Cull sur un ton sarcastique, tandis que Ledger se levait. Où vas-tu ?

— Je vais trouver Wade.

— Il va finir en prison, grogna Boone derrière lui. Ou pis si Huck et Wade se mettent à deux sur son dos. Tu devrais l'empêcher de partir.

— J'imagine qu'on pourrait l'attacher dans la grange, mais il faudrait bien qu'on le relâche tôt ou tard, et alors…

Ledger claqua la porte derrière lui.

— Où étais-tu ? demanda Abby à Wade quand il rentra enfin, tard dans la nuit.

Il sursauta, stupéfait de la découvrir assise sur le perrron plongé dans la pénombre.

— Tu m'as fait une peur bleue.

Elle en doutait fort.

— Je t'ai demandé où tu étais.

— Tu ferais mieux de changer de ton et tout de suite, rétorqua-t-il, mais sa voix était dépourvue de sa dureté habituelle.

Peut-être lui avait-elle réellement fait peur.

Il appuya sur l'interrupteur et la dévisagea en cillant, comme s'il essayait de comprendre ce qui se passait.

— J'attends toujours, dit-elle calmement.

— Je travaillais, répliqua-t-il, sur un ton plus agressif.

Elle sentait la bière dans son haleine de là où elle était. Cependant, ce n'était pas la seule odeur qui lui parvenait. Des effluves de parfum bon marché lui retournaient l'estomac.

Il titubait légèrement, signe qu'il était un peu ivre. En temps normal, elle ne lui aurait pas tenu tête, mais ce soir c'était comme si quelque chose s'était brisé en elle. Il avait été si gentil depuis quelque temps. En son for intérieur, elle avait su que cela ne durerait pas.

— Ne te donne pas la peine de mentir, lança-t-elle en se levant. Je sais où tu es allé et ce que tu as fait.

Elle fit mine de passer devant lui, mais il la saisit par le bras et l'obligea à lui faire face. D'ordinaire, à ce moment-là, elle se hâtait de s'excuser, baissait la tête, encaissait les insultes qu'il lui adressait et essayait de s'enfuir le plus vite possible.

Ce soir-là, animée d'une force qu'elle ignorait posséder, elle planta le regard dans le sien sans ciller. L'air désarçonné, il relâcha un peu sa prise.

Les yeux d'Abby se posèrent sur les doigts qui lui serraient le bras.

— Retire ta main.

Étonnamment, il obéit.

— Tu deviens drôlement insolente, grommela-t-il. Si tu continues comme ça, je…

— Non, le coupa-t-elle.

Sa voix demeura calme, mais teintée d'une tension nouvelle. Jamais elle n'avait osé lui parler ainsi.

— Si tu me frappes une fois de plus, c'est fini entre nous.

Cette fois, elle le dépassa, s'attendant à moitié qu'il la retienne par le bras et lui assène une gifle.

Pourtant, il n'en fit rien. À peine entrée dans la chambre, elle tira le verrou, dont le claquement résonna dans le silence de la nuit.

Son cœur battait comme un tambour de guerre. Elle se hâta de s'éloigner de la porte, redoutant qu'il ne l'enfonce d'un coup d'épaule. La serrure n'était pas très solide. Il ne faudrait pas grand-chose pour qu'elle cède.

Les pas lourds de Wade se firent entendre dans le couloir. Il renversa une lampe et émit un juron lorsqu'elle se fracassa sur le sol.

— Je devrais donner une leçon à cette garce, marmonna-t-il.

Soulagée, elle comprit qu'il n'allait rien faire à part sombrer dans l'inconscience. Elle s'approcha du lit tandis que, de l'autre côté du mur, il s'écroulait sur le canapé. Se réveillerait-il au beau milieu de la nuit, ayant suffisamment dessoûlé pour être furieux qu'elle lui ait interdit l'accès à leur chambre ?

Elle se coucha, et effleura le métal froid de la batte de base-ball qu'elle s'était procurée en ville cet après-midi-là. Elle avait fait cet achat sur une impulsion, sachant que la bonne conduite de Wade ne pouvait pas durer éternellement.

Abby l'empoigna. Si son mari faisait irruption dans la pièce en proférant des menaces, il allait avoir une surprise de plus.

Elle demeura longtemps adossée à l'oreiller, les mains crispées sur la batte, aux aguets. Ella avait raison. Elle devait prendre le contrôle de sa vie. Ce soir était un début.

S'il était encore possible de sauver son mariage, elle se devait d'essayer. Ella avait raison sur ce point. Elle avait raison aussi concernant Ledger. Il était temps de couper les ponts.

6

Ledger roula dans tout Whitehorse à la recherche du pick-up de Wade. Peine perdue. L'adjoint n'était pas de garde et ne se trouvait dans aucun des bars de la localité.

Il avait songé à se rendre au domicile d'Abby, mais il eut le bon sens de s'en abstenir. Plus il sillonnait les rues de la bourgade endormie, plus il se rendait compte que la situation ne pouvait s'éterniser. Il était amoureux d'Abby depuis le lycée. S'il l'avait épousée lorsqu'il en avait eu la possibilité, rien de tout cela ne serait arrivé.

Cependant, ils étaient trop jeunes alors, et il avait promis à son père de terminer ses études avant de se marier. Malheureusement, Abby n'avait pas pu attendre. Il avait entendu dire qu'elle était enceinte de Wade, mais ça n'avait été qu'un mensonge. À vrai dire, il soupçonnait que la mère d'Abby l'avait poussée à ce mariage précipité. Cette femme voulait marier sa fille — et peu lui importait à qui, apparemment.

En fin de compte, Ledger rentra à la maison, en se disant qu'il ne pouvait plus continuer à déjeuner au café les jours où Abby travaillait. Il lui faisait trop de peine. Il devait s'éloigner d'elle. Ses frères avaient raison, même si cela le torturait de l'admettre.

Le cœur en lambeaux, il gara sa voiture devant la maison et descendit. Son frère Cull était assis sous la galerie, comme s'il l'attendait.

— Tu n'auras pas besoin de me faire libérer sous caution, lança-t-il en montant les marches.

— Tant mieux. Mais ne va pas croire que je m'inquiétais, mentit Cull.

Ledger lui sourit.

— J'ai cherché Wade un bon moment.

— Et tu ne l'as pas trouvé.

— Non. En revanche, j'ai réfléchi. Tu as raison. Abby sait ce que j'éprouve pour elle. La balle est dans son camp à présent.

Cull tendit la main et lui pressa l'épaule.

— Je sais à quel point c'est dur pour toi. Mais à ce stade, tu as fait tout ce que tu pouvais faire.

Il acquiesça.

— Je l'aime.

— Je sais.

Cull demeura silencieux un instant.

— Crois-tu que Vance Elliott soit notre frère ?

Ledger haussa les épaules.

— Il nous ressemble.

— C'est vrai. Et il dit qu'il est doué avec les chevaux. On pourrait le mettre à l'épreuve avec le nouvel étalon, plaisanta Cull.

— Je donnerais cher pour voir ça, répondit Ledger sans pouvoir réprimer un sourire.

Cull se leva.

— Il est tard. Je suppose qu'il faudra attendre les résultats de l'analyse ADN pour qu'on soit fixés. J'imagine que papa va demander au labo de faire au plus vite. Ou peut-être que non. Je crois qu'il est content de penser qu'Oakley est à la maison. Et toi, ça va aller ?

— Je n'ai pas tellement le choix.

Le lendemain matin, quand Abby ouvrit les yeux, elle était seule dans le lit, la batte de base-ball à côté d'elle. Pas de Wade.

Il ne s'était pas réveillé durant la nuit, ou du moins, s'il l'avait fait, il n'avait pas tenté d'enfoncer la porte de la chambre.

Elle se rendit compte qu'elle allait mieux. Ses côtes étaient encore meurtries, et elle avait encore un peu mal à la tête, mais la douleur s'atténuait de jour en jour.

Elle se leva, s'habilla, puis s'approcha de la porte et la déverrouilla lentement, ne sachant à quoi s'attendre. La tension qui régnait dans son couple la mettait sur le qui-vive en permanence. Elle se sentait nerveuse, incertaine, angoissée, lorsqu'elle ouvrit le battant, sa main libre cramponnée à la batte de base-ball.

Du coin de l'œil, elle vit que le canapé était vide. Elle s'immobilisa et tendit l'oreille. Wade allait-il l'attaquer au moment où elle sortirait ?

Les mains sur la batte, elle s'engagea dans le couloir. Au bout de quelques pas, elle s'arrêta. Des craquements et grincements familiers lui parvenaient, mais aucun suggérant que Wade était là.

Elle passa devant le canapé où on distinguait encore l'empreinte du corps de son mari. Un des coussins gisait sur le sol.

Prudemment, Abby continua à avancer. Encore quelques pas et elle atteindrait la cuisine. Wade avait eu tout le loisir de réfléchir à ce qu'elle lui avait dit la veille au soir. Elle priait pour qu'il ait compris que, cette fois, elle parlait sérieusement, et qu'elle s'en irait s'il ne changeait pas d'attitude. Cependant, elle savait aussi que son ultimatum risquait de le mettre en fureur et d'aggraver la situation entre eux.

Si ce que Ledger lui avait dit était vrai, le personnel de l'hôpital savait qu'elle n'était pas tombée d'un escabeau. La rumeur n'allait pas tarder à se répandre, et tout le comté saurait ce qui se passait entre Wade et elle. Le feu lui monta aux joues. Tous sauraient son terrible secret. Ses mensonges n'avaient servi à rien. Car, cette fois, Wade l'avait frappée avec tant de violence qu'elle avait dû être hospitalisée.

Cette prétendue chute n'avait jamais eu lieu. Elle frissonna en pensant que Wade n'avait sûrement pas inventé cette histoire ridicule de confiture de pêches tout seul ; sans doute avait-elle été concoctée par son père. Wade avait dû s'affoler en voyant qu'il n'arrivait pas à la réveiller et appeler Huck pour lui demander quoi faire.

Une bouffée de nausée monta en elle. Ce scénario-là était bien plus plausible que l'histoire de la confiture. Pourtant, elle avait voulu croire son mari. Pis, elle avait voulu faire croire à Ledger que les choses s'étaient passées ainsi.

Avait-elle donc perdu la tête ? Elle avait laissé son mari la maltraiter, en se disant qu'il était stressé ou qu'il tenait à faire bonne impression dans son nouveau poste, ou qu'il avait passé une mauvaise journée au travail. Comme si elle n'avait pas de mauvaises journées, elle !

Chaque fois qu'il l'avait frappée, elle s'était dit que c'était sa faute. Elle s'était promis de faire plus d'efforts pour le rendre heureux — comme le lui conseillait sa mère.

Une vague de dégoût la submergea alors qu'elle s'arrêtait sur le seuil de la cuisine.

Wade était assis, les coudes sur la table, la tête entre les mains. Une lame de plancher dut craquer, car il se redressa soudain et regarda dans sa direction.

Il avait les yeux rougis et brillants. Un reste d'ivresse ? Ou avait-il pleuré ? Elle n'aurait su le dire. De toute façon, il pouvait changer d'humeur en un éclair et devenir violent.

Les yeux de Wade se focalisèrent sur les siens, puis se posèrent sur la batte qu'elle tenait à la main. La tristesse qui se lisait sur ses traits se mua en surprise, puis en douleur. Elle comprit alors qu'il avait pleuré. C'était ce qu'il faisait toujours après l'avoir brutalisée. Alors, il s'en voulait et promettait de ne plus jamais lever la main sur elle. Jusqu'à la fois suivante.

— Abby ? dit-il d'une voix désemparée.

Elle laissa retomber la batte contre sa jambe.

— Tu n'as pas besoin de ça, reprit-il, encore visiblement choqué.

Pourquoi ? Parce qu'elle avait éprouvé le besoin de s'armer

pour se défendre ? Ou parce qu'elle avait eu l'audace d'envisager de le frapper ?

L'ironie de la situation frappa Abby en plein cœur.

La veille, elle avait été résolue à sauver son mariage. Mais à regarder Wade assis là, elle sut qu'elle n'en avait plus envie. Ces derniers mois avaient été plus atroces que tout ce qu'elle aurait pu imaginer. Son hospitalisation avait été la dernière goutte d'eau.

— Je veux que tu fasses tes bagages et que tu t'en ailles, dit-elle surprise de pouvoir parler si calmement alors que son cœur cognait dans sa poitrine.

— Abby, tu ne veux pas dire…

— Si, Wade. Je ne peux pas vivre comme ça.

Il avait fait mine de se lever, mais sa réponse l'arrêta net. Il se laissa retomber sur sa chaise, la tête entre les mains.

— Ne fais pas ça, Abby. Je vais changer. Je te le jure. En fait, tout va s'arranger.

Les promesses familières n'eurent aucun effet sur elle. Abby dévisagea son mari et se demanda depuis combien de temps tout était terminé. Elle l'avait déjà quitté une fois. Ce soir-là, craignant pour sa vie, elle avait commis l'erreur de chercher refuge chez sa mère.

— Ne t'avise pas de revenir ici, avait dit celle-ci. Ta place est avec ton mari.

— Tu ne comprends pas. Il va me tuer !

— Qu'as-tu fait ?

Abby avait regardé sa mère, incrédule.

— Je n'ai rien fait.

Nan Lawrence avait émis un ricanement méprisant.

— Tu as forcément fait quelque chose pour le mettre en rogne.

— Il est rentré ivre mort, et il empestait le parfum…

— Grandis un peu, Abby. C'est un homme. Il faut bien qu'il se défoule un peu. Tu veux être une bonne épouse ? Ne le mets pas en colère. Maintenant, file. S'il apprend que tu es venue ici…

Elle était repartie à pied dans la nuit, accablée. Elle n'avait nulle part où aller, nul autre choix que de retourner avec Wade.

Une profonde tristesse s'empara d'elle. Ce jour-là, elle n'avait pas été assez forte pour quitter Wade. Maintenant, elle l'était.

— C'est fini, Wade.

— Tu ne peux pas me mettre à la porte, s'énerva-t-il. Je suis chez moi !

Malgré tout, il n'esquissa pas un geste vers elle.

La main d'Abby se crispa sur la batte.

— Si tu ne t'en vas pas, j'appellerai le shérif. Je ne pense pas que tu veuilles en arriver là.

Il serra les poings et la foudroya du regard. Puis il se leva brusquement, renversant sa chaise, et sortit en furie. Elle attendit que le rugissement du moteur de son pick-up se soit éloigné avant d'aller fermer la porte à clé et de caler une chaise sous la poignée.

Son instinct lui soufflait qu'il ne reviendrait pas. En tout cas pas avant ce soir.

Waters se présenta au ranch de bonne heure pour voir si Vance avait besoin qu'il l'emmène au laboratoire.

— Ce n'est vraiment pas nécessaire, déclara Travers à son avocat.

— Je représente Vance dans cette affaire, répondit ce dernier, prenant Travers par surprise. Il m'a demandé de le faire. J'espère que tu n'y vois pas d'inconvénient.

— Je comprends qu'il se sente seul en ce moment, encore que, si cette analyse donne les résultats que j'imagine, il pourra compter sur sa famille à l'avenir. J'espère qu'après toutes ces années tu ne vas pas l'encourager à s'engager dans la voie judiciaire.

— C'est moi qui te l'ai amené, lui rappela Waters. Je lui ai promis de veiller sur ses intérêts. Mais je suis certain que, dès que nous aurons la confirmation qu'il s'agit bien de ton fils, il aura tout ce dont il a besoin.

Travers acquiesça.

— Je pensais que tu serais plutôt content que je le représente.

— C'est le cas, et tu le sais.

Waters se sentait quasi euphorique. Travers appréciait le rôle qu'il avait endossé dans cette affaire. Peut-être pourraient-ils finir par se réconcilier. Il était sur le point de pousser un soupir de soulagement quand Vance apparut en haut des marches.

À cet instant, une pointe d'inquiétude naquit au fond de lui. Le jeune avait l'air terrorisé. Peut-être avait-il la phobie des piqûres. Waters pria intérieurement pour que le malaise de Vance n'ait pas d'autre cause. Il ne pouvait tout de même pas être assez stupide pour imaginer obtenir un test ADN positif tout en sachant qu'il n'était pas Oakley McGraw.

À moins qu'il n'ait cru que le cheval en peluche serait une preuve suffisante de son identité.

L'avocat s'efforça de se détendre. Vance avait la peluche. Il était peu probable qu'il l'ait récupérée dans une brocante ; par conséquent, il était bel et bien Oakley McGraw.

Lorsqu'ils furent tous les deux dans la voiture, il boucla sa ceinture et se tourna vers le jeune homme.

— S'il y a une raison pour laquelle vous pensez que ce test pourrait être négatif, alors il faut me la donner maintenant.

Comment avait-elle pu s'imaginer rester dans cette maison ? songea Abby. Chaque pièce était associée à de mauvais souvenirs. Ce matin, elle n'avait eu qu'une idée en tête : s'éloigner de Wade. Elle ne pensait pas avoir la force d'endurer d'autres coups.

À présent, elle savait qu'elle ne voulait pas continuer à vivre là. Par conséquent, elle devait trouver un autre logement. Un endroit modeste, qu'elle pourrait payer seule.

Ils remboursaient l'emprunt de la maison depuis deux ans. Si Wade le désirait, il pourrait la vendre et en tirer un peu d'argent. Elle s'en moquait.

Sa décision prise, elle eut hâte d'avoir fait ses bagages et de s'en aller. Cela ne lui prendrait pas longtemps. Elle ne possédait pas grand-chose. Une rapide inspection de ses affaires la convainquit que deux valises suffiraient à emporter le tout.

Abby traversa la cuisine, ouvrit la porte de communication avec le garage et se figea à la vue de l'escabeau qui gisait sur le sol.

Un souvenir surgit en marge de sa mémoire. Était-il possible que Wade ait dit la vérité, et qu'elle soit tombée ? Elle secoua la tête. Non, les taches de sang étaient dans la cuisine. Pourtant, la scène la taraudait.

Elle resta immobile sur le seuil, fouillant sa mémoire. Comme elle fermait les yeux, une image lui vint. Wade et son père. Elle fronça les sourcils. Ils étaient dans le garage. Elle les avait entendus parler.

Un frisson la parcourut. Pourquoi parlaient-ils dans le garage ? Parce qu'ils ne voulaient pas qu'elle les entende. Pourtant, elle les avait entendus. Le leur avait-elle fait comprendre ?

Y avait-il eu une dispute qui s'était poursuivie dans la cuisine ?

Elle s'obligea à se concentrer. Wade et elle s'étaient querellés, oui. Eux deux, seuls. Mais à quel sujet ?

C'était quelque chose d'important. Wade avait-il découvert qu'elle avait recommencé à prendre la pilule en secret ? Elle repoussa cette idée, cherchant à se focaliser sur ce qu'elle avait vu et entendu dans le garage.

Elle revoyait Wade et Huck, têtes penchées l'une vers l'autre, parlant d'une voix grave… Elle les entendait presque. Au bout d'un moment, elle rouvrit les yeux, au comble de la frustration. Le souvenir continuait à se dérober.

Waters avait trouvé un laboratoire local où effectuer l'analyse, de sorte qu'ils n'avaient pas besoin de quitter la ville.

— N'as-tu pas besoin de l'ADN de maman ? demanda Ledger à son père.

Puisque l'avocat s'était chargé d'emmener Vance, ses frères et lui avaient insisté pour conduire Travers sur place.

— Pour l'instant, ils n'ont demandé que le mien, répondit-il. Cela devrait suffire. Si besoin est, nous pourrons obtenir un échantillon de votre mère.

Comme ils entraient dans le bâtiment, Ledger se demanda combien de temps la nouvelle allait mettre à se répandre en ville. Il avait déjà entendu dire qu'un des jumeaux avait été retrouvé. Waters en avait-il parlé ? Ou Vance ? Ce dernier avait passé une nuit dans un motel de la localité. Si c'était Waters qui l'avait amené, cela seul avait pu donner lieu aux commérages.

Son père s'approcha du bureau d'accueil et fut prié de se rendre dans une salle à l'arrière. Il s'engagea dans un petit couloir tandis que Ledger promenait un regard autour de lui. L'endroit était petit. Ses frères s'étaient installés dans la salle d'attente, mais il était trop fébrile pour les imiter. Il s'avança un peu, de façon à voir jusqu'au bout du couloir.

Son père avait disparu dans une des salles adjacentes en compagnie d'un technicien. Ledger se demanda où était Vance. Le son d'une voix familière le fit se retourner. L'adjoint Huck Pierce sortait d'une des salles avec une technicienne, une jeune femme aux cheveux roux qui riait d'une de ses plaisanteries.

Ledger pivota de nouveau, mais pas avant d'avoir vu la technicienne ouvrir une autre porte. Il eut juste le temps d'apercevoir Vance assis sur une civière, visiblement nerveux. Il n'avait pas l'air d'être un homme qui croyait être Oakley McGraw.

— C'est une bonne chose que papa ait été assez avisé pour exiger une analyse ADN, commenta-t-il en rejoignant ses frères. Je viens de voir Vance. On dirait qu'il a une peur bleue. Et s'il mentait ?

— Dans ce cas, nous le saurons très vite, déclara Boone. L'ADN ne ment pas, lui.

— Il avait la peluche, leur fit remarquer Cull.

Il secoua la tête.

— Ce que je veux savoir, c'est ce qui va se passer s'il est vraiment Oakley.

7

Ledger laissa s'écouler quelques jours avant de retourner au Whitehorse Café. Il s'arrêta à l'entrée pour chercher Abby des yeux, ainsi qu'il avait coutume de le faire. Aujourd'hui, il allait lui expliquer pourquoi il n'était pas revenu. Il s'excuserait auprès d'elle de lui avoir compliqué la vie et, à partir de maintenant, il garderait ses distances.

Malgré tout, comme chaque fois, il éprouva le sentiment d'espoir, puis d'inquiétude, qui l'envahissait toujours avant de l'apercevoir. Quand elle n'était pas là, une déception douloureuse lui coupait l'appétit. Cependant, il était trop poli pour tourner les talons et repartir. Il grignotait quelque chose pour donner le change, même s'il était évident pour les autres serveuses qu'il ne venait que pour une seule raison, et que cette raison ne figurait pas sur le menu.

— Abby a pris une journée de congé, l'informa son amie Tammy en passant devant lui chargée de deux assiettes pleines de biscuits et de sauce.

Abby ne prenait jamais de jour de congé à moins d'être vraiment souffrante. Le cœur battant, il attendit que la serveuse revienne à sa hauteur pour la questionner.

— Quelque chose ne va pas ?

Tammy s'arrêta, et il la vit hésiter. À l'évidence, il lui répugnait de divulguer une information qu'Abby aurait peut-être préféré lui taire.

— Je comprends, dit-il, ne voulant pas la mettre dans l'embarras. Elle a besoin d'amis loyaux.

— Elle cherche un appartement, lâcha Tammy en lui adressant un sourire encourageant.

— Un appartement ?

— Un studio, précisa-t-elle d'un ton éloquent, avant de se hâter pour aller prendre une autre commande.

Un studio.

Cela signifiait-il que ses prières avaient été exaucées ? Qu'elle avait enfin quitté Wade ? Ledger s'efforça de ne pas s'emballer à cette perspective. Pour l'instant, il ne savait pas ce que cela voulait dire. De plus, elle pouvait toujours se raviser. Ou pis, Wade pourrait tenter de la retenir.

Incapable d'avaler une bouchée, il sortit et regagna son pick-up, le pas plus léger qu'il ne l'avait été ces trois dernières années.

Il venait de s'installer au volant quand son téléphone se mit à sonner. Il songea tout d'abord que c'était Abby qui l'appelait pour lui annoncer la bonne nouvelle, puis se souvint qu'il ne faisait pas partie de l'équation. Qu'il n'en faisait plus partie depuis qu'elle avait épousé Wade. Et que, même si elle cherchait un studio…

Il tira en hâte l'appareil de sa poche, encore plein d'espoir.

— Allô ?

— Il faut que tu rentres à la maison, lâcha Cull sans préambule. Papa vient d'avoir le résultat du test ADN. Il veut nous parler à tous.

— Si vite ? s'étonna Ledger.

— Il ne s'agissait que d'une analyse préliminaire.

— J'arrive.

Il coupa la communication et resta un instant immobile, fixant le volant. Le moment de vérité était arrivé.

Il démarra et roula aussi vite que possible en direction du ranch, ses pensées abandonnant presque aussitôt la conversation qui les attendait à la maison pour se focaliser sur Abby. Que faisait-elle en ce moment ?

Il mourait d'envie de lui téléphoner, mais parvint à résister. Il s'était promis de lui laisser un peu d'espace. Il émit un léger rire en se remémorant les fois où il avait été tenté par un geste romantique insensé, comme il en avait vu dans les films. Il s'était imaginé arrivant à cheval au café, hissant Abby sur sa monture et s'éloignant vers le soleil couchant avec elle. Il s'était vu la sauver d'elle-même, de Wade, de son abominable mère.

Il arriva bientôt en vue du ranch et ralentit pour s'engager dans l'allée délimitée par les clôtures d'un blanc éclatant. Un petit groupe de chevaux galopait, leur crinière volant dans le vent.

Ce spectacle faisait toujours naître un sourire sur ses lèvres. Il adorait ce ranch, adorait l'élevage des chevaux. Il avait toujours pensé qu'il amènerait Abby ici lorsqu'il l'aurait arrachée aux griffes de Wade.

La voiture de Waters était garée devant la maison, à côté d'un pick-up plus ancien qu'il ne reconnut pas. Appartenait-il à Vance Elliott ?

Un mélange d'appréhension et d'excitation monta en lui. Son père cherchait les jumeaux depuis vingt-cinq ans. Le test ADN allait-il apporter la preuve indubitable que l'un d'eux était enfin de retour à la maison ?

Abby se sentait plus forte de jour en jour, à la fois physiquement et émotionnellement. Elle avait mis un point d'honneur à ignorer les messages que sa mère avait laissés sur son téléphone, qu'ils soient suppliants ou furieux, lourds de menaces.

À sa grande surprise, Wade s'était tenu à distance. Chaque soir, elle avait redouté qu'il ne tambourine à sa porte, ivre et empestant le parfum bon marché. Quand elle s'éveillait le matin et se rendait compte qu'il n'était pas venu, elle avait l'impression d'être dans l'œil du cyclone. Elle ne se berçait pas d'illusions : le chemin de la liberté ne serait pas toujours si facile.

Elle prit une profonde inspiration, se préparant à l'épreuve qui l'attendait. Elle avait été soulagée de ne pas voir son mari ces jours-ci, mais à présent elle devait lui parler. Elle le trouva alors qu'il terminait son service. À en juger par son regard, son père lui avait tout raconté sur le fait qu'elle était désormais au courant du trafic de cannabis.

— Nous devrions parler à la maison, marmonna-t-il.

— Je n'ai pas grand-chose à dire et je ne veux pas être seule là-bas avec toi.

Un éclair de douleur traversa le regard de Wade. Les fois précédentes, elle avait faibli. Plus maintenant.

— J'ai déménagé aujourd'hui. Tu peux garder la maison ou la vendre, c'est à toi d'en décider. Je ne veux rien de toi.

— Tu ne parles pas sérieusement. Tu es fâchée et bouleversée. Quand tu te seras calmée…

— Non, Wade. Je suis on ne peut plus sérieuse et je ne vais pas changer d'avis. Tout est fini entre nous.

Un muscle tressauta à sa mâchoire. Une expression familière apparut dans ses yeux. S'ils n'avaient pas été debout dans la rue devant le poste du shérif, il se serait emporté, et tous deux savaient ce qui se passait alors.

— J'ai consulté un avocat et j'ai signé des papiers expliquant que nous étions séparés. Il y a une période d'attente, mais si tu acceptes le divorce, tu n'auras pas à engager d'avocat toi-même. Faire traîner les choses en longueur ne nous coûtera que davantage à tous les deux.

Il la dévisagea comme s'il ne parvenait pas à croire les paroles qu'elle venait de prononcer.

— Attends une minute. Tu n'avais pas parlé de divorce !

— Je t'ai dit que c'était fini.

— Ce n'est pas la même chose que de demander le divorce, protesta-t-il en retirant son stetson pour passer une main dans ses cheveux. Je croyais que tu avais seulement besoin de temps.

— Non, Wade. Je ne peux plus rester mariée avec toi. Je t'en prie, ne t'oppose pas à ma décision. Tout est fini, et je ne reviendrai pas là-dessus.

Il remit son chapeau. Il semblait au bord des larmes.

— Je changerai. Il faut que tu me donnes une autre chance.

— Je ne t'en ai déjà que trop donné, répondit-elle en détournant les yeux.

Quand elle rencontra son regard de nouveau, il était furieux.

— C'est McGraw, lâcha-t-il d'une voix étranglée. Ledger McGraw.

— Crois ce que tu veux, mais il ne s'agit que de toi et moi.

Abby se dirigea vers sa voiture, espérant qu'il n'allait pas la suivre. Bien sûr, il lui emboîta le pas.

— Abby, je sais que j'ai tout raté…

— Tais-toi, s'il te plaît, le coupa-t-elle sans cesser de marcher. Je ne veux pas de discussions sans fin. Tu sais exactement pourquoi je veux divorcer. Je ne parlerai à personne des violences que tu m'as fait subir à moins que tu ne t'opposes au divorce.

Il ne répondit pas tout de suite. À l'évidence, cette idée ne lui avait pas traversé l'esprit. Non que les gens ne soient pas déjà au courant. Ledger avait toujours su ce qui se passait. Mais il était clair que Wade préférait penser que c'était encore un secret.

— Ce sera ma parole contre la tienne, lança-t-il en lui attrapant le bras, la forçant à pivoter vers lui.

Elle se dégagea d'un geste sec.

— On a vu mes bleus, Wade. Les gens témoigneront au tribunal. Le médecin à l'hôpital avait de gros soupçons quant à mon… accident.

Un mélange de colère et de peur se lut sur le visage de Wade. Si son comportement venait à être révélé au grand jour, il risquait de perdre son poste. Il lui reprit le bras.

— Tu me fais mal, dit-elle sans élever la voix.

Il la lâcha et recula d'un pas, comme s'il se méfiait de lui-même.

— Laisse-moi partir. C'est pour le mieux. Eh Wade ? Ne laisse pas ton père t'entraîner dans une histoire stupide.

— Que veux-tu dire par là ?

— Ma mère et ton père ont leurs propres raisons de vouloir

que nous restions ensemble. À ta place, je ne suivrais pas leurs conseils.

Elle ouvrit sa portière et monta dans sa voiture, puis baissa sa vitre.

— Mon avocat t'enverra les papiers très bientôt. Tu n'auras qu'à les signer, et nous nous séparerons à l'amiable, d'accord ?

Sans lui donner le temps de répondre, elle tourna la clé de contact et démarra. Il était encore au même endroit quand elle s'engagea dans la rue. Leurs relations ne seraient jamais amicales. Elle aurait de la chance s'il lui accordait le divorce sans traîner les pieds, sans parler de la laisser en paix. Non, songea-t-elle en refoulant ses larmes. Elle aurait de la chance de sortir vivante de ce mariage.

Ledger observait la célébration, se sentant étrangement détaché de la scène. Au bout de vingt-cinq ans, un des jumeaux était de retour. C'était extraordinaire, presque irréel. Il jeta un coup d'œil à son père. Travers semblait si heureux que Ledger en fut ému. Cependant, il était le seul à jubiler. Les autres membres de la famille paraissaient sous le choc.

Ledger remarqua que Nikki observait attentivement Vance. Ou devaient-ils l'appeler Oakley à partir de maintenant ? Nikki était perspicace ; c'était une des qualités qui faisaient d'elle un excellent auteur dans son domaine. Elle voyait des choses qui échappaient aux autres. Et elle connaissait la nature humaine. Ledger était impressionné par ce qu'elle avait découvert en si peu de temps.

Elle fronçait les sourcils, comme perdue dans ses pensées. Ledger se demanda s'il réussirait à appeler Vance Oakley, même à supposer que l'intéressé le désire.

Son père, un bras autour des épaules de son fils si longtemps disparu, proposait de déboucher une nouvelle bouteille de champagne. De son côté, Vance avait l'air mal à l'aise dans son nouveau rôle.

Ledger s'approcha de Nikki, juste au moment où celle-ci se penchait vers Cull et lui murmurait à l'oreille :

— Quelque chose cloche.

Son frère soupira.

— Il a la peluche, répondit-il tout bas. Il a les yeux bleus comme nous. Mais surtout, le test ADN préliminaire est positif. Qu'est-ce que tu es en train de dire ?

Nikki secoua la tête et regarda Ledger.

— Tu le sens aussi, n'est-ce pas ?

Il acquiesça.

— Tout paraît…

— … faux, compléta Boone, qui venait de les rejoindre.

À cet instant, leur père les appela, désireux de remplir leurs coupes de champagne.

— Quoi que vous en pensiez, ne dites rien, demanda Cull. Regardez papa. Il est heureux. Et par conséquent, moi aussi. Il va falloir du temps, mais nous nous habituerons.

La mémoire est une chose étrange, songea Abby. Parfois, elle s'évertuait en vain à essayer de se souvenir de ce qui s'était passé dans le garage et, ensuite, dans la cuisine. À d'autres moments, sans crier gare, une image s'imposait à elle. Assez nette pour la faire tressaillir, interrompre ce qu'elle faisait et essayer de s'y cramponner avant qu'elle s'évanouisse de nouveau.

Elle s'était rendu compte qu'il lui manquait une de ses boucles d'oreille préférées. Sachant que Wade travaillait, elle était revenue à la maison afin de la chercher.

Après avoir longuement tâtonné sous le lit, ses doigts se refermèrent sur le bijou, à l'instant précis où une nouvelle scène, la plus nette de toutes, surgissait dans son esprit. Elle se figea, le souvenir défilant dans sa tête comme un extrait de film. Elle revit Wade et son père dans le garage, têtes penchées, discutant gravement. À la différence près que, cette fois, elle entendait leur conversation.

Un bruit de moteur lui parvint soudain. Une voiture venait de se garer dans la cour. Abby se redressa brusquement et se cogna la tête contre le montant du lit, le métal de la boucle d'oreille lui mordant la paume. Elle resta quelques secondes étourdie par la douleur et par la netteté du souvenir, tandis que résonnait le claquement d'une portière, suivi de pas lourds sur les marches.

Elle se leva et regarda par la fenêtre de la chambre. Le son d'une clé qui tournait dans la serrure lui confirma que Wade était rentré. Il avait dû voir sa voiture garée dans la rue.

Elle regarda frénétiquement autour d'elle, cherchant des yeux une issue. Mais la fenêtre, recouverte de multiples couches de peinture au fil des années, n'ouvrait pas, et elle ne parviendrait jamais à atteindre la porte du jardin sans être vue. Et si Wade comprenait qu'elle essayait de s'enfuir, cela ne ferait que décupler sa rage.

Paralysée par l'indécision, elle sentit une bouffée de nausée monter en elle au souvenir de ce qui s'était passé. Elle aurait préféré ne jamais recouvrer la mémoire. Tout comme elle regrettait amèrement d'avoir oublié sa boucle d'oreille. Jamais elle n'aurait dû revenir ici.

Sachant ce qu'elle savait désormais, elle n'avait d'autre choix que d'alerter le shérif. Wade n'était pas un bon mari. Il avait un caractère épouvantable et la frappait quand il était ivre ou en colère, ce qui arrivait souvent, mais elle n'avait jamais pensé qu'il soit foncièrement méchant. Au contraire, elle avait eu de la compassion pour lui, car elle soupçonnait que son père lui avait mené la vie dure.

Cependant, après la conversation qu'elle avait surprise dans le garage… Une fois qu'elle aurait parlé au shérif, elle ne serait plus jamais en sécurité. Si Wade ne la tuait pas, son père s'en chargerait. La seule autre option qui s'offrait à elle était d'empêcher Wade d'aller plus loin avant qu'il soit trop tard — à supposer qu'elle puisse trouver des arguments assez convaincants pour l'inciter à tenir tête à Huck.

La boucle d'oreille oubliée lui échappa, heurtant le plancher avec un tintement métallique. Elle ne s'était même pas rendu compte qu'elle l'avait toujours à la main. Elle se pencha, la chercha à tâtons dans la semi-pénombre et venait de la ramasser quand une lame de plancher grinça derrière elle.

— Abby ?

Elle n'avait pas entendu Wade remonter le couloir, mais il se tenait sur le seuil de la chambre.

Un seul regard sur elle lui suffit pour comprendre. Il lâcha un juron.

— Tu as retrouvé la mémoire !

Elle était prise au piège.

8

Abby recula, effrayée. Jamais elle n'avait vu autant de rage et de peur dans les yeux de son mari.

— Tu vas te taire. Compris ? ordonna-t-il en s'avançant vers elle jusqu'à ce qu'il l'ait acculée dans un coin.

— Wade, je te supplie de ne pas faire ça, murmura-t-elle, s'efforçant en vain d'empêcher sa voix de trembler.

— Tu me supplies ? fit-il en ricanant. J'aime t'entendre dire ça.

— Je parle sérieusement. J'ai toléré beaucoup de choses depuis que nous sommes mariés, mais là…

— C'est notre billet pour sortir de ce trou à rats. Allons, ne me dis pas que tu n'aimerais pas avoir une belle maison comme celle des McGraw. Tu as les yeux qui brillent rien qu'à la mention de ce nom-là, même si ce n'est pas seulement à cause de la maison, hein ?

— Je t'en prie, ne recommence pas.

— Tu ne veux pas entendre le nom de Ledger McGraw dans ma bouche, hein ?

Elle voulut faire un pas en arrière, et heurta violemment le mur. Elle était à sa merci, et il le savait. Elle avait enduré tant de mauvais traitements de sa part au cours de leur mariage. Au début, il avait été doux et compréhensif. Il l'avait placée sur un piédestal, et rien n'était trop beau pour elle. Et puis, il avait été licencié du parc d'engraissement de bovins où il travaillait. Son père l'avait fait engager comme adjoint au shérif, et Wade avait changé. Il s'était mis à ressembler à ce père qu'il détestait pourtant.

Il était tout près d'elle à présent, et elle lisait la fureur dans ses yeux sombres. Il mourait d'envie de la frapper.

Pourquoi avait-elle tenté de lui faire entendre raison le soir où elle avait été hospitalisée ? Pourquoi n'était-elle pas allée directement voir le shérif lorsqu'elle avait découvert ce que son père et lui s'apprêtaient à faire ?

Il était trop tard désormais. L'être sensible qui existait au fond de lui, celui qui pleurait souvent dans ses bras après l'avoir brutalisée, semblait s'être volatilisé.

— Ledger McGraw, répéta-t-il, la bouche tordue par un rictus méprisant. Je crois que ça te fait plus de mal de m'entendre dire son nom que si je te rouais de coups.

— Wade, il ne s'agit pas de Ledger. Ce plan que vous avez en tête est cruel et illégal.

— Illégal ? s'esclaffa-t-il. Mon chou, as-tu oublié à qui tu es mariée ? Je suis shérif adjoint, bon sang ! Je ne fais rien d'illégal quand je porte ma plaque et mon pistolet.

Au grand dam d'Abby, il semblait croire ce qu'il disait. Cela expliquait le changement intervenu chez lui depuis qu'il occupait ce poste. Elle avait été idiote de le provoquer en essayant de le faire changer d'avis. Même si elle battait en retraite maintenant, il était hors de lui. Il allait lui faire du mal.

Et que se passerait-il ensuite ? Brusquement, elle se demanda jusqu'où il était prêt à aller pour l'empêcher de révéler ce qu'elle avait découvert.

— J'ai besoin que tu viennes, déclara Wade d'une voix étranglée.

À l'autre bout du fil, son père éructa un juron.

— Qu'est-ce que tu as encore fait ?

Il jeta un coup d'œil vers le corps inerte sur le sol.

— Ce n'était pas ma faute, mais j'y suis peut-être allé un peu fort.

Son père jura de nouveau.

— Ne fais rien d'autre, abruti. Reste où tu es. J'arrive.

Il raccrocha sèchement. Wade reposa le combiné et passa une main sur son visage avant de la retirer précipitamment en voyant qu'elle était pleine de sang. Un frisson le parcourut tandis qu'il s'essuyait fébrilement les doigts sur son pantalon.

Pourquoi avait-il laissé les choses en arriver là ? Pourquoi ne s'était-il pas éloigné avant ? Peut-être aurait-il pu la raisonner. Pourquoi avait-il fallu qu'il se venge sur elle ?

— Parce que je suis le fils de mon père, marmonna-t-il, dégoûté par sa conduite.

Il s'approcha d'Abby et s'agenouilla à côté d'elle. À vrai dire, elle n'avait pas l'air trop abîmée. Son père lui avait appris à ne jamais frapper une femme au visage. Inutile de faire jaser les voisins ou pis, de se voir convoquer par le shérif parce que quelqu'un en ville avait vu sa femme avec un œil au beurre noir.

Cependant, cette fois, il avait dû lui donner un coup au visage, car elle saignait du nez. Et après son traumatisme crânien…

La porte du jardin s'ouvrit à la volée. Des pas lourds traversèrent le couloir. Il se retourna au moment où son père faisait irruption dans la pièce.

— Elle est encore vivante ?

— Je ne sais pas.

— Tu n'as pas vérifié ?

Avec un grognement d'exaspération, il poussa Wade et s'accroupit pour prendre le pouls d'Abby.

— Tu as de la chance, espèce d'incapable. Elle respire encore. Depuis combien de temps est-elle sans connaissance ?

Wade regarda autour de lui, comme si la réponse était quelque part dans la chambre.

— Je ne sais pas.

Son père se releva et le toisa.

— Qu'est-ce qu'il t'a pris ? Pourquoi as-tu recommencé à la cogner ?

— Tu veux dire, pourquoi est-ce que j'ai fait ce que tu nous faisais, à maman et à moi ?

— La ferme, sale môme.

Huck fit un pas vers lui, l'empoigna par la chemise et le plaqua contre le mur.

— Pourquoi justement aujourd'hui ? Est-ce qu'il faut que je te rappelle que nous avons trop à perdre pour que tu te fasses remarquer une fois de plus par les autorités à cause d'une querelle de ménage ? Où avais-tu la tête, bordel ?

— Ce n'était pas une querelle de ménage, hoqueta-t-il, suffoquant.

Son père l'étranglait, le poing dans sa gorge.

— Elle est au courant.

Il se passa une main sur le visage, sentit l'odeur du sang et se frotta la paume sur son jean.

Huck le lâcha et recula.

— Comment ça ?

Il secoua la tête.

— Je ne sais pas. La mémoire a dû lui revenir. Elle va parler.

Huck jura de plus belle et se tourna vers la femme inconsciente sur le sol.

— Dans ce cas, nous n'avons pas le choix. On ne peut pas la ramener à l'hôpital. Je connais un ambulancier. On peut l'emmener chez lui. Il te couvrira et, si elle a le moindre bon sens, elle se taira et laissera faire.

Wade se mordit l'intérieur de la joue. Cela lui déplaisait de le dire à son père, mais il doutait qu'Abby laisse faire quoi que ce soit.

— Pas sûr que ça suffise, marmonna-t-il.

Huck pivota vers lui.

— Que veux-tu dire ?

— Je ne crois pas qu'elle se taise. Pas cette fois.

Son père s'avança vers lui. Wade leva instinctivement les bras pour se protéger et attendit que le coup de poing de son père le fasse tomber à genoux.

Abby gémit.

Wade jeta un coup d'œil sous ses bras, surpris que son père ne l'ait pas frappé.

— Tu ferais mieux de décider ce que tu veux faire d'elle, grommela Huck. Mais d'abord, tu as du whisky ? J'ai besoin d'un verre.

Abby ne savait pas depuis combien de temps elle était étendue sur le sol, le visage en sang. Elle tenta de se redresser, et un gémissement lui échappa. Ses côtes la faisaient atrocement souffrir, et elle dut se reposer un instant contre le côté du lit. La pièce tournait autour d'elle. Envahie par la nausée, elle ferma les yeux. Elle entendait Wade et son père parler dans la cuisine, le tintement des glaçons contre des verres.

Apparemment, ils étaient en train de boire. Comment était-ce possible alors qu'elle était allongée là, sans connaissance ? Wade pensait-il être débarrassé d'elle pour de bon ?

Ils discutaient à mi-voix, mais la maison était si mal isolée qu'elle distinguait presque toutes leurs paroles. Malgré la douleur qui lui martelait les tempes, elle s'obligea à se concentrer pour comprendre ce qu'ils disaient.

— … Se débarrasser du corps… Ce soir… On ne peut pas le balancer n'importe où.

La terreur la gagna. Ils ne pouvaient pas parler d'elle, si ? Alors même que cette pensée lui venait, elle sut que c'était la vérité. Wade était allé trop loin. Il croyait l'avoir tuée.

Et bien sûr, il ne pouvait pas se permettre de la ramener à l'hôpital. On l'interrogerait, et il risquerait de perdre son poste d'adjoint au shérif. Un poste qu'il affectionnait. Il n'allait pas y renoncer juste parce que, cette fois, il avait frappé sa femme trop brutalement.

Abby s'agrippa au bord du lit, se mit debout tant bien que mal et remarqua qu'elle avait laissé une trace ensanglantée sur la courtepointe. Elle la fixa un instant, songeant vaguement qu'il faudrait la faire tremper pour la nettoyer.

Un bruit dans la pièce voisine la ramena à la réalité, aux

élancements qui lui parcouraient le corps, au sang qui battait à ses tempes. Elle avait le vertige. Combien de temps parviendrait-elle à rester debout ?

Sauve-toi avant qu'il soit trop tard, hurlait une voix dans sa tête.

Elle traversa la chambre d'un pas incertain et regarda au-dehors. Wade et son père étaient toujours dans la cuisine. Ils parlaient tout bas maintenant.

Ils n'allaient pas tarder à revenir la chercher.

Elle se tourna vers la porte du jardin. Celle-ci semblait trop éloignée, hors d'atteinte. Néanmoins, Abby se dirigea vers elle à une allure d'escargot, prenant appui sur le mur.

Tout étourdie, ne sachant même pas si elle était vraiment réveillée, elle toucha la poignée et la tourna. La porte n'était pas fermée à clé. Elle s'ouvrit sans bruit.

Une bouffée d'air frais fouetta le visage d'Abby, et un instinct de survie primitif surgit du plus profond d'elle. Sans l'ombre d'un doute, elle comprit qu'elle devait prendre ses jambes à son cou, atteindre le rideau d'arbres. Si les hommes assis dans la cuisine sentaient la brise, ils sauraient aussitôt que la porte avait été ouverte. Ils sauraient qu'elle tentait de leur échapper.

Elle se mit à courir. La première foulée lui déchira les côtes, mais elle continua, courbée en deux, s'entourant la taille de ses bras pour lutter contre la douleur. Elle ne jeta pas un regard en arrière. Elle n'osait pas. Il fallait qu'elle croie qu'elle pouvait arriver jusqu'au bosquet. Ses pensées n'allaient pas plus loin.

Elle trébucha sur une racine, perdit l'équilibre et s'effondra lourdement. Le souffle coupé par l'impact, elle roula sur le dos en grimaçant, puis resta immobile, haletante, terrifiée.

Les étoiles scintillaient dans le ciel au-dessus de sa tête. Elle craignit de perdre connaissance de nouveau, mais sa vision s'éclaircit à mesure qu'elle respirait mieux. Elle resta là, aux aguets, s'attendant que Huck et Wade la découvrent et que sa fuite éperdue n'ait été qu'une perte de temps et de forces.

Aucun bruit ne lui parvint, et elle prit soudain conscience du poids de son téléphone portable dans sa poche. Elle l'en sortit et, l'espace d'un instant, ne sut qui appeler.

Pas sa mère. Pas ses amies. Elle ne pouvait les entraîner dans cette histoire. Wade l'avait déjà avertie de ce qu'il pourrait leur faire. La main crispée sur l'appareil, elle sentit un sanglot monter dans sa poitrine.

Il n'y avait qu'une seule personne qui puisse l'aider.

Abby se releva et s'enfonça plus profondément dans les bois en titubant. Une seconde, elle crut ne pas pouvoir se remémorer le numéro de téléphone. Cependant, les chiffres lui revinrent en mémoire dès qu'elle effleura le clavier. Priant pour qu'il n'ait pas changé, elle attendit.

La première sonnerie résonna à ses oreilles, lui arrachant un sanglot. Elle retint son souffle alors qu'elle retentit pour la deuxième fois.

Réponds, je t'en prie. Réponds !

Elle n'avait personne d'autre vers qui se tourner. Elle ne pouvait appeler le shérif. Huck et Wade étaient adjoints tous les deux. Ils trouveraient le moyen de se disculper même si McCall Crawford la croyait.

La sonnerie retentit pour la troisième fois. Il n'allait pas décrocher. Ses doigts se resserrèrent sur l'appareil, l'espoir refluant lentement.

Elle était sur le point de renoncer quand Ledger répondit.

Submergée de soulagement, elle se mit à pleurer si fort qu'elle était incapable d'articuler un mot.

— Abby ?

Au prix d'un effort, elle parvint à lâcher :

— J'ai besoin de toi !

Il n'hésita pas une seconde.

— Dis-moi où tu es.

— Elle a filé !

Livide, Wade rentra en hâte dans la cuisine où son père

achevait la bouteille de whisky, prenant des forces pour la tâche à venir, sans doute.

— Comment ça, elle a filé ? rugit Huck en abattant violemment son verre sur la table.

— Elle n'est plus là où on l'a laissée. Il y a du sang sur le dessus-de-lit et sur le mur…

— Allons, elle n'a pas pu aller bien loin dans l'état où elle est.

Wade regagna la chambre, vérifia la salle de bains et alla même jusqu'à regarder sous le lit.

— Par ici, imbécile !

Il ressortit de la chambre et vit les marques de doigts dans le couloir. Elles menaient droit à la porte du jardin, encore entrebâillée.

— Qu'est-ce qu'on va faire ? gémit Wade.

Il avait bu juste assez de whisky pour qu'une chaleur agréable lui emplisse les veines, mais il avait le cerveau embrumé. Toute la situation lui paraissait irréelle.

— Elle ne peut pas aller loin à pied, répéta Huck, s'assurant d'un coup d'œil qu'elle n'avait pas pris une des voitures.

Wade se dirigea vers les peupliers qui bordaient le ruisseau derrière la maison. Ils offraient un refuge évident, tout près de là.

Il n'avait fait que quelques pas quand il découvrit une chaussure gisant sur le côté au bord de l'eau. Il siffla pour avertir son père, puis scruta le bosquet.

Je vais la trouver morte quelque part.

Cette pensée le paralysa un instant, jusqu'à ce que les pas lourds de son père se fassent entendre derrière lui.

— C'est sa chaussure, dit-il en la lui montrant.

— Ramasse-la. Elle doit être tout près.

Huck le dépassa, mais Wade le retint par le bras.

— Attends, dit-il en braquant sa torche électrique sur des empreintes encore fraîches.

Son père se pencha pour mieux les examiner.

— Elles sont récentes. Quelqu'un l'a portée.

Il regarda la rive opposée, et le chemin qui en partait.

— Elle avait son téléphone sur elle ?

Wade lâcha un juron.

— Tu peux être sûr qu'elle a appelé Ledger McGraw.

Huck se releva et fit face à son fils.

— Tu as vraiment foiré, ce coup-ci. Je pourrais…

Il prit son élan comme pour le frapper, mais Wade para son coup.

— Je ne suis plus un gamin que tu peux martyriser, lâcha-t-il, les dents serrées. Tu peux me traiter d'imbécile et dire ce que tu veux, mais si tu m'attaques je ne vais plus me laisser faire.

Son père fronça les sourcils.

— Tu crois que tu peux faire le poids contre moi ? Pauvre nul !

— Je ne sais pas, mais j'essayerai.

Huck eut un rire méprisant.

— Ce n'est pas le moment, il me semble. Si elle alerte le shérif…

— Elle n'ira pas voir le shérif. Elle est partie avec Ledger McGraw. Si quelqu'un vient me chercher, ce sera lui, et je serai prêt.

9

Ledger n'avait qu'une idée en tête : emmener Abby à l'hôpital et puis aller passer Wade à tabac. Il n'avait jamais été violent, mais en voyant les blessures que Wade avait infligées à Abby il s'était senti prêt à le tuer. Ce type devait être mis hors d'état de nuire, et si cela signifiait l'éliminer…

— Où m'emmènes-tu ? s'inquiéta Abby, assise à côté de lui dans le pick-up.

À l'évidence, chaque mot lui coûtait un effort. S'il avait su à quel point elle souffrait, il serait venu la chercher à bord de la berline pour qu'elle puisse s'allonger sur la banquette arrière…

— À l'hôpital.

— Non !

Elle tenta de se redresser, mais son geste lui arracha un cri de douleur. Elle porta la main à sa cage thoracique.

— C'est le premier endroit où il va me chercher.

— Abby, tu as besoin de voir un médecin.

— S'il te plaît.

Il capitula sans discuter. Il ne pouvait permettre à Wade de l'approcher, ce qui signifiait que l'hôpital était hors de question. Dans l'immédiat, tout au moins.

— Je vais te conduire au ranch et appeler notre médecin de famille. Mais, Abby, s'il dit que tu dois être hospitalisée…

— Dans ce cas, j'irai.

Elle se laissa aller en arrière et ferma les yeux.

— Je ne voulais pas te mêler à tout ça.

— J'y ai toujours été mêlé, lui fit-il remarquer, parce que je n'ai jamais cessé de t'aimer.

Elle garda le silence. Il était clair qu'elle avait mal. Pour sa part, il bouillait de colère. S'il avait pu mettre la main sur Wade, ce dernier aurait passé un mauvais quart d'heure.

Il ralentit pour s'engager dans l'allée qui menait au ranch et appela le Dr John. Ce fut sa secrétaire qui décrocha. Ledger lui expliqua brièvement la situation.

— Nous avons besoin qu'il vienne au ranch, conclut-il.

La réceptionniste lui passa le médecin, qui posa quelques questions auxquelles Ledger répondit de son mieux.

— Il me semble que le mieux serait de l'emmener à l'hôpital. Je vous retrouverai sur place.

— Non. Son mari risque de la chercher là-bas. Nous allons directement au ranch.

— Très bien. J'arrive.

Quelques secondes plus tard, Ledger se garait devant la vaste demeure. Abby la contempla, les larmes aux yeux.

— J'aurais préféré revenir ici dans d'autres circonstances, murmura-t-elle.

— Je sais. Mais pour l'instant, la seule chose qui compte, c'est que tu es en sécurité.

— Promets-moi de ne pas aller trouver Wade.

Comme il se taisait, elle insista.

— Ledger, je t'en prie ! Je ne peux pas supporter l'idée de te perdre.

Il la regarda, au comble de l'émotion. Jamais des mots n'avaient été si difficiles à prononcer.

— Je te le promets.

Quand Abby se réveilla, Ledger était toujours à son chevet. La veille au soir, il l'avait transportée au premier étage avec l'aide de ses frères, après quoi il était resté près d'elle jusqu'à l'arrivée du médecin. Celui-ci lui avait recommandé de ne pas la laisser s'endormir avant qu'il l'ait auscultée.

— Comment te sens-tu ? Veux-tu que j'avertisse ta mère ? lui demanda Ledger doucement.

— Non !

Elle paraissait si atterrée par sa suggestion qu'il n'insista pas.

— Veux-tu que j'appelle quelqu'un d'autre ?

Elle secoua la tête, les larmes aux yeux.

— Il a menacé de s'en prendre à mes amies si je les mêle à tout cela.

Legder serra les dents, luttant pour maîtriser la fureur qui l'avait envahi. Ce que cet homme avait fait subir à Abby…

— Très bien, dit-il calmement. Repose-toi. Tout va s'arranger.

Comme il faisait mine de s'en aller, elle prit sa main.

— Tu ne peux pas t'en prendre à Wade. Tu ne peux pas lui dire où je suis. Si tu tentes quoi que ce soit… Tu m'as promis.

Il hocha la tête. Il était parvenu à la même conclusion, mais cela ne lui plaisait pas pour autant.

— Ne t'inquiète pas. Il ne saura pas où tu es.

— Oh si ! Mais il n'osera pas venir jusqu'ici.

Elle avait raison. Wade n'était pas assez courageux pour cela. Il attendrait qu'elle parte. Il attendrait qu'elle soit seule, sans défense.

Et quand cela se produirait, il la tuerait, il en avait la certitude. Elle avait accompli l'impardonnable à ses yeux. Elle avait cherché refuge auprès de Ledger McGraw.

Un seul regard à Abby suffit pour que McCall ait envie d'assommer Wade Pierce. Le mettre derrière les barreaux semblait une punition trop douce.

— Comment vous sentez-vous ? demanda-t-elle en s'asseyant à côté du lit.

Les changements intervenus dans la maison l'avaient étonnée. Elle avait entendu dire qu'un certain nombre de travaux avaient été entrepris depuis l'arrestation et l'incarcération de Patricia. Mais ce n'était pas tout. À présent qu'un des ravisseurs avait été identifié, que la rançon avait été retrouvée et qu'on avait découvert que les jumeaux avaient été adoptés, Travers semblait renaître.

Vingt-cinq ans durant, il avait maintenu les chambres des enfants telles qu'elles étaient le soir de l'enlèvement. Comme s'il était enfin délivré d'une vieille douleur, il avait entrepris de les faire rénover.

Tout paraissait flambant neuf dans la chambre où Abby était installée. Les murs avaient été repeints en jaune pâle, les rideaux qui dansaient dans la brise étaient en voilage léger. On avait l'impression que la pièce avait été décorée rien qu'à son intention.

— Beaucoup mieux, merci.

McCall devina qu'elle était réticente à parler de ce qui s'était passé. Jusqu'alors, Abby avait tenté de garder le secret sur sa situation, parce qu'elle avait honte, sans doute. McCall avait déjà été confrontée à ce genre de réaction. Souvent, les victimes de violences conjugales refusaient d'en parler, car elles se sentaient coupables.

— Vous souvenez-vous de ce qui est arrivé ?

Abby secoua la tête, puis dut deviner que McCall allait en conclure qu'elle s'efforçait de protéger Wade.

— D'après le médecin, ce deuxième traumatisme survenu si vite après le premier a causé une amnésie supplémentaire.

— Le premier ? La chute de l'escabeau ?

Abby détourna les yeux.

— C'est ce que Wade m'a dit.

— Je me suis entretenue avec votre médecin. Vous devez savoir qu'il a signalé que vos blessures étaient probablement dues à des violences conjugales. Vous comprenez que cela ne peut pas continuer, n'est-ce pas ?

Des larmes emplirent les yeux d'Abby. Elle acquiesça.

— J'ai quitté Wade. J'ai emménagé dans un appartement en ville et j'ai entamé une procédure de divorce. Je me rappelle être retournée à la maison chercher quelque chose.

Elle fronça les sourcils.

— Wade a dû rentrer plus tôt que prévu… Je lui avais

annoncé plus tôt dans la journée qu'il allait recevoir des papiers concernant le divorce et je lui avais demandé de les signer.

McCall hocha la tête.

— Abby, vous souvenez-vous d'avoir composé le 911 et demandé à me parler de toute urgence ?

Abby écarquilla les yeux. Avait-elle vraiment fait cela ?

— Je ne me souviens de rien, non.

— D'après la standardiste, vous lui auriez dit que vous aviez découvert que votre mari et son père étaient impliqués dans une affaire épouvantable.

Abby secoua la tête, songeant au trafic de cannabis de sa mère. Elle n'aurait tout de même pas dénoncé sa mère au shérif, si ? Ou Wade et son père trempaient-ils dans une affaire plus sordide encore ? Un souvenir confus flottait en marge de sa conscience, mais essayer d'y réfléchir ne faisait que renforcer son mal à la tête.

— Je suis désolée. Je ne me rappelle pas avoir téléphoné et je ne vois pas du tout pourquoi je l'aurais fait.

McCall acquiesça.

— Quoi qu'il en soit, il est temps que vous déposiez une plainte contre Wade. Êtes-vous prête à le faire ?

Comme Abby hésitait, le shérif poursuivit :

— J'aimerais aussi que vous demandiez qu'il soit soumis à une injonction d'éloignement vous concernant. Je sais que cela ne servira pas à grand-chose si Wade décide de ne pas en tenir compte, mais au moins ce geste lui prouvera que vous êtes on ne peut plus sérieuse — surtout si vous téléphonez à la seconde où il l'enfreindra.

Car il l'enfreindrait, elles le savaient toutes les deux.

Abby ferma les yeux un instant.

— C'est entendu. Je vais le faire.

Elle rouvrit les yeux et croisa le regard inquiet de McCall.

— Il va perdre son poste, n'est-ce pas ?

— Pas tout de suite, mais s'il commet une infraction, oui. Quand Wade est entré dans le service, j'ai pensé qu'il avait beaucoup de potentiel. Il était plein d'enthousiasme, et j'avais placé de grands espoirs en lui. Ceci est un avertissement pour lui. J'espère qu'il en tiendra compte. Mais surtout, je veux que vous soyez en sécurité.

Abby se mordilla la lèvre.

— Il est furieux que je l'aie quitté.

— Il est encore plus dangereux pour vous à présent. Juste avant que la communication soit coupée, la standardiste l'a entendu dire quelque chose comme : « Tu m'enverrais en prison ? Moi, ton propre mari ? » Quoi que vous ayez eu l'intention de me révéler au sujet de Wade et de son père, c'était très grave. S'ils pensaient que vous pouvez vous en souvenir…

Le shérif n'avait pas besoin de lui dire quel danger elle courait. Wade avait failli la tuer. Son père et lui, dans la cuisine, avaient froidement discuté de la manière de se débarrasser de son corps…

Elle frissonna à cette pensée, soudain gagnée par l'angoisse. La chambre où Ledger l'avait installée était superbe, mais elle ne pouvait rester là indéfiniment. Et que se passerait-il alors ?

La demande d'injonction que lui avait fait signer McCall ne servirait à rien. Wade lui avait juré que si elle le quittait, il la tuerait et puis se donnerait la mort après. Il avait aussi déclaré que si elle retournait un jour à Ledger, il le tuerait sans hésiter.

Son cœur se mit à cogner dans sa poitrine alors qu'elle y songeait. Qu'avait-elle fait ? Certes, la veille au soir, Ledger lui avait semblé être son unique planche de salut. Elle avait su qu'il viendrait à son secours, qu'il prendrait soin d'elle. Et elle n'avait pas eu le choix : il fallait qu'elle échappe à Wade et à son père pour survivre.

Elle se leva, fut saisie d'un vertige et dut marquer une pause, mais elle ne pouvait pas s'attarder. Elle se sentait anxieuse, effrayée.

Ledger avait promis de ne pas chercher noise à Wade, et elle était sûre qu'il tiendrait parole. En revanche, Wade, lui, risquait de s'en prendre à Ledger. Certes, il ne viendrait pas jusqu'au ranch. Il n'était pas stupide à ce point. Il attendrait le moment propice pour se venger.

Une ébauche de souvenir la taraudait. Quelque chose à propos du garage. Ce ne fut qu'une impression fugace, qui s'évanouit avant qu'elle ait eu le temps de s'y accrocher. Wade et son père étaient-ils réellement impliqués dans une affaire qui leur vaudrait la prison s'ils étaient découverts ?

Une bouffée de nausée l'envahit. Qu'avaient-ils donc fait ? Quel acte aurait été assez répréhensible pour qu'ils soient prêts à aller jusqu'au meurtre afin de le dissimuler ? Elle se remémora vaguement de leur conciliabule à mi-voix dans la cuisine et sentit ses cheveux se dresser sur sa nuque. Si elle ne s'était pas sauvée juste à temps, elle serait morte et enterrée au milieu de nulle part à présent…

McCall ne prit aucun plaisir à convoquer Wade Pierce dans son bureau. Le jour où elle l'avait engagé, elle avait espéré qu'il ferait un meilleur adjoint que son père. Il semblait en avoir la capacité. Peut-être avait-il été plus difficile pour lui de surmonter son éducation qu'elle ne l'avait escompté.

Il toqua à la porte et passa la tête à l'intérieur.

— Entre, Wade. Assieds-toi, je t'en prie.

Il paraissait nerveux, ce qui n'avait rien d'étonnant. Il devait savoir de quoi elle allait lui parler.

— Je voulais t'avertir, reprit-elle lorsqu'il eut pris place. Ta femme a déposé une plainte pour violences conjugales…

Voyant qu'il s'apprêtait à protester, elle leva la main pour devancer son objection.

— … et une demande d'injonction d'éloignement.

Il eut l'air abasourdi. Il ne s'était manifestement pas attendu qu'Abby aille jusque-là. Bientôt, cependant, la rage succéda à la stupeur sur ses traits.

— Je veux que les choses soient parfaitement claires, continua McCall. Dans l'immédiat, je te suspends de tes fonctions sans solde pour une durée de deux semaines afin que tu puisses réfléchir à ta vie et à d'éventuels changements que tu voudrais y apporter.

Comme il ouvrait déjà la bouche, elle se hâta de poursuivre :

— Cela dit, si tu enfreins l'injonction ou que je reçois une nouvelle plainte de ta femme, tu seras renvoyé définitivement.

— Mais c'est un mensonge !

Il n'était guère convaincant, et elle se rendit compte qu'il le savait.

— Je n'accorde pas foi à ce genre d'accusation sans raison. J'ai parlé au médecin de l'hôpital. À la suite de cette conversation, c'est moi qui ai conseillé à ta femme de prendre ces mesures, non seulement dans son intérêt mais aussi dans le tien.

Wade baissa les yeux sur ses chaussures.

— Deux semaines, hein…

— C'est grave, Wade. Tu pourrais finir derrière les barreaux. Si tu ne causes pas d'ennuis d'ici là, je suis prête à te donner une deuxième chance. Si ça avait été n'importe qui à ta place, je l'aurais renvoyé sur-le-champ. Dis-moi que je n'ai pas tort d'avoir foi en toi.

Il releva la tête et déglutit avec difficulté.

— Je ne causerai pas d'ennuis.

— Bien. Je suis heureuse de l'entendre. Wade, tu as besoin de soutien, ajouta-t-elle en faisant glisser un prospectus vers lui sur le bureau.

— Pour apprendre à maîtriser mon comportement ? lâcha-t-il avec un rire crispé.

Elle entrevit son père en lui alors et devina qu'elle était sans doute en train de perdre son temps.

— Souvent, ces problèmes se reproduisent d'une génération à l'autre. Mais ils peuvent être surmontés.

— D'une génération à l'autre, répéta-t-il, les sourcils froncés.

Il baissa de nouveau les yeux.

— Bon.

— C'est tout.

Il se leva lentement, le chapeau à la main. Il était clair

qu'une lutte se livrait en lui, que la gêne le disputait à la colère. McCall redoutait que la seconde ne l'emporte.

— Toute la ville va jaser, murmura-t-il.

— Wade, tout le monde est déjà au courant. Maintenant, c'est à toi de montrer quel genre d'homme tu es.

Il hocha la tête.

— Deux semaines.

Sur quoi il sortit, refermant la porte un peu trop fort derrière lui.

10

— Je croyais que tu avais dit qu'elle n'avertirait jamais le shérif, grommela Huck lorsque Wade se rendit chez lui pour lui apprendre la nouvelle.

— Elle n'a rien dit. Apparemment, le shérif est allé la trouver. C'est le médecin de l'hôpital qui a craché le morceau. D'après le shérif, il soupçonnait des violences conjugales et l'a signalé.

— Au temps pour la vie privée des patients, ironisa son père.

— N'est-il pas contraint de le faire légalement ? C'est peut-être ça qui l'a décidé.

— À moins que le petit copain de ta femme ne soit derrière tout ça.

Wade serra les dents.

— Pour autant que je le sache, elle est toujours là-bas.

— Eh bien, elle ne peut pas y rester indéfiniment. Je me suis renseigné. J'ai l'adresse de l'appartement qu'elle a loué.

— McCall Crawford a été on ne peut plus claire. Si je m'approche d'elle, je suis viré.

— Aucune injonction n'a été déposée contre moi, lui fit remarquer son père, mais tu as raison. Nous avons mieux à faire que de nous inquiéter de tout ça.

Il adressa un clin d'œil à Wade.

— Notre plan a marché comme sur des roulettes. Maintenant, il n'y a plus qu'à attendre que l'argent arrive. Quand tu n'auras plus besoin de ton poste, il sera toujours temps de récupérer ta femme, si tu en as toujours envie.

— Je préférerais mourir que de la voir avec McGraw.

Son père sourit.

— C'est bien ce que je pensais. Crois-moi, ça ne sera pas long.

Ledger était stupéfait de constater à quel point l'atmosphère à la maison s'était améliorée avec le départ de Patricia et de Kitten. Et il s'y sentait encore mieux maintenant qu'Abby était libérée de Wade.

Cependant, le plus important facteur dans ce changement d'ambiance était dû au fait qu'on avait retrouvé un des jumeaux. Vance avait pris ses quartiers au premier étage, dans l'aile où il avait autrefois vécu bébé.

Travers avait pris tout le monde par surprise en décidant de faire rénover cette partie de la demeure. Dorénavant, au lieu d'être un hommage aux enfants enlevés, elle abriterait un appartement pour Vance et un autre pour Jesse Rose, lorsqu'elle reviendrait à son tour.

— Tu sais qu'il se peut que Jesse Rose soit très contente de sa vie et qu'elle n'ait aucune envie de revenir ici, observa Boone. Elle a vingt-cinq ans. L'idée de se réinstaller dans la maison où elle a été enlevée risque de ne pas l'attirer beaucoup.

À vrai dire, les trois frères avaient été étonnés que Vance choisisse d'emménager au ranch.

— Je m'en rends compte, répondit son père avec un petit rire. Malgré tout, je tiens à ce qu'ils se sentent chez eux ici. Je veux qu'ils aient un endroit à eux. Oakley ne restera peut-être pas, mais au moins il saura qu'il peut revenir quand il le souhaite.

— Oakley ? répéta Cull. Il va changer de nom ?

— Nous en avons parlé. Ce ne serait pas facile pour lui, évidemment.

Ledger songea à part lui que Vance serait prêt à faire

n'importe quoi pour plaire à leur père. Il semblait s'être bien adapté à la vie au ranch. Ce matin, il avait dévoré son petit déjeuner avec appétit. Ensuite, Ledger l'avait vu se baigner et se prélasser au bord de la piscine.

— Il a dit qu'il était doué avec les chevaux, insista Boone. Quand va-t-il commencer à travailler ?

Travers lui décocha un regard désapprobateur.

— Il faut lui laisser le temps de s'habituer à être Oakley McGraw.

— Oh ! J'ai l'impression qu'il s'y habitue très bien, commenta Boone en se levant. Si tu as besoin de moi, je serai à l'écurie. En train de travailler.

Cull se leva à son tour.

— Boone n'a pas tort, papa. Peut-être devrais-tu en discuter avec Vance… Avec Oakley. Pour qu'il comprenne ce qu'on attend de lui.

Il partit à son tour, et Travers se tourna vers Ledger.

— Vas-tu y mettre ton grain de sel aussi ?

— Je crois qu'ils ont plus ou moins fait le tour, répondit-il avec un sourire. Je vais faire un saut en ville pour aller chercher quelques affaires dans l'appartement d'Abby. Cela ne t'ennuie pas qu'elle reste quelque temps, n'est-ce pas ?

— Bien sûr que non. Mais sois prudent. Il est toujours dangereux de s'interposer dans ce genre de conflit, surtout avec quelqu'un comme Wade Pierce.

Ledger acquiesça.

— Je ne ferai rien de stupide.

— Tu ne peux pas compter sur Wade Pierce pour en faire autant.

Il sourit à son père.

— Je serai vigilant.

Comme il s'apprêtait à partir, Travers reprit la parole.

— Je veux juste profiter un peu du retour de mon fils. Mais il me déplairait que vous lui en teniez rigueur. Ai-je tort ?

La main sur la poignée, Ledger se retourna.

— C'est une période d'adaptation pour nous tous. Tu

viens de le retrouver. Je ne crois pas que tu doives précipiter les choses.

Son père lui rendit son sourire.

— Je pourrais dire la même chose à propos de toi et d'Abby.

Ledger se mit à rire.

— En effet, mais tu gaspillerais ta salive. Je vais épouser Abby à la minute où elle sera libre.

Après avoir écouté les dernières menaces de Patricia McGraw, Waters s'était rendu compte qu'il n'avait plus d'autre choix que de se rendre à la prison et d'avoir une conversation franche avec elle. Cette perspective ne l'emplissait pas d'enthousiasme. Il ne l'avait pas revue depuis son arrestation, et cet état de choses lui convenait parfaitement. Le problème, c'était qu'elle ne voyait pas la situation sous cet angle et qu'elle avait engagé un avocat plutôt compétent.

Quand Patricia fut amenée, il décrocha l'appareil téléphonique. À en juger par le regard assassin qu'elle lui lança, il valait mieux qu'ils soient séparés par une paroi en plexiglas, même tout égratignée. Elle s'assit et le fixa longuement avant de décrocher son propre appareil.

— Espèce de salaud, siffla-t-elle.

— Content de te voir aussi, Patricia. Je suis un homme occupé, alors si tu as quelque chose à me dire, je t'écoute.

Un rictus méprisant naquit sur ses lèvres.

— J'ai entendu dire que tu faisais de la lèche à Travers pour garder ton emploi. Je te souhaite bonne chance.

Il sourit, et vit que la fureur de Patricia redoublait.

— Je me demande comment il peut être assez bête pour continuer à t'employer. Et qu'est-ce que c'est que cette histoire d'Oakley qui aurait été retrouvé ?

Il haussa les épaules.

— On dirait bien que c'est le cas.

Elle dut percevoir un doute dans sa voix, car elle demanda aussitôt :

— Tu crois que c'est un escroc ?

Waters se hâta de nier.

— Pas du tout. Il ressemble à sa mère. Il a les yeux bleus des McGraw et leurs cheveux noirs.

Patricia esquissa une moue. Elle n'aimait pas qu'on évoque la première épouse de Travers.

— Mais ?

— Pas de « mais ». Le test préliminaire d'ADN était positif. Travers est convaincu, et Vance semble s'être très bien adapté à sa nouvelle vie.

— Vance ?

— Oakley. Je crois qu'il ne va pas tarder à changer de nom. Tout ira bien qui finira bien.

— Pour toi, peut-être. Écoute-moi bien. Je ne vais pas porter le chapeau toute seule, tu m'entends ? J'ai promis à mon avocat que tu m'aiderais à financer ma défense.

— Quoi ?

— Tu es là-dedans jusqu'au cou. Alors, à moins que tu ne me donnes un peu d'argent…

Elle sourit, visiblement satisfaite du malaise qu'elle lisait sur ses traits.

— Tu ne peux pas m'entraîner dans cette histoire.

— Jim, mon chou, j'ai des dates, des heures. Des messages téléphoniques. Des appels. J'en ai assez pour te faire inculper pour complicité de tentative de meurtre — sinon pour avoir acheté le poison et l'avoir administré toi-même. Tu étais présent à chaque repas. T'imaginais-tu vraiment pouvoir me faire condamner à ta place ?

— Je n'ai rien fait. Tu étais la seule coupable.

— Je ne crois pas, Jimmy.

Elle raccrocha et se leva, un sourire triomphant sur les lèvres. Elle était sûre de le tenir.

Et malheureusement pour lui, elle ne se trompait pas.

Abby ne pouvait s'empêcher d'être angoissée. Ledger n'était pas rentré. Il était parti avec un des employés du ranch pour que celui-ci puisse ramener son pick-up car, après avoir récupéré quelques affaires chez elle, Ledger comptait rapatrier la voiture d'Abby, garée au poste.

— Je veux que quelqu'un t'accompagne au cas où…, avait-elle dit.

— Wade est dans le pétrin jusqu'au cou, l'avait-il coupée. Il ne va rien faire qui puisse l'expédier en prison.

Elle n'en était pas si sûre. Le shérif l'avait appelée pour lui dire que Wade avait été averti et que l'injonction serait effective dans l'heure. De plus, Wade avait été mis à pied sans solde pour deux semaines.

Abby n'osait pas imaginer à quel point il devait être furieux. Et la situation ne ferait qu'empirer lorsqu'il raconterait tout à son père.

— Il va vouloir me tuer et toi aussi, avait-elle murmuré à Ledger avant son départ. Je n'aurais pas dû te mêler à tout cela. Je suis tellement désolée.

— Hé ! avait-il répondu, lui soulevant tendrement le menton jusqu'à ce que leurs regards se rencontrent. Je suis impliqué depuis le jour où je suis tombé amoureux de toi, il y a toutes ces années. Je n'ai jamais pu lâcher prise. Je sais que j'aurais dû, mais quand j'ai compris comment il te traitait…

— C'est pourquoi tu dois être très prudent, l'avait-elle supplié. Laisse-lui le temps de se calmer.

Elle lui avait souri. Elle avait toujours aimé Ledger, d'aussi loin qu'elle s'en souvienne. Mille fois elle avait regretté la décision impulsive qui l'avait poussée à épouser Wade. Elle savait maintenant que Ledger ne l'avait jamais trahie. Mais à l'époque, Wade et sa mère lui avaient affirmé que si. Elle avait eu peur qu'ils ne disent la vérité, que la raison pour laquelle Ledger avait reporté la date de leur mariage était qu'il ne l'aimait pas assez, tout simplement.

Et quand elle avait vu les clichés de Ledger accompagné d'une fille à l'université…

Elle savait maintenant que Ledger et celle-ci n'avaient été que des amis. Sa mère l'avait poussée dans les bras de Wade par intérêt personnel. Abby avait été manipulée.

— J'ai tout gâché, avait-elle avoué, au bord des larmes, comme chaque fois qu'elle pensait à l'erreur qu'elle avait commise.

Ledger lui avait caressé la joue.

— Tout peut être réparé. Je veux seulement être certain de ce que tu désires désormais. Je ne veux pas faire pression sur toi. Quoi que tu choisisses, il faut que ce soit *ta* décision. Peut-être devrais-tu profiter de ce séjour ici pour…

— J'ai entamé une procédure de divorce. Wade sait que tout est fini entre nous. J'avais déjà emménagé dans un appartement en ville quand tout est arrivé. Je suppose que j'ai dû retourner à la maison chercher quelque chose. Je ne m'attendais pas qu'il soit là…

— Le pire est derrière toi, dans ce cas.

Il s'était penché pour lui donner un léger baiser. Abby avait réprimé l'envie de l'attirer à elle et de l'embrasser de toutes ses forces, comme elle l'avait souvent fait dans ses rêves… Elle s'était sentie si coupable après.

Cependant, il était trop tôt. Elle s'était jetée tête baissée dans un mariage désastreux. Si Ledger et elle avaient réellement un avenir… Eh bien, ils pouvaient prendre leur temps.

— Comme je disais, je crois que tu devrais rester ici quelque temps. Je pourrais aller chercher tout ce dont tu as besoin en ville.

— Ma voiture est encore garée devant la maison. Je ne veux pas que tu ailles là-bas.

— Si tu téléphonais au shérif pour lui demander de la faire ramener au poste ?

Elle avait accueilli sa suggestion avec soulagement et appelé McCall. Celle-ci avait déclaré qu'il valait mieux en effet ne pas envoyer Ledger là-bas, et encore moins s'y rendre elle-même.

— Je la ferai ramener ici, et les clés seront à votre disposition dans mon bureau.

— Ledger passera la prendre, avait-elle expliqué au shérif.

— Dans ce cas, ce serait bien qu'il vienne cet après-midi, quand Huck aura quitté son service.

Abby avait acquiescé. Elle ne voulait pas que Ledger rencontre le père de Wade non plus.

— Merci pour tout, avait-elle dit à ce dernier, alors qu'il s'apprêtait à partir.

— Tu ne comprends pas que je ferais n'importe quoi pour toi ?

Elle avait souri.

— Si.

Mais il n'était pas de retour, et ses craintes ne faisaient qu'empirer. Avait-il croisé Wade ? Ou Wade et son père ?

Elle se leva, trop inquiète pour rester un instant de plus dans la chambre.

— Oakley McGraw. Oakley McGraw.

Debout dans le couloir, Vance se tenait devant une glace et s'exerçait à prononcer son nom. Son nouveau nom. Lorsque Travers lui avait demandé s'il avait envisagé de reprendre son nom de naissance, il n'avait su que répondre. Peut-être parce qu'il n'avait jamais osé imaginer en arriver là.

Oakley McGraw.

Il était Oakley McGraw. Il avait envie de se pincer pour être sûr qu'il ne rêvait pas. Deux semaines plus tôt, il était encore Vance Elliott, employé de ranch, et la totalité de ses biens tenaient dans son vieux pick-up rouillé. Il avait tout juste un emploi, et pas un sou sur son compte en banque.

Et maintenant, il était Oakley McGraw, fils de Travers McGraw, héritier de toute cette propriété. Avec ses frères, se rappela-t-il. Trois frères qui, il le sentait, ne l'aimaient pas. Cela lui était parfaitement indifférent. Leur père, lui, l'adorait.

C'était pourquoi il allait annoncer à Travers qu'il voulait demander à changer légalement de nom pour prendre celui d'Oakley McGraw. Cela fait, il n'y aurait plus de doute possible.

Il serait officiellement le fils McGraw. Travers envisageait même d'organiser une grande réception pour le présenter à ses amis. Tous étaient des gens importants, voire puissants, de la région.

Vance ne parvenait pas à y croire. Il contempla par la fenêtre la piscine dont l'eau scintillait au soleil. Peut-être allait-il prendre une bière dans le réfrigérateur de la cuisine et s'asseoir à l'ombre, au bord de l'eau. Il était libre de faire ce qui lui plaisait, c'était inouï. La perspective de continuer à vivre ainsi ne lui posait aucun problème, bien au contraire.

Comme il reprenait son chemin, une porte s'ouvrit à l'autre bout du couloir, et une jeune femme apparut. Il se souvint que la cuisinière avait dit qu'une amie de Ledger séjournait au ranch. Apparemment, ses repas lui étaient servis dans sa chambre. Peut-être était-elle une amie « particulière ».

Il émit intérieurement un sifflement d'admiration à sa vue. Même de loin, il pouvait constater qu'elle était ravissante. Elle n'avait pas encore remarqué sa présence, de sorte qu'il prit le temps de l'observer. Comme elle s'approchait, le regard fixé sur le sol, il constata avec stupeur qu'elle avait un œil au beurre noir et des bleus ici et là.

De plus, elle semblait marcher avec une certaine difficulté. Il était clair qu'il lui était arrivé quelque chose. Avait-elle été victime d'un accident de la circulation ? D'une agression ? Cela aurait expliqué qu'elle mange dans sa chambre, et Ledger avec elle.

Il ne s'était pas rendu compte qu'il s'était immobilisé à quelques pas de l'escalier pour la dévisager. Elle dut sentir qu'il y avait quelqu'un, car elle releva brusquement la tête. Un choc traversa Vance alors qu'il la reconnaissait. C'était la femme de Wade Pierce.

Pis, elle le reconnut aussi. Ses yeux bleus s'écarquillèrent d'inquiétude. Elle trébucha, mais se ressaisit aussitôt.

— Excusez-moi. Vous m'avez fait peur.

— Je suis désolé.

Il attendit, la gorge nouée, qu'elle dise autre chose.

Pourtant, elle se contentait de le fixer. À l'évidence, elle le reconnaissait et pourtant… Il devina qu'elle fouillait dans sa mémoire, cherchant à se souvenir de l'endroit où elle l'avait vu.

— Passez devant, je vous en prie, dit-il, l'invitant à descendre.

Elle secoua la tête.

— Je ne descends pas. Je voulais seulement marcher un peu.

Elle fit un pas en arrière, puis un autre, avant de pivoter et de reprendre le couloir dans la direction d'où elle était venue.

Il la suivit des yeux, la mort dans l'âme.

Tôt ou tard, elle se souviendrait. Et alors, elle le dépouillerait de tout ce qu'il avait cru posséder.

11

Quand Wade arriva à la maison, il constata avec surprise que la voiture d'Abby n'était plus là. Était-elle venue la récupérer ? Ou ce salaud de Ledger McGraw s'en était-il chargé à sa place ?

Il se gara, coupa le contact et fixa l'endroit que le véhicule d'Abby avait occupé ce matin encore. Il avait envie de rouler jusqu'au ranch des McGraw et de ramener Abby au bercail par les cheveux. Il en tremblait de frustration. Il ne pouvait pas faire cela, pas plus qu'il ne pouvait la persuader de revenir vers lui. Son père avait raison. Il devrait attendre son heure pour se venger. Après ce que cette femme lui avait fait, comment pourrait-il marcher la tête haute dans cette ville ?

Il descendit de voiture, fulminant à la pensée de l'injonction qui lui avait été adressée. Il n'avait pas le droit de s'approcher à moins de vingt mètres d'Abby. C'était absurde ! Dans une bourgade comme Whitehorse, qui avait en tout et pour tout une épicerie, un bureau de poste et un cinéma ?

Il attrapa l'injonction et la déchira en mille morceaux qu'il lança en l'air comme des confettis. Ce geste le soulagea un peu.

Son téléphone portable sonna dans sa poche. L'espace d'une seconde, il crut que, peut-être, Abby appelait pour lui dire qu'elle avait changé d'avis. Après tout, chaque fois qu'ils s'étaient querellés par le passé, elle lui avait pardonné.

En réalité, ce n'était que son père. Il émit un juron et prit la communication.

— Qu'est-ce qu'il y a ?

— Je vois que ton humeur ne s'est pas arrangée.

— Sa voiture n'est plus là. Tu crois qu'elle est venue la chercher ?

— Le shérif a envoyé deux agents chez toi pour qu'ils la ramènent au bureau. Ledger McGraw est passé la prendre avec un de ses employés.

Wade lâcha une bordée de jurons.

— J'ai hâte de foutre le camp d'ici.

— Oh ! Allons, tu ne veux pas te venger d'abord ? As-tu oublié ? Nous avons un atout majeur en main, souviens-toi. Bientôt, c'est nous qui serons les maîtres du jeu.

Quand Huck lui avait exposé son plan, Wade avait d'abord pensé qu'il avait perdu la tête.

— Tu vas nous expédier tous les deux en prison, oui, avait-il protesté. Ça ne peut pas marcher.

Son père lui avait adressé un clin d'œil.

— Depuis le temps que je suis adjoint au shérif, je me suis fait quelques… relations. Laisse-moi faire. Ça va réussir.

Wade avait été plus que sceptique. Pourtant, à sa grande stupéfaction, le plan semblait bel et bien fonctionner.

— Cesse de t'apitoyer sur ton sort, veux-tu ? reprit Huck. Dans quelques jours, tu auras les moyens d'aller où bon te semble. Et on aura pris notre revanche par la même occasion.

— J'ai de bonnes nouvelles, déclara Travers quand Vance le rejoignit, encore choqué par sa rencontre avec la femme de Pierce.

— Ah bon ?

— J'ai convoqué une conférence de presse demain pour te présenter à tout le monde et annoncer que mon fils a été retrouvé.

Vance ne voyait pas vraiment cela comme une bonne nouvelle. Surtout alors qu'Abby Pierce était au premier étage, sans doute en train de se creuser désespérément les méninges pour se rappeler qui il était.

— C'est nécessaire ?

Travers mit une main sur son épaule. Vance réprima de son mieux un mouvement de recul. Il avait toujours su que cette expérience serait... étrange. Un père qu'il n'avait jamais connu. Une famille qu'il n'avait jamais rencontrée. Un nouveau nom. Il se demanda s'il était assez solide pour persévérer. L'argent, le nom prestigieux, le ranch et les chevaux hors de prix, il pouvait s'habituer à tout cela. Mais le reste...

— Fiston, je veux te présenter au monde comme étant Oakley McGraw. Il y a vingt-cinq ans que j'attends ce moment. Acceptes-tu de faire plaisir au vieil homme que je suis ?

Comment aurait-il pu refuser ?

— Je comprends, mais je n'ai jamais été très à l'aise pour prendre la parole en public.

— Tout ira bien. Tu n'auras que quelques mots à dire. Tu peux même ne rien dire si tu préfères.

Il faudra seulement que je sois debout là pendant que tout le monde s'interroge à mon sujet, songea-t-il.

— Il sera question des circonstances de mon adoption ?

Travers acquiesça.

— J'espère que cela ne t'ennuie pas. Je crois que cela pourrait nous aider à retrouver Jesse Rose.

Jesse Rose. Sa jumelle. Il l'avait presque oubliée. Pourquoi ne reviendrait-elle pas, elle aussi ? Alors ils formeraient une grande famille heureuse. Ben voyons !

— Si je peux contribuer à son retour, oui, bien sûr, je vais le faire, répondit Vance, sachant qu'il n'avait pas le choix.

Il était Oakley McGraw. Il devait commencer à se conduire comme tel.

L'espace d'un instant, il avait oublié Abby Pierce.

— Une chose, cependant, reprit-il alors que Travers faisait mine de s'éloigner. Que vais-je porter pour cette... conférence de presse ?

— Excuse-moi. J'aurais dû penser à cela. Tu auras besoin de vêtements neufs. Je te conduirai en ville…

— Pourrais-je y aller seul ? C'est juste que… j'ai déjà suffisamment l'impression d'être un enfant.

— Évidemment. C'était idiot de ma part. Prends un pick-up du ranch. Les clés sont sur le tableau à côté de la porte de derrière. Je vais appeler le magasin et leur dire de mettre tes achats sur mon compte. Achète tout ce dont tu as besoin.

Il sourit.

— Fais-toi plaisir, je t'en prie. Habille-toi des pieds à la tête. Tu es Oakley McGraw. Rien n'est au-dessus de tes moyens.

Sur le point de se tourner, il s'arrêta.

— Un dernier point. Tu sais que ta mère a été souffrante. Eh bien, elle va beaucoup mieux. En fait, elle a demandé à te voir.

Incapable d'articuler un mot, Vance ne put que hocher la tête en signe d'assentiment. *Bon sang de bonsoir ! Quoi encore ?* Juste au moment où il pensait que les choses ne pouvaient pas empirer…

Ledger gravit les marches quatre à quatre, pressé de retrouver Abby. Il avait rapporté les affaires qu'elle désirait. Peu de choses, au fond. Il avait été choqué de voir qu'elle ne possédait presque rien.

Il toqua à la porte de la chambre. Pas de réponse. Il toqua de nouveau et actionna la poignée, laquelle tourna sans résister. Debout à la fenêtre, Abby lui tournait le dos, et s'entourait la taille de ses bras comme si elle avait froid.

— Abby ?

Elle tressaillit et pivota, l'air effrayée.

— Excuse-moi. J'ai frappé, mais tu ne m'as pas entendu. Qu'y a-t-il ?

Elle s'était déjà ruée vers lui et se jeta dans ses bras.

— Je me faisais tellement de souci pour toi, murmura-t-elle contre son torse. Je pensais…

— Pardon. J'ai fait aussi vite que possible.

Il la dévisagea.

— Tu es pâle comme un linge. Tu ne te sens pas bien ?

Elle leva la tête vers lui.

— Je ne sais pas.

La peur se lisait dans son regard.

— Je me demande si je ne suis pas en train de perdre la tête.

— Pourquoi ? Que s'est-il passé ? Wade n'est pas venu ici, tout de même ?

Il l'écarta légèrement de lui pour la regarder avec attention. Son beau visage était encore contusionné. Chaque fois qu'il voyait ses marques, il sentait la rage bouillonner en lui et devait se faire violence pour ne pas se lancer à la recherche de Wade.

Abby secoua la tête.

— J'ai croisé quelqu'un dans le couloir.

Ledger fronça les sourcils.

— Un homme, précisa-t-elle. Il sortait d'une chambre. Quand je l'ai vu…

Elle frissonna, et il l'attira contre lui de nouveau.

— Tu veux parler de Vance ? Vance Elliott ? Il habite ici en ce moment. Abby, je suis désolé. Il s'est passé tant de choses. Je croyais que tu étais au courant. Mon frère, celui qui a été enlevé… On l'a retrouvé.

Elle écarquilla les yeux, horrifiée.

— C'est lui ? Le jumeau disparu ? Ce n'est pas possible !

— Pourquoi dis-tu ça ? demanda Ledger, décontenancé par sa réaction.

Elle le lâcha et se mit à faire les cent pas dans la pièce.

— Quand je l'ai vu, j'ai eu l'impression de le connaître. Et lui aussi m'a reconnue. J'ai eu une sorte de choc, rien dont je me souvienne précisément, seulement une sensation d'angoisse.

Ledger ne sut que dire.

— Peut-être l'as-tu croisé au café, en ville ?

Abby fit non de la tête.

— Ce n'était pas dans ce contexte-là, j'en suis sûre. C'était… un mauvais souvenir. Ou plutôt une sensation qu'un souvenir. Je sais que ça paraît absurde. Mais je suis presque certaine que je l'ai déjà vu et que c'était dans des circonstances… désagréables.

— Je vois, murmura-t-il, perplexe. Et tu penses qu'il t'a reconnue aussi ? T'a-t-il appelée par ton nom ?

— Non. Il a paru aussi troublé que moi par notre rencontre. Ça l'a rendu nerveux.

Ledger écoutait attentivement.

— Tu dois penser que je suis folle, dit-elle soudain, cessant d'arpenter la pièce pour se rapprocher de lui. J'essaye de me rappeler où je l'ai vu. Ma mémoire est si floue. J'ai peur de ne jamais la recouvrer entièrement.

Il la serra contre lui et déposa un baiser sur sa tête.

— Tout ira bien. Tu es là.

Mais Vance Elliott aussi — et il n'allait pas tarder à être officiellement Oakley McGraw, si le désir de son père était exaucé. Ledger se demanda s'il devait s'inquiéter. Abby était encore traumatisée. Pouvait-il se fier à ses impressions ? Pouvait-il prendre le risque de ne pas s'y fier ?

Abby se laissa aller contre le torse puissant de Ledger. Elle inspira son odeur masculine, se sentant protégée et aimée dans ses bras. Près de lui, elle était prête à croire que tout était possible. Même un avenir heureux pour eux deux. Elle aurait voulu rester blottie contre lui jusqu'à la fin de ses jours.

Cependant, elle ne pouvait se défaire du malaise que la rencontre avec Vance Elliott avait fait naître en elle. Quelque chose n'allait pas. Si seulement elle pouvait se rappeler où elle l'avait rencontré…

— Peut-être que je suis vraiment folle.

— Tu n'es pas folle, affirma Ledger, un sourire dans la voix. Dans quelques jours, tu seras complètement rétablie.

Nichée dans ses bras, elle le croyait. Mais quand elle était seule, confrontée au trou noir de sa mémoire…

— Je ne sais pas.

Elle se dégagea et s'approcha de la fenêtre qui dominait

le ranch. Elle adorait cette vue si paisible, si diamétralement opposée au chaos qui régnait dans son esprit à cet instant.

— Peut-être que j'ai le cerveau si troublé que je ne verrai plus jamais les choses clairement.

— Le médecin t'a dit qu'il faudrait du temps. Tu as traversé une rude épreuve, lui fit remarquer Ledger en posant les mains sur ses épaules. Et si tu fais trop d'efforts pour te concentrer, ton mal à la tête va s'aggraver.

Elle acquiesça.

— Merci de t'être tenu à l'écart de Wade.

Il eut un sourire crispé.

— Tu ne sais pas ce que tu me demandes.

— Si. Mais je ne veux pas que tu t'abaisses à son niveau.

Ledger la lâcha et eut un rire sans joie.

— Oh ! Abby, tu ne te rends pas compte à quel point j'aurais plaisir à le rouer de coups. Il mérite qu'on lui rende la monnaie de sa pièce.

Il sourit.

— Mais je ne le ferai pas. Pour toi. En revanche, s'il vient ici, je ne réponds plus de rien.

Elle lui rendit son sourire, des larmes roulant sur ses joues.

— J'ai hâte que tout ça soit derrière nous, murmura-t-elle alors qu'il la reprenait dans ses bras. Loin derrière nous.

Mais ce moment viendrait-il un jour ?

Assis au volant du pick-up, Vance contemplait émerveillé la pile de sacs et de cartons entassés sur le siège passager.

« Habille-toi des pieds à la tête », avait dit Travers — son père. Autrement dit, du stetson aux bottes. Dans d'autres circonstances, Vance aurait été aux anges. Le pick-up sentait bon le cuir et le tissu de qualité. Jamais il n'avait respiré une odeur aussi agréable.

En baissant les yeux sur ses bottes, il eut pour la première fois le sentiment d'être vraiment devenu Oakley McGraw.

C'était la première fois qu'il possédait une bonne paire de bottes. Cette pensée le rasséréna. Un instant, du moins.

Il tira le téléphone prépayé de sa poche, envahi par la nausée à la pensée de la conversation qu'il devait affronter. Il lui en coûtait de gâcher ce moment, mais il n'avait pas le choix. Il ne savait pas quand il pourrait revenir à Whitehorse seul.

La sonnerie retentit trois fois, puis une voix masculine s'éleva.

— Tu t'es bien débrouillé, petit.

— Oui, admit-il, savourant la sensation du cuir moelleux des bottes et la présence du stetson gris flambant neuf sur sa tête.

Un instant, il fut tenté de démarrer et de voir jusqu'où il pourrait aller avant que quelqu'un se lance à sa poursuite.

Il ne voulait renoncer à rien de tout cela, et encore moins s'en voir dépouiller. Il aimait être Oakley McGraw. Cependant, il allait être difficile de se débarrasser de l'homme qu'il avait été vingt-cinq ans durant. En tant que Vance, il avait commis sa part d'erreurs qui finiraient sans doute par refaire surface un jour ou l'autre.

Il chassa cette pensée inquiétante. Il avait un problème plus immédiat.

— Cela dit, j'ai un souci…, commença-t-il.

— Qu'y a-t-il ?

— Abby Pierce. Je l'ai croisée à la maison aujourd'hui. Elle m'a reconnu. J'ai compris qu'elle n'arrivait pas à se souvenir de qui j'étais au juste, mais à voir l'expression de son regard… Je doute qu'elle mette longtemps à comprendre.

— Où es-tu ?

— En ville. Travers m'a dit de m'offrir des vêtements neufs. Il a prévu une grande conférence de presse demain pour annoncer au monde que je suis son fils. Mais si Abby Pierce retrouve la mémoire avant…

— Rejoins-moi aux rochers de Sleeping Buffalo. Dans un quart d'heure.

— Je vais rendre visite à ta mère, déclara Travers quand Ledger descendit. J'espérais que tes frères et toi m'accompagneriez.

— Bien sûr.

Il était allé voir sa mère une seule fois, quand il était beaucoup plus jeune. Il en était revenu traumatisé, et son père avait déclaré qu'il ne voulait pas que ses fils continuent à lui rendre visite si cela les rendait malades. Cull était le seul des trois à y être retourné — non que sa mère l'ait remarqué.

— Il paraît qu'elle va mieux, dit Boone alors qu'ils sortaient de la maison.

— Beaucoup mieux, confirma son père en souriant.

Il semblait infiniment plus heureux ces temps-ci. Ses prières avaient été exaucées. Si seulement Jesse Rose pouvait réapparaître elle aussi…

— Elle m'a demandé de vos nouvelles à tous les trois la dernière fois que je l'aie vue.

— Elle parle ?

— Oui. Pas beaucoup, mais elle a fait tant de progrès que les médecins espèrent, et moi aussi, qu'elle va finir par se rétablir complètement.

En route pour l'hôpital, ils parlèrent du ranch, des chevaux et, enfin, de Vance.

— Cette conférence de presse est-elle réellement indispensable ? demanda Boone. Hier, pendant que j'étais dans la prairie, un drone a survolé le ranch et a filmé les lieux. Est-ce que ça ne va jamais s'arrêter ?

— Pas dans l'immédiat, je suppose, soupira son père. Quand Jesse Rose sera retrouvée, il faudra en repasser par là, mais en fin de compte les médias cesseront de s'intéresser à nous.

— Le plus tôt sera le mieux, murmura Ledger.

— L'enlèvement continue à fasciner les gens, observa Cull.

— Et le livre de Nikki ne va rien arranger, lança Boone.

Cull secoua la tête.

— Je ne suis pas d'accord. Le public s'intéresse à nous. Il

veut des détails. Eh bien, il les trouvera dans le livre. Ensuite, il n'y aura plus rien à ajouter.

— Espérons que tu aies raison. Je veux épouser Abby, mais ça m'ennuie de lui imposer tout ce cirque.

— Le procès de Patricia n'a pas débuté, lui fit remarquer Boone. Et qui sait combien de temps il va falloir pour retrouver Jesse Rose ? Je vois mal comment les choses pourraient se calmer avant des années, alors à moins que tu ne veuilles faire l'erreur de reporter ton mariage une seconde fois…

— N'allons pas trop vite en besogne. Abby n'est même pas encore divorcée, intervint Cull. Je crois que nous devrions simplement nous réjouir d'avoir retrouvé Oakley.

Leur père hocha la tête.

— Tu as raison. Apprécions ce que nous avons. Et je suis optimiste. Je pense que la conférence de presse de demain pourrait bien nous apporter du nouveau sur Jesse Rose.

12

— Eh bien, regardez-moi ça ! lança Huck Pierce alors que Vance Elliott descendait du pick-up. Oakley McGraw dans toute sa splendeur. Ça te plaît de vivre dans le luxe ?

Tout au long du trajet, Vance avait été tenté de prendre la poudre d'escampette. Il n'avait rien laissé au ranch auquel il tienne particulièrement. Et il savait que Travers McGraw n'enverrait jamais la police à ses trousses. Il le considérait comme son fils.

Bref, rien ne l'empêchait de continuer à rouler.

Le problème, c'était qu'il finirait par tomber en panne d'essence. Vance Elliott n'avait pas un sou en poche, alors qu'en tant qu'Oakley McGraw il pourrait être à la tête d'une fortune. Pour cela, il fallait qu'il reste, bien sûr, et qu'il coure le risque qu'Abby se souvienne des circonstances de leur rencontre. Et aussi qu'il négocie avec Huck et son fils, Wade, une perspective qui n'avait rien de réjouissant.

Il jeta un coup d'œil à la structure couverte derrière les adjoints.

— Qu'est-ce que c'est que ça ? demanda-t-il en désignant les deux énormes rochers bruns que la construction abritait des intempéries.

Il s'efforçait de gagner du temps et le savait.

— Tu n'as pas entendu parler de la légende des bisons endormis ? grogna Huck. Ces rochers sont sacrés. Les Indiens croient qu'ils possèdent un pouvoir spirituel. À une époque, ils cherchaient des bisons, n'en trouvaient pas et s'inquiétaient. Et puis, ils ont cru en apercevoir un au sommet d'une crête qui surplombait la Milk River, pas très loin d'ici. En fait, quand ils se sont approchés, ils ont compris que ce qu'ils avaient vu était ces rochers. Mais il y avait un troupeau de bisons juste derrière. Par conséquent, ils sont convaincus que ces rochers les ont conduits aux bisons et qu'ils ont des pouvoirs spéciaux.

— Et vous croyez à tout ça, vous ? demanda Vance.

— Tu y croirais peut-être aussi, si tu savais ce qui s'est passé dans les années 1930 quand on a déplacé les rochers pour les installer en ville, rétorqua Wade. Les gens ont juré que les pierres avaient changé de place et poussé des hurlements durant la nuit. Ils se sont dépêchés de les rapporter ici.

— Sans blague ?

À cet instant, Vance se disait qu'il aurait bien eu besoin de croire en quelque chose. Huck s'agitait. Il avait visiblement une idée en tête, et Vance n'était pas sûr qu'elle allait lui plaire.

— Il y a des sources d'eau chaude un peu plus loin, si tu veux aller les voir un de ces jours, expliqua Wade.

— Bon. On a fini de parler de la pluie et du beau temps ? s'impatienta Huck. Je veux savoir ce qui se passe au ranch.

Vance prit une inspiration. Il songea à la chambre magnifique qu'il occupait. Ainsi que Huck l'avait dit, il vivait dans le luxe — et il adorait ça. Jamais il ne s'était autorisé à penser qu'il arriverait aussi loin. Mais à présent qu'il était si près du but, il ne voulait pas que ce rêve prenne fin.

— Il y a peut-être un problème, admit-il en se détournant des rochers.

Le soleil dardait ses rayons sur lui. De là où il se trouvait, la prairie s'étendait à perte de vue. Un homme pourrait facilement se perdre sur ce territoire dépourvu de repères. Peut-être le moment viendrait-il où il devrait s'y réfugier…

— Un problème ? répéta Huck, l'air mécontent.

Vance jeta un coup d'œil en direction de Wade.

— C'est ta femme. Je ne savais pas qu'elle était au ranch

parce qu'elle ne sortait pas de sa chambre. Mais je l'ai vue aujourd'hui. Et elle m'a vu aussi. Je crois qu'elle m'a reconnu.

Waters faisait défiler les textos laissés par Patricia sur son téléphone. L'un d'eux attira son regard.

Travers est venu me rendre visite aujourd'hui.

L'avocat fixa l'écran et laissa échapper un juron. Pour rien au monde il ne voulait que Travers parle directement à Patricia. Qui savait quels mensonges elle risquait de lui raconter à son sujet ? Elle était résolue à l'entraîner dans sa chute. Comment la réduire au silence ? Le shérif Crawford et Travers ne se rendaient-ils pas compte qu'elle mentait sans vergogne ?

Certains de ses propos leur paraîtraient peut-être convaincants. Au début, Waters avait été certain que tout accablerait Blake Ryan, l'ancien régisseur du ranch, vieil ami de la famille et amant de Patricia. Il était prêt à tout pour elle — y compris à devenir son complice dans l'empoisonnement de Travers.

Désormais, cependant, tout ne paraissait plus aussi simple. Il était évident que l'affaire allait avoir des retombées et que si Patricia continuait à parler à tort et à travers, Waters ne s'en sortirait pas indemne. D'autant moins qu'elle affirmait avoir en sa possession des éléments compromettants pour lui.

Il fit les cent pas dans son appartement exigu, songeant que c'était le moment ou jamais de quitter le pays. Le seul hic, c'était que l'argent qu'il avait réussi à mettre de côté au fil des années sous forme de bons et d'actions n'était pas facile à récupérer du jour au lendemain. Et la conjoncture était tout sauf favorable.

Malgré tout, s'il pouvait mettre la main sur une partie de ce qu'il possédait…

— Du calme, se dit-il, s'obligeant à cesser de marcher.

Pourquoi céder à la panique ? C'était lui qui avait amené Vance Elliott à Travers, et Vance était Oakley. Tout allait bien.

Travers n'accorderait pas foi au dire de Patricia à son sujet. S'il pouvait seulement tenir encore un peu…

Une pensée surgit dans son esprit. S'il retrouvait Jesse Rose, Travers aurait pour toujours une dette envers lui. Il se remémora l'étrange appel qu'il avait reçu, émanant d'un détective privé de Butte. Sans doute était-ce une fausse piste. Néanmoins, il se promit d'en parler à Travers. Voire d'en exagérer l'importance.

— Que veux-tu dire, bon sang ? s'énerva Huck. Je sais qu'Abby est à peine capable de se rappeler son propre nom ! Figure-toi que j'ai des amis en ville — pas seulement au labo, mais au cabinet du médecin et ailleurs. Elle ne se souvient de rien.

— Peut-être, marmonna Vance, sceptique. Mais si vous aviez vu la manière dont elle m'a regardé…

Huck balaya son objection d'un geste.

— Tu es parano, voilà tout. Reprends-toi en main. Comment ça va avec Travers ?

— Comme je vous l'ai dit, il a organisé une conférence de presse pour demain. Il veut que le monde entier sache qu'il a retrouvé son fils et que je suis Oakley McGraw. Et après, il tient à ce que je change de nom légalement.

Huck éclata d'un rire sonore et lui donna une tape vigoureuse dans le dos.

— Beau travail, mon gars. Je vois que tu vas récolter les fruits de nos efforts. La maison est à ton goût ?

— C'est agréable de vivre là-bas.

Wade émit un ricanement ironique.

— Sans blague. Abby en profite bien ?

— Elle n'a pas l'air en grande forme. Je veux dire, elle a encore des bleus partout. Elle boite, elle se tient les côtes quand elle marche…

Il s'interrompit, atterré de constater que les deux hommes paraissaient contents de sa description. Dans quel guêpier s'était-il fourré ? Mais n'avait-il pas soupçonné le pire dès le début ?

Huck avait repris la parole.

— Alors, demain, à la conférence de presse, tu vas dire à tout le monde à quel point tu es heureux d'avoir retrouvé le giron familial et que tu vas dorénavant répondre au prénom d'Oakley.

Vance acquiesça.

— Et l'argent de la récompense ? Vous aviez dit que j'en toucherais une partie.

Huck plissa les yeux.

— Tu n'envisagerais pas de t'évanouir dans la nature une fois que tu auras trois sous en poche, si ?

Vance détourna la tête.

— Écoute-moi bien, lui ordonna l'adjoint en comblant l'espace qui les séparait. Nous sommes engagés dans cette affaire pour le long terme, pas pour nous contenter de cinq cent mille malheureux dollars. Tu auras ta part, mais pas avant que tu sois bien installé à ta place et que ton cher père t'ait couché sur son testament.

Il cilla.

— Son testament ? Pourquoi vous en souciez-vous ?

— C'est moi que ça regarde, rétorqua Huck en lui tapant lourdement sur l'épaule. Quand notre association arrivera à son terme, je te le dirai. En attendant, garde tes distances avec Abby. Elle a sûrement senti que tu étais nerveux. On ne risque rien.

Un affreux pressentiment envahit Vance. Au départ, il n'avait été question que de l'argent de la récompense. Ils avaient prévu de le partager et puis de s'en aller chacun de son côté. Mais Huck était devenu gourmand. Et si Vance le laissait faire, il serait à sa merci des années durant.

Ledger songeait encore à l'unique visite qu'il avait rendue à sa mère. Il était petit garçon à l'époque, et l'expérience l'avait choqué. Il n'avait jamais souhaité retourner à l'hôpital psychiatrique, même s'il interrogeait Cull chaque fois que ce dernier allait la voir.

« Elle n'a aucune réaction, disait son frère. Elle ne reconnaît personne, ne parle pas. Elle reste assise dans son rocking-chair, à se balancer d'avant en arrière. »

Ledger n'avait jamais parlé aux siens des rumeurs qui circulaient à l'école. Il ne voulait pas que son père ou ses frères sachent ce qu'on racontait au sujet de leur mère.

« Elle est folle à lier, il paraît que toutes les infirmières ont peur d'elle. »

« Ses cheveux ont blanchi du jour au lendemain. Elle s'est transformée en sorcière et jette des sorts aux gens. »

« Elle se balance dans son fauteuil et tient deux vieilles poupées crasseuses sur ses genoux. Elle s'imagine que ce sont les jumeaux qu'elle a enlevés. »

C'était ce soupçon qui avait été le plus douloureux, le fait que tout le monde avait été persuadé que sa mère avait été impliquée dans l'enlèvement de ses propres enfants. Si cette théorie s'était plus ou moins écroulée à la suite des découvertes de Nikki, on ignorait toujours en revanche l'identité de celui qui, à l'intérieur de la demeure, avait été le complice du ravisseur.

À présent, Ledger dévisageait la femme aux cheveux blancs assise dans le rocking-chair et se demandait où était la vérité. L'inconnue qui se trouvait là paraissait bien plus âgée que ses cinquante-sept ans — jusqu'au moment où on plongeait son regard dans ses yeux verts, brillants d'intelligence et de chagrin.

— Ledger, murmura-t-elle, en lui tendant les bras.

Il s'avança vers elle, s'agenouilla pour qu'elle puisse l'étreindre, et sentit son cœur se briser alors qu'il pensait à tout ce qu'elle avait perdu. Vingt-cinq années. Évanouies à jamais. Pis, un seul des jumeaux avait été retrouvé. À supposer que Vance soit bel et bien le jumeau disparu.

Ledger ne pouvait s'empêcher de penser à ce qu'Abby lui

avait dit. Peut-être avait-elle seulement l'esprit perturbé. Et peut-être pas.

Pour certains, sa mère demeurait une suspecte. Ledger, pour sa part, se refusait à l'imaginer coupable. Elle avait tant souffert… Il était impensable qu'elle ait aidé le ravisseur à voler ses propres bébés.

— Je veux voir Oakley, dit sa mère en regardant Travers. Veux-tu l'amener la prochaine fois ?

Travers le lui promit.

— Je crois qu'il te ressemble.

Wade suivit des yeux le pick-up de Vance qui s'éloignait.

— On ne peut pas lui faire confiance.

Huck lâcha un rire.

— Tu es moins bête que tu en as l'air. Mais il n'ira nulle part avant d'avoir touché l'argent.

— Et si Travers lui en donne ?

— Il ne le fera pas tout de suite. McGraw n'est pas un imbécile. Il se rend compte que Vance n'est pas à l'aise dans son nouveau personnage.

Huck se gratta le menton, songeur.

— Il va progresser par étapes, pour ne pas lui faire peur. N'importe qui peut se rendre compte que Vance n'a pas été habitué à avoir de l'argent. McGraw ne voudra pas le déstabiliser.

Wade devait reconnaître que son père avait eu une idée de génie. Le soir où il la lui avait exposée, Wade était dans le garage, occupé à changer les bougies de son pick-up. En voyant l'expression de Huck, il avait compris que celui-ci mijotait quelque chose. Il était au courant du trafic de cannabis entre lui et la mère d'Abby, mais il ne voulait pas s'en mêler.

— Si Abby découvre le pot aux roses, elle va piquer une crise, avait-il averti. Tu vas faire exploser mon mariage.

— Au contraire, avait rétorqué Huck, je te rends service. Elle n'irait jamais jusqu'à dénoncer sa mère. Par conséquent, nous avons une certaine marge de manœuvre. Un jour, peut-être, tu seras aussi malin que moi — sans doute que non, mais continue à essayer.

Il lui avait décoché une bourrade et avait changé de sujet.

Par conséquent, ce soir-là, le sourire satisfait de son père avait aussitôt mis Wade sur ses gardes.

— J'ai quelque chose à te montrer, avait déclaré Huck.

Son haleine empestait la bière, bien qu'il soit encore en uniforme. Wade avait peur que ses écarts de conduite ne finissent par aboutir à leur renvoi à tous les deux.

Un sac en papier à la main, Huck lui avait fait signe de le suivre au fond du garage.

— Où est ta femme ?

— Dans la cuisine. Elle prépare le dîner. Pourquoi ?

— Regarde.

Son père ouvrit le sac, révélant un cheval en peluche à l'intérieur.

— Qu'est-ce que c'est que ça ?

— Ça, mon garçon, c'est de l'argent.

Huck avait poursuivi, expliquant qu'il avait été un des premiers agents arrivés au ranch McGraw la nuit de l'enlèvement. Il avait trouvé le jouet par terre et l'avait mis de côté.

— Je m'étais dit que je pourrais le vendre. Il y a toujours des gens prêts à dépenser une fortune pour avoir un truc récupéré sur une scène de crime.

Wade l'avait interrompu, consterné.

— On aurait vite fait de retrouver ta trace. Tu serais renvoyé, accusé d'avoir fait disparaître une pièce à conviction et de je ne sais quoi encore !

— Du calme, lança son père. Je l'ai rangé et puis je n'y ai plus repensé jusqu'au jour où je suis tombé sur un type à Billings. Il avait les yeux bleus. Les cheveux noirs. Je me suis dit : « Bon sang ! ce gars pourrait être le jumeau McGraw disparu. »

Huck s'était mis à rire.

— J'ai engagé la conversation et…

Il avait indiqué son pick-up, garé derrière celui de Wade. La portière passager s'était ouverte, et Vance Elliott était descendu.

Quoique frappé par la ressemblance avec les frères McGraw, Wade avait affirmé que la supercherie ne fonctionnerait jamais.

— Ils réclameront une analyse ADN, avait-il fait remarquer.

— J'ai déjà pensé à ça. Il y a une petite rousse au labo qui…

Huck avait laissé sa phrase en suspens et adressé un clin d'œil à son fils.

— Attends. Ce n'est pas tout. Vance est un enfant adopté. Je ne plaisante pas. Tout concorde parfaitement. Et il a l'âge qui correspond.

— Mais… Il doit bien y avoir des papiers ? avait protesté Wade, éberlué.

— On dira qu'ils ont été falsifiés pour dissimuler le fait qu'il s'agissait d'une adoption illégale.

— Et si le véritable Oakley se présente ?

— Qui le croira une fois que notre homme sera installé au ranch ? Il y a une récompense de cinq cent mille dollars. Vance en touchera une partie, mais surtout il aura le ranch des McGraw.

— Avec ses trois frères et sa sœur, si elle réapparaît.

— Cesse de pinailler ! avait lancé son père, agacé. Ça va marcher. Fais-moi confiance.

À cet instant, Wade avait entendu un bruit derrière lui. Il s'était retourné, juste à temps pour voir la porte de la cuisine se refermer sans bruit.

13

Waters ne pouvait s'empêcher de jeter des coups d'œil nerveux à sa montre. Vance était en retard pour le dîner et Travers avait l'air inquiet.

— Où est Vance ? demanda Boone lorsque Travers finit par dire à la cuisinière qu'elle pouvait servir le repas quand même.

— Il est allé en ville acheter quelques vêtements pour demain. Je voulais qu'il soit bien habillé pour la conférence de presse.

— Tu tiens vraiment à faire ça ?

— Bien sûr. C'est mon fils. Je veux que tout le monde le sache.

— Un peu de publicité ne peut qu'être bénéfique dans la recherche de Jesse Rose, intervint Waters. Si elle voit l'émission à la télévision, cela l'incitera peut-être à se présenter.

Travers lui adressa un sourire.

— Précisément. Je suis confiant. Je crois que les jumeaux auront tous les deux été retrouvés avant la fin de l'année.

Louise servait la salade quand Vance entra en hâte dans la pièce.

— Excusez-moi d'être en retard. Les courses m'ont pris plus longtemps que prévu.

Le visage de Travers s'éclaira. Waters remarqua que ses autres fils s'en étaient aperçus. Pas de doute, il y avait une rivalité entre eux et Vance. Il se demanda combien de temps il faudrait pour que l'effet de la nouveauté s'atténue et que Travers voie son nouveau fils sous un jour différent.

— Tout s'est bien passé ? demanda-t-il.

— J'ai suivi tes conseils et je me suis laissé guider par la vendeuse, expliqua Vance en prenant sa place habituelle à côté de lui. J'espère n'avoir pas été trop dépensier.

— Ne t'inquiète pas, le rassura Travers en riant. Je tiens à ce que tu ne manques de rien.

Vance promena un regard autour de la table et tressaillit à la vue d'Abby Pierce. Waters, intrigué, s'aperçut qu'elle était devenue toute pâle.

— Voici Abby, annonça Ledger, à qui l'échange de regards n'avait manifestement pas échappé. Abby, je ne crois pas que tu aies été officiellement présentée à… mon frère Vance. Ou dois-je dire Oakley à présent ?

— C'est toujours Vance pour le moment.

Il semblait parler avec difficulté.

— Mais ce sera bientôt Oakley, intervint Travers d'un ton réjoui. À moins que tu n'aies changé d'avis ?

Vance se retourna vers lui.

— Non, bien sûr que non. Il faut juste que je m'y habitue, c'est tout.

Waters remarqua qu'Abby continuait à le dévisager, comme si elle essayait de se souvenir de quelque chose. Il réprima le malaise qui s'était logé dans sa poitrine. Tout allait si bien. Hormis avec Patricia, évidemment.

Travers et lui avaient eu une conversation, et il s'était vu confier la gestion d'une partie des affaires familiales de nouveau. De plus, il avait été invité à dîner au ranch presque chaque soir depuis qu'il avait trouvé Vance.

Il avait un pied dans la place. Une seule chose pouvait lui mettre des bâtons dans les roues : un problème concernant le futur Oakley. Songeur, Waters reprit sa fourchette. Au fond, il n'avait jamais tout à fait osé croire à sa bonne étoile.

Vance se sentait incapable d'avaler une bouchée. Il était encore secoué après sa discussion avec les deux adjoints. Huck lui faisait peur. Il était manifestement obsédé par un obscur désir de vengeance contre les McGraw. Wade avait mentionné un jour que son père avait été amoureux de Marianne avant son mariage avec McGraw.

Cela devait remonter à très longtemps. Après tout, l'intéressée était enfermée dans un hôpital psychiatrique depuis vingt-cinq ans.

— Après dîner, je me propose d'emmener Oakley rendre visite à sa mère.

Tous les regards convergèrent vers Vance, qui comprit soudain que ces propos le concernaient.

— Ce soir ? demanda-t-il, d'une voix un peu trop perçante.

— Il n'y a aucune raison d'être inquiet, déclara Travers. Je suis sûr que tu as entendu toutes sortes d'histoires au sujet de Marianne, mais elle va beaucoup mieux maintenant et elle a hâte de te voir.

Il était hors de question qu'il puisse se dérober. Pas de manière élégante, en tout cas. Par conséquent, Vance se contenta de sourire et grignota un peu de salade.

Il sentait les yeux d'Abby fixés sur lui. Il avait l'impression que son regard le transperçait, lisait jusque dans son âme. À supposer qu'il en ait une.

Le jour où il avait rencontré Huck dans un bar à Billings, il ne l'avait pas pris au sérieux.

— Je te dis que tu es l'image crachée des frères McGraw, avait déclaré celui-ci, l'enthousiasme décuplé par les bières qu'il avait consommées. Je crois que tu pourrais bien être Oakley McGraw.

Vance ignorait qui était Oakley McGraw et ne s'en était pas caché.

— Tu n'as pas entendu parler des jumeaux McGraw ? Enfin, c'est l'enlèvement le plus célèbre de l'histoire du Montana ! Où as-tu passé ta vie ? Dans une caverne ?

Puisque c'était Huck qui payait les consommations, Vance

avait jugé bon de ne pas se vexer et avait écouté avec attention les explications que ce dernier lui donnait.

Deux bébés avaient été enlevés, un garçon et une fille. — On pense qu'ils ont été adoptés par des gens bien intentionnés qui n'ont jamais rien dit.

Vance avait éprouvé une étrange sensation.

— J'ai été adopté, avait-il murmuré.

Ses parents lui avaient dit qu'il était le fils d'une adolescente qui n'avait pas pu l'élever. Des années plus tard, il avait appris que sa mère était en réalité une femme qu'on lui avait présentée comme étant une de ses tantes. Lorsqu'elle l'avait abandonné, ses parents s'étaient à contrecœur décidés à l'adopter.

En fin de compte, son père n'avait pas été mécontent d'avoir de l'aide pour vaquer aux travaux de la ferme misérable qu'ils possédaient. Vance n'avait pas eu la patience d'attendre ses dix-huit ans pour décamper. Il était parti à seize ans, sans un regard en arrière. Par la suite, il avait su que ses parents avaient trouvé la mort lors d'une explosion causée par une fuite de gaz. La maison et les terres étant lourdement hypothéquées, Vance n'avait pas hérité d'un sou. Il n'avait pas assisté aux funérailles, payées par l'État. De toute façon, ils ne l'avaient jamais aimé.

— Voilà ce que je te propose, avait dit Huck ce soir-là, avant d'exposer son plan en détail.

Vance avait répondu qu'il voulait prendre le temps de la réflexion.

— Tu ne m'as pas l'air de rouler sur l'or, avait observé Huck. Ne fais pas l'imbécile. Ça va être un jeu d'enfant parce que j'ai en ma possession un objet qui a disparu en même temps que le nourrisson le soir de l'enlèvement. Oh ! ne me regarde pas comme ça ! Ce n'est pas moi qui l'ai kidnappé. J'étais un des premiers adjoints au shérif sur les lieux.

— Vous êtes adjoint au shérif ?

Huck s'était esclaffé.

— Et comment, mon gars ! Réfléchis. Appelle-moi demain, sinon il sera trop tard.

Cette nuit-là, Vance n'avait pas pu fermer l'œil. Il avait lu tout ce qu'il avait pu trouver en ligne sur l'enlèvement. Huck avait négligé de lui dire que les McGraw étaient éleveurs de chevaux. Vance avait justement gagné sa vie en volant des chevaux. Cela l'avait amusé jusqu'au moment où il avait découvert autre chose que l'adjoint au shérif s'était gardé de mentionner : les McGraw étaient riches.

Très riches.

Tôt le lendemain matin, il avait composé le numéro que l'homme lui avait donné.

— C'est une histoire de fous, mais je suis partant.

— Tu ne le regretteras pas, avait affirmé Huck en riant.

Trop tôt, le dîner se termina. Travers se leva.

— Allons voir ta mère.

Vance se mit debout à son tour et jeta un coup d'œil prudent en direction d'Abby. Elle se concentrait, c'était évident. Combien de temps allait-il lui falloir pour se souvenir et tirer la sonnette d'alarme ?

Il quitta la pièce d'un pas lent, regrettant à moitié qu'elle ne le fasse pas tout de suite. Au moins, cela lui aurait évité d'aller à l'hôpital rendre visite à sa « mère ».

— Ça va ? demanda Ledger à Abby alors qu'il la raccompagnait à sa chambre.

Elle était toujours pâle et marchait d'un pas légèrement incertain.

— Je suis désolée de revenir là-dessus, Ledger, mais je suis persuadée d'avoir déjà vu Vance. Quelque chose cloche, crois-moi.

— Que veux-tu dire par là ? demanda-t-il en ouvrant la porte.

— Es-tu certain qu'il soit Oakley ?

— Il avait le jouet en peluche qui appartenait à Oakley. Et n'oublie pas le test ADN. Il ne fait aucun doute qu'il est le fils de mon père.

Abby soupira et se laissa tomber dans un fauteuil près de la fenêtre. Ledger prit place en face d'elle.

— Je ne peux pas me fier à ma mémoire ni à mon instinct, mais…

Elle planta le regard dans le sien.

— C'est une impression si intense… Je sais que je l'ai rencontré quelque part, et ça m'inquiète.

— Tu finiras par t'en souvenir, affirma-t-il, bien qu'il n'en soit pas absolument convaincu. Donne à ton cerveau le temps de récupérer. Je suis sûr que tu as encore mal à la tête. Puis-je t'apporter un médicament ?

— Non, merci. Quand je prends les comprimés que le médecin m'a prescrits, j'ai l'esprit encore plus flou. Ça ira.

— Tu n'as pas confiance en Vance, murmura Ledger.

— Non.

— Je vais garder un œil sur lui, promit-il. Pour commencer, je vais m'installer dans la chambre voisine. Ça ne mc plaît pas que tu sois seule dans cette aile avec lui. On ne sait jamais. Si ton instinct ne te trompe pas…

Les soirs précédents, Ledger avait couché dans son chalet. Abby savait qu'il ne voulait pas faire pression sur elle. Comme ils le savaient l'un et l'autre, elle était encore l'épouse de Wade.

Cependant, elle parut soulagée de savoir qu'il serait à proximité. Apparemment, non seulement elle se méfiait de de que racontait Vance, mais elle avait aussi un peu peur de lui.

— Merci. J'espère que je me trompe. Ton père paraît si heureux de l'avoir à ses côtés. Je n'ose pas imaginer comme il sera déçu si Vance n'est pas la personne qu'il le croit être.

— Précisément. Nous ne savons presque rien de lui. Jim Waters a pris quelques renseignements et jure qu'il n'y a rien de suspect. Mais j'ai mes doutes, moi aussi. Je me demande comment va se passer sa rencontre avec ma mère.

L'odeur le frappa d'abord, et puis les bruits. À peine la porte franchie, Vance s'immobilisa, réticent à aller plus loin.

— Ce n'est rien, fiston, dit Travers d'un ton rassurant. Prends une minute. Je sais que ça va être dur pour toi de voir ta mère.

Vance réprima un rire nerveux. Ce type n'avait pas la moindre idée de ce qu'il ressentait.

— J'ai eu une voisine autrefois. Elle devait être… attachée. Elle a échoué dans un endroit comme celui-ci. Je ne suis allé la voir qu'une fois. Je ne pouvais pas supporter d'être là-bas.

Il frissonna à ce souvenir. Cathy la cinglée — c'était ainsi que l'appelaient les enfants lorsqu'ils l'apercevaient à travers les vitres du bus scolaire. Bien qu'attachée à la corde à linge, elle se mettait à courir vers le véhicule, le visage tordu par un sourire de travers parce qu'elle adorait Vance — jusqu'à l'obsession. Elle avait fini par être enfermée après avoir tenté de le poignarder à l'aide d'un couteau de boucher, un soir qu'elle l'avait vu en compagnie d'une autre fille.

— Je suis désolé, murmura Travers. Ce doit être d'autant plus difficile pour toi. Si tu préfères revenir un autre jour, tu n'as qu'à…

— Non.

Il n'avait qu'une idée en tête : en finir. S'efforçant d'ignorer les sons, les odeurs, la tension qui grésillait dans l'air comme l'électricité un soir d'orage, il suivit son père dans le couloir qui menait au pavillon des patients violents. Le vacarme était pire dans cette partie-là du bâtiment — on entendait des pleurs, des hurlements, des plaintes à vous donner la chair de poule.

Une infirmière leur ouvrit et les précéda dans le couloir suivant. Vance marchait tête baissée, les yeux rivés sur le sol, s'exhortant à continuer, mais sentant la faiblesse courir dans ses veines.

Sa mère avait coutume de se plaindre qu'il n'était pas solide. « Il faut qu'il se fortifie », disait-elle. Et elle lui donnait les pires corvées qu'elle puisse trouver. Il avait les mains pleines d'ampoules, la chair à vif parfois. C'était à cause de cette enfance-là qu'il se trouvait en ce lieu à présent, et cette pensée le mettait en colère. Sa mère adoptive avait eu raison. Il n'était pas solide.

L'infirmière s'arrêta devant la porte, introduisit sa clé dans la serrure, puis dit à Travers de l'appeler s'il avait besoin de quoi que ce soit.

La gorge nouée, Vance lui emboîta le pas et se figea.

La femme assise dans le rocking-chair avait des cheveux d'un blanc éclatant, qui tombaient sur ses épaules tel un linceul. Cependant, c'était son visage qui le clouait sur place.

— Oakley ? demanda-t-elle d'une voix étranglée, avant de lui faire signe d'approcher.

Vance dut rassembler tout son courage pour faire un pas, puis un deuxième, et puis un autre encore, jusqu'à ce qu'il soit près d'elle.

— Oakley ? répéta-t-elle, plissant ses yeux verts.

Il était incapable d'articuler un mot. C'était tout juste s'il respirait. Il déglutit avec difficulté, s'efforçant de ne pas laisser sa terreur transparaître dans son regard.

Elle se pencha vers lui, le prenant par surprise. Sa main ridée attrapa la sienne et la maintint dans un étau tandis qu'elle l'obligeait à s'approcher encore. Ses yeux verts s'écarquillèrent, alarmés, et il sentit un froid glacé le traverser.

Au même moment, elle le repoussa violemment et se mit à hurler.

Abby n'avait pas dormi de la nuit. D'étranges visions surgissaient dans son esprit, bribes de souvenirs ou signes qu'elle perdait la tête, peut-être. Savoir que Ledger était dans la chambre voisine n'avait pas contribué à l'apaiser. Maintes fois, elle avait été tentée de se lever et d'aller le rejoindre.

Cependant, elle savait ce qui se serait passé alors. Et elle était toujours mariée. Peu importait que cette union ait été un mauvais choix. Peu importait ce que Wade avait fait. Elle ne pouvait pas aller retrouver Ledger. Le seul fait de l'imaginer étendu dans son lit suffisait à la troubler…

Ce matin, elle se sentait un peu mieux.

— Cessez de vous tourmenter ainsi, avait conseillé le

médecin lorsqu'il était venu la voir. Vous allez vous rendre folle. Si votre mémoire doit revenir, elle le fera d'elle-même, au moment où vous vous y attendrez le moins. Détendez-vous. Profitez de cet endroit magnifique. En fait, je crois que vous devriez prendre l'air. Pourquoi ne pas vous asseoir au bord de la piscine ?

Abby avait beau se raisonner, elle avait du mal à résister à la tentation. Elle avait l'impression qu'elle était tout près du but, et qu'en outre il était d'une importance cruciale qu'elle se souvienne. Et vite.

— Je veillerai à ce qu'elle se ménage, avait déclaré Ledger au médecin après l'avoir remercié.

Le petit déjeuner terminé, il avait entraîné Abby à la piscine. Elle avait été soulagée de constater que le petit déjeuner était nettement moins formel que les autres repas. Chacun descendait à sa convenance et mangeait dans la cuisine. Boone et Cull étaient déjà occupés dans les écuries, et la cuisinière était partie faire des courses en ville, par conséquent Ledger et elle étaient seuls.

Elle se félicitait que Ledger n'ait pas reparlé mariage. Dans l'immédiat, elle ne voulait pas songer à l'avenir. Il y avait tant de lacunes dans sa mémoire : elle tenait à les combler d'abord. À moins qu'elle n'ait peur de se précipiter tête baissée dans un nouveau mariage pour de mauvaises raisons. Elle savait que Ledger voulait la sauver, l'arracher des griffes de Wade. Il essayait depuis une éternité de la persuader de le quitter. Mais était-ce là une base suffisante pour un mariage ? Lorsqu'elle serait divorcée, aurait-il toujours envie de l'épouser ?

Y penser lui donnait mal à la tête. Elle avait trop de soucis, comprit-elle.

Ledger semblait content de lui tenir compagnie au bord de la piscine, et d'évoquer les projets que sa famille avait pour le ranch. Abby se surprit à lui sourire, touchée par ses rêves. Elle l'aimait tant que cela lui faisait mal.

— Tu vois ces terres là-bas, à flanc de colline ?

Il désignait un creux planté de sapins sous une crête rocheuse.

— Elles m'appartiennent. C'est là que je construirai ma maison un jour.

Son regard se posa sur elle, et Abby lut tant de promesses dans ses yeux qu'elle eut envie de pleurer.

— C'est magnifique.

— Comme toi, murmura-t-il en se penchant pour prendre sa main.

Elle ferma les yeux et se dit que tout allait s'arranger. Pourtant, en son for intérieur, l'inquiétude la rongeait. Wade et son père mijotaient quelque chose. Quelque chose qu'elle avait entendu. Ils ne voudraient pas prendre le risque qu'elle s'en souvienne. Cette histoire n'était pas terminée. Dès qu'elle quitterait le sanctuaire du ranch…

— Abby ? demanda Ledger d'une voix inquiète.

Elle rouvrit les yeux, soudain consciente qu'elle serrait sa main trop fort.

— J'ai peur, avoua-t-elle. Je ne pourrai pas penser à l'avenir avant de savoir ce qui m'a terrifiée à ce point.

Elle perçut un mouvement derrière Ledger et reconnut Vance. À sa vue, il tourna les talons et disparut. Le malaise d'Abby s'accentua, menaçant de la submerger.

Ledger suivit son regard.

— Tu penses toujours qu'il est suspect, n'est-ce pas ?

Elle hocha la tête.

— La visite à ma mère s'était mal passée. Quand elle l'a vu de près, elle s'est mise à pousser des hurlements. On a dû lui donner des sédatifs. Mon père a peur qu'elle ne régresse et ne redevienne muette, comme avant.

Abby frissonna.

— Elle a dû avoir la même sensation que moi.

— Un livre ?

Waters n'en croyait pas ses oreilles. Il fixa Patricia à travers la paroi transparente.

— Nikki St. James est déjà en train d'en écrire un, ajouta-t-il.

— Nikki St. James n'était pas là le soir de l'enlèvement. Moi, si, répliqua-t-elle en lui décochant un regard satisfait. On m'a offert une somme suffisante pour payer les services d'un avocat compétent. Oui, tu as bien entendu. Je vais être acquittée et, à ce moment-là, la police pourra se mettre à chercher qui a réellement essayé d'empoisonner mon mari.

Waters devina ce qu'elle allait dire dans ce fameux livre. La famille McGraw serait présentée sous le pire jour possible. Quant à lui, il ne serait pas épargné.

— Qu'est-ce que tu veux ?

— Ah ! Tu es prêt à négocier avec moi, maintenant ? lança-t-elle d'un ton suave.

— Patty.

— Ne m'appelle pas comme ça.

— Tu ne veux pas laver ton linge sale en public.

— Tu ne parles pas plutôt de *ton* linge sale, Jimmy ?

— Pense à Kitten.

— Oh ! Parce que tu t'intéresses à elle, tout à coup ? s'énerva Patricia.

Elle avait affirmé que Kitten était sa fille, mais étant donné qu'elle mentait comme elle respirait il n'en avait jamais eu la certitude. Il la soupçonnait d'avoir raconté la même chose à Blake Ryan. Cela aurait expliqué que Blake lui obéisse comme un toutou.

Il baissa la voix.

— Tu sais pourquoi nous avons dû garder cela secret.

— À cause de ta relation avec Travers ? Regarde où tu en es à présent. À moins que tu n'aies réussi à rentrer dans ses bonnes grâces ?

Une lueur jaillit dans son regard.

— Oh ! c'est ça ! Espèce de salopard… Tu finis toujours par tirer ton épingle du jeu, hein ?

Elle plissa les yeux.

— Eh bien, accroche-toi, mon cher ! Je suis sur le point de faire exploser ton petit monde et celui de Travers.

Sur quoi, elle raccrocha violemment le téléphone, se leva et fit signe au garde qu'elle était prête à regagner sa cellule.

Vance était dévoré par l'angoisse.

Travers s'était confondu en excuses après leur visite à sa prétendue mère.

— Je n'aurais jamais dû t'emmener là-bas si vite, avait-il déclaré sur le chemin de retour. Marianne commence tout juste à aller un peu mieux. C'est ma faute. Je suis désolé.

— Ne te fais pas de reproches, avait-il répondu. Je lui ai peut-être fait peur.

Il savait bien que non. Il avait vu l'expression du regard de Marianne. Elle savait. D'une manière ou d'une autre, elle avait deviné qu'il n'était pas son fils.

— C'est sans doute le choc, voilà tout, avait murmuré Travers.

Cependant, Vance ne se faisait pas d'illusions. Il craignait que Travers ne soit assailli par le doute, lui aussi. Peut-être pas au point de mettre un terme à toute cette folie, mais…

La conférence de presse se déroula dans une sorte de brouillard. Aveuglé par les flashs des appareils photo, il s'était avancé vers le micro pour dire à quel point il était heureux d'avoir retrouvé sa famille biologique, et puis on l'avait accompagné à la voiture et il s'y était engouffré pendant que les reporters criaient des questions et lui tendaient leur micro sous le nez.

Il était parvenu à s'esquiver après le déjeuner, ayant dit à Travers qu'il voulait aller faire une promenade à cheval et assimiler tout ce qui s'était passé. Une fois loin du ranch, il avait utilisé son téléphone prépayé pour appeler Huck, lequel jubilait.

— Je t'ai vu au journal télévisé ! Tu avais belle allure dans tes fringues neuves. Prochaine étape, ton changement de nom. Tu vas devenir Oakley McGraw pour de bon.

— Il faut qu'on se voie.

La bonne humeur de Huck avait fondu comme neige au soleil.

— Bien, avait-il grogné lorsqu'ils s'étaient retrouvés avec Wade, cette fois dans un bosquet au bord de la retenue d'eau du barrage Nelson. Alors, Marianne a fait une crise quand Travers t'a emmené la voir hier soir. Comment a-t-il réagi ?

— Il se sentait coupable de m'avoir conduit là-bas, et il a essayé d'expliquer la réaction de Marianne, mais j'ai bien vu qu'il était troublé. Il devait se dire qu'elle avait vu quelque chose qui lui avait échappé.

Huck se mit à gesticuler.

— Ce n'est pas comme si elle avait crié : « Cet homme n'est pas mon fils ! » Et d'ailleurs, même si elle l'avait fait, qu'est-ce que ça prouve ? Elle est… malade. Ne te fais pas de souci. Tu es tranquille. Si McGraw avait eu le moindre doute, il aurait annulé la conférence de presse.

Vance se passa une main dans les cheveux, tenant son stetson de l'autre. Il faisait chaud, mais une légère brise soufflait, et il était à l'ombre des arbres. Malgré tout, il transpirait abondamment.

— Abby n'arrête pas de me regarder bizarrement. Et maintenant, Ledger commence à faire comme elle.

Irrité par la mention de Ledger, Wade lâcha un juron et donna un coup de pied dans une pierre pour l'envoyer dans l'eau.

— La mémoire va lui revenir tôt ou tard. Je la vois qui se creuse les méninges sans cesse, insista Vance d'un ton plaintif. Elle sait qu'elle ne m'aime pas, qu'elle ne me fait pas confiance, et elle a convaincu Ledger. Combien de temps avant qu'il en parle à son père, à votre avis ?

— Arrête de tout dramatiser, grogna Huck avec colère. Jusqu'ici, elle ne se souvient de rien. Et il n'y a aucune raison pour que ça change. Tu n'as qu'à tenir bon. Cesse de te conduire comme si tu étais un invité au ranch. Il faut que tu te mettes au travail avec tes frères.

Vance le fixa, stupéfait. Comment savait-il ? La cuisinière ? Louise l'espionnait-elle ?

Huck eut un petit sourire.

— Je t'ai dit que j'avais des amis. Je sais ce qui se passe là-bas.

— Je crois que Vance a raison, intervint Wade. Tu connais Abby. Une fois qu'elle a une idée en tête…

Huck jura à son tour.

— Qu'est-ce qu'on va faire ? gémit Wade. Laisse-moi aller la chercher…

— Ne dis pas de sottises.

Vance devina qu'en dépit des apparences Huck commençait à s'inquiéter, lui aussi.

— Bon. Peut-être que le moment est venu de s'occuper d'Abby, dit-il en se tournant vers lui. Il faudra que tu donnes l'impression qu'il s'agissait d'un accident.

— Quoi ? s'étrangla Vance.

Un instant, il crut avoir mal entendu, mais un coup d'œil au visage de l'adjoint du shérif le convainquit que ce n'était pas le cas.

Atterré, il recula d'un pas.

— Je ne vais pas commettre un meurtre !

Huck combla rapidement la distance entre eux et se planta à quelques centimètres de lui.

— Tu feras tout ce que je te dis de faire, sinon c'est toi qui risques d'avoir un accident. Compris ?

Le sang de Vance se figea dans ses veines. La dureté et l'amertume qui se lisaient dans le regard de Huck en disaient long. Il ne plaisantait pas, loin de là. Pis, il n'avait pas menti en affirmant qu'il avait des amis un peu partout. Vance devrait se méfier de la cuisinière dorénavant. Elle était à la solde de l'adjoint.

— Tu es Oakley McGraw, affirma Huck, l'air moins menaçant à présent, bien que Vance sache à quoi s'en tenir à cet égard. Si tu ne faiblis pas, tu mèneras la belle vie, tu piges ? Abby ne doit pas retrouver la mémoire, sinon cela éveillera les soupçons sur toi, et sur nous par la même occasion. Par conséquent, tu vas t'occuper d'elle.

— Il restera Marianne, protesta-t-il, cherchant une échappatoire.

Huck mit la main sur son épaule et la pressa juste assez fermement pour se faire comprendre.

— Marianne est malade. Elle ne nous inquiète pas, d'accord ? Ne me fais pas douter de toi, Vance. Tu es là-dedans jusqu'au cou. Souviens-toi seulement d'une chose : si tu essayes de me prendre en traître, tu ne vivras pas assez longtemps pour voir la prison.

Rends-toi au shérif. Avoue tout. La pensée traversa l'esprit de Vance, mais il sut aussitôt que Huck avait raison. L'adjoint avait des relations. La manière dont il avait pu manipuler les résultats du labo en était la preuve. Il avait dû soudoyer quelqu'un pour qu'on substitue l'ADN d'un des vrais fils McGraw au sien. À moins que le labo n'ait conservé des échantillons ADN datant de l'enlèvement des jumeaux.

Peu importait de savoir comment Huck avait manigancé cette fraude. Seul un fait comptait : il avait réussi. Et maintenant, Vance était acculé. Comment en était-il arrivé là ? se demanda-t-il, étourdi. Comment était-il passé du stade où il faisait semblant d'être Oakley McGraw à celui où il s'apprêtait à commettre un meurtre ?

Car il ne voyait pas d'issue. Il n'avait pas un sou, et il était impliqué dans une escroquerie avec un psychopathe.

Il allait devoir éliminer Abby Pierce.

14

— Tu crois qu'il va le faire ? demanda Wade à son père après le départ de Vance.

— J'en doute, grommela Huck. Il n'a pas assez de tripes pour ça.

Wade lui décocha un regard interrogateur.

— Mais tu as donné l'impression que tu le pensais capable de réussir.

Il n'allait sûrement pas admettre qu'il était soulagé. Il aimait toujours Abby. Sans doute ne cesserait-il jamais de l'aimer.

Pourtant, cet amour s'accompagnait d'un tel sentiment de culpabilité qu'il s'était forgé une caparace autour du coeur. Pour s'en libérer, il devait se libérer d'Abby. Néanmoins, l'idée qu'elle appartienne à un autre homme lui était insupportable.

— Fiston, s'il y a une chose que je sais faire, c'est déchiffrer les gens. Vance… Il n'a pas eu une vie facile, c'est sûr. C'est une des raisons pour lesquelles je savais qu'il sauterait sur l'occasion de devenir Oakley McGraw. Et il est faible. Je sentais qu'il ne tiendrait jamais le coup sur la durée.

— À quoi bon tout ça, alors ?

Son père sourit.

— On n'a pas besoin d'aller jusqu'au bout. J'ai contacté Waters par le biais d'un ami. Il s'occupe de nous transférer l'argent de la récompense.

— Mais une fois que les McGraw sauront que Vance n'est pas Oakley…

— Ça n'arrivera pas, déclara Huck avec tant d'assurance que Wade se demanda s'il était tout à fait lucide. D'ici là, tous ceux qui pourraient nous nuire seront morts.

Wade le dévisagea, stupéfait.

— Comment…

— Ne t'inquiète pas de ça. J'ai tout prévu. Mais d'abord, on va s'arrêter à côté de ce nid de serpents à sonnette dans les collines de Larb.

Huck esquissa un sourire.

— J'ai apporté deux sacs en toile. Tu n'as plus de souci à te faire pour ta femme. Et Vance non plus.

Waters voyait son univers se désintégrer sous ses yeux. Patricia était comme un missile, précis, fulgurant, impossible à éviter. Il devait limiter les dégâts avant qu'elle frappe. Le problème, c'était que cela impliquait de dire la vérité à Travers. Enfin, une partie suffisante de la vérité pour se protéger. Il avait un atout en main : Patricia croyait dur comme fer qu'il ne dirait rien.

Il trouva Travers assis à son bureau.

— Tu as une minute ?

L'éleveur lui fit signe d'entrer.

— D'après Boone, tu as eu un autre contact qui paraît prometteur ?

Waters avait complètement oublié l'appel qu'il avait reçu du détective privé de Butte.

— Oui, c'est vrai. Quelque chose m'a intrigué à propos de ce coup de téléphone. Je l'ai dit à Boone.

— Que veux-tu dire ?

— Eh bien, c'est difficile à définir, mais les questions que le type m'a posées m'ont incité à penser qu'il avait des informations au sujet de Jesse Rose.

Travers se laissa aller contre le dossier de son fauteuil et invita d'un geste Waters à s'asseoir.

— C'est une excellente nouvelle. Nous devrions donner suite immédiatement. Je vais demander à Boone de s'en occuper.

— Le détective privé qui m'a téléphoné a dû s'absenter. Il m'a dit qu'il serait de retour dans une semaine ou deux. J'avais pensé me rendre sur place moi-même.

— Je préférerais que Boone s'en charge.

Waters songea à part lui que cette piste ne mènerait à rien, mais s'abstint de le dire. L'important était qu'il donne l'impression de chercher Jesse Rose.

— Il y avait autre chose.

Il s'interrompit, hésitant.

Après qu'il s'était rangé du côté de Patricia, il n'avait plus été le bienvenu dans cette maison. La situation s'était améliorée grâce à Vance, mais elle demeurait précaire. Il n'était pas du tout sûr que Travers réagisse bien à sa confession. Il risquait fort d'être congédié sur-le-champ.

— Je t'écoute.

Waters se jeta à l'eau.

— Il faut que je te dise quelque chose. J'aurais dû le faire depuis longtemps, mais Patricia m'a supplié de me taire, et j'ai été assez stupide pour l'écouter.

— Si tu vas m'annoncer que tu es peut-être le père de ma fille, inutile de te donner cette peine. Je le sais depuis le début.

Waters le dévisagea.

— Mais…

— Je savais que vous deux aviez une liaison avant l'enlèvement.

Le regard de Travers se durcit.

— Et je sais que vos relations ont continué après mon mariage avec Patty.

L'avocat resta sans voix. Présenter des excuses semblait ridicule.

— Je ne comprends pas, balbutia-t-il enfin.

— Oh ! Je crois que si. Rappelle-toi le vieux proverbe : Il est prudent de garder ses ennemis près de soi.

— Tu me considères comme ton ennemi ? protesta-t-il, choqué.

Il avait toujours pensé que Travers avait confiance en lui, et même qu'il l'aimait bien.

— Pourquoi n'as-tu jamais rien dit, si tu savais ?

— Je voulais voir ce qui allait se passer. Ta liaison avec Patty ne me gênait pas. J'ai vu qu'elle se servait de toi comme elle se servait de moi. On ne peut pas chasser le naturel, n'est-ce pas ?

Waters se demanda si Travers faisait allusion à Patricia ou à lui.

— Elle est en train d'écrire un livre à scandale sur l'enlèvement pour financer sa défense.

Travers hocha la tête.

— C'est ce que j'ai entendu dire.

— Je peux essayer d'obtenir une injonction visant à interdire la publication si tu…

— Ce n'est pas nécessaire.

Waters fut désarçonné.

— Mais… La mauvaise publicité…

Travers eut un petit rire.

— Tu croyais vraiment que ça allait m'inquiéter ? Jim, il me semble plutôt que c'est toi qui ne tiens pas à voir ce livre publié. Mais je pense que d'ici là son procès sera terminé, et la vérité sera connue de tous.

— La vérité ?

Travers continuait à sourire.

— Si tu n'as rien d'autre à me dire, peux-tu s'il te plaît transmettre à Boone toutes les informations que tu as concernant ce détective privé à Butte ? Je veux qu'il y aille dès que cet homme sera revenu.

Vance se creusa les méninges tout au long du trajet qui le ramenait au ranch. Comment diable allait-il éliminer Abby en laissant penser qu'elle avait été victime d'un accident ?

Il maudissait sa mauvaise étoile. Si seulement il n'était pas allé dans ce bar à Billings, s'il n'avait pas croisé le chemin de Huck Pierce, s'il n'avait jamais accepté ce plan insensé pour faire fortune…

L'argent était la source de tous ses maux. S'il en avait un peu à cet instant précis, il disparaîtrait. Peut-être irait-il en Amérique du Sud. Il n'aurait besoin que de faux papiers, et il avait entendu dire qu'on pouvait s'en procurer facilement à condition de s'adresser au bon endroit.

Le problème, c'était qu'il n'avait pas d'argent et qu'il ne savait pas à qui s'adresser. Huck, lui, était plus malin. La cuisinière le surveillait sans doute depuis le moment où il était arrivé au ranch et faisait régulièrement son rapport à l'adjoint.

Qui savait combien d'autres espions Huck avait à sa solde ? se demanda-t-il, songeant aux ouvriers agricoles qu'il voyait parfois lorsqu'il se prélassait au bord de la piscine. Huck n'était pas du genre à abattre toutes ses cartes d'un coup, si bien que Vance soupçonnait qu'il avait d'autres alliés dans la place. En plus de Travers et de ses fils. Vance avait l'impression qu'on l'observait constamment, qu'on cherchait une faille dans l'histoire qu'il avait construite, qu'on attendait le moment où tout s'écroulerait autour de lui et qu'il devrait avouer qu'il n'était pas Oakley McGraw.

Il entra dans la maison, où régnait un silence inhabituel. Le bureau de Travers était vide, quelques bruits indistincts lui parvenaient de la cuisine, mais pas de voix. Soulagé de ne pas être contraint de faire la conversation, il grimpa les marches quatre à quatre. Il n'avait qu'une envie : monter dans sa chambre et être seul.

Il avait presque atteint le sommet des marches quand Abby déboucha sur le palier. Pris de court par la soudaine apparition de la personne qui monopolisait ses pensées, Vance tressaillit, et eut un mouvement de recul. Sous les yeux écarquillés d'Abby, il perdit l'équilibre.

Il tâtonna à la recherche de la rampe, mais ses doigts glissèrent sur le bois verni sans trouver de prise. Il se sentit basculer en arrière, frappé par l'ironie de la situation, moulinant en vain des bras pour stopper sa chute.

Sous le choc, Abby descendit précipitamment quelques marches pour retenir Vance. La main de ce dernier se referma sur son poignet. Il vacilla mais tint bon, tandis qu'elle s'efforçait de ne pas tomber.

Cependant, Vance était beaucoup plus lourd qu'elle. En un éclair, Abby comprit qu'il allait l'entraîner dans sa chute. Elle sentit ses talons se soulever. De sa main libre, elle agrippa la rampe, mais l'étreinte de Vance était trop ferme.

Elle poussa un cri. Vance tira brusquement sur son bras, puis la lâcha. Projetée vers le centre de l'escalier, Abby fixa le carrelage en marbre du rez-de-chaussée, attendit que toute sa vie défile devant ses yeux.

En bas, la porte s'ouvrit et Ledger franchit le seuil. Leurs regards se rencontrèrent. Horrifié, Ledger se rua en avant, comme s'il pensait pouvoir l'attraper à temps.

Elle ferma les yeux, un hurlement s'échappa de ses lèvres. Elle avait été si près de vivre avec Ledger… Mais le destin était intervenu pour les séparer à jamais.

Le cri angoissé de Ledger se mêla au cri angoissé d'Abby alors qu'elle basculait. Il se précipita vers l'escalier, le regard braqué sur elle, et venait d'atteindre la première marche quand Vance, ayant enroulé son autre bras autour de la rampe, tendit la main et, à l'ultime seconde, saisit Abby par la taille.

Un instant, Ledger crut que Vance n'aurait pas la force d'empêcher leur chute à tous les deux. Il lut la douleur sur son visage dans l'effort surhumain qu'il faisait pour tirer Abby vers lui.

Ledger n'avait pas eu conscience de retenir son souffle jusqu'au moment où il vit Abby poser les pieds par terre. Vance lâcha la rampe et s'assit lourdement sur une marche. Il était livide, et de grosses gouttes de sueur coulaient sur son front.

Abby s'était assise, elle aussi. Elle pleurait doucement et se tenait les côtes. Si Vance n'avait pas été là pour l'attraper à temps…

— Ça va ? demanda Ledger en s'agenouillant à côté d'elle.

— Vance m'a sauvé la vie, hoqueta-t-elle entre deux sanglots.

Le regard de Ledger se tourna vers lui.

— Ce n'est pas ça. Je montais l'escalier trop vite, sans faire attention.

— Je lui ai fait peur. Il a commencé à tomber en arrière, expliqua Abby alors qu'ils reprenaient leur souffle.

— Elle m'a retenu, mais j'étais tellement déséquilibré…

Vance se frotta l'épaule, le remords visible sur ses traits.

— J'aurais pu la tuer.

— Mais tu l'as sauvée, au contraire, le rassura Ledger. Tu t'es fait mal à l'épaule ?

— Je crois que je me suis peut-être fait une élongation.

— Je vais téléphoner au médecin.

Ledger effleura le visage d'Abby, écarta une mèche vagabonde et essuya une larme du doigt.

— Je lui demanderai de vous examiner tous les deux.

Il lui sourit, remerciant intérieurement le ciel qu'elle soit indemne. Quand il l'avait vue tituber sur cette marche… Si Vance ne s'était pas penché pour la retenir à son propre péril…

— Crois-moi, je prendrai l'ascenseur à partir de maintenant, murmura-t-elle tandis qu'il l'entourait de ses bras.

Par-dessus l'épaule d'Abby, Ledger regarda Vance.

— Tu es un héros, dit-il, reconnaissant. Merci.

Vance secoua la tête.

— Je suis loin d'être un héros.

L'héroïsme de Vance alimenta les conversations au dîner. Il s'était froissé un muscle et avait dû y appliquer de la glace. Quant à Abby, elle avait les côtes encore plus sensibles qu'avant, mais à présent quand elle le regardait, c'était avec gratitude. Tous ses soupçons semblaient s'être dissipés.

Il s'efforça de se détendre, sans succès. Son épaule lui faisait atrocement mal, et les compliments dont il était l'objet ne faisaient qu'ajouter à son malaise. Il avait eu la possibilité de laisser Abby tomber la tête la première dans l'escalier, au lieu de quoi il avait volé à son secours — après qu'elle était venue au sien.

— Peut-être devriez-vous éviter les escaliers, tous les deux, plaisanta Travers. Parlons sérieusement, Vance. J'ai donné à chacun de mes autres fils un lopin de terre où ils pourront construire leur propre maison un jour, s'ils veulent bien consentir à rester.

Le silence s'était fait autour de la table.

Un lopin de terre ? Vance déglutit.

— Nous regarderons un plan de la propriété tout à l'heure, et tu pourras choisir un endroit qui te convient.

— C'est très généreux, merci.

— Généreux ? s'esclaffa Travers. Fiston, cette terre te revient par la naissance.

La naissance. Il baissa la tête.

— À l'avenir, déclara Travers en levant son verre. Puisse-t-il t'apporter tout ce dont tu rêves.

Quand Vance se redressa, la cuisinière se tenait sur le seuil de la cuisine et le fixait. Son cœur se mit à cogner dans sa poitrine. Elle allait tout rapporter à Huck.

Vance but une gorgée de vin, et la nausée l'envahit. Son avenir était tout sauf prometteur.

15

Debout à la fenêtre de la chambre, Abby contemplait le ranch.

— Je ne peux pas rester ici, murmura-t-elle, s'adressant plus à elle-même qu'à Ledger bien qu'elle se soit tournée vers lui.

— Tu ne peux pas davantage retourner dans ton appartement, protesta-t-il. Pas toute seule.

Pourtant, elle avait l'impression que si elle regagnait son logement — si elle retournait en ville —, sa mémoire serait stimulée. Car Travers s'attachait de plus en plus à Vance, ce qui la préoccupait. Ça avait été une erreur de lui offrir un lopin de terre, elle le sentait.

Même si elle était incapable d'expliquer pourquoi.

— Wade ne connaît pas ma nouvelle adresse et, de toute façon, il est soumis à une injonction d'éloignement…

Ledger émit un juron à mi-voix.

— Ne sois pas si naïve. Il t'attend. Et si tu t'imagines qu'une injonction va le décourager…

— Et mon travail ?

— Tu n'es plus obligée de travailler là-bas.

Elle secoua la tête.

— Ledger, j'aime mon emploi. Le contact avec les gens me manque. C'est comme s'il n'y avait plus rien de normal dans ma vie.

Il poussa un profond soupir, et la douleur se lut dans son regard.

— C'est moi que tu veux fuir ? C'est ça ?

Abby se hâta de secouer la tête.

— Non. Jamais je ne voudrais te fuir. Mais je suis toujours mariée à Wade. Je ne peux pas aller de l'avant tant que le divorce n'est pas derrière moi.

— Tu as besoin de temps. Je comprends.

— Que vont penser les gens si je reste ici avec toi ?

— C'est ça qui t'inquiète ? Le qu'en-dira-t-on ?

À l'instant où elle avait dit cela, elle s'était rendu compte qu'elle avait parlé comme sa mère. Sa mère qui cultivait du cannabis dans sa cave, et qui l'avait manipulée pour qu'elle reste prisonnière d'un mariage violent parce que cela servait ses intérêts.

Abby effleura la joue de Ledger.

— Je veux repartir de zéro.

— Avec moi ?

Elle sourit.

— Oh oui ! Avec toi. Mais je me suis jetée tête baissée dans mon premier mariage. Je ne vais pas recommencer, même si c'est pour t'épouser.

Il l'attira à lui et l'embrassa.

— J'ai hâte que tu sois ma femme.

— J'éprouve la même chose pour toi, Ledger. Ça a été terrible de te sentir à côté. Tu ne peux pas savoir à quel point j'ai lutté pour ne pas aller te rejoindre.

Il la lâcha, comme s'il avait une conscience aiguë du courant qui passait entre eux.

— J'attendrai le temps qu'il faudra.

Il sourit.

— J'ai de l'entraînement.

Elle lui rendit son sourire.

— Mais tu sais que Wade n'en a pas terminé avec toi, reprit-il doucement. Ce genre d'homme ne peut pas supporter d'être humilié. Il va essayer de se venger de toi, et cette fois il te tuera s'il le peut.

— Je sais, acquiesça-t-elle, refoulant les larmes. Comment puis-je le forcer à sortir de ma vie ?

Ledger secoua la tête.

— Je ne sais pas. Ce qui est sûr, c'est que je préférerais que tu restes ici jusqu'à ce que le divorce soit prononcé. À ce moment-là, peut-être acceptera-t-il que tout soit vraiment fini. Peut-être ira-t-il de l'avant.

Elle hocha la tête, mais elle savait que ni l'un ni l'autre ne croyait vraiment à ce scénario. Ledger esquissa un geste vers elle. Au même moment, un souvenir surgit en Abby, si net qu'elle lâcha un cri et recula.

Alarmé, Ledger la dévisagea.

— Je t'ai fait mal ?

— Je les ai vus !

Une image prit forme dans son esprit, limpide comme le cristal, avant de vaciller et de s'évanouir.

— Je sais où j'ai vu Vance. C'était chez moi. Il était avec Huck et Wade.

Troublé par l'incident, Ledger descendit au rez-de-chaussée et prit Cull à part.

— La première fois qu'Abby a croisé Vance, elle m'a dit qu'elle pensait l'avoir déjà vu. Elle ne savait plus où, mais elle était sûre que c'était dans des circonstances pénibles.

Cull arqua un sourcil.

— Autrement dit, elle avait une mauvaise impression à son sujet.

— Si on veut. Bref, elle vient de se rappeler où elle l'avait vu. Il est venu chez elle. Il parlait avec Huck et Wade.

— Quoi ?

Cull se passa une main sur le front.

— Bien. Si c'est la vérité…

— Pourquoi en douterais-tu ?

— Parce qu'Abby a subi deux traumatismes crâniens coup sur coup. Sa mémoire n'est peut-être pas entièrement fiable. Et après ce qui s'est passé dans l'escalier…

À regret, Ledger dut reconnaître que son frère n'avait pas tort.

— Mais si elle ne se trompait pas ? Qu'est-ce que Vance pouvait bien fabriquer avec Wade et Huck Pierce ?

Cull fronça les sourcils.

— Rien d'honnête. Il nous a laissé entendre qu'il ne connaissait personne dans la région.

— Exactement. Penses-tu qu'on doive en parler à papa ?

— Non, répondit Cull sans hésiter. Il serait dans tous ses états. Et compte tenu du fait que Vance a sauvé Abby dans l'escalier, le moment est peut-être mal choisi. De toute façon, si Vance nie, ce sera la parole d'Abby contre la sienne.

Ledger acquiesça.

— Et s'ils sont de mèche tous les trois, Abby risquerait d'être en plus grand danger encore.

— Tu penses que Vance n'est pas notre frère, acheva Cull. Dans ce cas, comment expliques-tu le résultat de l'analyse ADN ?

Un frisson parcourut l'échine de Ledger.

— Le jour du test, Huck Pierce était au labo. Je l'ai vu flirter avec une des techniciennes.

— Intéressant. Toutefois, ça ne prouve rien. Je suppose qu'on pourrait faire effectuer un autre test auprès d'un labo différent, observa Cull, songeur. Il faudrait qu'on récupère un échantillon d'ADN de Vance, mais cela ne devrait pas être trop difficile. On pourrait le comparer à l'ADN d'un de nous.

Ledger sourit, se félicitant de s'être adressé à Cull. Avec sa nature impulsive, Boone se serait rué au premier étage et aurait attrapé Vance par le col pour le faire avouer.

— Je m'en occupe, conclut Cull. Dans l'immédiat…

— Je sais. Je vais faire comme si de rien n'était.

Wade regardait son père aller de long en large, le plancher gémissant sous ses pas lourds comme s'il était sur le point de céder.

— Il a sauvé Abby ! Il l'a sauvée, rugit Huck. Tout le monde l'a traité en héros.

— C'est peut-être à notre avantage, lui fit remarquer Wade quand il se fut apaisé un peu.

Huck fit volte-face, furieux.

— Quoi ?

— Quand il arrivera malheur à Abby, personne ne soupçonnera Vance.

Son père cessa d'arpenter la pièce et le dévisagea.

— Tu es vraiment moins bête que tu en as l'air.

— Merci.

Wade en avait par-dessus la tête des remarques humiliantes de son père. Il avait hâte de toucher sa part de la récompense. Dès qu'il aurait l'argent en poche, il quitterait la ville et laisserait définitivement son passé derrière lui, songea-t-il. Puis la vision d'Abby s'imposa à lui. Désirait-il vraiment qu'elle meure ? Non. Pouvait-il encore empêcher son père d'agir ?

Sans doute était-il déjà trop tard.

Huck avait recommencé à tourner en rond.

— Il faut qu'on accélère le mouvement et qu'on en finisse une fois pour toutes, marmonna-t-il.

Pour sa part, Wade n'avait nullement l'intention d'assister au dénouement. — Quand est-ce qu'on va toucher la récompense ?

— Mon contact a parlé à l'avocat. Waters a proposé de lui donner un chèque aujourd'hui, mais mon ami a insisté pour que l'argent lui soit remis en espèces, sous prétexte qu'il n'était pas le seul à avoir trouvé Oakley, et que les autres voulaient rester anonymes. Waters s'en moque. Il a dit qu'il allait retirer l'argent. Ça ne sera pas long.

Il souriait jusqu'aux oreilles. Il était capable de passer de l'euphorie à la rage en un éclair, songea Wade, avant de se rendre compte qu'il n'était pas très différent. Le shérif avait eu l'audace de lui suggérer de s'inscrire à un stage de maîtrise du comportement. Sur le moment, il s'était senti insulté, mais peut-être se renseignerait-il à ce sujet une fois loin d'ici.

— Bien. Et qu'est-ce qu'on fait maintenant ? demanda-t-il sans conviction.

Waters contemplait les liasses de billets bien rangées dans sa serviette. Cinq cent mille dollars. Travers avait insisté pour verser la récompense sans attendre.

— Tu es sûr de ne pas vouloir patienter encore un peu ? avait demandé l'avocat. Ou demander une confirmation du test ADN ?

Il avait su en le disant que sa suggestion ne serait pas la bienvenue. D'ailleurs, formuler ses doutes n'allait pas servir ses intérêts, loin de là.

Néanmoins, il était encore secoué après sa conversation avec Travers. Celui-ci savait tout et n'avait rien dit. La seule chose qu'il avait ignorée, c'était qu'on essayait de l'empoisonner.

— Paye la récompense, Jim. Oakley est rentré à la maison. Boone va s'occuper de la piste dont tu as parlé pour Jesse Rose. Je suis optimiste. Maintenant, je suppose que le moment est venu d'aborder la question de ton… départ en retraite.

On n'aurait pu être plus clair. Au moins pourrait-il continuer à toucher ses honoraires jusque-là. Et il n'allait pas s'en priver, songea Waters en claquant le fermoir de sa mallette.

Pour commencer, il allait se débarrasser de cet argent. À son avis, c'était du gaspillage pur et simple. Enfin, cela regardait Travers, pas lui.

Vance n'était pas Oakley. Waters aurait parié son portefeuille d'actions là-dessus. Certes, il n'avait pas de preuve, mais il le sentait. Tout comme il sentait que Patricia allait faire des pieds et des mains pour le compromettre.

Il regarda la serviette. Son passeport était à jour. Il lui suffisait de réserver un vol à destination d'un pays qui n'avait pas signé d'accord d'extradition avec les États-Unis. L'argent contenu là-dedans lui suffirait pour vivre confortablement — même s'il ne pouvait pas avoir accès à son fonds de retraite.

Un rire lui échappa. Travers n'irait sans doute même pas le dénoncer au shérif. Il se tairait et retirerait cinq cent mille dollars autres pour régler la récompense.

Avec un choc, Waters comprit brusquement que Travers

avait anticipé sa fuite. Oui, cet argent était une sorte de parachute doré.

À peine entré dans le bureau, Ledger regarda son père et sentit son cœur se serrer.

— Que se passe-t-il ?

Travers leva les yeux, l'air surpris, comme s'il ne l'avait pas entendu arriver. Un instant, il parut incapable de trouver ses mots.

— C'est ta mère. Son état de santé… s'est aggravé. C'est ma faute. Je n'aurais jamais dû emmener Oakley la voir. Je suis sûr qu'elle n'a pas supporté le choc de voir un adulte, et non le bébé de six mois qui est resté dans sa mémoire. Le médecin dit qu'elle est comme captive de la nuit de l'enlèvement.

— Ce n'est pas ta faute. Elle t'a demandé de l'amener. Tu n'aurais pas pu l'empêcher de le voir.

Son père avait posé les coudes sur le bureau et se tenait la tête entre les mains. Jamais Ledger ne l'avait vu aussi désemparé. Il ne vivait plus que dans l'espoir de retrouver ses enfants kidnappés, et Ledger soupçonnait que rien ne se déroulait comme il l'avait imaginé.

— Excuse-moi, dit enfin Travers en relevant la tête. Tu voulais me parler ?

Ledger hésita, sur le point de se raviser.

— Je t'écoute.

— Je veux épouser Abby, avoua-t-il.

Son père eut un petit rire.

— Fiston, tu ne m'apprends rien.

— Je sais. Je n'ai jamais cessé de l'aimer.

— Je me fais des reproches, tu sais. J'aurais dû t'autoriser à l'épouser quand tu voulais le faire. Cela lui aurait épargné bien des épreuves.

Ledger acquiesça.

— Mais tes conseils étaient bons. Abby a subi trop de pressions de la part de sa mère et de Wade. Et puis, ils lui ont menti. Je comprends qu'elle ait douté de moi. Je n'ai pas très bien géré la situation.

— Enfin, c'est du passé maintenant.

— Oui. C'est pourquoi j'espère que tu ne vois pas d'inconvénient à ce qu'elle reste ici encore un peu.

— Aucun, tu le sais. Je suis inquiet, voilà tout. Elle est toujours l'épouse de Wade.

— Oui, mais pas pour longtemps. Elle a demandé le divorce. Malheureusement, la loi du Montana exige qu'elle attende six mois pour l'obtenir. Au moins, je sais qu'elle est en sécurité ici, au ranch.

Vance écarta le téléphone de son oreille et jeta un coup d'œil en direction de la maison. Il ne pensait pas pouvoir être vu là, dans l'ombre des arbres. D'ailleurs, il n'y avait personne à la maison. À part Abby.

— Est-ce que tu es le dernier des idiots ? rugit Huck.

Vance ne se donna pas la peine de répondre.

— Tu aurais pu en finir là, dans l'escalier, et ni vu ni connu !

— Elle m'a sauvé la vie. Si elle ne m'avait pas retenu, je serais tombé.

L'adjoint lâcha une bordée de jurons.

— Je croirais entendre parler mon abruti de fils. Toi aussi, tu as un faible pour elle, maintenant ?

— Non.

Au contraire, Vance avait peur d'elle. Il sentait constamment son regard sur lui, redoutait à tout moment qu'elle ne se souvienne des circonstances où elle l'avait vu. Certes, elle paraissait moins distante depuis l'incident de l'escalier, mais la menace demeurait.

Un grondement de moteur se fit entendre dans l'allée.

— Il faut que j'y aille, lança-t-il, espérant que Travers était de retour.

Son « père » était allé en ville dans le but de lui ouvrir un compte en banque.

— J'aurais dû y songer plus tôt, s'était-il excusé. Un homme a besoin d'argent de poche.

Vance se demandait quelle somme son père considérait comme de l'« argent de poche ». Avec un peu de chance, un montant suffisant pour lui permettre de monter dans un pick-up et de disparaître sans un regard en arrière.

— Pas de nouvelles de la récompense ? demanda-t-il.

— Pas encore, répondit Huck.

Il mentait, songea Vance. Travers lui avait affirmé que celle-ci serait remise à son destinataire aujourd'hui même par coursier. Il s'en était étonné. Il avait cru que l'avocat, Waters, servirait d'intermédiaire.

— Jim Waters n'est plus à mon service, avait déclaré Travers.

La surprise de Vance n'avait fait que croître.

— Je pensais qu'il faisait pratiquement partie de la famille.

Du moins, c'était ce que Waters lui avait laissé entendre.

— La famille, avait répété Travers, songeur. C'est curieux, ce qui fait une famille, n'est-ce pas ? Il n'y a pas que les liens du sang. Parfois, le sang ne suffit pas à garder une famille unie. Je crois que ce sont la confiance et l'amour qui comptent avant tout.

Il avait souri.

— Un jour, mes fils vont se marier, et notre famille va s'agrandir. J'espère voir mes petits-enfants avant de mourir.

Vance avait pensé à Cull et à Nikki.

— J'ai l'impression que certains mariages sont imminents.

— Oui. J'espère que Jesse Rose sera parmi nous d'ici là. Cette famille ne sera pas complète avant son retour. Et celui de sa mère.

Le visage de Travers s'était éclairé.

— Au moins, tu es là.

La voix grincheuse de Huck ramena brutalement Vance au présent.

— Tu es toujours là ?

— Oui.

— Alors fais ce que tu as à faire.

Vance coupa la communication et se dirigea vers la maison. Dès que Travers lui aurait remis un chéquier… Et pourtant, en montant les marches, il ressentit un pincement de regret à la pensée qu'il n'était pas Oakley McGraw.

Le plus surprenant, c'était que ce n'était ni le ranch ni l'argent qui l'attirait le plus. C'était l'idée d'avoir un père comme Travers McGraw.

16

— Attendez, je vais vous aider, proposa Ledger, en s'avançant pour prendre le gros carton que la cuisinière portait.

Il était justement dans la cuisine, occupé à préparer un pique-nique pour Abby et lui. Il avait prévu une surprise à son intention, une longue promenade en pick-up sur les terres du ranch.

Agée d'une cinquantaine d'années, corpulente, la nouvelle employée venait d'entrer par la porte de service et semblait avoir hâte de se débarrasser de son fardeau. Cependant, elle refusa d'un geste l'offre de Ledger et se détourna.

— C'est bon, dit-elle, légèrement hors d'haleine. Merci.

Elle posa avec précaution le carton sur le plan de travail. Ledger remarqua qu'il était fermé par des bandes de scotch et se demanda vaguement ce qu'il contenait. Des homards vivants, peut-être ?

Elle pivota vers lui, l'air nerveux, et il comprit que c'était à cause de lui.

— Vous avez besoin de quelque chose ? demanda-t-elle.

— Non. Excusez-moi.

Comment s'appelait-elle, déjà ? Louise ? Elise ? Eloise ? Il était incapable de s'en souvenir. Jusqu'à récemment, ils avaient toujours eu la même cuisinière. Lorsqu'elle était morte, quelques mois plus tôt, il avait été difficile de trouver une remplaçante. Différentes femmes s'étaient succédé à ce poste, mais aucune n'était restée, et il soupçonnait que celle-ci ne resterait pas non plus. Trop de scandale entourait la famille, et l'arrestation de Patricia n'avait rien arrangé.

Ledger avait terminé dans la cuisine et ne savait plus au juste pourquoi il était là. Il pensait à Abby, comme d'habitude. Il se rendait compte qu'il ne pouvait pas la contraindre à rester. Et pourtant, il ne pouvait se résoudre à la laisser retourner en ville — pas tant que Wade serait en liberté.

Maintenant qu'elle était convaincue d'avoir vu Vance en compagnie de Huck et de Wade, il était doublement inquiet. Il avait été si sûr qu'elle était en sécurité au ranch. Mais Vance étant là aussi…

Par la fenêtre de la cuisine, il vit justement ce dernier sortir du bosquet à l'arrière de la maison. Il semblait empocher un téléphone portable. Ledger songea brusquement qu'il n'avait jamais vu Vance s'en servir avant. Avait-il appelé quelqu'un qu'il ne voulait pas contacter sur la ligne fixe ?

— Si vous voulez bien m'excuser, j'ai du travail, marmonna la cuisinière.

— Oui, bien sûr.

Oubliant le carton qu'elle avait apporté, Ledger se dirigea vers la porte, et entendit justement l'ascenseur.

— Abby.

— Vance !

Il était pratiquement entré en collision avec Travers en rentrant par la porte de service.

— C'est pour toi.

Il prit l'enveloppe et jeta un coup d'œil à l'intérieur. Elle contenait tous les documents relatifs à l'ouverture d'un compte, plus un carnet de chèques et ce qui ressemblait à un livret d'épargne. Il avait hâte de voir combien d'argent avait été déposé. Le suspense était insoutenable.

— Il faut que tu signes les formulaires et que tu les rapportes à la banque, dit Travers. Mais tout est réglé.

— Merci, dit Vance sincèrement.

— Tu es mon fils.

Il sentit la main puissante de Travers se poser sur son épaule et déglutit.

— Maintenant, nous devons parler de ton changement de nom — si tu es toujours d'accord. Et j'espère que tu as réfléchi à la parcelle que tu veux. J'ai engagé un nouvel avocat. J'aimerais m'occuper de tout cela au plus vite.

Vance ne put qu'acquiescer.

— Il y a une dernière chose.

Il se figea. Pourquoi fallait-il toujours qu'il craigne le pire ?

— Je tiens à ce que tu choisisses un cheval. Un homme doit avoir son propre cheval, dit Travers en riant. Il y en a plusieurs dans l'écurie. Tu sais monter, hein ?

— Oui, bien sûr. À vrai dire, je pensais seller un cheval et aller faire un tour, si ça ne pose pas de problème.

Travers parut désolé.

— Fiston, tu es chez toi. Ce ranch t'appartient aussi. Je veux que tu en profites. J'espère aussi que tu voudras t'en occuper avec tes frères.

Vance avait su que ce moment viendrait.

— Naturellement. Il faut seulement que je me mette au courant.

Travers McGraw parut enchanté.

— Je vais avertir Cull. Il te montrera ce qu'il faut faire. Tu peux commencer demain. Tu t'habitues bien ici ?

— Très bien.

— Je sais qu'il faudra sans doute un certain temps avant que tu te sentes parfaitement chez toi.

Vance pressa l'enveloppe contre sa poitrine.

— Oui. Tout est très nouveau pour moi.

Il avait hâte de quitter la pièce, il exultait comme s'il venait de gagner au loto. Sauf qu'il ne savait pas encore combien il avait gagné. Ni, et c'était bien pis, combien de temps son rêve allait durer.

Ledger attendit avec impatience l'arrivée de la cabine. Il lui tardait de voir Abby. La perspective de son départ l'emplissait d'angoisse. Jamais elle ne serait en sécurité tant que Wade Pierce serait dans les environs.

Quand la porte de l'ascenseur s'ouvrit et qu'Abby apparut, son cœur fit un petit saut dans sa poitrine. Jamais il ne manquait d'être traversé par un frisson en la voyant ou en entendant le son de sa voix. Il aimait cette femme.

Il ne pourrait jamais la laisser partir.

— Salut, dit-il, d'une voix qui lui parut étranglée.

Elle lui décocha un grand sourire. Elle était presque redevenue elle-même — ses yeux pétillaient de nouveau. Elle n'avait plus de raison de rester au ranch — sinon que son mari rôdait aux alentours et mijotait on-ne-savait-quoi.

— Je me suis dit que tu aimerais faire une balade. Il y a si longtemps que tu es entre quatre murs ! Qu'en dis-tu ? Cela te plairait de voir mes endroits préférés du ranch ?

— J'adorerais, à supposer que tu ne me proposes pas de monter à cheval.

Ledger eut un léger rire.

— Je ne crois pas que tes côtes soient tout à fait prêtes pour ça. Je nous ai préparé un pique-nique.

— Tu as pensé à tout, murmura-t-elle en lui pressant le bras.

Il aurait aimé que ce soit vrai. Si ça avait été le cas, il aurait compris pourquoi Abby s'était décidée à épouser Wade Pierce. S'il avait su qu'on lui avait raconté des mensonges à son sujet…

Il était difficile de ne pas essayer de réécrire l'histoire. Cependant, comme son père le lui avait fait remarquer, tout cela était du passé désormais.

Alors qu'ils traversaient le salon, une voiture s'arrêta brusquement devant la maison, laissant un nuage de poussière dans son sillage. Quelqu'un était pressé. Son père et Cull sortirent du bureau, intrigués par le bruit.

L'instant d'après, des bottes claquèrent sur le plancher du perron et on toqua vivement à la porte. Comme s'il s'agissait d'une visite urgente. Ou que le nouveau venu était en colère.

— J'y vais, lança Ledger avant de se tourner vers Abby. Attends ici.

Il se dirigea vers la porte, certain que c'était Wade. À sa grande surprise, un cow-boy inconnu se tenait sur le seuil.

Il portait un jean maculé de terre, une chemise à carreaux trouée aux coudes et une ceinture ornée d'une boucle de rodéo. Au son de la porte qui s'ouvrait, il avait levé la main pour retirer son chapeau de paille.

L'éclat du soleil se reflétait sur ses cheveux noirs comme du jais. Le jeune homme écarta une mèche rebelle avant de lever vers Ledger des yeux d'un vert intense, qui lui coupèrent le souffle. Un instant, il crut se trouver face à une version masculine de sa mère.

— Je peux vous aider ? demanda-t-il, d'une voix calme malgré le tumulte qui régnait en lui.

Il y avait quelque chose à propos de ce jeune homme…

— Non, mais moi, je peux vous aider, répondit l'inconnu, encore debout sur le seuil. J'ai entendu dire qu'il y avait quelqu'un ici qui prétendait être Oakley McGraw.

Ledger ne fut pas surpris. La conférence de presse avait été largement diffusée. Ce qui l'étonnait, c'était que le jeune homme soit venu directement au ranch.

— Et en quoi cela vous concerne-t-il ?

— Je m'appelle Tough Crandall.

— Eh bien, monsieur Crandall, je ne suis pas sûr de comprendre le rapport avec mon frère Oakley…

— J'étais absent. Je viens de voir au journal télévisé qu'on avait retrouvé le fils McGraw. Je suis venu vous dire que Vance Elliott n'est pas votre frère.

— Comment le savez-vous ?

— Que se passe-t-il ? intervint son père, qui s'était approché.

— Monsieur McGraw, dit Tough, son chapeau à la main. On m'a dit que vous aviez été souffrant. J'en suis désolé. Je ne voulais pas vous déranger, mais je ne peux pas vous laisser être trompé. L'homme qui affirme être votre fils est un imposteur.

— Je crois que vous feriez mieux d'entrer.

Ledger regarda son père. À l'évidence, lui aussi avait été ébranlé par les cheveux noirs et les yeux verts du cow-boy.

Quand ils furent tous dans le salon, Travers invita Tough Crandall à s'asseoir. Le cow-boy jeta un coup d'œil au mobilier élégant et fit non de la tête.

— Je préférerais rester debout, si cela ne vous ennuie pas. Je suis allé chercher deux chevaux à Minot ce matin. J'aurais pu prendre le temps de me doucher avant de venir, mais j'ai pensé qu'il valait mieux ne pas attendre. De toute façon, ça ne prendra pas longtemps.

— Monsieur Crandall…, commença Travers.

— Appelez-moi Tough, je vous en prie.

— Très bien, Tough. Pourquoi pensez-vous que Vance n'est pas Oakley ?

Tough contempla un instant son chapeau de paille avant de relever la tête. Ledger remarqua à quel point ses yeux verts avaient frappé son père mais aussi ses frères. Même Boone, qui s'était joint à eux, semblait incapable de détacher son regard du nouveau venu.

— Parce que, monsieur, je suis votre fils biologique.

Travers inclina la tête sur le côté.

— Qu'est-ce qui vous fait dire cela ?

— Ma mère m'a raconté les circonstances de mon adoption. Je suis au courant depuis l'âge de cinq ans.

— Pourquoi ne vous êtes-vous jamais présenté ? se récria Cull, interdit.

Tough se mâchonna la lèvre, l'air songeur.

— Excusez-moi, mais je n'avais pas de bonne raison de le faire. Mes parents m'ont très bien élevée et je ne voulais pas leur causer d'ennuis. C'étaient de braves gens qui croyaient agir pour mon bien. Je n'ai rien à leur reprocher.

— Êtes-vous en train de dire que vous ne vouliez pas être un McGraw ? s'exclama Boone, presque en colère.

— Sans vouloir vous offenser, se hâta de dire Tough.

— Qui vous a amené à votre mère quand vous aviez six mois ? s'enquit Travers.

— Pearl Cavanaugh, du cercle de couture de Whitehorse. Elle aussi croyait bien agir, paix à son âme.

— Avez-vous des preuves de ce que vous avancez ? insista Boone.

— Aucune, sinon que je suis là pour vous dire ce que je sais.

Ledger reprit la parole.

— Mais vous seriez prêt à vous soumettre à un test ADN ?

— Je ne suis pas venu ici pour me faire adopter, rétorqua Tough. J'ai seulement pensé que vous deviez savoir que Vance Elliott est un imposteur.

— Le test ADN est positif, objecta Boone.

Tough acquiesça, promenant son regard sur chacun d'eux tour à tour.

— Dans ce cas, il y a encore plus de vipères parmi vous que je ne le supposais.

Il recula d'un pas.

— J'ai fait ce que j'étais venu faire. Croyez-moi si vous voulez, cela m'importe peu. Je ne voulais pas avoir cela sur la conscience, voilà tout.

Il se tourna vers la porte.

— Juste une minute, s'écria Travers. Quand mon fils a été enlevé, deux objets ont disparu avec lui…

— On en a parlé au journal télévisé, répondit Tough avec un soupir. Je ne sais rien du cheval en peluche. En revanche, j'avais une couverture de bébé à motifs de chevaux. Elle était bleu clair. Les chevaux n'étaient pas des quarter horses, comme ceux que vous élevez. C'étaient des pur-sang arabes. Ma mère m'a donné cette couverture avant de mourir. Elle m'a dit d'en faire ce que je voulais. Je l'ai brûlée.

Une exclamation choquée leur échappa en même temps.

— Pourquoi diable avez-vous fait ça ? grogna Boone.

— Parce que je n'avais aucune intention de faire ce que je suis en train de faire à cet instant, riposta Tough sur le même ton. Je ne veux pas qu'on me bombarde de questions, je ne veux pas me soumettre à un test, ni être observé au microscope. Et encore moins être présenté au monde entier par le biais d'une conférence de presse. Je sais qui je suis. Je sais qui sont mes « vrais » parents, et je suis très heureux comme ça.

— Mais si vous êtes Oakley…

— S'il vous plaît, monsieur, le coupa Tough, ne me faites pas regretter d'être venu. Je ne pouvais pas vous laisser escroquer. Si vous voulez continuer à croire que Vance Elliott est votre fils, je n'y vois pas d'inconvénient. Je ne veux offenser personne, mais je ne tiens pas à entrer dans cette famille et à accepter ce qui va avec.

Sur quoi, il remit son chapeau sur ses épais cheveux noirs et sortit, laissant derrière lui une assemblée abasourdie.

Vance avait assisté à toute la scène depuis le seuil de la cuisine. Après qu'Abby était descendue par l'ascenseur, il était entré dans la cuisine et, constatant que la pièce était vide, s'était servi une friandise avant d'ouvrir l'enveloppe.

Il recula d'un pas pour ne pas être vu.

Un son derrière lui le fit tressaillir. Il se retourna et vit la cuisinière. Elle était toute pâle, le téléphone portable à la main.

Elle avait dû tout entendre, elle aussi. Elle paraissait effrayée, sans doute parce qu'elle avait servi d'espionne à Huck et qu'elle avait peur d'être entraînée dans l'affaire.

— S'il vous plaît, dites à M.Travers que je ne me sens pas bien et qu'il faut que je parte. Je suis désolée pour le dîner.

Elle fila vers la porte. Vance la vit jeter un coup d'œil à un gros carton posé sur le plan de travail et faire un écart pour l'éviter. Il remarqua distraitement qu'une partie du scotch qui le fermait avait été retirée. Une paire de ciseaux de cuisine était à côté.

Quoi qu'elle ait été en train de déballer, la cuisinière avait cessé de s'y intéresser. Vance eut la nette impression qu'elle ne remettrait jamais les pieds au ranch.

Lui aussi avait envie de décamper. Il avait ouvert l'enveloppe contenant les détails de son nouveau compte en banque, mais s'était aperçu aussitôt qu'avant d'avoir signé les formulaires nécessaires il ne pourrait pas retirer le moindre sou des dix mille dollars que Travers avait déposé à son nom. Dix mille dollars. Il avait dû compter les zéros, incapable d'en croire ses yeux. De plus, l'enveloppe contenait aussi une note de Travers qui disait :

« J'ai pensé que tu voudrais peut-être t'acheter une voiture. Dis-moi ce qu'il te faut, et je veillerai à ce que l'argent soit mis sur ton compte. »

Vance avait poussé un gémissement. S'il restait, il aurait droit à un pick-up flambant neuf. C'était trop généreux. Et pis, tout reposait sur un mensonge.

S'était-il vraiment imaginé que sa chance allait durer ? Il ne pouvait pas rester. Même avant que ce cow-boy arrive, il avait su que c'était impossible. Cependant, il ne pouvait davantage se terrer dans la cuisine comme l'imposteur qu'il était.

Vance entra dans le salon, où la tension semblait aussi épaisse qu'un brouillard d'hiver.

— La cuisinière vient de me dire qu'elle ne se sent pas bien. Elle est désolée pour le dîner.

Il hésita. Il ne pouvait pas ignorer la manière dont tous le regardaient.

— Que se passe-t-il ?

— Un cow-boy vient de débarquer ici en affirmant être Oakley McGraw, lâcha Boone, qui avait toujours été le plus suspicieux des trois.

Pensait-il que Vance mentait ? Ou que le cow-boy mentait, lui aussi ?

— Eh bien, il arrive trop tard, n'est-ce pas ? lança Cull en se dirigeant vers le bar pour se servir un verre.

Tous le rejoignirent à l'exception de Travers.

— Le test ADN est positif, ajouta-t-il à l'adresse de Vance. Tu es Oakley, non ?

Vance déglutit, la gorge trop nouée pour articuler un mot. D'ailleurs, qu'aurait-il pu dire ?

— Cette visite était troublante, murmura Travers.

Son regard se posa sur ses fils tour à tour, s'arrêtant sur Vance.

Ce dernier songea à quel point il aurait voulu que cet homme soit son père. Bien plus qu'il ne voulait l'argent ou le nom de McGraw. Le remords enfla en lui, venant du plus profond de sa poitrine. Et s'il demandait pardon, là, maintenant ?

Son téléphone sonna. Vance jura intérieurement. Il avait stupidement oublié de le régler sur silencieux après son appel à Huck. Il le tira de sa poche, les doigts tremblants, et vit le nom de Huck s'afficher à l'écran. Suivi de la mention : « Urgent ».

Ce n'était pas tout. Il avait manqué un texto émanant de Huck quelques instants plus tôt. Un texto qui disait :

Si tu ne veux pas mourir, sors de la maison. Tout de suite !

— Il faut que je prenne cet appel, marmonna-t-il.

Vance pivota et partit à grands pas vers la porte de service, ne comprenant rien à ce qui se passait.

17

— Vous saviez qu'il avait un téléphone portable ? lança Ledger dès que Vance eut disparu.

— Tout le monde en a un, rétorqua Boone. Qu'est-ce que ça prouve ?

— Je me demande qui lui téléphone.

— Tu crois qu'il n'avait pas de vie avant de venir ici ? Pas d'amis ? De gens qui se soucient de lui ? intervint Travers, comme si la même idée lui était venue.

Il y eut un bref silence, puis Cull prit la parole.

— Ce Tough Crandall... Il a décrit la couverture de manière très précise. Ce détail sur la race des chevaux n'a jamais été divulgué aux médias.

— Mais il n'avait pas la peluche, lui fit remarquer Ledger.

— Tandis que Vance, si, murmura Travers.

— Supposons que Tough Crandall soit bel et bien Oakley, dit Cull calmement. Comment se fait-il qu'il ait la couverture et pas la peluche ?

Boone s'assit à côté d'Abby, son verre à la main.

— Le jouet a été pris le soir de l'enlèvement, en même temps qu'Oakley et la couverture, n'est-ce pas ?

— Peut-être que le ravisseur l'a laissé échapper quand le barreau de l'échelle a cédé...

— Et son complice l'aurait ramassé ?

— Ou la première personne à arriver sur les lieux, murmura Ledger, saisi d'un frisson.

— Un des adjoints au shérif, par exemple ? murmura Abby.

Travers soupira.

— Ne nous perdons pas en conjectures. L'ADN de Vance correspond au mien.

— Papa, il faut que je te dise quelque chose, intervint Cull, en jetant un coup d'œil en direction de Ledger. J'ai prélevé un échantillon d'ADN dans la chambre de Vance. J'ai fait effectuer un test dans un autre laboratoire pour le comparer au mien.

— Pourquoi as-tu fait cela ? demanda son père d'une voix empreinte de colère.

— Parce qu'Abby s'est souvenue de quelque chose qui nous a paru bizarre, expliqua Ledger.

Il se tourna vers elle, l'interrogeant du regard. Comme elle acquiesçait, il poursuivit :

— Elle s'est rappelée qu'elle avait vu Vance discuter avec Wade et son père. Chez elle.

— Quoi ?

Travers secoua la tête, atterré.

— Quand cela s'est-il passé ?

— Avant qu'il se présente ici en prétendant être Oakley. Et ce n'est pas tout. Pendant que l'ADN était prélevé au labo, j'ai vu Huck Pierce plaisanter avec une des techniciennes.

Un silence s'abattit sur la pièce.

— Calmons-nous un peu, ordonna Travers.

En dépit de ses paroles, il était visiblement soucieux.

— Vous vous rendez compte que vous accusez Vance d'être…

— … un escroc, compléta Boone en posant son verre.

Il se leva.

— D'ailleurs, je crois que quelqu'un devrait aller voir ce qu'il fait.

Ledger attrapa la main d'Abby.

— Nous partons en pique-nique. J'espère que tout sera réglé d'ici à notre retour.

Ils avaient à peine atteint le pick-up que l'arrière de la maison explosa.

Vance avait dépassé le bosquet situé au-delà de la piscine et était sur le point de téléphoner à Huck. Au moment où il se retournait, les flammes jaillirent du rez-de-chaussée derrière lui.

Horrifié, il regarda la cuisine dévastée. Déjà, l'incendie se propageait au reste de la demeure.

Un instant, il demeura pétrifié. Deux ouvriers se ruaient vers le sinistre, venant des écuries. Une silhouette émergea du rideau de fumée qui s'élevait à l'arrière. Boone. Il avait été projeté à terre, mais s'était relevé et retournait en courant vers la maison en feu.

Le téléphone de Vance se mit à sonner. Encore sous le choc, il prit l'appel.

— Tu es sorti à temps ? ricana Huck.

— C'est toi qui as fait ça ?

— Imagine ce qui t'arrivera si tu me mets en colère, lâcha l'adjoint. Et maintenant débarrasse-toi de ce téléphone. Quand j'aurai besoin de te parler, je saurai où te trouver.

Ledger prit Abby par la taille, prêt à l'entraîner à l'abri. Le souffle de l'explosion avait fait éclater les vitres, et la galerie était jonchée de minuscules fragments de verre. Il cherchait encore à comprendre ce qui s'était passé lorsque la porte d'entrée s'ouvrit, livrant passage à Cull et à son père qui titubaient.

— Appelle les pompiers ! hurla son frère.

Ledger batailla avec son téléphone. Une épaisse fumée noire s'échappait de la pièce qui avait été la cuisine et gagnait le salon.

Il composa le numéro des secours, tout en éloignant Abby.

— Ça va ? demanda Cull à son père, qui se tenait l'épaule gauche.

— Je vais bien. Vas-y !

D'un geste, Travers indiqua le camion-citerne garé près des granges. Cull partit en courant tandis que Ledger, le cerveau en ébullition, expliquait brièvement la situation à l'opérateur.

— Il y a eu une explosion. La maison brûle.

— Reste-t-il des gens à l'intérieur ?

— Je ne sais pas, répondit-il, soudain terrifié.

Boone était sorti par la porte de service pour aller à la recherche de Vance. Où était-il à présent ? Les écuries n'avaient pas été affectées par l'incendie, de sorte que les ouvriers devaient être indemnes. Mais Boone…

— Un de mes frères… Je ne sais pas où il est…

Et Vance ? Ledger comprit brusquement qu'il n'avait jamais vraiment cru que ce dernier était son frère.

— Un autre homme aussi a disparu.

— J'envoie une ambulance. Les pompiers sont en route.

Huck entendit l'appel diffusé par radio et sourit de satisfaction. Tout se déroulait à merveille.

Sortant de la ville, il roula en direction du ranch des McGraw. De gros nuages sombres obscurcissaient le ciel d'un bleu immaculé.

Avec un peu de chance, Travers McGraw et au moins un ou deux de ses fils étaient morts, et Abby avec. Si la cuisinière avait suivi ses instructions, elle aurait laissé le carton plein d'explosifs sous l'escalier principal, à l'endroit où ils causeraient le plus de dégâts.

Non qu'il ait révélé à la femme ce que contenait le carton. Il lui avait seulement dit de le manipuler avec précaution et de n'en parler à personne. Il avait ajouté que c'était une surprise.

Il se demanda distraitement si elle avait été surprise, en effet.

— Tu n'as pas de cœur, lui avait dit son ex-épouse avant de le quitter.

— C'est vrai, avait-il admis. C'est la vie qui m'a rendu comme ça.

Et maintenant, le moment était venu de prendre sa revanche sur tous ceux qui lui avaient fait du tort. Il n'allait pas tarder à toucher les cinq cent mille dollars de récompense. Il en donnerait une partie à Wade et puis il disparaîtrait. Il irait vivre sur une île, au soleil des tropiques. Vance était un McGraw désormais, il s'en tirerait très bien. Tant pis s'il n'appréciait pas d'avoir été roulé pour la récompense. De toute façon, il n'y pourrait rien, songea Huck avec un petit rire.

Il passa un long moment à contempler la fumée qui montait dans le ciel à mesure que les flammes dévoraient la propriété des McGraw. Les choses auraient été différentes si Marianne l'avait épousé, lui, et non McGraw. Il aurait fait n'importe quoi pour elle. À l'époque, il avait décroché une bourse d'études à l'université. Il envisageait d'être ingénieur, de construire des barrages ou des immeubles, il ne s'était pas encore décidé.

Et puis, Marianne avait épousé McGraw, et ses ambitions l'avaient déserté. Plus rien ne comptait à ses yeux. Il avait épousé la mère de Wade par dépit, et tout était allé de mal en pis dans sa vie.

Une ambulance avait été dépêchée au ranch, puisque le nombre de victimes était encore inconnu. Huck attendit patiemment des nouvelles, en se disant que même si Travers McGraw avait survécu, sa maison serait détruite. Il était touché dans ce qu'il possédait de plus précieux. La maison qu'il avait fait construire pour Marianne.

Réduite en cendres. Disparue.

Comme Marianne avait disparu, en un sens.

Il songea aux jumeaux. Eux aussi avaient disparu. Vance avait été le seul à se présenter après les dernières révélations en date.

McGraw avait perdu Oakley et Jesse Rose. Il avait perdu Marianne. Et maintenant il avait perdu sa maison, et peut-être la vie.

— Je t'ai eu, murmura Huck en regardant les nuages s'épaissir à l'horizon.

Vance recula dans le bosquet afin de ne pas être vu de Boone, qui criait aux employés qui arrivaient de libérer les chevaux. Les deux hommes se hâtèrent vers les écuries pendant que le fils McGraw retournait vers la maison dévorée par les flammes.

Quelques instants plus tard, les yeux écarquillés de terreur, les chevaux traversaient la prairie au galop, pressés de s'éloigner de l'incendie.

Quant à lui, il était encore trop choqué pour faire davantage que fixer les flammes qui léchaient avidement les murs. Il s'efforçait tant bien que mal de réfléchir. Que s'était-il passé ? Qu'allait-il arriver à présent ? Qui avait été tué ? L'accuserait-on d'avoir causé cette explosion ?

De toute façon, puisque c'était Huck le coupable, Vance était dans le pétrin jusqu'au cou. Personne ne croirait qu'il n'était pas au courant, même s'il n'y avait pas de preuve contre lui.

Huck l'avait-il compromis à dessein ? Allait-il le laisser être accusé ? Était-ce pour cette raison qu'il lui avait envoyé un texto lui disant de fuir ?

L'adjoint avait-il touché l'argent de la récompense ?

Une autre hypothèse vint à l'esprit de Vance. Huck avait-il espéré qu'il serait le seul survivant et, par conséquent, l'unique héritier de la fortune des McGraw ? Avait-il prévu de le faire chanter jusqu'à la fin de ses jours ?

Que faire à présent ?

S'il avait réellement été le fils de McGraw, il serait en train d'aider ses frères à évacuer les chevaux ou de se ruer vers la maison pour porter secours à quiconque serait resté à l'intérieur.

Mais il n'était pas un McGraw. Et la visite de Tough Crandall avait soulevé assez de doutes pour l'inciter à penser que tout serait bientôt terminé. Il y aurait un nouveau test ADN et alors…

Vance se mit à courir vers la maison, puis se ravisa à la vue des pick-up. Si quelqu'un avait laissé la clé de contact sur l'un d'eux…

— Tiens, emmène mon père au chalet, dit Ledger à Abby. Il faut que j'aide mes frères en attendant l'arrivée des pompiers.

Elle commença à se diriger vers sa voiture, mais il lui tendit ses clés.

— Prends mon pick-up. La piste est mauvaise. J'enverrai les ambulanciers dès qu'ils seront là.

— Je vais bien, s'impatienta Travers. Il faut qu'on retrouve ton frère.

— Papa, je ne veux pas avoir à m'inquiéter pour toi. Va avec Abby. Je vais faire ce que je peux ici.

Abby comprit que Ledger voulait épargner à son père le spectacle affligeant de sa maison réduite en cendres. À en juger par les dégâts déjà visibles, elle doutait que la propriété puisse être sauvée.

Désireuse de l'aider, elle prit Travers par le bras et le guida vers le pick-up. À mi-chemin du chalet, elle dut se garer sur le bas-côté pour laisser le passage aux pompiers qui arrivaient enfin. Elle pria pour que Boone ait pu sortir à temps.

Travers regardait par-dessus son épaule, les larmes aux yeux.

— Je ne vois toujours pas Boone, murmura-t-il. Ni… Vance.

Abby ne put s'empêcher de remarquer qu'il n'avait pas dit Oakley. Elle secoua la tête.

— Je suis sûre que Ledger nous appellera dès qu'il aura du nouveau.

Travers acquiesça et ferma les yeux.

Ledger était sur le point de pénétrer dans la fournaise quand la porte principale s'ouvrit à la volée. Boone apparut dans un tourbillon de fumée noire.

— Où est papa ? cria son frère.

— Cull et lui sont sortis. Cull est allé chercher le camion-citerne. Abby a emmené papa à mon chalet. Je ne voulais pas qu'il voie ça. Il a traversé assez d'épreuves.

— Mais qu'est-ce qui s'est passé, bon sang ?

Ledger secoua la tête, puis s'empressa de téléphoner à Abby pour lui apprendre que Boone était sain et sauf. Cull était déjà en train d'arroser l'écurie voisine. À l'évidence, il pensait qu'il était trop tard pour la maison.

Derrière lui, des sirènes retentirent. Les secours étaient là.

Quand Vance contourna la maison, il constata que Ledger était allé prêter main-forte à ses frères. La voie était libre. Soulagé, il s'engouffra dans le nuage de fumée en direction du pick-up le plus proche. Il n'avait qu'une idée en tête : s'enfuir. Qu'ils pensent tous qu'il avait péri dans les flammes. Il faudrait peut-être des jours pour qu'ils se rendent compte que son corps n'était pas dans les cendres. D'ici là, il serait à l'autre bout du pays.

Pas de clés dans le premier pick-up. Ni dans le deuxième. Il émit un juron et eut une quinte de toux. La fumée le faisait suffoquer.

Il aperçut la voiture d'Abby et courut vers elle. Des étincelles traversaient l'air. La chaleur lui cuisait la peau.

Il distinguait le hurlement des sirènes et le grondement des camions qui approchaient. Il fallait qu'il parte. S'il s'attardait, il échouerait en prison pour un crime qu'il n'avait pas commis.

Il atteignit la voiture, ouvrit la portière d'un geste sec et tâtonna sous le volant, priant pour que la clé de contact soit à sa place.

Oui !

La chance lui souriait enfin. Il respira mieux, se sentit plus lucide. Si Huck avait touché l'argent de la récompense, Vance récupérerait sa part, sinon il le dénoncerait. On pouvait être deux à faire du chantage.

Il se laissa tomber sur le siège, tourna la clé. Le moteur rugit. Vance jeta un dernier coup d'œil vers la maison, se demandant s'il y avait encore quelqu'un à l'intérieur.

Refoulant cette pensée dérangeante, il enclencha la marche arrière, puis appuya sur le frein. Il regarda de nouveau la maison, hésitant. Son instinct lui soufflait de ne pas s'enfuir. S'il partait, il paraîtrait doublement coupable. Peut-être pourrait-il passer aux aveux et témoigner contre Huck et Wade. Sortir de cette affaire en conservant un peu d'honneur.

Il coupa le contact, songeant à Travers McGraw. Une fois de plus, il regretta amèrement de ne pas être son fils. Sa vie aurait pu être tellement différente…

Y avait-il le moindre espoir pour lui ? Pouvait-il changer ? Il se dit qu'il devait aider les frères McGraw à arroser les écuries. Il devait être un homme différent de celui qu'il avait été, le genre d'homme que Travers McGraw aurait souhaité accueillir au sein de sa famille.

Comme il tendait la main vers la poignée, il saisit un bruit qu'il ne reconnut tout d'abord pas. C'était une sorte de bourdonnement, qu'il distinguait à peine par-dessus le vacarme de l'incendie.

Il baissa les yeux sur le plancher, et une onde de choc le traversa. Deux serpents à sonnette étaient enroulés là, tête dressée, leurs yeux rivés sur lui.

Il actionna la poignée juste avant que le premier frappe. Il se jeta hors du véhicule au moment où le deuxième le mordait à la nuque. Ses crocs s'enfoncèrent si profondément dans sa chair que le serpent s'accrochait encore à lui quand il s'effondra sur le sol et l'arracha en hurlant.

Les sirènes dominaient le rugissement du feu à présent. Levant les yeux, il vit les premiers camions s'immobiliser. Il courut vers eux, appelant à l'aide tandis que le venin déferlait dans ses veines.

Wade fixa son père, puis le nuage de fumée qui assombrissait le ciel au loin.

— Qu'est-ce que tu as fait, bon sang ?

— Au lieu de me plaindre sans arrêt, je me suis occupé de ta femme et de son copain, aboya Huck. Tu devrais me remercier. D'ailleurs, si la mère d'Abby et moi n'avions pas été là, tu n'aurais jamais eu Abby.

— Que veux-tu dire par là ? demanda Wade d'une voix étranglée.

— McGraw n'a jamais trompé Abby. Il était amoureux d'elle et projetait de l'épouser dès qu'il aurait terminé ses études. Et il l'aurait fait si nous n'avions pas persuadé Abby qu'il avait une autre petite amie. Pourquoi t'imagines-tu qu'elle s'est jetée dans tes bras ? Tu n'aurais jamais eu la moindre chance de l'épouser si on ne s'en était pas mêlés !

— Espèce de…

Fou de rage, Wade se jeta sur son père. Huck esquiva la charge sans difficulté et lui assena un coup à la nuque. Wade vacilla, étourdi. Des mensonges, tant de mensonges. Il avait l'impression que tout son univers avait implosé.

Il secoua la tête. Il était tentant de blâmer son père pour tout, mais ça aurait été trop facile. Il ne s'était pas opposé à ce plan. Il aurait pu refuser d'y participer. Demander de l'aide. Il aurait pu être un bon mari.

Il se détourna et se dirigea vers son pick-up.

— Où vas-tu, bon sang ?

Sans prendre la peine de répondre, Wade grimpa dans son véhicule et démarra. Il devait s'assurer qu'Abby était encore en vie. Il devait la voir. Tant pis pour l'injonction d'éloignement.

— Ne va pas là-bas ! hurla Huck alors qu'il démarrait en trombe, projetant une pluie de poussière et de gravillon dans son sillage.

Il sortit de Whitehorse en roulant à tombeau ouvert. La fumée noircissait le ciel pur du Montana.

Aidés de leurs employés, Ledger et ses frères étaient parvenus à mettre tous les chevaux en sécurité et à sauver les écuries. À présent, couverts de suie, ils fixaient les décombres calcinés de la maison. En dépit de leurs efforts, les pompiers n'avaient pu empêcher les flammes de se propager.

La fumée continuait à monter en une colonne noire qui obscurcissait l'horizon.

— L'essentiel, c'est que personne n'ait été tué, déclara Cull. J'ai parlé à papa. Son épaule va mieux, mais Abby a appelé le médecin par précaution.

— Quand saurons-nous ce qui a causé l'incendie ? demanda Boone.

— Le shérif a dit qu'il faudrait sans doute quelques jours pour le déterminer. C'est peut-être une fuite de gaz.

Un rugissement de moteur s'éleva sur la piste. Ledger se tourna et se figea, incrédule.

— L'espèce de…

Furieux, il commença à se diriger vers le véhicule qui venait de s'arrêter net dans la cour.

— Tu ferais mieux de nous laisser gérer ça, le coupa Cull en le retenant par le bras.

Ledger se dégagea.

— Sûrement pas. J'ai promis à Abby de ne pas le chercher, mais je lui ai dit que s'il venait jusqu'ici, je ne répondais plus de rien.

Sur quoi il partit à grandes enjambées vers le pick-up de Wade.

Wade savait pertinemment que c'était stupide de sa part de se présenter au ranch. Pourtant, il avait éprouvé le besoin de savoir qu'Abby était saine et sauve. Il regarda la maison détruite, le cœur serré. Si elle s'était trouvée à l'intérieur au moment de l'explosion…

Sa précieuse Abby.

Ledger McGraw, l'homme qu'il haïssait depuis toujours, se dirigeait vers lui. Abby était amoureuse de McGraw depuis le début. Elle l'aurait épousé si Huck et Nan Lawrence ne lui avaient pas menti. N'était-ce pas là ce qui le tourmentait depuis trois ans ? En son for intérieur, il s'était douté qu'il avait eu Abby en trichant. Qu'elle n'avait jamais vraiment voulu de lui.

C'était McGraw qu'elle aimait.

Jamais il n'avait autant souffert qu'à cet instant. Tous ces mensonges n'avaient servi à rien. Surtout si Abby était morte.

— Wade ? Qu'est-ce que tu viens faire ici ? rugit Ledger en s'avançant vers lui.

Son visage était maculé de suie, et il paraissait fou de rage.

— Abby… ?

Ledger continua à avancer vers lui. Wade ne prit même pas la peine de lever un bras pour se défendre. Il tituba sous l'impact mais ne s'effondra pas. Son père l'avait frappé bien plus fort par le passé.

— Dis-moi seulement qu'elle est en vie.

Ledger lui décocha un nouveau coup de poing, le forçant à reculer, puis se jeta sur lui. Wade encaissa encore un coup avant que son instinct de survie se réveille et qu'il commence à riposter. Cet homme était son ennemi juré. Il le haïssait. Il haïssait l'idée qu'Abby aimait cet homme plus que lui.

Malgré tout, McGraw prenait le dessus.

— Ça suffit, ordonna une voix masculine.

En même temps, Ledger fut arraché à lui. Wade regarda tour à tour ce dernier et son frère Cull. Derrière eux se trouvait le troisième frère, Boone.

— Si c'était moi qui décidais, je l'aurais laissé te tabasser un peu plus longtemps, déclara Boone.

À vrai dire, tous trois semblaient réprimer l'envie de le rouer de coups. Il ne pouvait vraiment leur en vouloir.

Il essuya le sang qui coulait de sa lèvre tuméfiée et se redressa.

— Abby ?

— Elle est vivante, lâcha Ledger en le foudroyant du regard. Pas grâce à toi.

Wade se couvrit le visage des mains. Incapable de refouler son émotion, il se mit à sangloter de soulagement et de regret.

18

— Je commence par les bonnes nouvelles ? demanda Cull.

Ils étaient tous réunis dans son chalet, le plus spacieux du ranch à présent que la maison n'était plus qu'un amas de cendres.

— Huck et Wade ont été arrêtés.

Il regarda Abby, assise à côté de Ledger sur le canapé.

— Ils ont tous les deux été inculpés, ainsi que notre ancienne cuisinière et une technicienne du laboratoire. Huck et Wade ne reverront pas la lumière du jour avant des années. Vance va se rétablir et a accepté de témoigner contre eux. Il va écoper d'une peine de prison aussi, mais bien moindre que celle qu'il mérite pour avoir participé à cette tromperie.

Travers acquiesça gravement.

— J'ai de la peine pour lui. Il n'était pas foncièrement mauvais…

Il secoua la tête.

— J'ai de bonnes nouvelles, moi aussi. La maison est perdue, bien sûr, mais la compagnie d'assurances va financer entièrement la reconstruction. Au fond, je pense que c'est une bonne chose, ajouta-t-il, devinant que ses fils redoutent qu'il ne soit abattu. C'est un nouveau début. Admettons-le, trop de tristes souvenirs étaient associés à cette bâtisse.

— Elle était hantée, murmura Cull.

Ledger savait qu'il ne plaisantait qu'à moitié.

Son père hocha la tête.

— En un sens, oui. Ma vie a changé après que j'ai fait construire cette maison pour votre mère.

Boone, qui regardait distraitement son téléphone, leva brusquement les yeux, l'air choqué.

— Jim Waters a été arrêté alors qu'il essayait de quitter le pays avec une serviette pleine d'argent liquide.

Son regard s'arrêta sur son père.

— Tu es au courant ?

Travers eut un sourire empreint de tristesse.

— C'est la nature humaine. Apparemment, Jim n'a pas pu résister à la sienne. Ce qui tombe bien puisque le procès de Patricia ne va pas tarder à s'ouvrir. Elle l'a accusé d'être complice de mon empoisonnement.

Boone lâcha un juron.

— Quel espèce de…

— Revenons aux bonnes nouvelles, le coupa Ledger. Wade a accepté de signer la demande de divorce. Il ne va pas s'y opposer.

Travers se pencha et lui pressa l'épaule avec affection.

— Je suis heureux pour vous deux. Je suppose que tu vas vouloir commencer à construire votre propre maison dans le ranch ? On dirait qu'il va y avoir pas mal de constructions dans les mois qui viennent. Tant mieux. J'aime voir des progrès.

— Moi aussi, déclara Ledger en souriant à Abby.

— Eh bien, intervint Cull, Nikki revient cette semaine. Et comme je déteste que mon petit frère me batte à quoi que ce soit…

Il sourit.

— … j'ai demandé à Nikki de m'épouser. Elle a dit oui !

— Une dernière chose, lança Boone. Tu veux toujours que je voie si cette piste concernant Jesse Rose mène quelque part ?

— Oui. Cela dit, la mésaventure avec Vance m'a servi de leçon, répondit son père. Il faut que je sois plus prudent. Si cela ne t'ennuie pas de te renseigner discrètement…

— Ne t'inquiète pas. Si je flaire quelque chose de louche, je le saurai. Ne sois pas trop optimiste, c'est tout.

— Non. Quant à moi, je vais aller voir Tough Crandall. Il faut que je lui parle.

— Papa…

— Cull, j'ai entendu ce qu'il a dit. Il ne veut pas devenir un McGraw. Je peux accepter cela. Mais je crois que c'est mon fils. Il me semble que je suis en droit d'espérer une relation avec lui, non ?

Ledger découvrit Abby debout dans la galerie qui entourait le chalet, le regard fixé sur le ranch au loin. La fumée avait continué pendant si longtemps à s'élever des ruines qu'il avait l'impression de continuer à la voir. Il avait hâte que les décombres soient dégagés et que la nouvelle maison soit commencée.

Mais ce qu'il désirait plus que tout, c'était un nouveau départ avec Abby. Il ne rêvait que d'une chose : la rendre heureuse. Il savait qu'il n'avait pas été facile pour elle d'apprendre que celui qui serait bientôt son ex-mari avait été arrêté.

— Ça va ? demanda-t-il en la rejoignant devant la rambarde.

— J'ai fait tant d'erreurs. Si seulement j'avais écouté mon cœur…

Elle se mit à pleurer.

— Abby, nous avons tous commis des erreurs, murmura Ledger en la prenant dans ses bras. Quand j'ai su que tu avais épousé Wade, j'aurais dû aller vers toi tout de suite. Peut-être qu'on aurait pu tout régler alors et que tu aurais pu obtenir l'annulation de ton mariage, puisqu'il était fondé sur un mensonge.

Blottie contre lui, elle hocha la tête.

— J'aurais dû faire confiance à notre amour.

— Tout cela est derrière nous à présent. Je ne te donnerai jamais d'autre raison de douter de moi.

— Votre maison était si belle…, sanglota-t-elle. Tout est ma faute.

Ledger l'écarta de lui pour la regarder dans les yeux.

— Abby, ce n'est qu'un bâtiment. Personne n'a été blessé, et mon père est excité à la perspective de reconstruire. Tu l'as entendu. Il y avait trop de tristesse en ce lieu.

Du bout du doigt, il essuya une larme qui roulait sur sa joue.

— Je suis désolé pour tout ce que tu as dû endurer. Mais cela aussi, c'est derrière nous.

Elle acquiesça et lui sourit à travers ses larmes.

— Je ne sais pas ce que j'aurais fait sans toi.

— Tu n'auras jamais à le découvrir. Je t'aime.

— Moi aussi, je t'aime. Quand tu venais au café, mon cœur se brisait. Et il se brisait quand tu ne venais pas.

Il sourit, ému à la pensée qu'il avait failli la perdre à jamais. Puis il s'agenouilla devant elle.

Abby écarquilla les yeux tandis qu'il prenait sa main dans la sienne.

— Abby, voudras-tu m'épouser dans quelque temps, quand tu seras libre ?

Abby baissa les yeux vers l'homme qu'elle aimait depuis si longtemps. Il avait tenu bon, résolu à être là pour elle alors même qu'elle faisait de son mieux pour le repousser. Sans lui, elle serait morte, elle le savait.

— Oui ! s'écria-t-elle, d'une voix tremblante. Oh ! Ledger !

Jamais elle n'avait osé imaginer que ce jour viendrait. Elle se laissa tomber à genoux devant lui et se nicha dans ses bras.

Il la serra contre lui en riant.

— Tu ne veux pas voir la bague ?

Elle secoua la tête.

— Tu peux mettre un morceau de ficelle autour de mon doigt, ça m'est égal. Peu m'importe. Tout ce qui compte pour moi, c'est d'être avec toi pour toujours.

— Dans ce cas, j'imagine que je vais devoir rapporter ça à la bijouterie, murmura-t-il lorsqu'ils se furent relevés.

Il ouvrit un petit écrin en velours noir, et Abby étouffa un cri, émerveillée à la vue du diamant qui scintillait sous ses yeux.

— Il est magnifique !

— Comme toi, souffla Ledger en lui glissant la bague au doigt, avant de plonger le regard dans le sien. J'attendrai le temps qu'il faudra.

— Tu me l'as prouvé, murmura-t-elle avec un petit rire.

— Tu pourras avoir le mariage que tu veux.

— Si c'était possible, j'adorerais t'épouser ici, tout de suite, devant le chalet avec ta famille pour témoins.

— Je téléphonerai au révérend à l'instant où tu seras libre, si c'est ce que tu veux, dit-il, plaisantant à moitié. Mais je pense qu'on devrait avoir un beau mariage. Une grande fête dont tu te souviendras jusqu'à la fin de tes jours.

Il planta les yeux dans les siens.

— En attendant, je vais commencer à construire notre maison. Ce sera à toi d'en faire un foyer. Tu as vu mon chalet, je ne suis pas doué pour la décoration.

Elle sourit.

— D'accord. Mais j'aimerais quand même continuer à travailler au café, du moins jusqu'à ce que le bébé arrive.

— Le bébé ?

— Celui que toi et moi allons faire ce soir.

— Oh ! ce bébé-là !

Il l'embrassa, comblé, sachant que les choses étaient enfin telles qu'elles devaient être.

Ledger et Abby.

Leur union serait d'autant plus forte qu'ils avaient dû emprunter un long chemin pour y parvenir. Ils se marieraient ici même, au ranch.

Il passa un bras autour d'elle alors qu'ils rentraient à l'intérieur.

— Ça va ?

Ledger était descendu pour trouver son père debout au clair de lune, l'air songeur.

— Je vais bien, assura Travers en souriant. Je pensais

seulement à l'époque où ta mère et moi avons établi ce ranch. Nous avions de tels rêves. Je crois que c'était en partie le problème. Au fond, nous ne voulions pas être riches. Le succès nous a tourné la tête. Nous ne savions pas alors que la chance allait tourner.

— Tu ne peux pas blâmer votre réussite pour ce qui est arrivé.

— Non ? Ta mère n'a jamais voulu tout ça.

Ledger perçut quelque chose dans la voix de son père qui fit s'accélérer les battements de son cœur.

— Tu veux parler des jumeaux ?

Jamais son père ne lui avait paru aussi âgé qu'à cet instant, dans la semi-pénombre.

— Ses trois garçons étaient la prunelle de ses yeux. Elle était heureuse. C'est moi qui ai insisté pour lui donner une fille.

Il secoua la tête.

— Ça été trop pour elle.

— Je suis tellement désolé.

Travers lui sourit.

— Comment vas-tu, fiston ? J'ai parfois le sentiment de ne pas avoir suffisamment fait attention aux enfants que je n'ai pas perdus.

— Nous allons tous bien.

— Ton frère Cull est amoureux. Quant à Boone, eh bien, qui sait s'il trouvera quelqu'un d'aussi contrariant que lui ? dit-il d'un ton amusé. Et Abby et toi ?

— Tout va bien. Nous nous sommes fiancés ce soir.

La tristesse se lut dans les yeux de son père.

— Voilà des années, quand tu es venu à moi…

— Tu avais raison. J'étais trop jeune pour me marier.

— Mais pas trop jeune pour perdre ton cœur.

— Non, reconnut Ledger. Je l'ai donné. Et je n'ai pas pu le reprendre.

Il sourit à son tour.

— J'ai toujours aimé Abby. Son mariage avec Wade n'y a rien changé.

— Eh bien, c'est du passé maintenant.

— Oui. Nous avons tous la possibilité de recommencer de zéro.

Travers soupira.

— Espérons seulement que Boone trouve Jesse Rose. Si elle est en vie et heureuse, cela me suffira.

Épilogue

Le jour du mariage, le soleil brillait dans le ciel d'un bleu immaculé. Entourée de ses amies, Abby ressentit un frisson d'excitation. C'était ainsi qu'un mariage devait se dérouler, songea-t-elle, se remémorant ses premières noces.

Ils n'étaient que quatre : Wade et elle, Huck et sa mère. Elle portait une robe rose à petites fleurs bleues. Une robe qu'elle possédait déjà et que Wade avait déclaré aimer. Huck lui avait donné une rose à tenir à la main alors qu'ils faisaient route vers le bureau d'état civil.

La cérémonie terminée, Wade et elle avaient regagné la maison qu'il avait achetée. Une lune de miel était hors de question. « Les lunes de miel sont faites pour les gens qui ont de l'argent à jeter par les fenêtres », avait déclaré sa mère.

Abby se souvenait d'avoir pleuré en s'endormant ce soir-là, après que Wade s'était assoupi. Il avait bu trop de champagne bon marché que Huck avait débouché à leur retour.

Elle repoussa ces souvenirs amers. La journée était splendide ; ses amies jubilaient.

— Tu es resplendissante ! s'écria Sarah, une des jeunes femmes qui travaillait avec elle. J'ai toujours su que vous deux finiriez par être ensemble. À voir la façon dont Ledger te regardait quand il venait au café, il était évident qu'il t'aimait.

— On est contentes de t'avoir retrouvée, renchérit une autre en l'étreignant.

Wade avait tout fait pour l'éloigner de ses amies, sous prétexte qu'elles exerçaient une mauvaise influence sur elle.

Ella passa la tête par l'entrebâillement de la porte.

— Prête ?

Sa patronne était très élégante dans sa robe en velours rouge. C'était la première fois qu'Abby la voyait porter autre chose que son tablier blanc. Elle avait demandé à Ella de la conduire à l'autel.

— J'en serais ravie, avait répondu celle-ci.

Abby baissa les yeux sur son bouquet de roses blanches et respira leur parfum avec délice. Son rêve se réalisait-il enfin ?

Elle releva la tête. De l'immense terrasse située derrière la nouvelle maison que Travers avait fait construire, on apercevait les sommets des Little Rockies. Des chevaux galopaient dans la plaine, leur crinière volant dans la brise. Le décor était magnifique.

À ses yeux, ce ranch avait toujours été un paradis. Les fois où elle était venue là avec Ledger avant qu'il parte à l'université étaient restées gravées dans sa mémoire.

Et voilà que, dans quelques minutes, elle serait Mrs Ledger McGraw. C'était presque irréel. Presque trop beau pour être vrai.

Elle songea à Ledger, et les larmes lui picotèrent les yeux. Jamais il n'avait perdu la foi.

— Pourras-tu jamais me pardonner ? lui avait-elle demandé le soir de leurs fiançailles, après qu'ils avaient fait l'amour.

— Il n'y a rien à pardonner, Abby. Ce n'est pas toi qui as fait exploser la maison.

— Non, mais Wade et son père l'ont fait à cause de moi.

— Ma chérie, avait murmuré Ledger en l'attirant à lui. Huck Pierce hait mon père depuis leur enfance. Cette histoire n'a rien à voir avec toi.

— Mais j'ai cru à ses mensonges. J'aurais dû avoir confiance en toi.

— Oh ! Abby. Je savais qu'on t'avait menti, mais je ne pouvais rien faire. Si je m'étais écouté, je serais entré à cheval dans le café, je t'aurais fait grimper derrière moi et emmenée loin d'ici.

Elle avait souri à travers ses larmes.

— J'ai rêvé que tu le faisais.

— Moi aussi, avait-il dit en riant. Mais je ne pouvais pas. Pas avant de savoir que tu étais prête à le quitter. Il fallait que j'attende, et jamais je n'ai rien fait d'aussi difficile. Mais à présent plus rien ne nous sépare. Le passé est le passé.

Sur quoi il l'avait embrassée avec tant de fougue qu'elle s'était sentie libérée du remords et du chagrin qui la hantaient depuis si longtemps.

Auprès de Ledger McGraw, elle allait enfin connaître la passion, l'amour, la tendresse, le bonheur.

— Oui, je suis prête, répondit-elle. Plus que prête.

L'orchestre entonna la marche nuptiale. Ledger leva les yeux et eut le souffle coupé. Abby s'avançait dans un rayon de soleil, vêtue d'une robe jaune pâle qui semblait danser autour d'elle. Des fleurs des champs étaient piquées dans ses longs cheveux. Jamais elle ne lui avait paru aussi belle.

Son cœur se gonfla d'émotion. Il avait tant rêvé de ce jour-là. Et voilà qu'il arrivait enfin.

— Ça va ? demanda son père, debout à côté de lui avec Cull et Boone.

— On ne peut mieux.

— Tu n'as jamais été tenté de renoncer ? lui avait demandé Cull la veille au soir après que tout le monde était parti se coucher. Je crois que je n'aurais pas eu ta patience.

— Si. Tu aurais été pareil s'il s'était agi de Nikki. Une fois qu'on tombe amoureux… On ne peut rien y changer.

— Je suis heureux pour toi, Ledger, avait dit son frère en lui donnant une tape sur l'épaule. Je vous souhaite tout le bonheur possible, à toi et à Abby.

— Merci.

Il regarda sa future épouse qui s'avançait vers lui. Leurs

yeux se rencontrèrent, et elle lui sourit. Il lui rendit son sourire. Par cette splendide journée d'été dans le Montana, un avenir radieux s'offrait à eux.

Oui, certaines choses valaient bien la peine qu'on les attende.

B.J. DANIELS

Cette ombre dans ton regard

INTÉGRALE

LES SECRETS DE WHITEHORSE

Traduction française de

FLORENCE BERTRAND

SAGAS

HARLEQUIN

Titre original :
ROUGH RIDER

Ce roman a déjà été publié en 2018

1

Boone McGraw gara son pick-up au bout de la rue obscure et déserte, puis vérifia l'adresse une fois de plus. Un seul regard sur les fenêtres barricadées suffit à confirmer ses pires soupçons.

Au-dessous de lui, la vallée était constellée d'illuminations de Noël. En revanche, ici, dans le centre de Butte, une ville qui avait été un temps la plus riche du monde, on ne voyait aucun signe annonciateur des fêtes prochaines.

Il repoussa son stetson sur son front et lâcha un soupir. Dès le début, il avait craint que les informations transmises par l'avocat de sa famille ne soient erronées, voire mensongères. Ce ne serait pas la première fois que quelqu'un essayait de profiter de la tragédie pour les escroquer.

Malgré ses doutes, il avait promis à son père, Travers McGraw, de remonter la piste. Non qu'il se soit imaginé un seul instant pouvoir retrouver sa sœur, Jesse Rose, qui avait été enlevée dans son berceau vingt-cinq ans auparavant.

Boone regarda de nouveau l'immeuble délabré censé abriter les bureaux de Knight Investigations. D'après l'ancien avocat familial, Jim Waters, il s'était entretenu plusieurs fois par téléphone avec un certain Hank Knight, détective privé. Les questions de ce dernier avaient mis la puce à l'oreille de Waters, lequel en avait conclu que le détective en savait plus long qu'il ne l'avouait. Cependant, les deux hommes ne s'étaient jamais rencontrés. Tout ce que Waters avait pu fournir à Boone, c'était une adresse et un numéro de téléphone.

La ligne téléphonique avait récemment été coupée, et le bâtiment en brique vieux d'un siècle semblait complètement abandonné. Si quelques panneaux *À louer* étaient visibles ici et là, la plupart des fenêtres étaient couvertes de poussière. Aucune lumière n'était allumée, mais cela n'était guère étonnant : il ne s'était pas attendu à ce que quiconque travaille encore à cette heure tardive.

Autant aller prendre une chambre au motel pour la nuit et revenir demain, songea-t-il. Même s'il était d'ores et déjà convaincu que ce long trajet depuis Whitehorse avait été une perte de temps.

Résolu à retrouver les jumeaux enlevés, Travers avait fait appel à tous les médias du pays et augmenté chaque année le montant de la récompense offerte en échange d'informations. Quiconque avait regardé le journal télévisé ou feuilleté un journal au cours des vingt-cinq ans écoulés savait qu'il était au désespoir, et cela faisait de lui une proie facile.

Soupçonneux de nature, Boone avait accueilli avec scepticisme les dires de l'avocat familial. Celui-ci n'avait-il pas prouvé qu'il était indigne de confiance ? Cela étant, pourquoi accorder foi à des renseignements qu'il prétendait avoir obtenus ? Son père se méfiait de Waters depuis quelque temps déjà — et à raison. Boone étouffa un juron. Travers allait être cruellement déçu.

Une fois de plus.

Quoi qu'il en soit, Boone s'était engagé à parler au détective privé et à vérifier ses informations le cas échéant. Il tiendrait parole, se dit-il en démarrant. Alors qu'il s'apprêtait à enclencher une vitesse, il saisit un mouvement du coin de l'œil. Une silhouette sombre venait de s'engager dans la rue et se hâtait le long du trottoir. Elle s'arrêta devant l'immeuble de Knight Investigations. Sous les yeux intrigués de Boone, elle ouvrit l'unique porte et se faufila à l'intérieur.

Boone coupa le moteur et attendit. Peut-être l'inconnu

était-il un sans-abri en quête d'un endroit où dormir. Le ciel était dégagé, et les nuits étaient froides à cette saison, surtout à cette altitude. Butte se trouvait à environ quinze cents mètres au-dessus du niveau de la mer, et la neige y tapissait le sol une bonne partie de l'année.

Tassé sur son siège, Boone surveilla le bâtiment un moment avec une impatience grandissante. Il commençait à faire frisquet dans l'habitacle. Il mourait d'envie de se glisser dans un lit bien douillet. Un repas chaud ne serait pas de trop non plus. Il pourrait revenir le lendemain matin et…

Une lumière hésitante apparut à l'une des fenêtres de l'étage supérieur et se mit à bouger. Quelqu'un était là-haut, une torche électrique à la main. Boone plissa les yeux et déchiffra enfin les lettres gravées sur les vitres au verre ancien, ondulant : Knight Investigations.

Il sentit son pouls s'accélérer sous sa peau.

Apparemment, il n'était pas le seul à s'intéresser à Hank Knight.

2

Boone descendit du pick-up, le ferma à clé et se dirigea vers la porte que la silhouette avait empruntée. Un croissant de lune était suspendu au-dessus des montagnes qui encerclaient Butte. Les étoiles scintillaient comme des cristaux de glace dans le ciel bleu nuit. Boone voyait son haleine en traversant la rue.

Il poussa le battant et fut aussitôt assailli par une odeur de renfermé. Il s'immobilisa dans le couloir et tendit l'oreille, mais aucun bruit ne lui parvint. Un écriteau portant les mots *En panne* était accroché à la cabine d'ascenseur hors d'âge, aussi se tourna-t-il vers l'escalier, tristement éclairé par une ampoule nue qui pendait au plafond. Il commença à grimper les marches trois par trois.

En approchant des étages supérieurs, il ralentit et s'appliqua à être le plus silencieux possible. Arrivé au cinquième, il écouta un instant, puis sortit. Là aussi, une unique ampoule brillait péniblement au-dessus de lui, une seconde à l'autre bout du long couloir vide.

Un silence total régnait dans l'immeuble. Aucune lampe n'était allumée dans les pièces à sa droite. À sa gauche, côté façade, il compta quatre portes. La dernière, qu'il jugeait être celle de Knight Investigations, était entrouverte. Une faible lueur venait de l'intérieur.

Sans faire de bruit, il s'avança dans le couloir, en se disant que Hank était peut-être revenu chercher quelque chose. À moins que quelqu'un d'autre ne soit venu fouiner dans son bureau.

Juste avant d'entrer, il s'arrêta et prêta l'oreille. Quelqu'un s'affairait dans la pièce, ouvrait et fermait des tiroirs bruyamment. Pas de doute. Ce quelqu'un cherchait quelque chose.

Boone passa la tête dans l'entrebâillement et risqua un coup d'œil. Dans la semi-clarté répandue par la lampe de poche de l'intrus, il distingua un grand bureau en chêne, un fauteuil usé en cuir derrière et deux autres fauteuils non moins usés devant. Une demi-douzaine de classeurs métalliques étaient alignés contre le mur. Des dossiers jonchaient le sol.

Lorsqu'il avait constaté que la ligne téléphonique de l'agence avait été déconnectée, Boone avait supposé que Hank avait fermé boutique. Voire qu'il avait décampé en hâte. Sans doute ne s'était-il pas trompé. Si Hank Knight avait abandonné son mobilier et même des classeurs bourrés de dossiers, il était sûrement en cavale.

Le cœur de Boone se mit à battre plus vite. Était-il possible que l'homme ait des informations concernant Jesse Rose et l'enlèvement ? Était-ce pour cette raison qu'il s'était enfui si précipitamment ?

De là où il se trouvait, il ne pouvait voir l'intrus — seulement le faisceau de sa torche braquée sur les tiroirs inférieurs. Il entendait des mouvements. On aurait dit que l'inconnu feuilletait des papiers à même le sol derrière le bureau. Cherchait-il quelque chose en particulier ? Ou s'agissait-il réellement d'un sans-abri qui entassait des feuilles pour en faire un feu ?

Boone fit un pas en avant et poussa lentement la porte. Un grincement s'éleva. Il se figea aussitôt. Pour autant qu'il le sache, il pouvait avoir affaire à un individu armé et dangereux, voire sous l'emprise de la drogue. Toutefois l'intrus continua à remuer des dossiers comme s'il n'avait rien entendu.

Boone pénétra dans la pièce et la parcourut du regard. À l'évidence, l'endroit avait été mis à sac. Des dossiers en vrac gisaient un peu partout.

Une pensée soudaine s'imposa à lui. L'intrus n'était pas

sur les lieux depuis suffisamment longtemps pour avoir causé un tel désordre. Quelqu'un était passé là avant lui. Ce qui signifiait que le nouveau venu n'avait probablement aucune chance de découvrir ce qu'il cherchait. À supposer qu'il soit bien venu pour cette raison.

La rangée de classeurs métalliques avait manifestement été fouillée de fond en comble, les tiroirs bâillaient, grands ouverts. Au milieu de tout ce chaos, le bureau à peine visible croulait sous les piles de documents et les gobelets de café sales.

Il continua à avancer. L'intrus demeurait invisible, toujours occupé à s'affairer derrière le fauteuil.

La torche se figea brusquement. L'avait-il entendu ?

Boone porta la main à sa poche, trouva son téléphone portable, mais réprima l'envie d'appeler la police. Sa famille était l'objet de l'attention des médias depuis des années. Si les policiers venaient, les journaux suivraient. Étouffant un juron, il remit l'appareil à sa place.

Un malaise envahit Boone, se logeant au creux de son estomac. Il ne devait pas oublier que l'individu derrière ce bureau était peut-être dangereux.

Il regarda autour de lui, cherchant une arme des yeux. Il n'avait aucune envie de jouer les héros. Il avait toujours été assez avisé pour choisir ses batailles. Il ne comptait pas perdre celle-ci alors qu'il n'avait sûrement rien à tirer de cette expédition.

Ne voyant rien qui lui paraisse utile, il recula d'un pas.

Derrière le bureau, l'intrus avait cessé de faire du bruit. Le faisceau de la torche était immobile depuis une bonne minute.

Il fit un nouveau pas en arrière. Le plancher gémit sous son poids. Boone retint un juron, mais déjà la lampe balayait le plafond. La silhouette bondit hors de sa cachette. Il ne saisit qu'un éclair de cheveux cuivrés — et le reflet métallique d'un revolver — avant d'être aveuglé par la lumière.

Instinctivement, il battit en retraite. Un dernier pas et il pourrait se jeter dans le couloir…

— Un pas de plus et vous êtes un homme mort.

CJ fixa le cow-boy immobile tout près de la porte. La main qui tenait le revolver ne trembla pas une seconde. Le petit point rouge du laser pointé sur le cœur de l'inconnu ne bougea pas d'un millimètre. C'était un homme bien bâti, aux épaules larges, aux hanches minces, à l'air rude. Un stetson sur la tête, il semblait sorti tout droit de son ranch.

— Restons calmes, dit-il d'une voix grave et harmonieuse, un soupçon menaçante. Je suis à la recherche de Hank Knight. C'est tout.

— Pourquoi ?

Il fronça les sourcils, levant une main pour abriter ses yeux de la torche braquée sur lui.

— C'est lui et moi que ça regarde. Si j'appelais les flics pour qu'ils vous demandent pourquoi vous étiez en train de saccager son bureau ?

Il porta la main à sa poche.

Elle abaissa la lampe de façon à ne plus l'aveugler et secoua la tête.

— À votre place, je ne ferais pas ça, dit-elle, agitant son revolver. Qui êtes-vous et pourquoi voulez-vous voir Hank ?

— Pourquoi devrais-je vous le dire ?

Il la jaugeait du regard. Vu sa taille — et celle de CJ — il n'aurait aucun mal à la maîtriser. Sauf qu'elle avait un argument de poids à la main pour le dissuader d'essayer.

— Parce que je pointe une arme sur votre cœur — et que je suis l'associée de Hank. CJ West.

Il parut avoir un peu de mal à digérer cette information, mais dit enfin :

— Boone McGraw.

Elle reconnut le nom.

— Le kidnapping, murmura-t-elle, davantage à sa propre intention qu'à celle du nouveau venu.

Une affaire qui remontait à plus de vingt-cinq ans. Des jumeaux arrachés à leur berceau. Une rançon avait été versée, mais les enfants n'avaient jamais été rendus. C'était à peu près tout ce qu'elle savait, et même cela était vague. La seule raison pour laquelle elle en avait entendu parler était qu'une émission la concernant avait récemment été diffusée à la télévision. Il y avait eu un fait nouveau. Un des ravisseurs avait été identifié et son cadavre retrouvé.

— Votre associé s'intéressait au dossier.

— Ce n'est pas possible.

— J'ai peur que si. Notre avocat lui a parlé à deux reprises. Si vous abaissiez votre arme à présent ?

Les sourcils froncés, elle hésita, réfléchissant à ce qu'il venait de dire. Hank et elle parlaient de toutes leurs enquêtes ensemble. Cela ne lui aurait pas ressemblé de lui cacher une affaire aussi importante que celle-ci.

Néanmoins, elle abaissa le revolver et le glissa dans la taille de son jean — au cas où.

— Merci. Maintenant, pourriez-vous me dire où le trouver ?

— Après-demain, il sera au cimetière de Rosemont.

Occupé à parcourir le bureau du regard, le visiteur tressaillit et planta ses yeux dans les siens.

— Au cimetière ?

— Il a été tué par un chauffard il y a trois jours.

Sa voix frémit. La mort de Hank ne semblait pas encore réelle, mais le chagrin et la douleur étaient bien là.

— Un chauffard ?

Allait-il répéter chaque mot qu'elle prononçait ? Elle n'avait vraiment pas de temps à perdre avec cet homme.

— Vous arrivez trop tard, c'est clair. Non que Hank ait pu savoir quoi que ce soit au sujet de l'enlèvement.

Elle s'empara d'un des classeurs, braqua la lampe dessus et se mit à feuilleter le calepin jaune qui se trouvait à l'intérieur.

Sans cesser d'observer Boone McGraw — à supposer que ce soit réellement son nom — du coin de l'œil. Elle avait appris à ne jamais rien prendre pour argent comptant. Hank lui avait enseigné cela, avec une multitude d'autres choses.

Le cow-boy lâcha un juron, regardant de nouveau le bureau dévasté. À en juger par son expression, il n'était pas prêt à renoncer.

— Si vous êtes son associée, pourquoi le téléphone a-t-il été coupé ? Pourquoi n'y a-t-il pas d'électricité dans les locaux ?

— Hank était sur le point de partir en retraite. J'ai mon propre bureau chez moi.

— Si je comprends bien, vous ne lui aviez pas parlé depuis quelque temps ?

— Nous étions en période de transition.

— Par conséquent, vous ne pouvez pas être certaine qu'il n'ait rien su à propos de l'enlèvement.

Elle serra les dents. Ce cow-boy était impossible.

— Si ça avait été le cas, Hank me l'aurait dit. Je suis désolée que vous ayez perdu votre temps.

Elle avait hâte qu'il s'en aille, hâte de pouvoir retourner à la tâche qu'elle s'était fixée.

Depuis le prétendu accident qui avait coûté la vie à Hank, elle luttait désespérément pour ne pas craquer. Seules sa colère et sa détermination à trouver le tueur la poussaient à continuer. Elle était persuadée qu'il avait été tué à cause d'une de ses enquêtes. Restait à découvrir laquelle.

Le cow-boy bougea enfin, mais pour pénétrer plus avant dans la pièce.

— Vous dites qu'il a été tué il y a trois jours ? C'était juste après qu'il était revenu de voyage ?

— De voyage ?

Voilà qu'elle commençait à faire comme lui.

Il fronça les sourcils et planta les mains sur ses hanches, le regard rivé sur elle.

— L'avocat de mon père lui a parlé voilà plus de deux semaines. Votre associé lui a dit qu'il allait partir en voyage et qu'il nous rappellerait. Quand on n'a pas eu de nouvelles de lui…

Elle secoua la tête.

— Il n'est allé nulle part.

— Dans ce cas, pourquoi a-t-il menti ? À moins qu'il n'ait eu quelque chose à cacher ?

Exaspérée, CJ jeta le classeur qu'elle avait à la main.

— Monsieur McGraw…

— Boone.

— Boone, vous ne connaissiez pas Hank. Moi, si. Il n'aurait pas menti.

— Alors comment expliquez-vous qu'il ait dit cela ?

Elle était incapable de l'expliquer, et cela la perturbait. Elle étudia le cow-boy un instant. Hank avait-il effectué un voyage — ainsi qu'il l'avait affirmé à l'avocat des McGraw ? Il avait paru si distrait la dernière fois qu'elle l'avait vu… Il n'avait pas fait allusion à un quelconque contact au sujet de l'affaire McGraw, ce qui, pour un homme qui adorait parler de ses enquêtes, était pour le moins étrange.

Un dossier comme celui-là ne se présentait pas tous les jours, surtout étant donné la clientèle de Knight Investigations. Ce n'était pas non plus le genre de dossier qui aurait intéressé Hank. S'il était vrai qu'il avait appelé l'avocat des McGraw, il avait dû le faire par simple curiosité.

Elle donna son avis au cow-boy et prit d'autres classeurs.

— Ce n'était pas de la simple curiosité.

Boone s'avança encore, jusqu'à ce que seul le grand bureau encombré les sépare. Il était imposant. Sa présence à elle seule semblait aspirer tout l'air de la pièce. Heureusement, il ne faisait qu'éveiller en elle une conscience aiguë de sa masculinité. Il ne l'intimidait pas, pas une seconde. Du moins, c'est ce qu'elle se dit.

— Eh bien, je suppose que nous ne le saurons jamais, n'est-ce pas, conclut-elle, soutenant son regard d'acier sans ciller.

— S'il y a la moindre possibilité pour qu'il ait su où se trouve ma sœur, Jesse Rose, je ne quitterai pas la ville avant d'avoir découvert la vérité. Pour commencer, je veux savoir si Hank Knight s'est absenté récemment. Ça ne devrait pas être difficile. Combien ?

CJ le dévisagea, perplexe.

— Combien ?

— Combien demandez-vous ? Je veux vous engager.

3

Au grand dam de Boone, la jeune femme parut offensée.

— Désolée, je ne suis pas disponible.

— Vous êtes trop occupée à éplucher des classeurs poussiéreux ?

Elle leva les yeux de celui qu'elle feuilletait et le posa lentement.

— La raison pour laquelle mon associé est mort se trouve dans un de ces dossiers. Il faut que je découvre qui l'a tué.

— Une minute. Je pensais que c'était un accident ?

— C'est ce qu'affirme la police, mais elle se trompe.

Il secoua la tête. Il avait connu des femmes têtues, mais là, c'était le bouquet.

— Vous paraissez plutôt sûre de vous concernant beaucoup de choses.

Les mains sur les hanches, elle le foudroya du regard.

— Hank a été assassiné. Je mettrais ma tête à couper que c'est le cas.

— Si vous avez raison, enquêter sur sa mort vous expose au même danger.

— Il aurait fait la même chose pour moi. Hank… tout le monde l'adorait.

Manifestement pas tout le monde, mais Boone se rendait compte que le moment était mal choisi pour le lui faire remarquer. Il était clair qu'elle était bouleversée, et il ne voulait pas être trop dur avec elle. Cela dit, il devait déterminer si Hank

Knight avait su où était sa sœur disparue et il avait besoin de son aide.

— Je suis désolé. Apparemment, vous étiez très proches, murmura-t-il.

À vrai dire, il en était surpris. Waters avait déclaré que Hank Knight était un vieil homme, et elle-même venait de dire qu'il se préparait à prendre sa retraite.

En revanche, à la lueur intime de la torche, CJ ne paraissait même pas trente ans, même si son assurance suggérait quelqu'un de plus âgé. Ses longs cheveux bouclés, d'une riche couleur cuivrée, encadraient un visage constellé de taches de rousseur, de grands yeux innocents. Sa crinière désordonnée était rassemblée en queue-de-cheval, et elle portait une vieille casquette des Cubs, l'équipe de base-ball. Le père de Boone avait toujours été un fan des Cubs. Boone se demanda si Hank l'était aussi.

CJ était menue, mais il savait déjà qu'il ne devait pas la sous-estimer. Et, plus il y songeait, plus il avait besoin de s'en faire une alliée, car il pressentait que les réponses qu'il cherchait se trouvaient ici même, à Butte, et dans ce bureau.

— Je connais Hank depuis mon enfance. Ma mère travaillait à un autre étage dans cet immeuble. Je venais le voir. Il m'a tout appris sur le métier de détective et bien plus encore. Il était comme un père pour moi.

Boone acquiesça.

— J'imagine combien c'est dur pour vous. Je regrette de devoir ajouter à vos problèmes à un moment pareil, mais admettons que vous ayez raison et que votre associé ait été assassiné. Pourquoi serait-ce forcément à cause d'une vieille affaire ? Pourquoi ne s'agirait-il pas de l'enlèvement des enfants McGraw ? Un des ravisseurs est toujours en liberté. Si votre associé savait quelque chose et que ses investigations ont alerté cet homme…

Il brodait un peu, mais au moins il vit qu'elle réfléchissait. Certes, il était également possible que Hank Knight ait succombé à un simple accident. Qu'il ait seulement été intrigué par l'affaire McGraw. Que tout ce voyage soit une perte de temps.

Cependant, Boone avait toujours suivi son instinct. Et, à cet instant, son instinct lui ordonnait de faire cause commune avec cette jeune femme. Si Hank avait dit la vérité et qu'il avait quitté la ville, savoir où il s'était rendu les mènerait peut-être à Jesse Rose — et à l'assassin.

Garé en face de Knight Investigations, Cecil Marks se rencogna sur son siège et scruta les fenêtres du bureau. Il avait été alarmé d'apprendre que des faits nouveaux avaient été mis au jour dans l'enquête sur l'enlèvement. Qu'un détective privé à Butte connaissait peut-être l'endroit où se trouvait Jesse Rose, mais aussi l'identité du second ravisseur — celui qui avait passé les bébés par la fenêtre à son complice sur l'échelle.

Vingt-cinq années s'étaient écoulées, et il avait été convaincu que personne ne découvrirait jamais la vérité. À présent, il en était moins sûr. Pour commencer, il savait que Boone McGraw ne renonçait jamais quand il s'était mis quelque chose en tête. Aussi, dès que Cecil avait entendu parler de Knight Investigations, il avait résolu d'éliminer ce témoin gênant.

Malheureusement, il n'avait pas songé à son associée, la femme qui était à cet instant précis avec Boone McGraw. Il doutait fort qu'ils trouvent quoi que ce soit. Pour sa part, il avait tout passé au crible sans succès. Il avait laissé un tel désordre que, même si un indice lui avait échappé, il y avait peu de chances pour qu'il émerge à présent.

Il faisait froid dans le pick-up : il ne voulait pas attirer l'attention sur lui en mettant le moteur en marche. Et, bien qu'il ait hâte de regagner son motel, il tenait aussi à s'assurer que Boone et la fille ressortaient les mains vides. Une fois que le fils McGraw serait reparti pour Whitehorse, il n'aurait plus à s'inquiéter.

Et CJ West ne serait pas en train de fouiller les lieux si elle était au courant. Bien sûr, elle avait des doutes concernant

« l'accident », mais pas l'ombre d'une preuve. Les policiers ne semblaient guère se donner de mal pour en trouver. Le fait divers, mentionné brièvement au journal télévisé, n'avait suscité qu'un simple entrefilet dans le quotidien local. Hank Knight avait été un détective privé sans envergure. Il suffisait de voir le taudis qui lui servait de bureau pour s'en convaincre.

Non, il ne risquait rien. Il avait fait ce qu'il avait à faire et il n'hésiterait pas à recommencer. Malgré tout, ses mains se mirent à trembler alors qu'il envisageait la possibilité d'être forcé à tuer de nouveau, surtout s'il s'agissait d'une femme.

Cependant, si CJ West et Boone continuaient à fouiner, il n'aurait pas le choix.

Non sans réticence, CJ devait s'avouer que le cow-boy avait peut-être raison. Avant que Boone McGraw débarque dans son bureau, elle avait été sûre que la mort de Hank était liée à une vieille enquête. Aucune de celles dont il lui avait parlé récemment n'avait assez d'importance pour inciter quelqu'un à le tuer. Du moins, elle ne le pensait pas.

Désormais, elle allait tout reprendre depuis le début. Pouvait-il s'agir de l'enlèvement ? Elle répugnait à le croire, en partie parce que Hank adorait parler de ses enquêtes. Il n'aurait jamais pu s'empêcher de parler de celle-ci, à moins… à moins qu'il n'ait su quelque chose qui, selon lui, pouvait l'exposer au danger.

— Pourquoi dites-vous que ce n'était pas un accident ? demanda le cow-boy.

Il fallut un instant à CJ pour rassembler ses pensées.

— D'abord, parce que cette pièce a été mise à sac. Il est évident que quelqu'un cherchait quelque chose dans ses papiers.

— Vous êtes sûre que ça concernait une enquête ?

Elle eut un geste éloquent.

— Pourquoi le tueur aurait-il fouillé le bureau s'il n'avait pas été à la recherche du dossier de l'enquête et des éléments compromettants qu'il aurait pu contenir ?

Il acquiesça, comme si sa réponse lui semblait logique.

— Et vous ne croyez pas qu'il l'a emporté ?

— À vrai dire, non. Regardez autour de vous. J'ai l'impression que ce type s'est énervé parce qu'il n'arrivait pas à mettre la main dessus. Sinon, pourquoi ce chaos ?

— Je vois ce que vous voulez dire. Mais admettons que ce fameux dossier soit celui de l'enlèvement. La conversation de Hank avec notre avocat ne date que de quelques semaines. Quand a-t-il fait couper l'électricité et le téléphone ?

Peu désireuse d'admettre qu'elle n'en savait rien, CJ éluda la question.

— Nous étions tous les deux occupés sur des affaires différentes. Mais, s'il avait su quoi que ce soit au sujet de l'enlèvement, il me l'aurait dit.

Il ne lui aurait pas caché quelque chose d'aussi important, se répéta-t-elle. Et pourtant, il n'avait pas soufflé mot de son entretien avec l'avocat des McGraw, et son instinct lui disait que Boone McGraw ne mentait pas.

Savoir que Hank n'aurait plus jamais la possibilité de s'en expliquer la bouleversait. Hank avait été comme un membre de sa famille, avait été sa famille, et maintenant il n'était plus là. Et elle commençait tout juste à se rendre compte qu'il ne lui avait pas tout dit.

Des larmes lui picotaient les yeux. Elle se détourna pour que Boone ne les voie pas. Elle n'allait pas se mettre à pleurer. Surtout pas devant ce cow-boy.

— Si Hank savait bel et bien quelque chose au sujet de l'affaire McGraw, aurait-il créé un dossier ? demanda-t-il en se baissant pour ramasser une pile de classeurs.

Il les remit en ordre, puis les empila sur le coin du bureau.

— Il aurait écrit quelque chose, je suppose.

— Mais pas forcément créé un dossier.

CJ soupira.

— Non, mais vous présumez qu'il a été assassiné à cause d'un fait divers qui remonte à vingt-cinq ans. Ce n'était pas le genre d'affaires sur lesquelles il travaillait. Sans parler du fait que Butte est à des kilomètres de Whitehorse. Il y a vraiment très peu de chances qu'il…

— … ait su quoi que ce soit sur l'enlèvement de ma sœur, Jesse Rose, ou sur ce qui lui est arrivé. Je suis d'accord. Cela dit, c'est une hypothèse que je ne peux pas négliger. Il a téléphoné à notre avocat. Il avait forcément des informations, sinon il ne l'aurait pas fait. Je ne pense pas qu'il ait appelé par simple curiosité et je suis sûr que vous non plus.

Elle aurait voulu protester. Ce cow-boy lui donnait envie de le contredire. Pourtant, elle ne pouvait pas.

— Bien. Supposons qu'il ait su quelque chose.

— Dans ce cas, où sont ses notes ?

CJ lui décocha un regard incrédule et désigna le local dévasté.

— Donnez-moi une seconde pour les trouver, ironisa-t-elle.

— Je serais heureux de vous aider à les chercher.

— Je n'ai pas besoin de votre aide, rétorqua-t-elle. Pour autant que je le sache, c'est peut-être vous qui avez semé toute cette pagaille.

— Et je serais revenu ? Quelle brillante idée ! Si je n'avais rien pu trouver quand le bureau était rangé, pourquoi me serais-je imaginé y parvenir à présent ?

Son raisonnement était imparable, mais elle n'allait sûrement pas en convenir.

— Vous espériez peut-être que je ferais le boulot pour vous.

Il sourit.

— J'admire votre agilité d'esprit, mais j'avoue qu'elle me trouble un peu.

CJ se hérissa. Essayait-il de flirter avec elle ?

— Vous croyez vraiment que je suis un tueur qui essaye de s'attirer les bonnes grâces de l'associée de ma victime ? Il faudrait une certaine audace.

Il secoua la tête.

— Il faut être un lâche pour renverser quelqu'un et prendre la fuite. L'assassin n'aurait pas le cran de venir vous affronter ici.

Il n'avait pas tort.

— Il y a une chose qui m'échappe, reprit-il. Au lieu de

détruire des indices potentiels, pourquoi n'avez-vous pas appelé les flics pour signaler le cambriolage ?

— C'est déjà fait.

La colère perçait dans sa voix. Boone, qui s'était levé pour regarder des photos encadrées sur les murs, se retourna.

— Ils ne vous ont pas été d'une grande aide ?

Il braqua la torche de son téléphone sur les clichés. Le même homme figurait sur tous, Hank Knight, sans doute, flanqué d'une série de personnalités, et même d'une ou deux célébrités. Les photos paraissaient anciennes. Hank Knight devait exercer son métier depuis des décennies.

— D'une grande aide ? Les flics du coin ?

CJ lâcha un rire amer.

— Ils refusent de croire que c'était un meurtre parce que nous n'enquêtons pas sur ce genre d'affaires d'habitude.

— J'aurais pensé que n'importe quelle affaire pouvait mal tourner dans certaines circonstances, observa-t-il, cessant d'examiner les clichés. Écoutez, je ne quitterai pas la ville avant d'avoir obtenu des réponses. Que dites-vous ? Laissez-moi au moins vous aider à feuilleter les dossiers.

Elle jeta un coup d'œil vers lui, et son regard s'adoucit un peu lorsqu'elle le vit retirer sa veste et retrousser ses manches de chemise.

— Très bien. Tout en cherchant des références à l'enlèvement, voyez s'il y a des entrées récentes dans les vieux dossiers.

Elle en ouvrit un et lui montra un exemple.

— Hank avait sa manière à lui de travailler.

— Je vois, commenta Boone en ramassant une nouvelle brassée de classeurs.

— On collaborait étroitement la plupart du temps. Jusqu'à récemment. Je faisais pas mal de recherches sur le terrain. Mais je dois avouer que, ces dernières semaines… je ne l'ai pas beaucoup vu.

Bref, exactement comme il l'avait soupçonné, elle cherchait

une aiguille dans une botte de foin et n'avait pas la moindre idée de la raison pour laquelle on avait assassiné son associé. Il déposa les documents sur le bureau et se mit à les parcourir rapidement.

— Je suppose que vous avez vu les journaux télévisés. Un des ravisseurs a été identifié et son cadavre retrouvé. Il en reste un en liberté. Mais l'affaire a remis l'enlèvement à la une des journaux, et certaines informations ont été divulguées. J'imagine que c'est pour cela que votre associé a téléphoné. Par ailleurs, mon frère Oakley a été retrouvé, mais cela n'a pas été rapporté dans les médias.

Elle le regarda, visiblement surprise.

— Je pensais que l'homme qui s'est présenté était un imposteur ?

Boone acquiesça.

— Vance Elliot, oui, mais étonnamment sa tentative d'escroquerie a amené mon frère biologique à se révéler. Il n'y a eu aucune publicité à ce sujet parce qu'il n'en veut pas, ce que je comprends. En fait, il ne souhaite pas avoir de relations avec notre famille. C'est une raison supplémentaire pour laquelle je dois retrouver Jesse Rose. Avec un peu de chance, elle au moins ne brisera pas le cœur de mon père.

La révélation de Boone prit CJ au dépourvu. Un fils qui ne voulait aucun contact avec sa famille ? Elle ne pouvait s'empêcher d'être intriguée, mais le sujet semblait clos pour Boone, qui s'était plongé dans un nouveau dossier. Elle domina sa curiosité. Dans l'immédiat, l'important était de découvrir qui avait désiré la mort de Hank.

Par moments, elle oubliait qu'il n'était plus là. Elle avait passé tant d'heures dans ce bureau avec lui au fil des années… Elle ravala le nœud soudain qui s'était formé dans sa gorge. Hank était tout pour elle. La pensée qu'il était mort… CJ la repoussa, en se disant qu'elle lui devait de trouver l'assassin. Que c'était là-dessus qu'elle devait se concentrer à présent. Plus tard, elle aurait le temps de céder au chagrin, aux regrets, de laisser libre cours à la douleur qui rôdait juste sous la surface.

Elle tendit la main vers une pile de papiers qui gisaient sur le sol. Ses doigts tremblaient, et elle serra les poings un instant pour se ressaisir. S'il y avait une chose que CJ détestait montrer, c'était une faiblesse, quelle qu'elle soit. Peut-être surtout devant un homme tel que Boone McGraw. Un seul regard à sa mâchoire déterminée, à l'expression glaciale de ses yeux bleus, lui suffisait pour deviner quel genre d'homme il était. Fort et obstiné, comme un arbre qui a résisté à toutes les épreuves que les années lui ont imposées. Exactement comme Hank.

— Il n'y a rien ici, déclara Boone une heure plus tard. Votre associé n'a peut-être rien laissé par écrit. Ou alors, celui qui a vandalisé les lieux a emporté ces informations.

Avec un soupir, CJ rapporta une pile de classeurs à l'une des armoires métalliques et les y rangea, ne fût-ce que pour mettre un semblant d'ordre. Il y avait des dossiers partout. Cela dit, c'était assez normal dans le bureau de Hank. Il n'avait jamais été organisé. C'était une des raisons pour lesquelles ils n'avaient jamais pu partager un local.

Elle attendit un instant avant de se retourner pour faire face à Boone McGraw. Le cow-boy était imposant. Ses épaules larges, sa haute taille — toute cette masculinité se combinait pour faire de lui un homme séduisant, sûr de lui. Elle aurait parié que la plupart des femmes se pâmaient devant lui et se félicita d'être insensible à son charme.

— Bref, nous sommes revenus à la case départ, conclut-elle sur un ton découragé qui reflétait ce qu'elle éprouvait.

Elle avait épluché tous les dossiers, y compris ceux que Boone avait feuilletés avant elle. Non seulement elle n'avait trouvé aucune allusion à l'enlèvement des jumeaux McGraw, mais aucune ancienne enquête de Hank ne lui avait paru susceptible d'avoir mené à sa mort.

— Pas forcément.

Boone mit les mains à plat sur le bureau et se pencha vers elle.

— Votre associé savait quelque chose. Il a posé des questions sur Jesse Rose et un objet qui a été pris dans son berceau le soir de l'enlèvement. Je crois qu'il a dû s'approcher trop près de la vérité. Trop près du complice du ravisseur. Et si j'ai raison, vous pouvez m'aider à le prouver.

4

CJ tira le vieux fauteuil en cuir de Hank et s'y laissa tomber. Elle était trop fatiguée, trop bouleversée, trop malheureuse pour lutter avec ce cow-boy. Elle ne voyait pas comment elle pourrait prouver quoi que ce soit.

Les coudes sur le bureau éraflé, le menton reposant sur les mains, elle regarda Boone McGraw qui ramassait des dossiers et les remettait dans les classeurs. Il faisait le ménage à présent. Ce spectacle l'aurait fait rire si elle avait eu assez d'énergie pour cela.

Ce qu'il lui fallait, c'était une bonne nuit de sommeil. Elle avait passé trop de nuits blanches depuis la disparition de Hank. Elle doutait fort qu'il en aille différemment ce soir-là, mais rester assise là ne servait à rien. Comme elle se levait, elle prit appui sur le dessus du bureau et le sentit glisser sous ses doigts.

Elle tressaillit, se remémorant un geste qu'elle avait vu Hank accomplir parfois, lorsqu'il était interrompu par un visiteur imprévu. Elle se cala dans le fauteuil et tâtonna dans la fente qui séparait le dessus du bureau de celui, plus ancien, sur lequel il était posé. Hank avait adoré ce meuble et n'avait pu s'en séparer même quand le plateau d'origine avait été vilainement endommagé par une brûlure de cigare. Plutôt que de le remplacer, il l'avait simplement recouvert.

Elle avait vu des dossiers disparaître subitement, pour être récupérés après le départ du client. Ses doigts effleurèrent un objet qui lui sembla être une chemise cartonnée. Elle la tira vers elle, et sa gorge se noua brusquement. Un nom était inscrit dessus, de l'écriture précise de Hank : McGraw.

— Vous avez trouvé quelque chose ? demanda Boone en s'approchant.

Elle leva les yeux, surprise. Elle avait presque oublié sa présence. Quand Hank avait-il glissé le dossier dans sa cachette ? À qui avait-il pu vouloir cacher cela ? Son cœur se mit à battre plus vite. Jusqu'à cet instant, elle s'était refusé à croire que Hank ait pu travailler sur cette affaire — et a fortiori, que celle-ci ait pu le faire tuer.

CJ s'efforça de réfléchir. Quand était-elle venue au bureau pour la dernière fois ? Toutes ses visites se confondaient dans sa mémoire. Avait-il furtivement caché ce document alors qu'elle entrait dans la pièce ? La dernière fois qu'elle l'avait vu vivant, quelques heures seulement avant qu'il ne soit écrasé ?

D'une main tremblante, elle ouvrit le dossier. Il contenait une seule feuille de papier à rayures jaunes — celui que Hank utilisait toujours. Sur cette feuille figuraient en tout et pour tout quelques lignes, une poignée de numéros de téléphone et un gribouillis dans une des marges. Elle lut les mots : « Travers McGraw, Sundown Stallion Station, Whitehorse, Montana. Oakley, Jesse Rose, six mois. Cheval en peluche. Ruban rose. En gros-grain. »

Boone avait vu le choc sur son visage lorsqu'elle avait tiré la chemise en carton d'une espèce de fente entre le dessus actuel du bureau et l'ancien. Elle avait pâli d'un seul coup.

— Je peux… ? demanda-t-il de nouveau.

CJ lui remit le dossier sans rien dire. Puis elle croisa les bras et attendit, l'observant comme si elle savait qu'il allait être déçu.

— Où est le reste ?

— Il n'y a rien d'autre.

Elle était manifestement secouée par sa découverte. Non seulement Hank avait créé un dossier, mais il l'avait caché.

Pourquoi ?

Elle fit mine de contourner le bureau, buta dans une pile de classeurs instable et faillit tomber. Boone la rattrapa, enroulant un bras autour de sa taille mince tandis qu'elle se cramponnait à lui pour recouvrer l'équilibre. Presque aussitôt, elle se dégagea et s'approcha d'une petite porte qu'il n'avait pas remarquée avant. Elle l'ouvrit, et il vit qu'il s'agissait d'une salle de bains exiguë.

Elle referma le battant, et Boone reporta son attention sur la chemise. Ainsi, Hank Knight avait bel et bien ouvert un dossier. En revanche, s'il avait découvert quoi que ce soit, il n'avait laissé aucun indice. Peut-être ne savait-il rien à propos de Jesse Rose, après tout. Peut-être avait-il seulement été curieux.

Et peut-être que non, songea-t-il en fixant les notes du détective. Il avait mentionné la peluche, mais aussi le ruban rose qui était autour du cou du cheval — un détail qui n'avait jamais été divulgué à la presse.

Boone examina le dessin gribouillé sur le côté de la page. Hank avait dessiné une petite fille aux cheveux mi-longs. Était-ce ainsi qu'il imaginait Jesse Rose ? Ou dessinait-il de mémoire ? À côté de la fillette, Hank avait ajouté un petit chien.

Quelques instants plus tard, CJ réapparut. Elle semblait plus sûre d'elle, plus maîtresse d'elle-même. Sans doute avait-elle voulu rester seule quelques minutes pour surmonter le choc que lui avait causé le dossier caché. Pourquoi était-elle si troublée ? Parce qu'elle avait compris qu'il avait raison ?

— Avez-vous jamais eu un chien ?

Elle cilla.

— Je vous demande pardon ?

Il désigna la feuille et le dessin.

— Pensez-vous que cela signifie quoi que ce soit ? La plupart des petites filles ont un chien, non ?

— Vous en avez eu un ? insista Boone patiemment.

— Non. Si vous tenez à le savoir, nous vivions dans un

immeuble comme celui-ci. Le propriétaire n'autorisait pas les animaux domestiques.

— Hank a dessiné un chien. Une fillette avec un chien. Par conséquent, il doit y avoir autre chose, s'obstina-t-il.

Elle secoua la tête.

— C'est une conclusion un tant soit peu hâtive, non ?

Elle ramassa la torche qu'elle avait laissée sur le bureau et la braqua sur la feuille.

— Hank avait son propre système de classement. Il numérotait toutes les pages d'un dossier, en gardait un compte à jour. C'était son truc. Il suffit de jeter un coup d'œil à la fin du dossier pour savoir combien de pages il est censé contenir et s'il en manque.

— Son bureau était cambriolé souvent ? ironisa Boone.

— C'est le métier qui veut ça, rétorqua-t-elle, désinvolte.

Il retourna la chemise. Le chiffre *1* figurait derrière. Une seule feuille à l'intérieur. Levant les yeux, il vit que CJ se dirigeait vers la porte.

— Une minute. Où allez-vous ?

— Chez moi. Je vais me coucher, dit-elle en ramassant trois dossiers au passage.

— C'est tout ce que vous emportez ? Vous n'allez même pas fermer à clé ?

— À quoi bon? lança-t-elle par-dessus son épaule. Il n'y a rien à voler.

Il saisit le dossier McGraw et la rattrapa dans le couloir.

— Écoutez, mademoiselle West…

— CJ.

Son regard rencontra le sien. À la faible lueur de l'ampoule nue qui éclairait la cage d'escalier, il remarqua qu'elle avait les yeux d'un marron sombre et velouté, exactement comme son cheval préféré.

— Oui ?

Il se rendit compte qu'il la fixait. Au moins eut-il le bon sens de ne pas lui révéler ses pensées. Elle n'aurait sans doute guère apprécié qu'il la compare à un cheval, même si c'était son favori.

— Vous devriez au moins avoir mon numéro de téléphone, non ?

Il tendit la main vers son portefeuille afin de lui donner une carte de visite, mais interrompit son geste en la voyant esquisser un sourire amusé.

— Je l'ai déjà.

Sur quoi, elle porta la main à sa poche et en sortit son portefeuille.

— Vous me l'avez pris ? s'écria-t-il, sans pouvoir masquer l'indignation qui perçait dans sa voix. Quel genre de détective privé êtes-vous donc ?

Il vérifia le contenu. Son argent et ses cartes de crédit étaient toujours là. À présent, il savait ce qu'elle avait fait dans la salle de bains. Apparemment, elle s'était contentée de lui dérober une carte de visite.

Quand il leva la tête, il vit la fierté briller dans le marron soyeux de ses yeux.

— Le genre qui ne prend rien pour argent comptant. Et aussi le genre qui ne collabore pas avec des amateurs, par conséquent c'est ici que nos chemins se séparent. Si j'apprends quoi que ce soit au sujet de votre sœur ou de l'enlèvement, je vous appellerai.

Elle tourna les talons et s'engouffra dans l'escalier.

Il la rattrapa dans la rue.

— Je ne quitte pas la ville. S'il le faut, je vous suivrai partout.

— Si distrayant que ça paraisse…

— Je parle sérieusement. Je ne vous gênerai pas, mais vous ne pouvez pas me laisser en dehors de cette affaire.

Elle sourit, l'air de dire que, si, elle pouvait et ne s'en priverait pas, et monta dans une camionnette Volkswagen jaune et blanc qui avait un certain âge. Le moteur rugit. Il envisagea de la suivre pour voir où elle vivait. Mais à quoi cela servirait-il ? Il n'allait pas rester devant chez elle toute la nuit pour être prêt à lui filer le train le lendemain matin. Il ne pouvait pas la forcer à l'aider, pas plus qu'il ne pouvait la forcer à le tenir au courant.

Cette femme était insupportable, songea-t-il en montant dans son pick-up. Il regarda CJ s'éloigner. Un peu plus loin, une voiture démarra et partit aussi. Boone y jeta un coup d'œil alors qu'elle passait, mais ne fit pas attention au conducteur. Ses pensées étaient occupées par CJ.

Il ne savait rien d'elle. En revanche, il craignait qu'elle ne sache tout de lui ou qu'elle ne l'apprenne très vite. Toute l'histoire de sa famille au cours de ces dernières vingt-cinq années était sur Internet.

Avec un juron, il se rappela ce qui était en jeu. Il se refusait à rentrer chez lui sans avoir de bonnes nouvelles à apporter à son père. Hank Knight avait créé un dossier. Il songea à la mince chemise cartonnée posée sur le siège à côté de lui.

Un ruban rose. En gros-grain.

La peluche d'Oakley portait un ruban bleu, par conséquent il n'y avait nul besoin d'être un génie pour en conclure que celle de Jesse Rose aurait un ruban rose. En revanche, la mention du gros-grain…

Leur avocat avait-il révélé cette information au détective ? Ou Hank était-il déjà au courant ?

Plus Boone y réfléchissait, plus il était persuadé que Hank Knight avait su quelque chose à propos de l'enlèvement. Peut-être même avait-il su où se trouvait Jesse Rose. Ou du moins, il avait des soupçons. Était-ce pour cela qu'on l'avait assassiné ?

Quoi qu'il en soit, Boone n'avait pas le choix. Il allait rester à Butte et enquêter avec cette femme, que cela lui plaise ou non. Il espérait seulement qu'il ne regretterait pas sa décision.

5

CJ referma la porte de sa maison et s'y adossa un instant. Ce soir, dans le bureau de Hank, elle avait senti sa présence, comme s'il l'observait, l'encourageait.

Dis-moi qui t'a tué ! avait-elle envie de crier.

Elle ne pouvait se défaire de l'idée qu'il avait dû laisser un indice à son intention quelque part. Une piste à suivre, quelque chose qui échapperait à celui qui avait fouillé ses locaux, mais qu'elle saisirait parce que Hank et elle avaient été si proches qu'ils pouvaient presque lire dans les pensées l'un de l'autre.

Jusqu'à récemment. Ces derniers temps, il s'était replié sur lui-même.

Ce changement était-il vraiment lié à l'enlèvement des jumeaux McGraw ? Le fait qu'elle avait trouvé le dossier dans la cachette de Hank ne prouvait pas qu'il était en train d'enquêter dessus. Et, comme Boone le lui avait fait remarquer, n'importe quelle affaire, si insignifiante puisse-t-elle paraître, pouvait mal tourner.

Elle laissa tomber les trois classeurs qu'elle avait rapportés sur la table de cuisine et les ouvrit. Le premier était intitulé « Mabel Cross ». À l'intérieur, elle trouva un résumé du problème de l'intéressée. Elle soupçonnait sa nièce, ou le mari de celle-ci, de lui avoir dérobé une broche ancienne. Elle avait chargé Hank de le découvrir et de récupérer le bijou.

Le second dossier portait le nom de « Fred Hanson ». Son

pick-up avait été vandalisé. Étant en conflit avec ses voisins, il pensait que l'un d'eux était coupable. Il voulait savoir lequel.

Le troisième cas concernait une certaine « Susan Roth Turner ». Persuadée que son mari avait une liaison, elle avait demandé à Hank de le surveiller pour en avoir le cœur net.

CJ lâcha un soupir. Aucune de ces enquêtes ne semblait assez grave pour avoir abouti à un meurtre. Malgré tout, elle ne pouvait les écarter d'emblée.

Elle se servit un verre de vin rouge et se dirigea vers le canapé. Maintenant commençait la partie la plus difficile de la journée. Tant qu'elle était occupée avec les dispositions à prendre pour les obsèques de Hank, qu'elle réglait des formalités ou qu'elle cherchait son tueur, elle parvenait à garder le chagrin à distance.

Mais à des moments comme celui-ci il la submergeait tel un raz-de-marée, et elle se noyait dans un océan de douleur et de regret. Hank lui avait tout appris sur le métier de détective privé, et ce depuis qu'elle avait été assez grande pour regarder par-dessus son bureau. À l'époque, sa mère travaillait dans l'immeuble. Livrée à elle-même, CJ flânait dans les couloirs et finissait toujours par entrer dans le bureau de Hank.

Il feignait d'être ennuyé par ses visites, mais elle savait que ce n'était pas vrai. Il s'était mis à lui apporter de petites gâteries, une banane ou une orange, en disant qu'elle devait manger sain. Il abandonnait ses dossiers et s'asseyait à côté d'elle pour lui parler. Il allait même jusqu'à éteindre son cigare pour qu'elle ne respire pas la fumée.

Suspendue à ses lèvres, elle l'écoutait évoquer les enquêtes sur lesquelles il travaillait. Jamais il ne mentionnait de noms, mais il aimait en parler avec elle. Il était passionné par son métier, il aimait rendre service à autrui. Son enthousiasme s'était communiqué à CJ. Très vite, elle avait rêvé d'être comme lui.

Hank affectionnait particulièrement les histoires compliquées, les mystères qui semblaient impossibles à éclaircir. Il était doué et travaillait souvent pour rien ou pour presque rien, selon ce que ses clients pouvaient lui donner.

« Parfois, nous sommes le dernier recours de quelqu'un qui a besoin d'aide, et que personne ne veut aider. » Hank répétait cela souvent. Était-ce ainsi qu'il s'était fait tuer ?

Épuisée, bouleversée, se sentant dépassée, elle entra dans la chambre, mourant d'envie de se coucher. Elle avait désespérément besoin de dormir, néanmoins elle alluma son ordinateur portable, car elle pressentait ne pas en avoir terminé avec Boone McGraw.

En quelques minutes, elle avait trouvé les dernières informations qui avaient été divulguées à la presse au sujet de l'enlèvement. Plus elle lisait, plus elle avait peur que Boone n'ait vu juste et que Hank n'ait découvert quelque chose qui avait mené à sa mort.

Elle répugnait à le croire. Qu'aurait-il pu apprendre qui l'expose à un tel danger ? Elle se souvint brusquement de ce que Boone lui avait dit et tira son téléphone de la poche de son jean.

— Vous n'arrivez pas à dormir ? s'enquit Boone en décrochant.

— Vous avez dit tout à l'heure que ce Vance Elliot s'était révélé ne pas être le véritable Oakley. Mais au début, quand il s'est présenté à vous, il devait avoir une preuve qui vous a incités à le croire, non ?

— Il avait le cheval en peluche de mon petit frère.

Elle s'étendit sur le lit.

— Qu'est-ce qui vous prouve que c'était la même peluche ?

— Le cheval avait un ruban bleu autour du cou, et l'ourlet du ruban était en partie décousu. Oakley ne dormait jamais sans.

— Comment se fait-il que cet homme ait eu ce jouet en sa possession s'il n'était pas Oakley ?

— C'est une longue histoire mais, pour résumer, disons que quelqu'un l'a pris sur la scène de crime en guise de souvenir et a décidé par la suite de s'en servir pour extorquer de l'argent à mon père.

— Par conséquent, vous n'avez aucune idée de l'identité de celui qui a servi de complice au ravisseur ? Et la nourrice qui est devenue votre belle-mère ? Elle semble être une suspecte idéale. Je viens de lire qu'elle va peut-être être libérée de prison sous caution en attendant son procès pour tentative de meurtre.

— Elle est suspecte, oui. Mais pour avoir essayé de tuer mon père, pas pour l'enlèvement.

CJ se sentait à bout de forces. C'était tout juste si elle parvenait à garder les yeux ouverts.

— Les jumeaux avaient six mois, c'est ça ? demanda-t-elle, songeant à ce que Hank avait noté dans le dossier. Je suppose que votre sœur avait aussi un cheval en peluche dans son berceau ? Et qu'il avait un ruban rose autour du cou ?

— Exactement.

Elle ferma les yeux, revoyant le papier à rayures jaunes et les mots *ruban rose* tracés de l'écriture régulière de Hank. *En gros-grain.*

— La description du ruban avait-elle été communiquée aux médias ?

— Non. Le fait qu'il était en gros-grain n'a jamais été précisé.

— Gros-grain, c'est celui avec des arêtes, c'est ça ? L'avocat a dû en parler à Hank…

— Je suis sûr qu'il lui a donné des informations au sujet de l'enlèvement, mais pas celle-là, coupa Boone. Hank savait quelque chose avant de lui téléphoner. Sinon, pourquoi aurait-il contacté notre avocat ?

Bonne question. Malheureusement, CJ n'en avait pas la moindre idée. Son instinct lui soufflait que Boone ne se trompait pas. Hank était au courant de l'enlèvement. Pour une raison inconnue, il avait suivi cette affaire de près vingt-cinq ans durant.

Mais, s'il avait laissé des notes écrites, elle ne les avait pas trouvées. Pas encore.

— Je vais aller au commissariat demain matin pour me renseigner sur la mort de Hank, reprit Boone.

— Je vous souhaite bonne chance.

Elle raccrocha et roula sur elle-même, trop fourbue pour se déshabiller. Et pourtant, les pensées continuèrent à se bousculer dans sa tête, refusant de la laisser dormir.

Hank avait-il dissimulé des informations ailleurs ? Pourquoi ne pas les avoir mises dans le dossier ? Parce qu'il se savait en danger ?

S'il s'agissait de l'enlèvement, Hank s'était-il approché trop près de la vérité ? Mais cela ne signifiait-il pas qu'il avait eu accès à des informations venant du coupable lui-même ? Était-ce cette possibilité qui l'effrayait, elle, à présent ?

Elle se mit sur le dos et fixa le plafond, réfléchissant à toute allure. Hank était-il au courant pour le ruban ? Ou l'avocat lui en avait-il parlé ? Quoi qu'il en soit, Hank avait noté ce détail. Il avait aussi dit à l'avocat qu'il allait partir en voyage. Pourtant, il n'en avait rien fait. À moins que si ?

Le visage de Boone McGraw s'immisça dans ses pensées. Il avait vu les notes de Hank dans le bureau. Il avait été alors persuadé que Hank en savait plus qu'il ne l'avait admis devant l'avocat. Pourquoi n'en avait-il soufflé mot ?

Parce qu'il se méfiait d'elle. Tout comme elle se méfiait de lui.

Saisie d'un frisson, elle se glissa sous la couette. Si Hank avait su où trouver Jesse, il l'aurait dit à l'avocat des McGraw. Sauf… sauf s'il avait quelque chose à se reprocher.

Ses yeux la picotaient comme si on lui avait jeté du sable. Elle les ferma et sombra comme une pierre dans un puits sans fond de sommeil noir et troublé.

Le lendemain matin, Boone se rendit au commissariat. Après avoir patienté une bonne vingtaine de minutes, il fut conduit dans le bureau de l'inspecteur Branson. En costume-cravate, chaussé de lunettes cerclées d'acier, ce dernier aurait pu passer pour un banquier. En tout cas, il n'avait rien d'un policier.

Boone s'assit en face de lui.

— Je suis Boone…

— McGraw. Le fils de Travers McGraw. Je sais. Vous l'avez

dit à la réceptionniste. C'est la raison pour laquelle vous êtes assis où vous l'êtes alors que je suis débordé.

Boone ne s'en émut pas. Il avait l'habitude que le nom de son père lui ouvre des portes.

— Je voudrais en savoir plus sur un détective privé du nom de…

— Hank Knight. Il est mort.

L'inspecteur reporta son attention sur la pile de documents sur son bureau, puis releva la tête, l'air surpris de constater que Boone était encore là.

— Pourriez-vous me dire dans quelles circonstances…

— Renversé par un chauffard qui ne s'est pas arrêté. Compte tenu de l'heure, ce n'est guère étonnant. Et de plus, devant un bar.

Il haussa les épaules, comme si ce genre d'incident était monnaie courante.

Boone commençait à comprendre pourquoi CJ n'avait guère été impressionnée par la police de Butte.

— Vous pensez donc qu'il s'agissait d'un accident ?

Branson se laissa aller en arrière dans son fauteuil, son expression reflétant un mélange de lassitude et d'impatience malgré l'heure matinale.

— Qu'est-ce que ça pourrait être d'autre ?

— Un meurtre.

Le policier se mit à rire.

— Il est évident que vous ne connaissiez pas Hank, sinon vous ne poseriez pas cette question. C'était un accident. Affaire classée.

— Vous devez bien enquêter, non ?

— Bien sûr. Comme nous devons enquêter sur tous les autres délits commis dans cette ville. Pourquoi vous intéressez-vous à cette affaire ?

Manifestement, elle n'était pas une priorité pour les forces de l'ordre locales. Boone songea à mentionner l'enlèvement, puis se ravisa. Depuis vingt-cinq ans, tous ceux qui entendaient son nom l'associaient immédiatement au kidnapping. C'était comme une corde qu'il avait constamment autour du cou.

— Son associée pense que c'était un meurtre.

— CJ West ?

Il eut un petit ricanement, comme si cela suffisait à répondre. S'imaginait-il que Boone avait une relation avec la détective ?

— Elle a des raisons de croire que ce n'était pas un accident.

— Les privés…, marmonna Branson en secouant la tête. Ils meurent tous d'envie d'être flics. Croyez-moi, c'était un accident. Alors, à moins que vous soyez mieux informé, excusez-moi, mais il faut que je sois au tribunal dans vingt minutes…

L'inspecteur se pencha de nouveau sur ses paperasses. Boone se leva. En sortant du commissariat, il composa le numéro de téléphone que CJ avait utilisé la veille pour l'appeler.

— Vous aviez raison au sujet des flics.

— Vous doutiez de moi ?

— Grosse erreur.

Il entendait des bruits de circulation en arrière-fond.

— Vous pensez pouvoir trouver le café qui se trouve au coin de la rue ? demanda-t-elle.

6

Une demi-heure plus tard, Boone fixait son assiette d'un air incrédule.

— Vous appelez ça un petit déjeuner ?

Il n'avait eu aucun mal à repérer le minuscule café. Cette partie de Butte, construite à flanc de colline, abritait des rues étroites et des bâtiments vieux de plus d'un siècle, pour la plupart à l'abandon. La ville avait connu son apogée au début des années 1920. À l'époque, c'était la cité la plus importante à l'ouest du Mississippi, et elle rivalisait avec New York et Chicago. Ces jours-là n'étaient plus qu'un lointain souvenir. Seule l'architecture remarquable du quartier en témoignait encore.

— Ce sont des pâtés, expliqua CJ, décrivant la tourte à la viande noyée de sauce qui se figeait déjà. Butte est renommée pour ses pâtés.

Elle prit une autre bouchée, savourant visiblement son plat.

— Quand les mines étaient en plein essor, la main-d'œuvre affluait des quatre coins du monde. Les immigrés de Cornouailles avaient besoin d'un plat qui soit facile à emporter dans la mine.

Elle désigna le pâté du bout de sa fourchette.

— L'autre spécialité dont Butte se targue est le sandwich à la côte de porc frite.

— Les habitants ne vivent pas très vieux, j'imagine,

ironisa Boone. Mais bon, quand on est à Rome, il faut faire comme les Romains.

Il piqua sa fourchette dans la pâte cachée sous la sauce. Elle était en effet fourrée à la viande et aux pommes de terre. Il prit une bouchée prudente. Ce n'était pas mauvais. Seulement, cela n'avait rien d'un petit déjeuner.

Il regarda CJ engloutir sa part avec enthousiasme. Elle avait un solide appétit, mais on ne l'aurait pas deviné à sa silhouette. Cela dit, sa minceur ne l'empêchait pas d'être dotée de jolies courbes, Boone ne put s'empêcher de le remarquer.

Il enfourna une nouvelle bouchée de pâté, observant CJ à la dérobée, cherchant à cerner à qui il avait affaire. Il émanait d'elle une grande simplicité, depuis son manque total de maquillage jusqu'à sa tenue sans prétention : jupe en jean, collant noir, chandail et bottines. Ses cheveux cuivrés étaient attachés en une tresse souple qui flottait dans son dos.

Elle ressemblait plus à une institutrice qu'à un détective privé. Et elle était si menue qu'on aurait pu la croire fragile. Mais son assurance et sa détermination auraient incité n'importe quel homme à réfléchir à deux fois avant de s'en prendre à elle. Sans parler du revolver qu'elle devait garder dans son sac, posé sur la chaise à côté d'elle.

— CJ, ce sont les initiales de quoi ? demanda-t-il entre deux bouchées.

Elle fit une grimace et, un instant, il crut qu'elle allait refuser de répondre.

— Calamity Jane, avoua-t-elle avec un soupir. Apparemment, mon père était passionné par l'histoire de l'Ouest.

— Vous ne l'avez pas connu ?

Elle secoua la tête.

— Il est mort quand j'avais deux ans.

— Votre mère est toujours… ?

— Elle est décédée il y a des années.

— Je suis désolé.

— Hank était ma famille.

Sa voix se brisa. Des larmes brillaient dans ses yeux. Elle

détourna le regard pendant quelques secondes avant de reporter son attention sur son plat. Par discrétion, Boone fit de même.

Quand elle eut terminé son petit déjeuner, elle repoussa son assiette. Les coudes sur la table, elle se pencha vers lui et baissa la voix bien que le café soit si bruyant qu'il doutait qu'on puisse les entendre.

Ses yeux n'étaient pas seulement marron, remarqua-t-il soudain, mais constellés de points dorés. Des taches de rousseur se devinaient sur son nez et ses pommettes. Il éprouva la brusque envie de les compter, sans autre raison que le désir d'éviter son regard intense. C'était comme si elle pouvait lire plus profondément en lui qu'il ne le permettait à personne, et surtout pas aux femmes.

— Parlez-moi du kidnapping, disait-elle, son attention rivée sur lui. N'omettez aucun détail.

Il but une gorgée de café pour rassembler ses pensées vagabondes, puis reposa sa tasse lentement. La veille, elle avait été sûre que l'enlèvement n'avait rien à voir avec la mort de son associé. Avait-elle changé d'avis ? Si oui, pour quelle raison ?

— Nous vivons dans un ranch qui s'appelle le Sundown Stallion Station. Mon père est éleveur de chevaux. J'avais cinq ans lors de l'enlèvement. Mon frère Cull en avait sept, Ledger en avait trois. Nous avions une nourrice…

— Patricia Owen, devenue par la suite Patricia McGraw lorsqu'elle a épousé votre père, poursuivit CJ.

Il acquiesça.

— La chambre de Patty se trouvait juste en face de la nursery. D'après ce qu'elle a dit, elle aurait entendu un bruit et serait allée vérifier que tout allait bien. En entrant dans la chambre, elle s'est rendu compte que les jumeaux avaient disparu. La fenêtre était ouverte, et une échelle était appuyée contre le mur de la maison. Elle s'est mise à hurler, et ses cris ont réveillé tout le monde. Le shérif a été appelé, puis le FBI. Le lendemain, on a reçu une demande de rançon. Mon père a vendu son meilleur colt pour lever les fonds.

— Comment se fait-il que le ravisseur n'ait pas été appréhendé lorsque la rançon a été payée ?

— La somme a été déposée dans un lieu public, et un incendie a éclaté dans un bâtiment voisin. La rue s'est tout à coup remplie de camions de pompiers. Dans la confusion, le ravisseur est parvenu à filer en emportant l'argent sans avoir été vu.

Elle secoua la tête.

— Qui a déposé la rançon ?

— L'avocat de la famille, Jim Waters.

CJ arqua un sourcil.

— Celui qui a été arrêté alors qu'il essayait de quitter le pays avec une valise pleine d'argent ? Celui qui a aussi été impliqué dans l'empoisonnement de votre père ?

Boone acquiesça. Elle était manifestement mieux informée qu'elle n'en donnait l'impression.

— Jusqu'ici, aucune charge n'a été retenue contre lui dans l'affaire de l'empoisonnement, et rien ne prouve qu'il ait été mêlé au kidnapping. Nous savons désormais que l'individu qui est monté à l'échelle et qui a emmené les jumeaux était un certain Harold Cline, le petit ami de notre cuisinière. La personne qui n'a pas été identifiée est celle qui a administré un sirop contenant de la codéine aux jumeaux pour qu'ils ne se réveillent pas pendant l'enlèvement.

— Et cette histoire de barreau cassé sur l'échelle ?

— Le FBI a présumé que le ravisseur avait dû tomber, mais quoi qu'il en soit nous savons que les bébés étaient vivants et en bonne santé quand ils ont été retrouvés par notre cuisinière et remis…

— … à Pearl Cavanaugh, membre du cercle de couture de Whitehorse. N'est-ce pas elle ou sa mère qui a commencé à procéder à des adoptions illégales par l'intermédiaire de ce groupe, voilà des années de cela ?

Pas de doute, CJ avait fait des recherches. Elle avait dû se lever à l'aube, songea-t-il. Soit cela, soit elle en avait su beaucoup plus long la veille au soir qu'elle ne l'avait admis.

— C'est exact. Malheureusement, la plupart de ces femmes sont mortes à l'heure qu'il est, y compris Pearl.

— Et il n'existe aucun document indiquant ce qu'il est advenu des jumeaux.

Elle prit sa tasse et la tint à deux mains tandis qu'elle sirotait son café lentement.

— D'après ce qu'a dit notre cuisinière avant de mourir, il semblerait que les bébés aient été confiés à des gens qui désiraient désespérément des enfants mais ne pouvaient pas en avoir.

— Je vois mal comment ils auraient pu ne pas avoir entendu parler de l'enlèvement. Les photos d'Oakley et de Jesse Rose n'ont-elles pas été diffusées dans tout le pays ?

Boone hocha la tête.

— Il est probable que les parents adoptifs aient été au courant, oui. On leur a raconté que les enfants étaient en danger chez nous.

Elle reposa sa tasse, et son regard marron rencontra le sien.

— À cause de l'état de santé de votre mère.

Il revit sa mère à l'hôpital psychiatrique, l'expression absente de ses yeux verts alors qu'elle se balançait inlassablement, serrant les deux poupées dans ses bras.

— Nous pensons maintenant que son état avait été causé par un empoisonnement à l'arsenic. Il provoque…

— … des symptômes tels que la désorientation, la dépression, les pertes de mémoire. Ceux-là même que votre père manifestait avant sa crise cardiaque. Vous supposez que c'était Patty la coupable ? Et que, par conséquent, votre mère n'était en rien impliquée dans l'enlèvement.

Il soutint son regard et haussa les épaules.

— Dans l'état mental où elle se trouvait à l'époque, qui sait ? Ce qui est sûr, c'est qu'elle n'a pas renversé votre associé. Elle est toujours à l'hôpital. Et ce n'est pas Patty non plus, puisqu'elle est en prison.

CJ se mordit la lèvre inférieure. Il ne put s'empêcher de remarquer sa bouche, ses lèvres pulpeuses en forme de cœur, ses dents blanches et régulières, le bout taquin de sa langue rose avant de s'obliger à détourner les yeux. Ce petit brin de femme pouvait être sacrément troublant.

— Vous disiez qu'Oakley a été retrouvé ?

— Oui. Il a refusé de se soumettre à un test ADN, mais mon père est convaincu que c'est lui. Il possède un ranch dans notre région. Apparemment il sait la vérité depuis des années, mais il ne voulait pas causer d'ennuis à ses parents adoptifs. Et, bien qu'ils soient morts à présent, cela ne l'intéresse pas de révéler au grand jour qu'il est un des fameux jumeaux. Il ne tient pas davantage à être un McGraw.

Elle arqua un sourcil.

— S'il est bel et bien votre frère, cela doit être à la fois une surprise et une déception, non ?

— C'est plus difficile pour mon père que pour nous. Il a beaucoup souffert. Son vœu le plus cher est que sa famille soit réunie.

Elle ne dit rien, mais ses yeux s'emplirent de larmes. Elle baissa la tête tandis que la serveuse s'approchait pour remplir leurs tasses.

CJ étudia Boone discrètement pendant qu'on les resservait. Elle avait connu sa part de cow-boys — elle vivait à Butte, après tout. Les cow-boys avaient la réputation de s'attirer fréquemment des ennuis, et il n'était pas rare qu'ils aient recours à des détectives privés ou à des garants de caution. Hank et elle étaient l'un et l'autre.

Cependant, ce cow-boy était différent de ceux qu'elle avait rencontrés. Il avait manifestement été marqué par l'enlèvement de ses frère et sœur, et il ne se livrait pas facilement. La veille au soir, elle avait constaté qu'il ne portait pas d'alliance.

— Vous avez fait une longue route hier, dit-elle au bout d'un moment. Ça me paraît bizarre que vous ayez fait tout ce chemin alors que vous n'aviez comme point de départ que quelques questions que Hank avait posées à propos du kidnapping et de Jesse Rose.

Il repoussa son assiette, laissant son pâté à moitié mangé.

— Quand l'avocat m'a parlé de l'appel de Hank, je l'ai cuisiné un peu. À vrai dire, je pensais que ce voyage était une perte de temps.

— Dans ce cas, pourquoi êtes-vous ici ?

— Parce que mon père m'a demandé de venir et parce que l'avocat m'a dit que Hank Knight semblait… inquiet.

Le pouls de CJ s'accéléra.

— Inquiet ?

Le regard bleu limpide de Boone rencontra le sien.

— Je crois qu'il savait quelque chose. Et je crois que c'est à cause de cela qu'il est mort.

Comme elle ne protestait pas, il poursuivit :

— D'après ce que vous avez trouvé hier soir, il en savait plus long sur le ruban que ce qui a été divulgué aux médias.

— Pourquoi aurait-il gardé cette information pour lui ?

— Bonne question. Il a dit à notre avocat qu'il allait partir en voyage, lui rappela Boone. Il serait logique qu'il ait voulu vérifier ce qui l'inquiétait, non ?

En effet.

— Sauf que je ne crois pas qu'il ait quitté la ville.

— Ou alors, il avait une bonne raison de ne pas vouloir que je me renseigne davantage.

Elle se hérissa.

— Hank était l'homme le plus honnête que j'aie jamais rencontré. S'il avait su où était Jesse Rose, il l'aurait révélé à votre famille.

— Peut-être. À moins que quelqu'un ne l'en ait empêché.

7

Boone régla l'addition, et ils sortirent du café. L'air matinal était frais en dépit du ciel d'un bleu immaculé. Il se félicita d'avoir pensé à emporter sa veste en cuir fourrée en quittant la maison. De la neige sale fondait dans les caniveaux. À n'en pas douter, Butte aurait un Noël tout blanc.

— Que savez-vous de Butte ? s'enquit CJ alors qu'ils s'engageaient dans la côte raide.

Il secoua la tête, désarçonné par la question. Pourquoi lui avait-elle donné rendez-vous ? Allait-elle l'aider à découvrir la vérité ? Ou le faisait-elle marcher, au sens propre comme au sens figuré ?

— Ce que savent la plupart des habitants du Montana, j'imagine. C'est une ville qui a été prospère à l'époque des mines de cuivre. Elle abrite le Berkeley Pit, le site pollué le plus coûteux des États-Unis.

À l'expression de CJ, il comprit qu'elle n'appréciait guère qu'il parle en termes aussi négatifs de sa ville natale. À vrai dire, il aurait sûrement eu la même réaction si quelqu'un avait critiqué Whitehorse.

— Pourquoi cette question ? demanda-t-il, soucieux de se rattraper. Quel rapport cela a-t-il avec Hank ou…

— Butte a été une ville-champignon parmi les plus célèbres de l'Ouest en son temps. Il y avait des centaines de saloons et un quartier chaud connu dans toute la région.

Butte avait conservé sa réputation de lieu mal famé, aux

mœurs plus que relâchées. Boone avait entendu parler du fameux Cooper Block dans Mercury Street. La plupart des immeubles qui avaient abrité d'élégantes maisons closes étaient toujours debout.

— Les premières mines ici ont été des mines d'or et d'argent — souterraines, précisa-t-elle. On raconte qu'un réseau de tunnels existe sous la ville.

— Où voulez-vous en venir, CJ ?

— Hank adorait cet endroit et le connaissait comme sa poche.

— Hmm. Et alors ?

— Il voulait aider les gens. Souvent, ils ne pouvaient pas le payer, mais cela lui était égal. Vous avez vu son bureau. Il n'aurait pas été intéressé par l'enlèvement de vos frère et sœur. Ce n'était pas le genre d'affaires sur lesquelles il enquêtait.

— Dans ce cas, comment expliquez-vous qu'il ait été au courant de l'existence du ruban ?

— Peut-être que l'avocat lui en a parlé. Écoutez, il n'y avait qu'une seule feuille de papier dans le dossier. Hank a peut-être été intrigué par les derniers éléments qui ont été mis au jour concernant le kidnapping, mais il ne serait pas allé plus loin. Ce qui signifie qu'il a été tué à cause d'une autre enquête. Il faut que je creuse cette piste. Quant à vous, je suis sûre que vous avez mieux à faire…

Il ne la croyait pas. Son instinct lui soufflait qu'elle tentait de le persuader que Hank n'avait rien su concernant l'enlèvement, mais qu'elle redoutait le contraire. Et peut-être était-elle d'autant plus inquiète qu'il ne lui en avait pas parlé.

— Très bien, mais vous n'allez pas vous débarrasser de moi, l'avertit-il. Parce que, dès que vous aurez épuisé cette théorie, nous allons parler de choses sérieuses et découvrir ce que Hank savait au sujet de l'enlèvement et de Jesse Rose.

— Très bien, comme vous voudrez. Je vais rendre visite à Mabel Cross pour savoir si elle a retrouvé sa broche.

Boone secoua la tête.

— Vous parlez sérieusement ?

— Comme disait Hank, il n'y a pas d'affaires sans importance.

Elle se dirigea vers sa camionnette. Étouffant un juron, il la suivit et grimpa sur le siège passager. Elle perdait son temps et le sien, mais il avait besoin de son aide. Se mettre CJ à dos ne le mènerait nulle part, songea-t-il en s'installant.

Il ramassa les trois dossiers qu'elle avait laissés sur le siège.

— On va aller voir ces gens-là ? Rassurez-moi, on ne va pas dans des souterrains, au moins ?

Il n'allait pas admettre qu'une de ses pires angoisses était d'être prisonnier sous terre. La perspective de descendre dans un puits de mine lui glaçait le sang.

Elle se mit à rire.

— Non, rassurez-vous. On va se contenter de creuser un peu, ajouta-t-elle en démarrant.

Ils passèrent devant de vieux bâtiments, pour la plupart construits en brique ou en pierre, agrémentés de nombreuses fioritures. Il se rappela soudain que l'âge d'or de Butte, au tournant du XXe siècle, avait attiré nombre de maçons allemands.

Ce qui était sûr, c'était qu'on ne pouvait oublier que Butte avait été une célèbre ville minière — et l'était encore, comme en témoignait le nom des rues : Granite, Quartz, Aluminum Street, pour n'en citer que quelques-unes.

Tout en conduisant, CJ saluait d'un signe de la tête ou de la main des gens qu'ils croisaient. Boone se demanda si elle connaissait tout le monde en ville ou si elle était simplement d'un naturel amical. Dans Iron Street, elle se gara le long du trottoir, coupa le moteur et descendit. Comme elle entrait dans l'allée d'une maison victorienne peinte en rose et violet, il décida qu'il ferait aussi bien de l'accompagner.

Promenant un regard autour de lui, il ne put s'empêcher d'imaginer la ville dans les années 1920. D'après les photos qu'il avait vues, les rues grouillaient de résidents élégamment vêtus. Il en allait différemment à présent, songea-t-il au souvenir des sans-abri qu'il avait remarqués dans les entrées d'immeubles.

CJ était déjà à la porte et avait toqué quand il la rejoignit. Le battant s'ouvrit, et une femme âgée apparut, s'appuyant sur une canne.

— Bonjour, madame Cross, commença CJ. Je suis l'associée de Hank Knight.

— Hank, répéta la femme, portant la main à sa bouche. C'est affreux ! Si vous venez à propos des obsèques…

— Non, à vrai dire, je voulais être sûre que Hank avait retrouvé votre broche avant…

— Oh ! oui, ma chère, assura la femme, effleurant un lion serti de strass épinglé à son pull. C'était stupide de ma part. Je me sens vraiment coupable d'avoir pensé que ma nièce ou son mari avait pu le prendre alors qu'il a toujours été là, accroché à ce pull dans l'armoire. Je l'ai dit à Hank. Je suppose qu'il n'a pas eu le temps de vous en parler avant… il était tellement apprécié.

Elle renifla.

— Vous serez aux obsèques, je suppose.

— Bien sûr. Je suis heureuse que vous ayez retrouvé votre broche.

CJ se détourna et repartit vers la camionnette, Boone sur les talons. Sur le point de lui faire remarquer que cette démarche avait été une perte de temps, il saisit son expression et ravala ses paroles.

— Quand les obsèques auront-elles lieu ?

— Demain après-midi.

Elle démarra, se mordant la lèvre comme pour refouler les larmes qui lui montaient aux yeux. Puis, après un bref coup d'œil dans le rétroviseur, elle s'engagea rapidement dans une rue latérale.

— On va voir les autres ? s'enquit-il en désignant les dossiers.

— J'ai déjà appelé Fred Hanson ce matin. Hank était allé parler au voisin, avait obtenu sa confession et l'avait convaincu de le dédommager.

Boone fut impressionné malgré lui.

— Je suis aussi allée chez les Turner ce matin.

— Le mari adultère ?

— Ses vêtements étaient éparpillés dans le jardin.

— Une autre affaire résolue par Hank Knight, conclut Boone. Êtes-vous enfin prête à accepter qu'il ait pu enquêter sur l'enlèvement de mes frère et sœur ?

Elle garda le silence. Dans Mercury Street, elle arrêta la camionnette devant un grand bâtiment en brique et, là encore, coupa le moteur et descendit.

— Maison close Dumas ? dit-il sur un ton interrogateur en lisant la pancarte accrochée à la fenêtre.

— C'est un musée. Un des meilleurs amis de Hank travaille ici.

Sur quoi elle poussa la porte et entra. Il la suivit, soupçonneux. L'emmenait-elle à dessein dans des endroits sans rapport avec l'affaire dans l'espoir qu'il renonce et quitte la ville ?

Il faisait frais à l'intérieur du musée, éclairé par une lumière tamisée. Une femme âgée apparut, vit CJ et disparut aussitôt. Boone était perplexe. CJ n'avait tout de même pas l'intention de lui faire visiter les lieux ?

Avant qu'il ait eu le temps de lui poser la question, elle se détourna et s'approcha de la fenêtre qui donnait sur la rue. Il voyait qu'elle se faisait violence pour dominer son chagrin et se rappela que son associé venait tout juste d'être tué. Il ne se faisait pas d'illusions sur les priorités de CJ. Elle cherchait l'assassin de Hank — et non Jesse Rose.

Cependant, s'il avait vu juste, l'un les conduirait à l'autre.

Il la regarda à la dérobée, se demandant ce qu'elle ferait lorsqu'elle aurait trouvé le meurtrier.

À cet instant, un vieil homme entra dans la pièce. CJ se tourna vers lui.

— Pouvons-nous sortir par-derrière ?

Sans un mot, le nouveau venu les guida à travers le bâtiment. Quelques minutes plus tard, sans que Boone ait bien compris ce qui se passait, ils se trouvaient debout dans une étroite ruelle entourée de hauts immeubles en brique.

— Que se passe-t-il ?

Il s'était attendu à ce qu'elle interroge le vieil homme au sujet de la mort de Hank ou, du moins, au sujet de celui-ci.

— On nous suit, expliqua-t-elle en l'entraînant vers une autre bâtisse, apparemment à l'abandon.

Là encore, ils le traversèrent et débouchèrent dans un passage obscur.

— Par ici.

Boone la suivit le long de l'allée, puis alors qu'elle descendait une volée de marches et s'engouffrait sous une porte cochère. Il marqua une pause pour regarder en arrière et ne vit personne.

— Allons ! le pressa-t-elle, impatiente.

Il se hâta de descendre les marches tandis qu'elle introduisait une clé dans la porte et pénétrait dans un nouvel immeuble qui sentait le renfermé.

— Calamity…

— CJ, coupa-t-elle sèchement en s'engageant dans un escalier qui montait aux étages supérieurs.

Seule une lumière opaque filtrait à travers les vitres poussiéreuses.

Au bout d'un moment, elle s'immobilisa. Il remarqua qu'elle n'avait même pas le souffle court, bien qu'elle ait grimpé les marches quatre à quatre, comme s'ils étaient bel et bien poursuivis. Maintenant, elle s'avançait sur le palier, vers une porte indiquant le quatrième étage. Lui faisant signe de ne pas faire de bruit, elle l'entrouvrit et jeta un coup d'œil.

Boone l'observait, sans pouvoir s'empêcher de penser qu'elle le menait en bateau. Toutes ces précautions étaient-elles vraiment nécessaires ?

D'un geste, elle lui intima l'ordre de la suivre et poussa enfin le battant. Puis elle suivit le couloir jusqu'à la dernière porte. Elle tira un trousseau de clés de son sac, en glissa une dans la serrure et sembla hésiter.

— Qu'y a-t-il ?

Il avait parlé tout bas, bien que toutes les portes soient fermées dans le couloir et qu'il n'entende rien d'autre que le battement de son propre cœur.

CJ secoua la tête, tourna la clé et poussa le battant. Ce fut seulement à cet instant que Boone comprit où ils étaient et pourquoi elle avait été si réticente à entrer.

Par-dessus son épaule, il voyait un appartement au décor indéniablement masculin. Sur l'un des murs, une photo encadrée montrait Hank Knight à l'âge mûr et CJ âgée d'environ huit ans, les cheveux rassemblés dans des couettes. Tous les deux souriaient à l'objectif.

— Vous n'êtes pas venue ici depuis qu'il a été tué.

— Non.

Elle entra. Après un regard furtif dans le couloir, il lui emboîta le pas et referma la porte à clé derrière eux.

8

La première chose qui frappa CJ dans l'appartement de Hank fut l'odeur du cigare. Elle persistait, bien qu'il ait cessé de fumer quelques années plus tôt et pris l'habitude de sucer des bonbons au citron. Elle s'était souvent demandé s'il avait arrêté par égard pour elle, puisqu'elle venait souvent au bureau pour discuter de leurs enquêtes.

Des larmes lui picotèrent les yeux. Elle dut rassembler ses forces pour regarder autour d'elle. La porte donnait sur une petite cuisine-salle à manger. Au-delà se trouvait le salon, où le rideau de l'unique fenêtre était tiré. De l'autre côté du salon, la chambre et la salle de bains.

Elle n'était venue ici qu'une seule fois.

— Je doute qu'il y ait quelque chose d'utile ici, mais on peut chercher.

Cela lui déplaisait d'avoir été contrainte d'amener Boone. Pourtant, si c'était bel et bien l'enlèvement des jumeaux McGraw qui avait causé la mort de Hank…

— Il me semble que ce serait un endroit logique où votre associé aurait conservé des documents qu'il ne souhaitait montrer à personne, y compris à vous, déclara l'intéressé en s'avançant dans la pièce. À propos, il y a une question que je voulais vous poser : il n'utilisait pas d'ordinateur ?

— Non.

Elle jeta un coup d'œil vers l'évier. Une tasse solitaire reposait sur la porcelaine fanée. Une cafetière à l'ancienne attendait sur le fourneau, une moitié de miche de pain en équilibre sur le grille-pain démodé.

Elle ouvrit la porte du réfrigérateur et regarda à l'intérieur. Une petite plaquette de beurre sur une assiette, un pot entamé de confiture de pêche, celle que Hank préférait. La confiture et le beurre partageaient l'espace avec deux canettes de bière, de la moutarde, du ketchup et de la mayonnaise, ainsi qu'un bocal de petits oignons aromatisés à l'aneth et un autre contenant des olives vertes.

Elle referma la porte et sentit le regard impatient de Boone sur elle.

— Qu'est-ce que vous cherchez ? Ne me dites pas que vous avez encore faim !

Du coin de l'œil, elle le vit se pencher pour feuilleter une pile de magazines sur la petite table du salon.

Sans répondre, elle examina la poubelle. Vide, un sac propre à l'intérieur. Le Hank qu'elle connaissait était loin d'être aussi méticuleux. Lors de sa seule et unique visite, la poubelle débordait, et il y avait des miettes sur le plan de travail, le beurrier abandonné à côté. Boone avait-il raison de dire que Hank venait de rentrer de voyage ou s'apprêtait à partir ?

— Je crois que vous devriez venir voir ici, lança Boone depuis la chambre.

CJ s'exécuta, redoutant à demi ce qu'elle allait découvrir. Quand elle passa la tête par l'entrebâillement de la porte, une surprise l'attendait. Une valise marron cabossée était ouverte sur le lit, à moitié remplie de vêtements. Elle fit un pas en avant, constatant que Hank y avait mis deux pantalons en toile et ses meilleures chemises.

Elle jeta un coup d'œil rapide dans la penderie, redoutant soudain qu'il n'ait projeté de s'absenter pour longtemps. Mais la plupart de ses affaires étaient encore suspendues à des cintres.

— Que pensez-vous de cela ? demanda Boone en la dévisageant.

— Qu'il était sur le point de partir ou qu'il venait de rentrer. Son réfrigérateur est presque vide, et tout est propre.

— Par conséquent, il a peut-être dit la vérité à notre avocat. Il était allé quelque part. Rendre visite à des membres de sa famille ?

Elle secoua la tête.

— À ma connaissance, il n'avait pas de famille.

En plus de cela, Hank détestait voyager. Durant tout le temps qu'elle l'avait connu, il n'avait quitté Butte que deux fois par an et toujours pour une enquête, du moins, c'était ce qu'il lui avait fait croire. Le simple fait qu'elle doutait de sa parole maintenant lui donnait la nausée.

Elle s'approcha de la valise et promena les doigts sur le tissu d'une chemise à rayures grises et blanches. Elle l'avait offerte à Hank pour Noël, l'année précédente. Il ne la mettait que lors d'occasions spéciales.

De quelle occasion spéciale s'était-il agi ?

Et pourquoi la lui avait-il cachée ?

Boone sentait la perplexité de CJ, son désarroi. Quoi que son associé ait eu en tête, il ne lui en avait pas soufflé mot.

— Je ne vois pas de téléphone, et il avait fait couper celui de son bureau. Je peux comprendre qu'il ait tenu à vivre en marge, mais…

CJ sembla s'animer brusquement. Avant, elle fixait la valise, son ravissant visage assombri par le pli qui barrait son front.

— Il venait d'acheter un téléphone portable. On ne l'a pas retrouvé.

Boone sentit son pouls s'accélérer.

— Est-il possible qu'on le lui ait pris au moment de l'accident ?

Elle écarquilla les yeux.

— Vous voulez dire que quelqu'un aurait profité de l'attroupement qui a dû se former devant le bar ?

— Nous devrions passer cet appartement au crible, déclara Boone, devinant combien elle avait du mal à maîtriser son émotion.

Ils se mirent au travail. Il se chargea d'inspecter les tiroirs de la chambre à coucher tandis qu'elle s'occupait de la salle de bains et du salon.

— Il y a autre chose qui me turlupine, avoua-t-il alors qu'elle feuilletait une pile de courrier. Comment avait-il prévu de voyager ? J'ai fouillé sa valise mais je n'ai pas vu de billet d'avion. Je suppose qu'il aurait pu avoir un billet électronique, mais…

Elle secoua la tête.

— Hank n'aurait pas pris l'avion. Il disait toujours que si l'homme avait été créé pour voler on lui aurait donné des ailes. Il a dû partir ou projeter de partir en voiture.

— Dans ce cas, où est-elle ?

CJ avait été si bouleversée et si accaparée par les dispositions à prendre pour les obsèques qu'elle avait manqué de lucidité. Voilà pourquoi elle n'avait pas envoyé ce cow-boy sur les roses. Comme elle le lui avait dit la veille au soir, elle n'avait pas besoin de son aide et n'en voulait pas. Du moins la seconde partie de la phrase était-elle vraie.

— Je n'y ai même pas songé, avoua-t-elle. J'ai juste supposé qu'il était à pied. Il a été heurté devant le bar. Maintenant que j'y pense, sa voiture n'était pas garée à l'endroit habituel.

— Je crois qu'on devrait la chercher.

Ils quittèrent l'appartement par l'issue de secours et débouchèrent dans une ruelle différente de celle par laquelle ils étaient arrivés. Un vent glacial s'était levé et soufflait entre les immeubles. Le faible soleil de décembre ne parvenait pas à réchauffer l'air.

— C'est quel modèle ? s'enquit Boone.

— Une Oldsmobile 88 de 1977, bleue avec le toit blanc.

— Où se trouve le bar ?

— Pas loin d'ici.

Elle aurait dû aller voir le propriétaire, songea-t-elle

soudain avec regret. Natty devait être aussi peiné qu'elle par la disparition de Hank. Il avait tant d'amis…

Quelques minutes plus tard, ils pénétraient dans l'établissement par la porte de derrière. Ce bar avait été le préféré de Hank. Quand il franchissait le seuil, tout le monde le saluait, lui serrait la main, lui offrait un verre. N'étant pas porté sur l'alcool, il se contentait de remercier et de dire qu'il ne restait pas longtemps.

CJ s'avança, s'attendant à demi à le voir assis sur l'un des tabourets. Elle imagina son visage s'éclairant alors qu'elle approchait et dut ravaler le nœud qui montait dans sa gorge. D'un geste furtif, elle essuya ses larmes.

Le bar sentait la bière éventée et le produit à récurer — exactement comme tous les bars du Montana où Boone avait mis les pieds. Il les avait fréquentés assidûment lors de ses années d'université, mais à présent il était trop occupé au ranch pour s'adonner à ce genre de passe-temps.

Ils enfilèrent un petit couloir qui menait à une salle obscure dotée d'une table de billard. Devant eux, il remarqua une rangée de tabourets presque tous inoccupés devant un comptoir rustique. Seul un maigre rayon de lumière entrait par un vitrail, illuminant un sol en lino éraflé et une demi-douzaine de tables flanquées de chaises inoccupées, elles aussi.

L'endroit était presque silencieux hormis le bourdonnement de la télévision et le tintement des verres.

— Vous avez quelque chose contre les portes principales ? demanda Boone.

Sans répondre, CJ se dirigea vers le géant barbu qui essuyait des verres derrière le comptoir.

À sa vue, celui-ci s'empressa de s'essuyer les mains, puis la serra avec affection dans ses bras.

— Comment ça va, mon chou ? demanda-t-il d'une voix rauque.

— Ça va, assura-t-elle, mais j'ai des questions à te poser, Natty.

Après avoir demandé à un des clients de le remplacer au bar, ce dernier les fit entrer dans un bureau qui donnait sur le couloir qu'ils avaient emprunté. Il jeta un regard méfiant à Boone, mais CJ ne s'acquitta pas des présentations pour autant. Accrochée au mur, cependant, figurait une autorisation de vente d'alcool au nom de Nathaniel Blake.

— As-tu vu ce qui s'est passé ? Ou quelqu'un que nous connaissons a-t-il vu quoi que ce soit ?

L'homme secoua la tête.

— On a entendu le bruit, c'est tout. Deux types sont sortis voir ce qui arrivait…

Il semblait au bord des larmes.

— Je n'arrivais pas à y croire.

— Lui as-tu parlé avant ? insista-t-elle d'une voix qui tremblait un peu. Je pensais qu'il t'aurait peut-être dit où il allait.

Natty acquiesça.

— J'étais surpris qu'il reparte si vite. Il venait de rentrer. Mais il m'a averti qu'il serait absent quelques jours et que je savais quoi faire.

Boone remarqua la surprise de CJ. Quant à lui, il avait été frappé par la formule de l'homme : « … je savais quoi faire ».

— Natty, il ne m'a pas dit qu'il était parti, ni qu'il allait repartir.

Les larmes s'entendaient dans sa voix, et Boone n'était pas le seul à s'en rendre compte. Le barbu mit une main apaisante sur l'épaule de CJ.

— Il ne m'a rien expliqué. Ce que je sais, c'est qu'il n'avait pas l'air content de partir. J'aimerais pouvoir t'en dire davantage.

Elle hocha la tête.

— Tu n'as pas vu sa voiture, si ?

— À vrai dire, elle était garée en face. Les services municipaux sont venus la récupérer. J'imagine qu'elle est à la fourrière. Désolé, j'aurais dû t'appeler, mais j'ai pensé que tu avais déjà tellement de trucs à régler…

CJ hocha la tête de nouveau. Elle avait été encore plus occupée que cet homme ne le pensait, songea Boone. Tout le monde croyait que Hank avait été victime d'un chauffard. Tout le monde, sauf elle.

— Je savais que tu viendrais tôt ou tard, reprit-il en sortant une enveloppe d'un tiroir. Je t'ai gardé ça. Hank l'a laissée en me faisant promettre de te la donner s'il lui arrivait quoi que ce soit... Sur le moment, j'ai pensé que c'était parce qu'il allait prendre l'avion. Tu sais qu'il détestait voler.

Ainsi, il avait bel et bien pris l'avion. CJ paraissait stupéfaite.

— Cette fois-ci, il a dit qu'il quittait la ville pour un certain temps. Bizarrement, j'ai eu l'impression qu'il pensait qu'il ne reviendrait peut-être pas. Tu crois qu'il en avait l'intuition ?

Soupçonnait-il que quelqu'un allait essayer de le tuer ? Peut-être, puisqu'il avait des ennuis si graves qu'il avait préféré les cacher à son associée, songea Boone.

Natty tendit l'enveloppe à CJ. D'une main tremblante, elle souleva le rabat et en sortit une clé. Un chiffre était gravé dessus. 1171. Le pouls de Boone s'accéléra.

— Savez-vous ce que cette clé ouvre ? demanda-t-il, inquiet.

Il s'avéra qu'elle le savait, en effet.

— Un casier à la gare routière.

Boone s'apprêtait à poser une autre question quand la sonnerie de son téléphone portable s'éleva. Un coup d'œil sur l'écran lui apprit que Cull l'appelait.

— Il faut que je réponde. Vous n'allez pas...

— Je vous attends, coupa-t-elle, visiblement secouée par les nouvelles que Natty lui avait données — et peut-être par cette clé aussi ?

Il sortit du bureau, mais resta dans le couloir au cas où elle aurait essayé de filer à l'anglaise. Ce n'était pas qu'il ne lui fasse pas confiance, mais... oh, à qui donc mentait-il ?

— Allô ?

— Salut. J'espérais avoir de tes nouvelles à l'heure qu'il est, lança Cull à l'autre bout du fil.

— Malheureusement, je n'ai pas grand-chose de nouveau à t'apprendre. Jusqu'ici, l'expérience a été… intéressante.

— Je sais que tu ne te faisais guère d'illusions concernant le tuyau de Jim Waters.

— À dire vrai, je commence à penser qu'il ne s'est pas entièrement trompé.

Il relata brièvement à son frère les circonstances de la mort de Hank Knight.

— J'espère qu'il a laissé des informations, conclut-il. C'est pourquoi je collabore avec son associée pour essayer de les découvrir. Qu'est-ce que c'est que ce vacarme en arrière-fond ?

— Tilly passe l'aspirateur, expliqua Cull en élevant la voix pour se faire entendre. Attends, je vais entrer dans le bureau de papa.

— Tilly ? Je l'ai vue l'autre jour, juste avant de partir, mais je croyais qu'elle était seulement venue en visite. N'a-t-elle pas démissionné quand Patty a été arrêtée ?

— Si, confirma Cull, le son de l'aspirateur plus lointain maintenant qu'il avait refermé la porte. Papa lui a donné une jolie prime de départ en récompense de toutes ses années à notre service, mais apparemment elle a tout dépensé ou alors elle s'ennuyait de nous.

— Peut-être qu'elle a changé d'avis à cause de la maison neuve, avança Boone. Elle a toujours pensé que l'autre était hantée. Je ne suis pas surpris que papa l'ait réengagée. J'espère seulement qu'elle n'a pas laissé son ex mettre la main sur sa prime. Ce type dilapidait tout leur argent.

— Ça m'étonnerait que Tilly ait le moindre contact avec lui. Quand elle a vraiment eu besoin de lui, il s'est enivré et a fini par échouer à l'hôpital après avoir bousillé leur voiture.

— Pauvre Tilly. J'espère qu'elle sera plus heureuse dans une maison sans fantômes. Enfin, sans fantômes pour l'instant, ajouta Boone dans un souffle.

— Et comment est l'associé de Hank ? Pense-t-il que la mort de Hank ait un rapport avec l'enlèvement de Jesse Rose ?

— Pas exactement. Elle était sceptique au départ, mais…

— *Elle ?*

À cet instant, CJ sortit du bureau de Natty en lui disant au revoir.

— C'est elle ? s'enquit Cull. Elle a une voix drôlement jeune, dis donc.

Boone se refusa à mordre à l'hameçon.

— Je t'appelle dès que j'ai du nouveau, lança-t-il en guise de salut.

Puis il coupa la communication et suivit CJ dans la rue.

Ils firent à pied les quelques centaines de mètres qui les séparaient de la gare routière. Un vent âpre balayait les rues. Ils passèrent devant un sans-abri qui grattait une guitare rose destinée à un enfant. CJ déposa quelques dollars dans son chapeau élimé, et il offrit de lui chanter une chanson.

Ils l'écoutèrent un instant, puis continuèrent leur chemin, passant devant d'autres mendiants que CJ salua par leur nom. À chacun, elle donna quelques pièces et souhaita une bonne journée. Boone se découvrit émerveillé par sa générosité. Il n'y avait pas de sans-abri à Whitehorse. Certes, il arrivait que des vagabonds traversent la bourgade et passent la nuit dans une église, mais ils reprenaient la route.

La gare routière était déserte. Aucun bus n'était garé dans le vaste parking couvert. La salle d'attente abritait une douzaine de sièges vacants. Un peu plus loin se trouvaient les toilettes, et enfin un couloir plein de vieux casiers métalliques.

— Pourquoi Hank aurait-il laissé quelque chose à votre intention ici ? demanda Boone, intrigué.

Elle avait reconnu la clé. Par conséquent elle avait dû venir ici par le passé ou…

— Quand j'étais petite, on jouait à un jeu, expliqua-t-elle. Il cachait des objets et me laissait des indices pour que je les trouve. Il disait que, si je voulais vraiment devenir détective privé, c'était un bon moyen de m'entraîner. En réalité, je crois qu'il faisait ça pour m'occuper et que je ne sois pas constamment dans les jambes de ma mère ou les siennes.

Il l'observa tandis qu'elle tournait la clé dans la serrure. La porte du casier s'ouvrit en grinçant. Tout d'abord, Boone crut que celui-ci était vide. Mais CJ mit la main au fond et en sortit une nouvelle clé, cette fois celle d'un coffre-fort.

Boone secoua la tête.

— Vous êtes sûre que ce n'était pas un jeu ?

Elle replia les doigts sur la clé.

— La banque est tout près, dit-elle en refermant le casier.

De retour dans la rue ensoleillée, Boone prit une profonde inspiration, s'efforçant de maîtriser son irritation face à tous ces mystères dignes d'un roman policier. Et si la mort de Hank Knight n'avait été qu'un accident, après tout ?

À la banque, CJ dut signer un registre afin d'avoir accès au coffre de Hank. Apparemment, son nom figurait sur la liste des personnes autorisées à l'ouvrir, et ils furent aussitôt conduits dans une pièce remplie de coffres rutilants. L'employé de banque glissa une clé dans la serrure de l'un d'eux, puis prit celle de CJ et l'introduisit à son tour avant de s'éclipser.

Dès qu'ils furent seuls, CJ sortit la boîte métallique de son alcôve. Elle la déposa sur une table voisine et se contenta de la fixer.

— Vous n'allez pas l'ouvrir ?

— J'ai la désagréable impression que ce qui est à l'intérieur ne va pas me plaire.

— Vous voulez que je le fasse ?

Elle leva vers lui ses grands yeux noisette et acquiesça.

Il s'avança et souleva le couvercle lentement, redoutant lui aussi que le contenu ne brise le cœur de CJ. Si Hank avait été impliqué dans l'enlèvement d'une manière ou d'une autre, elle serait anéantie. Hank Knight était un saint à ses yeux. Que se passerait-il si elle découvrait qu'il n'était qu'un homme ordinaire, voire qu'il avait commis une faute impardonnable ?

9

CJ n'était pas sûre de pouvoir en supporter davantage. Hank avait su qu'il avait des ennuis, sinon, il n'aurait pas déposé la clé à son intention. Pourquoi ne lui avait-il pas demandé son aide ? S'il l'avait fait, peut-être serait-il toujours en vie…

Elle entendit Boone ouvrir le coffre, l'entendit émettre une exclamation de surprise. Avant cela, elle s'était détournée, luttant pour rassembler le courage dont elle avait besoin pour faire face à ce que Hank lui avait laissé. Une confession ? Un objet qu'il voulait qu'elle cache ?

— Qu'y a-t-il ? demanda-t-elle en pivotant vers Boone.

Il mit la main dans la boîte et agita des documents sous son nez.

— Qu'est-ce que c'est ?

— Des actions et des obligations, tout un tas. Il semblerait qu'il vous ait légué une petite fortune.

Elle secoua la tête.

— Comment est-ce possible ? Il gagnait à peine assez d'argent pour subvenir à ses besoins et il le donnait.

Boone étala les certificats sur la table.

— CJ, cela représente des sommes considérables. Soit il avait un bon courtier en Bourse, soit il gagnait mieux sa vie que les gens ne le pensaient, soit…

Son regard se planta dans le sien. Il arqua un sourcil interrogateur.

— Il n'aurait rien fait d'illégal.

Elle sortit les derniers papiers de la boîte et l'examina. Il n'y avait rien d'autre à l'intérieur. Pas de message. Pas d'explication. Rien qu'une foule de questions qu'elle n'avait aucune envie de se poser.

— Apparemment, vous étiez l'unique bénéficiaire.

Visiblement bouleversée, elle rangea tous les bons dans la boîte et remit celle-ci à sa place, puis empocha la clé tandis que Boone cherchait des mots adéquats pour la réconforter. Hank Knight lui avait laissé une petite fortune. Elle était riche. Mais manifestement, elle ne s'en réjouissait guère.

Sans doute parce que cette découverte soulevait plus de questions qu'elle n'en résolvait.

En apparence, Hank Knight ne s'intéressait pas à l'argent, et pourtant le coffre prouvait que la réalité était différente. Avait-il mené une double vie ? Avait-il été mêlé à des activités illégales ? En tout cas, son pécule ne venait pas du kidnapping, puisque la rançon avait été recouvrée avec le corps du premier ravisseur.

Certes, il était possible que les parents adoptifs de Jesse Rose aient été obligés de payer pour avoir l'enfant. Cependant, cela seul ne pouvait expliquer la somme que Hank avait laissée à CJ, à moins qu'il n'ait été impliqué à plein temps dans le commerce illégal des enfants…

À vrai dire, Boone avait un peu peur de ce qu'ils allaient trouver d'autre. Son seul espoir était que ce jeu de piste finisse par le conduire à Jesse Rose.

CJ avait sorti son téléphone et appelé les services municipaux. Elle raccrocha après avoir écouté un message enregistré.

— La fourrière est fermée aujourd'hui. Je ne pourrai pas récupérer sa voiture avant demain.

— Que faisons-nous à présent ?

— Il faut que j'aille quelque part, dit-elle, évasive.

Elle était encore pâle. Si forte qu'elle semble être, ces derniers événements l'avaient secouée.

De nouveau, elle emprunta une série de ruelles, se frayant un chemin dans le labyrinthe de bâtiments décrépis qui dominaient la vallée.

Il ne put s'empêcher de l'imaginer enfant, sillonnant cette vieille ville fatiguée pour trouver les indices que Hank avait dissimulés à son intention. Il l'avait bien formée. Pourquoi ne lui avait-il pas dit ce qui se passait ? Ne savait-il pas que son silence la ferait souffrir ? À l'évidence, il avait essayé de la protéger. Mais de quoi ?

Boone ne pouvait parvenir qu'à une seule conclusion. Si Hank Knight était l'homme que CJ le croyait être, il avait eu de gros ennuis et s'était refusé à l'y mêler. Le cœur serré, Boone se demanda si Hank avait su où était Jesse Rose. S'il avait emporté ce secret dans la tombe.

CJ s'engouffra dans un petit café coincé entre deux immeubles en brique. Boone lui emboîta le pas. Elle se dirigea vers une table et s'assit dos au mur comme pour observer l'entrée. Étaient-ils encore surveillés ? Si oui, pourquoi n'avait-elle rien dit depuis ce matin ?

CJ vit Boone jeter un coup d'œil derrière lui avant que la porte se referme. Il était clair qu'il ne l'avait pas crue ce matin lorsqu'elle avait affirmé qu'on les suivait. Il pensait qu'elle lui racontait des salades, qu'elle le faisait marcher, histoire qu'il se lasse. Elle sourit, songeant que ça avait été en partie vrai un peu plus tôt.

— Qu'est-ce qu'on fait ? demanda-t-il.

— Moi, je déjeune, rétorqua-t-elle.

Elle regarda de nouveau la grande fenêtre qui donnait sur la rue et saisit un mouvement dans l'ombre des bâtiments. Trop tard. L'individu qui était passé avait disparu.

— Si vous espérez m'avoir à l'usure…

— Vous connaissez mes intentions. Ce qui m'intéresse, c'est de découvrir qui a tué Hank. Si son meurtre est lié à l'enlèvement…

Elle n'acheva pas. Boone était intelligent. Il resterait tant qu'il pensait qu'elle pourrait le mener à sa sœur. Avec ou contre son gré.

Bien sûr, elle lui souhaitait de retrouver sa sœur, mais pas au détriment de la réputation de Hank. Si ce dernier était impliqué, elle ne pourrait pas le protéger.

CJ soupira. Quoi qu'il arrive désormais, elle n'avait d'autre choix que de tout faire pour parvenir à la vérité. N'était-ce pas ce que Hank lui avait enseigné ?

Non sans réticence, Boone prit place en face d'elle. Il n'avait guère le choix non plus. Elle représentait son unique espoir de découvrir la raison pour laquelle Hank avait contacté Jim Waters, et ils le savaient l'un et l'autre. Autrement dit, Boone ne rentrerait pas chez lui avant d'avoir obtenu des réponses. Même si cela signifiait qu'il devait la supporter. Et vice versa.

Une serveuse apparut. Sans même regarder le menu, CJ commanda « comme d'habitude » pour eux deux.

— Un brin présomptueux, commenta-t-il. Rassurez-moi, nous n'allons pas manger un autre pâté à la viande ?

Elle ignora sa question, le regard rivé par-dessus son épaule. Il pivota pour voir ce qu'elle fixait, mais ne parut rien déceler d'intéressant.

— Vous voulez toujours me faire croire qu'on nous suit ? demanda-t-il en se retournant vers elle.

CJ reporta son attention sur lui. À la lumière qui entrait par la fenêtre, ses yeux étaient d'un bleu éclatant. Ce cow-boy était par trop séduisant, même s'il ne semblait pas en avoir conscience. Elle se demanda combien de femmes avaient flirté avec lui sans résultat.

— Pourquoi n'avez-vous pas de petite amie ? demanda-t-elle à brûle-pourpoint.

Il cilla, surpris.

— Qui vous dit que je n'en ai pas ?

Elle répondit par un petit gloussement.

— J'en ai eu, insista-t-il, sur la défensive. Mais j'ai aussi un ranch dont je dois m'occuper avec mes frères. Mon père…

— … a eu une crise cardiaque. J'ai cru comprendre qu'il allait mieux.

— En effet. Et vous ?

— Je vais bien.

— Vous savez ce que je veux dire. Vous avez un petit ami ?

Il enchaîna sans attendre sa réponse.

— C'est bien ce que je pensais. Quelle est votre excuse ?

Elle secoua la tête, réprimant l'envie de lui débiter sa réponse habituelle : qu'elle était trop occupée, que les hommes qui s'intéressaient à elle ne l'intéressaient pas, qu'elle n'avait pas encore rencontré le bon, bref, tous les arguments qu'elle présentait à Hank lorsqu'il lui posait la même question.

— J'aurais pensé que vous aviez des petites amies à la pelle, rétorqua-t-elle en se disant qu'elle cherchait seulement à oublier ce qu'elle avait découvert dans le coffre.

— Vous auriez eu tort.

— Pourquoi pas ? Une fille vous a brisé le cœur ? Vous avez juré de ne plus sortir avec une femme ?

— Non. C'est ce qui vous est arrivé ? répliqua-t-il. Un joueur de foot au lycée ou un jeune homme studieux à l'université ?

Par chance, l'arrivée de la serveuse épargna à CJ la peine de répondre. La jeune femme apportait deux énormes assiettes sur lesquelles des côtes de porc rissolées débordaient de petits pains, à côté d'une montagne de frites.

— Je ne voulais pas que vous quittiez Butte avant d'avoir goûté un sandwich au porc, et c'est ici qu'on mange les meilleurs.

Il planta son regard dans le sien.

— Je ne bougerai pas d'ici avant d'avoir découvert ce que votre associé savait au sujet de Jesse Rose et de l'enlèvement.

CJ fut la première à baisser les yeux.

— Comme je vous l'ai dit, j'ai une meilleure chance de parvenir à la vérité si vous cessez de coller à mes semelles.

— Tant pis. Je vais vous coller quand même.

Elle se tourna de nouveau vers la fenêtre.

— Y a-t-il une raison pour laquelle quelqu'un voudrait vous filer ?

Il éclata de rire.

— Vous parlez sérieusement ? S'il y a vraiment quelqu'un qui nous suit, pourquoi s'intéresserait-il à moi ?

— Je ne sais pas.

Elle soutint son regard un instant, puis prit une frite.

— Eh bien ? insista-t-il. Que s'est-il passé ?

Apparemment, il n'allait pas lâcher prise.

— Ce ne sont pas vos affaires.

— Ah ! il y a eu un type.

Il se mit à rire de nouveau.

— Je suppose qu'il n'est pas facile de trouver un homme qui veuille sortir avec une femme qui porte un revolver dans son sac.

CJ sourit, devinant qu'il essayait de l'asticoter.

— Vous connaissez si mal les femmes — et les hommes, apparemment.

Elle mordit dans son sandwich. Avec un soupir, il ramassa le sien et l'imita. Elle vit son expression, et ce fut à son tour d'éclater de rire.

— Vous aimez, hein ?

Il aimait, songea Boone alors que leurs regards se rencontraient et restaient soudés un instant. Il aimait le sandwich. Il aimait beaucoup CJ. Beaucoup. Plus il passait de temps avec elle…

Cette fois, ce fut lui qui détourna les yeux le premier.

Ils venaient de terminer leur déjeuner quand le téléphone portable de Boone sonna. Il sortit du café pour prendre l'appel, mais resta devant de manière à ne pas perdre CJ de vue. Il la soupçonnait de désirer sa présence encore moins qu'avant. Les choses qu'ils découvraient sur feu son associé n'étaient pas de celles qu'elle voulait que les autres sachent — surtout pas lui.

— Une de vos admiratrices ? lança-t-elle à son retour.

— Mon père. Mon frère Cull lui a expliqué que votre

associé avait été tué dans des circonstances douteuses, et il s'inquiétait pour moi.

— À raison, opina-t-elle. Quelqu'un nous file le train depuis ce matin.

Ils quittèrent l'établissement par la porte de derrière. Le père de Boone n'était pas le seul à se faire du souci pour lui. Elle aussi. Elle ne voulait pas que le fils de Travers McGraw soit tué. C'était pourquoi elle devait élucider cette affaire au plus vite.

Certes, elle aurait pu se débarrasser de ce cow-boy sans grande difficulté. Contrairement à elle, il ne connaissait pas Butte. Mais elle devait s'avouer qu'il y avait des moments où elle n'avait pas envie d'être seule. Parfois, elle prenait plaisir à sa compagnie, comme quand il avait dévoré son sandwich au porc. Il lui changeait les idées, l'empêchait de penser constamment à Hank et à son chagrin.

Plus elle en apprenait au sujet de Hank, plus elle s'inquiétait. Où avait-il trouvé la somme qui lui avait permis d'acheter toutes ces actions et obligations ? Avait-il su quelque chose à propos de l'enlèvement ? De Jesse Rose ?

Elle était encore sous le choc après leur visite à la banque. Que Hank se soit absenté sans le lui dire était une chose, mais tout cet argent… C'était comme si elle n'avait rien su de lui.

Elle avait eu la même impression en voyant les vêtements dans la valise. Hank détestait se mettre sur son trente et un. CJ ne savait même pas qu'il possédait un complet. La plupart de leurs clients n'avaient guère les moyens de s'offrir un détective privé. Soucieux de ne pas se démarquer, Hank et elle s'habillaient comme eux.

Hank n'avait jamais été intéressé par les enquêtes qu'il qualifiait de « haut de gamme ». « Qu'un autre privé s'occupe des riches, disait-il. Nous allons aider les petites gens, ceux qui ont le plus besoin de nous. » Elle partageait entièrement son point de vue.

« C'est une façon de rendre à la société ce qu'elle nous a apporté, lui avait-il dit lorsqu'elle s'était rendu compte qu'il gagnait tout juste de quoi vivre. Les gens ont besoin d'aide. Si je peux, je leur donne un coup de main. Je ne fais pas ce boulot pour l'argent. »

Elle avait tout de suite perçu sa gentillesse. Ne l'avait-il pas à moitié élevée ? En retour, pendant que Hank continuait à aider ceux qui étaient sans ressources, CJ avait enquêté sur des affaires de fraude à l'assurance pour garder l'entreprise à flot.

C'était pour cela qu'elle avait été si convaincue que la mort de Hank ne pouvait avoir un lien avec l'affaire McGraw. Ce n'était pas le genre d'enquête qui l'intéressait. Haut de gamme et très en vue. La famille d'un éleveur de chevaux fortuné. Et pourtant, il avait établi un dossier. Elle savait que Boone n'avait pas menti à propos de la conversation entre Hank et l'avocat.

Pourquoi donc Hank l'avait-il appelé ?

Et y avait-il un rapport avec sa mort ? Qu'en était-il de cette pile d'actions dans le coffre-fort ? Compte tenu du mode de vie de Hank, cela n'avait aucun sens !

Comme ils débouchaient dans la rue, elle jeta un regard en arrière. Elle n'avait pas repéré leur poursuivant depuis le déjeuner. Et elle n'avait vu alors qu'une silhouette indistincte. Pourquoi l'aurait-on suivie ? De peur qu'elle ne découvre la vérité ?

— J'aurais dû aller aux toilettes au café, dit-elle à Boone. Je vais faire un saut ici.

— Je vous attends.

Il la regarda s'engouffrer dans un restaurant chinois et pousser une porte indiquant les toilettes. L'air était frais cet après-midi, surtout à l'ombre. Il tapa des pieds pour se réchauffer, regardant le haut de la rue, en direction du Berkeley Pit. La cuvette naturelle qui chevauchait la ligne de partage des eaux du continent était désormais un bassin à ciel ouvert qui s'étendait sur plus d'un kilomètre et demi. Elle était devenue une attraction touristique, songea-t-il en secouant la tête.

Il jeta un coup d'œil à l'intérieur du restaurant. La porte des toilettes des femmes était entrouverte. CJ était invisible. Il sut avant même d'être entré et d'avoir vu la porte de derrière qu'elle avait filé à l'anglaise.

10

CJ avait du mal à croire qu'elle se sentait coupable d'avoir semé Boone McGraw. Il y avait un endroit où elle voulait se rendre sans lui. Quand elle était petite et que Hank lui apprenait les ficelles du métier, comme il aimait à le dire, il lui laissait des messages dans un vieil entrepôt du centre-ville. Elle avait songé à cette époque, songé combien c'était attendrissant qu'il ait inventé ces petites tâches pour l'occuper.

Des années s'étaient écoulées depuis la dernière fois qu'il avait déposé quelque chose à son intention dans cet immeuble, mais après tout ce qui s'était passé elle éprouvait le besoin d'aller vérifier.

Et de le faire sans Boone. Il en savait déjà trop long sur Hank et sur elle. À l'heure qu'il était, il devait être persuadé que Hank avait été corrompu — quelle autre explication pouvait-il y avoir à ce portefeuille d'actions à la banque ? Jamais il n'aurait pu économiser autant d'argent sur ses revenus de détective privé.

L'idée qu'on puisse mener une enquête sur Hank à cause d'elle lui était insupportable. Boone affirmait que la seule chose qui l'intéressait était de retrouver sa sœur. CJ priait pour que ce soit la vérité. Néanmoins, se répéta-t-elle en s'approchant du vieil immeuble, elle ne pouvait pas l'emmener. Pas là où elle se rendait.

Le bâtiment était à l'abandon, comme tant d'autres à Butte. Elle se félicitait seulement qu'il soit encore debout. Un de ces jours, il allait s'effondrer de lui-même ou bien quelqu'un viendrait le démolir. Son cœur se serra alors qu'elle se remémorait les souvenirs qui disparaîtraient avec — sans parler du fait que ça avait été un superbe édifice.

Elle gravit les marches qui menaient aux grandes portes, désormais fermées par une chaîne cadenassée, puis se glissa dans l'alcôve sur la droite, où, autrefois, une petite fontaine jaillissait d'une gargouille. C'était bien avant que CJ découvre cet endroit. D'aussi longtemps qu'elle s'en souvienne, la bouche de la gargouille avait été sèche, tout comme la cuvette en pierre sculptée dessous.

Ce jour-là, un amas de feuilles et de détritus l'occupait. CJ regretta de ne pas avoir apporté de quoi la nettoyer, puis se rappela la raison de sa présence. Elle ne pouvait sauver cet immeuble de la ruine. Elle n'était même pas sûre de pouvoir se sauver elle-même si Boone avait raison et qu'elle était l'héritière de gains illégalement obtenus par son associé…

Elle glissa la main dans la bouche de la gargouille, sentit d'abord de la poussière, puis rien. Enfin, ses doigts effleurèrent un objet froid. Elle le palpa avec hésitation avant de s'en emparer. C'était une clé USB enveloppée dans un sac plastique.

À sa vue, elle se mit à pleurer. Hank la connaissait si bien, et inversement. D'une main tremblante, la gorge nouée, elle fourra le sachet dans sa poche.

Après avoir juré et grommelé, Boone roula au hasard dans les rues dans l'espoir de retrouver CJ. Il était évident qu'elle avait tenu à aller dans un endroit précis sans lui. À moins qu'elle n'ait seulement eu envie d'un peu de solitude ?

Cette pensée lui donna un choc. Il avait vu à quel point elle avait été émue à la banque. N'était-il pas logique de lui donner un peu de temps pour se ressaisir ?

Il se gara le long du trottoir, descendit de voiture et consacra l'heure suivante à glaner autant de renseignements que possible sur Hank Knight et son associée.

Partout où il alla, il n'entendit que des éloges. Hank et CJ étaient appréciés et respectés, bien connus en ville pour être généreux et désintéressés. Ils aidaient les autres, et on les aimait pour cela.

Mais comment Hank avait-il pu acquérir ces actions ? Il avait forcément été mêlé à quelque chose d'illégal. Un réseau d'adoptions clandestines ? La pensée que Jesse Rose avait pu être une de ces enfants lui retourna l'estomac. Il serra les dents. CJ en savait plus long qu'elle ne l'admettait. Quand il la retrouverait…

Il venait de descendre une des principales artères de Butte lorsqu'il repéra sa camionnette Volkswagen. Il accéléra et se colla derrière elle, son pare-chocs frôlant le sien. Avant qu'il ait eu le temps de se demander si c'était une bonne idée, CJ traversa deux voies et s'arrêta dans un crissement de pneus. Elle sortit du véhicule en furie et se dirigea droit vers lui, qui n'avait pas encore eu le temps de couper le contact.

— Ça ne va pas, non ? Qu'est-ce que vous fabriquez ?

Il aurait bien aimé le savoir. Il était partagé entre l'envie d'étrangler CJ et celle de l'embrasser. Cette indécision ne faisait qu'ajouter à sa frustration.

— Je n'ai pas la moindre idée de ce que j'espère accomplir en roulant dans Butte — encore moins en suivant une apprentie détective incapable de mener une enquête.

Les mains sur les hanches, elle le foudroya du regard.

— Qu'est-ce que vous avez dit ? Une apprentie détective ? Incapable de mener une enquête ? répéta-t-elle, outrée.

— Prouvez-moi que j'ai tort. Aidez-moi à retrouver ma sœur.

Elle le dévisagea longuement.

— Je sais ce que je fais. Je cherche le meurtrier de mon associé.

— Et vous faites des progrès ?

CJ étrécit les yeux.

— Il me reste un endroit à vérifier. Je suppose que vous comptez venir avec moi ?

— Vous supposez bien. On y va à pied ou on prend ma voiture ?

Elle lui décocha un regard dédaigneux.

— On prend ma camionnette puisque vous ne savez pas où on va.

Sur quoi, elle pivota et repartit vers son véhicule. Il prit plusieurs inspirations et la suivit.

Une fois au volant, elle démarra en trombe et descendit la côte dans un rugissement de moteur. Le centre-ville de Butte ressemblait à des montagnes russes. Au bout de quelques minutes, elle se gara devant un immeuble ancien.

Il la suivit, mais, ignorant la porte d'entrée, CJ s'engagea dans une allée étroite, tout juste suffisante pour laisser le passage à une personne. Il y faisait sombre et froid.

— Où… ?

— Si vous êtes déterminé à venir, lança-t-elle par-dessus son épaule, ne posez pas de questions.

À mi-chemin de la longue allée, elle s'immobilisa devant une porte fermée par un cadenas. Elle sortit un trousseau de clés, ouvrit le cadenas et poussa le battant.

Boone scruta l'intérieur et vit un couloir obscur, au sol cimenté, d'où s'échappait une odeur de renfermé. L'endroit ne lui disait rien qui vaille.

— Fermez la porte derrière vous, ordonna-t-elle en franchissant le seuil.

Il n'hésita qu'une seconde avant de la suivre. Leurs pas résonnèrent sur le sol humide. L'odeur de moisi s'intensifia alors que le couloir se transformait en tunnel.

Elle prit à droite, puis à gauche, puis encore à droite. Il tenta de mémoriser le chemin, se disant qu'il aurait peut-être besoin de s'en souvenir pour ressortir. L'idée lui vint qu'elle le conduisait peut-être dans un piège. Si son associé et elle étaient de mèche…

Boone ne tarda pas à se rendre compte qu'il était complètement perdu. S'il fallait qu'il sorte de là seul, il était fichu. De toute façon, il n'aurait peut-être même pas le loisir d'essayer.

CJ se retourna, et il faillit la bousculer dans la pénombre. De nouveau, il entendit le tintement des clés.

— Tenez ça, dit-elle en prenant une torche électrique dans son sac.

Il l'éclaira tandis qu'elle introduisait la clé dans un nouveau cadenas. Quelques secondes plus tard, elle se faufilait dans un nouveau passage.

— Où diable… ?

Il n'eut pas le temps d'en dire davantage, car elle pivota vivement vers lui.

— Chut !

Elle était déjà repartie.

Il n'avait d'autre choix que de lui emboîter le pas. Il s'était trompé plus tôt en pensant qu'elle l'avait mené en bateau. Mais cette fois, il avait vraiment l'impression qu'elle se moquait de lui.

Le cadenas suivant ouvrit une porte qui donnait sur une pièce remplie d'armoires de rangement métalliques. Elle appuya sur l'interrupteur et, un instant, il fut aveuglé par la lumière du plafonnier.

CJ s'était immobilisée sur le seuil.

— Qu'y a-t-il ?

— Hank n'a rien laissé ici.

Il la dévisagea.

— Vous n'avez même pas regardé.

— Venez, ordonna-t-elle en se retournant.

— Non, attendez, nous avons fait tout ce chemin, pourquoi ne pas…

— La poussière, coupa-t-elle.

— Comment ?

— Vous n'avez pas remarqué la poussière par terre ?

À vrai dire, non.

— Hank n'est pas venu ici depuis des mois.

— Vous affirmez ça sur la base d'un peu de poussière ?

Elle le foudroya du regard.

— Je suis une apprentie détective incapable de mener

une enquête comme il faut, mais oui, c'est ma conclusion. Je ne me précipite pas sur des conclusions sans avoir des faits.

— Vraiment ? Et pourquoi tous ces subterfuges ? Que faisait votre associé pour être obligé de cacher ses dossiers, mais qui lui a valu d'amasser une fortune ?

Elle le toisa avec impatience, puis fit volte-face et emprunta un tunnel différent de celui par où ils étaient venus. Elle tenait la torche. Une fois de plus, il était obligé de la suivre.

Ils arrivèrent à un escalier étroit, gravirent deux étages et, l'instant d'après, ils débouchaient au-dehors, à la lumière du soleil.

Il jeta un coup d'œil autour de lui, s'efforçant de se repérer. Les grands immeubles en brique, qui avaient autrefois rivalisé avec ceux de New York, avaient l'air tristes, abandonnés pour la plupart. Ils étaient sortis non loin du Berkeley Pit, cette énorme carrière désormais remplie d'eau toxique. Butte était maintenant un sujet de plaisanteries, vestige délabré de temps meilleurs.

— Je ne sais plus où chercher, avoua-t-elle sur un ton découragé. J'ai envie de prendre une douche chaude. Vous n'allez pas insister pour m'accompagner, si ?

L'après-midi touchait à sa fin. Le soleil avait disparu derrière les montagnes à l'ouest. Des ombres envahissaient les rues, et un vent glacial se faufilait entre les bâtiments. Butte traversait des moments difficiles, et pourtant elle possédait une élégance paisible. Il regretta de ne pas avoir vu la ville à son apogée. Il se sentait un soupçon nostalgique et abattu, lui aussi.

— Je suis sûr que tout va finir par s'expliquer, affirma-t-il.

Elle lui répondit par un sourire triste. Elle paraissait au bord des larmes. Il réprima l'envie de la serrer dans ses bras : s'il le faisait, il ne pourrait pas s'empêcher de l'embrasser. En la contemplant à présent, il se disait justement que sa jolie bouche en cœur ne demandait qu'à être embrassée.

— Une douche chaude est une bonne idée. Je prendrai la mienne au motel, ajouta-t-il, songeant qu'il avait peut-être surtout besoin d'en prendre une froide. Si ça ne vous ennuie pas de me déposer à mon pick-up.

De retour chez elle, CJ verrouilla la porte derrière elle. Ses pensées retournaient constamment à Boone. Pendant un bref instant, là-bas, sur le trottoir, à la lueur du soleil couchant, elle avait cru qu'il allait l'embrasser.

Elle secoua la tête, chassant cette idée de son esprit. Elle était fatiguée, découragée, effrayée. Boone n'attendait d'elle qu'une seule chose : des réponses.

Elle porta la main à sa poche, et ses doigts se refermèrent sur la clé USB que Hank avait laissée à son intention. Elle redoutait que celle-ci ne contienne des réponses, en effet — et que ces réponses ne lui plaisent guère.

D'un geste rapide, elle retira sa veste, la jeta négligemment sur une chaise et ouvrit son ordinateur portable. Puis elle inséra la clé dans un port USB, priant pour ne pas être sur le point de lire les aveux de Hank.

Ce qui apparut à l'écran la choqua encore davantage.

C'était le visage d'une superbe jeune femme brune, qui possédait les yeux les plus verts que CJ ait jamais vus. Elle était beaucoup plus jolie que sur les clichés que les médias avaient diffusés, censés représenter Jesse Rose McGraw adulte. La jeune femme souriait à l'objectif, les yeux brillants, comme si celui qui avait pris la photo venait de dire quelque chose d'amusant.

CJ se hâta de vérifier s'il y avait autre chose sur la clé, mais non. Il n'y avait que cette photo. Elle fixa Jesse Rose McGraw, le cœur tambourinant dans la poitrine. Le doute n'était plus permis : Hank avait su quelque chose à son sujet.

Cela signifiait-il pour autant qu'il ait été impliqué dans l'enlèvement ? Ou avait-il découvert des informations concernant Jesse Rose récemment ? Là était la question, n'est-ce pas ? Le fait qu'il avait contacté l'avocat de la famille McGraw la faisait pencher pour la seconde hypothèse.

Et pourtant, pourquoi n'avait-il rien dit à cet homme ? Pourquoi n'avait-il pas téléphoné à Travers McGraw pour lui dire où trouver sa fille ? Cela ne ressemblait pas à Hank de cacher un secret pareil. Qu'est-ce qui l'avait retenu ?

C'était cette énigme qui effrayait CJ. Quelque chose avait empêché Hank de révéler la vérité aux McGraw. Il avait un secret, c'était indéniable.

CJ referma le dossier, retira la clé et l'empocha, les mains tremblantes. Hank lui avait dissimulé tout cela, et maintenant elle était sur le point de faire la même chose avec Boone McGraw.

Elle ne pouvait sacrifier Hank. Elle devait découvrir comment il avait été impliqué — s'il l'avait bel et bien été. Elle devait déterminer quel rôle il avait tenu dans cette histoire. Cela fait, elle donnerait cette clé aux McGraw. Mais jusque-là…

Après une douche chaude, suivie d'une froide, Boone avait passé en revue les événements de la journée. Rien n'avait de sens. Une seule conclusion s'imposait à lui — et sans doute à CJ : Hank était corrompu.

Il en était attristé pour elle. De plus, tout ce qu'il avait appris concernant les deux détectives était en contradiction totale avec cette conclusion. Et il avait vu la réaction de CJ face au contenu du coffre. Elle avait été sidérée. Ce qui signifiait qu'elle devait être anéantie aussi.

La question, cependant, était de savoir comment tout cela était lié à l'enlèvement et à Jesse Rose. À supposer que ce soit le cas.

Il tira son téléphone de sa poche et appela CJ.

— J'ai besoin d'un remontant après cette journée passée avec vous. Ça vous dirait de vous joindre à moi ?

— Pour boire un verre ?

Quelque chose dans le ton de sa voix incita Boone à changer son fusil d'épaule.

— Écoutez, je n'ai pas besoin de vous enivrer pour vous

draguer, ce que je ne vais pas faire, mais si je le faisais je vous plaquerais contre un mur et…

— … vous sentiriez mon revolver entre vos côtes.

Il ne put s'empêcher de rire en imaginant la scène.

— Exactement. Histoire qu'il n'y ait pas de malentendu, allons dîner. Nous devons tous les deux manger quelque chose. Et, si vous n'avez pas faim, vous pouvez toujours me regarder.

Elle poussa un soupir, et il eut la certitude qu'elle allait refuser. À sa grande surprise, elle dit :

— Il y a un grill près de votre hôtel. Je vous retrouve là-bas. Commandez-moi un steak, à point.

— Attendez, vous ne savez pas où je…

Elle avait déjà raccroché. Bien sûr qu'elle savait où il séjournait. Sans doute l'avait-elle suivi jusqu'ici la veille au soir. Il avait été trop distrait pour s'en apercevoir. Il regretta brusquement de lui avoir dit plus tôt qu'elle n'était pas capable de mener une enquête.

Boone n'était au restaurant que depuis quelques minutes quand CJ franchit le seuil. Légèrement hors d'haleine, elle se glissa sur la banquette en face de lui.

— Je vous ai commandé une pomme de terre en robe des champs et une salade en accompagnement, annonça-t-il.

— Ça m'ira. Et vous, qu'est-ce que vous avez pris ?

— Pareil.

Il y avait quelque chose de différent chez elle, songea-t-il en la regardant. Il eut l'impression qu'elle était venue à pied. Autrement dit, elle ne devait pas habiter très loin. Ou alors, elle avait éprouvé le besoin de marcher dans le froid.

Elle s'était changée. Elle arborait maintenant un pantalon en toile et un chemisier, et ses cheveux étaient rassemblés en une queue-de-cheval à la base de sa nuque. Ils dégringolaient le long de son dos telle une rivière flamboyante, contrastant avec le tissu clair de son chemisier. Elle avait mis des boucles d'oreilles en argent et, semblait-il, du brillant à lèvres.

L'instinct de Boone lui soufflait néanmoins qu'elle n'avait pas fait cela dans l'intention de lui plaire. Que c'était plutôt une sorte d'armure, comme si elle partait en guerre, qu'elle lui rappelait qu'elle était d'abord et avant tout détective privé — et qu'elle avait une mission, laquelle ne coïncidait pas forcément avec celle qu'il s'était fixée.

Il la dévisagea, éprouvant une attraction qui n'avait pas grand-chose à voir avec la gravité.

— Excusez-moi pour ce que j'ai dit tout à l'heure, vous savez, à propos de l'apprentie détective.

Elle sourit.

— Excusez-moi de vous avoir laissé en plan.

— Du coup, j'en ai profité pour mener ma petite enquête de mon côté, dit-il tandis qu'elle arquait un sourcil interrogateur. J'ai appris pas mal de choses sur vous et votre associé.

— Ah bon ?

Elle semblait intriguée, voire un peu inquiète.

— Des mauvaises ?

— Des bonnes. Vous deux êtes considérés comme des saints dans cette ville.

Elle secoua la tête et rougit presque en ramassant sa serviette. Ses couverts heurtèrent la table en s'entrechoquant. Boone percevait une tension chez elle qui, à son avis, n'était pas due à sa présence. Après l'épisode de la banque, avait-elle découvert d'autres faits qui avaient ébranlé sa foi en son associé ?

— Comment s'est passée votre fin d'après-midi sans moi ? demanda-t-il.

— J'ai apprécié le calme, répondit-elle avec un sourire.

— Je pensais que je vous avais peut-être manqué.

Elle gloussa et remit soigneusement ses couverts à leur place. Quand la serveuse apporta la salade, elle parut soulagée d'avoir quelque chose à faire de ses mains.

Pourquoi était-elle aussi nerveuse ? Parce qu'ils dînaient ensemble, comme s'il s'agissait d'un vrai rendez-vous ? Ou qu'un incident avait ajouté à son désarroi ?

— Si je comprends bien, vous avez interrogé les gens à propos de Hank ?

— Et de vous. Et vous êtes tous les deux tenus en haute estime, ajouta-t-il.

— C'est toujours bon à entendre. Autre chose ?

— Personne n'a avoué l'avoir tué, si c'est la question que vous me posez.

Elle hocha la tête et se mit à manger sa salade avec enthousiasme.

— Et vous, qu'est-ce que vous avez fait ? insista-t-il en l'observant.

— J'ai juste réglé deux ou trois trucs, lâcha-t-elle sans lever les yeux.

— Vous êtes sûre que c'est tout ?

Cette fois, elle plongea ses grands yeux dans les siens. Il y lut la méfiance et une autre émotion qui lui serra le cœur — de la peur. CJ était effrayée. Il avait l'impression que cela n'arrivait pas souvent.

— Faut-il qu'on parle de l'affaire ? demanda-t-elle sur un ton agacé.

— C'est ce que je faisais ?

Il piqua dans la salade, songeur. Que diable CJ avait-elle appris ? Et pourquoi avoir accepté de le rejoindre ce soir si elle ne voulait pas en parler ?

Leurs steaks furent servis. Ils mangèrent en silence. Boone s'aperçut qu'il mourait de faim en dépit de tout ce qu'il avait englouti dans la journée. Ce devait être un effet de l'altitude. À moins qu'il n'essaye de compenser une autre sorte d'appétit.

Il repoussa son assiette et regarda CJ. Elle enfourna sa dernière bouchée de steak, ferma les yeux et le savoura lentement.

— J'ai l'impression que le dîner vous a plu, plaisanta-t-il, constatant qu'elle avait tout mangé, elle aussi.

Elle rouvrit les yeux et déglutit.

— Je suis désolée que vous ayez perdu votre temps en venant à Butte. Il n'y a vraiment aucune raison que vous restiez demain. Je peux demander à une amie de m'emmener chercher la voiture de Hank. Si j'apprends du nouveau, je sais où vous contacter.

Il n'y avait pas grand-chose à répondre à cela.

— Un dessert ? proposa-t-il.

Sous les yeux effarés de Boone, elle dévora une grosse part de cheesecake. Où mettait-elle tout ça ? Il était impossible qu'elle mange autant tous les jours. Ou alors, elle avait le métabolisme d'un coureur de fond.

— Merci pour le repas, dit-elle lorsqu'il l'accompagna au-dehors après avoir réglé l'addition.

Il faisait nuit, et un vent froid soufflait, venant des montagnes.

— Je vous ramène chez vous, dit-il.

— Ce n'est pas nécessaire.

— Je pense que si.

Il ouvrit la portière du pick-up côté passager et attendit. À l'évidence, une bataille se livrait en elle quant à accepter ou non, mais elle finit par céder et monta.

Il contourna le véhicule et prit le volant. Quoi qu'elle ait envisagé de lui dire ce soir, elle s'était ravisée. Sinon, pourquoi aurait-elle dîné avec lui ? Juste parce qu'elle avait faim ?

— Dites-moi où aller.

— Vous y tenez vraiment ?

Il la regarda.

— Laissez-moi essayer de deviner. Cet après-midi, vous avez découvert quelque chose d'encore plus troublant à propos de Hank, mais vous ne voulez pas m'en parler. En fait, c'est pour ça que vous m'avez semé. Vous avez peur non seulement que j'aie raison à propos de la mort de Hank, mais qu'il ait été mêlé à l'enlèvement.

Elle regarda par la vitre latérale un instant, et il se demanda si elle allait descendre. En fin de compte, elle se retourna vers lui.

— Il ne vous est pas venu à l'idée que je pourrais être épuisée et que j'ai assez de soucis sans avoir à m'occuper de vous en plus ?

Il acquiesça.

— Si. Mais vous avez accepté de dîner avec moi. Je vous

ai observée pendant le repas. J'ai eu l'impression que vous étiez tentée de me dire quelque chose.

CJ se mit à rire.

— Vous ne savez pas déchiffrer les gens, n'est-ce pas ?

Elle désigna le pare-brise.

— J'habite par là.

Il enclencha une vitesse et partit dans la direction indiquée.

— Je ne m'en vais pas demain. Je vais à la fourrière avec vous. Si vous ne voulez pas qu'on y aille ensemble, je vous attendrai là-bas.

— Tournez à gauche ici, répondit-elle. Et puis à droite au feu.

Ils gravissaient la côte qui menait à un quartier appelé Walkerville. La rue montait en ligne droite, et ils passèrent devant des demeures de plus en plus modestes, jusqu'à ce qu'elle lui dise de tourner à droite de nouveau.

Sa maison était la dernière d'une impasse qui se terminait juste avant un à-pic.

— C'est là.

À peine Boone eut-il ralenti qu'elle ouvrit sa portière.

— À quelle heure dois-je passer vous prendre demain ?

À la lueur de la veilleuse, il la vit sourire.

— Vous êtes toujours aussi têtu ?

— Toujours.

— 10 heures.

— Je crois que vous voulez dire 9, rétorqua-t-il avant qu'elle ait eu le temps de s'esquiver. C'est l'heure de l'ouverture de la fourrière, non ?

Elle sourit.

— Disons 9 heures, alors.

Sur quoi elle claqua la portière.

Le lendemain matin, il attendait devant chez CJ. À la lumière du jour, Walkerville ressemblait encore davantage à une ancienne communauté minière, perchée sur la montagne qui dominait la ville. Comme elle sortait de la maison, il descendit de son pick-up et le contourna pour venir lui ouvrir sa portière.

— J'espérais que vous étiez parti, grommela-t-elle, visiblement guère ravie de le voir.

— J'ai failli le faire.

— Qu'est-ce qui vous en a empêché ? demanda-t-elle en s'installant.

— Vous.

Il referma la portière, puis refit le tour du véhicule pour se glisser au volant.

— Pourrions-nous faire une halte en chemin ? C'est sur la route de la fourrière, vous n'aurez pas à faire un détour.

— Pas de problème. Je suis tout à vous. Pour ainsi dire, ajouta-t-il en démarrant. Bien dormi ?

— Oui.

Il jeta un regard furtif vers elle. À en juger par les cernes sombres sous ses yeux, il aurait été étonné qu'elle ait trouvé le sommeil.

— Moi aussi, dit-il, bien qu'elle ne lui ait rien demandé.

Elle ignora son sarcasme et lui indiqua le chemin.

— Arrêtez-vous ici, ordonna-t-elle au bout de quelques minutes.

Il se gara, et elle descendit aussitôt, se dirigeant vers un grand immeuble en brique situé dans un quartier délabré de la ville.

Il coupa le moteur et lui emboîta le pas, bien décidé à ne pas se laisser semer aussi facilement que la veille. Mais, au moment où il ouvrait la porte, il la vit qui étreignait une femme âgée, à la silhouette corpulente. Les deux femmes s'embrassèrent. Il ne put entendre ce qu'elles disaient — sans doute un échange de condoléances.

Une bouffée de remords envahit Boone. Il avait été si absorbé par la question de savoir quel rôle Hank avait tenu dans l'enlèvement qu'il ne s'était guère attardé sur le chagrin de CJ. Il était possible qu'elle ait raison et que la mort de Hank ne soit aucunement liée à Jesse Rose. Étant donné le portefeuille d'actions en sa possession, le détective avait pu être impliqué dans des activités plus dangereuses encore que le kidnapping.

— Je suis désolée, je n'ai pas vu Hank ces dernières semaines, murmura l'inconnue. Il n'a pas dit qu'il comptait s'absenter. En tout cas, pas à moi.

— Et il n'a rien laissé à mon intention ? insista CJ, la voix assourdie par l'émotion.

La vieille femme secoua la tête.

— Je suis désolée.

Elle regarda Boone par-dessus l'épaule de CJ, laquelle essuya ses larmes d'un geste et se raidit. Apparemment ni l'une ni l'autre ne l'avaient entendu entrer.

— Merci, souffla CJ.

Elle se tourna vers lui, mais l'ignora et se dirigea vers la porte.

Il n'eut qu'une seconde pour ouvrir celle-ci et la suivre.

— Excusez-moi. Je ne voulais pas être indiscret…

Elle était déjà sur le trottoir. Avant qu'elle ait pu répondre, Boone enregistra un hurlement de pneus, un vrombissement de moteur. Une seconde plus tard, une voiture surgit en trombe de la ruelle voisine, fonçant droit vers CJ.

11

Tout se déroula si vite que CJ n'eut pas le temps de réagir. Une fraction de seconde plus tôt, elle était debout sur le trottoir. L'instant d'après, elle avait été poussée et jetée sur le sol, et Boone McGraw l'écrasait de son corps, l'odeur lourde de l'essence flottant autour d'eux.

— Ça va ?

Elle lâcha un gémissement tandis qu'il se dégageait. Le rugissement du moteur s'éloigna. Elle prit conscience du fait qu'un attroupement s'était formé.

— Quelqu'un a relevé le numéro d'immatriculation de cette voiture ? demanda-t-elle en essayant de se redresser.

Boone s'accroupit à côté d'elle, légèrement hors d'haleine.

— Vous êtes sûre que ça va ?

Elle acquiesça. Elle avait un genou égratigné, et son poignet lui faisait mal mais il n'était pas cassé. Elle le laissa l'aider à se remettre debout, plus secouée qu'elle ne l'avait pensé tout d'abord. Un regard aux gens qui les entouraient lui avait suffi pour comprendre qu'elle avait frôlé la mort. Ils disaient tout bas ce qu'elle pensait. Si le cow-boy n'avait pas été là…

Si Boone n'avait pas été là, elle aurait été renversée, elle aussi. Elle songea à Hank. Personne n'avait été là pour lui sauver la vie. Pouvait-il s'agir du même véhicule ?

— Le numéro d'immatriculation, répéta-t-elle à la cantonade. Quelqu'un l'a noté ? Quelqu'un peut décrire la voiture ?

Les témoins secouèrent la tête. Plusieurs dirent que tout s'était passé trop vite.

— Des jeunes, sûrement, commenta une femme. Ils ont failli vous tuer.

L'instinct de CJ lui hurlait que non, ce n'étaient pas des jeunes. Que ce n'était pas une coïncidence. Hank avait été écrasé par une voiture, et elle avait été à deux doigts de subir le même sort.

Enfin, elle se tourna vers Boone. Il paraissait encore plus secoué qu'elle. Il avait tiré son téléphone de sa poche.

— Qu'est-ce que vous faites ? demanda-t-elle alors que l'attroupement se dispersait.

— J'appelle les flics.

— Pour leur dire quoi ? Vous avez vu le véhicule ?

Elle comprit à son expression qu'il n'en avait pas eu le temps avant de les mettre hors de danger.

— Même s'ils vous prenaient au sérieux, nous n'avons aucune information à leur fournir. Ils diront que c'était un accident de plus, voilà tout.

Il hésita, puis rempocha l'appareil.

— Vous êtes certaine que ça va ?

Elle hocha la tête, bien qu'elle tremblât encore intérieurement. Elle exerçait le métier de détective privé depuis des années, mais c'était la première fois qu'elle voyait la mort de si près. Elle avait eu peur quelquefois, surtout lorsqu'elle prenait en filature des individus impliqués dans des affaires de fraude. Mais ce qui venait de se passer était différent.

Et voilà sans doute pourquoi Hank n'avait rien vu venir, lui non plus.

Boone ouvrit la portière du pick-up côté passager et l'aida à monter. Elle savait qu'il se montrait attentionné parce qu'il se sentait coupable d'être encore là, mais sa sollicitude donnait à CJ l'impression d'être faible et fragile — ce qu'elle détestait. Elle avait toujours dû être forte, pour sa mère. À présent, elle devait être forte parce que, sinon, elle risquait de s'effondrer complètement. Hank n'était plus là, et elle était terrifiée.

— Vous pensez toujours que la mort de Hank n'a rien à voir avec Jesse Rose et le kidnapping ? demanda-t-il en démarrant.

Elle ne répondit pas. Elle en était incapable. Elle avait la gorge nouée. Quelqu'un venait d'essayer de la tuer et Boone avec. Pire, maintenant qu'elle avait vu la photo enregistrée sur la clé USB, plus aucun doute n'était possible. Hank savait quelque chose au sujet de Jesse Rose — et peut-être de l'enlèvement.

La veille au soir, elle n'avait pu fermer l'œil. Elle avait fait les cent pas dans sa petite maison, fébrile, inquiète. À un moment donné, elle avait cru entendre un bruit au-dehors. Jamais auparavant elle n'avait eu peur chez elle. Au contraire, elle s'y était toujours sentie en sécurité.

Elle avait vérifié que toutes les portes et fenêtres étaient bien fermées et verrouillées. Mais, alors qu'elle scrutait l'obscurité, elle avait distingué la silhouette d'un homme parmi les arbres tout près de la maison. Elle avait attrapé son sac et sorti son revolver avant de se rendre compte qu'il n'y avait que des ombres.

Les craintes qui la tourmentaient ne pouvaient plus être ignorées. Hank avait des informations concernant Jesse Rose. Pourquoi n'avait-il rien dit aux McGraw ?

Boone se tourna vers elle.

— On s'arrête ailleurs ?

Elle lui fit signe que non.

— Allons à la fourrière.

Avec un peu de chance, il aurait laissé un indice à son intention dans la voiture, même si elle n'avait guère d'espoir. Vu le désordre qui régnait dans son véhicule, on aurait pu croire qu'il était sans-abri et qu'il vivait dedans. Autant chercher une aiguille dans une botte de foin.

À quelques rues de là, Cecil se gara le long du trottoir. Tremblant de tous ses membres, il dut poser la tête sur le volant pour essayer de maîtriser les battements précipités de son cœur.

Ça avait été moins une. À quelques secondes près, il les aurait percutés tous les deux. Tués tous les deux. Il aurait tué Boone McGraw…

Les tremblements redoublèrent. Il se cramponnait au volant comme si la terre menaçait de se dérober sous ses pieds. Et pourtant une partie de lui était amèrement déçue. Il devait en finir. CJ West n'allait pas renoncer. Il devait l'éliminer. Il n'avait pas le choix.

Quand la situation était-elle devenue si compliquée ? Au début, les choses étaient simples. Ensuite, il avait été obligé de se débarrasser du détective. Maintenant, il allait devoir faire pareil avec son associée. Tant qu'il n'était pas contraint de tuer un McGraw…

Si cela arrivait, Travers remuerait ciel et terre pour le traquer.

Enfin, il s'apaisa un peu. Il ne pouvait plus tenter un autre accident dorénavant. Elle serait sur ses gardes — et Boone aussi. Non, il faudrait qu'il trouve une autre solution. Il savait où elle habitait.

Une idée prit forme dans son esprit. Une fois la détective neutralisée, la voie serait libre.

Il épongea d'un revers de manche la sueur qui perlait sur son visage. Il se sentait plus calme, plus maître de lui-même. Il pouvait réussir. Réparer ses erreurs passées. Malgré tout, il avait mal à la tête, les idées confuses. Il n'y avait pas d'autre issue possible, n'est-ce pas ?

Il démarra et sursauta en entendant le hurlement d'un avertisseur. Un camion passa en rugissant, le conducteur lui adressa un signe obscène sans cesser d'appuyer sur le klaxon.

Le cœur tambourinant dans la poitrine, il jeta un coup d'œil dans son rétroviseur avant de faire une nouvelle tentative. Il avait échoué, mais il pouvait se rattraper. Il n'avait pas le choix. Alors même qu'il se répétait cela, il ne put s'empêcher de se demander combien de fois il devrait tuer pour protéger son secret. Tant pis. Autant être pendu pour un bœuf que pour un œuf, après tout.

À la fourrière, Boone attendit dans la voiture pendant que CJ allait s'occuper des formalités. Il était encore bouleversé après l'incident qui avait failli leur coûter la vie. Il aurait aimé pouvoir croire qu'ils avaient eu affaire à des jeunes incapables de contrôler leur véhicule — sauf que l'associé de CJ avait justement été renversé par un chauffard.

Il aurait aussi aimé déchiffrer les pensées de CJ. Était-elle enfin prête à admettre que tout cela avait un lien avec l'enlèvement ? Était-elle enfin convaincue ? Il ne pouvait en avoir la certitude.

Elle réapparut, un trousseau de clés à la main. Hank avait laissé ses clés sur le contact ? Quel homme confiant ! C'était un miracle que sa voiture n'ait pas été volée. Non que Boone s'inquiète de ce genre de choses à Whitehorse. Mais à Butte, c'était différent. Il secoua la tête, descendit et suivit CJ jusqu'à l'Oldsmobile bleu et blanc.

Elle ouvrit la portière et se figea.

— Qu'y a-t-il ?

Craignant le pire, Boone jeta un coup d'œil à l'habitacle, mais ne vit rien d'alarmant. La voiture était impeccable.

— Elle n'est jamais aussi propre. Jamais. Il l'a nettoyée, murmura CJ d'une voix choquée, teintée d'inquiétude.

— Oui, et alors ? Peut-être qu'il voulait s'en servir pour aller quelque part, non ?

Elle parut sceptique.

— Il ne s'en est jamais soucié avant.

Boone était déçu. Il avait espéré qu'ils trouveraient un indice dans la voiture, mais c'était peu probable si Hank l'avait nettoyée de fond en comble.

— Vous voulez que je la conduise ?

Elle secoua la tête.

— Je vais la ramener chez moi. Ça ne vous ennuie pas de me suivre ?

— Pas de problème.

Il la suivait depuis qu'il était arrivé dans cette ville.

Elle se glissa derrière le volant mais, avant de démarrer,

elle leva la main et effleura un petit désodorisant en forme de pin accroché au rétroviseur.

— Ça ressemble si peu à Hank…

Boone retourna à son pick-up et la rattrapa sur la route. Au loin, il apercevait la tour d'un ancien puits. Son squelette noir se détachait sur l'horizon, lui rappelant qu'il était en pays minier.

Il se gara et alla rejoindre CJ, qui inspectait le dessous des sièges au cas où. Une entêtante senteur de pin régnait dans l'habitacle.

— Que voulait-il dissimuler, à votre avis ? L'odeur d'un cadavre ? demanda-t-il, ne plaisantant qu'à demi.

CJ était toujours assise au volant, immobile.

— Je ne comprends pas ce changement subit chez lui, dit-elle comme si elle s'adressait à elle-même. Il a acheté un portable, fait couper l'électricité et la ligne téléphonique du bureau. Il a mis ses meilleurs vêtements dans sa valise et nettoyé sa voiture. C'est comme si…

— … il avait prévu de s'en aller définitivement ?

Elle tourna lentement la tête vers lui. Des larmes brillaient dans ses yeux.

— Il faut que j'aille me préparer pour l'enterrement.

— Je vous accompagne. Tout le monde sait que l'assassin assiste toujours aux obsèques de sa victime.

CJ parut sur le point de protester, mais renonça. Sans doute n'en avait-elle pas la force après les événements de la journée.

— Le seul problème, reprit-il, c'est que je n'ai pas apporté de tenue noire.

Elle eut un léger rire.

— Nous sommes à Butte. Je peux vous garantir que la plupart des gens porteront des vêtements de tous les jours.

Elle se dirigea vers la maison.

Il attendit qu'elle soit entrée avant d'ouvrir la boîte à gants. CJ y avait déjà jeté un coup d'œil, mais il avait remarqué quelque chose qui avait attiré son attention.

Comme le reste de l'habitacle, elle avait été nettoyée,

cependant le manuel du véhicule était toujours là. Boone s'en empara, constata qu'il semblait n'avoir jamais été ouvert — sauf pour y glisser deux objets. Le premier était une carte d'embarquement pour un vol à destination de Seattle. Boone regarda la date et vit qu'elle était de la semaine écoulée — quelques jours avant qu'il ait été renversé.

Le second était un horaire ferroviaire. Il le feuilleta et reconnut l'écriture de Hank. Celui-ci avait noté des dates et des heures au dos.

Les horaires du train qui allait de Seattle à Whitehorse.

12

L'enterrement devait avoir lieu dans un vieux cimetière à flanc de montagne, qui surplombait la ville. CJ y accompagnait parfois Hank lorsqu'il venait se recueillir sur la tombe de son épouse, Margaret, morte depuis des années. Elle lui avait demandé un jour pourquoi il ne s'était jamais remarié.

« Quand on a connu le meilleur, c'est difficile de se contenter d'autre chose, avait-il répondu. Nous n'avons pas vécu ensemble longtemps, mais je ne me plains pas. Je chéris chaque jour que nous avons eu. Je n'ai besoin que d'elle, vivante ou dans mes souvenirs. »

Le vent fouettait les hautes herbes sèches qui poussaient dans le cimetière négligé. Cependant, alors que Boone et elle s'approchaient de la tombe de Margaret Knight, ils remarquèrent que les environs avaient été soigneusement désherbés et que de nouvelles fleurs en soie occupaient le vase posé au pied de la stèle. Hank avait dû les y mettre récemment, songea CJ. À côté, elle voyait la terre dépasser sous une bâche, et le trou noir où on allait descendre le cercueil.

Elle avait décidé de ne pas organiser de cérémonie à l'église, jugeant que Hank aurait préféré qu'on évoque sa mémoire ici, sur ce flanc de montagne. Il n'aimait pas faire de bruit. En fait, il préférait vivre en marge.

Parce qu'il avait quelque chose à cacher ? La question était là, n'est-ce pas ?

Elle refoula ces pensées. Elle n'avait pas pu se tromper sur le compte de Hank. Pas plus que tous ces gens qui l'entouraient.

Déjà une foule s'était assemblée, et d'autres personnes arrivaient, la plupart venues à pied de la ville, quelques-unes en voiture. Beaucoup étaient à peu près de l'âge de Hank, mais la jeune génération était représentée aussi.

— Ils sont tous là pour Hank ? s'étonna Boone à côté d'elle.

CJ sourit et acquiesça, luttant contre les larmes.

— Ils étaient toute sa famille. Il n'avait qu'eux à part feu sa femme, Margaret.

Elle fronça les sourcils.

— Il a parlé d'une sœur, une fois. J'ai eu l'impression qu'elle était morte alors qu'ils étaient très jeunes. Il a dit un jour qu'il était orphelin.

Plus le temps passait, et plus elle se rendait compte qu'elle ne savait presque rien de lui.

CJ sourit à ceux qui étaient venus dire un dernier adieu à Hank. Il aurait été ému, songea-t-elle tandis que le révérend prononçait quelques mots. Enfin, une voix rauque entonna *Amazing Grace*.

CJ eut la sensation qu'une brise tiède lui caressait la joue. La gorge nouée, elle fut bientôt incapable d'articuler les paroles. Boone passa un bras autour de son épaule pendant qu'on abaissait le cercueil dans la fosse, et elle se laissa aller contre lui, acceptant son soutien. Au moins pour un temps.

Boone avait assisté à nombre d'enterrements dans sa bourgade natale. Dans les zones rurales, la plupart des habitants se déplaçaient. En revanche, il était étonné de voir autant de gens par cette froide journée de décembre à Butte. CJ, manifestement touchée, se faisait violence pour ne pas céder à l'émotion.

Tout en écoutant le révérend, il observait l'assistance, se demandant si le meurtrier était parmi eux. Un homme qui se tenait en retrait attira bientôt son attention. Coiffé d'une casquette de base-ball, il baissait la tête et, de temps à autre, jetait un regard furtif à CJ.

Son visage était dans l'ombre, néanmoins Boone aperçut une marque qui ressemblait à une cicatrice sur sa joue droite.

Au fond, il n'aurait su dire pourquoi cet individu en particulier avait retenu son intérêt : il devait y avoir là une dizaine d'autres hommes à l'allure un peu louche, à la mine patibulaire. N'importe lequel d'entre eux avait pu nourrir un grief contre Hank et vouloir se venger.

Malgré tout, le regard de Boone retournait constamment à l'homme à la casquette. Dès que l'homélie fut terminée, ce dernier se tourna pour partir. Boone le vit descendre la côte en boitant. Il continua à le suivre des yeux dans l'espoir de repérer la voiture qu'il conduisait, mais n'en eut pas le temps. Un attroupement s'était brusquement formé autour de CJ, chacun tenant à lui présenter ses condoléances.

Elle avait tenu bon durant la cérémonie mais, lorsque les dernières personnes s'éloignèrent, Boone comprit qu'elle était sur le point de fondre en larmes.

— Je vous laisse un moment, murmura-t-il en repartant vers son pick-up.

Au bout de quelques mètres, il se retourna. Elle avait baissé la tête, et son corps tout entier était secoué de sanglots. Boone continua à marcher, ému par le respect et l'affection que Hank Knight avait éveillés chez les autres.

Quand CJ le rejoignit, elle avait les yeux rougis, mais elle se tenait bien droite, visiblement déterminée.

— Telle que je vous connais, vous devez avoir besoin de manger quelque chose, dit-il. Si on allait dans un endroit tranquille où on peut parler ? J'ai trouvé quelque chose dans la voiture de Hank que je voudrais vous montrer.

Exactement comme il le soupçonnait, CJ avait avant tout besoin de se remettre à l'enquête. Elle lui indiqua un restaurant chinois, encore peu fréquenté en ce début de soirée.

Après avoir passé la commande, il sortit de sa poche la carte d'embarquement et l'horaire de chemin de fer.

— Ils étaient coincés dans le manuel de l'Oldsmobile, dans la boîte à gants, expliqua-t-il.

Il les poussa vers elle sur la table. Elle les regarda, puis releva les yeux vers lui.

— Je suppose qu'il est vraiment allé à Seattle, murmura-t-elle d'une voix empreinte de tristesse.

— Qui connaît-il là-bas ?

— Je n'en ai pas la moindre idée. Il n'a jamais mentionné personne.

— Et il n'y est jamais allé avant ?

Elle secoua la tête, mais il devina qu'elle réfléchissait à toute allure.

— Il prenait quelques jours de congé deux ou trois fois par an. Je ne lui ai jamais demandé où il allait. J'ai toujours supposé qu'il était sur une enquête. La plupart du temps, il ne quittait pas Butte. Du moins, c'est ce que je croyais.

Boone acquiesça et désigna l'horaire de chemin de fer.

— Que pensez-vous de ça ?

CJ étudia le dépliant longuement.

— Cela ne signifie pas forcément qu'il projetait de prendre le train, déclara-t-elle enfin. D'ailleurs, aucun train de voyageurs ne passe par Butte. La seule ligne dans la région est plus au nord.

Il retourna le document.

— Regardez ce qu'il a noté. L'horaire du train entre Seattle et Whitehorse, et la date — après-demain.

Elle eut un haut-le-corps.

— Je ne comprends pas.

— Votre associé allait attendre ce train.

Elle le dévisagea, interloquée.

— C'est une conclusion un peu hâtive, non ?

— Examinons les faits. Il avait fait ses bagages, fermé son bureau, et ces renseignements se trouvaient dans la boîte à gants de sa voiture. Il a pris l'avion pour Seattle la semaine dernière. Ensuite, il a fait sa valise et nettoyé sa voiture. Il me semble assez évident qu'il avait l'intention de se rendre à Whitehorse et d'y attendre ce train.

— Vous extrapolez une foule de choses à partir d'un horaire et de quelques gribouillages.

Elle n'allait pas le tromper. Il avait vu son expression lorsqu'elle avait reconnu l'écriture de Hank.

— Si vous voulez identifier son meurtrier, je vous suggère de venir avec moi. La personne qui descend de ce train est la clé de l'affaire.

— Que j'aille à Whitehorse ?

Elle plongea son regard dans le sien un instant.

— Admettons que vous ayez raison. Même si nous attendons l'arrivée du train, comment saurons-nous…

— Whitehorse n'est qu'un arrêt sans importance sur la ligne. Il n'y a aucun employé à la gare. Seules quelques personnes descendent là. Il ne devrait pas être si difficile de deviner qui Hank venait retrouver. Il s'agit de ma sœur et de son enlèvement. Allons, CJ. Vous n'allez pas persister à prétendre le contraire, si ?

Une fois de plus, leurs yeux se rencontrèrent. Il éprouva l'envie soudaine de la prendre dans ses bras, de l'étouffer de baisers et de l'emmener.

— Whitehorse, répéta-t-elle.

Il sentait qu'elle était effrayée.

— Alors, vous venez avec moi ?

Quand Boone la déposa chez elle, il commençait déjà à faire nuit. Voilà pourquoi elle détestait l'hiver, même si, ayant grandi à Butte, elle était habituée à la neige et au froid. Comme avait coutume de dire Hank, « le froid vous ragaillardit, et on en apprécie le printemps d'autant plus ».

CJ sortit sa valise du placard, mais elle était trop fébrile pour faire ses bagages tout de suite. Aussi, elle se prépara un thé et alla s'asseoir devant la fenêtre qui donnait sur la rue. Elle adorait la vue qu'on y avait sur la ville en contrebas. C'était pour cette raison qu'elle avait acheté la maison. Durant la belle saison, elle passait des heures assise là, à regarder les lumières s'allumer les unes après les autres. Cette maison lui avait apporté un bien-être — une paix — qu'elle redoutait de ne plus jamais éprouver.

La mort brutale de Hank, les révélations qui avaient suivi, Boone... le séduisant cow-boy s'imaginait-il vraiment qu'il l'aidait ? Sa présence seule suffisait à éveiller en elle une espèce de profonde... insatisfaction. Pas de paix, en tout cas. Il lui faisait désirer une chose pour laquelle elle n'était pas prête, une chose dont elle ne voulait pas et n'avait pas besoin.

CJ revit le moment où, dans la rue, elle avait été certaine qu'il allait l'embrasser. Il fixait ses lèvres, et elle avait ressenti... Qu'avait-elle ressenti, au juste ? Un frémissement au plus profond d'elle. Une sorte de douleur.

Du désir.

Elle secoua la tête, consternée.

— Et maintenant, tu t'apprêtes à aller jusqu'à Whitehorse avec lui ? grogna-t-elle à voix haute. Tu as perdu la tête ou quoi ?

Ses paroles résonnèrent dans la maison silencieuse. Elle prit sa tasse et but une gorgée de thé.

À de tels moments, la peine qu'elle éprouvait depuis la mort de Hank devenait plus cruelle encore. Elle ravala un sanglot en pensant à ses obsèques, à tous ces gens qui étaient venus lui rendre un dernier hommage. Ils l'aimaient. Elle l'aimait. Lorsqu'elle était enfant, il l'avait sauvée. Sa mère se débattait pour garder la tête hors de l'eau. Hank avait pris la relève. Il avait donné à CJ un but dans la vie.

Était-il possible qu'il ait été corrompu ? Comment expliquer ce portefeuille d'actions qu'il lui avait laissé ?

Son cœur se serra. Rien de tout cela n'avait de sens, et elle était épuisée. Elle avait su que l'enterrement serait une épreuve. Simplement, elle n'avait pas anticipé à quel point. Pourtant, voir une telle affluence à la cérémonie lui avait fait du bien. Les larmes lui montèrent aux yeux de nouveau. Tous ces gens ne pouvaient pas s'être trompés au sujet de Hank.

Mais l'idée qu'il ne lui avait rien dit de ses préoccupations ne cessait de la tourmenter. Elle se sentait trahie, abandonnée. Avait-il prévu de quitter la ville définitivement sans même lui en souffler mot ? Pourquoi aurait-il fait une chose pareille ?

Parce qu'il avait joué un rôle dans l'enlèvement de Jesse Rose. Ce qui signifiait que, soit il craignait de la mettre en danger en parlant… soit il n'avait pas voulu qu'elle sache qu'il était impliqué jusqu'au cou dans des activités illégales.

Quoi qu'il en soit, elle ne pouvait plus se mentir. Il s'agissait bel et bien de l'affaire McGraw et de Jesse Rose. Hank s'était rendu à Seattle, et ce juste avant de mourir. CJ ne voyait pas du tout le rapport entre ce voyage et celui qu'il avait apparemment prévu de faire à Whitehorse. Seattle était située sur la côte Ouest, Whitehorse se trouvait en plein centre du Montana. Quel lien pouvait-il y avoir entre ces deux endroits, hormis le fait que le ranch des McGraw se trouvait à proximité du second ?

Et qui donc espérait-il retrouver à la descente du train ? La personne à qui il avait rendu visite quelques jours avant sa mort ?

Comme si ces faits n'étaient pas déjà assez troublants, Hank avait en sa possession une fortune acquise elle ne savait où.

Elle lutta contre les larmes. Ce qui lui faisait le plus mal n'était pas son silence, mais le fait qu'il avait nettoyé sa voiture, fait ses bagages et fermé le bureau comme… comme s'il n'allait pas revenir. Comptait-il s'enfuir ? Allait-il retrouver quelqu'un qui allait partir avec lui ?

Cette pensée acheva de la secouer. Hank Knight avait-il été un inconnu complet pour elle ?

Pourtant, non. Elle l'avait connu. C'était un homme bon, et il devait y avoir une explication à tous ces mystères. Il fallait seulement qu'elle la trouve. Ce qui signifiait aller à Whitehorse et attendre le train en provenance de Seattle — avec Boone.

— Vous devriez vous reposer, avait-il suggéré en la déposant. Je viendrai vous chercher demain matin. J'espère que vous viendrez.

— Je…

— La nuit portera conseil, avait-il dit très vite.

L'espace d'un instant, son regard était devenu intense. Un léger frisson traversa CJ alors qu'elle se le remémorait. Elle s'humecta les lèvres lentement. Elle avait presque envie qu'il l'embrasse et que l'affaire soit réglée !

Souriant à cette pensée, elle essuya ses larmes, éteignit la lumière et sortit du salon pour gagner sa chambre. Elle n'avait fait que quelques pas quand un bruit lui parvint. Elle s'immobilisa, le regard tourné vers la fenêtre. Elle ne s'était pas rendu compte que le vent s'était levé. Il malmenait les branches des arbres au-dehors.

C'était sans doute cela qu'elle avait entendu. Une branche qui avait fouetté le côté de la maison. Sauf que… le son évoquait plutôt un grattement. Comme si on avait tenté de forcer une fenêtre. Ou une serrure ?

CJ s'efforça de se raisonner. Après tout, la veille au soir, elle avait cru voir un homme dans le jardin, et il s'était révélé être une ombre.

À cet instant, une silhouette sombre passa devant la fenêtre. CJ étouffa un cri. Quelqu'un essayait bel et bien de s'introduire chez elle.

La gorge nouée, le cœur cognant à toute allure, elle se rua vers la table où elle avait posé son sac. Un nouveau bruit s'éleva, similaire au premier mais provenant de sa chambre alors que, les doigts tremblants, elle parvenait à attraper son téléphone portable. Sa main effleura le revolver. Au même moment, elle entendit un grincement sonore à l'arrière de la maison : une des vieilles fenêtres avait été ouverte.

Les nerfs tendus à craquer, elle sortit son arme, releva le cran de sûreté et le mit sur la table pendant qu'elle composait le 911. Combien de temps faudrait-il à la police pour arriver ? Trop longtemps, songea-t-elle désespérément. À supposer qu'elle se déplace. Quand les policiers sauraient que c'était elle qui appelait, ils penseraient sans doute qu'elle faisait une crise d'hystérie. Comme le jour où elle leur avait affirmé que Hank avait été assassiné.

Arrivé au motel, Boone entra dans le parking mais ne se gara pas. Quelque chose le taraudait. Il avait hésité à laisser CJ seule ce soir. Après l'incident de ce matin, il craignait qu'elle ne soit en danger.

Bien sûr, elle avait affirmé qu'elle ne risquait rien. Qu'elle prendrait soin de vérifier que ses portes et fenêtres étaient verrouillées. Qu'elle avait un revolver et qu'elle savait se défendre.

Malgré tout, Boone n'était pas tranquille. Il ne pouvait s'empêcher de penser à l'individu qu'il avait vu à l'enterrement, coiffé d'une casquette de base-ball. Il avait voulu interroger CJ à son sujet. Quelque chose le dérangeait à propos de cet homme. Et si c'était lui qui avait conduit la voiture qui avait foncé sur eux ce matin-là ?

CJ avait paru si exténuée qu'il avait décidé d'attendre le lendemain pour lui en parler. Peut-être saurait-elle qui il était. Elle semblait connaître presque tout le monde à Butte.

Lâchant un juron, il sortit du parking et repartit. Il savait qu'il ne pourrait pas trouver le sommeil avant d'avoir interrogé CJ, et d'ailleurs il n'était pas mécontent d'avoir un prétexte pour s'assurer que tout allait bien. Si les lampes étaient éteintes, il ne la dérangerait pas, se promit-il. En revanche, si elle était toujours éveillée…

Comme il s'approchait de la petite maison qui surplombait la ville, il constata qu'aucune lumière n'était allumée. La déception l'envahit. Il n'aimait pas laisser les choses en suspens, et pour une étrange raison il lui semblait urgent d'avoir cette conversation avec CJ.

La propriété était située tout au bout d'une impasse, flanquée d'un côté par le vide et de l'autre par un terrain vacant. Walkerville avait été construit avant Butte, c'était là que les premiers gisements avaient été découverts. Les maisons y étaient vieilles et exiguës, mais on y jouissait d'un point de vue magnifique, songea Boone alors qu'il faisait demi-tour.

Comme il s'engageait dans l'allée de CJ pour faire marche arrière, il saisit un mouvement dans le faisceau des phares.

Dans le salon obscur, CJ entendit un fracas à l'arrière de la maison et reposa le téléphone. Elle s'empara de son revolver et s'avança lentement dans le couloir, tenant l'arme à deux mains, prête à faire feu.

Elle passait des heures à s'entraîner à tirer, mais jusqu'à maintenant jamais elle n'avait dû recourir à son arme. Elle espérait ne pas avoir à le faire ce soir.

Une bouffée d'air glacial s'engouffra dans le couloir, confirmant qu'une fenêtre avait été forcée.

Elle s'arrêta, aux aguets, mais seuls lui parvinrent le sifflement du vent et les craquements occasionnels de la vieille bâtisse. Elle connaissait ces bruits-là par cœur. Ce qu'elle avait peur d'entendre, c'était le grincement d'une lame de plancher, des pas qui se dirigeaient vers elle.

La maison était plongée dans les ténèbres, mais le clair de lune opaque filtrait à travers les carreaux. Des ombres dansaient dans le couloir.

Comme elle s'approchait de la chambre, elle distingua les fragments étincelants d'une lampe sur le sol. En revanche, elle ne voyait toujours pas l'intrus. Glissant la main autour de l'encadrement de la porte, elle tâtonna à la recherche de l'interrupteur. Elle venait de le trouver quand une brusque rafale de vent souleva le rideau et le fit claquer contre la vitre. CJ tressaillit, puis appuya sur l'interrupteur, préparée au pire.

Soit l'intrus avait filé, soit il l'attendait dans un recoin de la pièce, prêt à se jeter sur elle.

En un éclair, Boone coupa le moteur et les phares et descendit. Il courut vers l'arrière de la maison, songeant un peu tard qu'il aurait dû attraper un objet quelconque en guise d'arme.

L'ombre qu'il avait aperçue s'était volatilisée. L'inconnu avait-il détalé en voyant les phares ? L'instant d'après, le spectacle d'un gros pot de fleurs retourné sous une fenêtre béante le fit changer d'avis : quelqu'un avait manifestement grimpé dessus pour s'introduire à l'intérieur.

Il réfléchit à toute allure. CJ était-elle déjà couchée ? Il regarda autour de lui, ne sachant ce qu'il allait trouver au-delà de cette fenêtre ouverte. L'individu qu'il avait aperçu avait pu dévaler la pente jouxtant la maison et filer. D'un autre côté, il était peut-être dans la maison.

CJ était peut-être prisonnière.

Boone sortit son téléphone de sa poche et se hâta de composer le numéro de CJ. Il attendit, écoutant le vent et les battements de son cœur, priant pour qu'elle n'ait pas éteint son appareil et qu'elle réponde.

La sonnerie du téléphone dans la pièce voisine fit sursauter CJ. Elle jeta un bref coup d'œil derrière elle, son attention détournée l'espace d'une fraction de seconde.

Quand elle pivota de nouveau, il était trop tard. Une silhouette corpulente surgit devant elle. CJ leva son arme, tira à l'aveuglette, entendit un gémissement. Presque aussitôt, un corps massif percuta le sien. Le souffle coupé, elle heurta le mur et tomba lourdement sur le sol.

Son téléphone sonnait toujours. Elle roula sur le ventre, les doigts cramponnés sur son arme. Son instinct prit le dessus alors que l'intrus se précipitait vers la porte d'entrée.

— Arrêtez ! cria-t-elle, braquant le viseur sur son dos.

Il bataillait avec le verrou.

CJ se releva à demi, s'efforçant de ne pas trembler.

— Arrêtez !

La scène semblait se dérouler au ralenti, mais elle ne dura que quelques secondes. Elle leva son arme, la pointe laser vacillant au milieu du dos de l'inconnu tandis qu'elle hésitait, déchirée. Devait-elle presser la détente ? Lui tirer dans le dos ? Ou le laisser fuir ? Elle avait remarqué qu'il boitait ; l'avait-elle déjà touché ?

— Ne m'obligez pas à tirer !

Sa voix se brisa. Il ouvrit la porte à la volée et sortit en titubant dans la nuit. Au même moment, le téléphone de CJ cessa de sonner. Elle se laissa aller contre le mur, les mains encore crispées sur le revolver, le cœur tambourinant dans la poitrine.

Boone entendit la sonnerie du téléphone, immédiatement suivie d'une détonation et d'un bruit de pas précipités. Il fonça dans leur direction et déboucha au coin de la maison juste à temps pour distinguer un individu imposant qui sortait en courant et sautait par-dessus la grille. Une seconde plus tard, l'homme avait enjambé la clôture du jardin et disparu dans la pente.

— CJ, hurla Boone en se ruant vers les marches. CJ, c'est moi, Boone. Ça va ?

— Boone.

Sa voix semblait lointaine et très faible. Il se précipita dans l'entrée, cherchant l'interrupteur à tâtons. Un plafonnier s'alluma avec hésitation. Il vit le téléphone portable de CJ sur la table, à côté de son sac entrouvert.

— Je vais bien.

Suivant le son de sa voix, il pénétra dans le couloir et la trouva tout au bout, assise sur le plancher, le revolver entre les jambes. Des gouttes rouge vif se détachaient sur le bois clair. Du sang. Il se rua en avant et s'agenouilla à côté d'elle, affolé.

— Tu as été touchée ? demanda-t-il, sans même se rendre compte qu'il la tutoyait.

Elle secoua la tête.

— C'est moi qui ai tiré. Je crois que je l'ai atteint à la jambe. Il boitait.

Boone sortit son téléphone de sa poche, prêt à appeler la police.

— Tu l'as vu ?

— Ne fais pas ça.

Il la regarda, surpris.

— Mais tes voisins…

— Ce n'est pas la première fois qu'ils entendent des coups de feu. Ils ne vont pas signaler l'incident.

— Mais…

— Si nous voulons arriver à temps pour être à la descente du train à Whitehorse, mieux vaut ne pas mêler les flics à tout ça. Pas pour l'instant. D'ailleurs, ça ne servirait à rien. Je ne l'ai pas bien vu. Rien n'a été volé. Et je n'ai pas les meilleures relations qui soient avec les policiers de cette ville en ce moment.

Elle le suppliait du regard.

— Je vais seulement nettoyer le sang, dit-elle en se relevant.

Boone ouvrit la bouche pour protester, mais il se rappela soudain les paroles que l'inspecteur avait prononcées au sujet des détectives privés. Peut-être n'avait-elle pas tort.

Il se remit debout en même temps qu'elle. À l'évidence, elle était encore choquée et vacillait légèrement. Malgré tout, il ne pouvait la contredire quant à ce qui se passerait s'ils avertissaient la police. Une fusillade ne s'expliquait pas facilement. Et ils n'avaient pas de temps à perdre. Ils devaient arriver à temps pour le train s'ils espéraient découvrir qui avait tué Hank et pourquoi — et le rapport entre sa mort et l'enlèvement de Jesse Rose, toutes ces années auparavant.

Était-ce de cela qu'il s'était agi ce soir ?

— Je me charge de la fenêtre, déclara-t-il en se dirigeant vers la chambre.

Un coup d'œil lui suffit pour constater que la serrure avait été cassée.

— Je pourrais aller en acheter une à la quincaillerie demain et te la remplacer.

— Je doute qu'il revienne.

— Tu penses que c'est un cambriolage qui a mal tourné ?

Elle haussa les épaules, évitant son regard.

— Quoi d'autre ?

— Pourquoi pas un rapport avec la mort de Hank ?

CJ planta enfin ses yeux dans les siens.

— Pourquoi dis-tu ça ?

— Parce que j'ai remarqué un type à l'enterrement. Il avait une cicatrice à la joue et il portait une casquette de base-ball qui lui cachait le haut du visage. Ça ne te dit rien ? Il boitait, exactement comme l'homme qui vient de s'enfuir.

Elle fronça les sourcils.

— Je ne crois pas le connaître. Tu dis qu'il était à l'enterrement ?

— Oui. Il gardait la tête baissée la plupart du temps, sauf quand il te regardait. Il avait l'air de s'intéresser beaucoup à toi. Et, sauf erreur de ma part, le gars que tu as chassé d'ici portait lui aussi une casquette de base-ball.

Elle avait tiré sur lui ! Cecil avait du mal à y croire. Il regagna sa chambre d'hôtel, se gara dans un endroit où il ne pouvait être vu de la réception et se dirigea vers sa chambre en claudiquant. Sa jambe lui faisait un mal de chien, et son pantalon était imprégné de sang.

Il sortit sa clé et la glissa dans la serrure. Une fois à l'intérieur, il se rendit droit dans la salle de bains et examina sa jambe. À son grand soulagement, la blessure n'était pas aussi grave qu'il l'avait redouté.

La balle semblait avoir creusé une étroite tranchée dans la peau. Au moins, elle n'avait pas touché l'os. Et elle n'était plus dans la plaie. C'était déjà quelque chose, surtout étant donné qu'il avait une vieille blessure à la jambe, qui remontait à des années plus tôt. La cicatrice était restée, souvenir constant du désastre qu'avait été cette nuit-là.

Il attrapa le sac de courses qu'il avait faites en route, s'empara du flacon de désinfectant, l'ouvrit et, serrant les dents, versa le liquide glacé sur l'entaille.

Une douleur fulgurante le traversa, au point qu'il dut se cramponner au lavabo pour ne pas perdre connaissance. Pire, il savait qu'il avait échoué ce soir. Il retira la cordelette de sa poche. Celle qui aurait dû étrangler CJ.

Son téléphone portable se mit à sonner. Il vérifia l'écran.

Son ex-femme. Il avait essayé de se réconcilier avec elle, car il l'aimait toujours. Il avait aussi plus besoin d'elle qu'elle ne le soupçonnait. Il laissa l'appareil sonner une fois de plus avant de prendre son appel. Comme il regardait le sang couler sur la porcelaine blanche de la baignoire bon marché, il lança sur un ton enjoué :

— Tilly, je suis tellement content que tu aies appelé. Justement, je pensais à toi.

13

Boone se massa la nuque et s'étira du mieux qu'il pouvait en conduisant.

— Tu aurais dû prendre le lit hier soir, murmura CJ.

— J'étais très bien dans le fauteuil.

Il avait déjà eu toutes les peines du monde à la persuader de venir passer la nuit à son motel. C'était ça ou alors rester tous les deux chez elle. Boone ne pouvait s'empêcher de penser que l'homme qui s'était introduit chez elle était probablement celui qui avait tenté de la renverser. Il ne voulait pas courir le risque que ce type revienne.

— Au motel, il ne saura pas où tu es, avait-il argué.

— Je pourrais avoir ma propre chambre.

— Ne peux-tu me laisser prendre soin de toi pour une seule nuit ? Tu es passée deux fois à côté de la mort aujourd'hui. Ça ne te suffit pas ?

Elle lui avait décoché un regard indéchiffrable.

— Viens, avait-il dit, tu as besoin de dormir. Tu ne tiens debout que parce que tu es têtue comme une mule.

Elle avait fini par céder. Cependant, lorsqu'ils étaient arrivés au motel, elle avait commencé par refuser de dormir dans le lit.

— C'est toi qui couches dedans, avait ordonné Boone. Tu veux aller dans la salle de bains en premier ? Vas-y.

Quand elle était sortie, il y était entré à son tour, en l'avertissant d'un regard de ne plus protester.

L'épuisement avait eu raison d'elle. En rentrant dans la

chambre, Boone l'avait vue étendue au pied du lit, comme si elle s'était assise là un instant et que le sommeil l'avait emportée.

Secouant la tête, il l'avait soulevée dans ses bras et déposée au milieu du lit. Jamais il n'avait rencontré de femme aussi obstinée. Elle était… un petit rire lui avait échappé. Elle était comme lui.

Elle avait à peine bougé pendant qu'il lui retirait ses chaussures. Puis il avait ramené la couette sur elle et était resté un long moment à la regarder dormir avant de s'installer dans le fauteuil.

Non qu'il ait pu trouver le sommeil. Ses pensées retournaient constamment à CJ. À la loyauté qu'elle montrait envers Hank. À sa détermination à retrouver son meurtrier à tout prix. À l'expression adorable, vulnérable de son visage quand elle dormait. Il y songea en souriant.

CJ West était une femme compliquée.

Et elle l'intriguait plus qu'il ne voulait l'admettre.

La douleur à sa jambe était insupportable. Cecil n'avait pas fermé l'œil de la nuit. D'abord, il avait dû enrouler un nouveau pansement sur la plaie. À présent, debout et nu dans la baignoire, il se raidit, se préparant à la suite. Il versa encore une rasade de désinfectant sur la plaie, lâcha un cri et agrippa le lavabo.

Côté positif, la blessure ne saignait plus, songea-t-il en appliquant de la gaze et un pansement avant d'enfiler son jean. Il n'avait pas pensé à apporter une tenue de rechange. En fait, il y avait une multitude de choses auxquelles il n'avait pas pensé. Tant d'erreurs. Et maintenant, il n'était pas question d'entrer dans un magasin dans l'état où il se trouvait. Non, peu importait la manière dont il était habillé.

Il devait en finir.

Quand il songeait à la déroute de la veille, il avait envie de hurler. Si Boone n'était pas revenu… sauf qu'il ne pouvait pas vraiment blâmer autrui pour son incompétence.

Il avait voulu aller trop vite en besogne. Il aurait dû attendre qu'elle soit endormie avant de passer à l'acte, mais il avait été trop pressé. Une fois à l'intérieur, il avait eu sa chance. Il aurait pu l'assommer. Aurait-ce vraiment été si difficile de lui arracher son pistolet et de l'abattre, ou de l'étrangler ?

Sa première idée avait été de profiter du sommeil de CJ pour l'étouffer à l'aide d'un oreiller. Il savait qu'il ne serait pas capable de la tuer s'il la regardait. Le problème, c'était que son impatience l'avait emporté. Il avait une longueur de cordelette dans sa poche. Il s'était dit qu'il pouvait arriver par-derrière et l'étrangler sans avoir à lui faire face.

Les choses avaient mal tourné. Il s'était affolé. C'était pour cela qu'il ne l'avait pas tuée lorsqu'il s'était retrouvé avec elle dans le couloir. C'était trop personnel, trop intime. Bien différent de renverser quelqu'un en voiture.

Cela dit, il avait échoué dans cette tentative-là aussi. Sa vie n'avait été qu'une succession de ratages. Et s'il ne voulait pas passer le reste de ses jours en prison…

Avec un gémissement, il se releva et quitta la salle de bains. Il devait retourner chez CJ. Si elle n'était pas là, peut-être pourrait-il se cacher et attendre son retour. La prendre par surprise lorsqu'elle reviendrait, avec ou sans Boone.

En arrivant, il vit un voisin dans son jardin. Cecil se gara et s'approcha de lui en boitillant.

— Je cherche la femme qui habite ici, expliqua-t-il, décidant de se faire passer pour un coursier. Elle a passé une commande. J'ai une livraison pour elle.

— Il doit y avoir une erreur, répondit l'homme en le dévisageant. Je l'ai vue partir ce matin, une valise à la main. J'ai eu l'impression qu'elle s'en allait pour un certain temps. Un homme l'accompagnait. Qu'est-ce que vous avez à la jambe ?

— Une vieille blessure de guerre, mentit-il.

— Désolé que vous ayez fait tout ce chemin pour rien. Vous voulez me laisser le colis ?

— Non, mais merci pour le renseignement.

Il remonta péniblement en voiture, interloqué. Elle était partie en emportant une valise ?

Un coup de fil rapide au motel de Boone lui apprit que ce dernier avait réglé sa note. Lâchant un juron, il avait composé le numéro de son ex-femme, sans grand espoir qu'elle réponde. Depuis qu'elle avait recommencé à faire le ménage chez les McGraw, elle était souvent occupée à passer l'aspirateur et n'entendait même pas son téléphone.

Elle prit l'appel à la deuxième sonnerie.

— Salut.

Elle était légèrement hors d'haleine. Il l'imagina un plumeau à la main dans une des nombreuses chambres à coucher. Quand il l'avait épousée, elle était brune. Âgée de plus de cinquante ans à présent, elle s'était fait teindre les cheveux en blond platine, sans doute en se berçant de l'illusion qu'elle paraîtrait plus jeune.

— Salut, répondit-il. Tu es débordée ?

— Ces cow-boys, soupira-t-elle.

Tilly trouvait en général matière à se plaindre d'une chose ou d'une autre. Il se demanda ce qu'elle avait trouvé durant les années où ils avaient été séparés.

— Boone n'est pas là, observa-t-il. C'est toujours ça de moins.

— Ha ! je viens d'apprendre qu'il va rentrer aujourd'hui et qu'il amène…

Elle baissa la voix.

— … une femme. Il faut que je prépare une chambre pour elle.

— Sans blague ?

Ainsi, ils étaient en route pour Whitehorse. Cecil émit un juron silencieux. Jamais il ne pourrait éliminer CJ au ranch. Il serait impossible de s'introduire sur les lieux sans être arrêté.

Sauf que… il avait une alliée dans la place, non ? Tilly était là. Personne ne trouverait louche qu'elle amène son ex — et bientôt futur mari — au ranch où elle travaillait.

— Comment s'est passé ton entretien ? s'enquit-elle, lui

rappelant la raison qu'il avait fournie pour son absence de quelques jours.

— Je t'en parlerai à mon retour. Je suis sur le point de partir. Je voudrais t'emmener dîner ce soir.

— Ah bon ?

Le plaisir s'entendait dans sa voix. Il aurait dû se sentir coupable pour tous ces mensonges.

— Pourquoi pas ? Tu es toujours ma Tilly chérie, n'est-ce pas ?

CJ contemplait le paysage à travers la vitre, admirant les montagnes majestueuses, les forêts de pins d'un vert éclatant. Boone l'avait prévenue qu'il y avait six heures de route. Elle avait voulu prendre sa propre voiture, mais il l'en avait dissuadée, et elle savait qu'il avait eu raison. Il était logique de partir ensemble puisqu'ils se rendaient au même endroit, qu'il connaissait le chemin et qu'un inconnu avait tenté de la tuer. Elle était plus en sécurité avec lui, du moins c'était ce que Boone affirmait.

Elle détestait se sentir aussi vulnérable, et Boone McGraw ne faisait qu'ajouter à son malaise. La présence du cow-boy menaçait son équilibre. Avant tout cela, elle avait le sentiment d'avoir le contrôle de sa vie. Ses journées étaient prévisibles, et cela la rassurait. Elle avait une routine.

La mort de Hank avait tout bouleversé. Elle avait perdu son plus grand soutien. Son ami, l'homme qui avait été un père pour elle pendant toutes ces années. L'arrivée de Boone avait accentué le désarroi qu'elle éprouvait déjà… l'odeur masculine de son corps fraîchement douché semait le désordre dans les pensées de CJ. Et elle avait désespérément besoin d'élucider cette affaire. C'était son métier. Elle élucidait des énigmes. Elle aidait les autres, exactement comme Hank le lui avait appris.

Mais pour l'instant, elle avait l'impression d'être incapable de s'aider elle-même, sans parler d'autrui. Il y avait trop de pièces manquantes dans le puzzle, et elle était sans arrêt au bord des larmes.

Elle passa une main sur son visage et s'exhorta à cesser de s'apitoyer sur son sort. Elle avait toujours été forte, déterminée. Elle avait surmonté la mort de sa mère. En partie parce que Hank avait été à ses côtés. Maintenant elle se sentait… seule. Et pourtant elle ne l'était pas, songea-t-elle en regardant Boone.

— Merci pour hier soir.

Il jeta un coup d'œil vers elle.

— Je t'en prie.

Son sourire chaleureux ajoutait encore au charme de ses traits séduisants. Le cœur de CJ fit un petit bond dans sa poitrine, et elle fut soulagée quand il reporta son attention sur la route.

— Je n'arrête pas d'y penser. Je ne vois vraiment pas pourquoi on me voudrait du mal.

— Tu étais l'associée de Hank. Quoi qu'il ait su, le meurtrier doit supposer que tu le sais aussi. Ou alors il s'est rendu compte que tu cherchais à le découvrir.

Mais elle ne savait rien. Le silence de Hank demeurait une profonde meurtrissure, tandis qu'elle s'évertuait à comprendre ce qu'il avait fait les jours précédant sa mort. Tant de secrets. Pas seulement les actions laissées dans le coffre-fort, mais ce voyage à Seattle. Et celui qu'il projetait peut-être à Whitehorse.

Elle se tourna vers Boone, éprouvant le besoin de se changer les idées.

— Parle-moi de ta famille.

Boone la dévisagea, surpris.

— Tu veux dire, en dehors de ce que tu as déjà lu ? Je doute qu'il y ait grand-chose à dire.

Elle avait fait des recherches concernant l'enlèvement. Ainsi qu'elle l'avait déclaré le soir de leur rencontre, elle n'était pas du genre à se reposer sur le hasard.

— Je me suis renseignée, c'est vrai, mais ce n'est pas pareil.

Je sais que tu as grandi avec deux frères, Cull et Ledger. Comment sont-ils ?

Elle était réellement intéressée, comprit-il. Peut-être seulement pour se distraire durant le long trajet et oublier un peu le cauchemar qu'avait été cette dernière semaine, mais il ne demandait pas mieux que de l'y aider.

— Cull est l'aîné, le plus autoritaire, commença-t-il avec un petit rire. Il est génial. Il va te plaire. Il te ressemble beaucoup, à vrai dire, ajouta-t-il en jetant un nouveau coup d'œil vers elle.

Ils avaient quitté Butte depuis un bon moment déjà et étaient à présent en train de gravir le col qui menait à la capitale de l'État.

— Comment ça ? demanda-t-elle, méfiante.

— Il est têtu comme une mule. Incroyablement déterminé. Farouchement indépendant. Cela dit, il a changé depuis qu'il est tombé amoureux.

Il sentit qu'elle avait pivoté vers lui, manifestement intriguée.

— Il est fiancé à Nikki St James, l'auteure qui est venue au ranch enquêter sur l'enlèvement. C'est grâce à elle que tout s'est déclenché.

— J'ai entendu dire qu'elle avait failli être tuée. Je crois que nous allons bien nous entendre.

Il lâcha un rire.

— Je soupçonne que oui.

— Et Ledger ?

Boone poussa un soupir.

— Ledger. Il est tombé amoureux d'une fille appelée Abby à l'époque où ils étaient au lycée. Ils ont rompu pendant qu'il était à l'université, à cause d'un malentendu fomenté par sa mère, et elle a épousé quelqu'un d'autre. Ce n'était pas une bonne idée, car son mari était violent.

— Wade Pierce.

— Oui. Tu sais sans doute tout cela.

— Non. Continue, je t'en prie.

Il étudia un instant la route qui s'étirait devant lui, réfléchissant.

— Ledger, qui est lui aussi assez obstiné et assez résolu, s'est accroché. Il était déterminé à la sauver.

— Ça me rappelle quelqu'un que je connais, plaisanta CJ. A-t-il réussi ?

— Oui. Ils sont de nouveau ensemble. Et cette fois, je crois que plus rien ne pourra les séparer.

— Par conséquent, tu es le seul à être toujours célibataire.

Du coin de l'œil, il vit qu'elle souriait. Mais il n'allait pas mordre à l'hameçon.

— À vrai dire, mon frère Tough Crandall est toujours célibataire aussi.

— Oakley McGraw, le jumeau disparu. Celui qui refuse d'être un McGraw.

— Oui. En matière d'obstination, il s'y connaît. Je soupçonne qu'il se fera toujours appeler Tough Crandall. Il a dit très clairement qu'il n'avait pas besoin des McGraw ni de la notoriété qui va avec.

— C'est compréhensible, en un sens. Tu ne penses pas qu'il finira par changer d'avis ?

— Mon père est persuadé que si. Il n'a jamais renoncé à chercher les jumeaux, jamais cessé de croire qu'ils étaient en vie. Il faut dire que c'est le genre d'homme qui pense toujours que le verre est aux trois quarts plein plutôt qu'à moitié vide.

— Ah ! il est comme ça, commenta-t-elle en secouant la tête.

— Il a toujours persévéré dans ses recherches, même quand on aurait voulu qu'il abandonne, reprit Boone. Des années durant, l'enlèvement a marqué nos vies.

— C'est sans doute pour ça que tu ne peux pas décrocher de rendez-vous avec une fille, plaisanta-t-elle.

Il lui adressa un sourire.

— J'en ai eu un l'autre soir au grill.

— Tu appelles ça un rendez-vous galant ?

— C'en aurait été un si j'avais trouvé le courage de t'embrasser.

CJ éclata de rire et rencontra son regard.

— Pourquoi ne l'as-tu pas fait ?

— Je pensais à ce revolver que tu trimballes dans ton sac. Je n'avais pas envie de sentir le canon entre mes côtes.

— Tu es plus futé que tu n'en as l'air, lança-t-elle.

Elle se tourna et jeta un coup d'œil au paysage. Ils venaient de dépasser Helena et commençaient à grimper un nouveau col.

— C'est bizarre, la vie. Pas toujours facile. Ça a dû être horrible pour toi de grandir avec ce kidnapping pour toile de fond.

— Pas tout le temps. Mes frères et moi adorons les chevaux, et on a passé beaucoup de temps à se balader. On restait en dehors de la maison quand les choses allaient vraiment mal, surtout à l'époque de l'anniversaire de l'enlèvement. À ce moment-là, il y avait toujours des articles dans les journaux — grâce à mon père. C'est pourquoi il faut que je l'aide à retrouver Jesse Rose si elle est encore en vie.

— Tu as de la chance d'avoir une si grande famille. Et maintenant que tes frères se marient…

— Oui, elle va continuer à s'agrandir. C'est en partie pour cette raison que mon père tenait à ce que la nouvelle maison soit si spacieuse. Il voulait que toute la famille y soit à son aise. Tu verras.

Elle lui décocha un regard perçant.

— Nous allons séjourner au ranch, expliqua-t-il, écartant d'un geste les protestations qu'elle s'apprêtait à émettre. Je ne veux pas te laisser hors de ma vue avant que toute cette affaire soit terminée. Je sais que tu es tout à fait capable de te défendre mais, si j'ai raison, c'est à cause de notre tragédie familiale que quelqu'un veut ta mort. Alors, je t'en prie, laisse-moi te protéger.

Elle ouvrit la bouche pour répondre, puis la referma et resta silencieuse un instant.

— Bon, dit-elle enfin. Ta belle-mère est toujours en prison ?

Il se mit à rire.

— Que je sache, oui, Dieu merci. Patty est toujours enfermée, donc elle ne représente aucun danger pour nous.

Il secoua la tête en y pensant.

— Je t'ai dit que nous la soupçonnons d'avoir empoisonné ma mère à l'arsenic voilà vingt-cinq ans, non ? Exactement comme elle l'a fait avec mon père. Quand Patty veut quelque chose… et elle voulait mon père… jusqu'au jour où elle l'a eu.

— Penses-tu qu'elle ait été la complice du ravisseur ?

— Je suis sûr qu'elle en aurait été capable mais, si c'est le cas, son plan a échoué. Elle n'a pas eu mon père — du moins, pas tout de suite. Elle est partie pendant neuf ans. Si elle est revenue, c'est parce qu'elle avait besoin d'un toit pour son bébé et pour elle.

— On pourrait aussi dire qu'elle s'est servie du bébé pour obtenir ce qu'elle convoitait.

Il sourit.

— De ce point de vue, ça a très bien marché. Mon père a élevé Kitten pendant toutes ces années, et en fin de compte Patty l'a envoyée chez une parente. Cela dit, Kitten tenait de sa mère, si bien que, même si mon père a été peiné par son départ…

CJ acquiesça, comprenant.

— Elle n'était pas facile à vivre.

— Elle trouvait sans cesse matière à se plaindre et à faire un drame. Toute petite, déjà.

— Comment était-ce de grandir dans un ranch ? demanda-t-elle en se calant confortablement dans le siège.

— À vrai dire, c'était génial.

Il se mit à évoquer les randonnées à cheval dans les Little Rockies, les parties de baignade dans la rivière, les courses qu'il disputait avec ses frères dans le corral.

— En général, c'était Cull qui gagnait, mais un jour…

Il jeta un coup d'œil vers CJ et s'aperçut qu'elle s'était endormie. Souriant, il reporta son attention sur la route. Il ne pouvait s'empêcher de penser que sa vie avait changé d'une manière totalement imprévue. Ce sentiment le troublait. Enfin, ils seraient bientôt au ranch. Et dès que Jesse Rose aurait été retrouvée… eh bien, les choses reprendraient leur cours normal.

Normal. Hmm.

14

CJ sentit une main sur son épaule et se redressa vivement, aussitôt réveillée. Elle avait du mal à croire qu'elle s'était assoupie, et pourtant cela n'avait rien d'étonnant : elle avait du mal à trouver le sommeil depuis la mort de Hank. La nuit écoulée avait été la meilleure qu'elle ait passée depuis des jours, mais elle était toujours exténuée.

— Où sommes-nous ? demanda-t-elle en regardant autour d'elle.

Les montagnes aux flancs couverts de sapins avaient désormais cédé la place à de vastes étendues de prairie.

— Nous arrivons à Great Falls. Je me suis dit que tu devais avoir faim.

L'estomac de CJ se mit aussitôt à gronder, ce qui le fit sourire. Elle aimait vraiment son sourire. Dommage qu'il ne sourie pas davantage. Il était trop sérieux la plupart du temps, songea-t-elle avant de se rendre compte qu'on aurait pu dire la même chose à son sujet.

— On mange sur le pouce ? Ou on tente notre chance dans ce café là-bas ?

— Compte tenu de tout ce qui m'est arrivé récemment, je prends le risque d'aller au café.

— Tu as du cran. Ça me plaît, dit-il en descendant du pick-up, CJ sur les talons.

Après avoir fait un crochet par les toilettes pour se rafraîchir, elle le rejoignit à la table qu'il avait choisie, près de la fenêtre. La salle embaumait le café et le bacon, ainsi qu'un autre arôme qui lui rappela un plat aux macaronis que sa mère avait coutume de préparer.

Elle se glissa sur la banquette, songeant que l'atmosphère de cet endroit lui plaisait. Il lui rappelait les petits cafés qu'elle affectionnait à Butte. Le soleil entrait à flots par les fenêtres et réchauffait leur table. Pour la première fois depuis des semaines, elle sentit qu'elle se détendait.

En partie, c'était grâce à l'homme assis en face d'elle, CJ devait l'admettre. Boone était un compagnon agréable. Il savait la faire rire, semblait la comprendre. Elle songea à certains des hommes avec qui elle était sortie et gémit intérieurement. Jamais elle n'avait imaginé qu'un cow-boy lui tournerait la tête. Était-ce ce qui était en train de se passer avec Boone ?

Désireuse de chasser cette pensée, elle attrapa le menu posé sur la table.

— Ta famille sait que nous arrivons ?

— Mon père est au courant. Je ne suis pas sûr qu'il en ait parlé à mes frères. Nous étions d'accord pour ne pas l'ébruiter. Au cas où.

Elle leva les yeux.

— Au cas où le meurtrier de Hank ne saurait rien de ce voyage ?

Boone haussa les épaules.

— Je ne peux que l'espérer. Sur la base d'un horaire de chemin de fer et d'un gribouillis, je suis persuadé que Hank projetait d'attendre l'arrivée du train de Seattle demain. Mais je ne crois pas que son assassin ait cette information. Sinon, pourquoi s'attaquer à toi ? Il lui aurait suffi de venir ici demain et de s'en prendre à quiconque descendra.

Elle secoua la tête, sceptique. Au fond, elle ne savait que penser. Rien ne tenait debout dans cette histoire. Elle songea à la clé USB. Plus le temps passait, plus il lui déplaisait de cacher son existence à Boone. Elle ouvrait la bouche pour lui en parler quand la serveuse se présenta.

— Vous êtes prêts à commander ?

— Quel est le potage du jour ? s'enquit CJ.

— Une soupe aux haricots rouges et aux piments servie avec du pain de maïs.

— Parfait. Je prends ça.

— Moi aussi, déclara Boone en rendant son menu.

— Vous désirez une boisson ?

Ils commandèrent des Coca et restèrent silencieux jusqu'à ce que la jeune femme s'en aille. CJ effleura du bout des doigts la clé USB dans sa poche, mais ne dit rien. L'opportunité était passée. Elle attendrait de voir qui descendait du train, songea-t-elle, anxieuse. Car Boone avait raison, elle en était sûre : Hank avait prévu de retrouver cette personne, qui qu'elle soit.

La voix de Boone l'arracha à ses réflexions.

— Parle-moi de ton enfance à Butte.

Il s'efforçait de lui changer les idées, devina-t-elle. Néanmoins, il l'écouta avec attention, l'air intéressé tandis qu'elle évoquait sa mère, employée dans une boutique de vêtements de seconde main, à l'époque où le centre-ville de Butte regorgeait de magasins d'articles d'occasion rigolos, qui attiraient une foule de clients.

— Mais ce que tu préférais, c'était de travailler avec Hank, conclut-il.

Elle sourit.

— Le week-end, j'étais comme n'importe quelle autre gamine. Je faisais du vélo avec mes copines, je jouais dans les flaques, j'explorais des maisons à l'abandon et j'inventais des histoires. J'ai toujours pensé qu'un jour j'écrirais des livres.

— Vraiment ? Dans ce cas, Nikki et toi allez vraiment bien vous entendre.

Leur potage fut servi, et ils mangèrent avec appétit, appréciant la nourriture et l'atmosphère paisible. Il n'était pas encore midi, si bien qu'ils étaient seuls dans la salle. Le silence n'était rompu que par le tintement occasionnel des casseroles et leurs murmures de satisfaction. La soupe était délicieuse, et le pain de maïs aussi, surtout agrémenté de beurre et de miel.

— Comment te sens-tu ? demanda Boone à CJ lorsqu'ils eurent terminé.

— Bien, avoua-t-elle, surprise de constater qu'elle disait vrai. Pour la première fois depuis une éternité, elle avait le sentiment qu'elle allait peut-être pouvoir surmonter cette épreuve. Elle ne put s'empêcher de sourire. Quelqu'un cherchait à la tuer et pourtant…

— Je vais bien, répéta-t-elle en souriant. Tu veux que je conduise un peu ?

Sa jambe lui faisait encore plus mal aujourd'hui. Cecil priait pour que la blessure ne se soit pas infectée. Tout en roulant vers Whitehorse, il s'efforçait de réfléchir à quoi faire à présent.

Tilly n'avait pu lui fournir aucune information utile hormis le fait que Boone McGraw devait rentrer au ranch avec une femme. Il pouvait aisément deviner de qui il s'agissait. La question était de savoir pourquoi ces deux-là avaient décidé de regagner Whitehorse.

Avaient-ils découvert la vérité et allaient-ils informer Travers ? C'était impossible. Ils ne pouvaient pas savoir. Pas encore. En revanche, lorsqu'ils auraient retrouvé Jesse Rose et qu'ils commenceraient à reconstituer le puzzle, comme Hank Knight l'avait fait…

Ses pensées retournèrent à la nuit du kidnapping. À l'époque, Tilly avait vingt-cinq ans et était ravissante. Patty, elle, n'avait rien d'extraordinaire. Et l'ancienne cuisinière non plus.

Après l'enlèvement, tout avait changé. La première Mme McGraw avait complètement perdu la tête et été enfermée à l'asile. La santé de Travers McGraw avait périclité. Récemment, il avait été terrassé par une crise cardiaque qui avait failli l'emporter. Certes, la nourrice qu'il avait stupidement épousée avait tenté de l'empoisonner. Patty s'était métamorphosée, pour sûr. Elle n'avait plus rien de la jeune fille quelconque d'autrefois.

Cecil secoua la tête. Il comprenait que Tilly soit restée

travailler au ranch. Elle avait toujours eu un penchant pour s'immiscer dans les affaires d'autrui et n'aurait pu trouver d'endroit plus propice aux rumeurs.

« Je suis invisible dans cette maison, lui avait-elle déclaré un jour. Je peux être dans la même pièce qu'eux avec mon plumeau, et c'est comme s'ils ne me voyaient pas. Ils continuent à parler comme si je n'étais pas là. »

Souriant malgré la douleur, il se remémora les anecdotes qu'elle racontait à propos de ces gens qui, pour lui, étaient des célébrités. Du moins à Whitehorse.

Un jour qu'il était allé rendre visite à Tilly, il avait rencontré Harold Cline. Ce dernier fréquentait la cuisinière, une femme corpulente, déjà d'âge mûr, appelée Frieda. Cette relation avait étonné Cecil à l'époque, car Harold était plutôt bel homme.

Ils étaient allés boire une bière ensemble dans un bar de Whitehorse. Après avoir parlé du temps qu'il faisait et du travail qui leur pourrissait la vie, ils en étaient venus à évoquer le ranch.

Comme Tilly, la petite amie de Harold lui racontait ce qui se passait dans la maison. Le grand sujet du moment était Mme McGraw, qui avait donné naissance à des jumeaux quelques mois plus tôt, et qui se conduisait maintenant d'une manière étrange. Tilly s'inquiétait à son sujet et affirmait qu'elle semblait ne pas s'intéresser à ses bébés.

— Frieda craint que Marianne ne leur fasse du mal, avait murmuré Harold après quatre bières. C'est affreux. Apparemment, elle ne désirait pas d'autres enfants et maintenant elle ne veut pas s'occuper des jumeaux. Un soir, la nourrice l'a surprise dans la nursery, un oreiller à la main, comme si elle s'apprêtait à les étouffer.

Cecil avait été choqué d'entendre cela, même si Tilly lui avait déjà fait part de ses observations concernant Marianne. D'après elle, l'épouse de Travers McGraw paraissait absente, désorientée, la plupart du temps.

« J'espère qu'il ne va rien leur arriver, avait conclu Harold. Ils sont mignons comme tout. Ce serait vraiment dommage. »

Sur quoi il avait payé une nouvelle tournée de bière.

Cecil ne se souvenait plus au juste du moment où Harold avait suggéré qu'ils enlèvent les bébés avant qu'il leur arrive malheur.

Sur le moment, leur plan lui avait paru sensé. Harold connaissait des familles prêtes à s'occuper des enfants en attendant que leur mère aille mieux. Il s'agissait de sauver ces nourrissons.

Même plus tard, quand il était devenu clair qu'ils allaient réclamer une rançon, Cecil n'avait pas protesté. À vrai dire, à cette époque-là, il était au chômage depuis des mois, et Tilly menaçait de le quitter. Bref, il était prêt à tout pour mettre la main sur un peu d'argent.

« Deux cent mille dollars ? » avait-il répété, sidéré, lorsque Harold lui avait affirmé qu'ils pourraient obtenir autant.

« McGraw a les moyens, avait déclaré Harold. Songe à tous les chevaux qu'il a, sans parler de cette énorme maison et des salaires qu'il verse à ta copine et à la mienne. »

En effet, Tilly était bien payée et très bien traitée au ranch. C'était en partie le problème. Elle avait commencé à se dire qu'elle pourrait peut-être trouver mieux que Cecil. Quant à lui, il avait décidé de se taire et de s'associer au plan : il savait que, si Tilly venait à le quitter, il aurait besoin d'argent de toute façon.

L'idée lui était venue que Harold pourrait tenter de s'approprier sa part. Cependant, celui-ci ne pouvait effectuer l'opération seul, et Cecil en avait conclu qu'il n'avait pas à s'inquiéter.

Le soir de l'enlèvement, Tilly avait téléphoné pour lui dire qu'elle était malade et lui avait demandé de lui apporter des médicaments. Sa requête tombait à pic.

Il s'était rendu au pied des Little Rockies dans sa voiture, suivi de Harold dans la sienne. Ils avaient caché celle-ci dans les pins, après quoi Cecil était allé au ranch, transportant Harold dissimulé à l'arrière de son véhicule. Tilly avait laissé la porte de côté entrouverte à son intention.

Pendant qu'il montait remettre les médicaments à Tilly,

Harold s'était caché à côté de la piscine. Il avait déjà dégoté une échelle dont il comptait se servir pour accéder à la fenêtre de la chambre occupée par les jumeaux.

Cecil avait administré à Tilly une double dose de sédatifs pour être bien sûr qu'elle ne se réveillerait pas dans la nuit. Une fois sa petite amie endormie, il était parti en emportant un flacon de sirop pour la toux à la codéine qui traînait sur la table.

Il s'était faufilé dans la chambre des jumeaux et leur avait donné à chacun un peu de sirop, en espérant qu'il n'avait pas exagéré la dose. Veillant à ne pas laisser ses empreintes sur le flacon, il l'avait abandonné dans la pièce.

Ensuite, il avait patienté dans une chambre vide en attendant l'heure du rendez-vous. Enfin, au moment convenu, il avait jeté un coup d'œil dans le couloir pour s'assurer que la voie était libre. Un silence total régnait dans la maison. Encore abasourdi par ce qu'il s'apprêtait à faire, il avait gagné la nursery, où les deux bébés dormaient profondément.

Il avait ouvert la fenêtre pendant que Harold montait à l'échelle. Il avait enveloppé les enfants dans leurs couvertures respectives, avec leur jouet préféré au cas où ils se seraient réveillés. Puis il les avait tendus à Harold qui les avait déposés dans un sac en toile et était redescendu.

Cecil se félicitait déjà de leur succès quand un craquement sonore l'avait fait sursauter. Il s'était précipité à la fenêtre : un barreau avait cédé sous le poids de son complice. Un instant, il avait craint que tout ne soit fini, mais Harold avait réussi à s'agripper à l'échelle — et aux bébés.

Alors il avait décampé sans demander son reste. Il avait sauté dans sa voiture et était retourné à l'endroit où ils avaient laissé celle de Harold, mais elle avait déjà disparu. Ils s'étaient mis d'accord pour ne pas se revoir avant le versement de la rançon.

En réalité, Cecil n'avait jamais revu Harold et n'avait jamais posé les yeux sur l'argent.

Ce soir-là, il était si secoué qu'il avait roulé des heures durant, sans savoir où il allait. Il avait fini par perdre le contrôle de son véhicule à des kilomètres de Whitehorse et il avait passé la semaine suivante à l'hôpital, dans le coma.

Il n'avait appris que récemment ce qu'il était advenu de Harold et de la rançon. Il n'en avait guère tiré de satisfaction. L'unique point positif dans cette histoire était que personne ne le soupçonnait.

Pourtant, peu après, Tilly lui avait parlé de Hank Knight, affirmant que le détective savait ce qui était arrivé à Jesse Rose et qu'il connaissait l'identité du fameux complice.

Cecil regarda le ruban d'asphalte qui s'étirait sous ses yeux, en essayant de se convaincre qu'il pouvait encore s'en tirer. Si Boone et la détective ne retrouvaient pas Jesse Rose, tout irait bien.

Malheureusement, il ne pouvait s'empêcher de penser qu'ils savaient quelque chose que lui ignorait. En retournant à Whitehorse, allait-il se jeter dans la gueule du loup ?

15

CJ se surprit à sourire en conduisant. Elle écoutait la respiration régulière de Boone, endormi à côté d'elle. Il semblait si serein, bien différent du Boone anxieux qu'elle avait vu lorsqu'il était éveillé. Elle avait le sentiment de voir une facette de lui qui échappait à la plupart des gens. Un Boone McGraw détendu, en paix.

Après Great Falls, l'autoroute traversait la partie nord du Montana. Ils étaient presque arrivés à Whitehorse quand Boone se réveilla.

Il se redressa, visiblement surpris de s'être assoupi. La paix et la sérénité désertèrent son visage dès qu'il jeta un coup d'œil autour de lui et vit où ils se trouvaient.

— Il faut que tu prennes la prochaine route, dit-il. Cela ne t'ennuie pas de conduire ? Si tu peux te garer, je…

— Ça ne me gêne pas du tout. Tu as fait une bonne sieste ?

Il eut l'air gêné.

— Je ne pensais pas m'endormir, et encore moins pendant si longtemps. Merci de m'avoir relayé. Je devais être plus fatigué que je ne le croyais.

Elle se contenta de sourire et ralentit à la vue de l'intersection.

— Nous n'allons pas jusqu'en ville ?

— Je me suis dit qu'on irait directement au ranch.

— À ce propos… je crois que je préférerais descendre à l'hôtel…

— Pas question. Je tiens à ne pas te perdre de vue, et tu seras beaucoup plus en sécurité au ranch que partout ailleurs.

Tout en parlant, il avait regardé dans le rétroviseur latéral, comme s'il craignait que l'homme qui l'avait attaquée la veille ne soit à leurs trousses.

— Je ne pense pas que nous ayons été suivis, dit-elle. J'ai ouvert l'œil.

Il planta son regard dans le sien alors qu'ils s'engageaient sur la piste gravillonnée.

— J'oublie toujours que c'est ton métier.

Elle garda le silence un long moment, puis se tourna vers lui et demanda :

— Que va penser ta famille en me voyant débarquer une valise à la main ?

— Je porterai ta valise, assura-t-il.

— Tu sais ce que je veux dire.

— Eh bien…

Il parut réfléchir et étouffa un juron.

— Mes frères vont te cuisiner. Ils vont penser que nos relations ne sont pas exclusivement professionnelles.

— Mais tu le leur as dit clairement, non ?

— Bien sûr. Il faut que tu tournes ici. Tu vois ce panneau ? C'est à droite juste là.

Il regardait droit devant lui.

— C'était trop compliqué à expliquer au téléphone. Mais ne t'inquiète pas. La nouvelle maison est vaste, il y a quantité de chambres d'amis. Une décoratrice d'intérieur y a mis les dernières touches pendant que j'étais parti. Mon père sera ravi de t'accueillir.

— Vous vivez tous dans la maison principale ?

— J'ai un chalet ailleurs sur le ranch, où je vis en temps normal. Mais, tant que cette affaire ne sera pas terminée, je coucherai dans une chambre à côté de la tienne.

S'il s'imaginait la rassurer, il se trompait lourdement, songea-t-elle.

La maison apparut. CJ la fixa, un soupçon intimidée.

Construite depuis peu après l'incendie qui avait ravagé la précédente, la propriété était magnifique.

Elle se sentait nerveuse à la perspective de rencontrer la famille de Boone. Il semblait soudain y avoir tant de choses en jeu. Elle pensa à la clé USB dans sa poche. Elle s'en voulait de ne pas l'avoir montrée à Boone, de cacher son existence à sa famille.

Seulement jusqu'à demain, se dit-elle. Quoi qu'il arrive à la gare, elle en parlerait à Boone.

Quand ils se garèrent dans la cour, Cull et Ledger sortaient de l'écurie. Ils dévisagèrent CJ avec curiosité, et Boone étouffa un nouveau juron. Il n'avait vraiment pas besoin qu'ils le bombardent de questions à son sujet.

De plus, il avait espéré pouvoir s'entretenir avec son père d'abord. Mais, à en juger par l'intérêt visible de ses frères pour la femme qui était au volant de son pick-up, cet espoir-là allait être déçu.

— Eh bien, je pense que tu vas faire la connaissance de mes frères tout de suite, déclara-t-il alors qu'elle lui tendait la clé de contact.

Il ouvrit sa portière, descendit et les salua, mais ils ne lui prêtaient aucune attention. Ils regardaient CJ.

Cull arqua un sourcil.

— Tu as engagé un chauffeur ?

— Je vous présente CJ West. Elle est détective privé.

— Je suis Cull, l'aîné, le plus intelligent et le plus séduisant, lança ce dernier en serrant la main de l'intéressée.

— Et voici Ledger, intervint Boone, embarrassé.

CJ échangea une poignée de main avec son cadet.

— J'espère que vous nous apportez de bonnes nouvelles ?

À cet instant, leur père sortit sur le perron.

— Entrons, suggéra Boone. Je vais vous dire ce que nous savons. En tout cas, CJ et moi allons passer cette nuit ici, au moins.

— Je vais m'occuper de vos bagages, proposa Ledger. Entrez. Je sais que papa a hâte d'écouter ce que vous avez à lui dire.

Cull hocha la tête.

— Je te donne un coup de main.

Boone escorta CJ jusqu'à la maison et la présenta à son père, puis ils pénétrèrent tous les trois à l'intérieur.

Contrairement à la maison précédente, plutôt opulente, celle-ci avait été aménagée dans un style plus pragmatique. La partie centrale abritait une immense cuisine, une salle à manger et un salon, ainsi que le bureau du ranch et une suite parentale. Les autres chambres étaient réparties dans deux ailes situées respectivement côté nord et côté sud, de façon à garantir l'intimité de leurs occupants.

Son père s'était mis dans la tête que ses fils et leurs épouses viendraient souvent séjourner chez lui et qu'il pourrait profiter de ses petits-enfants.

La décoratrice d'intérieur s'était vu donner carte blanche, à l'exception d'une seule instruction. « Marianne adore les couleurs lumineuses, avait déclaré Travers. Il faut qu'on ait l'impression que le soleil habite cette maison. »

Lorsque Boone était parti pour Butte, les travaux n'étaient pas encore terminés. En entrant dans la maison, il dut reconnaître que le résultat était un succès. Les pièces étaient à la fois accueillantes et chaleureuses. Il n'en avait jamais été ainsi lorsque Patty régnait sur les lieux. À propos de celle-ci, Boone avait hâte de demander à son père ce qui s'était passé en son absence, puisque le procès approchait et qu'elle menaçait d'écrire un livre où elle révélait tout.

— Cela vous ennuierait-il que j'aille me rafraîchir pendant que vous discutez ? demanda CJ comme Ledger arrivait avec son sac.

Boone comprit qu'elle voulait le laisser seul avec sa famille et lui fut reconnaissant de sa délicatesse.

— Je vous ai fait préparer la dernière chambre de l'aile

sud, déclara son père. Si vous avez besoin de quoi que ce soit, n'hésitez pas à demander. Boone…

— Je vais prendre la chambre voisine, coupa ce dernier.

Son père et ses frères haussèrent les sourcils, mais CJ ne parut pas s'en apercevoir. Déjà, Ledger l'entraînait vers le couloir.

— Installons-nous dans le cabinet de travail, suggéra Travers.

Ils venaient de s'asseoir quand Ledger les rejoignit. Les fauteuils confortables et le grand bureau en chêne massif rappelaient l'ancienne maison, de même que le feu qui crépitait dans la cheminée en pierre.

Boone leur résuma la situation.

— Hank Knight est mort ? répéta Cull. Et tu dis que CJ était son associée ?

— Oui, elle travaillait avec lui, mais leur relation ne se limitait pas à cela. La mère de CJ était seule, et Hank l'a aidée à l'élever. Elle était très proche de Hank. C'est en partie pour cette raison qu'elle est résolue à retrouver celui qui l'a tué.

Cull hocha la tête.

— Que signifient ses initiales ? s'enquit Ledger.

— Calamity Jane. D'après elle, son père était un grand amateur de westerns.

— Il est mort ?

— Oui. Alors qu'elle avait deux ans.

— Si je comprends bien, tu crois que l'individu qui a attenté à sa vie — et à la tienne — est d'une manière ou d'une autre lié à l'enlèvement et à Jesse Rose ?

— Tout porte à le croire, répondit Boone. Ce que nous savons, c'est que Hank Knight n'a pas dit un mot de tout cela à CJ, ce qui, d'après elle, était extrêmement inhabituel. De plus, il s'est rendu en avion à Seattle, alors qu'il détestait prendre l'avion. Et il s'apprêtait à effectuer un autre voyage quand il a été tué. Je suis persuadé qu'il comptait venir à Whitehorse. Nous pensons qu'il voulait attendre le train de 14 h 45 en provenance de Seattle.

— Qui doit arriver par ce train ? demanda Travers.

— Aucune idée, avoua Boone. Mais nous avons bien l'intention d'être là.

— Et si personne ne descend ? objecta Cull.

— Dans ce cas, ma théorie tombe à l'eau et… je ne sais pas. Boone passa une main dans ses épais cheveux bruns, son stetson posé sur le genou.

— Il est possible que tout cela n'ait aucun rapport avec Jesse Rose.

— De quoi s'agirait-il alors ? intervint Ledger.

Il haussa les épaules.

— Je l'ignore, mais quelqu'un veut empêcher CJ de découvrir la vérité sur le meurtre de son associé. Et s'il a été éliminé à cause des questions qu'il a posées au sujet de l'enlèvement…

— Je veux aller à la gare avec vous demain, déclara son père.

— Je ne suis pas sûr que ce soit une bonne idée. Il me semble qu'il vaudrait mieux que CJ et moi y allions seuls. La personne qui va arriver par ce train s'attend à voir Hank Knight. Si nous sommes trop nombreux, ajouta-t-il en jetant un regard éloquent à ses frères, elle risque de prendre peur et de s'enfuir.

— Tu penses que c'est Jesse Rose qui sera là, observa Cull. La reconnaîtrais-tu ?

— Je crois que oui.

— Et si c'est quelqu'un d'autre ? Quelqu'un de… dangereux ? demanda Travers.

— Je sais me défendre, et n'oublie pas : je serai accompagné d'un détective privé, assermenté et armé.

CJ posa sa valise sur un petit banc, contemplant la chambre où Ledger l'avait conduite. Elle était charmante, spacieuse et pleine de lumière, avec sa baie vitrée coulissante qui donnait sur la colline voisine. On apercevait une piscine un peu plus loin sur la droite, tandis que, sur la gauche, se trouvaient plusieurs enclos et écuries.

Elle ouvrit la porte et sortit sur la terrasse. Trois chevaux l'observaient depuis le corral tout proche. Elle sourit et s'avança.

Elle caressait l'encolure de l'un d'eux quand elle prit conscience d'une présence derrière elle. C'était Boone. Elle n'avait pas besoin de se retourner pour le savoir. Le lien qu'elle avait senti croître entre eux semblait plus fort que jamais.

— Tu aimes les chevaux, murmura-t-il, surpris. Nous pourrions aller faire une promenade. Il fait beau cet après-midi alors qu'il est censé neiger demain. Nous devrions en profiter.

Il en avait manifestement envie.

— Pourquoi pas ?

— Je vais nous seller deux chevaux. Viens.

Elle le suivit dans l'écurie fraîche et l'observa pendant qu'il s'acquittait de sa tâche d'une main experte.

— Je t'en ai choisi un qui est très docile.

— Merci.

Elle sourit, et il lui offrit un appui pour se hisser sur l'animal. Elle songea alors qu'il y avait très longtemps qu'elle n'était pas montée à cheval. Malgré tout, elle se sentait bien, à l'aise ; elle prit les rênes et observa Boone. Il paraissait totalement dans son élément.

Ils s'éloignèrent sous le soleil éclatant de l'après-midi. La température était beaucoup plus douce ici qu'à Butte. Elle inspira à fond l'air pur de la prairie.

— Voici les Little Rockies, déclara Boone en pointant le doigt vers la ligne sombre des sommets qui se dressaient à l'horizon.

CJ aperçut un petit chalet à l'abri d'un bouquet d'arbres.

— C'est là que tu habites ?

Il acquiesça.

— Oui, mais tu vois ce flanc de colline là-bas ? Il est à moi. Un jour, j'y construirai une maison qui aura vue sur les montagnes.

— Quand tu te marieras, murmura-t-elle. C'est ce que font tes frères ? Ils bâtissent une maison sur leur terrain ? demanda-t-elle en désignant une excavation un peu plus loin.

— C’est le lopin de Cull. Nikki et lui vont entamer la construction de leur maison au printemps. Ledger et Abby vont faire pareil, à quelques centaines de mètres d’ici. Nous voulons tous être voisins, mais pas les uns sur les autres.

— Tu comptes rester au ranch pour toujours, conclut-elle, sans le regarder.

— Ça a toujours été mon intention.

CJ saisit une inflexion dans sa voix et se tourna vers lui.

— Mais ?

— Mais je ne resterai pas si je tombe amoureux de quelqu’un qui ne veut pas de cette existence-là.

— Tu irais où elle voudrait ? demanda-t-elle, stupéfaite.

— Pour la femme de ma vie, oui.

Ils repartirent en silence alors que le soleil baissait à l’horizon, et puis rebroussèrent chemin.

De retour au ranch, Cull sortit pour leur dire que Travers désirait parler à CJ.

— Vas-y, suggéra Boone. Je m’occupe des chevaux et je te rejoins tout de suite.

— Tu leur as dit que je ne savais rien, n’est-ce pas ?

Il acquiesça.

— Bien sûr. Mais tu connaissais Hank Knight.

— Je croyais le connaître.

— Ne t’inquiète pas. Mon père comprend.

Elle suivit Cull à l’intérieur. Travers McGraw l’attendait dans son bureau. Il se leva à son entrée, et elle constata qu’il n’était pas seul.

— Voici Nikki St James, l’auteure qui écrit le livre sur l’enlèvement.

CJ serra la main de la jeune femme, songeant à ce que Boone lui avait dit à son sujet. Elle avait les cheveux bruns et de grands yeux bleus, un visage souriant.

Travers pria CJ de leur parler de Hank et de sa relation avec lui. Elle évoqua son enfance à Butte et le rôle que le détective avait joué dans sa vie.

— J'aimerais pouvoir vous en dire davantage, conclut-elle lorsqu'elle eut terminé.

Nikki prit la parole.

— Vous dites que Hank vous parlait toujours de ses enquêtes ? S'est-il jamais occupé d'une affaire d'adoption ?

— Non.

— Connaissait-il une certaine Pearl Cavanaugh ? Elle était membre du cercle de couture de Whitehorse.

CJ secoua la tête. Elle avait cru tout savoir de Hank. Qu'il ait pu mener une double vie ou, pire, qu'il ait pu être impliqué dans l'enlèvement des jumeaux McGraw lui semblait inconcevable.

Boone entra et s'assit, lui adressant un sourire rassurant.

— Quel âge avez-vous ? demanda Cull.

Assis dans un coin, il avait écouté avec attention. Elle avait presque oublié qu'il était là. Contrairement à Boone. Un délicieux frisson l'avait parcourue lorsqu'il était apparu. Aucun homme ne lui avait jamais fait cet effet-là.

— Vingt-huit ans, répondit-elle, sans comprendre pourquoi il lui posait cette question.

— Trois ans à l'époque de l'enlèvement, résuma Boone en regardant son frère. CJ était trop jeune pour savoir si Hank y était mêlé.

— Il ne peut pas y avoir été mêlé, protesta CJ. Vous ne le connaissiez pas. Il n'aurait pas…

Des larmes lui picotèrent les yeux.

— Il a passé sa vie entière à aider les autres. Il ne volait pas des bébés dans leur lit !

Nikki se hâta d'intervenir.

— Ce n'est pas ce que je voulais dire. Une des personnes impliquées a déclaré que les bébés étaient en danger. Nous pensons que c'est cela qui a donné à Harold Cline l'idée de les enlever. Cela pourrait aussi être la raison pour laquelle il a pu trouver un complice dans la place. Un des deux au moins s'imaginait peut-être sauver les enfants.

Une bouffée de nausée envahit CJ. Si Hank avait cru agir dans l'intérêt des jumeaux…

— S'il était impliqué, pourquoi aurait-il appelé votre avocat pour l'interroger au sujet de Jesse Rose et du jouet qui avait disparu en même temps qu'elle ?

Elle vit Travers et Boone échanger un regard avant que Nikki réponde :

— Peut-être parce qu'il s'inquiétait à cause des dernières informations divulguées aux médias. Si Jesse Rose avait encore ce jouet en sa possession et qu'elle ou ses parents adoptifs en avaient entendu parler…

— Ne vous auraient-ils pas contactés ?

— Pas s'ils craignaient de perdre leur fille ou d'avoir des ennuis avec la justice. Il peut y avoir une foule de raisons qui les ont dissuadés de se présenter, surtout s'ils connaissaient sa véritable identité lorsqu'ils l'ont recueillie, expliqua Travers.

— Quant à Jesse Rose, elle ne sait peut-être pas qu'elle a été adoptée, ajouta Nikki. Même si elle a vu les photos numériquement actualisées dans les journaux, il est possible qu'elle n'ait pas fait le lien.

— Mais si elle avait un cheval en peluche avec un ruban rose autour du cou elle risquait de commencer à poser des questions, murmura Boone.

— Les parents adoptifs ne savaient pas forcément que ce jouet provenait de chez les McGraw, renchérit Nikki. Ils ont pu penser que c'était un cadeau de la personne qui avait enlevé l'enfant pour la sauver.

Boone regarda CJ.

— Mais une fois que les médias en ont parlé…

Il n'acheva pas sa phrase. CJ garda le silence, l'estomac retourné. L'idée que Hank puisse avoir joué un rôle dans cette affaire vingt-cinq ans plus tôt la révoltait. Le Hank qu'elle connaissait n'aurait pas pu faire une chose pareille. Pourquoi ne lui avait-il rien dit de ce qui se passait ? Parce qu'il avait honte ?

Ou parce qu'il voulait la protéger ?

Cette pensée lui donnait un peu d'espoir. Il restait encore une chance que Hank soit innocent. Après tout, il était détective privé. Il avait pu enquêter pour le compte de quelqu'un qui était impliqué jusqu'au cou et qui cherchait une issue.

— Je suppose que nous le découvrirons demain, quand nous verrons qui descend du train à Whitehorse, conclut Boone. Pour le moment, inutile de nous perdre en conjectures. Tu as dû voir ces photos numérisées à la télévision ou sur Internet. As-tu jamais vu quelqu'un qui ressemblait à Jesse Rose avec Hank ?

— Non.

Elle secoua la tête, réprimant un frisson à la pensée de la clé USB contenant la photo de la jeune femme. Mentir lui répugnait. Demain, quoi qu'il arrive, elle montrerait ce cliché à Boone. Elle se sentait coupable de le lui avoir caché. Mais comment aurait-elle pu trahir Hank ?

Si Jesse Rose descendait du train, elle la reconnaîtrait.

16

CJ déclara vouloir se reposer un peu. Boone saisit l'occasion pour se rendre en ville avant le dîner. Il en informa son père, ajoutant qu'il ne serait pas long.

Il se rendit droit au bureau du shérif et demanda à voir Patty, son ancienne nourrice et belle-mère.

À l'époque où elle était sa nourrice, c'était une jeune femme aux cheveux châtains raides, à l'attitude timide et réservée.

Lorsqu'elle avait fait sa réapparition au ranch, neuf ans plus tard, un bébé dans les bras, elle n'était plus la même. Et, d'après ce que Boone avait entendu dire, le changement ne s'était pas limité à ses cheveux peroxydés. Tout ce qu'il savait avec certitude, c'était qu'elle avait manipulé son père et que ce dernier l'avait épousée pour l'aider à élever sa fille, née de père inconnu. Dans les années qui avaient suivi, Patty avait été la marâtre par excellence, semant discorde et mécontentement sur son passage.

Boone se félicitait qu'elle soit enfin sortie de leurs vies pour de bon.

La réceptionniste expliquait à Boone que les visites n'étaient autorisées qu'à certaines heures quand le shérif McCall Crawford apparut.

— Il faut que je voie Patty, lui dit-il aussitôt. Et je ne peux pas venir durant les heures de visite.

— À vrai dire, vous arrivez juste à temps. Elle a pu réunir l'argent de la caution et sera libérée dans la soirée.

— Quoi ? Comment est-ce possible ?

McCall secoua la tête.

— Je n'en sais rien. En tout cas, elle a obtenu l'aval du juge. Je ne peux rien faire.

Boone repoussa son stetson en arrière et passa une main dans ses cheveux.

— Dans ce cas, j'ai vraiment besoin de lui parler avant qu'elle parte.

Le shérif n'hésita qu'un instant.

— Entendu, mais ne restez pas longtemps, d'accord ?

Il acquiesça et le suivit dans le parloir. À peine était-il assis que Patty se glissa sur le siège de l'autre côté de la paroi vitrée. Elle lui sourit et décrocha le téléphone.

Son sourire suffit à exaspérer Boone, mais il réprima sa colère. Il était venu en quête d'informations. Se quereller avec Patty ne lui apporterait rien hormis un peu de satisfaction.

— Tu as bonne mine, dit-il.

Elle sourit de nouveau.

— Vous autres McGraw êtes tous de charmants menteurs. Il paraît que tu as fait un voyage. Tu es allé dans un endroit sympa ?

— À Butte. Je voulais voir un détective qui avait des renseignements au sujet de l'enlèvement.

— Vraiment ? demanda-t-elle, impassible. Et tu as éclairci toute l'affaire ?

— Pas exactement. Où est le journal intime de ma mère ?

Elle secoua la tête.

— Son journal ?

— Je sais que c'est toi qui l'as.

— Tu te trompes. Tout le monde me croit responsable de tout ce qui se passait dans cette maison voilà vingt-cinq ans. Je n'étais pas la seule à vivre là !

— Nous sommes au courant de la liaison de Frieda avec Harold Cline. Nous savons que ce sont eux qui ont eu l'idée de l'enlèvement.

Patty sourit.

— Ce n'est que le sommet de l'iceberg. Tilly ne s'est jamais confessée ?

Tilly ? La gouvernante ?

— Je sais que Tilly avait pris des médicaments ce soir-là et qu'elle était complètement assommée. Il a fallu qu'elle soit réveillée.

Patty se contenta de continuer à sourire.

— Es-tu en train de me dire que ce n'est pas vrai ?

Comme elle se taisait, il perdit patience.

— Allons, Patty, je sais que tu as empoisonné ma mère voilà vingt-cinq ans et que tu as récidivé avec mon père l'année dernière. Je te connais, souviens-toi. J'ai vu comment tu traitais les gens.

Elle se pencha vers lui et baissa la voix.

— Boone, je suis peut-être une garce, mais pas une meurtrière. Je n'ai empoisonné personne.

Il la dévisagea, surpris de se rendre compte qu'il était tenté de la croire. Était-il possible qu'elle lui dise la vérité ?

— Dans ce cas, qui empoisonnait mon père ?

— N'importe qui ayant accès à la maison a pu le faire. Votre ex-régisseur, Blake Ryan, ou l'avocat, Jim Waters, répondit-elle avec un haussement d'épaules. Ils étaient invités presque tous les jours.

— Quel mobile auraient-ils eu ?

Elle détourna les yeux un instant.

— Peut-être s'imaginaient-ils qu'ils m'auraient, moi, et le ranch avec, si Travers venait à mourir.

— Et où donc auraient-ils pêché cette idée ?

Patty lui fit face de nouveau.

— Ce n'est pas moi qui la leur ai donnée.

— Et la mort de Frieda, vas-tu me dire que tu n'étais pour rien là-dedans non plus ?

— C'est vrai.

Il étrécit les yeux.

— Tu avais beaucoup à perdre si elle avait parlé.

— Pas autant que celui ou celle qui a été le complice du

ravisseur. Oui, je faisais pression sur Frieda en me servant de son ex-petit ami. Comme je l'ai dit, je suis une garce, mais je n'ai joué aucun rôle dans sa mort.

— Bref, tu n'as strictement rien à te reprocher.

— Je n'ai pas dit ça. J'ai fait ma part d'erreurs. Mon plus grand regret concerne ton père. Que tu le croies ou non, je l'aimais. Mais j'ai toujours eu le sentiment de vivre dans l'ombre de ta mère — et c'était le cas. Il ne m'a jamais aimée autant qu'elle, et je le savais.

Patty étant manifestement d'humeur bavarde, Boone se hasarda à poser une question supplémentaire.

— Qui est le père de Kitten ?

Elle se mit à rire.

— Qui sait ? Ce n'était personne. Kitten est le fruit d'une aventure d'un soir. Avec un type séduisant que j'ai rencontré dans un bar alors que j'étais vulnérable.

— Ce n'est ni Jim ni Blake ?

Elle secoua la tête.

— Pourtant, ils pensent tous les deux être son père.

Une fois de plus, Patty haussa les épaules.

— Là encore, je me demande d'où ils tiennent cette idée.

— Comme je te le disais, rétorqua-t-elle en souriant, je ne suis pas entièrement innocente.

Elle soupira et planta son regard dans le sien.

— Je suis sur le point de partir d'ici et je doute fort que nous nous revoyions de sitôt. Qu'attends-tu de moi, Boone ?

— La vérité ?

— Eh bien, je suppose que tu devras attendre la publication de mon livre, dit-elle avec un sourire morose.

Sur quoi, elle raccrocha.

Assise à la table de la salle à manger, CJ écoutait des anecdotes tirées de l'enfance des fils McGraw. Rire lui faisait du bien. Et elle était particulièrement intéressée par les récits concernant Boone.

— À cinq ans, il a essayé de monter un veau, disait Cull. Il s'est cramponné, c'est sûr. Il a traversé tout un champ en hurlant. On a cru ne jamais le revoir.

— Quand il est revenu, on aurait dit qu'il s'était roulé dans la boue, renchérit Ledger. Il a raconté à tout le monde qu'il était monté sur le dos d'un taureau.

CJ adorait le son de leurs rires. Il était évident qu'une profonde affection les liait. Elle sentait leur chaleur, leur camaraderie. L'espace d'un moment, elle oublia la raison de sa présence avec eux. Oublia la clé USB au fond de sa poche. Oublia que Hank était mort. Et pire, que quelqu'un allait peut-être descendre du train le lendemain et changer à jamais ses sentiments envers l'homme qu'elle avait aimé comme son père.

Quand elle alla se coucher, elle n'avait qu'une idée en tête : dormir. Contrairement à ce qu'elle avait redouté, ses pensées ne la maintinrent pas éveillée. Elle sombra dans le sommeil dès qu'elle eut posé la tête sur l'oreiller. Cependant, ses rêves furent hantés par le visage de Jesse Rose. La jeune femme essayait de lui dire quelque chose, quelque chose au sujet de Hank, mais CJ ne pouvait pas l'entendre à cause du grondement du train.

Boone s'attarda pour bavarder avec son père et ses frères. Il était heureux d'être de retour au ranch. La promenade à cheval de l'après-midi lui avait fait du bien. Dans les grands espaces, il se sentait à sa place.

Il ne pouvait s'empêcher de penser à CJ — et à ce qu'il lui avait dit. Était-il vraiment prêt à quitter le ranch pour une femme ? Pas pour n'importe quelle femme, mais pour elle ?

Incapable de trouver le sommeil, il sortit faire quelques pas au-dehors. Le ciel était dégagé et la nuit froide, mais il avait besoin d'air pur. Il adorait ce lieu, adorait contempler la tache mauve foncé des Little Rockies à l'horizon, imaginer les milliers de bisons qui avaient autrefois peuplé la prairie.

Il songea à Butte et à CJ. Quitterait-elle sa ville pour un homme ? Pour lui ?

Boone secoua la tête, consterné par le cheminement de ses pensées. Il ne l'avait même pas embrassée ! Mais ce soir, durant le dîner, il avait eu toutes les peines du monde à détacher son regard de CJ. Elle était si belle... il se remémora son attitude envers les pauvres gens qui étaient venus assister aux obsèques de Hank. Elle avait dit qu'ils étaient sa famille, à Hank et à elle. Jamais il n'avait rencontré personne qui ait un aussi grand cœur.

Ou qui soit plus têtu.

— Je connais cette expression.

Surpris, Boone se retourna et vit Cull s'avancer vers lui.

— Quelque chose te tracasse ? demanda son frère.

Boone lâcha un rire.

— Tu parles sérieusement ? J'ai une peur bleue de m'être complètement trompé à propos de toute cette histoire. Qui sait seulement s'il y aura quelqu'un à la descente du train demain ? Et maintenant, j'ai nourri les espoirs de papa et...

— Bon, mais pourquoi est-ce que tu erres comme une âme en peine dans le noir ? coupa Cull.

— Je viens de te le dire.

Son frère balaya sa remarque d'un geste.

— Comme je te l'ai dit tout à l'heure, je connais cette expression. Tu crois que je n'ai pas erré dans la nuit après avoir rencontré Nikki ?

Cull se mit à rire.

— J'allais dans l'écurie et je me parlais. Je me demandais si je n'étais pas en train de perdre la tête ; comment j'avais pu tomber amoureux d'une fichue auteure de récits policiers, qui avait mis la maison sens dessus dessous pour obtenir son histoire.

Boone s'esclaffa.

— Tu n'avais rien compris.

— Répète-toi ça. Un détective privé de Butte ? Tu te demandes comment tu en es arrivé à ce point dans ta vie ?

Il leva les mains.

— Ne te donne pas la peine de mentir. Je t'ai vu là et je me suis dit que je pouvais te donner de sages conseils. Écoute-moi. Je suis passé par là. Fonce. Je parle sérieusement. Il suffit de te regarder pour voir que tu es fou d'elle. Arrête de te raconter des bobards. Tu es amoureux.

Boone secoua la tête.

— Tu devrais aller dormir, mon vieux. Tu dis…

— Oui, c'est ça, continue à te raconter des histoires, lança Cull en riant avant de se diriger vers son chalet.

Boone le suivit des yeux.

— Fonce ? répéta-t-il. Bon. Au temps pour les sages conseils, grand frère.

— Comment diable Patty a-t-elle réussi à réunir l'argent de la caution ? s'enquit Boone en entrant dans le bureau de son père. Dis-moi que tu n'as pas…

— Non, ce n'est pas moi.

— Mais tu étais au courant ?

Son père eut un geste de dénégation, repoussa les papiers étalés sur son bureau et se cala dans son fauteuil.

— Elle a dû obtenir une grosse avance pour le livre qu'elle menace d'écrire au sujet de l'enlèvement. Son livre de révélations. Elle a essayé de me persuader d'acheter son silence. Mais je me moque de ce qu'elle écrira.

Boone lâcha un juron.

— Eh bien, si quelqu'un sait la vérité à propos de ce qui s'est passé ce soir-là, je parie que c'est elle.

Il fronça les sourcils.

— Mais ce genre de vérité ne va pas la libérer.

— Peut-être en sait-elle plus qu'elle ne l'a avoué à propos des gens qui se trouvaient dans la maison.

— C'est ce que tu espères ?

— Tu veux que je te dise ? Au fond, une seule chose

m'intéresse, retrouver Jesse Rose. Pour ce qui est du second ravisseur…

— Tu ne veux pas obtenir justice ?

— Justice, répéta Travers avec un rire amer. Je ne pourrai jamais obtenir justice. J'ai trop perdu.

Son regard se voila, soudain absent.

Boone fixa un instant ses chaussures avant de relever la tête.

— Comment va maman ?

— Mieux, affirma son père. Elle veut voir Oakley.

— Tu lui as parlé de Tough Crandall ? se récria Boone, abasourdi.

— Pourquoi pas ? C'est son fils.

— En es-tu sûr ?

Boone serra les dents, encore furieux à la pensée de l'arrogance du cow-boy qui s'était présenté chez eux pour les détromper sur celui qui prétendait être Oakley.

Tough Crandall avait refusé tout net de se soumettre à un test ADN afin de prouver qu'il était bel et bien le jumeau disparu. Il avait ajouté qu'il ne voulait aucune relation avec les McGraw.

— Il a accepté de la rencontrer ?

— Pas encore, mais cela viendra.

Boone soupira intérieurement. Vingt-cinq ans durant, son père avait vécu dans son monde à lui, certain que les jumeaux étaient en vie et qu'ils reviendraient au bercail un jour. Et maintenant, il s'imaginait que ce cow-boy, qui savait depuis des années qu'il était son fils — et qui ne lui avait rien dit —, allait avoir la bonté de rendre visite à sa vraie mère ?

— Papa…

— Boone, il a besoin de temps, c'est tout.

Boone décida de ne pas le contredire. À quoi bon ? Et d'ailleurs, il n'avait pas le temps de s'engager dans une discussion. CJ et lui devaient aller à la gare. Il avait eu un mal fou à trouver le sommeil la veille au soir et avait été anxieux toute la matinée. Les propos de Cull n'avaient en rien contribué à apaiser son malaise.

À présent, il essayait de se concentrer sur ce qui devait être fait. Il espérait seulement que la personne qui descendrait du train ait des informations sur Jesse Rose. À supposer que celle-ci soit en vie. La crainte qu'elle ne soit morte le hantait depuis l'instant où son père lui avait demandé d'aller s'entretenir avec Hank Knight.

Oakley avait été retrouvé — en quelque sorte —, même si les retrouvailles tant désirées par son père n'avaient pas eu lieu. Cela ne signifiait pas que Jesse Rose puisse être retrouvée aussi. Vingt-cinq ans, c'était une éternité. Il avait pu arriver n'importe quoi.

Sur le trajet qui les menait à Whitehorse, CJ lutta pour maîtriser sa nervosité. Comme ils atteignaient l'entrée de la bourgade, un buisson d'amarante poussé par le vent traversa la route devant eux.

— Nous sommes à Whitehorse ? Et tu te moquais de Butte ? plaisanta CJ en regardant autour d'elle.

— Doucement, rétorqua-t-il en souriant. Tu es ici dans le vrai cœur du Montana.

CJ répondit par un gloussement tandis qu'il s'arrêtait devant un petit bâtiment sur lequel était fixé un panneau indiquant Whitehorse. Elle se souvint qu'il avait dit qu'il n'y avait aucun personnel à la gare. Les passagers achetaient leurs billets en ligne. Une voiture était garée près du bâtiment, mais il n'y avait personne en vue.

De l'autre côté de la voie se trouvait une rue qui semblait être la principale artère de la ville. On apercevait un hôtel appelé le Great Northern, plusieurs bars, un restaurant et une quincaillerie. Comme beaucoup de villes, Whitehorse était apparue en même temps que le chemin de fer.

Ils sortirent dans la lumière déclinante de l'après-midi hivernal et se postèrent sur le quai devant la gare. On sentait la neige dans l'air. CJ frissonna bien qu'il ne fasse pas particulièrement froid. Le train était censé arriver bientôt, mais ils étaient les seuls à attendre.

Boone était manifestement aussi anxieux qu'elle. S'ils avaient vu juste, Hank aurait dû être là à cet instant. Les yeux rivés sur la voie, elle s'efforça de dominer l'émotion qui la gagnait.

— Et si tout un groupe de gens descendent du train ? demanda-t-elle, éprouvant le besoin de faire la conversation.

— C'est peu probable, lâcha-t-il avec un petit rire. Cela va sans doute te surprendre, mais il n'y a pas beaucoup de touristes par ici.

— C'est une surprise, en effet, ironisa-t-elle.

Il sourit.

— Tu finirais par te plaire dans cette région. Si tu essayais.

Elle croisa son regard, songeant à ce qu'il avait dit la veille. Qu'il partirait pour la femme de sa vie. Mais quelle femme, si elle l'aimait, voudrait l'arracher à l'endroit qu'il adorait ?

— Tu crois ?

— Tu n'as jamais songé à déménager ?

— Où voulez-vous en venir, monsieur McGraw ?

Il haussa les épaules, l'air gêné.

Où avait-il voulu en venir ? Quoi qu'il ait eu à l'esprit, il semblait regretter d'avoir abordé le sujet.

— Tu sais, si tu revenais par ici à l'avenir.

Aucun risque, songea-t-elle alors que les flocons commençaient à tomber. Au loin, elle crut entendre le grondement d'une locomotive.

Boone n'arrivait pas à croire qu'il lui avait dit cela. Où avait-il voulu en venir ? Quoi qu'il en soit, ce genre de propos ne lui ressemblait pas du tout. Il ne pouvait pas suivre les conseils de Cull. Il en était tout bonnement incapable. Et pourtant, il avait compris ce matin-là que, quelle que soit la personne qui descendrait du train aujourd'hui, CJ s'en irait.

Il la ramènerait à Butte, et tout serait fini. Cette pensée lui était insupportable. Il était mordu, aucun doute. CJ était drôle et intelligente. Il aimait sa façade de fille dure à cuire et la vulnérabilité qui se dissimulait juste derrière. Cela lui donnait envie de la protéger, et il voyait d'ici le genre d'ennuis où cette envie risquait de le mener. Il lui suffisait de regarder ses frères.

Malgré tout, il ne pouvait s'empêcher de l'observer comme s'il essayait de graver ses traits dans sa mémoire. Elle avait les joues rougies par le froid. Ses yeux brillaient. Il la vit tirer la langue pour saisir un flocon, comme si elle ne s'était même pas rendu compte de la sensualité de son geste.

— Nous pourrions attendre à l'intérieur, suggéra-t-il, remarquant qu'elle frissonnait.

Elle s'entoura de ses bras et secoua la tête.

— Je crois que j'entends le train.

Il n'était pas difficile de lire dans ses pensées. Elle espérait que quiconque se trouvait à bord du train saurait qui avait désiré la mort de Hank Knight. CJ ne renoncerait pas avant d'avoir découvert le meurtrier de son associé.

Boone espérait être à ses côtés lorsque cela arriverait. CJ pourrait bien se rendre compte alors qu'elle avait besoin de quelqu'un. Même de lui. En ce qui le concernait, il chérissait son indépendance, mais il avait aussi appris qu'il pouvait se reposer sur les siens si nécessaire. Il avait l'impression qu'il en allait autrement pour CJ. Que Hank et elle avaient été seuls contre le monde entier trop longtemps. Et maintenant qu'il n'était plus là…

Boone avait beau se quereller avec ses frères et s'opposer à son père parfois, il était rudement heureux de les avoir dans sa vie. Il n'osait imaginer à quel point CJ devait se sentir seule. Une fois de plus, il éprouva le désir intense de la protéger.

Mais il n'était pas facile de l'atteindre. Elle avait refoulé ses tentatives de réconfort. Elle était résolue à se débrouiller seule et n'avait supporté sa présence que parce qu'elle y était forcée.

Cela dit, elle l'avait laissé mettre un bras autour de ses épaules lors des obsèques. Elle s'était même appuyée sur lui. Pendant quelques minutes.

Les flocons tourbillonnaient autour d'eux. CJ avait le visage tourné vers le ciel, les yeux fermés. Quand elle frissonna de nouveau, il n'y tint plus. Il s'approcha d'elle et l'attira contre lui.

Elle ouvrit ses magnifiques yeux noisette et le regarda. Il sentit son cœur cogner contre ses côtes. Il voulait CJ. Cette pensée le terrifia. Et pourtant, il la serra plus étroitement dans ses bras sous la neige.

17

CJ plongea son regard dans les yeux bleus de Boone alors qu'il l'enlaçait. Elle oublia la neige qui tombait, le froid, l'inquiétude et le chagrin qui l'avaient meurtrie ces derniers jours. Dans les bras de Boone, elle se sentait au chaud, à l'abri.

Son instinct lui ordonnait de se dégager, pourtant elle ne bougea pas.

Leurs regards se soudèrent, et elle sentit s'accélérer les battements de son cœur. Lentement, il se pencha vers elle jusqu'à ce que ses lèvres ne soient plus qu'à un millimètre des siennes. Elle ne pouvait plus respirer. N'osait plus. S'il ne l'embrassait pas, elle en mourrait, songea-t-elle.

Quand les lèvres de Boone effleurèrent les siennes, CJ lâcha un soupir de soulagement, de bonheur et de plaisir. Il resserra son étreinte autour d'elle et captura sa bouche. Elle s'abandonna à lui et à son baiser, le cœur tambourinant à toute allure, le désir vibrant dans ses terminaisons nerveuses.

Le sifflement de la locomotive les fit tressaillir en même temps. Brutalement ramenés à la réalité, ils se séparèrent, et CJ prit une profonde inspiration à la vue des feux qui s'approchaient.

Le train entra en gare dans un vacarme assourdissant, ralentit puis s'arrêta enfin, après que de nombreux wagons furent passés. Boone n'avait pas prononcé un mot après le baiser. Elle non plus. Toutefois, elle se demandait s'il avait des regrets.

Elle effleura sa lèvre supérieure du bout de la langue et sourit à sa propre intention. Cela ne se reproduirait pas, elle en était sûre. Ni l'un ni l'autre ne s'étaient attendu à… ce qui venait de se passer.

Une portière s'ouvrit. Un employé apparut, mit un marchepied sur le quai, puis entreprit d'aider une passagère à descendre. CJ retint son souffle mais le relâcha en voyant une femme âgée, suivie d'un homme qui l'était aussi. Ils se dirigèrent ensemble vers le véhicule garé à côté du bâtiment.

Submergée par la déception, CJ vit l'employé remonter à bord et refermer la portière.

— Boone ?

Le train s'ébranla. Elle lutta contre l'envie de hurler. De se blottir dans les bras de Boone de nouveau. Des larmes lui brûlaient les paupières.

— Attends, murmura-t-il en lui effleurant le bras. Il reste les passagers des wagons-lits.

Elle cilla. En effet, le convoi s'immobilisa de nouveau au bout de quelques mètres. Un autre employé poussa une portière, sortit un marchepied et pivota pour attraper une valise. Il la déposa sur le quai cimenté avant de tendre la main à une jeune femme qui descendait du train.

À sa vue, CJ porta une main à sa bouche. C'était la femme qui était en photo sur la clé USB de Hank.

Elle se tourna dans leur direction, dardant sur eux un regard vert, intense. Boone émit un son étranglé, comme s'il était lui aussi sous le choc. L'arrivante était superbe, mince, dotée d'une grâce remarquable.

Le cœur sur le point d'exploser, CJ savait qu'elle était face à Jesse Rose McGraw — et n'osait songer à tout ce que cela impliquait.

Oh ! Hank, à quoi as-tu donc été mêlé ?

Elle regrettait tellement de ne pas avoir montré la clé à Boone. Une lutte se livrait visiblement en lui, alors qu'il se demandait si cette femme pouvait réellement être la sœur qu'il avait vue pour la dernière fois quand elle était âgée de six mois.

Le cœur serré, CJ lui toucha doucement l'épaule. Il jeta un coup d'œil vers elle et acquiesça. Le train repartit et disparut, les laissant tous trois seuls sous la neige qui continuait à tomber.

C'était bien Jesse Rose McGraw, adulte.

CJ la contempla à travers le rideau de flocons, partagée entre le soulagement et l'angoisse. Elle ne pouvait se mentir plus longtemps. Hank avait été impliqué jusqu'au cou dans cette affaire.

— Excusez-moi, commença Boone alors qu'ils s'approchaient d'elle. Comptiez-vous retrouver Hank Knight ici ?

Des larmes envahirent les yeux de la jeune femme. Elle détourna la tête un instant.

— Hank…

Sa voix se brisa.

— Il est mort, n'est-ce pas ?

CJ acquiesça. Elle ne savait pas comment la nouvelle venue avait appris la disparition de Hank, mais elle était soulagée de ne pas avoir à la lui annoncer.

— Vous devez être Calamity Jane, reprit celle-ci en luttant contre les larmes.

À la stupéfaction de CJ, Jesse Rose fit un pas vers elle et l'étreignit.

— Oncle Hank m'a tant parlé de vous.

Oncle Hank ? CJ échangea un regard interdit avec Boone par-dessus l'épaule de sa sœur. Il paraissait aussi abasourdi qu'elle.

— Mais je suis heureuse que vous soyez ici, ajouta Jesse Rose. Il avait dit que ce serait soit lui, soit…

Ses yeux se portèrent sur Boone.

— … soit un membre de la famille McGraw.

CJ la vit essuyer ses larmes, puis elle sourit et son visage s'éclaira.

— Vous devez être un de mes frères ?

— Boone McGraw.

Un mélange de stupeur et de joie s'entendait dans sa voix.

— Et vous êtes…

— Jesse Rose Sanderson, compléta-t-elle, la main tendue.

— Jesse Rose ? répéta-t-il, stupéfait, en serrant sa main gantée dans les siennes.

Son sourire se teinta de tristesse.

— Oncle Hank m'a raconté qu'il avait essayé de persuader ma mère de me donner un autre nom, mais j'imagine que, quand elle a chuchoté mon nom la première fois qu'elle m'a changée, je l'ai reconnu. Elle n'a pas eu le cœur de le changer.

Boone secoua la tête.

— Eh bien… nous devons parler, c'est sûr, mais nous ne sommes pas obligés de le faire sous une tempête de neige.

Il les guida vers le 4x4. CJ monta à l'arrière pour que la jeune femme puisse être devant avec son frère. Comme elle s'installait, Jesse Rose se pencha vers elle et captura sa main dans la sienne.

— Calamity Jane, répéta Jesse Rose avec un petit rire. Vous êtes exactement telle que oncle Hank vous a décrite. Mais je sais que vous préférez qu'on vous appelle CJ. Excusez-moi. J'ai toujours adoré votre nom et je mourais d'envie de rencontrer celle qui avait conquis le cœur de mon oncle.

Hank lui avait parlé d'elle ?

— J'espérais que oncle Hank serait là pour m'attendre, mais il m'avait avertie que ce ne serait peut-être pas le cas. A-t-il été très malade à la fin ?

CJ secoua la tête, perplexe. Malade ?

— J'espère qu'il n'a pas souffert.

— Non, dit-elle aussitôt. Tous les témoins ont dit qu'il était mort sur le coup.

— Tant mieux. Il semblait plutôt normal quand il est venu à Seattle, mais ma mère m'a dit que le cancer était ainsi quelquefois. Elle m'a prévenue alors qu'il ne survivrait pas très longtemps.

Le cancer ? CJ en croyait à peine ses oreilles. Était-ce vrai ? Pourtant, alors même qu'elle s'interrogeait en fixant la neige, elle sut que la réponse était oui. Elle se remémora la décision soudaine qu'il avait prise de partir en retraite. Cela lui ressemblait si peu. Il adorait son métier. Elle avait tenté de le dissuader d'arrêter, mais il avait avancé toutes sortes de raisons. En fin de compte, elle avait compris qu'il était déterminé et avait cessé d'en parler. En même temps, elle avait senti à quel point il était triste.

Tout s'expliquait à présent.

Mais pourquoi ne lui avait-il rien dit ? Elle fouilla dans ses souvenirs. L'avait-elle vu souffrant ? Parfois, lorsqu'elle était venue au bureau sans prévenir, il avait paru fatigué. Elle s'était simplement dit qu'il travaillait trop. Jamais elle n'avait songé… au cancer.

Oui, tout s'expliquait maintenant. Voilà pourquoi il avait été si pressé de fermer le bureau. Pourquoi il était allé à Seattle sans la prévenir, et pourquoi il avait averti Jesse Rose qu'il ne serait peut-être pas à la descente du train. Il avait manifestement l'intention de venir, sinon, il aurait informé les McGraw. Bien sûr, il n'avait pas pu prévoir qu'il serait renversé.

Jesse Rose lâcha la main de CJ au moment où Boone montait en voiture à son tour.

— Je suis si heureuse que oncle Hank m'ait parlé de ma famille ici.

— Depuis combien de temps êtes-vous au courant ? demanda Boone en démarrant.

CJ devina ses pensées. Il espérait que Jesse Rose ne serait pas aussi réticente que Tough Crandall à faire la connaissance des siens.

CJ était persuadée que non. Si la jeune femme n'avait pas désiré les connaître, elle ne serait pas venue jusqu'ici.

— De quoi ? Du fait que j'ai été adoptée ? Ou du fait que j'avais des frères ?

— Les deux, répondit Boone.

— J'ai découvert que j'avais été adoptée à l'âge de dix-sept ans. Un jour que je cherchais mon certificat de naissance…

Elle haussa les épaules.

— Le nom de mes vrais parents y figurait, mais j'ai aussi

trouvé une lettre d'une certaine Pearl Cavanaugh. Vous la connaissiez ?

— Je sais qui elle était.

— Je n'ai appris que récemment que j'avais été enlevée. C'est mon oncle Hank qui me l'a révélé — contre l'avis de ma mère. Il a dit qu'il était temps que je fasse la connaissance de ma famille biologique.

— Et votre père ? s'enquit CJ.

— Il est mort quand j'avais douze ans. Apparemment, ma mère était la seule à savoir que j'avais été enlevée, mais d'après oncle Hank elle désirait si désespérément un enfant qu'elle était prête à tout pour en avoir un.

Boone jeta un coup d'œil à CJ dans le rétroviseur avant de s'arrêter devant le Whitehorse Café. Il se demandait à quoi elle pensait. Pour sa part, il était encore sous le choc. Cependant, c'était pour elle qu'il s'inquiétait. Elle tombait manifestement des nues.

Il avait imaginé attendre le train et voir Jesse Rose en descendre, mais jamais il n'avait réellement cru que les choses se passeraient ainsi. Encore moins qu'elle soit au courant non seulement de la mort de Hank mais de son propre enlèvement… il en était sidéré. Au moins Hank avait-il veillé à la mettre au courant.

Mais pourquoi avait-il caché tout cela au reste du monde, y compris aux McGraw, et surtout à CJ ? Ne s'était-il pas rendu compte du mal qu'il allait lui faire ? Sans oublier que Jesse Rose avait été au courant de l'existence de CJ pendant toutes ces années alors que CJ n'avait rien su d'elle. Il était clair que Hank avait joué un rôle dans l'affaire. La question était de savoir lequel.

— Je me suis dit que nous pourrions boire quelque chose de chaud avant de retourner au ranch.

Une fois à l'intérieur, ils s'assirent à une table au fond de l'établissement. Celui-ci était désert à cette heure. Par chance, la fiancée de Ledger, Abby, n'était pas de service. La serveuse qui prit leur commande salua Boone et se contenta de sourire aux deux femmes.

— J'ai l'impression de vous connaître depuis toujours, dit Jesse Rose à CJ. Oncle Hank m'a tant parlé de vous au fil des années. Il disait qu'il savait que nous nous entendrions bien parce qu'on se ressemblait beaucoup. Il m'avait promis qu'on se rencontrerait un jour.

— Je suis désolée de paraître surprise, mais Hank n'a jamais fait la moindre allusion à vous, avoua CJ.

Jesse Rose fronça les sourcils.

— C'est compréhensible, je suppose, compte tenu des circonstances. Je me suis toujours demandé pourquoi il refusait que je vienne lui rendre visite. Je pensais que c'était ma mère qui n'était pas d'accord. Oncle Hank et elle… eh bien, ils ne s'entendaient pas. Mais je l'adorais, et il… enfin, c'était quelqu'un d'exceptionnel, mais vous le savez déjà.

Ses yeux verts s'emplirent de larmes.

— Je suis si triste qu'il ne soit plus là.

— Il était atteint d'un cancer, expliqua CJ à Boone comme si elle avait senti sa perplexité. Il savait qu'il ne lui restait pas longtemps à vivre, c'est pourquoi il l'avait avertie qu'il ne serait pas ici pour l'attendre.

— Oh ! je suis vraiment désolé.

Encore une chose que Hank avait cachée à CJ, songea-t-il.

— Vous n'aviez jamais soupçonné que vous aviez été adoptée avant de trouver cette lettre ? demandait celle-ci à Jesse Rose.

Elle hésita.

— Pas vraiment. La plupart des enfants qui pensent avoir été adoptés ont cette idée parce qu'ils ne ressemblent guère à leurs parents ou à leurs frères et sœurs, non ? Je n'avais pas de frères et sœurs à qui me comparer.

— Mais vous ne ressemblez pas à vos parents ?

Jesse eut un léger rire.

— Mon père était blond aux yeux bleus et ma mère aussi.

Elle m'a toujours dit que mes cheveux bruns venaient du côté paternel.

Elle redevint sérieuse.

— Pensez-vous qu'il puisse y avoir une erreur et que je ne sois pas Jesse McGraw ?

— Nous ne pouvons en être absolument sûrs avant d'avoir fait un test ADN — si vous y êtes prête —, mais vous ressemblez énormément à notre mère quand elle avait votre âge.

Le visage de Jesse Rose s'éclaira.

— C'est si étrange et si merveilleux de découvrir que je ne suis pas fille unique. Quand j'étais plus jeune, je rêvais d'avoir un frère ou une sœur. J'étais tellement anxieuse pendant ce voyage ! Ça été les vingt heures les plus longues de ma vie, mais je suis comme oncle Hank : je déteste prendre l'avion. D'ailleurs, il n'était pas possible de venir à Whitehorse autrement qu'en avion privé.

— Je suis sûr que Hank vous a prévenue, mais en fait vous n'avez pas que des frères. Vous avez aussi un frère jumeau.

Elle hocha la tête, visiblement tout excitée.

— J'ai hâte de le rencontrer. C'est vraiment bizarre. J'ai toujours eu l'impression qu'il me manquait une part de moi-même. Je sais que ça paraît absurde…

— Pas du tout. J'ai déjà entendu dire cela à propos de jumeaux, même de faux jumeaux.

— Sera-t-il au ranch ?

Boone et CJ échangèrent un regard.

— Qu'y a-t-il ?

— Eh bien, non. Mais il vit par ici. Il s'appelle Tough Crandall et il possède un ranch dans le comté voisin. En fait, il sait depuis des années qu'il est Oakley McGraw, mais il ne voulait rien avoir à faire avec notre famille, en partie à cause de tout le battage médiatique qui l'entoure.

— L'enlèvement a fait beaucoup de bruit, ajouta CJ. J'espère que cela ne vous inquiète pas ?

Boone serait cruellement déçu si la fille unique de Travers refusait de le rencontrer.

Jesse Rose secoua la tête.

— Non, sauf que… ma mère savait…

Elle leva vers eux des yeux emplis d'inquiétude.

— Elle ne sera pas poursuivie, si ?

— Nous ferons tout pour éviter cela. Nous ignorons ce qu'on a dit à votre mère. Celle d'Oakley croyait l'avoir sauvé. La vôtre pensait peut-être la même chose.

Jesse Rose soupira.

— Malgré tout, j'avoue avoir du mal à comprendre qu'elle ait pu prendre l'enfant de quelqu'un d'autre.

18

Durant le trajet de retour au ranch, CJ observa Jesse Rose avec attention. Il était évident que la jeune femme avait été bouleversée d'apprendre la mort de son oncle. Bien qu'ils ne se soient pas vus souvent, Hank et elle avaient dû être très proches.

Par ailleurs, elle semblait nerveuse, ce qui n'avait rien d'étonnant. Elle était sur le point de faire la connaissance d'une famille dont elle ignorait tout, elle se rendait dans un lieu où elle n'avait passé que les six premiers mois de sa vie et elle allait rencontrer un père qui la cherchait depuis vingt-cinq ans.

— Hank vous a-t-il raconté les circonstances de votre adoption ? demanda CJ au bout d'un moment.

— Non, mais il avait dit qu'il le ferait.

Des larmes brillèrent de nouveau dans ses yeux.

— Je n'arrive pas à croire qu'il n'est plus là.

CJ prit une profonde inspiration.

— Il y a une chose que vous devriez savoir, dit-elle doucement. Hank n'a pas succombé au cancer. Il a été renversé par une voiture dont le chauffeur a pris la fuite. Nous pensons qu'il a été tué par celui des ravisseurs qui est toujours en liberté…

Elle se pencha, prit la main de Jesse Rose et la serra entre les siennes.

— Je n'étais pas au courant de son cancer. Il m'a caché beaucoup de choses.

— Je suis désolée qu'il ne vous ait pas parlé de nous,

murmura Jesse Rose. Il vous adorait. Il vous considérait comme sa fille.

Le cœur de CJ se gonfla d'émotion.

— Venait-il souvent vous voir ? s'enquit-elle tout bas.

— Seulement une ou deux fois par an. Il disait qu'il était trop occupé pour venir plus souvent. Je lui ai proposé de lui rendre visite, mais il trouvait toujours des prétextes pour se dérober. Ma mère prétendait que c'était à cause de la manière dont il vivait, comme un miséreux.

— Je crains que ce ne soit pas si simple, marmonna Boone.

Jesse Rose eut un petit rire.

— Vous voulez dire que Hank était riche.

Remarquant sa surprise, elle hocha la tête.

— Sa famille était fortunée, mais il n'a jamais voulu toucher à cet argent. Il tenait à tracer sa propre voie sans que personne ne s'en mêle. Mes grands-parents ont été à deux doigts de le déshériter quand il s'est installé à Butte et qu'il est devenu détective privé.

— Voilà qui explique un certain nombre de choses, lança Boone en jetant un coup d'œil à CJ dans le rétroviseur.

Elle lui sourit, aussi contente que lui qu'un mystère au moins soit éclairci. Les actions et obligations que Hank lui avait laissées n'avaient pas été obtenues par des moyens illégaux.

Jesse Rose contemplait le paysage qui défilait derrière les vitres.

— Cette région est magnifique, commenta-t-elle.

Contrairement à Butte, qui était située dans une cuvette entourée de montagnes, cette partie du Montana se composait essentiellement de prairies ondulantes. Les seuls sommets que CJ apercevait étaient ceux des Little Rockies à l'horizon. Elle repensa à ce que Boone lui avait dit, qu'elle finirait par aimer cet endroit. Peut-être. Boone McGraw n'avait-il pas fini par la séduire ?

Boone s'engagea dans l'allée bordée de clôtures blanches, qui menait à la maison. La veille, CJ avait été trop anxieuse pour admirer les lieux. À présent, c'était différent. Le ranch lui rappelait les films qu'elle avait regardés enfant. Les immenses prés entourés de barrières blanches lui donnaient l'impression d'être au Kentucky — et non dans le fin fond du Montana.

Jesse Rose lâcha une exclamation de plaisir à la vue des chevaux qui galopaient de l'autre côté de la clôture comme pour les escorter, leur crinière flottant au vent.

— J'adore les chevaux. C'est une des raisons pour lesquelles j'ai toujours voulu visiter le Montana. Mais oncle Hank…

Des larmes s'échappèrent de ses yeux. Elle se hâta de les essuyer.

— J'ai toujours su qu'il nous cachait quelque chose, mais je supposais que c'était son mode de vie.

Boone s'arrêta devant la vaste demeure et coupa le moteur.

— J'espère que vous êtes prête à faire la connaissance de votre famille. Tout le monde a hâte de vous rencontrer.

Travers et ses fils étaient déjà à la porte. CJ resta en retrait, ne voulant pas gêner les retrouvailles. Les yeux rivés sur sa fille, Travers descendit les marches et la prit dans ses bras. Dans un moment d'intense émotion, tous les McGraw et les futures McGraw vinrent accueillir Jesse Rose.

L'air ravi, celle-ci se laissa entraîner à l'intérieur.

— Hé, murmura Boone en rejoignant CJ. Ça va ?

Elle s'essuya les yeux et hocha la tête, trop émue pour articuler un son.

— Je suis désolé pour Hank, ajouta-t-il.

— En un sens, le meurtrier lui a rendu service en le tuant sur le coup, murmura-t-elle enfin. J'aurais seulement voulu…

— Je sais.

Il l'entoura de ses bras, et elle se laissa aller contre son torse puissant, musclé. Il sentait bon, sa chaleur se communiquait à elle. CJ aurait pu rester là pour toujours.

Mais une voix s'éleva de l'intérieur. Celle de Travers.

— Qu'on apporte du champagne !

Cecil s'approchait de Whitehorse quand son téléphone se mit à sonner. Il sursauta et jeta un coup d'œil au nom qui s'affichait.

C'était Tilly. Que se passait-il encore ?

— Salut ! lança-t-il, s'efforçant de parler sur un ton enjoué.

— Tu ne vas pas croire ce qui arrive ici ! chuchota Tilly.

L'estomac soudain noué, Cecil attendit, craignant le pire. Tilly semblait mourir d'envie de parler.

— Jesse Rose a été retrouvée. Apparemment, elle savait qui elle était, c'est pourquoi elle est venue par le train faire la connaissance de sa famille. Je ne sais pas depuis combien de temps elle était au courant. En tout cas, Travers est fou de joie !

L'admiration mêlée d'affection qu'elle vouait à son patron perçait dans sa voix. Cecil étouffa un grognement.

— Où es-tu ? reprit son ex.

— Sur le chemin du retour.

En réalité, il apercevait les faubourgs de Whitehorse, mais il ne voulait pas le lui avouer. Il avait besoin de réfléchir d'abord.

En fait, il avait demandé à Tilly de ne dire à personne qu'ils s'étaient réconciliés. Il savait que Travers McGraw avait une piètre opinion de lui. Et qu'il n'était pas le seul.

— Il va y avoir une grande fête ici ce soir, continua Tilly. Les jumeaux ont été retrouvés. Que le ciel soit loué !

Cecil ne répondit pas.

— Quand Boone a téléphoné, savait-il qui était le deuxième ravisseur ? demanda-t-il, retenant son souffle.

— Je n'ai pas entendu toute la conversation, déclara Tilly, mais des lettres sont arrivées aujourd'hui, venant du détective dont je te parlais. Et il y a un paquet de la deuxième Mme McGraw.

Cette fois, c'était le dégoût qu'il entendait dans la voix de son ex.

— Un paquet ? Envoyé par Patty ? Tu es sûre que ce n'est pas une bombe ?

— Non, ça ressemble plutôt à un livre. Il est adressé à M. McGraw.

Un livre ? Cecil cessa de s'intéresser au paquet. Les lettres l'inquiétaient davantage.

— À qui les lettres sont-elles destinées ?

— Eh bien, il y en a une pour Jesse Rose, une pour CJ West, cette jeune détective que Boone a ramenée, et une autre pour M. McGraw.

— Travers ?

Il était fichu. Ses pires craintes se réalisaient. Il regarda Whitehorse devant lui. Il pourrait continuer à rouler, gagner le Dakota du Nord et même aller au-delà, mais on finirait par le rattraper. À moins que…

— Tu ne leur as pas encore remis le courrier ? demanda-t-il, priant pour qu'elle réponde par la négative.

— Non. Tout le monde est trop excité par l'arrivée de Jesse Rose…

— Ne le leur donne pas ! Tilly, tu m'entends ?

— Oui, mais pourquoi… ?

— Tu ne dois pas leur donner ces lettres, ordonna-t-il tout en se creusant les méninges pour trouver une solution. Brûle-les.

— Je ne peux pas faire ça !

— Dans ce cas, garde-les jusqu'à ce que j'arrive. Tu peux faire ça ?

Il avait le cerveau en ébullition. Si les McGraw connaissaient le rôle qu'il avait joué dans l'enlèvement, il l'aurait déjà appris. Tilly serait au courant. Par conséquent, la jeune détective n'avait rien trouvé.

En revanche, Hank avait rédigé des lettres, des lettres qui les incrimineraient tous les deux. Il étouffa un juron.

— Tilly, fais ce que je te demande, je t'en prie.

— Je ne comprends pas pourquoi tu veux que…

— Tilly, si tu m'aimes, si tu m'as jamais aimé, je t'en supplie, cache ces lettres. Je suis en route. Je t'expliquerai tout en arrivant.

— Quelque chose ne va pas ?

Tilly tressaillit au son de la voix de Boone. Elle parlait au téléphone et lui tournait le dos, si bien qu'avec le vacarme ambiant elle ne l'avait pas entendu entrer.

Il était encore abasourdi. Dans ses rêves les plus fous, il avait espéré que Jesse Rose descendrait de ce train. Mais jamais il n'avait envisagé qu'elle sache déjà qui étaient les McGraw — et encore moins qu'elle connaisse CJ.

Oncle Hank ?

Il avait vu l'expression de CJ. Elle avait été assommée par la nouvelle. Ce qu'ils ignoraient toujours, c'était comment la sœur de Hank avait eu Jesse Rose. Hank avait-il participé au kidnapping ?

Après tout ce qu'il avait entendu dire à Butte au sujet du détective, Boone avait du mal à croire à cette hypothèse. Néanmoins, Hank avait su que Jesse Rose avait été enlevée et avait choisi de se taire. Jusqu'à maintenant. Au bout de vingt-cinq ans, il avait finalement décidé de les contacter. Pourquoi ? Parce qu'il se savait mourant ?

Tilly se hâta de fourrer quelque chose dans son sac avant de se retourner. Le sourire feint plaqué sur ses lèvres acheva d'inquiéter Boone.

De plus, elle tremblait.

— Si je peux faire quoi que ce soit…

— Oh ! tu es gentil. Vous êtes tous tellement gentils. Je… j'ai tellement de chance de travailler ici. Ton père… a été si bon pour moi pendant toutes ces années…

Elle était visiblement au bord des larmes.

— Tilly…

Boone s'avança et mit les mains sur ses épaules.

— Tilly, vous faites partie de la famille. Si quelque chose ne va pas, vous pouvez me parler.

Elle acquiesça, les yeux embués.

— C'était Cecil au téléphone…

Elle baissa la tête et contempla le plancher, prenant une profonde inspiration avant de continuer :

— Il ne veut pas qu'on sache que nous envisageons de nous remarier.

Boone sourit.

— Pourtant, c'est une bonne nouvelle, non ?

— Oui, bien sûr. C'est juste que, tu sais, Cecil a peur qu'il n'y ait des commérages ou pire encore.

Il savait, en effet. Il se souvenait du divorce de Tilly et de Cecil. Ce dernier n'avait jamais été porté sur le travail, et Tilly, après avoir subvenu à ses besoins des années durant, avait fini par se lasser. À l'époque, les gens ne s'étaient pas privés de dire qu'elle aurait dû le mettre à la porte depuis longtemps. Sans doute allaient-ils penser qu'elle était idiote de le reprendre.

— Si vous êtes heureuse, je suis heureux pour vous, dit-il. À propos, dans quelle chambre pouvons-nous installer Jesse Rose ?

— Oh ! je vais la lui montrer !

Elle fit mine de se diriger vers le salon, puis se ravisa et attrapa son sac à main.

— Je vais juste ranger ça d'abord.

— Je suis sûre que vous avez une foule de questions, dit Jesse Rose lorsqu'ils eurent porté un toast à son retour. Moi aussi. Mais je suis si heureuse de faire votre connaissance à tous. J'ai toujours voulu des frères et sœurs. Je n'arrive pas à croire à ce qui m'arrive.

Elle promena un regard autour d'elle en souriant, ses yeux s'arrêtant longuement sur CJ.

— J'ai surtout rêvé d'avoir une sœur.

CJ sourit. Elle était contente pour Jesse Rose, mais elle se sentait déplacée. Lorsqu'on saurait que Hank…

Boone prit la coupe de champagne qu'elle avait à peine touchée et la posa sur la table, effleurant ses doigts au passage. Elle tressaillit, et leurs regards se soudèrent.

— Ça va ? murmura-t-il.

Elle acquiesça, mais le cœur n'y était pas, et Boone dut le

deviner. Capturant sa main, il l'entraîna dans le couloir, vers le solarium situé côté sud de la maison.

— Tu devrais être là-bas, avec ta famille, protesta-t-elle comme il refermait la porte derrière eux.

— Je vois bien que ça ne va pas, dit-il en lui soulevant tendrement le menton. Dis-moi ce qui te tracasse.

— Je ne devrais pas être ici. C'est une réunion familiale…

— Tu es avec moi.

CJ leva les yeux et sentit son pouls s'emballer à l'expression de son regard.

— Je veux que tu sois ici. Je… je te veux, toi.

Avant qu'elle ait pu réagir, il l'attira à lui. Le baiser qu'ils avaient partagé sur le quai avait éveillé toutes sortes d'émotions et de sensations en CJ, mais c'était peu de chose en comparaison de celui qu'il lui donnait à présent. Jamais CJ n'avait rien éprouvé d'aussi intense, d'aussi merveilleux. C'était comme si un brasier faisait rage en elle après avoir été contenu trop longtemps.

Boone accentua son étreinte, éveillant en elle des besoins inconnus, irrésistibles. Étourdie de désir, elle se laissa aller contre lui…

Il y eut un bruit derrière la porte.

Boone se redressa, le regard rivé sur elle, la promesse qu'elle lisait dans ses yeux attisant le brasier qui la consumait.

— Boone !

Cull passa la tête à l'intérieur.

— Oh ! tu es là, murmura-t-il, l'air gêné. Désolé. Père voudrait te parler.

— Vas-y, dit CJ, s'efforçant de reprendre son souffle. Je vais prendre l'air un instant. Il fait chaud ici.

Cull adressa un sourire entendu à son frère alors qu'ils s'en allaient.

CJ attrapa sa veste et sortit dans l'air glacial. Le crépuscule était tombé sur le ranch, teintant la neige d'argent pâle. Elle resserra les pans de son manteau autour d'elle en contemplant les Little Rockies, tandis que les paroles de Boone s'imposaient de nouveau à elle. Il avait raison. Elle aimait déjà cette région du Montana. Tout comme elle aimait déjà Boone McGraw.

Les derniers mots qu'il avait prononcés résonnaient encore à ses oreilles.

« Je veux que tu sois là. Je te veux, toi. »

Elle avait vu combien il lui avait été difficile de faire cet aveu.

Encore toute chamboulée par leur baiser, sans parler de la promesse qu'elle avait lue dans ses yeux bleus, elle s'abandonnait à la rêverie quand un bruit la fit tressaillir.

19

CJ fut saisie par-derrière avant d'avoir eu le temps de se retourner. Elle sentit le canon froid d'un pistolet pressé contre sa tempe.

— Écoutez-moi, siffla l'homme à son oreille. Faites ce que je vous dis, sinon je vous tue et tous les autres aussi. C'est compris ?

Elle hocha la tête. L'instant d'après, il la tira brutalement en arrière, la traînant à demi vers l'écurie la plus proche. Elle remarqua qu'il boitait et comprit que c'était lui qui s'était introduit chez elle. L'homme que Boone avait vu lors des obsèques de Hank. Et sans doute celui qui avait tué Hank et essayé de les renverser, Boone et elle, à Butte.

Une fois à l'intérieur de l'écurie, il ordonna :

— Appelez votre petit ami.

— Quoi ?

Elle était en train de songer aux mouvements d'auto-défense qu'elle connaissait. Le problème, c'était que son adversaire était grand et corpulent et qu'elle avait été prise par surprise. De plus, elle avait un pistolet appuyé contre la tempe. Et quelque chose dans le ton de l'inconnu lui disait qu'il ne plaisantait pas — et qu'il était aussi terriblement nerveux.

— Je n'ai pas de petit ami.

— Boone McGraw. Je vous ai vus ensemble. Appelez-le et donnez-moi le téléphone.

— Non.

Elle n'allait certainement pas demander à Boone de sortir pour se confronter à un individu armé. Elle était tombée amoureuse de lui. Elle préférait mourir plutôt que de…

— Écoutez-moi. Si vous obéissez, tout se passera bien. S'il faut que je vous traîne à l'intérieur avec un pistolet sur la tempe, tout un tas de gens vont mourir. Ma femme est dans cette maison et elle a des lettres dont j'ai besoin. Dès que je les aurai, vous pourrez reprendre le cours de votre vie. Personne ne sera blessé. Sinon…

CJ songea à la famille de Boone. Elle ne pouvait se fier à la parole de cet homme. Mieux valait essayer de gagner du temps et de chercher un moyen de se sortir de ce pétrin.

— C'est vous qui êtes entré chez moi, l'accusa-t-elle. Vous étiez à l'enterrement de Hank.

Il avait bougé un peu, et elle apercevait la cicatrice qui zébrait son visage et la casquette de base-ball sous laquelle il dissimulait ses cheveux gris.

— Appelez-le, grogna-t-il.

Il resserra sa prise, et le canon s'enfonça davantage dans sa tempe. CJ hésita. Elle avait suivi des cours d'auto-défense. Hank avait insisté là-dessus avant de l'autoriser à travailler avec lui. Il l'avait aussi mise en garde contre le danger d'agir trop précipitamment.

« Certains de ces criminels sont des fous furieux, avait-il dit. Il faut attendre le moment propice, essayer de les faire parler le plus longtemps possible. Et en dernier recours, passe à l'attaque. »

CJ soupçonnait que ses efforts pour engager la conversation n'allaient pas mener à grand-chose. La nervosité de l'homme était palpable. Ses gestes étaient fébriles, saccadés. Dans l'état où il se trouvait, il risquait de presser la détente accidentellement. Cela dit, il était aussi possible qu'il commette une erreur et lui donne la possibilité de s'enfuir. Elle devait compter là-dessus. Saisir la moindre opportunité pour le neutraliser.

— D'accord.

Elle tira son téléphone de sa poche et, les doigts tremblants, composa le numéro.

Il lui arracha l'appareil avant qu'elle ait eu le temps d'articuler un son.

— Boone ? Si vous ne voulez pas que votre copine meure, écoutez-moi bien. J'ai un pistolet pressé sur sa tempe. Trouvez Tilly. Elle a des lettres. Dites-lui de vous les remettre et sortez. Quand je verrai que vous les avez, je relâcherai votre copine.

Boone écouta, atterré. Quelqu'un avait capturé CJ ? La menaçait d'une arme pour récupérer… des lettres ? Il se remémora la scène qui s'était déroulée avec Tilly un peu plus tôt. Elle avait déclaré que son ex était au téléphone, qu'ils s'étaient réconciliés…

Elle lui avait menti.

Il s'excusa auprès de son père et partit à la recherche de la gouvernante. Une seconde, il envisagea de prendre un des fusils de son père, mais il y renonça. Il ne voulait pas attirer l'attention sur lui en entrant dans l'armurerie.

Si un de ses frères le voyait, il voudrait venir avec lui. Boone n'allait pas courir ce risque. Qui savait de quoi cet homme était capable ? Au téléphone, sa voix avait paru effrayée. Il était peut-être instable. Comment pouvait-il s'imaginer qu'il allait sortir indemne de cette folie ?

Il découvrit Tilly qui faisait les cent pas dans une des chambres.

— Tilly ?

Elle tressaillit et se tordit les mains.

— Vous avez des lettres ? demanda Boone à brûle-pourpoint.

La gouvernante écarquilla les yeux.

— Vous êtes au courant ?

— On m'a dit de vous les demander.

Elle acquiesça, au bord des larmes.

— Il m'a dit de les garder. Je…

— Tout va bien. Donnez-les-moi.

Tilly s'approcha de la table où elle avait posé son grand sac et y plongea la main. Elle en tira tour à tour trois grandes enveloppes qu'elle lui tendit.

— J'ai fait ce qu'il m'a demandé de faire, c'est tout.

Boone hocha la tête et regarda les lettres. Toutes émanaient de Hank Knight.

— Qui vous a demandé de ne pas en parler, Tilly ?

— Cecil, répondit-elle, l'air perplexe. Mon ex-mari. Ce n'est pas lui qui les veut ?

CJ sentait que l'homme devenait de plus en plus impatient. Il ne cessait de jeter des coups d'œil vers la maison en marmonnant.

— C'est au sujet de certaines lettres ? demanda-t-elle.

— Ne faites pas l'innocente. C'est votre copain le détective qui les a envoyées.

— Hank ?

— Il y en a une pour vous, une pour Jesse Rose McGraw et une pour Travers McGraw.

— Que disent-elles ?

CJ le savait déjà. Nul doute qu'elles contenaient les réponses à toutes les questions qui la hantaient depuis la mort de Hank.

— Vous aimeriez bien le savoir, hein ? Une fois qu'elles seront détruites, tout sera fini pour de bon.

Elle en doutait, mais jugea plus sage de ne pas le lui faire remarquer.

— Le kidnapping, murmura-t-elle avec un soupir. Vous avez peur qu'elles ne soient compromettantes pour vous.

Son pouls s'accéléra.

— Vous pensez que Hank connaissait l'identité du ravisseur. C'est pour cela que vous l'avez tué, ajouta-t-elle, gagnée par la colère. Et vous avez pensé que j'allais découvrir la vérité. Sinon, pourquoi auriez-vous essayé me renverser ? C'était vous le complice. Et maintenant, vous me menacez ? Êtes-vous complètement fou ?

— Au contraire. Sans preuves, personne ne peut rien contre moi. Je m'en suis tiré pendant vingt-cinq ans. Si votre associé n'avait pas remué toute cette histoire…

Cet homme était dérangé, songea CJ avec angoisse, le cœur battant à tout rompre.

La porte arrière de la maison s'ouvrit, et Boone apparut, plusieurs enveloppes à la main.

L'homme poussa CJ en avant, le pistolet toujours appuyé contre sa tempe. Même à cette distance, elle vit la mâchoire de Boone se crisper. Il se dirigea vers eux à grands pas.

Depuis la mort de Hank, CJ n'avait eu qu'une seule idée en tête : arrêter l'assassin. Et maintenant, cet homme était là, tout près d'elle, mais elle ne pensait qu'à Boone.

Je suis amoureuse de lui. Je ne peux pas le laisser se faire tuer.

— Cecil Marks ? lança Boone en s'arrêtant à quelques mètres de l'écurie. Libérez-la et vous aurez vos lettres.

— Apportez-les-moi, ordonna Cecil en retour.

Boone secoua la tête.

— Pas avant que vous l'ayez relâchée.

— Apportez-moi ces lettres, sinon je l'abats et vous ensuite !

Cecil était sur le point de craquer, devina CJ. Il tremblait de tous ses membres, comme s'il venait seulement de se rendre compte de la portée de ses actes.

— Je n'ai plus rien à perdre. J'ai déjà tué deux fois. Vous croyez que je ne peux pas en tuer deux de plus ? Apportez-moi ces lettres ou…

Boone s'avança.

CJ hésita. Peut-être l'homme allait-il s'emparer des lettres et prendre la fuite. Peut-être le mieux était-il de ne rien faire et…

— Cecil !

Tous les regards convergèrent sur la maison. Une femme

blonde venait d'en sortir et se dirigeait vers eux dans la neige. CJ sentit le canon du pistolet bouger de quelques centimètres sur sa tempe comme Cecil se tournait vers elle.

— Tilly ? Rentre. Tout ira bien, mais il faut que tu rentres, répéta-t-il d'une voix étranglée.

— Je ne peux pas te laisser faire une chose pareille ! sanglota Tilly, continuant à s'approcher.

— Non ! Retourne à l'intérieur !

Il était secoué de tremblements. CJ comprit qu'elle était en train d'assister à sa désintégration. Boone aussi dut s'en rendre compte.

— Tilly, ne me force pas à tirer ! hurla Cecil.

Il entraîna brutalement CJ en arrière. Le moment était venu, songea-t-elle. Si elle n'agissait pas maintenant…

Elle décocha un violent coup de pied dans la jambe malade de l'homme et se laissa tomber en avant, faisant porter tout son poids sur le bras de celui-ci. Au même instant, elle vit Boone se ruer vers eux.

Cecil poussa un cri de douleur et s'effondra avec elle, mais dut la lâcher. Elle venait tout juste de prendre conscience qu'elle ne sentait plus le froid du métal sur sa tempe quand retentit le vacarme assourdissant d'une détonation.

Comme elle heurtait le sol, Boone percuta l'homme. Ils basculèrent tous les deux en arrière et roulèrent l'un sur l'autre, luttant pour le contrôle du revolver. Le son du premier coup de feu résonnait encore aux oreilles de CJ lorsqu'un second déchira l'air.

Cette fois, ce fut Tilly qui hurla. CJ se retourna et vit une tache rouge se répandre sur la poitrine de la femme. L'instant d'après, celle-ci s'écroulait.

Cecil lâcha un cri. Profitant de son désarroi, Boone lui arracha l'arme et le plaqua violemment au sol. Déjà, des voix s'élevaient dans la maison, des gens se précipitaient vers eux.

Quelques secondes plus tard, elle était entre les bras de

Boone. Ses frères maintenaient Cecil, qui, bouleversé, tentait de s'approcher de sa femme. Nikki téléphonait au shérif.

Travers McGraw se baissa et ramassa les trois lettres que Boone avait laissées tomber.

20

— Le shérif vient de les rapporter, annonça Boone en rejoignant CJ dans le solarium.

CJ prit l'enveloppe qu'il lui tendait et la garda dans la main un long moment. Elle était encore secouée par ce qui s'était passé. Cecil était en prison. Apparemment, il avait fait des aveux complets. Tilly avait succombé alors qu'on la transportait à l'hôpital.

Pas une seconde ne s'écoulait sans que CJ se souvienne que pareil sort aurait pu arriver à n'importe lequel d'entre eux. La pensée que Boone aurait pu mourir la glaçait jusqu'au plus profond d'elle.

— Si tu préfères que je te laisse seule…

— Non.

Elle lui sourit et tapota le coussin à côté d'elle pour l'inviter à s'asseoir.

— Je suppose qu'il s'agit du kidnapping. Ton père a-t-il ouvert sa lettre ? Et Jesse Rose ?

— Ils sont en train de le faire en ce moment même, répondit-il en prenant place.

Lentement, elle ouvrit l'enveloppe et en sortit la lettre.

Chère CJ,

Si tu lis ceci, je ne serai plus là. Je ne voulais pas que tu t'inquiètes pour moi, c'est pourquoi je ne t'ai rien dit. Je suis désolé. J'ai pensé que tu aurais assez de chagrin comme cela après ma mort, aussi j'ai voulu t'éviter d'en avoir avant. J'ai eu une vie extraordinaire. Je ne regrette rien. Mais toi, CJ, tu as été le soleil de mon existence. Je ne peux imaginer ce qu'aurait été ma vie sans toi, et ce depuis le jour où tu as fait irruption dans mon bureau en disant : « C'est drôlement mal rangé ici ! » Tu avais cinq ans.

CJ ne put s'empêcher de rire, tandis que les larmes lui montaient aux yeux. Boone, qui lisait en même temps qu'elle, lui tendit un mouchoir. Elle s'essuya les yeux et poursuivit sa lecture.

J'espère que, à l'heure où tu liras cette lettre, tu auras fait la connaissance de Jesse Rose. N'est-elle pas merveilleuse ? J'espère aussi que tu veilleras à ce qu'elle se rende chez ses parents biologiques, les McGraw.

J'ai avoué mon rôle dans cette affaire à Travers McGraw dans la lettre que je lui ai adressée. Mais je voulais que tu saches la vérité aussi. Voilà des années, j'ai été contacté par Pearl Cavanaugh. Elle m'a parlé d'un enfant qui avait besoin d'un foyer. Ce n'était pas la première fois que j'aidais les femmes du cercle de couture de Whitehorse à mener à bien des adoptions. Je n'ai jamais posé de questions. Je pensais seulement venir en aide aux enfants — et aux familles qui en désiraient désespérément un.

À l'époque, ma sœur essayait d'avoir un bébé et, après de nombreuses fausses couches, on lui avait dit qu'elle ne pourrait jamais avoir d'enfants. Dès que j'ai vu la petite fille qu'on m'a apportée, j'ai été conquis. Je savais qui était Jesse Rose. Tous les journaux en parlaient. Mais Pearl m'avait affirmé qu'elle n'était pas en sécurité chez les McGraw.

J'aurais dû faire mon devoir et la rendre. Seulement, à ce moment-là, j'avais le sentiment que mon devoir consistait plutôt à ne pas la rendre à ses parents. Quand j'ai remis Jesse Rose à ma sœur… eh bien, jamais je n'ai vu quelqu'un d'aussi ému. Aucune petite fille n'a été aimée davantage.

Peut-être que, voyant la mort approcher, j'ai été pris de remords. J'ai vu Travers McGraw à la télévision, plaidant pour avoir des informations sur sa fille. J'ai téléphoné à l'avocat pour être certain que le bébé que j'avais donné à ma sœur était réellement Jesse Rose. Cela fait, je me suis dit que je ne pouvais plus cacher la vérité à Jesse Rose et aux McGraw. Je suis allé à Seattle et j'ai parlé à Jesse Rose et à ma sœur.

Ça été la chose la plus difficile que j'aie jamais faite — hormis te cacher tout cela, CJ. En réalité, j'ai été lâche. Je ne pouvais pas supporter de voir ton expression quand je te dirais ce que j'avais fait voilà toutes ces années. J'espère que tu pourras me pardonner.

J'espère aussi que Jesse Rose et toi vous entendrez. Elle a toujours rêvé d'avoir une sœur, et vous avez toutes les deux fait mon bonheur.

Tu vas me manquer.

Hank.

Les larmes roulaient sur les joues de CJ quand elle acheva sa lecture. Boone l'attira contre lui et lui frotta doucement le dos pendant qu'elle pleurait.

— Je sais qu'il a mal agi, hoqueta-t-elle entre deux sanglots, mais il me manque.

— Je sais.

Quand elle se fut ressaisie un peu, elle se redressa.

— Il ne dit rien à propos de Cecil Marks dans sa lettre. Et s'il avait tout ignoré du rôle que Cecil a joué dans l'enlèvement ? Et si…

— Si Cecil s'était affolé sans raison ? compléta Boone. D'après lui, Tilly lui a dit que Hank avait téléphoné à notre avocat et qu'il savait quelque chose à propos de Jesse Rose et de l'enlèvement.

— Mais s'il n'avait pas avoué…

— Nous n'aurions jamais su qu'il était impliqué.

CJ hocha la tête.

— C'est ironique, n'est-ce pas ?

— À moins que la lettre de mon père ne contienne d'autres informations, murmura Boone. Mais il ne semble pas que Hank ait connu l'identité du complice.

— Il faut que j'aille parler à Jesse Rose, dit CJ en se levant. Si sa lettre ressemble à la mienne…

De son côté, Boone avait hâte de savoir si la lettre destinée à son père apportait d'autres révélations. Il trouva Travers dans son bureau, la missive ouverte devant lui.

— Ça va ? demanda Boone.

— Oui.

Le vieil homme acquiesça, les yeux brillants de larmes.

— Cela m'a fait du bien de savoir ce qui s'est passé. Jesse Rose a été élevée par des parents affectueux, voilà tout ce qui compte. Et maintenant, elle est ici et elle veut rester. Elle a une licence de gestion. Je crois qu'elle pourrait me seconder efficacement et être un atout pour le ranch. Qu'en penses-tu ?

Boone se mit à rire.

— Je pense que tu es fantastique.

Son père haussa les épaules.

— Si j'ai appris quelque chose dans la vie, c'est que garder rancune contre quelqu'un vous coûte plus qu'à lui. Je n'ai pas le temps d'avoir des regrets. Je veux seulement passer le reste de ma vie à profiter de ma famille. Nous sommes presque à Noël. Le médecin m'a dit que ta mère pourra commencer à venir en visite au ranch après les fêtes. Si tout se passe bien… Maintenant, parle-moi de CJ.

— Que veux-tu savoir ? demanda Boone, désarçonné.

— Quand tu vas lui demander de t'épouser, répondit son père avec un petit rire.

— Je la connais à peine.

— Il n'appartient qu'à toi de remédier à cela, non ?

La porte de la chambre de Jesse Rose était entrebâillée. CJ toqua et entra, un paquet de mouchoirs à la main. Jesse Rose se mit à rire. Toutes les deux reniflaient encore. Elles s'étreignirent et s'assirent sur le bord du lit.

— Hank espérait que nous deviendrions amies, murmura Jesse Rose.

— Comment pourrions-nous ne pas l'être ? souffla CJ. Nous sommes les deux seules personnes à l'avoir vraiment connu. C'est étrange, non, la manière dont il nous a amenées l'une vers l'autre ?

— Ce qui est encore plus étrange, c'est la manière dont il vous a rapprochés, Boone et toi, observa Jesse Rose avec un sourire taquin.

— Tu ne peux pas penser qu'il ait envisagé cela.

La jeune femme haussa les épaules. Et lui adressa un clin d'œil.

— Si Hank avait pu le faire, il l'aurait fait. Vous êtes parfaits l'un pour l'autre.

— Je n'irais pas jusque-là, répondit CJ, se sentant rougir. Il est têtu, autoritaire et impossible. En plus, c'est un cow-boy.

Jesse Rose éclata de rire.

— Vous êtes fous l'un de l'autre, c'est évident. Et toutes les femmes rêvent d'épouser un cow-boy.

— Pas toutes, protesta CJ en riant à son tour. D'ailleurs, j'habite à Butte et lui… ici.

— Tu n'as pas envie de rester dans cet endroit merveilleux ? Moi, si. J'en ai déjà parlé à Travers… à mon père, rectifia-t-elle. Il va me falloir un peu de temps pour m'habituer à l'appeler papa et à avoir quatre frères — dont un jumeau que je n'ai pas encore rencontré. Mais j'adore ce ranch. Je sais que ça paraît insensé, pourtant j'ai l'impression que ma place a toujours été là.

CJ sourit.

— C'est le cas.

— Je sais. Après avoir grandi à Seattle…

Elle secoua la tête.

— J'ai le sentiment d'être rentrée à la maison.

— Comment ta mère a-t-elle pris la chose ?

— Elle est soulagée de ne pas aller en prison.

— On dirait que tu lui en veux.

Jesse Rose acquiesça lentement.

— Je crois que c'est en partie vrai. Mais Hank aussi savait, et je ne peux pas lui en vouloir. Je suis seulement contente qu'il m'ait dit la vérité. Ma mère va finir par s'y faire. Travers l'a déjà invitée à venir en visite. Peut-être va-t-elle accepter.

Boone sourit en les voyant qui entraient dans le salon. Il était infiniment soulagé que CJ ait accepté de passer Noël au ranch.

— Nous étions justement en train de discuter de tout ce qui est arrivé, expliqua-t-il comme elles se joignaient au reste de la famille. Maintenant que nous savons précisément ce qui s'est passé le soir du kidnapping, Nikki peut apporter les dernières touches à son livre.

CJ s'assit à côté de lui.

— J'ai encore du mal à croire que Cecil Marks ait pu se persuader que Hank était au courant du rôle qu'il avait joué.

— Malheureusement, Tilly lui a dit qu'elle avait entendu une conversation entre nous, et elle a mal compris. Si cela ne s'était pas produit, nous n'aurions jamais su que c'était Cecil qui était de mèche avec Harold Cline.

— Tilly écoutait toujours nos conversations, observa Cull. Cette fois, cela lui a porté malheur.

— C'est terrible, murmura Nikki.

— Oui. Sa curiosité lui a coûté la vie.

— Cecil n'avait jamais été considéré comme suspect ? s'enquit CJ.

— Il a pourtant dû être interrogé après l'enlèvement, intervint Boone.

— Il a été questionné, en effet, confirma Nikki, mais seulement après être sorti du coma. Il a eu un accident de voiture à l'autre bout du comté ce soir-là.

— Et personne n'a trouvé ça suspect ? s'étonna CJ.

— Le problème, c'était que personne ne savait au juste à quelle heure les jumeaux avaient été enlevés. Maintenant, nous savons qu'ils ont été kidnappés une bonne heure avant que Patty soit allée vérifier leur chambre. À ce moment-là, Cecil s'était déjà arrêté dans un ou deux bars, et il avait un alibi. De plus, sa voiture ne contenait aucun objet compromettant. Et personne ne savait qu'il s'était rendu au ranch ce soir-là. Tilly était encore sous l'effet des médicaments et, par la suite, je suppose qu'elle a pensé que cela n'avait pas d'importance.

— Elle ne s'est jamais doutée de rien ?

Nikki fit non de la tête.

— Au moins, nous savons maintenant d'où venait la codéine qui a été retrouvée dans le biberon des jumeaux, murmura Ledger.

— C'était presque un crime parfait, commenta Travers, qui était resté silencieux jusqu'alors. Sauf que quelqu'un savait que Cecil était à la maison cette nuit-là.

Tous les regards convergèrent sur lui.

— Il y avait un paquet en plus des lettres au courrier ce matin. Le shérif l'a trouvé dans le sac de Tilly.

— Il venait de Hank ? demanda CJ.

— De Patty. C'est le journal intime de votre mère, expliqua-t-il à ses fils. Marianne a vu Cecil sortir de la chambre des jumeaux ce soir-là. C'est pour cela qu'elle y est entrée. Malheureusement, l'arsenic affectait sa mémoire, si bien qu'elle ne s'est pas souvenue de cet incident par la suite, quand on s'est aperçu que les enfants avaient disparu. Mais, avant de l'oublier, elle l'avait noté dans son journal.

— Patty a renvoyé le journal ? s'étonna Boone, choqué. Qu'est-ce qui l'a incitée à faire ça ?

— Il n'y avait qu'un bref message qui disait : « Pardon. Patricia. » Elle devait l'avoir dès le début et projeter de s'en servir contre nous.

— C'est donc elle qui a glissé une page sous ma porte pour me donner l'impression que Marianne était impliquée, murmura Nikki.

— Une seconde, coupa CJ, perplexe. Qui empoisonnait votre mère ?

Les autres échangèrent des regards troublés. Finalement, Nikki prit la parole.

— Nous l'ignorons. C'était sans doute Patty, mais il y a deux autres suspects possibles : l'ex-régisseur du ranch, Blake Ryan, et l'ex-avocat de la famille, Jim Waters. L'un et l'autre étaient amoureux de Patty, et ils auraient fait n'importe quoi pour elle.

— Espérons que toute la vérité sortira lors du procès de Patty, soupira Cull. Je suppose qu'ils seront reconnus coupables tous les trois.

Travers se leva.

— Tout ce qui m'importe, c'est que les aveux de Cecil disculpent entièrement Marianne. Non que je l'aie jamais crue coupable. Même si ses facultés étaient altérées par l'arsenic, elle n'aurait jamais fait de mal à ses enfants.

— Que va-t-il advenir de Cecil ?

— Il sera probablement condamné à perpétuité pour enlèvement et homicide volontaire.

Travers secoua la tête.

— Vingt-cinq ans durant, il a cru que Harold Cline l'avait roulé, alors que celui-ci était mort et enterré. Il a dû vivre dans la terreur que son rôle ne soit révélé. Par conséquent, lorsque Nikki a commencé à mener l'enquête…

— … il a tué Frieda pour l'empêcher de parler, encore que je doute qu'elle ait su qu'il était le complice de Harold, acheva Nikki. Et, quand Tilly lui a parlé de l'appel de Hank, il a décidé de l'éliminer aussi.

— À propos du procès, intervint Cull, Jim Waters a

téléphoné. Il jure être totalement innocent. Il te supplie de l'aider, papa.

Travers poussa un soupir.

— Jim s'est mis dans ce pétrin tout seul, il faudra qu'il s'en sorte seul aussi. Je suis sûr que la vérité éclatera d'une manière ou d'une autre. Blake Ryan ne va pas s'en tirer non plus. Il est soupçonné d'avoir été le complice de Jim et de Patty dans l'affaire des empoisonnements.

— Si c'est le cas, l'un d'eux va forcément trahir les autres, commenta Boone.

— Jim et Blake espéraient chacun de son côté mettre la main sur le ranch et sur Patty une fois que tu ne serais plus là, papa, murmura Cull.

— Alors, qui est le père de Kitten ? demanda Ledger.

— Patty m'a dit que c'était un type avec qui elle a eu une aventure sans lendemain, répondit Boone. Quant à savoir s'il faut la croire, c'est une autre histoire.

— Ce qui est fou, c'est qu'en dépit de tout ce qu'elle a fait subir à notre famille elle va sûrement écoper de quelques années de prison tout au plus, marmonna Cull.

Travers acquiesça.

— Il est impossible de prouver qu'elle a empoisonné votre mère. Cela dit, je pense qu'elle aura du mal à persuader le jury qu'elle n'y était pour rien.

— Enfin, tout est terminé à présent, conclut Ledger.

— Sauf pour le livre de révélations que Patty s'apprête à publier, lui rappela Cull.

— Tu n'as pas entendu les dernières nouvelles ? L'ouvrage de Nikki a suscité tellement d'enthousiasme que l'éditeur de Patty a décidé que son livre ne les intéressait plus, annonça Travers en souriant. Ce qui explique pourquoi elle nous a rendu le journal. En revanche, apparemment, elle a pu garder l'avance qu'elle avait reçue pour payer son avocat.

Une bûche se tassa dans la cheminée. La nuit tombait sur le ranch. Boone passa un bras autour des épaules de CJ et contempla le sapin de Noël illuminé.

— Je ne crois pas avoir jamais cru aux fins heureuses avant cet instant, avoua-t-il en souriant à son père.

— Tout ce qui compte, c'est que les jumeaux aient été retrouvés et qu'ils aient tous les deux eu une enfance heureuse. C'est tout ce que je pouvais espérer.

Travers marqua une pause.

— À vrai dire, c'est tout ce que j'ai jamais espéré.

Épilogue

Un an plus tard, toute la famille était réunie dans le salon pour fêter le réveillon de Noël. Et ils ne manquaient pas de raisons de célébrer l'année écoulée, songea Travers McGraw en contemplant les siens.

Son fils aîné, Cull, servait le champagne — et le jus de raisin sans alcool.

— Il s'est passé tant de choses, commença Travers, la voix assourdie par l'émotion, alors qu'il levait son verre pour porter un toast. Ma famille est rassemblée… et elle s'est agrandie.

Il regarda les femmes qui s'étaient jointes à leur clan au cours de l'année écoulée, toutes les trois enceintes.

— Je n'osais pas espérer voir un de mes petits-enfants avant de mourir, sans parler de quatre !

Les rires fusèrent dans la pièce. Cull et Nikki avaient été les premiers à se marier, et Nikki était tombée enceinte juste après. Puis ça avait été le tour d'Abby et de Ledger, et enfin de Boone et de CJ.

Quant à Jesse Rose, elle s'était installée au ranch et travaillait désormais dans l'entreprise familiale aux côtés de son père. Travers avait invité sa mère adoptive à leur rendre visite, mais celle-ci n'était pas encore venue.

Marianne, elle, n'allait pas tarder à rentrer définitivement à la maison. Elle avait séjourné au ranch à plusieurs reprises au cours de l'année, sur les conseils des médecins qui avaient préconisé un lent retour à la normale. Revoir ses enfants disparus avait grandement contribué à l'amélioration de son état de santé.

— Tu as dit que Tough avait rendu visite à maman ? demanda Cull.

Travers acquiesça en souriant.

— Tout s'est bien passé. Elle l'a reconnu tout de suite.

— Contrairement à Vance Elliot. Il nous a trompés un temps. Je commençais vraiment à croire qu'il était notre frère.

— Vance s'est fait monter la tête, commenta Travers. Il savait qu'il agissait mal.

— J'ai appris que tu avais réglé ses frais d'avocat, insista Cull sur un ton désapprobateur.

— Oui. Ce n'est pas un mauvais garçon. En fait, je lui ai proposé de travailler pour moi quand il sortira de prison.

— Tu crois vraiment que c'est une bonne idée ? s'inquiéta Ledger.

— Oui. Il n'a pas eu une vie facile. J'aimerais penser qu'il peut changer si on lui témoigne un peu de gentillesse.

— Cache l'argenterie, plaisanta Cull avant de tapoter l'épaule de son père. Tu vois toujours ce qu'il y a de bon chez les autres. C'est une qualité à laquelle il faut aspirer, je suppose.

Boone se mit à rire.

— Il n'y a pas de mal à être un sceptique. Ça équilibre les choses.

CJ lui enfonça un doigt dans les côtes en souriant, et Travers rit à son tour.

— J'aimerais porter un toast à Nikki. Sans elle… nous n'en serions pas là aujourd'hui. Ses questions ont tout déclenché. Merci, dit-il en levant son verre. Et félicitations. J'ai appris que le livre était entré dans la liste des meilleures ventes du *New York Times* dès sa première semaine.

Les coupes s'entrechoquèrent gaiement.

— Et un toast à Jesse Rose, reprit Travers. C'est merveilleux de t'avoir à la maison.

Boone laissa son regard s'attarder sur sa femme. Elle était superbe, songea-t-il. Ce qu'on disait à propos de la grossesse était vrai. CJ était resplendissante. Quant à lui, il avait du mal à croire que l'année avait passé aussi vite. Surtout, il avait du mal à croire non seulement qu'il avait trouvé le courage de demander CJ en mariage, mais qu'elle avait accepté.

Après le Noël précédent, il l'avait ramenée à Butte. Ils avaient beaucoup parlé sur le chemin du retour, principalement de l'enlèvement et de Jesse Rose. CJ était encore marquée par la disparition de Hank et les multiples secrets qu'il lui avait cachés.

À Butte, il était resté pour l'aider à vider le bureau de Hank et à le fermer pour de bon. Quand le moment était arrivé pour lui de rentrer au ranch, il avait dû se rendre à l'évidence : il ne pouvait plus vivre sans CJ.

Il l'avait invitée à dîner, s'était agenouillé devant elle et avait demandé sa main.

À sa grande surprise, elle avait dit oui.

Il avait été encore plus stupéfait lorsqu'elle avait déclaré vouloir renoncer à ses activités de détective privé à Butte et regagner le ranch.

« Ce ne serait pas pareil sans Hank, avait-elle dit, et d'ailleurs, je suis tombée amoureuse de ta famille. »

« Seulement de ma famille ? »

Elle avait éclaté de rire et s'était jetée dans ses bras.

« Jamais je n'aurais imaginé tomber amoureuse d'un cow-boy, mais… tu sais tourner la tête aux filles, Boone McGraw ! Ramène-moi à la maison, cow-boy. »

Les luminaires clignotaient sur l'arbre, l'air embaumait le sapin et les cookies au pain d'épice qui sortaient du four. CJ inspira à fond, savourant les arômes et se demandant si cette merveilleuse scène de famille n'était pas un rêve. Elle aurait aimé que Hank puisse en être témoin.

Elle sentit Boone s'approcher. Il l'entoura de ses bras, et

elle se laissa aller contre lui avec un sourire, fermant les yeux tandis qu'il posait les mains sur son ventre rond.

— Heureuse ? chuchota-t-il.

— Très.

Elle ouvrit les yeux et pivota entre ses bras.

— Jamais je n'ai eu de famille comme celle-ci avant.

— Eh bien, tu en as une maintenant. Je crois que Hank serait content pour toi.

Elle acquiesça.

— Je pensais justement à lui. Il voulait que j'aie tout cela.

CJ n'avait pas osé croire que cela lui arriverait. Quand Boone l'avait demandée en mariage, ça avait été le plus beau jour de sa vie.

Avant cela, elle n'avait jamais imaginé être prête à quitter son travail. À présent, elle se rendait compte que son plus cher désir était de fonder une famille. Et voilà qu'ils attendaient un bébé. Elle avait hâte d'être maman.

Comble de bonheur, ses deux belles-sœurs étaient elles aussi enceintes. Abby attendait des jumelles, et Nikki et elle un petit garçon. Les trois familles étant en train de construire leurs maisons respectives sur le ranch, les enfants grandiraient ensemble.

Cette perspective l'enchantait. Jesse Rose, elle, était aussi excitée que les futurs parents.

« Ne vous inquiétez pas pour moi, avait-elle dit. Un de ces jours, je vais me trouver un cow-boy et me marier à mon tour. Jamais je ne quitterai le Montana. »

— J'ai l'impression que tout cela est un rêve, murmura CJ à son mari. Mais si c'est le cas, ne me réveille pas.

Boone rit doucement.

— Joyeux anniversaire, ma chérie, dit-il en se penchant pour l'embrasser.

La sonnette de la porte d'entrée tinta.

— Assez de câlins ! lança Cull depuis la cuisine où Nikki et lui veillaient aux derniers préparatifs du dîner. Quelqu'un doit aller ouvrir !

— J'y vais !

Après un dernier baiser rapide à CJ, Boone se dirigea vers la porte.

Boone ne cacha pas sa surprise en voyant Tough Crandall sur le seuil.

— J'étais invité, déclara celui-ci en retirant son stetson.

Boone regarda ce McGraw qui était résolu à ne pas l'être se considérer comme l'un d'eux et sourit.

— Bien sûr que tu es invité, dit-il à son frère. C'est Noël, et, que ça te plaise ou non, tu es de la famille.

Les parents adoptifs de Tough étant décédés, il était désormais seul au monde. En dépit de son refus obstiné de faire partie de la famille McGraw, Travers était allé le voir plusieurs fois et avait fini par le persuader de passer Noël avec eux.

— Tu me donnes un coup de main pour descendre les cadeaux que j'ai apportés ?

— Avec plaisir.

Un instant plus tard, ils rentraient dans la maison, les bras chargés de paquets.

— Hé, tout le monde ! Tough est là, annonça Boone à la cantonade.

Son frère sourit en franchissant le seuil. On pouvait dire ce qu'on voulait à propos des McGraw, mais c'était une famille qu'on avait du mal à ne pas trouver sympathique — qu'on le veuille ou non.

Travers s'avança, la main tendue.

— Content que tu aies pu venir, fiston. Je crois que tu n'as pas encore fait la connaissance de tout le monde ?

Il s'acquitta des présentations. Quand vint le tour de Jesse Rose, il hésita. Tough fixait sa sœur jumelle, les yeux écarquillés. Depuis un an, celle-ci mourait d'envie de le rencontrer, mais Tough avait traîné les pieds.

— Voici… Jesse Rose.

Tough lui serra la main. Leurs regards se soudèrent.

— Je… je n'avais jamais imaginé…, commença-t-il, la voix étranglée par l'émotion.

Elle sourit.

— Quoi ?

— Que j'éprouverais un tel… lien.

— Nous sommes jumeaux, lui fit-elle remarquer. Et en plus, on partage une histoire commune, non ?

Il acquiesça.

— C'est la première fois que j'ai le sentiment d'appartenir à cette famille, avoua-t-il.

— Eh bien, maintenant que c'est chose faite, intervint Travers, si nous passions à table ? Et ensuite, nous ouvrirons les cadeaux.

— Et on chantera des cantiques de Noël, renchérit Jesse Rose. Ça va être notre nouvelle tradition.

— Je suis sûr que nous n'allons pas manquer de nouvelles traditions, répondit Travers en entourant Tough et Jesse de ses bras. Mais tu vas peut-être changer d'avis quand tu auras entendu tes frères chanter.

— Ils ne chantent pas tous comme des casseroles, protesta Tough avec un sourire.

Le repas se déroula dans une atmosphère enjouée, les plaisanteries bon enfant fusant de toutes parts. Plus tard, Jesse Rose sortit sa guitare et entonna *Douce nuit*.

Comme les membres de sa famille joignaient leurs voix à la sienne, Boone attira CJ tout contre lui et, les larmes aux yeux, remercia silencieusement le destin.

Retrouvez prochainement,
dans votre collection
SAGAS

LE RÈGNE DE LA NUIT 1/2 - de Bonnie Vanak - N°206

La proie du vampire

Nous nous reverrons, belle Mara. Tu te donneras à moi et je te délivrerai du Mal. En se réveillant ce matin-là, Mara sent sa raison vaciller. Jamais encore, elle n'a imaginé une scène d'amour aussi torride et réaliste. Qui est donc cet homme qui s'infiltre dans ses rêves ? Et de quel droit prétend-il la libérer du démon qui gronde en elle ? Mais tandis que Mara frissonne, une image s'impose à son esprit : un regard d'encre, et deux canines brillantes que laissent entrevoir des lèvres charnues...

L'emprise du loup

Muette de stupeur, Samantha fixe l'inconnu qui la retient prisonnière. Selon ses dires, ce loup a l'intention de la séduire pour la libérer de ses instincts maléfiques. Et tandis qu'il l'enveloppe d'un regard de prédateur – comme si déjà, elle lui appartenait – Samantha sent monter en elle une indescriptible rage. Car cet homme appartient au peuple de ceux qui ont tué ses parents. Et peut-être même est-ce lui qui a tué sa mère, cette innocente dont le seul crime était d'avoir aimé un démon...

Retrouvez prochainement,
dans votre collection

SAGAS

HÉROS DE LONDRES - d'Annie Claydon - N°207

Si proche de moi

Alors qu'il se réveille à l'hôpital, désorienté, le Dr Gabriel DeMarco découvre à son chevet une splendide jeune femme. Immédiatement tenté de la séduire, il se réfrène pourtant. Car la belle Clara lui révèle qu'il a été drogué et qu'elle n'est autre que la garde du corps embauchée par sa puissante famille pour veiller à sa sécurité…

Retrouvailles à Londres

Autrefois, le Dr Alistair Duvall a aimé Raina avec passion, avant qu'elle le quitte. Alors, quand elle se présente à lui, cinq ans après leur séparation, il est ému. Et cela d'autant plus que son ex-épouse a réalisé leur rêve d'autrefois en devenant maman. La petite fille que Raina a adoptée est adorable, mais également malade. Et Alistair est résolu à lui procurer les soins dont elle a besoin…

LES FRÈRES HUNTER, de Mary Brendan - N°208

Pacte avec un séducteur

Hélène ne décolère pas : non seulement son frère refuse de lui rendre l'argent de sa dot, mais il vient également de mettre en vente Westlea House, la demeure familiale. D'ailleurs, il a déjà trouvé un acheteur : Jason Hunter, richissime gentleman à la réputation sulfureuse. Acculée, Hélène décide alors de tenter le tout pour le tout : si Jason est bien le libertin que l'on prétend, elle ne devrait avoir aucun mal à lui faire accepter sa scandaleuse proposition…

Scandaleuse alliance

Emily en est sûre : son frère s'est attiré de gros ennuis. Aussi se décide-t-elle à demander l'aide de Mark Hunter - le meilleur ami de son frère. Mais avec réticence ! Séducteur cynique, bien trop conscient de son charme, Hunter représente tout ce que déteste Emily chez un homme. Un sentiment qu'elle ne s'est jamais retenu d'exprimer. Mais il en faudrait bien davantage pour déstabiliser Mark, visiblement ravi de faire d'Emily sa débitrice…

Retrouvez prochainement,
dans votre collection

SAGAS

LA DYNASTIE DES O'CONNELL 1/2, de Sandra Marton-N°209

Troublant désir

Lorsqu'elle apprend l'identité de son nouveau patron, Cassandra se sent défaillir. Car Keir O'Connell est précisément l'homme qu'elle cherche désespérément à fuir : c'est à cause de lui qu'elle a quitté son ancien poste, trop gênée de ressentir pour lui un désir incontrôlable. Or Cassie ne peut fuir indéfiniment…

Irrésistible attirance

Fallon O'Connell adore la Sicile, et en temps normal, elle aurait été ravie d'y séjourner dans le cadre de son travail. Mais pas cette fois. Tout cela à cause de Stefano Lucchesi, un monstre d'arrogance qui trouble Fallon plus qu'elle ne voudrait l'admettre…

Une liaison secrète

Catastrophe ! Voilà ce que songe Marissa en se découvrant enceinte de Cameron O'Connell. Qu'elle ait succombé au charme fulgurant de ce célèbre avocat n'a rien d'étonnant. Mais comment aurait-elle pu imaginer que leur aventure d'un soir aurait de telles conséquences ? Et, surtout, comment l'annoncer à Cameron qui ne se doute de rien ?